Wer Wind Sät

KOMCA 승인필

Wer Wind Sät

바람을
뿌리는 자

넬레 노이하우스 장편소설

김진아 옮김

북로드

프롤로그

그녀는 인적 없는 거리를 정신없이 달렸다. 누군가 쏘아 올린 폭죽이 새까만 밤하늘을 환히 밝혔다. 이대로 공원까지만 갈 수 있다면, 새해를 맞으러 모인 인파 속으로 숨어들 수만 있다면! 낯선 동네라 방향감각을 잃은 지 이미 오래다. 추격자들의 구둣발 소리가 주택가의 높은 담벼락에 부딪혀 쾅쾅 울린다. 그녀는 점점 큰길에서 멀어져 택시와 지하철과 사람이 없는 외진 곳으로 내몰렸다. 이러다 발을 헛디며 넘어지기라도 한다면? 그때는 끝장이다!

심장이 터질 것 같다. 두려움에 질려 숨도 제대로 쉬지 못하는 상태에서 이런 속도를 계속 유지할 수는 없다. 아, 저기! 골목 하나 없이 빽빽하게 이어지던 주택들 사이로 시꺼먼 틈이 나타났다. 그녀는 온 힘을 다해 그 안으로 질주해 들어갔다. 그리고 곧 돌이킬 수 없는 실수를 저질렀다는 것을 깨달았다. 막다른 골목! 이제 꼼짝없이 잡혔다.

피가 거꾸로 치솟는 듯한 긴장감 속에 자신의 거친 숨소리만이 귓전을 때린다. 주변을 둘러보던 그녀는 줄지어 서 있는 쓰레기통 뒤로 급히 몸을 숨겼다. 악취가 코를 찔렀다. 그녀는 거칠고 습한 담벼락에 얼굴을 바짝 대고 가쁜 숨을 몰아쉬었다. 그리고 그들이 제발 이곳을 못 보고 지나치게 해달라고 기도했다.

"저기다! 찾았어."

남자가 외치는 소리가 좁은 골목 안에 쩌렁쩌렁 울렸다.

그녀는 강렬한 헤드라이트 불빛에 눈이 부셔 팔로 얼굴을 가렸다. 머릿속에서는 온갖 생각이 뇌리를 스치고 지나갔다. 소리를 질러서 도움을 청할까?

"넌 이제 독 안에 든 쥐야. 못 빠져나가."

다른 남자가 말했다.

발소리. 추격자들은 이제 여유로운 걸음걸이로 천천히 다가온다. 그녀는 온몸이 오그라드는 듯한 공포 속에서 손톱이 살을 파고드는지도 모르고 땀에 젖은 손으로 주먹을 꽉 쥐었다. 다음 순간 불빛 안에 그의 얼굴이 나타났다! 그녀는 그가 그녀를 구하러 왔을 것이라는 부질없는 희망을 품었다.

"부탁이에요!" 그녀가 그에게 손을 뻗으며 속삭였다. "제발 도와주세요. 다 이유가 있었어요. 제발……."

"됐어."

그가 분노와 경멸이 섞인 표정으로 딱 잘라 말했다. 마음속에 타오르던 마지막 희망의 불꽃은 그의 차가운 눈빛에 무참히 꺼졌고, 그녀가 호숫가에 지어놓은 예쁜 집처럼 흰색 재만 남았다.

"제발, 제발 가지 마!"

그녀의 목소리가 뒤집혔다. 그녀는 그의 다리를 잡고 매달리려 했다. 잘못했다고 빌면서 원하는 건 뭐든지 하겠노라고 애원하려 했다. 그러나 그는 매정하게 발길을 돌렸고, 무시무시해 보이는 남자들 사이에 그녀를 혼자 남겨둔 채 시야에서 사라져갔다. 공포가 시커먼 파도처럼 밀려왔다. 그녀는 주위를 둘러보며 경악했다. 안 돼! 싫어! 오줌 냄새와 쓰레기 냄새가 진동하는 이런 지저분한 골목에서 죽고 싶지 않아!

그녀는 마지막 저항이라고 생각하며 죽을힘을 다해 발버둥 쳤다. 그러나 건장한 남자들의 힘을 당해낼 수는 없었다. 그들은 완력으로 그녀를 제압한 후 무자비하게 손목을 뒤로 꺾었다. 팔에 주삿바늘을 꽂는 듯한 따끔한 느낌이 들고, 곧 근육이 풀리는 것이 느껴졌다. 남자들이 그녀의 옷을 남김없이 벗기는 동안 그녀의 눈앞에서 골목의 풍경이 흐물흐물 녹아내렸다. 남자 하나가 그녀를 들쳐 메고 걷기 시작했다. 그녀는 높은 담벼락 사이로 드러난 손바닥만 한 밤하늘을 바라보았다. 별 하나가 반짝 빛났다. 순간적으로 공중에 붕 뜬 듯한 황홀한 기분이 들더니, 곧이어 롤러코스터를 탄 것처럼 빠른 속도로 추락하는 자신이 느껴졌다. 그 속도가 너무 빨라서 숨조차 쉴 수 없었다. 그녀는 밤하늘의 풍경을 마지막으로 깊고 깊은 나락으로 빠져들었다. 죽음이 이렇게 쉽다니!

그녀는 자리에서 벌떡 일어났다. 심장이 밖으로 튀어나올 듯 거세게 방망이질 쳤다. 꿈이라는 것을 깨닫기까지는 어느 정도 시간이 걸렸다. 이미 몇 달째 반복되고 있는 꿈이다. 하지만 이번처럼 생생했던 적은 없었다. 결말까지 나온 것도 이번이 처음이다. 그녀는 떨리는 손으로 어깨를 감싼 채 긴장감으로 뻣뻣해진 몸이 풀리기를 기다렸다. 천천히 한기가 가시고 정신이 들었다. 철창이 쳐진 창문으로 가로등 불빛이 새어 들어왔다. 여기라고 언제까지 안전하란 법은

없다. 그녀는 침대에 누워 베개에 얼굴을 파묻고 울었다. 이 두려움
은 언제까지고 그녀를 따라다닐 것이다. 그녀는 그 사실을 잘 알고
있었다.

여느 때와 같이 이른 아침 집을 나선 그는 어깨에 사냥총을 메고 개를 앞세운 채 숲으로 가는 오르막길을 올랐다. 갈색 푸델포인터 (독일산 사냥개의 일종으로 물에 젖지 않는 뻣뻣한 털을 가졌다_역주) 텔은 저만치 앞서 가며 밤새 새로 생긴 냄새를 찾아 킁킁거렸고, 루드비히 히르트라이터는 상쾌한 아침 공기를 들이마시며 새들의 지저귐에 귀를 기울였다. 숲 언저리에서 노루 두 마리가 뿔싸움을 하고 있었지만, 텔은 힐끗 쳐다만 볼 뿐, 짐승들을 쫓아버리지 않았다. 주인이 명령을 내려야만 짐승들에게 관심을 보일 수 있다는 것을 아는 영리하고 충실한 개다.

"그렇지, 착하다."

히르트라이터는 혼잣말처럼 중얼거리며 빨간색과 흰색으로 칠해진 차단막 사이를 지났다. 숲 속까지 차를 몰고 들어오는 게으른 도시 사람들 때문에 몇 해 전 어쩔 수 없이 설치한 것이다. 요즘 사람들, 특히 도시 사람들은 자연에 대한 경외심이라는 것이 없다. 나무 종류도 구분할 줄 모르고, 주말이면 차를 몰고 와서 소리를 질러 대거나, 수렵 금지 기간인데도 개를 풀어놓기 일쑤다. 그러다 개가 굴을 쑤셔 산토끼라도 몰아오면 좋다고 박수를 쳐대는 꼴이라니! 그는 그런 몰상식한 인간들은 이해할 가치도 없다고 생각한다. 그는 숲을 신성하게 여겼고 자기 집 정원처럼 속속들이 알고 있었다. 어디에 숨겨진 빈터가 있는지, 어디 가면 산짐승이 있는지, 멧돼지가 다니는 길목이 어디인지도 정확하게 알았고, 몇 년 전에는 린덴코프 숲 체험길 해설을 담은 안내판을 손수 만들어 세우기도 했다.

나무 사이를 뚫고 들어온 햇살은 숲을 황금빛으로 물들이며 성전 같은 분위기를 자아냈다. 첫 번째 갈림길이 나오자 텔은 주인이 시키지 않았는데도 오른쪽 길로 들어섰다. 거대한 상수리나무를 지나치자 나무가 뿌리째 뽑혀 나간 살풍경이 길게 펼쳐졌다. 지난 가을 폭풍이 휩쓸고 간 흔적이다. 가만! 어디선가 모터 소리가 나는 듯해 히르트라이터는 걸음을 멈추었다. 주인을 따라 멈춘 텔도 귀를 쫑긋한다. 아니나 다를까 곧 고막을 찢을 듯한 시끄러운 전기톱 소리가 숲을 뒤흔들었다. 산림청 사람들이 작업할 시기는 아니다. 주체할 수 없는 분노가 치밀어 오르고 심장이 벌렁거렸다. 히르트라이터는 굳은 표정으로 소리 나는 쪽으로 걷기 시작했다. 내 이럴 줄 알았지! 약속을 안 지키고 미리 벌목을 시작한 후 공청회에 나와서는 이미 작업이 진행 중이라며 배 째라는 식으로 나올 속셈이 분명하다.

아니나 다를까, 얼마 떨어지지 않은 곳에 주황색 트럭이 서 있고 산등성이 아래 빈터에서는 남자들 대여섯 명이 벌목 작업에 한창이다. 히르트라이터는 빈터 주변을 둘러싸고 있는 위험 표시 테이프를 들어 올리고 안으로 들어갔다. 다시 전기톱 소리가 요란하게 나고 톱밥이 마구 튀었다. 키 큰 전나무가 휘청거리더니 빠지직 하는 소리를 내며 빈터 쪽으로 쓰러졌다. 이런 우라질 놈들! 히르트라이터는 어깨에 메고 있던 엽총을 내려 안전핀을 풀었다.

"그만두지 못해!"

그는 전기톱 소리가 잦아들기를 기다렸다가 버럭 소리를 질렀다. 남자들은 하던 일을 멈추고 쓰고 있던 헬멧을 들어 올렸다. 히르트라이터는 총을 겨눈 채 그들에게 가까이 다가갔다. 텔도 옆에 바싹 붙어 주인을 따랐다.

"저리 가요! 여기 오면 안 돼요!"

작업자 한 명이 외쳤다.

"너희들이나 꺼져! 여기가 어딘 줄 알고 함부로 나무를 베? 당장 꺼지지 못해!"

히르트라이터가 무섭게 윽박질렀다.

작업반장인 듯한 사람이 다가왔다. 그는 히르트라이터의 손에 들린 총과 결연한 표정을 보더니 놀라서 손을 들어 올리며 달랬다.

"어어, 진정하십시오, 어르신. 우리는 그냥 위에서 시키는 대로 하는 거예요."

"내 알 바 아냐. 이 숲에서 당장 나가!"

전기톱 소리는 완전히 멈추었다. 다른 작업자들도 일손을 놓고 다가왔다.

텔은 목구멍 깊은 곳에서 나는 저음으로 무섭게 으르렁거렸다. 히르트라이터는 금방이라도 당길 듯이 방아쇠에 손가락을 얹었다. 정말 총을 쏠 태세다. 공사는 6월 초에 시작한다고 하지 않았던가. 시장과 시의회가 눈을 감아줬는지 모르겠지만 공사 일정을 이렇게 앞당긴 것은 분명히 위법이다.

"5분 내로 물건 다 챙겨서 돌아가!"

그러나 아무도 움직일 생각이 없어 보였다. 히르트라이터는 한 작업자가 들고 있던 전기톱을 겨냥한 후 방아쇠를 당겼다. 요란한 총성이 울렸다. 마지막 순간에 총신을 들어 올렸기 때문에 총알은 남자의 머리 위 1미터 상공으로 날아갔다. 남자들은 잠시 어안이 벙벙한 채 서 있다가 정신없이 줄행랑을 놓기 시작했다.

"미친 늙은이 같으니라고! 그냥 넘어가진 않을 테니 각오해요! 경찰에 신고할 겁니다."

작업반장은 도망치면서도 입은 살아서 지껄였다.

"맘대로 해."

루드비히 히르트라이터는 흡족한 표정으로 고개를 끄덕이며 총을 다시 어깨에 멨다. 흥, 신고할 테면 해보라지! 어디 누가 손해인지 보자고, 이 도둑놈들.

모든 것이 결정 나기 전에는 숲에 손도 대지 않겠다고 약속한 것이 지난 금요일이다. 사람들 앞에서는 나무를 베지 않겠다고 철석같이 약속을 해놓고, 뒤로는 벌목회사에 전화를 걸어 월요일 아침부터 일을 시작하라고 지시를 내린 것이다. 그는 벌목회사 트럭이 사라진 쪽을 노려보다가 모터 소리가 완전히 사라진 후에야 총을 내려놓았다. 그리고 위험 표시 테이프를 둘둘 감기 시작했다. 그가 있는 한, 이 숲의 나무는 단 한 그루도 잘려 나가는 일이 없을 것이다. 그는 몸 바쳐 싸울 준비가 돼 있었다.

*

컨베이어벨트에 실려 온 트렁크를 막 끌어 내리려는 찰나 주머니

속에서 익숙한 멜로디가 들렸다. 피아 키르히호프는 한참 후에야 그 소리가 자신의 휴대전화 벨 소리라는 것을 깨달았다. 휴가지에서 꺼 놓았다가 비행기가 도착한 후 바로 켰는데 오랜만에 듣는 소리라 못 알아들은 것이다. 일상생활의 절대적 필수품이었던 휴대전화는 3주 간의 꿈같은 휴가 기간 동안 쓸모없는 천덕꾸러기 신세로 전락했었 다. 어쨌든 지금은 전화보다 가방이 먼저다. 컨베이어벨트가 움직이 자마자 바로 가방을 찾은 크리스토프는 먼저 밖으로 나갔다. 피아도 금방 따라 나갈 생각이었는데, 상하이 발 비행기 LH729편은 극히 불규칙한 간격으로 띄엄띄엄 화물을 내보냈기 때문에 15분이나 기 다려야 했다. 피아는 회색 하드케이스 트렁크를 들어 운반차에 털썩 내려놓은 다음에야 휴대전화를 찾아 주머니를 뒤적거렸다. 그 순간 공항 안내 방송이 나오기 시작했다. 누군가가 툭 치고 지나가는 바 람에 운반차가 피아의 장딴지에 부딪혔다. 그 사람은 한마디 사과도 없이 지나갔다. 세관 검사대 앞에는 이제 막 도착한 비행기가 쏟아 낸 승객들이 이미 길게 줄을 이루고 있었다. 피아는 끈질기게 울려 대는 휴대전화를 찾아 귀에 가져다 댔다.

"지금 세관 통과해야 하니까 이따 전화하세요!"

"아, 미안. 난 어제저녁에 도착한 줄 알았지."

올리버 폰 보덴슈타인이 재미있다는 듯 말했다.

"어머, 반장님!" 피아는 한숨을 푹 내쉬었다. "죄송해요. 비행기가 아홉 시간이나 연착해서 이제 막 도착했어요. 무슨 일이에요?"

"문제가 좀 생겼어. 시체가 발견됐는데 오늘 오전 11시에 로렌츠 의 결혼식이 있거든. 거기 안 나타나면 가족들이 앞으로 사람대접도 안 할 거야."

"시체요? 어디서요?"

13

피아는 막 세관 검사대를 통과하면서 물었다. 그런데 그때까지 무표정한 얼굴로 지나가는 승객들을 쳐다보기만 하던 작고 뚱뚱한 세관 여직원이 손을 들어 피아를 제지했다. 시체라는 말에 귀가 솔깃해진 모양이다. 안 그래도 바쁜데 이런 실수를!

"켈크하임에 있는 회사야." 보덴슈타인이 말을 이었다. "지금 막 들어온 사건이야. 신참을 보내기는 할 건데 피아가 같이 좀 가봤으면 해서."

"신고할 물품 있어요?" 세관 직원이 부루퉁한 얼굴로 물었다.

"아니요."

"아니요, 라니 무슨 뜻이야?" 휴대전화에서 보덴슈타인의 의아해하는 목소리가 흘러나왔다.

"아니요, 그러니까 제 말은…… 예." 피아는 정신이 하나도 없었다. "세관에 신고할 게 없다는 뜻이었고요. 예, 제가 가볼게요."

"가방 열어요." 세관 직원이 하는 수 없지 않느냐는 표정으로 가방을 가리켰다.

피아는 휴대전화를 어깨와 얼굴 사이에 끼우고 가방의 잠금 장치를 풀다가 손톱 끝이 부러졌다. 순간 평화로운 휴가 기분은 연기처럼 사라지고 스트레스가 파도처럼 밀려들었다.

"네, 제가 갈 테니까 주소 알려주세요."

세관 직원은 의심 가득한 표정으로 피아의 가방을 뒤졌다. 엉망으로 쑤셔 넣은 옷가지들 사이에서 명나라 도자기나 몰래 숨겨 온 술병, 혹은 담배 뭉치가 나타나기를 기대하는 표정이다. 뒤에서 기다리는 사람들은 시큰둥한 표정으로 피아를 쳐다보았다. 결국 아무것도 발견하지 못한 세관 직원이 아무 일도 없었다는 듯 고갯짓으로 지나가라는 표시를 했다. 피아는 그녀를 한 번 째려본 후 가방을 쾅

닫아 운반차에 실었다. 입국장으로 나가는 반투명 유리문이 자동으로 열렸다. 크리스토프는 출입 제한 표시 뒤에서 긴장한 표정으로 억지 미소를 짓고 있었다. 그리고 그 옆에는 역시 썩 기분이 좋아 보이지 않는 전남편 헤닝 키르히호프가 서 있다. 이런! 원래는 피아가 없는 동안 목장에서 동물들을 돌봐준 미리엄이 두 사람을 데리러 오기로 했었다. 비행기가 출발하기 전에 미리엄과 통화를 했는데 중간에 일이 생긴 모양이다.

"미안해요. 내 가방이 맨 꼴찌로 나왔지 뭐예요. 게다가 세관 아줌마가 내 가방에 지대한 관심을 보이더라고요." 피아는 고개를 돌려 헤닝에게 물었다. "그런데 당신이 여긴 웬일이야?"

중국의 태양에 잘 그을린 크리스토프 옆에 서 있으니 비쩍 마른 헤닝은 더욱 창백하고 초췌해 보인다.

"응, 나도 만나서 반가워." 헤닝이 인상을 찡그리며 빈정거렸다. "내 차가 지금 한 시간째 주정차 금지 구역에 서 있거든. 딱지 떼면 벌금은 당신이 내."

"미안." 피아가 인사로 헤닝의 얼굴에 가볍게 볼을 가져다 댔다. "와줘서 고마워. 그런데 미리엄은 어떻게 된 거야?"

피아의 전남편 헤닝과 가장 친한 친구 미리엄의 사이는 헤닝이 옛 애인을 임신시킨 게 알려진 뒤 급속도로 식었다. 두 사람은 몇 달간 연락도 없이 지내다가 차츰 다시 가까워졌지만 예전 같은 사이가 될 수는 없었다.

"9시에 마인츠에서 약속이 있대. 무작정 기다릴 수는 없잖아. 나한테 대신 가달라고 해서 왔어." 헤닝은 출구로 걸어가며 불퉁거렸다. "뭐, 미리엄 말대로 연구소에서 멀지도 않고……. 참, 여행은 어땠어?"

"괜찮았어."

피아는 크리스토프를 힐끗 쳐다보았다. 괜찮았다니, 이건 희대의 거짓말이다. 그와 함께한 3주간의 중국 여행은 완벽 그 자체였다. 함께 산 지 꽤 됐지만 그녀는 아직도 그를 보면 마음이 따뜻해지고 가슴이 뛴다. 그리고 그를 볼 때마다 이런 멋진 남자를 만나다니 자신은 정말 억세게 운 좋은 여자라는 생각이 든다. 피아는 3년 전 여름에 일어난 살인 사건을 수사하다 크리스토프를 만났다. 헤닝과 헤어진 후 동물이나 키우며 혼자 쓸쓸히 살다 죽어야겠다고 생각할 무렵이었다. 보덴슈타인이 크리스토프를 강력한 용의자로 보고 의심했기 때문에 가까워지기가 쉽지 않은 상황이었지만, 두 사람 사이에는 바로 불꽃이 튀었다.

밖으로 나오자 이른 아침의 서늘한 공기에 한기가 든다. 열네 시간이나 비행기를 타고 온 참이라 온몸이 끈적거려서 어서 샤워를 하고 싶지만 샤워는 아직 좀 기다려야 한다.

헤닝의 차에는 다행히 딱지가 붙어 있지 않았다. '의료차량'이라는 팻말을 잘 보이게 앞 유리 뒤에 세워놓고 간 덕이다. 헤닝과 크리스토프가 차 트렁크에 짐을 넣는 동안 피아는 얼른 뒷좌석으로 들어갔다.

"우리 데려다 준 다음에 뭐할 거야?"

차가 켈스터바흐 방향으로 달리고 있을 때 피아가 물었다. 프랑크푸르트로 출근하는 차량이 많아서 제 속도를 내기 힘들었다.

"왜?"

말이 떨어지기 무섭게 헤닝이 되물었다.

피아는 그런 헤닝이 알미워서 눈을 한 번 흘겨주었다. 오늘 만난 이후 질문에 곱게 대답한 적이 한 번도 없다! 피아는 관자놀이를 지

16

그시 눌렀다. 빠르게 뛰는 맥박이 느껴진다. 지난 3주간은 정말 아무 생각 없이 잘 쉬었다. 일상의 걱정거리도, 직장 일도, 목전에 닥친 철거 명령도 다 잊고 쉬었다. 그런데 이제 그 모든 부담이 한꺼번에 몰려왔다. 할 수만 있다면 다시 휴가지로 돌아가 평생 거기서 살고 싶은 심정이다. 하지만 행복이란 모자란 듯해야 더욱 값지게 느껴지는 법이 아닌가.

"켈크하임에서 시체가 발견돼서 가봐야 하거든. 아까 반장님한테 전화가 왔어." 피아는 길게 한숨을 내뱉었다. "휴가가 끝났다는 게 실감 나는군."

✳

동물 보호소의 커다란 대문은 굳게 잠겨 있고, 관리실이 있는 단층 건물 앞 주차장도 텅 비어 있다. 마르크는 초조한 얼굴로 높은 울타리 주변을 서성거리다가 휴대전화를 들여다보았다. 오전 7시 15분. 리키는 대체 어떻게 된 걸까? 늦어도 20분 후에는 출발해야 한다. 선생들은 그가 수업에 1분만 늦게 나타나도 난리법석을 떤다. 그리고 며칠 학교를 빼먹었다고 바로 부모님한테 메일을 보내 버린다. 짜증난다. 학교 따위 가기 싫은데 왜 부모님은 이해하지 못하는 것일까? 기숙학교에서 나온 이후로는 모든 것이 위선적이고 낯설게만 느껴진다. 정말이지 학교에 멍청히 앉아 있기보다는 그 시간에 뭔가 '인생에 도움되는 일'을 하고 싶다. 동물과 관계된 일이면 좋겠다. 집을 나와 자신만의 공간에서 개와 고양이를 여러 마리 키우며 리키와 재니스처럼 살고 싶다. 만약 이런 말을 한다면 아버지는 입에 거품을 물고 쓰러질 것이다. 고등학교를 졸업하고 대학에 가는 것은 필수요, 교환학생으로 외국에 나가 경험을 쌓고 오는 것은 선택이다. 거기에 못 미치면 곧바로 형편없는 사람으로 취급받다가 낙오자가 되는 거다. 아버지에게 있어 지금 그의 행동은 88만원 인생으로 가는 지름길이었다. 여기서는 슈나이트하인으로 이어지는 아스팔트 길이 훤히 내려다보인다. 하지만 이른 아침부터 개를 산책시키는 사람이 몇 명 있을 뿐, 리키가 탄 자동차는 보이지 않는다. 어젯밤 그는 밤새 컴퓨터 앞에 앉아 있었다. 자려고 눈을 감으면 자꾸만 그 기억이 떠올랐다. 리키에게 문자를 보냈더니 오늘 오전 7시에 동물 보호소로 오라고 했다. 그런데 벌써 7시 반이다. 마르크는 가다 보면 만나겠지 하고 리키가 올 방향으로 움직여 보기로 했다.

판사가 동물 보호소에서 80시간 동안 사회봉사를 하라는 명령을 내렸을 때 그는 차라리 죽고 싶은 심정이었다. 차라리 접시 물에 코 박고 죽으라고 하지! 그러나 동물 보호소에서 리키와 그녀의 남자 친구 재니스를 알게 된 후 기쁨이라는 감정을 다시 알게 됐다. 동물 보호소 일도 정말 재미있었다. 그래서 정해진 봉사 기간이 끝난 지금도 거의 매일같이 일을 도우러 간다. 그 두 사람과의 만남은 그에게 언제라도 반겨주는 새로운 가족을 얻은 것이나 다름없었다. 그는 재니스처럼 되고 싶었다. 재니스와 함께 저녁 내내 토론을 벌이면서 이제까지 아무 관심도 두지 않았던 문제들에도 관심이 생겼다. 아프가니스탄 분쟁, 이스라엘 이주민 문제, 관타나모 포로들을 독일에서 받아들여야 할 것인가……. 특히 기후변화를 둘러싼 위선과 거짓말은 그의 단골 주제다. 그는 그런 시사 문제에 정통했고, 마르크의 아버지와는 완전히 다른 견해를 보였다. 아버지는 정부의 조세정책을 비난하거나 좌파와 녹색당을 욕하는 게 고작이다. 무엇보다 재니스는 말을 행동으로 옮길 줄 알았다. 마르크는 시위장에도 몇 번 따라가 봤는데, 재니스는 모르는 사람이 거의 없었다.

그가 헬멧을 쓰고 막 스쿠터에 시동을 걸려고 할 때, 리키의 자동차가 오르막길을 올라오는 것이 보였다. 리키의 차가 바로 옆에 와서 멈췄다. 운전석 창문이 내려가자 그는 가슴이 콩닥콩닥 뛰었다.

"미안해. 내가 좀 늦었지?"

리키가 웃으며 말했다.

"아니에요."

그는 아무렇지도 않은 척했지만 금세 얼굴이 빨개졌다. 그는 원래 얼굴이 잘 빨개졌는데, 그게 너무 싫었다.

"사료 주는 것 좀 도와줘. 그러면서 같이 얘기해보자. 괜찮겠니?"

마르크는 잠시 망설였다. 에이, 학교 따위 가서 뭐해. 거기선 배울 만큼 배웠어. 진짜 인생은 어차피 학교 밖에 있는걸!

"네, 괜찮아요."

✳

산업 단지에 들어서니 전면이 유리로 된 현대적 건물이 눈에 들어왔다. 잘 정돈된 잔디밭 한가운데 우뚝 솟아 있는 모습이 불시착한 우주선을 연상시켰다. 헤닝은 차가 몇 대 없는 한산한 주차장에 차를 세우고, 트렁크에서 알루미늄 가방을 두 개 꺼냈다. 피아가 그중 하나를 받으려고 하자 그는 "됐어" 하고 시큰둥하게 말했다. 목장 앞에 크리스토프를 내려준 뒤 굳게 입을 다물고 있다가 15분 만에 처음으로 한 말이 '됐어'다. 하지만 16년간의 결혼 생활로 그의 괴벽을 알 만큼 아는 피아는 크게 신경 쓰지 않았다. 사흘간 말 한

마디 안 하고 지낸 적도 있는 사람이다. 피아와 헤닝은 꽃이 만발한 화단과 분수대를 지나 건물 입구를 향해 걸었다. 분수대 옆에 순찰차가 두 대 서 있다. 피아는 지나가면서 회사 이름이 적힌 팻말을 힐끗 쳐다보았다. 윈드프로 주식회사. 그 옆에 그려진 풍차 그림은 이 회사가 무엇을 하는 회사인지 말해주는 표식인 모양이다. 정문 계단 앞에 순경 한 명이 서 있다가 고갯짓으로 두 사람을 통과시켜줬다. 문을 열고 웅장한 회사 로비로 들어가니 시체가 썩을 때 나는 특유의 단내가 진동했다.

"음, 주말 동안 숙성이 잘된 모양이군."

피아는 헤닝의 농담을 못 들은 척하고 위를 올려다보았다. 4층까지는 곡선 모양의 층계 혹은 통유리로 된 엘리베이터를 이용할 수 있게 되어 있다. 오른쪽으로 눈을 돌려보니 스테인리스스틸 재질의 긴 안내 데스크 앞에 여자 한 명이 의자를 놓고 앉아 있다. 무릎 위에 팔꿈치를 괴고 손에 얼굴을 파묻은 모습이다. 순경 몇 명과 사복 차림의 형사 한 명이 여자를 둘러싸고 서 있었다. 보덴슈타인이 말한 새 직원이란 저 남자를 두고 한 말임에 틀림없다.

"어, 저 사람이 왜 여기 있지?"

"아는 사람이야?"

"응. 셈 알튀나이라고 오펜바흐 강력반에 있던 사람인데, 이리로 옮겼나 보네."

프랑크푸르트 법의학연구소 부소장인 헤닝은 라인마인 지역과 헤센 남부 지역 강력반 사람을 거의 다 안다.

셈이라는 이름의 남자는 의자에 앉아 있는 여자에게 몸을 굽혀 조용히 뭔가를 물었다. 잘해야 서른 후반으로 보이는데 전임자인 벤케에 비하면 시각적인 면에서 많이 업그레이드된 느낌이다. 흰색 셔

20

츠에 블랙진, 반짝반짝 빛나는 구두에 스포츠 스타일로 짧게 자른 검은 머리까지 어디 하나 나무랄 데가 없다. 피아는 갑자기 겨드랑이 부분은 땀으로 얼룩지고 주름투성이인 회색 티셔츠에 지저분한 청바지를 입고 있는 자신의 몰골이 더욱 마음에 안 들었다. 역시 샤워를 하고 옷을 갈아입고 나왔어야 하는 건데. 하지만 이미 늦었다.

"키르히호프 박사님, 오랜만입니다." 셈은 헤닝에게 알은체를 한 다음 피아에게 손을 내밀어 악수를 청했다.

"반가워요, 피아. 셈 알튀나이라고 합니다. 오스터만이랑 카트린 한테 얘기 많이 들었어요. 여행은 어땠어요?"

"아, 그…… 네…… 비행기가 아홉 시간이나 연착해서 지금 막 도착했어요." 갑작스러운 질문에 피아는 당황해서 말을 더듬었다.

"그런데 도착하자마자 시체라니 안됐네요."

그는 살인 사건이 난 게 마치 자기 잘못이라도 되는 듯 미안해했다. 두 사람은 잠시 서로를 응시했다. 그러다 그의 초콜릿 같은 부드러운 눈동자에 사로잡힌 피아가 이상한 기분이 들어 먼저 시선을 떨어뜨렸다. 둘 다 아무 말 없이 서 있었다. 이내 어색한 침묵이 돌았다. 등 뒤에서 눈을 가늘게 뜨고 쳐다보던 헤닝이 가볍게 한숨을 쉬자 피아는 얼른 제정신으로 돌아왔다.

"어떤 사건이죠?" 피아가 프로의 자세로 돌아와 물었다.

"사망자 이름은 롤프 그로스만. 몇 년 전부터 이곳 야간 경비원으로 일하고 있어요. 오늘 아침 6시 반 동료 여직원이 발견했다는군요. 아무래도 사고 같아요. 이쪽으로 오시죠."

시체에 다가갈수록 썩는 냄새는 더욱 강렬해졌다. 이렇게 집요한 냄새를 풍길 정도면 시체는 눈뜨고 보기 힘들 정도로 부패했을 것이다. 피아는 셈을 따라 층계를 올라가며 속으로 각오를 단단히 했지만 막상 시체를 보자 숨이 턱 막혔다. 시체는 사지가 기괴하게 뒤틀린 채 3층과 4층 사이 층계참에 널브러져 있었는데, 변색된 얼굴이 도저히 인간 같아 보이지 않았다. 이제까지 별의별 시체를 다 보아왔지만 부지런히 시체 위를 기어다니는 파리 떼를 보니 피아는 위장이 뒤틀리는 것 같았다. 하지만 새로 온 동료 앞에서 약한 모습을 보일 수는 없다는 생각에 엄청난 프로 의식을 발휘해서 꾹 참았다.

"왜 사고라고 생각하는 거죠?" 피아가 치밀어 오르는 구역질을 꾹 꾹 누르며 물었다. 유리창이 많은 건물이 더운 날씨에 열을 받아서인지 찜통 속에 들어가 있는 것만 같다. "어휴! 누가 여기 에어컨 좀 켜요, 천장 창문을 열든가!"

"큰일 날 소리!" 흰색 오버올을 껴입고 있던 헤닝이 별안간 소리쳤다. "누구 현장을 망치려고?"

셈이 의아한 듯 두 사람을 쳐다보았다.

"한때 부부였던 적이 있어요." 셈의 표정을 읽은 피아가 짤막하게 설명했다. "사건 경위가 어떻게 되는 거 같아요?"

"계단을 내려오다가 발을 헛디뎌 굴러떨어진 것 같아요." 셈이 말했다.

"흠." 피아는 4층까지 곡선을 그리며 이어지는 계단을 올려다보았다. "시체를 발견한 여직원이랑 얘기해봤나요? 왜 그렇게 일찍 회사에 나왔대요?"

헤닝은 가방을 탁 소리 나게 바닥에 내려놓았다. 시체 위로 몸을 굽히고 찬찬히 들여다보는 그의 얼굴 주변으로 파리들이 날아들어 윙윙거린다.

"경리과 직원인데 원래 그 시간에 나온답니다." 셈은 여전히 똑같은 자세로 의자에 앉아 있는 여자 쪽으로 고개를 돌렸다. "단단히 충격을 받았나 봐요. 출근해서 같이 커피도 마시곤 했대요."

"그런데 왜 갑자기 계단에서 굴렀을까요?"

"저 여직원 말로는 술 때문에 문제가 있었답니다. 시체에서도 술 냄새가 나고요. 안내 데스크 뒤에 있는 휴게실 탁자에 마시다 만 잭 대니얼스 병도 있습니다."

*

짙은 갈색 유니폼을 입은 택배회사 직원이 숨을 씩씩 몰아쉬며 전자 패드와 터치펜을 내민다.

프라우케 히르트라이터는 만면에 미소를 띤 채 흠집이 많은 디스플레이에 서명을 했다. 물건을 마당에 내려놓고 가려다가 창고까지 옮겨야 했던 택배회사 직원의 불만스러운 표정에는 신경도 쓰지 않는다.

그녀는 가게로 들어가 불을 켠 후 흡족한 표정으로 주위를 둘러보았다. 가게를 둘러볼 때마다 마음 편히 있을 수 있는 공간을 발견한 것이 못내 기뻤다. 주인은 아니지만 자기 것처럼 아끼는 가게다. '동물천국'이라는 상호도 가게와 잘 어울린다. 어두컴컴하고 곰팡내나는 옛날 사료 가게와는 격이 다르다. 그녀는 애견 미용실로 통하는 문을 열었다. 여기가 바로 그녀의 왕국이다. 그녀는 야간학교에 다니면서 요즘은 '그루머'라고 부르는 애견 미용사 자격증을 땄다. 요즘에는 손님도 꽤 있고 돈벌이도 꽤 짭짤하다. 그 밖에도 리키가 운영하는 애견 훈련소와 얼마 전에 시작한 인터넷 쇼핑몰이 있다. 애견 미용실에서 나온 프라우케는 다시 가게를 지나 사무실로 들어갔다. 니카가 컴퓨터 앞에 앉아 주문 들어온 것을 확인하는 중이다.

"몇 건이나 들어왔어?" 프라우케가 호기심 가득한 표정으로 물었다.

"24건요. 지난주 월요일과 비교하면 100퍼센트 증가한 거예요. 그런데 새 품목 입력이 안 되네."

"왜?" 프라우케는 사무실 구석에 놓인 싱크대 찬장에서 머그컵 두 개를 꺼냈다. 옆에서는 커피 메이커가 부글부글 소리를 내며 부지런히 끓고 있다.

"모르겠어요. 계속 똑같은 오류가 나요. 품목 이름을 치고 저장을 누르면 저장돼야 하는데 아무 반응이 없어요."

"마르크더러 한번 보라고 해. 걔가 봐야 금방 알지."

"네, 그게 낫겠어요." 그녀는 인쇄되어 나온 주문서를 들고 일어나 기지개를 켰다. "전 그럼 창고에 가볼게요."

"커피 한 잔 마시자. 아직 시간 있어."

프라우케는 컵에 커피를 따라 니카에게 내밀었다.

"우유 넣었어."

"잘 마실게요."

니카는 뜨거운 커피를 호호 불며 마신다. 프라우케로선 니카가 가게 일을 돕는 게 얼마나 다행인지 모른다. 주인인 리키는 바빠서 가게에 붙어 있을 시간이 없고, 고용센터에서 알선받은 아르바이트생들은 하나같이 쓸모가 없었다. 도둑질을 하는 사람이 있는가 하면, 머리가 나빠서 주문서도 제대로 읽을 줄 모르는 사람도 있고, 세 번째 왔던 사람은 일이 너무 힘들어서 허리가 아프다며 사흘째에 그만두었다. 반면 니카는 일도 잘하고 불평도 하지 않는다. 가계부도 체계적으로 새로 정리했고, 청소부가 그만둔 뒤로는 저녁마다 가게 청소까지 한다. 하지만 프라우케는 니카에 대해 아는 것이 없다. 리키

의 옛날 친구고 지금은 슈나이트하인에 있는 리키와 재니스네 집에
세 들어 살고 있다는 것 말고는 아는 바가 없다. 처음 보았을 때 니
카는 별로 이렇다 할 느낌이 없었다. 어두운 금발 생머리에 작고 마
른 체구, 어딘가 아파 보이는 창백한 얼굴, 거기다 중고 가게에서 사
입은 듯한 볼품없는 옷차림의 니카는 리키에 비하면 공작 옆에 서
있는 메추라기 같은 느낌이었다. 어쩌면 그래서 친구가 됐는지도 모
른다. 리키는 경쟁자를 견디지 못하는 성격으로, 웬만한 사람은 옆
에 두지도 않는다. 니카나 프라우케가 리키의 경쟁 상대가 아닌 것
은 누가 봐도 분명했다.

프라우케는 니카에 대해 더 알고 싶었지만 니카는 통 말이 없다.
자신에 대한 이야기는 전혀 하지 않았고, 종종 슬퍼 보일 때도 있다.
궁금증을 참다못한 프라우케가 슬쩍 질문을 던지면 너무 재미없게
살아서 할 얘기가 없다며 대답을 회피했다.

"이제 일해야겠어요. 리키가 9시 반에 와서 배달 간다고 했거든
요. 마르크한테 연락 좀 해주실래요?" 니카가 컵을 싱크대에 가져다
놓으며 말했다.

"응, 알았어."

프라우케는 니카가 나간 후 혼자 싱긋 웃었다. 요즘엔 정말 모든
게 잘 풀리는 느낌이다. 아무 일 없이 이대로만 계속된다면 정말 좋
을 텐데.

＊

검안을 마친 헤닝은 마스크를 벗으며 피아와 셈을 향해 돌아섰다.
"사망 시점은 토요일 새벽 3시부터 6시 사이. 사후경직이 다시 풀

렸고 시반(사망 이후 혈액이 사체의 가장 낮은 곳으로 흘러 암갈색 반점을 이루며 굳는 현상_역주)을 눌러도 들어가지 않아."

"수고했어." 피아가 고개를 끄덕이며 말했다.

헤닝은 그 말을 듣는 둥 마는 둥 하고 미간을 잔뜩 찌푸린 채 다시 시체를 내려다보았다.

"왜 그래?"

"내가 틀릴 수도 있는데, 아무리 봐도 계단에서 굴러떨어져 죽은 것 같지 않아. 목뼈가 안 부러졌거든."

"외부의 힘이 작용했다는 거야?"

"그럴 수도 있지." 피아는 잠깐 보덴슈타인에게 전화를 걸까 하다가 그만두었다. 수사 지휘권을 위임받았으니 상황을 어떻게 판단할지는 그녀의 재량에 달린 일이다. 그리고 살해가 의심된다는 헤닝의 말만으로도 수사 시스템을 가동시키기에 충분하다.

"감식반 부르고 지원 요청하고 현장 보존하세요. 여기서 무슨 일이 일어났는지 알아낼 때까지는 건물 안에 아무도 못 들어오게 하고요. 부검 의뢰해야겠어요." 피아가 셈에게 말했다.

"알았어요. 바로 연락할게요." 셈은 이렇게 말하고 바지 주머니에서 휴대전화를 꺼내 들었다. 두 사람이 계단을 내려가고 있는데, 정문 쪽에서 시끄러운 소리가 났다. 출근한 회사 직원들의 출입을 통제하고 있던 순경이 피아에게 다가왔다.

"무슨 일이에요?" 피아가 물었다.

"이 회사 사장이 왔습니다."

"이리로 데려와요. 다른 사람은 못 들어오게 하시고요."

순경은 고개를 끄덕이고 돌아섰다.

"이제 창문 좀 열어도 돼?" 피아가 헤닝에게 물었다. 온몸이 땀에 전 데다 시체 냄새도 참기 힘들다.

"안 돼." 헤닝이 딱 잘라 말했다. "감식반이 오기 전엔 안 돼. 크뢰거한테 잔소리 듣기 싫어."

"잔소리는 어차피 듣게 될걸. 크뢰거가 오기 전에 시체를 건드렸잖아."

셈은 빠른 속도로 세 통의 전화를 끝낸 후 보고했다.

"감식반은 이리로 오는 중이고, 지원도 보내준다는군요. 검사한테 연락하는 건 오스터만이 맡기로 했어요."

"좋아요. 지금 이 회사 사장하고 얘기하려고 하는데 질문을 어떻게 할까요?"

"그쪽이 물어봐요. 난 그냥 들을게요."

"알았어요." 피아는 셈의 소탈한 대답에 한결 마음이 놓였다. 벤케는 선임임을 내세워 사소한 질문 하나도 누가 먼저 할 것인지를 놓고 꼬치꼬치 따지곤 했다. 잠시 후 훌쩍 큰 키에 어깨가 떡 벌어진 남자가 다가왔다. 건물 안에 가득한 시체 냄새 때문인지, 자기 회사에서 사람이 죽었다는 사실 때문인지 핏기가 싹 가신 얼굴이다. 피아가 막 말을 건네려는데 갑자기 굳은 듯 앉아 있던 여직원이 벌떡 일어나 알아들을 수 없는 비명을 지르며 사장에게 달려들었다. 사장은 처음에는 당황했지만 곧 그녀를 안고 앙상한 어깨를 다독거렸다. 여직원은 셈이 부드럽게 힘주어 떼어낼 때까지 사장의 품에 안겨 흐느껴 울었다. 멀리 통제선 너머에 모여 있던 다른 직원들은 엄숙한 표정으로 이 광경을 지켜보았다. 윈드프로 사장은 충격이 큰 듯하지만 침착한 모습이다.

"호프하임 경찰서 강력반에서 나왔습니다. 이쪽은 셈 알튀나이, 전 피아 키르히호프 형사입니다." 피아가 악수를 청하며 말했다.

"슈테판 타이센입니다. 어떻게 된 겁니까?"

악수를 하는 타이센의 손에서 힘이 느껴진다. 약간 땀에 젖은 손이 거슬리지만 실내 온도와 당면한 상황을 고려하면 나쁘게 생각할 수만도 없다. 그는 얼굴도 잘생겼고 키도 꽤 크다. 피아가 올려다봐야 하니까 1미터 90센티미터는 족히 될 것 같다. 막 샤워를 하고 나왔는지 단정하게 가르마를 탄 머리는 아직 젖어 있고, 와이셔츠 위로 드러난 목덜미는 면도 자국으로 울긋불긋하다. 그에게서 나는 애프터셰이브 냄새가 잠시 시체 냄새를 덮었다.

"야간 경비원인 그로스만 씨 아시죠? 사고를 당한 것 같습니다."

피아는 타이센의 반응을 유심히 살폈다.

"맙소사! 어쩌다…… 아니, 왜…… 그런 일이…….' 그는 더 말을 잇지 못하고 입을 다물었다.

"저희가 보기엔 계단에서 굴러떨어진 것 같아요. 그나저나 여기 말고 다른 곳에서 얘기를 계속하는 게 좋겠는데…….'

"제 방이 4층에 있는데 그리로 가실까요? 저쪽에 있는 엘리베이터를 타면 됩니다.' 타이센이 동의를 구하는 표정으로 쳐다보았다.

"아니요. 지금 감식반을 기다리는 중이에요. 그때까진 아무도 사무실에 들어가선 안 됩니다."

"그럼, 우리 직원들은요?"

"저희가 정확한 사고 경위를 알 때까지는 안 돼요. 오늘은 좀 늦게 일을 시작할 수밖에 없습니다."

"얼마나 걸리죠?"

항상 받는 질문이다. 피아는 항상 하는 똑같은 답변을 한다.

"그건 아직 확실하게 말씀드릴 수 없습니다."

피아는 셈을 돌아보았다.

"셈, 순찰차에 가서 감식반이 도착하면 나한테 연락하라고 좀 해 줘요."

이렇게 허물없이 처음 보는 사람의 이름을 부르는 것이 영 낯설 다. 그가 아직 동료로 느껴지지 않기 때문인 것 같다. 항상 하던 일 인데 이렇게 헤매는 것도 아직 휴가 모드에서 완전히 벗어나지 못했 기 때문일 것이다. 어제 이 시간에는 완전히 다른 세계에 있었지 않 은가. 피아는 크리스토프의 얼굴을 떠올리며 엄지손가락으로 반지 를 매만졌다. 헤닝의 날카로운 관찰력으로도 발견하지 못한 반지다. 피아는 잠시 중국에서의 마지막 밤을 추억하고 싶었지만 타이센의 초조한 시선이 느껴졌다.

피아는 금세 돌아온 셈과 함께 타이센을 따라 1층에 있는 회의실 로 갔다.

"앉으시죠." 타이센은 둥근 탁자 주변의 의자를 가리켰다. 그는 서 류 가방을 내려놓고 재킷을 벗었다. 50세 정도 되어 보이는데, 몸에 군살이 하나도 없다. 아침마다 조깅을 하는 걸까? 아니면 새벽부터 타우누스 근처에 모여 마운틴바이크를 타는 사람들 중 하나일까? 타이센은 충격에서 어느 정도 벗어났는지 처음보다 훨씬 여유 있어 보였고 창백하던 얼굴에도 화색이 돌았다. "자, 말씀하시죠."

"오늘 아침에 직원 중 한 사람이 그로스만 씨의 시체를 발견했어 요." 피아는 말을 시작하며 그가 경리과 여직원을 다독거리던 모습 을 떠올렸다. 다정다감한 사장이라…… 그에게는 플러스 점수다.

"바이다우어 부인은 경리를 맡고 있죠. 항상 아침 일찍 출근합니 다." 타이센이 고개를 끄덕였다.

"바이다우어 부인 말로는 그로스만 씨에게 알코올 문제가 있었다 고 하던데, 사실인가요?"

타이센은 고개를 끄덕이며 한숨을 쉬었다.

"네, 맞습니다. 상습적으로 마시지는 않았지만 한번 시작하면 인사불성이 될 때까지 마셨죠."

"그렇다면 야간 경비원으로서는 실격 아닌가요?"

"그게 좀……." 타이센은 머릿속으로 표현을 고르는 듯 머리카락을 쓸어 올렸다. "롤프는 제 학교 동창입니다."

피아는 흠칫 놀랐다. 타이센이 엄청 젊어 보이는 것이거나 부패해가는 그로스만이 나이 들어 보이는 것이거나 둘 중 하나다.

"학교 다닐 때는 무척 친했습니다. 그러다 소식이 끊겼는데 몇 년 전에 동창회에서 다시 만나고는 무척 놀랐습니다. 아내와 이혼을 하고 직업도 없이 프랑크푸르트에 있는 부랑자 숙소에서 지내고 있었습니다." 타이센은 안됐다는 표정으로 어깨를 으쓱했다. "보기에 영 딱해서 우리 회사에 취직을 시켰습니다. 처음에는 운전사였다가 면허가 취소돼서 야간 경비원으로 일하게 되었습니다. 평소에는 아무 문제도 없었습니다. 성실했고 일하는 시간에는 술도 마시지 않았어요."

"평소요? 그럼 안 그럴 때도 있었다는 말이군요." 셈이 끼어들었다.

"네, 한번은 제가 출장 갔다가 밤늦게 돌아와 보니 휴게실 바닥에 고주망태가 되어 쓰러져 있더군요. 그때 바로 요양소에 들어가서 3개월간 알코올중독 치료를 받았습니다. 그리고 1년 넘게 아무 문제가 없어서 이제 정신을 차렸다고 생각했습니다."

솔직하고 꾸밈없는 진술이다.

"법의학자가 추정하기에는 사망 시각이 토요일 새벽 4시경이라고 하는데, 어째서 월요일이 될 때까지 아무도 찾는 사람이 없었던 거죠?"

"혼자 사니까요. 그리고 바쁠 때가 아니면 주말에는 회사에 사람이 없습니다. 제가 주말에 가끔 나오는데, 이번 주말에는 여행을 갔습니다. 롤프…… 아니, 그로스만의 일과는…… 오전 6시에 끝나고 오후 6시에 다시 시작됩니다."

타이센의 말에는 의심할 만한 데가 없었다. 피아는 질문에 답해주어 고맙다는 말과 함께 자리에서 일어났다. 순간 휴대전화가 진동했다. 헤닝이다.

"아주 재미있는 걸 발견했어. 계단으로 와봐. 지금 바로."

＊

그녀의 얼굴을 들여다보고 있노라니 죄의식이 밀려왔다. 너무 오랜만에 찾아와서 나무라는 것만 같다. 그녀는 눈을 뜨고 있지만 시선은 멍하니 허공에 박혀 있다. 말을 알아듣기는 하는 걸까? 손을 만진다는 것을 감지할 수는 있을까?

"어제는 정말 엄청났어." 그는 그녀의 손을 쓰다듬으며 말했다. "이름 좀 있다 하는 사람들은 다 왔어. 대통령까지 왔으니까 말 다했지. 방송사는 말할 것도 없고. 오늘 아침엔 내 책 이야기가 1면에 실리지 않은 신문이 없을 정도야. 당신도 좋지?"

비스듬히 열린 창문으로 거리의 소음이 밀려들었다. 전차 종소리, 자동차 경적 소리, 시동 거는 소리……. 디르크 아이젠후트는 아내의 차가운 손에 입을 맞추었다. 매번 이 병실에 들어와 눈을 뜨고 있는 아내의 얼굴을 볼 때마다 희망이 솟구쳤다. 수년간 식물인간 상태였다가 깨어난 사람도 있지 않은가. 그러나 이런 환자들의 의식 상태가 어떤지 알려진 것은 거의 없다. 어쨌든 그는 아내가 자신의 말을 듣는다는 것을 안다. 가끔은 잡은 손에 힘을 주어 반응하기도 하고, 옛날 이야기를 하거나 입을 맞추면 미소를 짓는 것 같기도 하다.

그는 어제 독일 오페라 극장에서 있었던 출판 기념회에 대한 이야기를 차근차근 들려주었다. 언론에서 얼마나 많은 관심을 보였는지, 정치, 경제, 문화계의 인사들이 얼마나 많이 왔는지, 친지와 친구들이 어떻게 지내는지 하나씩 천천히 이야기했다. 문이 열리고 누군가가 들어왔지만 그는 뒤돌아보지 않았다.

"한참 못 올 것 같아. 출장을 가야 하거든. 하지만 내가 언제나 당신 생각 한다는 거 알지?"

요양병원 원장인 랑카에게서는 언제나 라벤더와 장미 향이 나기 때문에 냄새만으로도 금방 알 수 있다.

"아, 교수님 오셨네. 오랜만에 오셨네요."

말 속에서 뼈가 느껴지지만 그는 굳이 변명할 생각이 없다.

"안녕하세요, 원장님? 집사람 상태는 좀 어떤가요?"

그는 짤막하게 인사를 하고 여느 때와 같은 질문을 던졌다. 그러면 랑카는 발코니까지 산책을 나갔다느니 물리치료에서 아주 작은 변화를 보였다느니 하며 베티나의 일상을 구구절절 늘어놓곤 한다. 그런데 오늘은 그런 설명이 전혀 없다.

"좋아요." 랑카의 짤막한 대답이 되돌아왔다. "여느 때와 같아요."

듣고 싶지 않은 대답이다. 변화가 없다는 말은 정체한다는 것이고, 정체는 곧 퇴보로 이어진다. 초기 재활 치료는 매우 성공적이었다. 기초 자극 치료, 물리치료, 언어 치료 덕분에 느리지만 꾸준한 변화를 보였고, 스스로 삼킬 수 있는 상태가 되어 음식물을 주입하던 튜브를 뺄 정도로 호전됐다. 식물인간 상태에서 깨어날 확률은 50퍼센트다. 과학자로서 그는 그것이 얼마나 미미한 가능성인지 잘 안다. 환자가 1년 이내 정신적, 육체적으로 뚜렷한 변화를 보이지 않고 의식불명 상태가 계속되면 전문가들의 표현으로 F 단계로 접어들었다고 한다. 의학 용어로는 지속적 활성화 치료라고 한다. 모든 희망이 사라졌다는 뜻이다.

그는 입맞춤과 함께 아내에게 작별을 고했다. 그리고 랑카에게 출장 때문에 며칠간 오지 못할 것이라고 말하고 병실을 나갔다.

그 끔찍한 12월 31일 밤 화재 이후 그가 포츠담의 빌라에, 아니 빌라의 잔해에 발을 들여놓은 것은 단 두 번뿐이다. 한 번은 경찰 화재 전문 요원과 함께였고, 두 번째는 그나마 덜 손상된 서재에 서류를 가지러 들어갔을 때였다. 그 뒤로 그쪽은 쳐다보지도 않았다. 지금은 미테(베를린 시의 한 구역_역주)에 살고 있다. 베티나가 애지중지하며 가꾸던 집이고 요양병원이 있는 로젠탈러 가에서도 멀지 않아서 좋다. 출근하는 데 한 시간이나 걸리지만 죄과를 받는다는 생각으로 달게 받아들였다. 그는 병원 입구의 경비원에게 인사를 한 후 밖으로 나왔다. 갑자기 거리의 소음 속으로 들어선 그는 길 중앙에 서서 크게 심호흡을 했다. 하케셔 회페로 가는 한 무리의 관광객이 웃고 떠들며 그를 스쳐 지나간다. 택시 한 대가 앞에 와 서더니 기사가 묻는 듯한 얼굴로 그를 쳐다본다. 그는 고개를 저어 탈 생각이 없다는 신호를 보낸다. 베티나를 방문한 다음에는 항상 걷고 싶은 생각이 든다. 그리고 그의 집이 있는 노이에 쇤하우저 가까지는 엎어지면 코 닿을 거리다. 그는 길을 건너 걷기 시작했다.

그가 어떻게 할 수 없는 일이었다면 이렇게 힘들지는 않을 것이다. 그날 그는 학교 연구실에서 파티를 하고 저녁 늦게 집에 돌아왔다. 엄동설한의 날씨라 물을 대기가 어려워 불길을 잡는 데 너무 시간이 지체됐다. 베티나는 기적적으로 목숨을 건졌다. 구급 의사는 그녀를 소생시키는 데 성공했지만 그녀의 뇌는 너무 오랫동안 산소를 공급받지 못한 상태였다.

그는 그날의 충격을 아직도 잊지 못한다. 그리고 그 모든 것이 자신의 잘못이라는 것을 잘 안다. 절대 되돌릴 수 없는 엄청난 실수를 저지른 것이다.

*

드디어 결단의 날이 왔다. 몇 주, 아니 몇 달에 걸쳐 긁어모은 정보를 분석하고 알아듣기 쉬운 말로 고쳐 자료를 만들었다. 함께 싸울 사람들을 모으기 위해서였다. 그의 부단한 노력은 성과를 거두었다. 시민단체 '풍차 없는 타우누스'의 회원은 그동안 200명을 넘어섰고, 동조자들은 그보다 10배는 많다. 주민 공청회 전에 이 주제를 한 번 더 텔레비전 방송에 내보내자는 것은 그의 아이디어였다. 그가 모든 것을 다 생각해서 준비했고, 오늘 오후 인터뷰를 하기로 했다. 죽기 아니면 살기다! 무의미한 풍력발전소 설립 계획에 반대하는 사람이 미친놈 몇 명이 아니라 수백 명의 시민이라는 것을 확실히 보여줄 필요가 있다. 재니스 테오도라키스는 욕실에서 나와 수건으로 몸을 닦았다. 그는 수염이 까칠하게 난 턱을 만져보며 수염을 깎을 것인지 잠시 고민에 빠졌다. 개인적으로는 수염을 안 깎는 게 더 맘에 들지만 텔레비전 시청자들에게는 깔끔하고 단정한 모습이 좋은 인상을 줄 것이다. 그는 면도를 한 다음 침실로 가 옷장을 속속들이 살폈다. 양복은 너무 과할까? 마지막으로 양복과 넥타이 차림으로 출근한 게 언제였던가? 어쩌면 양복이 작아져서 못 입을지도 모른다. 결국 그는 청바지에 흰색 셔츠를 입고 양복 재킷을 걸치기로 했다. 니카가 집안일을 맡은 이후로는 옷장에 잘 다려진 옷들이 차곡차곡 쌓여 있다. 그는 셔츠와 청바지를 더블 침대 위에 펼쳐놓았다. 침대를 보자 좋던 기분이 조금 나빠졌다. 이제 리키는 거실 소파나 바닥에서만 잔다. 침대에서 자면 허리가 아프다는 게 이유다. 본인은 절대 인정하지 않겠지만 하루도 안 쉬고 그렇게 일을 해대니 허리가 휘는 게 당연하다. 동물 보호소에 애견 훈련소, 거기다 직접 기르는 동물도 여러 마리고, 시민단체 일까지 하려니 하루가 스물다섯 시간이어도 모자랄 판이다. 그러니 개인 생활이라는 것이 있을 수 없다. 리키의 과도한 일 욕심은 척추 치료 횟수만 늘렸고, 섹스를 거부하는 좋은 핑곗거리를 만들었다. 그에게는 불만이 아닐 수 없다.

그는 복도를 가로질러 부엌으로 갔다. 의자 위에서 졸고 있던 고양이들이 곧장 내려와 문에 달린 개구멍을 통해 테라스로 피했다. 주인 없는 동물을 보면 가여워서 그냥 지나치지 못하고 하나둘씩 데려온 게 이제 동물원을 만들어도 될 수준으로 불어났다. 개 두 마리는 그럭저럭 참아줄 만하지만 가는 곳마다 털을 날리고 살금살금 소리도 없이 나타나는 시건방진 고양이들은 정말 참기 힘들다. 고양이들도 재니스가 자신들을 싫어하는 것을 아는지 거만한 태도로 그를 무시한다.

밝은 햇살이 창문으로 들어왔다. 촬영하기에는 더없이 좋은 날씨다. 재니스는 컵에 커피를 따른 다음 갓 구운 빵에 버터와 딸기잼을 발라 한입 베어 물었다. 중구난방으로 맴돌던 생각은 다시 니카에게 집중되었다. 요즘은 니카 생각이 머릿속에서 떠날 날이 없다.

처음에는 허름한 옷, 촌스러운 헤어스타일, 올빼미 안경만 눈에 띄었다. 워낙 말이 없어서 집에 그런 사람이 산다는 것을 잊어버릴 정도였다. 그는 니카에 대해 아무것도 몰랐고, 알고 싶은 생각도 없었다. 그런데 3주 전 모든 것이 바뀌었다.

재니스는 그 순간을 떠올리자 몸이 뜨거워졌다. 저녁 식사에 곁들일 와인을 가지러 창고에 갔다가 막 나오려는 순간 욕실 문이 열리며 니카가 나왔다. 아무것도 걸치지 않은 알몸에 젖은 머리카락을 뒤로 쓸어 넘긴 모습이었다. 두 사람은 잠시 아무 말 없이 서로를 쳐다보았다. 그러다 정신이 든 그가 미안하다는 말을 중얼거리며 바삐 층계를 올라갔다. 그도, 그녀도 그 일에 대해 이야기하지 않았지만 니카의 모습은 그의 머릿속에 각인되어 사라지지 않았다. 매일 밤 혼자 침대에 누워 바닥에서 코를 골며 자는 리키를 바라보고 있으면 니카의 모습이 떠올랐고, 섹스 없는 날이 많아질수록 니카에 대한 욕망은 강박이 되어 그를 괴롭혔다. 질투 많은 리키가 눈치라도 채는 날이면 온 집 안이 뒤집힐 일이다. 그러나 그 사실을 잘 알면서도 니카의 벗은 가슴이 머릿속에서 지워지지 않았다.

"니카." 그녀의 이름을 소리 내어 말하는 행위가 동반하는 고통을 즐기며 나지막이 중얼거렸다. 니카와 마주친 순간을 떠올리는 것만으로도 그는 몸이 바짝 달았다. 실제로는 급히 자리를 떴지만 상상 속에서는 이미 숱하게 많은 다른 결말을 맞았기 때문이다.

"니카, 니카…… 빌어먹을."

*

올리버 폰 보덴슈타인은 옷장 앞에 서서 언짢은 표정으로 넥타이를 맸다. 왜 하필이면 월요일 오전에 결혼을 해서 바쁜 사람 회사도 못 가게 하는지! 옷장에 붙어 있는 거울에 옆모습을 비춰 보았다. 배에 힘을 주었는데도 허리띠 부분이 불룩하다. 어제저녁에는 생애 최초로 저울 눈금이 90을 넘었다. 충격이었다. 이제 9킬로그램만 더 찌면 100킬로그램이다! 매일 저녁 부모님 댁에서 식사를 하고, 식사 후에 아버지와 함께 적포도주 한 병을 비우는 습관을 버리지 않으면 곧 허리끈을 배 위에 둘러야 할지 배 아래 둘러야 할지 고민해야 할 판이다.

그는 재킷을 걸치고 거울을 보았다. 재킷을 걸치니 그렇게 끔찍해 보이지는 않는다. 하지만 여전히 기분이 안 좋다. 결혼식이나 늘어난 체중 때문만은 아니다. 20년이 넘는 세월 동안 그의 삶은 조용히 흘러왔다. 그런데 6개월 전 코지마와 헤어진 후 식습관뿐만 아니라 모든 것이 바뀌었다. 작년 11월의 사건을 수사하다 알게 된 하이디 브뤼크너와 연애를 시작한 것은 분명한 실수였다. 코지마의 배신이 그의 삶을 송두리째 뒤흔들어 놓았을 때 만났기 때문에 이별이 가져온 아픔을 달래는 데는 도움이 됐지만 다른 사람을 받아들일 마음의 준비는 전혀 안 돼 있었다. 두 사람은 그 뒤로 몇 번 더 전화 통화를 했지만 그가 다시 전화를 하지 않자 연락이 끊겼다. 하이디 브뤼크너와의 관계는 헤어지자는 말도 없이, 별다른 감정도 없이 그냥 흐지부지 끝나 버렸다.

켈크하임 시청에 가서 아들의 결혼식에 참석하기보다는 차라리 동료들과 함께 시체 옆에 서 있고 싶은 마음이 드는 것은 역시 코지마 때문이다. 반년 전 코지마가 뻔뻔하게 자신의 계획을 통보하며 그에게 어린 딸을 맡기고 러시아인 애인과 함께 세계 탐험을 떠나 버린 후 두 사람은 거의 대화를 나눌 기회가 없었다. 그녀가 순전히 이기주의 때문에 가정을 파괴하고 그의 인생을 망쳤다는 것을 생각하면 그는 아직도 분노가 치밀었다. 그녀는 몇 주, 아니 몇 달 동안 알렉산더 가브릴로프와 내연 관계를 유지하면서 그를 감쪽같이 속였다. 그녀는 그를 바보로 만들었고, 언제나처럼 자신이 원하는 대로 일을 처리했다. 아이들을 생각하면 어쩔 수 없는 일이었다. 로렌츠와 로잘리는 이미 다 컸지만 소피아는 이제 겨우 세 살 반이다. 어찌 됐든 아이에게는 엄마 아빠가 필요하지 않은가. 그는 체념의 표정으로 마지막으로 한 번 더 거울을 들여다보았다. 만약 코지마가 뻔뻔하게 러시아인 애인을 데리고 나타난다면 혼인 절차가 끝나자마자 사건 핑계를 대고 자리를 뜰 생각이다. 마음속으로 그는 은근히 그렇게 되기를 바라고 있었다.

*

그는 마당에 서 있는 자동차 두 대를 보고 누가 왔는지 바로 알았다. 문제를 피해 가는 성격이 아닌 그는 성큼성큼 걸어가 울타리 문을 열어젖혔다. 텔이 두 남자에게 달려들며 마구 짖기 시작했다.

"텔, 그만해. 앉아!"

개는 즉시 주인의 명령에 따랐다.

"웬일이냐?" 루드비히 히르트라이터는 불법으로 벌목하던 작업자들 때문에 난 화가 아직도 가시지 않은 상태였다. 두 아들은 때를 잘못 골라도 한참 잘못 골랐다.

"아버지, 안녕하셨어요? 같이 커피 한잔하려고 들렀어요" 막내아들 마티아스가 속이 빤히 들여다보이는 거짓말을 한다.

"또 파펜비제 때문에 그러는 거면 시간 없다."

아들들이 왜 왔는지 그 속이 훤히 들여다보였다. 식상한 인사말뿐인 크리스마스카드에 생일날 의무적으로 거는 전화를 제외하면 수

년간 연락을 끊고 지낸 자식들이고, 그에게는 오히려 그게 편했다. 그는 눈썹을 실룩거리며 아들들을 쳐다보았다. 둘 다 좋은 양복을 입고 비싼 자동차 옆에 쭈뼛거리고 서 있다.

"아버지, 제발 다시 한 번 생각해주세요." 큰아들 그레고어가 애원하듯 말했다. 그의 속물적인 스포츠카만큼이나 그에게 안 어울린다. "저희가 이제까지 쌓아온 걸 다 잃으면 좋으시겠어요?"

"그게 나랑 무슨 상관이냐?" 히르트라이터는 엽총을 내려 바닥을 짚었다. "나한테 무슨 일이 있는지 너희들이 관심을 가지기나 했냐? 그런데 왜 내가 너희 일에 관심을 가져야 한다는 거냐?"

2주 전에 갑자기 아들에게서 연락이 왔다. 히르트라이터는 그냥 한번 해봤다는 말을 믿지 않았다. 갑자기 연락을 한 데는 역시 다른 꿍꿍이가 있었다. 아들들이 어떻게 알아냈는지는 알 수 없지만, 그 20년 만에 갑자기 생겨난 효심의 이유는 바로 윈드프로의 제안이었다. 얼마나 급하면 그 오랜 세월 만에 다시 아버지 앞에 나타날 생각을 했을까? 파펜비제에 대한 이야기를 먼저 꺼낸 사람은 마티아스였다. 처음에는 걱정해주는 척하더니 곧 애원 모드로 돌아서서 경제 형편이 안 좋다는 말을 슬쩍슬쩍 내비쳤다. 그래도 말이 안 먹히자 아버지로서의 의무를 들고 나왔다. 둘 다 거지 신세인데, 하나는 파산 지경이고 다른 하나는 곧 압류가 진행될 것이라고 했다. 그래서 둘 다 급히 돈이 필요하다는 것이다. 그동안 할부로 산 차와 대출 받아 지은 집으로 사치를 누리고 살면서 사귄 친구들이 뭐라고 비웃을지 몰라 두렵다고 했다.

"할 말 다했으면 가라. 나도 할 일이 많다." 히르트라이터는 남이나 다름없는 두 아들의 얼굴을 쳐다보았다. 좋은 감정도, 나쁜 감정도, 어떤 감정도 느껴지지 않았다.

그는 총을 다시 어깨에 둘러메고 문을 향해 돌아섰다.

"잠깐만요, 아버지!" 마티아스가 그에게 한 걸음 다가섰다. 어떤 오만도 찾아볼 수 없는 절망적인 눈빛이다. "왜 그렇게 그 땅을 팔기 싫어하시는지 알아요. 하지만 그 사람들이 집 바로 앞에다 도로를 뚫는 것도 아니잖아요. 한 이삼 주 정도 시끄럽고 지저분한 것 참으면 금방 끝나요. 그다음엔 기술자가 며칠에 한 번씩만 들를 거고요."

그 말이 틀린 것은 아니다. 그런 제안을 거절하다니 얼마나 멍청한 짓인가! 게다가 보상금이 100만 유로나 올랐다. 하지만 만약 그 제안에 넘어간다면 그를 믿는 사람들을 무슨 낯으로 대한단 말인가? 하인리히 폰 보덴슈타인은 아마 다시는 그와 말을 섞지도 않을 것이다! 그 땅이 팔리면 풍력발전 단지 건설을 더 이상 막을 수 없게 된다. 그동안의 모든 노력이 물거품이 되는 것이다.

마티아스는 아버지의 침묵을 자신의 승리로 받아들였는지 설득하는 데 더욱 열을 올렸다.

"그때 그런 말을 한 건 정말 죄송해요. 못할 말도 많이 하고 아버지 속도 많이 상하게 해드렸지만, 그건 지난 일이니까 되돌릴 수 없잖아요. 앞으로 잘할게요. 새로 시작해요, 아버지. 가족이잖아요. 앞으로는 손자들도 자주 놀러올 거예요."

빤한 수작이다.

"그래, 그렇게 말해주니 고맙다." 히르트라이터는 아들의 눈 속에서 반짝이는 희망을 보았다. 그리고 그것을 짓밟으며 짜릿한 쾌감을 느꼈다. "하지만 그런 말을 하기엔 너무 늦었다. 너희 둘 다 나한텐 남이나 다름없다. 지난 20년 동안 그랬듯이, 그냥 조용히 살게 내버려둬라."

"하지만 아버지!" 그레고어가 마지막으로 자존심을 버리고 매달렸다. "아버지 자식이잖아요. 그리고 저희가……."

"너희가 내 인생의 한 부분을 차지한 적이 있었다만, 지금은 아니다." 히르트라이터는 아들의 말을 잘랐다. "난 그 땅 안 판다. 할 말다했으니 이제 내 목장에서 나가거라."

✳

모자 달린 흰색 오버올을 입고 마스크를 쓴 감식 수사관들이 크리스티안 크뢰거의 지휘 아래 감식을 시작했다. 사건 현장에 남겨진 단서를 찾아 사진을 찍고, 미세한 흔적들을 채취해 번호를 매기는 작업이다. 힘들고 시간이 많이 걸리는 일이라 피아는 도저히 못할 것 같은 일이다. 그중 두 사람은 1층부터 4층까지 스테인리스로 된 계단 손잡이에 일일이 유황 가루를 칠해 지문을 채취하는 중이다. 피아가 보기에는 소용없는 짓이다. 층계를 오르내릴 때 난간을 잡는 사람이 한둘이 아닐 텐데. 하지만 휴가 다녀오자마자 감식반장에게 잔소리를 듣기 싫어 입을 꾹 다문다.

입구에 몰려든 회사 직원들은 순경들이 멀리 쫓아버렸고, 경리과 직원도 어디론가 사라져서 건물 안에는 끊이지 않고 카메라 셔터 소리만 들릴 뿐, 침묵이 감돈다.

"오랜만이에요, 크뢰거 반장님."

피아는 헤닝과 함께 시체를 들여다보고 있는 감식반장에게 인사를 건넸다. 헤닝도 크뢰거도 역한 냄새나 파리 떼에게는 신경도 쓰지 않는다.

"안녕, 피아. 우리 법의학자님이 뭘 발견했는지 보라고."

41

크뢰거는 여전히 시체에 집중한 채 말했다.

피아와 셈은 그들에게 가까이 다가갔다. 헤닝과 크뢰거는 근 몇 년간 살인 사건 현장에서 자주 부딪혀왔지만 친하다고는 할 수 없는 사이다. 마지못해 서로의 전문성을 인정할 뿐, 인간적으로는 서로 못 잡아먹어서 안달이다.

"이것 봐." 헤닝이 시체의 오른손을 잡더니 손가락을 하나씩 폈다. "내가 착각한 게 아니라면 이건 분명 고무장갑에서 떨어져 나온 조각이야."

"어, 그래서? 그게 의미하는 게 뭔데?" 피아가 머리를 옆으로 흔들며 이해가 안 된다는 표정을 지었다.

"뭐, 야간에 고무장갑을 손에 들고 순찰을 돌 수도 있겠지. 말하자면 페티시의 일종으로 말이야." 헤닝은 피아가 지극히 싫어하는 뻐딱한 말투를 썼다. "왜 전에 그런 사건도 있었잖아. 기억나? 은행장이 자기 사무실에서 목을 맸는데 자기 어머니 브래지어 끈으로……."

"그래, 기억나." 피아가 더 참지 못하고 그의 말을 끊었다. "그게 이 사건이랑 무슨 상관이야?"

"아무 상관도 없어. 고무장갑이 너무 약하다면 이건 어때?"

그는 자리에서 일어나 셈과 피아에게 따라오라는 시늉을 했다. 회색 대리석 계단을 다섯 개쯤 올라가니 피가 고여 굳어 있는데 그 위에 어른 손바닥만 한 흔적이 보였다.

"이건 분명히 사람 발자국의 일부야. 그런데 죽은 그로스만의 것은 아니야."

피아는 헤닝이 가리키는 발자국을 들여다보았다. 육안으로는 알아보기 힘들다. 이것이 과연 그로스만이 살해당했다는 증거가 될 수 있을까?

1층에서는 타이센이 안내 데스크에 기댄 채 조용히 전화 통화를 하면서 눈으로는 계단에서 일어나는 일을 주의 깊게 관찰하고 있다. 그러나 얼굴에 이렇다 할 표정은 드러나지 않았다.

"반장님!" 감식반 직원 하나가 4층 난간에서 아래를 내려다보며 외쳤다. "이리 좀 와보세요!"

크뢰거는 흔적을 없애지 않으려고 계단 왼쪽에 딱 붙어서 조심조심 4층으로 올라갔다.

"검시 끝났어. 이제 운반해도 돼."

헤닝이 오버올을 벗어 반듯하게 개며 말했다.

"법의학연구소로 가져가라고 할게. 부검 승인은 아마 금방 나올 거야."

"글쎄, 요즘에는 검사들이 워낙 까다로워서." 그는 가방을 닫은 후 재킷을 걸쳤다. "그나저나 휴가 가길 잘했네. 얼굴이 좋아졌어."

"고마워."

뜻밖의 친절한 말에 피아는 놀랍기도 하고, 기쁘기도 하다. 그의 입에서 이런 말이 나오는 건 흔치 않은 일이다. 거기서 끝났다면 드문 칭찬으로 받아들였을 텐데, 일이 아닌 인간관계에서 헤닝의 센스는 역시 바닥을 친다.

"나보다 잘해주는 사람을 만나서 다행이야."

그 말을 그렇게 재수 없는 말투로 하지만 않았더라도 피아는 그냥 넘어갔을 것이다.

"그게 그렇게 어려운 일은 아니지." 피아가 비꼬았다. "정확히 말하자면 당신이 나한테 해준 건 아무것도 없었으니까."

"좋은 집, 좋은 차에 말 두 마리, 남들이 그렇게 부러워하는 법의학 경험. 이게 아무것도 아니야?" 헤닝이 눈썹을 치켜세우며 물었다.

"말로 하면 다 좋게 들리지." 피아가 탁 쏘아붙였다. 헤닝이 그녀에게 아무 신경도 쓰지 않고 일만 쫓아다닐 때 넓고 좋았지만 온기가 없이 황량하기만 한 집에서 혼자 보냈던 외로운 시간들이 떠올랐기 때문이다. 그녀는 그것을 너무 오래 버텼다. 어느 날 헤닝이 말도 없이 오스트리아의 케이블카 사고 현장으로 날아가 버렸을 때 피아는 비로소 짐을 싸서 그 집을 나왔다. 헤닝은 그녀가 집을 나온 뒤에도 2주간이나 그 사실을 몰랐다. 피아는 뭔가 더 말을 하려 했지만 곧 휴대전화가 울렸다.

"사장실로 좀 올라와 봐. 4층 왼쪽 마지막 방이야."

크뢰거는 짤막하게 말하고 바로 전화를 끊었다.

"잘 가. 미리엄한테 안부 전해줘." 피아는 살짝 토라진 목소리로 전남편에게 말했다. 그리고 시체 운반 때문에 통화 중인 셈에게 따라오라는 손짓을 했다.

복도 맨 끝까지 가니 타이센의 방이 나왔다. 마루를 깐 바닥, 바닥까지 닿는 커다란 창문, 어두운 색상의 가구와 유리가 잘 조화를 이룬 방이다. 피아는 코를 킁킁거리며 얼굴을 찌푸렸다. 복도와 계단을 연결하는 문이 열려 있어서 시체 냄새가 4층까지 올라온 모양이다. 더운 공기는 위로 올라가는 법이니 그리 이상할 것도 없지만 냄새가 너무 지독하다.

"왜 오라고 하셨어요?"

"어, 왔어?" 문을 등지고 책상 앞에 서 있던 크뢰거가 고개를 돌렸다. "이리 와서 이것 좀 봐."

시체 냄새는 더욱 강렬해졌다. 어떻게 이럴 수 있지? 피아는 입고 있던 티셔츠에 코를 대고 슬쩍 냄새를 맡아보았다. 약간의 땀 냄새에 섞여 희미한 세제 냄새가 날 뿐이다. 책상 앞으로 다가가자 냄새는 숨을 쉴 수 없을 정도로 심해졌다. 거울처럼 반짝이는 유리 상판 한가운데 갈색과 흰색이 섞인 털 뭉치 같은 것이 보이고 그 주변을 기어다니는 구더기가 눈에 들어왔다. 시체를 파먹고 배가 부른 구더기 수백 마리가 유리판 위를 기어다니고 있었다.

"죽은 햄스터잖아." 셈이 얼굴을 찡그리며 말했다. "이게 어떻게 된 거죠?"

"그건 아마 타이센 씨가 알겠죠." 피아가 책상 위에 시선을 고정한 채 대꾸했다.

연락을 받은 타이센은 엘리베이터를 타고 바로 위로 올라왔다. 경찰들이 회사를 점령하다시피 한 것이 마음에 들지 않는 눈치지만 불평을 입 밖으로 내지는 않았다.

"무슨 일입니까?" 엘리베이터에서 내린 타이센이 물었다.

"이쪽으로 오시죠." 피아가 타이센을 사장실로 데려가 책상 위를 가리켰다. 타이센은 깜짝 놀라며 한 발짝 뒤로 튕기듯 물러섰다.

"어떻게 된 일인지 설명할 수 있으신가요?"

"아니요. 모르겠습니다." 그는 비위가 상한 얼굴로 대답했다. 순간 그의 얼굴 근육이 실룩거렸고 피아는 그때까지 휴가 기분을 미처 떨치지 못하고 있던 스탠바이 모드에서 강력계 형사의 수사 모드로 완전히 돌아섰다. 직관과 육감이 가동되기 시작했다. 타이센은 책상 위의 햄스터가 무엇을 의미하는지 잘 알고 있다. 모르겠다는 것은 순전히 거짓말이다.

*

아침에 잠시 붐비던 가게는 다시 한산해졌다. 프라우케는 월요일 아침 예약 손님을 벌써 셋이나 해치웠다. 크론베르크에 사는 여자의 버릇없는 에어데일(몸집이 큰 영국산 테리어의 일종_역주)과 요하니스발트에 사는 과부가 2주마다 한 번씩 데리고 오는 요크셔테리어 두 마리다. 배달을 마치고 온 리키는 가게를 보고, 니카와 프라우케는 새로 들어온 물건들을 진열대에 정리했다. 11시를 알리는 장크트 마리엔 교회의 종소리와 함께 마르크가 가게 안으로 들어섰다.

"안녕하세요?"

마르크는 인사를 하며 귀에 꽂고 있던 흰색 이어폰 한쪽을 뺐다. 그리고 프라우케 옆으로 가서 남자 손님을 구워삶고 있는 리키를 바라보았다. 리키는 로데시안 리지백(아프리카 원산의 사냥개_역주)을 위해 진드기 방지용 개목걸이를 사러 온 남자에게 가게에서 자리만 차지하던 값비싼 철창을 파느라 바빴다. 캐나다로 장기간 여행을 떠나는데 개를 데리고 갈까 한다는 말을 듣자마자 여성적 매력과 청산유수의 말솜씨를 총동원해 세일즈에 나선 것이다.

"리키는 정말 못 파는 게 없네요."

마르크가 존경스럽다는 듯 말하자 프라우케도 고개를 끄덕였다. 남자 손님은 더 이상 리키의 매력을 거부하지 못하고 마치 최면에 걸린 사람처럼 연신 웃으며 고개를 끄덕였다. 리키는 세일즈의 귀재일 뿐만 아니라 남자들을 홀리는 데도 따를 사람이 없다. 두 갈래로 땋아 내린 금발에 가슴께가 깊이 파이고 상체에 코르셋이 달린 전통의상을 즐겨 입는 그녀는 쾨니히슈타인과 인근 지역에 수많은 팬을 확보하고 있었다. 그래서인지 동물 보호소에는 남성 자원봉사자가 끊이지 않았고, 그녀는 그런 인기를 마음껏 누렸다.

"컴퓨터에 문제가 있다면서요?" 마르크가 사무실 쪽으로 걸음을 옮기며 말했다. 프라우케가 그 뒤를 따라와 새 품목을 저장하려고 할 때마다 나타나는 문제를 설명했다. 마르크는 바닥에 배낭을 아무렇게나 던져놓고 의자에 털썩 주저앉더니 책상 밑으로 다리를 쭉 뻗고 이어폰을 다시 귀에 꽂았다. 그리고 키보드를 자기 앞으로 잡아당긴 후 음악에 맞춰 고개와 발을 까딱까딱 움직였다. 이마 위로 늘어뜨린 기름 낀 머리카락이 자꾸만 눈을 찌르는데도 치울 생각을 하지 않는다. 프라우케는 그런 그의 옆모습을 찬찬히 쳐다보았다.

"뭐 더 할 말 있어요?" 마르크가 갑자기 고개를 들더니 불쾌한 눈빛으로 그녀를 응시했다.

"아니, 없어. 어서 해." 프라우케는 그의 어깨를 두드려주고 싶은 것을 참고 가게로 돌아갔다. 리키는 엄청나게 큰 철창을 손님의 차에 싣고 있었다. 잠시 후 그녀는 입이 찢어져라 웃으며 가게로 들어왔다.

"아, 드디어 팔았다! 20퍼센트 깎아줬어요. 그런데 아마 그냥 달라고 했어도 줬을 거예요." 리키가 키득거렸다.

"잘됐네. 이제 저기 새로 장식해도 되겠다."

"그럼요. 마음껏 바꾸세요."

프라우케는 공간을 꾸미는 데 소질이 있다. 그것을 아는 리키도 이제는 가게 인테리어를 그녀에게 전부 맡긴다. 프라우케는 그것이 여간 고맙지 않았다.

"자, 커피 한잔하고 합시다!"

니카와 프라우케는 리키의 말에 따라 가게 구석의 싱크대로 갔다. 컴퓨터 화면만 뚫어져라 쳐다보던 마르크가 이어폰을 빼고 리키를 올려다보았다. 시큰둥한 표정이 사라지니 잘생겨 보이기까지 한다.

"어머, 우리 컴퓨터 박사님 오셨네." 그를 본 리키의 얼굴이 환히 빛났다. "바로 와줘서 고마워."

"뭘요." 그는 아무것도 아니라는 듯 말했지만 얼굴이 홍당무처럼 빨개졌다.

프라우케는 커피 두 잔을 따라 한 잔은 리키에게 주고 한 잔은 자기가 마셨다. 니카는 스스로 따라 마셨다.

"참, 마르크." 리키가 마침 생각났다는 듯 말했다. "지금 시간 좀 있니? 어질리티(민첩성을 기르는 애완견 스포츠_역주) 트랙에 장애물을 더 설치해야 하는데 도움이 필요해서."

"아, 그래요……. 여기 일이 아직 다 안 끝났는데……." 마르크가 프라우케의 눈치를 살폈다. 마르크는 리키의 부탁이라면 북극까지 맨발로라도 걸어갈 사람이다. 리키가 그 사실을 모를 리 없다. 리키는 진정 여드름투성이 17세 소년의 연정을 즐기는 것일까? 프라우케가 볼 때 리키는 겉으로 보이는 것처럼 자의식이 강하지 못하다. 그래서 마르크처럼 항상 우러러보고 떠받들어 주는 사람이 필요한 것이다.

"컴퓨터가 어디 도망가겠니?" 마르크의 마음을 잘 아는 프라우케가 소탈하게 말했다.

길게 늘어뜨린 앞머리 뒤에서 마르크의 눈이 반짝 빛난다. 겉으로는 아무렇지도 않은 척, 지극히 '쿨'한 척하지만 눈은 기뻐서 어쩔 줄 모른다.

"그럼 그것부터 해요."

"좋아, 그럼 가볼까?"

마르크가 가방을 챙겨 일어나자 리키도 커피 잔을 내려놓고 일어섰다.

두 사람이 밖으로 나가자 가게 앞 계단에서 주인을 기다리던 골든 리트리버와 사모예드(시베리아에서 썰매용 개로 기르던 애완견의 일종_역주)가 꼬리를 치며 그 뒤를 따랐다. 프라우케는 못 말린다는 표정으로 그 희한한 4인조의 뒷모습을 바라보았다.

✱

"아, 타이센 씨, 부탁이 하나 더 있습니다." 셈이 생각난 듯 말했다. "각 층에 감시 카메라가 있던데, 녹화 테이프 봐도 괜찮겠죠?"

타이센은 잠시 망설이는 듯했지만 곧 책상에서 눈을 떼고 고개를 끄덕였다.

"네, 물론입니다. 밖에 보안팀장이 있으니까 바로 보실 수 있도록 조치하겠습니다. 그러려면 보안팀장을 건물 안으로 들여보내야 할 텐데…… 그리고 전화 받을 사람이 없어서 그러는데 안내 데스크 여직원도 들어오게 했으면 좋겠습니다."

"네, 그러세요. 하지만 여기 일이 끝날 때까지 다른 직원들은 모두 밖에서 기다려야 합니다."

피아는 이렇게 대답한 후 셈과 타이센이 방에서 나가기를 기다렸다가 크뢰거에게 물었다.

"또 뭐 찾아낸 거 있어요?"

"사장 책상 위에서 죽은 햄스터가 발견됐는데 뭘 더 원해?"

피아는 만면에 미소를 지으며 크뢰거에게 눈을 흘겼다.

"알았어, 알았어. 사장 비서실 복사기 밑에 인쇄된 종이가 한 장 있었어. 무슨 내용인지는 잘 모르겠어. 그냥 비서가 떨어뜨린 것일 수도 있고."

피아는 크뢰거를 따라 옆방으로 갔다. 종이는 벌써 비닐 봉투 안에 담겨 있었다.

"풍력 자원 평가서 21쪽이네요. 풍력발전소 만드는 회사니까 이상할 것도 없는데요." 피아는 내용을 죽 훑어본 후 말했다.

"63쪽 중 21쪽이잖아. 그 평가서를 한번 보여달라고 해봐. 마지막으로 복사한 시간이 언젠지도 보고."

"그런 것도 알 수 있어요?"

"가능한 복사기도 있어. 컴퓨터처럼 최근에 복사한 기록을 저장해두거든."

"와, 정말 별걸 다 아시네."

크뢰거는 모르는 게 없는 만물박사다. 보덴슈타인이 자기 팀으로 데려오려고 욕심을 냈지만 그는 감식반 반장 자리에 만족하는지 별 반응이 없다. 아직 서른여섯인 그는 달리 출세할 생각을 하고 있는지도 모른다.

"이제 계속 일해도 되지?"

"네, 그럼요." 피아는 사장실 문에 기대서서 감식반 직원 두 명이 일하는 모습을 지켜보았다. 흰색 오버올 차림의 그들은 햄스터와 구더기를 투명한 비닐 봉투에 넣고 바닥을 기다시피 하며 지문, 머리카락, 피부 조직을 채취했다.

누가 죽은 햄스터를 사장실 책상 위에 가져다 놓았을까? 부패한 정도로 보아서는 그로스만이 계단에서 떨어져 죽은 것과 비슷한 시점에 일어난 일이다. 피아는 지난 토요일 새벽 이곳에서 무슨 일이 일어난 것일까 생각하며 천천히 복도를 걸어갔다. 그때 휴대전화가 울렸다.

"어이, 휴가지에서 막 돌아오신 분! 중국은 어땠어?"

전화기에서 카이 오스터만의 반가운 목소리가 흘러나왔다.

"잘 있었어, 카이?" 피아는 계단을 내려가며 전화를 받았다. "셈한 테 얘기 들었어?"

"응, 부검 승인 나왔어."

"좋았어. 그럼 이따 사무실에서 봐."

3층까지 내려온 피아는 셈을 찾아 두리번거렸다. 장의사에서 나온 사람들이 그로스만의 시체를 자루에 담고 있다. 에어컨을 켜고 천장에 난 유리창을 열어놓으니 숨 쉬기가 훨씬 편하다. 안내 데스크 뒤에는 40대 중반으로 보이는 잿빛 머리의 통통한 여자가 앉아 있었다. 딱딱하게 굳은 표정으로 보아 이런 상황에서 일하는 것이 영 불편한 모양이다. 하긴 몇 미터 떨어지지 않은 곳에서 그로스만이 숨을 거두었고, 안내 데스크 바로 뒤에 있는 휴게실에서는 허연 애벌레 같은 차림의 감식반 직원들이 이리저리 꿈지럭거리고 있으니 누군들 마음 편하게 일을 할 수 있겠는가. 어쨌든 기분 좋은 월요일이 아닌 것만은 확실하다.

"제 동료 못 보셨어요?"

"전산실에 계세요." 피아의 물음에 그녀는 애써 미소를 지으며 답했지만 움직일 생각은 전혀 하지 않았다. "이 복도를 따라서 쭉 가다가 왼쪽에서 두 번째 방이에요."

"고마워요." 피아는 막 돌아서다가 뭔가 생각난 듯 걸음을 멈추었다. "아, 그런데 그로스만 씨와는 아는 사이였겠죠?"

"네, 물론이죠."

"동료로서 볼 때 어떤 사람이었나요?"

그녀는 좀 길다 싶게 대답을 망설였다.

"괜찮은 사람이었어요." 목소리에 자신감이 없다. "야간과 주말에만 일하니까 사실 저랑 직접적으로 부딪칠 일은 별로 없었죠."

"아, 네." 피아는 수첩을 꺼내 메모를 하며 이것저것 물어보았다. 타냐 시믹은 2년 전 기본급 400유로로 일을 시작했는데, 윈드프로 직원 48명, 공사장에서 일하는 외근 근로자 22명을 모두 알고 있었다. 처음에는 대답을 꺼렸지만 절대 비밀이 보장된다는 말에 차차 입을 열었다.

"그로스만 씨가 술 때문에 문제가 있었다던데 알고 계셨나요?"

그로스만은 술을 마시고 끊임없이 문제를 일으켰기 때문에 그의 알코올 문제는 타냐 시믹뿐 아니라 회사 직원들이 다 아는 사실이었다. 특히 보안팀장과 갈등이 있었다고 한다. 지난달만 해도 감시 시스템 켜는 것을 세 번이나 잊어버렸고 지지난주 수요일에는 한밤중에 자리를 비우고 스쿠터를 타고 편의점에 가기도 했다는 것이다.

"아마 담배랑 술을 사러 갔었겠죠." 타냐 시믹은 눈을 위로 치뜨며 한심하다는 표정을 지었다. "그런데 열쇠를 안 가지고 간 거예요. 아침에 사람들이 와보니까 술에 취한 채 뒷문 앞에 쓰러져 자고 있었는데 아무리 깨워도 안 일어나더래요. 그리고 2주 전에는……." 그녀는 듣는 사람이 없는지 조심스레 좌우를 살폈다. "글쎄 여자를 데려와서 사장실에서 파티를 했다지 뭐예요."

롤프 그로스만은 직원들 사이에서 악명이 높았던 모양이다. 다른 사람의 책상 서랍을 열어보고 다니거나, 비밀스러운 대화를 엿듣기도 하고, 만취 상태에서 주차장을 돌아다니며 남의 차에 오줌을 누는가 하면, 여직원들에게 외설적인 농담을 하기도 했다. 술에 취할수록 농담도 심해져서 여직원들은 혼자 다니다가 그로스만을 만나는 일이 없도록 조심했다는 것이다. 피아는 눈을 가늘게 뜨고 그녀의 이야기에 귀를 기울였다. 타이센의 말과는 판이하게 다르지 않은가.

"한마디로 망나니였어요. 다들 왜 사장님이 그런 행동을 용납하는지 이해하지 못했어요." 타냐 시믹은 코를 찡그리며 말을 마쳤다.

이해가 안 되기는 피아도 마찬가지였다. 타이센은 옛 친구에 대한 우정과 사회적 약자에 대한 동정심 때문이었다고 주장하지만, 그의 인내심 뒤에는 분명 뭔가 다른 것이 숨어 있을 가능성이 크다. 그는 왜 진실을 말하지 않았을까? 피아는 타냐 시믹에게 고맙다는 말을 남기고 셈을 찾아 나섰다. 타이센이 왜 거짓말을 했는지는 곧 밝혀질 것이다. 피아는 좀이 쑤시는 듯한 느낌이 들었다. 추이를 예측하기 힘든 사건을 만날 때마다 이런 느낌이 온다. 어쨌든 하나만은 분명하다. 이것은 더 이상 사고가 아니라 범인을 찾아야 하는 살인 사건이다.

✳

프라우케 히르트라이터는 사무실에 있는 작은 탁자에 접시를 놓고 종이 포장 속에 든 피자를 조심스럽게 옮겨 담았다. 혼자 식사를 하더라도 갖출 것은 갖추어야 한다. 물론 몇 미터 걸어가 림부르거가에 있는 이탈리아 식당에서 먹을 수도 있지만, 다른 사람들이 쳐다보는 가운데 혼자 식사를 하는 것이 싫었다. 그녀는 노릇노릇하게 구워진 피자 반죽과 황금빛으로 녹은 치즈, 길쭉길쭉하게 토핑된 파마햄을 보며 군침을 흘렸다. 첫 번째 조각을 잘라 막 입으로 가져가려는 순간 뒷문에서 노크 소리가 났다. 제길, 누구지? 식사 중에 방해받는 것을 싫어하는 그녀는 구시렁거리며 일어나 육중한 몸을 흔들며 문 쪽으로 걸어갔다. 문을 열어보니 한 남자가 계단 난간에 기대 서 있다가 부자연스러울 정도로 하얀 이를 드러내며 웃는다.

"여긴 어쩐 일이야?" 프라우케가 퉁명스럽게 물었다.

"인사 한번 반갑게 하네."

프라우케는 의심쩍은 눈초리로 남동생을 쳐다보았다. 마티아스는 항상 뭔가 문제가 있을 때만 연락을 한다는 것을 잘 알기 때문이다.

"식사 중이지만 들어와."

그녀는 몸을 돌려 다시 사무실로 걸어갔다. 문을 닫고 들어온 마티아스는 바지 주머니에 손을 넣은 채 사무실 문가에 섰다.

"살도 빠지고 예뻐졌네." 그가 씩 웃으며 말했다.

프라우케는 기가 막힌 듯 콧방귀를 뀌고 포크를 입으로 가져갔다.

"알랑방귀 뀌지 마. 내 모습이 어떤지는 내가 잘 알아."

그녀는 입안 가득 피자를 넣고 씹다가 기름이 턱으로 흘러내리자 손등으로 쓱 닦고는 남동생의 옷차림을 훑어보았다. 리넨 양복에 베이지색 구두를 신고 셔츠 윗단추를 풀어 헤친 모습이 꼭 영화배우 같다. 거기다 짚으로 만든 모자라도 쓴다면 영락없이 1920년대 영화에서 튀어나온 사람처럼 보일 것이다.

"무슨 일이야? 아무 이유도 없이 오진 않았을 테고."

"맞아." 마티아스는 책상 앞에 있던 의자를 끌어다 프라우케와 마주 앉았다. "오늘 전화를 한 통 받았어."

"그래서?" 프라우케는 두 번째 피자 조각을 씹으며 건성으로 물었다. 그녀가 알기로 경보 장치와 보안 시스템을 만드는 마티아스의 회사는 아주 잘나가고 있다. 아이들은 사립학교에 다니고 그 자신도 라이온스클럽, 골프클럽, 그 밖에 사회적 명성을 쌓고 연줄을 만드는 데 필요한 온갖 협회에 가입해서 상류 사회에 진입하려고 노력 중이다. 고급 저택에 살면서 거침없이 돈 자랑을 해서 보기 민망할 지경이다.

"그 왜 엘할텐에 풍력발전소 만들려고 하는 회사 있잖아. 그 얘기 들었지?"

프라우케는 말없이 고개를 끄덕였다. 풍력발전 단지 건설에 반대해 조직된 시민 모임에서 활동 중인 재니스와 리키가 입만 열면 하는 얘기이기 때문이다.

"그게 왜?"

마티아스는 숱이 적어진 머리를 쓸어 넘겼다. 그제야 그의 앳된 얼굴에 생긴 잔주름이 눈에 띈다.

"아버지 말이야. 그 회사에서 아버지한테 목장 근처의 노는 땅을 엄청난 액수에 사겠다고 했나 봐. 200만 유로에!"

"뭐? 정말이야?" 포크를 든 프라우케의 손이 공중에서 멈추었다. 그녀는 놀라서 입이 딱 벌어졌다.

"응, 그렇다니까!" 마티아스가 열심히 고개를 끄덕였다. "그런데 아버지는 우리한테 한마디도 안 했어. 고집쟁이 영감탱이 같으니라고! 그리고 그 영감, 땅을 팔 생각도 없는 것 같아."

"세상에!" 프라우케는 갑자기 입맛이 뚝 떨어졌다. 200만 유로라니, 그것도 노는 땅을! "넌 그거 어떻게 알았어?"

"그 회사 사람한테 연락이 왔었어. 아버지 좀 설득해달라고." 그는 허탈한 웃음을 지었다. "그래서 형이랑 같이 어제 아버지한테 갔는데 보기 좋게 쫓겨났어."

"그 얘기 언제부터 알았던 거야?" 프라우케가 그를 째려보았다.

"몇 주 됐어." 마티아스는 순순히 사실을 털어놓았다.

"그런데 왜 나한테는 말 안 했어?"

"뭐, 누나는 아버지랑 사이가 안 좋잖아. 그리고……."

"시끄러워! 나 몰래 둘이 보상금 타서 나눠 가지려고 한 거잖아!" 프라우케는 포크를 탁 소리 나게 내려놓았다. "쥐새끼들처럼 나만 빼고!"

"아니야, 아니라니까! 그러지 말고 내 얘기 좀 들어봐. 지금 그 회사에서 보상금 액수를 올리려고 하고 있어. 단, 아버지가 앞으로 24시간 내 매매에 동의한다는 전제 아래. 그다음엔 몰수 조치하겠대."

프라우케는 이해가 된다는 듯 고개를 끄덕였다.

"자그마치 300만 유로야!" 마티아스는 목소리를 낮춰 은밀하게 속삭였다. "엄청난 액수이기도 하고, 사실 지금 난 돈이 너무 궁해."

"어라, 너희 집은 돈이 남아도는 줄 알았는데?" 프라우케가 비웃음을 흘리자 마티아스는 답답한 듯 자리에서 벌떡 일어났다.

"회사가 부도 직전이야." 그는 그녀의 시선을 피하며 말했다. "나야 파산 지연 때문에 어차피 들어갈 테지만, 일주일 안에 50만 유로를 막지 못하면 회사, 집 다 넘어갈 판이야."

그는 돌연 고개를 돌려 그녀를 정면으로 쳐다보았다. 인생은 내키는 대로 사는 거라는 듯 천진난만함을 가장하던 동생은 가면을 벗은 배우처럼 초라했다. 눈 밑에는 짙은 그늘이 드리워 있고, 뺨은 홀쭉하게 들어가고, 눈에는 깊은 절망감이 어른거렸다.

"난 감옥에 가게 될 거야." 그는 체념하는 몸짓으로 어깨를 으쓱했다. "집사람은 이혼하겠다고 하고, 아버지라는 사람은 도와줄 생각조차 안 하고……."

프라우케는 동생과 올케가 사회적 체면을 얼마나 중시하는지 잘 안다. 그들이 생활수준을 낮추고 새로운 삶을 산다는 것은 상상하기

조차 힘든 일이다.

"그레고어는 사정이 어떤데?"

"형도 나보다 나을 게 없어 보이더라고." 마티아스는 절망적으로 고개를 저었다. 두 사람 사이에는 잠시 침묵이 흘렀다. 프라우케는 실제로 약간의 동정심이 이는 것을 느꼈다. 그러나 마음 한구석에서 야비하게도 고소하다는 생각이 드는 것을 어쩔 수 없었다. 그렇게 잘나가던 똑똑하고 잘난 아들들이 이제는 그녀와 똑같은 신세가 된 것이다. 빚더미에 깔려 옴짝달싹 못하는 가여운 신세. 그러나 그녀가 창피함을 무릅쓰고 밑바닥부터 새로 시작하는 데 어느 정도 성공한 반면 그는 체면 상할 일만 걱정하고 있다.

"그래서 어떻게 할 생각인데?" 한참 뒤에 프라우케가 입을 열었다. "아버지 잘 알잖아. 한 번 안 한다고 하면 목에 칼이 들어와도 안 하는 거."

"아버지가 자식을 이런 식으로 나 몰라라 할 수는 없는 거야." 마티아스가 흥분하며 말했다. "변호사가 그러는데 그 땅과 목장은 어머니가 물려준 것이기 때문에 법적 상속 순위에 따르면 아버지뿐 아니라 우리한테도 상속권이 있대."

"아니야. 어머니와 아버지는 서로에게 상속했어. 그런 말은 잊어버려."

"아니, 그럴 수 없어!" 마티아스는 힘주어 말했다. "나한텐 모든 게 걸린 일이야! 아버지 때문에 내 인생을 망칠 순 없다고!"

"네 인생을 망친 건 너 자신이야."

"젠장, 난 운이 안 좋았던 거라고!" 마티아스는 언성이 높아지려는 것을 겨우 자제했다. "우리 회사는 경제 위기의 희생양이야. 주문이 60퍼센트나 줄었는데 어떻게 버텨? 거기다 중요한 고객이 부도를 냈어. 돈을 못 받은 게 거의 100만 유로야, 100만 유로!"

프라우케는 고개를 갸웃한 채 동생을 바라보았다.

"그래서 어떻게 할 생각인데?"

"이번에는 우리 셋이 함께 찾아가서 설득하자고. 그래도 땅을 안 팔겠다고 고집을 피우면 압력을 넣어야지."

"어떻게?"

"몰라. 어떻게든." 마티아스가 손을 바지 주머니에 찔러 넣은 채 말했다. 그의 불안한 시선은 목적 없이 방 안을 배회했다.

"언제 갈 건데?" 프라우케가 식어버린 피자의 마지막 조각을 집으며 물었다.

"윈드프로에서 오늘이나 내일 아침에 아버지한테 새 제안서를 보낸다고 했거든. 그리고 나한테도 복사본을 보낼 거야. 그러니까 내일 저녁쯤 가면 될 것 같아. 어때, 같이 갈 생각 있어?"

프라우케는 피자를 입에 넣고 우물거리며 골똘히 생각했다. 300만 유로라……. 셋으로 나누면 100만 유로다. 믿어지지 않는 일이다. 그 돈이면 빚을 다 갚고 남는 돈으로 평생 걱정 없이 살 수 있다. 10년 동안 못 간 해외여행도 갈 수 있고, 보험 처리가 안 되는 복부 지방 제거 수술도 할 수 있다. 그리고 괜찮은 자동차도 한 대 살 수 있을 것이다.

"당연하지." 그녀는 웃으며 남동생을 쳐다보았다. "나도 갈게. 내일 저녁에 아버지 목장에서 보자."

*

"건물 안에 설치된 감시 카메라는 총 여섯 대예요. 각 층에 하나씩 있고, 지하에 하나, 로비에 하나. 그런데 왠지 모르겠지만 지하와 로비에 있는 카메라만 켜져 있었습니다."

호프하임 지방경찰청 건물 2층 강력반 회의실에 모인 팀원들에게 셈이 보고했다. 모두 모여 앉아 윈드프로 건물 로비의 감시 카메라 화면이 나오기를 기다리는 중이었다.

"그로스만은 야간에 경비를 설 때 여자들을 데려왔대." 피아가 안내 데스크 여직원의 말을 기억해내고 말했다. "최근에도 여자를 불러서 사장실에서 둘이 파티를 한 모양이에요. 이번에도 그것 때문에 카메라를 껐는지 몰라."

"그럴 수도 있겠네요." 셈의 목소리에는 별로 확신이 없었다.

"여기쯤인 것 같은데……." 컴퓨터 화면에 집중하고 있던 오스터만이 키보드를 두드리며 중얼거렸다. "아, 여기 있군."

셈과 피아는 벽에 붙은 대형 모니터 쪽으로 고개를 돌렸다. 윈드프로의 널찍한 로비가 흑백 화면으로 나타났다.

"윈드프로의 감시 시스템은 72시간마다 녹화를 시작하도록 돼 있어. 그사이에 카메라를 멈추고 복사를 해놓지 않으면 전의 것은 지워지고 저절로 그 위에 녹화되는 거야." 오스터만이 설명했다.

"그로스만은 항상 오후 6시에 일을 시작했어. 화면을 금요일 저녁으로 한번 돌려봐."

피아의 말에 오스터만은 고개를 끄덕이며 마우스를 움직였다. 여러 사람들이 왔다 갔다 하는 화면이 나타났다. 퇴근 시간인 듯했다. 5시 반쯤 되자 대부분의 직원이 건물을 나갔고, 늦게 퇴근하는 사람이 띄엄띄엄 눈에 띄었다.

그때 회의실 문이 열리고 카트린 파싱어가 들어왔다. 그녀는 들고 온 커피를 피아 앞에 놓더니 바로 옆자리에 앉았다.

"아, 고마워." 피아는 뜻밖의 호의에 놀라서 말했다.

"휴가에서 복귀한 기념이에요." 카트린이 웃으며 한쪽 눈을 찡긋한다. 프랑크 벤케와 안드레아스 하세가 나간 이후 팀 분위기는 눈에 띄게 좋아졌다. 벤케는 모든 일에 불만이 가득했고 누구에게나 시비를 못 걸어서 안달이었다. 그의 잠재적인 공격적 성향은 결국 카트린에 대한 적대감으로 표출되었고, 그런 분위기에서 팀원들은 일할 맛이 나지 않았다. 일하는 날보다 병가를 내는 날이 더 많았던 하세를 그리워하는 사람도 물론 없었다.

"저기 그로스만이 나왔어요." 셈이 손가락으로 화면 오른쪽에 있는 안내 데스크를 가리켰다. "옆문으로 휴게실을 통해 들어왔나 봐요."

저녁 7시가 넘을 때까지 안내 데스크에 앉아 있던 그로스만이 갑자기 로비를 가로질러 가는 모습이 보인다. 정문을 잠그러 가는 모양이다. 청소부들이 화면 안으로 들어오더니 빠른 속도로 바닥을 닦으며 지나간다. 한동안 보이지 않던 그로스만은 저녁 9시에 청소부 한 명과 이야기를 주고받고, 청소부는 유리로 된 엘리베이터 뒤로 사라진다. 그리고 두 시간 반 동안 아무 일도 일어나지 않는다. 휴게실 문 유리창에 빛이 어른거리는 것으로 보아 안에서 텔레비전을 보는 듯하다.

"잠깐!" 갑자기 피아가 외쳤다. "저기 누가 왔어! 조금만 뒤로 돌려봐."

오스터만은 피아가 시키는 대로 화면을 돌려 보통 속도로 다시 재생시켰다.

"타이센이잖아!" 피아와 셈이 동시에 외쳤다.

"금요일 저녁에 다시 회사에 들렀다는 말은 없었는데."

피아는 이렇게 중얼거리며 화면을 뚫어져라 응시했다. 타이센이 온 방향은 왼쪽, 즉 지하 주차장에서 올라왔다는 뜻이다. 안내 데스크 뒤로 간 그는 휴게실 창문을 들여다본다. 그러나 그로스만은 나타나지 않는다.

"녹화 영상에 소리도 있습니까?" 셈이 오스터만에게 물었다.

"응, 하지만 마이크 성능이 별로 안 좋아. 대화 내용 같은 건 알아들을 수 없어."

"그로스만을 부른 게 아닐 수도 있어. 내가 보기엔 그냥 자는지 확인만 한 것 같아. 사장이라는 사람이 잠자는 야간 경비원을 깨우지 않다니 진짜 웃기네." 피아가 고개를 갸웃하며 말했다.

화면 속의 타이센은 엘리베이터 쪽으로 걸어간다. 그가 유리 캡슐 같은 엘리베이터를 타고 화면 밖으로 사라지자 다시 아무 일도 일어나지 않는다. 오스터만은 화면을 빨리 돌렸다. 새벽 2시 54분이 되자 그로스만이 나오더니 하품을 하며 기지개를 켰다. 그리고 계단을 향해 어슬렁어슬렁 걸어갔다.

"한 시간이나 늦게 나왔어요." 셈이 말했다. "보안팀장 말로는 12시, 2시, 4시에 순찰을 돌아야 한답니다. 그때마다 일지에 기록도 해야 하고요."

그로스만은 계단 옆 왼쪽 복도로 사라졌다가 나타나 다시 오른쪽 복도로 사라진다. 그리고 잠시 후 계단을 오른다. 2층까지 올라가자 그의 모습은 더 이상 화면에 잡히지 않는다. 다시 정지 화면처럼 아무도 없는 로비의 모습이 이어진다.

"이 소리 들려요?" 카트린이 몸을 앞으로 기울이며 말했다. "방금 무슨 소리가 났어요."

오스터만은 화면을 뒤로 돌렸다. 그리고 소리를 더 이상 크게 할 수 없다는 뜻으로 말없이 고개를 저었다. 하지만 이번에는 다른 팀원들의 귀에도 사람 목소리와 비명 소리 같은 것이 들렸다. 새벽 3시 17분. 그로스만은 다시 화면 안으로 돌아오지 않았다.

"타이센은 회사 건물에서 나가지 않았고 그로스만의 눈에 띄지 않으려고 했어." 피아가 혼잣말처럼 중얼거렸다.

"타이센이 그로스만을 계단에서 밀었다는 겁니까?" 셈이 모니터의 정지 화면을 응시하며 말했다.

"그럴 수도 있어요."

"지하 주차장 테이프를 틀어볼게." 오스터만이 말했다. 원하는 시간대를 찾을 때까지는 시간이 좀 걸렸다. 밤 11시 26분 타이센이 지하 주차장을 지나갔다. 그리고 아무 일도 일어나지 않다가 새벽 2시 41분이 되자 사람의 형체가 카메라 바로 앞을 빠르게 스쳐 지나갔다.

"우리가 찾던 햄스터 친구야." 피아가 건조하게 말했다.

오스터만은 그 사람의 형체를 잘 알아볼 수 있는 곳에서 화면을 멈추었다. 검정색 옷에 검정색 복면, 어깨에는 검정색 가방을 멘 모습이다.

"고무장갑을 끼고 있어요." 셈이 말했다. 피아는 책상 위로 몸을 뻗어 전화기를 잡아당겼다. 그리고 지역검찰청 단축번호를 눌렀다. 헤닝의 말이 옳았다. 그로스만의 죽음은 사고사가 아니라 타살이다. 한 가지 이상한 것은 타이센과 검은 옷의 침입자가 어떻게 건물을 빠져나갔느냐 하는 것이다. 녹화된 비디오에서 그들은 지하 주차장으로도, 1층 로비로도 지나가지 않았다.

"땅으로 꺼지진 않았겠지." 오스터만이 몸을 뒤로 쭉 뻗으며 목 뒤로 손깍지를 꼈다. "그런데 침입자가 원한 게 과연 뭐였을까? 햄스터를 책상 위에 갖다 놓는 거야 1분이면 됐을 텐데."

"햄스터! 그게 바로 단서예요." 셈이 말했다. "일이 그렇게 됐는데 왜 햄스터를 도로 가져가지 않았을까요?"

피아는 셈을 향해 고개를 돌렸다. 옆모습이 배우 에롤 산더(터키 출신의 독일 배우. 셈은 터키 성과 검은 머리를 가진 것으로 보아 터키인 이주민의 후손으로 보임_역주)를 연상시킨다.

"막 사람을 죽였잖아. 그러니 감정적으로 극도의 비상사태였을 거야."

오스터만이 추리를 폈다.

"그럼 그로스만을 죽인 이유는 뭐죠?"

"그로스만이 침입자를 알아봤을 수도 있지. 둘이 몸싸움을 벌인다. 그로스만이 계단에서 굴러떨어진다. 죽는다. 끝."

오스터만은 범죄심리에 관심이 많다. 작년 11월에도 연방범죄수사국에서 실시한 프로파일러 교육 과정에 참가 신청서를 냈지만 사무실에 일할 사람이 없어서 취소해야만 했다. 곧 새로운 기회가 오기를 바랄 뿐이다.

벤케와 하세가 정직 처분을 받은 사건은 피아에게 예상치 못한 고민을 안겨주었다. 함께 일하는 동료에 대해 그렇게까지 몰랐다는 사실이 갑자기 이상하게 느껴진 것이다. 살인 용의자나 증인들에 대해서는 잘 알면서 매일 얼굴을 마주치고, 여차하면 믿고 목숨을 맡겨야 하는 동료들에 대해서는 전혀 모르고 지내는 것이 현실이다. 피아는 의식적으로 그런 현실을 바꿔야겠다고 다짐했다. 그래서 그 이후로는 거의 언급하지 않던 자신의 사생활에 대해서도 곧잘 이야기하게 됐다. 피아는 셈이 팀에 잘 어울릴 것 같다고 생각했다. 문제는 보덴슈타인이 어떻게 생각하느냐다. 생각에 빠져 있던 피아는 자신을 향해 있는 세 동료의 시선을 의식하고 현실로 돌아왔다.

"아, 미안. 휴가 후유증인가 봐. 무슨 얘기 하고 있었지?"

"누가 뭘 할 건지 물었어." 오스터만이 말했다. 보덴슈타인 부재 시 피아가 지휘권을 맡는 것은 이제 당연한 일로 받아들여지고 있었다.

"내가 셈이랑 같이 윈드프로에 가서 타이센이 그날 밤 회사에서 뭘 했는지 알아볼게. 오스터만은 비디오테이프를 다시 한 번 자세히 보고, 카트린은 윈드프로에 대해 알아낼 수 있는 건 다 알아내. 죽은 그로스만에 대해서도. 타이센은 의심스러운 데가 많아. 친구가 불쌍해서 취직시켜줬다는 말은 헛소리야. 분명히 뭔가가 더 있을 거야."

세 사람 모두 군소리 없이 피아의 결정에 따랐다. 예전 같았으면 벤케가 피아의 결정에 왈가왈부하며 100퍼센트 딴지를 걸었을 것이고, 팀원들은 누구 한 사람의 편을 들어야만 했을 것이다. 오스터만은 특수기동대 시절의 의리 때문에 오랫동안 벤케 편이었고 카트린은 무조건 피아 편이었다. 그런데 이제 그럴 필요가 없어져서 얼마나 마음이 편한지 모른다.

"자, 일들 하러 갑시다." 피아는 갑자기 기분이 좋아졌다. "오후 4시에 여기서 다시 모이는 겁니다!"

*

"가만히 좀 있어. 곧 올 거야." 리키는 한시도 가만히 있지 못하고 시계를 들여다보는 재니스를 진정시켰다. 리키, 니카, 급히 연락을 받고 나온 시민단체 사람 몇 명이 전깃줄 위의 참새들처럼 줄을 지어 울타리 위에 앉아 있다. 마르크는 양팔에 개를 한 마리씩 끼고 풀밭에 앉아 쓰다듬고 있는데, 개들은 눈을 지그시 감은 모습이 기분 좋아 보인다. 그 옆에는 재니스가 직접 도안하고 구호를 써서 골판지에 붙여 만든 팻말과 포스터가 놓여 있다. 그중에서도 풍차가 세워진 타우누스 산의 실루엣을 빨간 원으로 감싸 마치 금지 표지판처럼 보이게 한 로고는 재니스가 특히 아끼는 작품이다.

"약속 시간이 벌써 10분이나 지났잖아." 초조하게 왔다 갔다 하던 재니스가 걸음을 멈추고 말했다. 방송사 사람들한테는 10분 늦는 게 대수롭지 않겠지만 그는 1분 1초가 지날 때마다 입안이 바싹바싹 탔다. 만약 루드비히 히르트라이터가 알게 되면 분명히 카메라 앞으로 비집고 들어와 호통을 칠 테고, 그러면 오랫동안 준비해온 일이 우스꽝스러운 해프닝으로 끝나고 말 것이다. 이 인터뷰는 그가 이제까지 발견한 사실을 만천하에 알릴 수 있는 둘도 없는 기회다. 무슨 말을 어떻게 할지도 다 생각해두었다. 방송이 나가기만 하면 신문에도 대서특필될 것이고 어마어마한 스캔들을 일으킬 것이다. 그는 히르트라이터와 그 측근들의 방해를 받지 않기 위해 기자에게 전화를 걸어 인터뷰를 한 시간 반 앞당겼다.

하늘에는 작은 구름들이 떠다니고 햇빛이 밝게 빛났다. 지난 3주간 자연은 폭발적 생장력을 과시했다. 나뭇가지마다 꽃이 피고 싱그러운 초록이 들판을 뒤덮었지만 재니스의 눈에는 그런 것이 보이지 않았다. 약속 시간보다 15분 늦은 시각, 드디어 헤센방송사의 하늘색 차량이 들길을 올라오는 것이 보였다. 재니스는 차가 오는 방향으로 걸어가며 양손을 흔들었다. 제발 빨리 좀 와라! 히르트라이터의 목장은 나무들이 줄지어 서 있는 곳에서 200미터 정도밖에 떨어져 있지 않다. 만약 지금 히르트라이터가 창밖을 내다본다면 바로 알아채고 순식간에 달려와 깽판을 칠 것이다. 기자와 남자 한

명, 여자 한 명이 차에서 내렸다. 그들이 차에서 내리는 모습이 재니스에게는 굼벵이처럼 느려 보여서 달려가 손을 잡고 끌어 내리고 싶은 심정이다.

"안녕하십니까!" 기자가 웃으며 외쳤다. "와, 여기 정말 전원적이네요!"

헛소리 말고 빨리 서두르기나 해!

"안녕하세요. 재니스 테오도라키스입니다. 어제 저랑 통화하셨죠?" 재니스는 애써 미소를 지었다.

기자는 그와 악수를 하더니 울타리에서 내려온 리키, 니카 등과도 한 사람씩 손을 잡고 흔들었다. 다른 두 사람은 차 트렁크에서 상자와 스탠드 같은 것을 꺼내더니 시끄럽게 퉁탕거렸다. 기자는 수첩을 꺼내 어떤 식으로 촬영할 것인지 장광설을 늘어놓기 시작했다.

"예, 좋네요. 예, 예." 재니스는 기자의 말은 듣지도 않고 건성으로 고개만 끄덕이면서 자꾸 히르트라이터의 집 쪽에 시선을 주었다. 제발 시간이 모자라지 않아야 할 텐데……. 그는 긴장감에 맥박이 빨라지는 것을 느꼈다. 드디어 모든 준비가 끝났다. 여자는 무거운 카메라를 어깨에 들쳐 멨고 남자는 헤드폰을 끼고 녹음 장비의 잭을 모두 꽂았다. 기자는 헤센방송사 로고가 적힌 마이크를 들었다. 빛도 좋고 톤도 좋다. 재니스는 기자의 첫 번째 질문에 대답을 시작했다.

자연 훼손과 대규모 벌목, 풍력발전 단지 건설 예정 부지에 서식하는 희귀동물 말살에 대한 것으로, 그런 동물들이 있다면 절대 허가가 나지 않을 것이기 때문에 윈드프로가 몰래 동물들을 없앴다는 내용이다. 기자가 헤벌쭉한 얼굴로 끊임없이 고개를 끄덕이며 마이크를 턱에 갖다 붙이는 통에 적잖이 당황했지만 다행히 그는 한 번도 더듬지 않고 일목요연하게 대답을 마쳤다. 드디어 기다리던 질문이 나왔다. 윈드프로의 계획을 수포로 돌아가게 할 강력한 무기다. 동시에 히르트라이터의 낡은 녹색 지프차가 언덕을 올라오는 것이 보였다. 타이밍 한번 죽이네!

＊

　햇살은 반짝이며 부서지고 공기 중에는 하객들의 웃음소리와 수국 향이 가득하다. 5월의 신부 토르디스는 꽃처럼 아름답고, 신랑 로렌츠는 그림책에서 튀어나온 왕자님 같지만 보덴슈타인의 눈에는 모든 것이 우울하게만 보인다. 사실 이 결혼식은 아버지인 그에게 특별한 의미가 있다. 그는 예전부터 코지마와 함께 장남의 결혼식을 상상하곤 했다. 그런데 지금 그들은 한자리에 있을 뿐 함께 축하하고 있지는 않았다. 오늘도 잠깐 대화를 나누기는 했지만 지난 몇 달간처럼 아이들과 결혼식에 대한 사무적인 얘기에 그쳤다. 그는 술잔을 든 채 난간에 기대서서 다른 사람들과 함께 웃고 떠들었지만 마음은 마치 와서는 안 될 자리에 와 있는 것처럼 우울한 기분을 떨칠 수 없다. 그의 삶은 정체했다. 그는 이제 더 이상 앞을 보지 않고 과거만을 돌아보고 있다. 코지마는 그의 예상과 달리 가브릴로프를 데려오는 파렴치함을 보이지는 않았다. 즉, 결혼식에서 빨리 빠져나갈 핑곗거리가 사라진 것이다.
　코지마의 배신은 그의 삶을 송두리째 뒤흔들었다. 전혀 예상하지 못한 상태에서 마른하늘의 날벼락처럼 그녀의 외도 사실을 접한 보덴슈타인은 그 충격에서 헤어 나오지 못한 채 여전히 갈팡질팡하고 있다. 그녀는 다른 남자 때문에 가정을 버렸다. 그는 자신이 남편으로서뿐만 아니라 남자로서 그녀를 만족시키지 못했다는 사실을 떠올리며 다시금 깊은 모욕감에 휩싸였다. 그녀에게 그는 소피아의 베이비시터나 하면 딱 맞을 그런 남자였다. 코지마가 15년이나 연하인 남자와 즐기는 상상보다 그를 더 괴롭히는 생각이 바로 이것이다.

보덴슈타인은 잔을 비우고 김이 새버린 샴페인 맛에 얼굴을 찌푸렸다.

"이렇게 좋은 날 표정이 왜 그래?" 토르디스의 어머니인 수의사 잉카 한젠이 새 잔을 내밀었다. "저 두 사람 정말 잘 어울리지?"

"응." 새 잔을 받은 그는 들고 있던 잔을 지나가는 웨이터의 쟁반 위에 올려놓았다. "잘됐으면 너랑 나도 저런 모습이었을 거야."

어릴 때부터 알고 자란 그녀와는 그렇게 얘기할 수 있는 사이다. 두 사람은 한 번도 정식으로 연인이었던 적이 없지만 그는 항상 언젠가 잉카와 결혼하리라 생각했다. 이제는 그런 말을 해도 마음이 아프지 않을 정도로 오래된 이야기다.

"우리에겐 다른 운명이 준비돼 있었던 거야." 그녀는 자신의 잔을 그의 잔에 살짝 부딪히며 웃었다. "이대로도 좋지 않아? 사돈으로 엮인 것도 인연이야."

그는 술을 마시며 그간 잉카에게 애인이 생겼는지 궁금해졌다.

"얼굴이 좋아 보여."

"사돈은 얼굴이 영 아니시네요." 잉카는 원래 그녀의 방식대로 직설적이고 솔직하게 말했다.

"고마워, 사돈." 그는 자기도 모르게 피식 웃음이 나왔다.

두 사람은 그 자리에서 샴페인을 세 잔째 마셨다. 코지마는 맞은편 테라스에 서 있었는데 그동안 그에게 별 관심을 보이지 않다가 잉카와 함께 있는 것을 보고는 빤히 쳐다보았다. 코지마는 예전에 잉카를 심하게 질투한 적이 있다.

마리루이제가 하객들에게 식사 시간을 알렸다. 신랑 아버지로서 신부와 신부 어머니 사이에 배석된 보덴슈타인은 잉카의 의자를 뒤로 밀어주면서 그녀의 농담에 소리 내어 웃었다. 코지마는 맞은편 신랑 옆자리에 앉아서 그 모습을 지켜보았다. 잠시 코지마와 시선이 얽히자 그는 살짝 웃는 얼굴을 보인 다음 바로 다시 잉카를 향했다. 그는 갑자기 결혼식이 재미있어졌다. 그리고 코지마에게 받은 상처가 언젠가는 아물 것이라는 희망이 생겼다.

*

피아는 셈에게 운전대를 맡기고 여기저기 전화를 걸었다. 예산 부족으로 근무 차량 내 스피커 설치가 계속 미뤄지고 있기 때문이다. 그래서 혼자일 때는 운전하면서 전화 통화를 하기도 하는데, 가끔은 운전 중 통화로 운전 중에 통화하는 다른 운전자를 고발하는 웃지 못할 상황도 생긴다. 먼저 크뢰거에게 전화를 해보니 윈드프로의 출입구를 조사한 결과 외부에서 강제로 침입한 흔적이 없었다고 한다. 누군가 안에서 문을 열어주었거나 열쇠가 있어서 스스로 열고 들어갔다는 얘기다. 그 밖에 크뢰거는 그로스만이 4층 계단에서 떨어진 것이 거의 확실시된다는 소식을 전했다. 계단 위에서 발견된 섬유 조직과 혈흔뿐 아니라, 4층 복도에 떨어져 있던 손전등이 증거다. 크뢰거와 전화 통화를 끝낸 피아는 보덴슈타인에게 전화를 걸었다. 바로 받는 것을 보니 결혼식이 끝난 모양이다. 피아는 그동안 있었던 일을 짤막하게 요약해서 보고했다.

"반장님은 4시 회의에 오신대요." 피아가 전화를 끊고 셈에게 말했다.

"반장님 못지않게 잘하시던데요." 셈이 피아를 칭찬했다.

"고마워요. 반장님 어깨너머로 배운 지 좀 됐어요. 반장님이 상사로서 훌륭하시잖아요." 피아가 웃으며 대꾸했다.

"맞아요. 저도 여기로 오게 돼서 참 좋아요."

"그전엔 어디 있었는데요?"

"오펜바흐요. 처음엔 성범죄, 그다음엔 폭력계, 강력계에서 일한 지는 3년 됐어요."

성범죄, 폭력, 살인. 전형적인 코스다.

"오펜바흐라…… 키커스 아니면 아인트라흐트?"(그 지역의 대표 축구팀인 키커스 오펜바흐와 아인트라흐트 프랑크푸르트를 뜻함_역주)

"둘 다 아니에요." 셈이 멋쩍게 웃었다. "HSV예요!"(HSV는 스포츠협회 이름 앞에 흔히 붙는 말로 여기서는 함부르크나 하노버처럼 큰 축구팀이 아닌, 이름이 알려지지 않은 작은 축구협회를 의미하는 것으로 보인다_역주)

"들어본 것 같아요. 뭐, 난 축구에 있어서는 중립적이니까."

피아는 호기심이 가득한 눈길로 동료를 쳐다보았다.

"오펜바흐에서 왜 옮긴 거죠?"

"상사가 날 싫어했어요." 셈이 아무렇지도 않은 듯 털어놓고 말했다. "내가 자기 자리를 탐낸다고 생각했나 봐요. 처음엔 그런가 보다 했는데, 너무 티를 내니까 나중엔 견디기 힘들더라고요. 그러던 참에 이쪽에 사람이 필요하다고 해서 바로 지원했죠."

"우린 사람이 하나 늘어서 얼마나 좋은지 몰라요. 오스터만은 다리 때문에 외근을 못하거든요. 그래서 세 사람이 감당하기엔 벅찰 때가 많았어요."

윈드프로로 가는 차 안에서 피아는 새 동료에 대해 이것저것 물어보았다. 그는 뤼셀스하임 태생으로 현재 디첸바흐에 살고 있고,

9살짜리 아들과 7살짜리 딸이 있다. 아버지와 형제들은 모두 오펠에서 일했지만, 그는 어려서부터 경찰이 되는 것이 꿈이었다고 한다.

그들이 탄 차는 덜커덩거리며 국철 선로 위를 지나 켈크하임-뮌스터 지구의 끄트머리에 자리 잡은 산업 단지에 도착했다. 잠시 후 셈은 윈드프로 주차장으로 꺾어 들어갔다. 건물 안에 들어서니 청소부들이 계단에 남은 핏자국을 지우느라 분주한 모습이다. 두 사람은 안내 데스크를 통하지 않고 바로 4층으로 올라갔다. 4층에 이르러 오른쪽으로 돌아 걸어가던 피아는 타이센의 방을 지나쳐 계속 가더니 복도 끝에 있는 유리문을 열어보았다.

"비상계단이에요."

"지름길이군요. 침입자는 회사 구조를 잘 아는 사람이에요."

"회사 직원일지도 모르죠. 그래서 그로스만이 얼굴을 알아봤을 수도 있어요. 그렇다면 용의자 범위는 훨씬 좁아져요."

피아는 이렇게 말하며 타이센의 방문을 두드렸다. 타이센은 그새 말끔하게 치워진 책상 앞에 앉아 있다가 두 사람이 들어오는 것을 보고 자리에서 일어나 재킷 단추를 채웠다.

피아는 거두절미하고 본론부터 말했다.

"감시 카메라 비디오를 봤는데, 금요일 밤에 회사에 계셨더라고요. 왜 아까는 그 얘기 안 했어요?"

"아, 제가 그 말 안 했나요?" 그는 이마에 주름을 잡으며 의아하다는 듯 말했다. "아마 놀라서 깜빡한 모양입니다. 한 15분 정도 있었나? 잠깐 들렀습니다."

"왜요?"

"사무실에 두고 간 서류 때문에요."

"어디에 필요한 서류였죠?"

"주말에 함부르크로 출장을 가는데 필요한 서류였습니다. 북해에 오프쇼어 풍력발전 단지를 만들려고 하는 고객과 만났습니다."

"지하 주차장으로 들어오셨죠? 일을 마친 뒤에는 언제 어디로 나가셨나요?"

"비상계단으로 내려갔습니다. 그리고 밤 12시 되기 전 차에 탔습니다. 차에서 자정 뉴스를 들었거든요."

"어느 방송이었죠?"

"헤센라디오였습니다. 항상 듣는 방송이죠." 타이센의 미간에 깊은 주름이 잡혔다. "왜요. 그게 중요합니까?"

피아는 그의 질문을 못 들은 척하고 바로 다음 질문으로 넘어갔다.

"회사에 들어와서는 안내 데스크에서 휴게실 안을 엿보았고 나갈 때는 엘리베이터를 타지 않고 굳이 비상계단을 사용했는데, 왜 그런 거죠?"

"왜요? 그게 뭐가 어쨌다는 건지 잘 모르겠습니다."

"회사에 있다는 걸 그로스만 씨에게 들키지 않으려고 한 이유가 뭐냐고요?"

"자는데 깨우지 않으려고 한 겁니다."

"야간 경비원이 자고 있는데 깨우지 않으려고 했다고요?" 피아가 기가 막힌 듯 코웃음을 쳤다. 처음에 가졌던 호의는 오뉴월에 눈 녹듯 사라졌다. "원래는 반대여야 하는 거 아닌가요? 야간에 회사를 지켜야 할 직원이 자고 있으면 사장이 화를 내면서 깨우는 게 정상 아니에요?"

타이센은 이런 이야기를 하는 것이 영 껄끄러운 표정이었지만 문제를 피해 가지는 않았다.

"이상하게 보이는 것은 이해합니다. 하지만 그날은 어떻게든 롤프와 마주치고 싶지 않았습니다. 시간도 없는데 롤프가 붙잡을까 봐 겁이 났습니다."

만족스러운 대답은 아니지만 피아는 일단 넘어가기로 했다. 타이센의 행동은 어딘지 모르게 의심스러운 데가 있다. 안내 데스크 여직원이 왜 그로스만이 그런 짓을 하고도 안 쫓겨나는지 이해가 안 된다고 했던 말도 떠올랐다. 우정 때문이라는 건 거짓말이다.

"여기서 나가서 어디로 가셨죠?"

"집에 갔습니다."

"아무 데도 안 거치고 바로요?"

이제까지 협조적이던 타이센의 태도가 돌변했다.

"왜 그런 걸 물어보는 겁니까?"

대답을 안 하는 게 능사가 아니다. 알리바이의 진위는 오늘 내로 밝혀질 것이다. 만약 알리바이가 없다면 재미없어지는 거다.

"토요일 새벽 이 회사의 야간 경비원이 죽었어요. 그리고 누군가 사장실 책상 위에 죽은 햄스터를 놓고 갔어요. 타이센 씨가 직접 그런 것이 아니라면 이 건물 안에 누군가가 더 있었다는 말이 됩니다. 도둑이 들었을 수도 있고요."

타이센은 황당하다는 표정을 지으며 팔짱을 꼈다.

"도둑요? 이 건물에요?"

"네, 누군가 햄스터를 책상 위에 갖다 놓았을 테니까요. 아니면 이 회사 규정에 사장실 책상에 햄스터를 갖다 놓게 돼 있나요?"

타이센은 피아의 비꼬는 말에 반응하지 않고 말없이 그녀를 응시했다. 햄스터가 제 발로 책상 위로 기어 올라가 죽었다고 생각하는 거야, 뭐야?

"경찰 조사에서는 외부인의 침입 흔적을 찾아내지 못했어요. 즉,

이 건물에 들어온 사람은 열쇠를 가지고 있었어요.”

타이센은 피아의 말이 무엇을 의미하는지 바로 눈치채고 고개를 저었다.

“아니요. 그럴 만한 사람은 없습니다. 전 회사 열쇠를 가진 사람을 다 압니다. 그중에 사람을 죽일 수 있는 사람은 없습니다! 말도 안 됩니다.”

피아는 셈과 얼굴을 마주보았다. 타이센은 친구인 그로스만이 회사에서 얼마나 미움을 받았는지 정말 전혀 몰랐을까? 아니면 알고 싶지 않았을까?

∗

“어떻게 된 거야?” 히르트라이터는 차 문을 꽝 닫고 성큼성큼 들판을 가로질러 왔다. “4시 반에 하기로 했잖아!”

방송사 사람들은 이미 카메라를 가방에 집어넣고 장비를 트렁크에 싣고 있었다. 마을 쪽에서는 자동차들이 뿌연 먼지구름을 일으키며 덜컹덜컹 들길을 올라왔다. 이미 도착한 사람들은 민들레가 지천으로 핀 들판 가장자리에 주차를 한 후 준비해온 현수막을 펼치는 중이다.

“어떻게 된 일인지 얘기를 해보라고!” 히르트라이터가 재니스를 노려보며 버럭 소리를 질렀다. 재니스가 아무 대답도 못 하자 리키가 용감하게 나서며 한 손을 히르트라이터의 어깨에 얹었다.

“휴대전화로 전화했는데 연락이 안 됐어요.” 리키는 남자들에게 항상 효력을 나타내는 천진난만한 미소를 지었다. “갑자기 일정이 바뀌는 바람에…….”

그러나 히르트라이터에게는 리키의 매력이 통하지 않았다.

"어디서 말도 안 되는 소리를 하고 있어?" 그는 리키의 손을 홱 뿌리쳤다. "내가 여기서 5분 거리에 사는데 알리려고만 했으면 저 여드름쟁이 심부름꾼을 보냈겠지."

마르크는 자신을 겨냥한 말인 줄 알면서도 그냥 귓등으로 흘렸다. 리키의 개들은 지프 트럭 짐칸에 타고 있는 히르트라이터의 사냥개를 몹시 싫어하기 때문에 멀찌감치 서서 개 목줄을 단단히 잡고 멀찌감치 떨어뜨려놔야 한다.

"촬영 다시 합시다." 히르트라이터가 기자에게 말했다.

"오늘 저녁 뉴스에 내보내려면 편집할 시간이 필요합니다." 기자가 난처한 미소를 지으며 말했다.

"저놈이 뭐라고 지껄였는지 내가 알 게 뭐야?" 히르트라이터가 굵은 바리톤 음성으로 화를 냈다. 그리고 주차 중인 자동차들을 가리켰다. "저기 우리 회원들이 모두 모이고 있잖아요. 얼마나 많은 사람이 풍력발전 단지에 반대하는지 보여줘야 한단 말입니다. 이런 식으로는 안 돼요!"

"죄송합니다." 기자가 난처한 얼굴로 어깨를 으쓱했다. "테오도라키스 씨가 인터뷰를 한 시간 반 정도 앞당기자고 하셔서요. 저희는 사전에 합의가 된 줄 알았습니다."

"뭐가 어쩌고 어째?" 히르트라이터는 기가 막힌 듯 고개를 돌리며 씩씩거렸다. "이게 무슨 짓이야? 자네가 독불장군이야?"

1미터 90센티미터에 육박하는 큰 키에 산사람 같은 우락부락한 얼굴, 어깨까지 오는 은발을 휘날리며 화를 내는 히르트라이터의 모습에는 누구라도 주눅이 들 만하다. 히르트라이터 뒤로 모여든 다른 회원들도 이미 촬영이 끝났다는 말에 얼굴을 찡그렸다.

"틀린 말 한 거 하나도 없으니까 그렇게 흥분하지 마세요." 재니스가 바지 주머니에 손을 꽂은 채 말했다. 그는 만족스러운 표정을 숨길 생각도 없어 보인다.

"내가 흥분을 하든 말든 네놈이 무슨 상관이야!" 히르트라이터는 목부터 얼굴까지 시뻘겋게 되어 소리를 질렀다. "네놈의 그 이기적인 짓거리에 이젠 정말 질렀다, 질렀어. 여기 있는 다른 회원들도 마찬가지야! 우리가 일정 이야기를 한두 번 했어? 그런데 네 마음대로 일정을 바꿔?"

기자는 일이 커지자 목을 움츠린 채 이쪽저쪽 눈치 살피기에 바쁘다. 마음 같아서는 어서 차 있는 곳으로 가고 싶지만 삼사십 명되는 사람들이 화난 표정으로 막고 있으니 꼼짝없이 적진에 갇힌 꼴이다.

"어서 카메라 다시 꺼내 오쇼!" 히르트라이터가 호통을 쳤다.

"그럴 시간이 없습니다. 오늘 저녁 뉴스에 내보내려면 지금 출발해야 합니다. 인터뷰는 좋았습니다. 이따 저녁에 방송 보시면 만족하실 겁니다."

그렇지, 말 잘한다! 재니스는 속으로 쾌재를 불렀다. 시민단체 사람들은 당연히 오늘 저녁에 방송이 나가기를 바란다. 내일모레 주민 공청회가 있기 때문에 하루라도 빨리 홍보를 해야 하기 때문이다. 이윽고 사람들은 내키지 않는 얼굴로 길을 터주었고, 기자는 줄행랑을 놓았다. 시동을 걸어놓고 기다리던 스태프는 은행 돈을 훔쳐 달아나는 강도들처럼 기자가 타자마자 차를 출발시켰다.

"자, 잘 들어둬라, 이 허영심에 간덩이가 부은 애송이야." 히르트라이터는 무서운 표정으로 재니스에게 말했다. "우린 한 가지 목적을 가지고 모인 사람들이야. 그리고 우리 모임 안에는 엄연히 민주

주의가 존재해. 의논 끝에 결정을 내렸으면 지켜야지. 미꾸라지 한 마리가 계속해서 연못물을 흐려서는 안 되는 거야."

재니스는 어떤 반성의 기색도 없이 히죽거렸다. 히르트라이터의 훈계는 보호막이라도 있어 튕겨 나가는 듯, 원하던 대로 일을 마친 것이 만족스럽다는 표정이다.

"뭐 어쩌시게요? 자료랑 통계 수치 조사해서 물증까지 내놓은 건 저였어요. 제가 아니었으면 아직도 광장에 피켓 하나 들고 앉아서 숲이 죽어간다고 징징 짜고 있었을 거잖아요."

"말조심해! 젊은 놈이 말하는 본새 좀 보게. 내가 폭발하는 거 보고 싶어?" 히르트라이터는 이를 바득바득 갈았다.

"아저씨, 제 말 좀 들어보세요." 리키가 달래는 말투로 끼어들었다. "재니스가 정말 잘 말했어요. 보시면 아마 만족하실 거예요."

"끼어들지 마, 멍청한 계집!" 히르트라이터는 경멸스러운 표정으로 리키를 쳐다보았다. "아무것도 모르면서 저놈이 하는 말만 앵무새처럼 따라 하는 주제에!"

리키는 기분이 상해 입을 다물었다. 재니스도 점점 화가 치밀었다. 아이들 야단치듯 저래도 된다고 생각하는 건가? 늙은 폭군 같으니라고!

"너희 두 사람의 그 병적인 욕심이 모든 걸 망치고 있어. 이 일은 객관적이고 조심스럽게 해야 하는 일이야. 너희들처럼 그렇게 냅다 갖다 지르고 감정적으로 논쟁한다고 되는 일이 아니야. 하긴, 너희가 그런 걸 알 리 없지."

히르트라이터는 한심하다는 듯 손을 내두르며 돌아섰다.

"저는 적어도 아는 걸 솔직하게 말하죠. 아저씨처럼 중요한 정보를 숨기진 않아요!" 재니스가 그의 등 뒤에 대고 소리쳤다. "윈드프로에서 보상금을 얼마 준다고 했는지 왜 이제까지 아무한테도 말 안 하셨죠?"

히르트라이터는 몸을 홱 돌렸다. 다른 회원들은 수군거리며 서로 시선을 주고받았다.

"제가 한번 말해볼까요?" 재니스의 입가에 심술궂은 미소가 떠올랐다. "그렇게 많은 돈을 준다는데 누가 땅을 안 팔고 배기겠어요? 아무도 안 믿을 거라고 생각한 거죠?"

"무슨 말이 하고 싶은 거냐?" 히르트라이터는 주먹을 꽉 쥔 채 붉으락푸르락한 얼굴로 성난 황소처럼 재니스에게 다가갔다.

"돈에 넘어갈 거라는……."

재니스는 더 이상 말을 잇지 못했다. 히르트라이터가 솥뚜껑 같은 손으로 그의 뺨을 후려쳤기 때문이다. 재니스는 비틀거리며 바닥에 쓰러졌지만 곧 다시 일어나 히르트라이터에게 달려들었다. 리키가 가세했고 곧 육박전이 벌어졌다. 그 상황을 지켜보며 점점 믿을 수 없다는 표정을 짓던 회원들은 정신을 차리고 그들을 뜯어말렸다.

"위아래도 모르는 놈!" 히르트라이터가 분노에 사로잡혀 소리를 질렀다. "네놈의 그 복수심……, 그리고 네 계집 때문에 다 망하고 말 거야!"

누군가 그를 붙잡고 달래려 했지만 그는 손을 홱 뿌리치며 성큼성큼 자신의 지프 트럭을 향해 걸어갔다. 몇 사람은 어쩔 줄 몰라 하며 그의 뒤를 따랐고, 다른 사람들은 서로 눈치만 보며 서 있었다.

"꺼져!" 재니스가 버럭 소리를 지르고는 뺨을 어루만졌다.

리키는 놀란 마음에 흐느껴 울기 시작했다. 마르크는 개들을 데리고 그녀에게 다가갔다.

"왜 루드비히 아저씨가 우리한테만 그러는지 모르겠어. 남들보다 일도 훨씬 많이 하는데 왜 우리를 잡아먹지 못해서 안달이냐고……." 리키는 울어서 빨갛게 된 눈으로 마르크를 쳐다보았다.

"그 할아버지 때문에 마음 쓰지 말아요." 마르크가 수줍게 말했다. "늙은 영감탱이가 노망나서 그래요."

리키의 얼굴에 웃음이 스쳤다.

"그래, 네 말이 맞아. 그냥 노망난 늙은 영감탱이야." 리키는 손등으로 눈물을 쓱 닦더니 결심한 듯 가슴을 활짝 폈다.

*

윈드프로의 보안팀장 겸 홍보 및 마케팅팀장은 꽤나 싹싹했다. 피아와 셈이 회사의 보안 설계도를 보여달라고 하자 바로 가져왔고, 열쇠를 받은 사람들의 수령 확인서가 든 파일도 군말 없이 가져왔다. 열쇠를 가진 사람은 타이센과 그의 아내를 비롯해 총무부, 재정부, 영업부, 기술부, 관리부, 기획부, 인사부의 부장들, 법률팀장, 보안팀장 그리고 야간 경비원이다. 즉 용의자는 12명이다. 피아는 파일을 넘겨가며 12명의 이름을 옮겨 적었다. 그러다 그다음 섹션으로 넘어가니 오래된 날짜의 다른 확인서들이 나왔다.

"이건 뭐죠?"

"아, 네…… 그건……." 보안팀장은 빡빡 깎은 머리통을 긁적거렸다. "사실 저희 회사 시스템이 좀 낡았습니다. 아직도 전자 열쇠나 카드가 아닌 열쇠를 쓰고 있죠. 교체하려고 하고 있습니다만 아직 준비가 덜 돼서요. 그러니까 이건…… 전에 일하던 직원들 중에서 열쇠를 반납하지 않은 직원들이 좀 있는 거 같습니다."

"아, 그래요? 그 사람들이 몇 명이나 되죠?"

보안팀장은 난처한 듯 헛기침을 했다.

"그게 제가 오기 전이라서 말이죠."

"여기 있는 수령 확인서에 서명한 사람들이 모두 열쇠를 받았다면…… 어디 보자……."

"9명이네요." 피아의 어깨너머로 함께 보고 있던 셈이 얼른 말했다.

"계산 한번 빠르네." 피아가 비꼬듯 말하고 보안팀장에게 물었다. "9명 맞아요?"

"아, 네. 맞습니다. 예, 그러니까…… 그게…… 그만 깜빡했네요."

이 회사에는 깜빡하는 사람들이 왜 이리 많은지! 야간 경비원은 한밤중에 술 사러 가면서 열쇠를 깜빡하고, 사장은 금요일 밤에 다시 회사에 왔다는 사실을 깜빡하고, 보안팀장은 이런 중요한 정보를 깜빡하다니!

"여기 어디에 복사기가 있나요?" 피아가 자리에서 일어서며 물었다.

"네, 저기 있습니다."

"내가 할게요." 셈이 파일을 받아 복사기 쪽으로 갔다. 보안팀장은 턱 밑에 기른 수염을 쓰다듬다가 귓불을 만지기도 하며 안절부절못했다. 그의 대머리에 땀방울이 맺혔다.

"윈드프로에 대해 얘기 좀 해주시겠어요?"

"뭘 알고 싶으신데요?"

"뭐 하는 회사죠? 구체적으로 무슨 일을 하나요?"

"저희 회사는 풍력발전 단지를 만드는 회사입니다. 독일, 유럽뿐 아니라 해외에도 진출해 있죠." 회사 소개를 시작하자마자 목소리에 안정감이 넘치는 것이 과연 홍보팀장답다. "저희 회사의 특이한 점은 파이낸싱도 함께한다는 겁니다. 대투자자를 구하거나 프로젝트 방식으로 자금을 조달합니다. 예를 들면 공동 투자자를 모아 기금을 조성하는 식이죠. 조립식 건축을 생각하면 됩니다. 고객이 풍력발전 단지를 주문하면 장소 물색, 환경 영향 평가서 작성, 정부 승인, 공사 계획, 풍력발전기 설치까지 저희가 모든 걸 알아서 합니다. 저희와 함께 일하는 파트너들은 각 분야 최고의 전문가들이고 저희 회사도 풍력발전 분야에서 알아주는 기업입니다."

'저희'라는 말을 연발하며 자랑스럽게 말하는 것이 마치 사장 대변인 같다.

"만약 도둑이 든다면 무엇 때문일까요?"

피아의 질문에 그는 다시 당황한 표정을 지었다.

"글쎄요, 마음 같아선 대답을 해드리고 싶지만 잘 모르겠습니다." 그는 난처한 듯 어깨를 으쓱했다. "제가 알기로 회사 건물 안에 현금을 많이 보유하고 있지는 않습니다. 그렇다고 대단한 회사 기밀이 있는 것도 아니고요. 저희 회사의 노하우는 다른 회사들도 다 알고 있는 것이어서 산업스파이를 의심하기도 어렵습니다."

"옛날 직원 중에 회사 측과 문제가 있어 나갔는데 열쇠를 반납하지 않은 사람은 없어요?" 샘이 복사기 앞에서 이쪽을 건너다보며 물었다.

홍보팀장은 잠시 대답을 망설였다.

"그런 사람이 하나 있다고 들었는데, 제가 입사하자마자 나갔기 때문에 개인적으로는 잘 모릅니다. 곧 시작될 타우누스 풍력발전 단지 프로젝트 때문에 요 몇 달 동안 말썽을 많이 부렸죠. 재니스 테오도라키스라는 사람입니다. 나갈 때 열쇠를 반납하지 않았습니다."

마르크는 텔레비전 소리를 꺼놓고 침대에 누워 휴대전화에 저장된 리키의 사진을 들여다보았다. 아까는 어찌나 가여웠던지! 히르트라이터는 정말 노망이라도 난 것일까? 그는 포스터와 피켓 정리하는 것을 도운 다음 리키를 따라 시민단체 사람들 몇 명과 함께 피자집에 갔다. 대화는 물론 재니스가 따귀 맞은 사건과 윈드프로가 히르트라이터 할아버지에게 보상금으로 제안했다는 200만 유로에 집중됐다. 그러다 사람들이 하나둘씩 자리를 떴고 재니스는 니카하고만 얘기를 했다. 니카를 질투하는 것은 우습지만 니카가 그들 사이에 끼어들었다는 느낌 때문에 마르크는 기분이 나빴다.

마르크는 생각에 빠져 있느라 계단을 올라오는 발자국 소리를 듣지 못했다. 어느 순간 고개를 들어 보니 아버지가 굳은 얼굴로 문가에 서 있었다.

"너희 담임이 전화했더라. 오늘도 학교에 안 갔다며? 왜 그랬니?"

마르크는 얼른 휴대전화를 닫고 아무 대답도 하지 않았다. 그에게 관심이라고는 눈곱만치도 없는 아버지에게 무슨 말을 한단 말인가.

"아버지랑 얘기할 때는 텔레비전 끄고 눈 똑바로 쳐다봐!"

마르크는 텔레비전을 끄고 시위라도 하듯 천천히 일어나 앉았다. 예전에는 다혈질적이고 성급한 아버지를 무서워했다. 하지만 이미 오래전 일이다. 겁 많은 우등생이었던 시절은 지났다.

"왜 걸핏하면 학교를 빼먹느냐고 묻잖아. 도대체 학교 빠지고 어디 가서 뭐하는 거냐?"

마르크는 말없이 어깨를 으쓱했다.

부모들이란 꼭 나쁜 짓을 해야만 관심을 보이니 참으로 이상한 일이다. 성적이 좋았을 때는 잘했다는 뜻으로 고개를 끄떡하는 게 전부였다. 기숙사에 있던 4년 동안은 일주일에 두 번 말썽 안 부리는지 확인 전화하는 게 고작이었고, 마르크가 가장 힘들어하던 시기에도 마지못해 일을 처리한다는 느낌을 지울 수 없었다. 그런데 갑자기 아들 걱정에 노심초사하는 부모인 양 사사건건 간섭을 하려 드는 것이다. 그렇다고 정말 관심이 있어서 하는 질문도 아니다. 다 정해진 빤한 질문일 뿐이다. 아버지는 머릿속에 일 생각뿐이고 어머니는 그 같잖은 골동품, 아줌마들 모임, 그리고 쇼핑 생각뿐이다.

"어서 대답하라니까. 1분 내로 대답 안 하면 혼날 줄 알아." 아버지가 위협적인 목소리로 으름장을 놓았다.

"어떻게 혼낼 건데요?" 마르크는 지루하다는 듯 삐딱한 시선으로 아버지를 쳐다보았다. "때리실 거예요? 아니면 외출 금지인가요? 아니면 컴퓨터를 창밖으로 던질 건가요?"

아버지가 뭐라고 하든 상관없다. 지낼 곳만 있으면 당장 여기서 나가고 싶다. 동물 보호소에서 아르바이트비를 받으니까 용돈도 필요 없다.

"넌 지금 고집 때문에 미래를 망치는 거야." 아버지가 음울한 얼굴로 말했다. "이러다가는 유급당할 테고 학교에서 쫓겨나게 돼. 그럼 고등학교 졸업장도 없이 세상을 살아야 해. 지금이야 아무렇지도 않겠지. 이삼 년만 지나봐, 지금 행동을 땅을 치며 후회하게 될 테니까."

잔소리, 잔소리, 잔소리. 녹음기를 틀어놓은 듯 언제나 똑같은 잔소리 너무 지겨워!

"내일 가면 되잖아요." 마르크는 왼쪽 눈이 고장 난 형광등처럼 깜빡거리는 걸 느끼며 중얼거렸다. 스트레스를 받으면 항상 이런 증상이 나타난다. 처음에는 조금씩 깜빡거리다가 번개 치듯이 번쩍거리고, 곧 총천연색 사선이 나타나 춤을 추다가 눈앞이 안 보일 정도로 번진다. 곧 터널에 들어가듯 시야가 좁아질 것이다. 그리고 뒤통수에서 시작된 극심한 통증이 앞으로 옮겨올 것이다. 금방 가라앉을 때도 있지만 운이 안 좋으면 하루 종일 지속되기도 한다. 마르크는 눈을 꼭 감고 손가락으로 콧잔등을 눌렀다.

"왜 그러니? 마르크, 어디 아프니?"

그는 아버지의 손이 어깨에 와 닿는 것을 느끼고 인상을 쓰며 뿌리쳤다. 건드리는 것만으로도 통증이 배가된다.

"아무것도 아니에요. 그냥 나가 주세요." 그는 이렇게 말하며 눈을 떴다. 그러나 방 안의 어두침침한 빛마저도 눈을 자극해 못 견딜 정도다.

발소리가 나더니 문이 닫혔다. 그는 침대 옆 탁자 서랍을 열고 약을 찾아 손으로 더듬었다. 리키가 준 약을 제때 먹으면 괜찮아진다. 김빠진 콜라와 함께 약을 삼킨 그는 다시 침대에 누워 눈을 감았다. 리키는 지금쯤 뭘 하고 있을까?

*

밤은 검은 벨벳 커튼처럼 숲을 감쌌고 하늘에는 은색 반달과 저녁 별들이 총총히 떠 있었다. 히르트라이터는 언제나 불그레한 밝은 빛이 떠나지 않는 오른쪽 하늘을 쳐다보았다. 포더타우누스 지역에서는 이제 그가 어릴 때 보던 칠흑 같은 어둠을 볼 수 없다. 근처의 대도시, 옛날에 화학 공장이 있던 산업 단지, 밤에도 잠들지 않는 공항이 밤을 낮으로 바꾸었기 때문이다. 그는 한숨을 쉬며 조금이라도 편한 자세를 찾으려고 몸을 이리저리 뒤척였다. 바로 옆에는 망원렌즈가 달린 엽총이 언제라도 손이 닿을 수 있는 위치에 세워져 있고, 왼쪽에는 차가 든 보온병과 샌드위치가 든 도시락 통이 놓여 있다. 오른쪽 다리 옆에서 몸을 동그랗게 만 채 웅크리고 있는 텔의 온기가 침낭을 통해 느껴진다. 그 후레자식들이 다음 날 계속 벌목을 진행하기 위해 밤중에 와서 길을 막아버릴지도 모르기 때문에 번갈아 가며 보초를 서기로 했다. 나무 위에 마련된 망루의 불편한 의자에 앉아 아침까지 버텨야 하는 것이다. 그는 숲에서 많은 밤을 보냈다. 2년 전 엘피가 죽은 뒤로는 꼭 집에 가서 자야 할 이유도 없어졌다.

엘피. 그는 죽은 아내를 떠올렸다. 그녀와 나누던 대화, 그녀가 해주던 현명한 조언, 조건 없는 사랑, 모든 것이 그립다. 그 또한 58년 전 그녀를 처음 만났을 때부터 그녀의 사랑을 온 마음으로 받아들였고 되돌려 주려 애썼다. 암이었다. 두 번 왔다가 두 번 다 그냥 지나갔지만 그건 겉으로 보이는 모습이었다. 암세포는 림프절과 골수까지 퍼져 그녀의 온몸을 갉아먹었다. 엘피는 얼마나 용감했던가! 힘들고 곤욕스러운 항암 치료를 불평 한마디 없이 견뎌냈다. 머리카락이 빠지기 시작했을 때는 농담을 던졌고, 입안이 헐어 음식을 먹을 수 없게 됐을 때도 눈물을 보이지 않았다. 실로 여장부다운 모습이었다.

끔찍한 치료가 끝난 후 엘피의 몸 상태는 점점 좋아졌다. 두 사람은 엘피의 고향인 오버바이에른 지방으로 마지막 여행을 갔다. 그와 결혼하면서 등진 고향이다. 함께 카르벤델 산을 여행할 때는 두 사람 모두 그것이 마지막 여행이 되리라는 것을 예감했다. 히르트라이터는 꾸역꾸역 치밀어 오르는 눈물을 삼켰다. 여행을 다녀온 후로 병이 빠르게 진행됐다. 엘피는 집에 돌아온 후 겨우 3주 만에 마지막 길을 갔다. 엘피를 떠나 보낼 때 두 아들과 딸은 옆에 나란히 서 있었지만 서로 말이 없었다. 아버지와 자식들 간에는 너무 깊은 골이 존재했다. 어쩌면 그때 자식들과 화해했어야 하는지도 모른다. 그러나 아내를 잃은 슬픔을 주체하지 못하는 상황에서 그럴 엄두가 나지 않았다. 이제는 너무 늦어버렸다. 서로에게 퍼부은 독설들을 주워 담을 수도 없다. 살아 있는 동안 그는 혼자일 테고 혼자 외롭게 죽을 것이다.

그는 고요한 가운데 망루에 앉아 귀를 기울였다. 나무 꼭대기에 바람이 스치자 나뭇잎들이 바스락거리고 갖가지 야생초 냄새가 풍겨온다. 멀리서 올빼미가 운다. 빈터에서는 어미 오소리가 희미한 달빛 아래로 새끼들을 이끌고 지나가고, 어딘가 풀숲에서 멧돼지 떼가 시끄러운 소리를 낸다. 그의 상처받은 영혼을 어루만지는 친근한 냄새와 소리들이다.

생각은 오늘 오후의 일로 달려갔다. 재니스에 대한 노여움은 아직 가시지 않았다. 그 녀석은 처음부터 어딘가 수상했다. 모임을 위해 많은 일을 한 것은 사실이지만 강박에 가까운 의욕 뒤에는 항상 이기적 동기가 숨어 있었고, 그것은 위험하기 짝이 없어 보였다. 윈드프로의 제안을 어떻게 알아낸 걸까? 아직 옛 직장에 끈이 있는 걸까? 물론 다 터놓고 얘기할 수도 있었다. 하지만 다른 한편으로는 어디까지나 개인적인 일이기도 하다. 게다가 그런 어마어마한 액수가 구설수에 오르면 공연히 의심과 분란만 생긴다. 그것이 바로 지금의 상황이다. 사실 사람들이 다 보는 앞에서 재니스의 뺨을 때린 것은 잘못한 일이다. 좀 더 느긋하게 반응했어야 한다. 하지만 아까는 그 여자까지 합세해서 공격하니 너무 화가 나서 제정신이 아니었다. 리키에 대한 적대감이 터무니없다는 것은 그도 잘 안다. 그는 사실

리키가 프라우케에게 일자리에 숙소까지 제공한 것을 두고두고 원망했다. 리키만 아니었다면 프라우케는 아직 라벤호프에서 그와 함께 살고 있을 것이다.

잠을 자던 텔이 몸을 뒤척이며 조용히 그르렁거리는 소리를 냈다. 히르트라이터는 손을 뻗어 텔의 뻣뻣한 털을 쓰다듬었다.

"우리를 이해해주는 사람이 아무도 없구나, 텔." 그가 낮은 목소리로 중얼거리자 텔이 귀를 쫑긋했다. 사실 그는 풍력발전 단지를 만드는 데 반대하는 게 아니다. 그 장소가 풍력발전 단지에 합당하기만 하다면 반대할 이유가 없다. 그런데 시민단체에서 따로 의뢰한 평가서 두 건이 그렇지 않음을 증명했다. 눈앞의 이득에 눈이 멀어 숲을 파헤쳐 놓고 나면 풍차는 돌지도 않을 것이다. 기생오라비들처럼 차려입은 그 기획회사 사람들을 만나보니 정말 가관이었다. 엄밀히 따지면 국민이 낸 세금인데, 마치 자기 돈인 양 선심 쓰는 꼴이라니! 윈드프로가 파펜비제의 땅값으로 제안한 돈은 그새 300만 유로로 뛰어올랐다. 그가 거부하면 풍력발전 단지 계획은 수포로 돌아간다. 얼마나 아이러니한가! 남들이 뭐라고 하든 그는 땅을 팔지 않을 것이다. 그의 눈에 흙이 들어가지 않는 한 그 땅이 타이센의 소유가 되는 일은 없을 것이다.

＊

피아는 하품을 꺽꺽 해대며 마지막 빨래를 세탁기에 집어넣었다. 거의 사십 시간 동안 제대로 잠을 자지 못한 터라 몸은 완전히 녹초가 됐지만 정신이 말똥말똥해서 도저히 잠이 오지 않는다. 침실에서는 크리스토프의 코 고는 소리가 조용히 들려온다. 어느 시간 어느 장소가 됐든 베개에 머리만 닿으면 잠이 드는 능력은 정말 부럽다. 그녀는 세탁기 소리에 그가 깨지 않도록 조용히 욕실 문을 닫고 거실로 나왔다. 거실에는 소리가 꺼진 채 텔레비전이 돌아가고 있다. 영화를 볼 생각이었지만 자꾸만 다른 생각이 나서 집중도 되지 않고 어차피 식상한 스토리라 바로 포기했다.

타이센은 아무리 생각해도 수상하다. 그래서 그에게는 그로스만과 침입자에 대해 알아낸 정보를 말해주지 않았다. 금방 들통 날 거짓말을 왜 했을까? 금요일 밤부터 토요일 새벽까지의 알리바이도 허술하기 짝이 없다. 증인이라고는 그의 아내뿐인데, 금요일 밤 12시 20분에 집에 갔다는 말을 어떻게 믿는단 말인가? 채널을 이리저리 돌리던 피아는 윈드프로의 특이한 건물을 알아보고 헤센뉴스에서 멈추었다. 볼륨을 높이고 들어보니 사망 사건 보도가 아니라 엡슈타인 시 근처에 세워질 풍력발전 단지에 관한 내용이다. 잿빛 머리 남자가 피켓을 든 사람들을 배경으로 인터뷰를 하고 있다.

"윈드프로는 사업 승인을 받기 위해 위조된 자료를 제출했습니다. 그건 저희가 직접 의뢰한 두 건의 평가서를 보면 알 수 있습니다. 회사 측에서는 이 말도 안 되는 프로젝트를 밀어붙이려고 얼마 전까지만 해도 야생 동식물 보호 지역이었던 숲을 파괴하고 그곳에 서식하던 야생 햄스터 떼를 멸종시키는 만행을 저질렀습니다……."

화면 밑에 말하고 있는 사람의 이름이 떴다. 소파에 앉아 있던 피아는 그 이름을 보자마자 벌떡 일어나 부엌으로 달려갔다. 그리고 충전 중인 휴대전화를 뽑아 들고 통화 반복 버튼을 눌렀다. 타이센이 또 거짓말을 했다! 그녀는 다시 거실로 돌아와 화면에 시선을 고정한 채 보덴슈타인의 목소리가 들리기를 기다렸다.

1997년 9월

첫 만남. 어제 일 같지만 이미 12년이나 지난 일이다.

그녀는 독일지구물리학협회에서 젊은 과학자들에게 주는 칼 취프리츠 상 수상자였다. 시상식은 키일(북독일에 있는 도시_역주)에서 열렸다. 거기다 독일연방재단 환경 분야에서 주는 박사 과정 장학금을 받게 됐다는 소식까지 겹쳐 그녀는 금방이라도 하늘로 날아갈 듯 들떠 있었다. 이제까지 열심히 노력해온 데 대한 대가였기에 더욱 뿌듯했다.

시상식에 모인 이름 있는 학자와 교수들의 기립박수를 받으며 그녀는 꿈인지 생시인지 믿어지지 않아 옆 사람에게 볼이라도 꼬집어 달라고 하고 싶은 심정이었다. 시상식이 끝나고 만찬회장에 서 있는데 웬 남자가 다가왔다.

"얼굴이 훤하네요. 상 받은 거 축하해요!" 그는 이렇게 말하며 약간 오만한 웃음을 흘렸다.

웬 재수 없는 멍청이야? 그녀는 속으로 이렇게 생각하며 소리가 나는 쪽으로 고개를 돌렸다. 그런데 그 순간 알 수 없는 무언가가 그녀를 사로잡았다. 무엇이었을까? 자신감 있는 태도? 깊고 푸른 눈동자? 아니면 윤곽이 뚜렷하고 턱이 약간 튀어나온 얼굴에 독특한 느낌을 부여하는 감각적인 입술 때문이었을까? 그녀는 최면에 걸린 사람처럼 멍하니 그를 바라보았다. 순식간에 머릿속이 멍해지면서 생각이 마구 뒤집히는 기분이 들었다. 그녀에게 도대체 무슨 일이 일어난 것일까? '감각적'이라는 말은 그녀의 사전에 없는 말이었다. 그녀는 '로맨틱'과 거리가 멀었다. 과학자이자 분석적 이성의 소유자인 그녀의 인생에서 남자가 차지하는 비중은 매우 적었다. 그리고 첫눈에 반한다는 것은 영화 속에나 나오는 이야기였다. 그런 그녀가 그의 시선을 마주한 순간 오금이 저리는 경험을 하며 사랑에 빠진 것이다.

"어때요, 우리 연구소에서 박사를 해볼 생각 없어요? 물론 최상의 조건으로요."

"어느 연구소인데요?" 그녀가 표정을 수습하며 물었다.

"아, 소개가 늦었네요. 난 독일기후연구소의 디르크 아이젠후트라는 사람이에요."

그녀는 놀라서 입이 딱 벌어졌다. 디르크 아이젠후트를 몰라보다니 얼마나 창피한 일인가! 그러나 그는 가볍게 웃어넘겼다.

"공기 좋은 바닷가를 떠나야 하긴 하지만 거기도 그렇게 나쁘진 않을 거예요."

"극지방, 슈바벤 고산지대, 남대서양에 뜬 배 위에서도 생활해봤어요. 좋은 일자리만 있다면 어디든지 가니까 걱정 마세요."

이윽고 멍한 상태에서 깨어난 그녀가 자신만만한 표정으로 웃으

며 말했다. 그리고 속으로 이렇게 덧붙였다. 당신 같은 상사라면 달
나라까지도 갈 수 있어요. 그녀는 10초도 안 되는 사이에 사랑에 빠
지고 만 것이다.

커피는 적당히 쓰고 적당히 뜨거워서 잠 깨기에 딱 좋았다. 하지만 항상 넣는 설탕 두 개는 일부러 뺐다. 어제부로 살과의 전쟁에 돌입했기 때문이다. 적어도 10킬로그램은 뺄 생각이다. 싸워보지도 않고 비만이 될 수는 없지 않은가. 원래 게으른 편이라 운동보다는 덜 먹는 쪽을 택했다. 트레이닝복을 입고 헉헉거리며 숲길을 뛰어다니는 것은 볼썽사납고, 피트니스 센터는 보는 것만으로도 민망하다. 부엌문 위에 달린 시계가 오전 6시 반을 가리키자 아버지가 부엌으로 들어왔다. 동생 쿠엔틴이 보덴슈타인 영지의 농장과 종마 목장의 관리를 맡은 이후 아버지는 아침에 동물들 먹이 주는 일에서 해방됐지만 수십 년을 새벽닭 울음소리와 함께 일어나던 버릇을 버릴 수는 없는 모양이다.

"커피 드실래요?" 보덴슈타인의 물음에 아버지는 고개를 끄덕였다. 근 몇 달간 매일 반복되다 보니 이제는 둘만의 아침 식사가 하루를 시작하는 의식처럼 되어버렸다. 둘 다 말수가 적어 거의 명상 분위기지만 조용히 아침을 시작하는 것도 좋다.

"오늘은 뭐하세요?" 궁금해서라기보다는 예의상 건네는 질문이다.

"루드비히와 교대해주러 엘할텐에 간단다. 내일 저녁 열리는 주민 공청회 전에 회사 사람들이 몰래 벌목하지 못하도록 지키기로 했거든. 루드비히가 밤 당번이고 난 낮 당번이야."

"주민 공청회요? 아버지, 요즘 어디 다니세요?"

"네 어머니랑 같이 시민단체에서 일한단다. '풍차 없는 타우누스'라고 너도 들어봤을걸."

보덴슈타인은 아버지가 커피에 설탕을 몇 개 넣는지 부러운 표정으로 쳐다보았다. 아버지는 커피에 설탕을 세 조각이나 넣고 버터를 듬뿍 바른 빵 위에 기름진 치즈를 얹어 먹어도 살이 찌지 않는다. 그뿐인가. 낮에는 케이크 한 조각, 저녁에는 적포도주를 한 병씩 비운다. 그런데도 몸무게가 20년 전과 똑같다니 세상에 이렇게 불공평한 일이 또 있을까? 나이가 들면 신진대사가 느려져야 하는 거 아닌가?

"매일 경찰 조서만 읽지 말고 신문 지역란도 좀 읽으렴." 아버지가 점잖은 미소를 지으며 말했다.

"저도 신문 읽어요." 보덴슈타인은 검은 빵에 코티지치즈를 얇게 발라 무슨 대단한 일이라도 하는 사람처럼 덥석 베어 물었다.

"엡슈타인 시에서 초대장이 왔는데 내일 저녁 다텐바흐 강당에서 주민 공청회를 연다는구나." 아버지가 고갯짓으로 열쇠함 옆 코르크 판을 가리켰다. "저기 붙어 있는 노란 종이가 초대장이야. 환경부 대표도 오고 풍력발전 단지를 만들려고 하는 회사 사람들도 오는 자리야. 물론 우리 단체도 참석하지."

"정말 풍력발전 단지 건설을 막을 수 있다고들 생각하시는 거예요?" 보덴슈타인은 코르크판에서 초대장을 떼어 와 건성으로 훑어 보았다.

"그럼, 사업 승인 과정에서 불법적인 수단이 동원됐다는 정보를 입수했거든. 그 회사는 풍력발전 분야에서 이름이 있는 회사인 것 같더구나. 스페인 연안 지중해 해변 같은 데는 그 회사가 만든 풍차들로 좋은 풍경을 다 망친 모양이더라."

"아, 그런데 그 몹쓸 회사가 이 아름다운 타우누스의 풍경을 망치려 한다 이거죠?" 보덴슈타인은 아버지가 시민운동에 열심인 것이 왠지 귀엽게 느껴졌다. 원래 때로 몰려다니는 것을 싫어하는 아버지가 제 발로 그런 곳을 찾아갔을 리는 없고, 친구인 루드비히 아저씨가 꼬드긴 것이 분명하다. 그런 일에는 백작 칭호가 큰 홍보 효과를 낼 것이다.

"풍경만 망치는 게 아니야. 거기에 풍차를 세워봐야 아무 소용이 없어. 이미 여러 평가서에서 증명된 거다."

"기업들이 돈도 안 되는데 그런 걸 왜 만들려고 하겠어요?"

보덴슈타인은 얼마 남지 않은 빵 조각을 한입에 꿀꺽 삼켰다. 생각은 자꾸만 어제 있었던 결혼식 주변을 서성거린다. 그는 피아의 전화를 받자마자 바로 결혼식장을 나섰다.

"돈 때문이지 뭐 때문이겠니?"

"네?"

아버지의 말에 보덴슈타인은 흠칫 놀라며 현실로 돌아왔다.

"그걸로 돈을 번다고. 시는 말할 것도 없고 지역, 주, 연방 차원에서 국민의 세금으로 지원을 해줘. 지금 윈드프로는 그걸로 기금을 조성해서……"

"잠깐만요. 누가 기금을 조성한다고요?"

"누구긴 누구야, 풍력발전 단지를 만들려고 하는 회사지. 윈드프로라는 회사인데 켈크하임에 본사가 있어."

"아니, 이건 대단한 우연인데요."

"우연? 무슨 우연?" 보덴슈타인 백작은 무슨 소린지 모르겠다는 듯 살짝 이마를 찡그렸다.

"어제 우리가……." 보덴슈타인은 넓게 보면 아버지도 용의자 집단에 속한다는 사실을 깨닫고 바로 입을 다물었다. 사장실 책상에 죽은 햄스터를 놓고 간 것은 풍력발전 단지 반대자의 소행임이 분명하다. 어제저녁 늦게 피아가 전화를 걸어와 텔레비전에 풍력발전 단지 반대 시위에 대한 보도가 나온다고 알려주었다. 뉴스에 나온 시민단체 대변인은 윈드프로가 사업 승인을 얻기 위해 멸종위기종으로 보호받고 있는 야생 햄스터를 말살시켰다고 말했다.

"그럼, 어제 텔레비전에 나온 남자도 아세요?"

"당연하지. 재니스라는 사람이다. 그건 왜?"

"아니에요. 어제 우연히 뉴스에 나온 걸 봤어요." 완전히 사실에 부합하지는 않지만 아버지의 의심을 사고 싶지 않아 살짝 둘러댔다. "루드비히 아저씨는 거기서 무슨 일을 하세요?"

"맨 처음에 단체를 만든 사람이 루드비히야. 지금은 풍력발전 단지를 만들 수 있느냐 없느냐를 결정짓는 땅 때문에 루드비히가 문제의 열쇠를 쥐고 있는 셈이지. 윈드프로가 엄청난 금액에 땅을 사겠다고 제안했지만 루드비히가 거절했단다. 그 땅을 지나지 않으면 공사장까지 도로를 낼 방법이 없어."

백작의 주름진 얼굴 위로 한 줄기 씁쓸한 미소가 스쳤다.

"내일 행사는 아주 볼 만할 거다!" 그는 부엌 문 위에 달린 벽시계를 보더니 자리에서 일어섰다. "어서 서둘러야겠다. 루드비히한테 7시까지 가겠다고 했거든."

"아버지, 어제 윈드프로에서 사람이 죽었어요."

보덴슈타인 백작은 아들을 돌아보았다. 얼굴은 무표정하지만 눈빛이 날카롭게 빛난다.

"정말이냐? 설마 타이센이 죽은 건 아니겠지?"

"아버지, 이건 장난이 아니에요. 사람이 죽은 채로 발견됐고 범인은 어쩌면……." 보덴슈타인은 입을 다물었다가 그냥 사실대로 말하기로 했다. "이 얘기 밖으로 새면 안 되는 거 아시죠? 범인이 풍력발전 단지 반대자 중 한 사람일 거란 단서가 나왔어요."

"그런 소리 마라. 우린 평범한 시민들이지 범죄자가 아니야. 난 이제 그만 가야겠다. 다녀오마."

그 말을 남기고 백작은 부엌을 나갔다. 보덴슈타인은 노란 종이를 접어 재킷 주머니에 넣었다. 아버지는 시민단체 일을 생각보다 심각하게 생각하는 듯하다. 아마 나이 들었어도 여전히 쓸모 있다는 느낌을 받기 때문일 것이다. 이 사건과 얽히지만 않았다면 그도 아버지의 시민단체 활동을 긍정적으로 받아들였을 것이다. 그러나 그 단체 사람들 중에는 사람 목숨을 파리 목숨 여기듯 하는 살인자가 있을지도 모르는 일이다.

*

"지금 농담하는 거지?"

헤센 주 환경부 차관 아힘 발트하우젠은 어이없다는 표정으로 재니스를 쳐다보았다. "내 이름 절대 안 밝히겠다고 했잖아!"

"미안해, 아힘." 말은 그렇게 하지만 재니스의 얼굴에는 전혀 미안한 기색이 없다. "이제 어쩔 수 없어. 내일 주민 공청회 자리에서 정보 출처를 대지 못하면 사람들이 내 말을 믿지 않을 거야."

발트하우젠은 마른침을 꼴깍 삼켰다. 그들의 은밀한 만남은 언제나처럼 A3고속도로 메덴바흐 휴게소에 세워진 눈에 띄지 않는 은색 폭스바겐 안에서 이루어졌다. 비스바덴 방향으로 차들이 쌩쌩 달려 지나갔다. "내일 네가 직접 공청회에 올 걸 대비해서 말해두는 거야." 재니스가 문을 열고 나가려는데 그가 팔을 잡았다.

"재니스, 안 돼." 그의 목소리에 절박함이 담겨 있었다. "그 일이 알려지면 난 잘려. 난 가정이 있는 사람이야. 아이가 셋이라고. 그리고 집 지은 지 아직 3년밖에 안 됐어. 내가 너한테 그런 정보를 준 건 네가 친구라고 믿었기 때문이고, 내 이름이 익명으로 남는다는 전제하에서였어."

그의 눈은 공포로 번뜩이고 밀가루 반죽 같은 얼굴은 땀으로 번들거렸다. 재니스는 자신의 팔을 움켜쥐고 있는 그의 살진 손가락을 경멸이 담긴 표정으로 내려다보았다. 한때 친구로 생각하고 좋아했던 것이 도저히 이해되지 않았다.

발트하우젠과 그는 환경부 산하 신재생에너지 및 환경산업 팀에서 함께 일하면서 알게 됐다. 재니스는 조건이 좋은 사기업으로 갈아탔지만 발트하우젠은 계속 공무원으로 남았다. 그리고 상사에게 열심히 아부하며 다른 사람들의 불행을 발판 삼아 차관 자리까지 올라갔다.

"아힘, 그때 네가 열 받아서 나한테 얘기한 거지 내가 부탁한 게 아니잖아. 그리고 너도 그 일이 세상에 알려져야 한다고 생각했잖아. 그런데 이제 와서 꼬리를 감추려는 거야?"

발트하우젠은 당시 직속 상사가 파렴치하게 뇌물을 받는 것을 보고 분개했다. 그 상사는 지금 퇴직해서 에너지 개발회사 고문으로 갔다. 그런데 막상 그 자리에 오르고 보니 자신도 밀려날까 봐 겁이 난 것이다. 제가 친 그물에 걸려든 꼴이 됐지만 아힘 발트하우젠은 겉으로 보이는 것처럼 무르지 않다. 그는 재니스의 팔을 잡은 손에 힘을 주며 땀구멍이 다 보일 정도로 가까이 얼굴을 들이댔다.

"너는 지금 정의의 사도라도 되는 듯이 행동하지만 한낱 복수와 허영심 때문이라는 거 다 알아!" 발트하우젠이 쉰 듯한 낮은 목소리로 속삭였다. "네 욕심을 위해서 사람들 이용하는 짓 그만둬. 난 분명히 익명이 보장된다는 전제하에 정보를 줬어. 그런데도 네가 내 이름을 밝힌다면 그땐 나도 가만있지 않겠어. 그런 일이 있었다는 거 다 부인할 거야. 그 정보를 나한테 받았다는 증거도 없잖아?"

"지금 날 협박하는 거야?" 재니스는 그의 팔을 뿌리쳤다.

"마음대로 생각해." 발트하우젠이 차갑게 대꾸했다.

두 사람은 말없이 서로의 얼굴을 응시했다. 함께 여행을 가고 그릴 파티를 하면서 쌓아온 수년간의 우정이 깨지는 순간이다.

"증거가 왜 없어?" 한참 뒤에 재니스가 말했다. "넌 경솔하게도 나한테 메일을 보냈거든."

"비열한 자식!" 발트하우젠이 증오에 가득 찬 표정으로 내뱉었다. "경고하는데 내 이름 밝혔다간 나중에 후회하게 될 줄 알아. 잘 생각해서 행동해. 땅을 치며 후회하게 만들어줄 테니까. 자, 이제 내려. 내 눈앞에서 꺼지라고!"

*

출근 시간대의 프랑크푸르트 시내는 역시 만만하게 봐선 안 된다.

피아는 길이 막혀 약속 시간보다 15분 늦게 법의학연구소에 도착했다. 학교 주변의 길가는 주차된 차들로 빽빽하다. 요즘 대학생들은 자전거나 전철이 아니라 자동차를 타고 등교하는 것이 아닐까 의심될 정도다. 멀찌감치 떨어진 곳에 주차 공간을 발견한 피아는 급히 주차를 하고 부검실로 향했다. 헤닝은 늦는 것을 싫어한다. 그리고 오늘 피아는 그의 짜증을 받아줄 기분이 아니다. 그녀는 건물 입구를 가득 메운 법의학과 학생들 사이를 뚫고 건물 안으로 들어갔다. 인사를 하는 둥 마는 둥 크론라게 교수의 비서를 지나쳐 나무 장식재로 마감된 복도를 걸어 지하로 내려갔다. 오전 8시 정각 1번 부검실로 들어서니 롤프 그로스만의 시체가 깨끗한 상태로 부검대 위에 놓여 있고, 부검 준비를 마치고 기다리고 있던 헤닝의 조수 로니 뵈메가 반갑게 인사를 한다. 시체 썩는 냄새가 코를 찌른다. 웬만해서는 견디기 힘든 냄새지만, 코는 곧 그 냄새에 적응할 것이다. 헤닝과 결혼한 이후 얼마나 많은 밤을 이곳에서 지새웠던가. 가끔은 주말 내내 이 지하실에 앉아서 헤닝이 시체의 머리를 톱으로 자르고 내장을 조사하고 DNA를 찾기 위해 손톱 밑을 긁어내고 뼛조각을 분석하는 모습을 지켜보았다. 오고 싶지 않아도 남편의 얼굴을 보려면 와야 할 때가 많았다. 헤닝의 일 욕심은 거의 강박에 가까웠다. 그가 괜히 29살에 박사가 되고 지금까지 6권의 전공서적과 200편의 소논문을 출간한 것이 아니다. 그녀는 그 책 속의 단어를 하나하나 다 기억한다. 헤닝의 까다로움을 견디지 못하고 줄줄이 나가 버린 비서들 대신 그의 혼란스러운 메모와 악필 원고를 문서화하는 영광을 누렸던 것이다.

"어, 왔어?" 뒤에서 헤닝이 알은체를 한다.

"응, 검사는 아직 안 왔어?" 피아는 그가 지나가도록 한 발짝 옆으로 비켜서며 물었다.

"길이 막힌대. 이 친구는 어떻게 허구한 날 길이 막혀? 그냥 시작하자고. 나 10시에 수업 있어."

헤닝은 목에 두른 마이크에 음성 기록을 남기며 바로 검시에 들어갔다. 피아는 뢴트겐 사진이 붙어 있는 라이트 박스로 시선을 돌렸다. 그동안 어깨너머로 배운 지식으로 골절 정도는 바로 분간해낼 수 있다. 롤프 그로스만은 계단에서 떨어지면서 흉골, 오른쪽 쇄골, 오른쪽 골반뼈, 오른쪽 상박골, 그리고 왼쪽 갈비뼈 2번부터 7번까지가 부러졌다. 하지만 이 골절 상처는 뒤통수의 찢어진 상처와 마찬가지로 생명에 지장을 줄 정도는 아니다.

"참, 사망 당시 알코올 농도가 1.7프로마일로, 아주 높게 나왔어." 헤닝이 생각난 듯 말했다. "그리고 당신이 아주 좋아할 만한 소식이 하나 있어. 시체의 옷에서 섬유 조직의 흔적이 대량 발견돼서 지금 검사 중이야. 그리고 찢어진 고무장갑 조각에서도 잘하면 지문이나 표피가 나올 수 있어. 그러면 DNA 검사를 할 수 있을 거야."

그렇게만 된다면 얼마나 좋을까!

오랫동안 함께 일해온 헤닝과 로니는 빠르고 능숙한 솜씨로 부검을 진행했다. 과정 하나하나를 음성으로 상세히 기록하는 가운데 헤닝은 메스로 두피를 잘라 앞으로 넘겼다. 그리고 전기톱으로 두개골을 둥글게 잘라 뚜껑을 열듯 떼어냈다. 계단에서 떨어지는 순간 그로스만은 무슨 생각을 했을까? 죽음을 목전에 둔 인간의 머릿속에서는 과연 어떤 일이 일어날까? 고통이 느껴졌을까?

생각이 여기에까지 이르자 피아는 등골이 오싹했다. 정신 차려! 평소에는 직업적으로 보게 되는 참상에 거리를 두고 감정에 휘둘리지 않는 그녀가 오늘은 웬일일까?

"흠!" 헤닝이 나지막하게 중얼거렸다.

"왜 그래?"

"이 사람 어차피 오래는 못 살았겠어." 헤닝은 심장을 손에 들고 무게를 달 듯 위아래로 흔들다가 표면을 자세히 들여다보았다. "좌심실 비대에 흉터도 있네." 그는 심장을 금속 접시 위에 아무렇게나 내려놓았다. "내출혈이 심했던 이유는 하행 대동맥 파열 때문이야."

피아는 헤닝이 쏟아내는 객관적 정보에 집중하려고 애썼지만 자꾸만 속이 메슥거렸다. 피아는 아침에 먹은 토스트와 초콜릿 크림이 위액에 섞여 올라오는 것만 같았다.

헤닝이 말하는 소리가 멀리서 들리는 소리처럼 웅웅거렸다.

"먼저 심장마비를 일으키면서 계단을 굴렀어. 몸 오른쪽으로 부딪혔지. 그건 골절과 멍든 자국을 보면 알 수 있어. 그런 다음 누군가가 심폐소생술을 시도한 거야. 왼쪽 갈비뼈가 차례로 부러진 점, 흉골 골절, 심폐소생술에서 자주 나타나는 타박상, 이 시체의 경우 대동맥파열로 인한……."

헤닝이 시체의 배 속에서 간을 꺼내는 순간 피아는 갑자기 무릎이 후들거리는 것을 느끼며 밖으로 뛰쳐나갔다. 화장실로 달려가 토한 그녀는 차가운 타일 바닥에 쭈그리고 앉아 눈물과 뒤범벅이 되어 흐르는 식은땀을 닦았다. 일어날 기력조차 없어 온몸을 떨며 그대로 앉아 있는 그녀 앞으로 누군가 허리를 굽혀 변기의 물을 내렸다. 그녀는 창피한 생각에 얼른 손등으로 입가를 닦으며 흰색 타일 벽에 등을 기댔다.

"왜 그래?" 헤닝은 그녀 앞에 쭈그리고 앉아 놀라움과 걱정이 섞인 표정으로 바라보았다.

"모…… 모르겠어." 그녀는 창피한 것도 창피한 것이지만, 헤닝과 로니만 있을 때 이런 일이 일어나 다행이라는 생각이 들었다. 시건 방진 검사 나부랭이 앞에서 그랬다면 금방 소문이 퍼졌을 것이다.

"자. 어서 일어나." 헤닝은 장갑을 벗고 그녀를 일으켜 세웠다. 그녀는 벽에 기대서며 아직도 덜덜 떨리는 입술로 씩 웃었다.

"이제 괜찮아. 고마워. 조금 전엔 나도 왜 그랬는지 모르겠어."

"이제 거의 다 끝났어. 끝까지 있을 필요 없어. 부검 결과는 나중에 보내줄게."

"아니야. 이제 괜찮아." 그녀는 세면대로 가서 두 손바닥에 차가운 물을 받아 얼굴을 적셨다. 세수를 하고 고개를 들어보니 헤닝이 빙글빙글 웃으며 쳐다보고 있었다.

"지금 비웃는 거야? 너무하네." 기분이 상한 피아가 서운한 표정을 지었다.

"아니야. 비웃는 거 아니야." 헤닝이 세차게 고개를 흔들었다. "역시 우리 피아구나 하는 생각이 들어서. 다른 여자 같으면 화장 망가질까 봐 걱정할 텐데, 세수도 퍽퍽 잘하잖아."

"말해두겠는데 난 '우리 피아'도 아니고 화장도 안 했어. 그냥 입에 토한 자국이 있는 채로 돌아다니기 싫은 것뿐이야."

헤닝은 미소를 거두고 손으로 그녀의 뺨을 만졌다.

"얼음장처럼 차가워."

"아마 혈액순환이 잘 안 되는 거 같아." 피아는 이렇게 자신을 통제하지 못하고 약한 모습을 보이는 것이 너무 싫었다. 헤닝은 걱정스러운 표정으로 그녀의 얼굴을 쳐다보다가 이마에 내려온 머리칼을 옆으로 살며시 쓸어주었다. 피아는 흠칫 놀라며 몸을 뒤로 뺐다. 원래 동정받는 것을 싫어하지만 전남편으로부터 받는 동정은 더욱 싫다.

"그냥 둬." 피아가 거칠게 내뱉었다.

헤닝은 손을 거두었다.

"다시 들어가 봐야겠어. 괜찮아지면 들어와."

"알았어." 피아는 헤닝이 나가기를 기다렸다가 거울을 향해 돌아섰다. 햇볕에 잘 그을린 피부인데도 불구하고 아파 보인다. 경찰 생활 20년에 강력반 경력만 11년이다. 그동안 그로스만의 시체보다 더한 것을 수없이 보아왔다. 그런데 왜 갑자기 이렇게 마음이 약해진 것일까? 이 일은 아무도 알아선 안 된다. 그녀가 부검 중에 못 견디고 뛰쳐나갔다는 것이 알려지면 심리상담하는 부서로 보내질지도 모른다.

"피아, 정신 차려!" 그녀는 거울에 비친 자신을 향해 말했다. 그리고 화장실을 나가 부검실로 돌아갔다.

*

차고를 빠져나온 어머니의 차는 모퉁이를 돌아 왼쪽으로 사라졌다. 그는 나무 뒤에서 몇 분 더 기다리다가 스쿠터의 시동을 걸어 집으로 향했다. 그는 마음이 바빴다. 어머니의 편한 옷차림으로 보아 시내에 나가거나 회사에 간 것 같지는 않다. 아마 매일 출근하다시피 하는 DIY 재료 가게에 갔거나 슈퍼마켓에 장을 보러 갔을 것이다. 마르크는 스쿠터를 세워놓고 계단을 뛰어 올라가 현관문을 열었다. 그리고 복도를 지나가면서 헬멧을 벗어 장식장 위에 아무렇게나 던졌다. 어머니가 어디선가 구해다가 정성껏 리모델링해놓은 비더마이어 시기의 장식장이다. 흠집이나 왕창 나라! 가구 리모델링은 어머니의 새로운 취미다. 벌레 먹어 썩어가는 오래된 가구

103

들을 살아 있는 것인 양 애지중지하는 걸 보면 정말 어이가 없다. 제정신이 아닌 게 분명하다. 하지만 한편으로는 잘됐다 싶기도 하다. 가구로 관심이 옮겨간 후로는 일일이 잔소리하며 따라다니는 일이 적어졌기 때문이다. 그는 어머니의 서재 문을 열었다. 노트북은 보이지 않는다.

마르크는 층계를 내려가 지하에 있는 어머니의 작업실로 갔다. 테레빈유, 공업용 아마인유, 니스 냄새에 저절로 코가 찡그려진다. 불을 켜고 주변을 둘러보니 어머니가 작업할 때 쓰는 페인트 통, 붓, 사포 따위가 여기저기 널려 있다. 심지어 낡은 금속 장식을 떼어내고 새것을 땜질할 때 쓰는 납땜기까지 있다. 하지만 빌어먹을 노트북은 어디에도 보이지 않는다. 마르크는 물건을 넘어뜨리지 않으려고 조심하며 방 안으로 들어갔다. 아, 저기 있다! 의자 위에 대충 던져놓은 모양인데 그 위에 두꺼운 카탈로그가 몇 권이나 쌓여 있다. 마르크는 카탈로그를 바닥에 내려놓고 노트북을 열었다. 패스워드는 간단하기도 하거니와 어머니는 패스워드를 바꾸는 일이 없다. 그는 능숙하게 회사 서버에 로그인을 한 후 아버지의 메일 계정으로 들어갔다. 원하는 발신인의 메일을 찾아 모두 체크해서 다른 메일로 전달한 다음 아버지가 의심하지 않도록 '보낸 편지함'에서 방금 보낸 편지들을 지웠다. 집중해서 일을 마친 그는 유혹을 이기지 못하고 잠시 어머니의 메일도 체크해보았다. 재수 없는 독일어 선생이 댁의 아들이 독일어 수업에 또 빠졌다며 메일을 보냈다.

"엿 먹어라!" 그는 혼잣말로 중얼거리며 편지를 휴지통에 넣고 휴지통을 비웠다. 일은 생각했던 것보다 훨씬 쉽게 끝났다. 그는 노트북 위에 다시 카탈로그를 올려놓고 아무 흔적도 남기지 않았는지 살피며 조심스럽게 방을 나갔다. 9시 반! 기어를 한 단 올리고 달리면 3교시 수업에 딱 맞춰 들어갈 수 있을 것이다.

＊

인터넷에는 시민단체 '풍차 없는 타우누스'에 대한 정보가 꽤 많았다. 홈페이지도 있는데 업데이트가 빨라서 어제 방영된 헤센뉴스 링크도 벌써 올라와 있었다. 오스터만은 회의실의 큰 모니터에 비디오를 틀었다.

"이 사람이 '풍차 없는 타우누스'의 대변인 겸 웹마스터인 재니스 테오도라키스입니다." 오스터만이 막 화면에 나타난 잿빛 머리 남자를 가리켰다.

"그리고 윈드프로의 전 직원이기도 합니다." 셈이 덧붙였다. "테오도라키스는 사장과 대판 싸우고 회사를 나간 뒤 지금까지 회사에 말썽을 일으키고 있는데 아직까지 회사 열쇠도 반납하지 않았답니다. 그런데 거주지는 아직 찾아내지 못했어요. 시민단체의 주소지는 엡슈타인 시 엘할텐에 사는 루드비히 히르트라이터라는 사람 집으로 돼 있어요."

책상머리에 앉은 보덴슈타인은 진지한 표정으로 고개를 끄덕였다. 그리고 갑자기 주머니 속에 든 노란 종이가 생각나 책상 위에 꺼내 놓았다.

"우리 아버지도 풍력발전 단지 건설에 반대하는 사람 중 하나야. 루드비히 히르트라이터는 우리 아버지의 가장 오래된 친구이자 가장 친한 친구고."

"그래요? 와, 잘됐네요!" 오스터만이 좋아라 외쳤다. "그럼 오리지널 인사이더가 정보원으로 확보된 셈이잖아요."

"꿈 깨. 우리 아버지는 아주 비협조적이거든."

그때 문이 열리며 피아가 웃는 얼굴로 들어왔다. 그녀는 보덴슈타인의 왼쪽 옆자리에 가서 앉았다. "제가 뭐 중요한 얘기 놓친 거 있어요?"

피아에게서 희미하게 시체 냄새가 났다. 시체 냄새는 담배 냄새처럼 옷과 머리카락에 배어 여간해서는 없어지지 않는다.

"아니, 없어. 방금 우리 아버지가 풍력발전 단지 반대 운동을 한다는 말을 하고 있었어."

"정말이에요? 반장님 아버지가 피켓 들고 시위하는 모습은 상상이 안 되는데요." 피아가 재미있다는 듯 웃었다.

"그건 나도 마찬가지야. 어쨌든 우리 아버지는 만성적 고집 증후군 때문에 정보원으로선 탈락이야."

"하던 얘기 계속 하시겠어요, 아니면 부검 결과부터 얘기할까요?"

"부검 결과부터 얘기해봐." 보덴슈타인이 고개를 끄덕이며 말했다.

피아는 가방에서 수첩을 꺼내 보고를 시작했다.

"부검 결과에 따르면 롤프 그로스만은 살해당하지 않았어요." 그녀는 이렇게 말하며 흰색 블라우스의 소매를 걷어 올렸다. 햇볕에 그을린 건강한 구릿빛 팔이 나타났다. "즉, 살인이 아니에요."

"정말이에요?" 셈이 끼어들었다. "그럼 발자국과 찢어진 고무장갑은 뭐죠?"

"부검으로 자세한 사항까지 다 알 순 없어요. 검시관의 말로는 심장마비를 일으킨 다음 계단에서 굴렀을 거래요. 자, 지금부터가 중요해요."

그녀는 궁금해하는 팀원들의 얼굴을 쓱 훑어보았다.

"누군가가 그로스만에게 심폐소생술을 실시했어요. 그래서 흉골과 늑골이 부러지고 외적 타박상 흔적이 남은 거예요. 추락할 때, 아니면 심폐소생술을 실시하다가 대동맥이 파열됐고, 그 결과 내출혈이 일어났어요."

"하지만 계단이 온통 피로 흥건했잖아요." 카트린이 말했다.

"그건 코피 때문이었어. 아마 흥분해서 코피가 난 것 같은데, 심장병 때문에 항응고제를 복용하고 있어서 피를 심하게 흘린 것 같아. 그리고 뒤통수의 찢어진 상처에서도 피가 나왔을 테고."

잠시 침묵이 흘렀다.

"그러니까 범인은 그로스만을 놀라게 해서 죽인 다음 다시 살리려고 했다는 말이로군." 보덴슈타인이 의미심장한 표정으로 그녀의 말을 정리했다.

"맞아요." 피아가 고개를 끄덕였다. "그로스만의 옷 앞부분에서 섬유 조직이 다량 발견됐어요. 누군가 배 위에 올라타고 심장 마사지를 했다는 뜻이에요. 그로스만은 결국 죽었지만요. 우리한테는 족적과 고무장갑 조각 외에 증거가 더 생긴 셈이에요."

"이것보다 더 증거가 없었던 적도 있어요." 오스터만이 모두의 기운을 북돋우려는 듯 낙관적인 의견을 내놓았다. "어쩌면 범인이 특이한 취향이라서 족적에 맞는 신발을 빨리 찾아낼 수도 있고 경찰 데이터베이스에 범인의 DNA가 저장돼 있을 수도 있잖아요."

"임시 부검 결과는 오늘 점심 때 나온대요. 참, 그로스만은 사망 당시 혈중 알코올 농도가 1.7프로마일로 꽤 높았어요."

"그런데 이거 엄밀히 따지면 더 이상 우리 소관이 아닌 거 아닌가요?" 오스터만이 이렇게 말하며 팀원들을 둘러보았다. "회사에 침입을 당한 윈드프로가 됐다고 하면 그걸로 끝인 거잖아요."

"하지만 사망자가 있잖아." 피아가 반론을 제기했다. "그리고 사건 경위도 아직 밝혀지지 않았고. 범인이 그로스만을 계단 밑으로 밀었을 수도 있어. 그리고 갑자기 죄책감에 사로잡혀서 응급처치를 했을 수도 있지. 그런 경우 범인은 초짜일 가능성이 높겠지."

"살인이 아니라는 게 확실해질 때까지는 수사를 계속해야지." 화제는 다시 시민단체와 테오도라키스에게로 돌아갔다.

"인터뷰에서 햄스터 말살을 언급한 건 분명한 단서예요. 절대 우연이 아니에요!" 카트린이 확실하다는 표정으로 말했다.

"하지만 단서가 너무 분명하지 않아?" 피아가 회의적으로 말했다. "어젯밤에 곰곰이 생각해봤는데, 만약 내가 범인이고, 풍력발전 단지를 만들려는 회사 사장의 책상 위에 죽은 햄스터를 갖다 놨고, 사람까지 죽였다면 텔레비전에 나가서 과연 햄스터 이야기를 했을까 싶더라고."

"맞아요. 그 말이 옳아요." 셈이 맞장구를 쳤다.

"그리고 난 타이센도 의심스러워." 피아가 말을 이었다. "거짓말한 게 한두 가지가 아니고 알리바이도 부인의 증언뿐이라 서로 짰을 가능성이 다분하거든."

"지역 환경단체들의 반응은 어때?" 보덴슈타인이 화제를 돌렸다. "햄스터들이 떼죽음을 당하고 숲이 파괴된다고 하면 보통 가만히 있지 않잖아?"

"예, 저도 그런 생각이 들어서 자연보호연합, 환경연합, 우리숲지킴이연합 웹사이트를 살펴봤는데요. 이상하게도 풍력발전 단지에 대한 말은 한마디도 없었어요." 오스터만이 놀랍지 않느냐는 표정을 지었다.

"신재생에너지라서 아무 말 없는 거 아닐까요? 환경단체들이야 뭐 원자력발전소는 결사반대지만 풍력발전소는 대환영 아니겠습니

108

까?" 셈이 말했다.

"음, 그렇게 생각할 수도 있지." 오스터만이 수첩을 쳐다보며 고개를 끄덕였다. "그런데 재미있는 건 윈드프로가 작년에 몇몇 단체의 스폰서를 했는데 모두 환경단체라는 거야. 예를 들면 브렘탈 물줄기 생태 환경 복원 사업, 포켄하우젠 풍해 지역 조림 사업, 니더요스바흐의 어미 잃은 야생동물 보호소 설립 사업 같은 거야. 윈드프로 사장이 좋아서 입 찢어지는 환경단체 사람들한테 기부금 건네주는 사진, 사업장 둘러보는 사진들이 웹사이트에 올려져 있더라고. 타이센은 환경연합의 명예회원이기도 해. 이건 우연이라고 할 수 없지. 그것도 환경단체 하나당 프로젝트 하나씩 후원해주고 엡슈타인 지역 하나당 하나씩 지원이 돌아가게 해놨어."

"그래서 어쨌다는 거지?" 보덴슈타인이 미간에 주름을 잡으며 물었다.

"제 생각엔 윈드프로가 환경단체들을 자기 편으로 만들어서 풍력 발전 단지 계획에 반대하지 못하게 한 거 같습니다."

"그러니까 일종의 뇌물이라는 거지. 음, 말 되는군." 보덴슈타인이 만족스러운 표정으로 고개를 끄덕였다.

"또 모르죠. 그 밖에도 돈이 왔다 갔다 했는지." 오스터만이 덧붙였다. "어쨌든 윈드프로가 환경단체들에 돈을 먹여서 입을 다물게 한 건 확실합니다."

"그래도 제1용의자는 역시 테오도라키스예요." 피아가 끼어들었다. "회사 열쇠도 가지고 있고 자기가 아는 정보로 회사를 귀찮게 해왔으니까요. 소환 조사를 해야 해요."

"어디 사는지 알아야죠." 셈이 난처한 표정으로 말했다.

"모르면 알아내야지." 보덴슈타인은 주민 공청회를 홍보하는 노란 전단을 피아 쪽으로 밀었다. "적어도 내일 저녁에는 이곳에 나타날 거야. 우리 아버지도 가시거든. 어쩌면 우리가 찾는 햄스터 친구도 나타날지 모르지."

　어느 우중충한 금요일 저녁, 다른 동료들이 주말을 즐기러 빠져나간 연구소 건물에 혼자 남은 그녀는 실험 결과를 컴퓨터에 입력하느라 바빴다. 의도한 대로만 된다면 입력한 수치들이 멋진 그림을 만들어낼 것이다. 그녀는 그 그림을 박사논문 제목 대신 사용할 생각이다. 어떤 모양이 나올지 궁금해서 마음이 조급하지만 점 하나라도 잘못 찍으면 큰일이다.

　갑자기 밖에서 무슨 소리가 나는가 싶더니 복도를 걸어오는 발소리가 가까워졌고, 곧 문이 열렸다. 그녀는 심장이 쿵쾅쿵쾅 뛰었다.

　"아직 안 갔을 줄 알았어." 그는 추위에 빨갛게 언 얼굴로 환하게 웃으며 외투 주머니에서 샴페인 한 병을 꺼내 보였다.

　"무슨 축하할 일이라도 있어요?" 그녀가 얼굴을 붉히며 물었다. 거의 매일 보는 얼굴이지만 그를 볼 때마다 긴장되는 것은 어쩔 수 없다.

"그럼, 축하할 일이고말고!" 그의 얼굴에 나타난 표정을 보고 그녀는 자기도 모르게 몸을 떨었다. 뭔가 대단한 일이 생긴 게 분명하다. 평소에는 무뚝뚝할 정도로 거리를 두는 그가 흥분을 감추지 못할 정도로 기분이 좋아 보였다.

"내 방으로 가지, 아니카. 거기가 훨씬 편할 거야."

아니카! 그가 그녀의 이름을 이렇게 부른 것은 처음이다! 도대체 무슨 일일까? 왜 교수님이 이 밤중에 연구실까지 찾아온 것일까?

"네, 알았어요. 10분만 더 하면 돼요."

"샴페인이 미지근해지니까 서두르라고." 그는 그녀에게 한쪽 눈을 찡긋하고 사라졌다.

그녀는 흥분과 긴장 때문에 어쩔 줄 몰랐다. 아이젠후트 교수와 일한 지 벌써 1년이 다 되어간다. 그동안 둘이 남아 일을 한 적은 많지만 저녁에 함께 있은 적은 한 번도 없었다. 거기다 둘이서 샴페인을 마시게 되다니! 그녀는 실험 가운을 벗고 하나로 묶은 머리를 풀어서 쓸어 넘겼다. 엘리베이터는 순식간에 8층까지 올라갔다. 복도를 걸어가는 그녀의 발밑에서 신발 고무밑창이 뻑뻑 소리를 냈다. 그의 방으로 들어간 그녀는 수줍게 서 있었다. 이곳에 자주 드나들지만 편하게 느낀 적은 한 번도 없다. 그녀에게는 실험실이 세상에서 가장 편한 장소다.

"이리 가까이 와." 그는 외투와 재킷을 벗고 넥타이를 풀어 의자 위에 아무렇게나 던진 다음 캐비닛에서 샴페인 잔 두 개를 꺼내왔다. 그리고 한쪽 눈을 찡그리며 코르크 마개를 땄다.

"축하할 일이 뭐예요?" 심장이 너무 세게 뛰어서 그 소리가 그에게 들릴 것만 같았다. 미친 듯이 몰아치는 바람이 고마울 지경이다.

"우리 연구소가 1월 1일부로 정부의 기후 문제 관련 공식 자문 기관이 된 걸 축하하는 뜻에서 한잔하는 거야." 그는 소년 같은 웃음을 지으며 그녀에게 샴페인 잔을 내밀었다. 차가운 샴페인 때문에 유리 잔에 하얗게 김이 서렸다. "우리 연구소 최고의 연구원과 축하하고 싶어서 이렇게 온 거야."

그녀는 믿기지 않는 표정으로 그를 쳐다보았다.

"세상에!" 그녀가 속삭이듯 중얼거렸다. "맞아요. 오늘 베를린에 가셨었죠! 전 깜빡 잊고 있었어요. 정말 축하드려요!"

"고마워." 그는 만족스러운 웃음을 지으며 잔을 들어 그녀의 잔에 가볍게 부딪쳤다. 그리고 단숨에 술잔을 비웠다. "그동안 열심히 일한 대가야."

술잔을 기울이는 그녀의 손가락이 가늘게 떨렸다. 그는 그녀와 함께 건배를 하려고 이 늦은 시간에 연구소까지 찾아왔다! 그녀는 그의 얼굴에서 눈을 뗄 수 없었다. 바람에 헝클어진 머리칼, 반짝이는 두 눈, 그를 처음 만난 날부터 머릿속에서 떠나지 않는 입술……. 긴장한 그녀는 술 한 모금을 꼴깍 삼켰다. 그리고 다시 얼굴이 빨개지는 것을 느꼈다. 이제까지 살면서 누군가를 이렇게 좋아해본 적이 없다. 그러나 그것 말고도 그의 의욕적이고 확신에 찬 태도, 방대한 지식, 명철한 이성에 깊이 감동받고 있었다. 심지어 그의 오만함까지도 그녀에게 감명을 주기에 충분했다.

그는 승리의 표정으로 주먹을 쥐어 보이더니 술잔을 내려놓고 그녀에게 다가왔다.

"아니카, 우리가 해냈어!" 그는 그녀의 어깨에 손을 얹으며 그녀의 깊은 눈을 들여다보았다. "이제 우릴 능가할 것은 없어!"

그는 두 손으로 그녀의 얼굴을 감쌌다. 두 사람은 잠시 말없이 서로를 응시했다. 그의 입술이 경련하듯 움직였다. 질문도 대답도 없었지만 그는 그녀의 표정을 읽었다는 듯 그녀를 끌어당겨 격렬하게 입을 맞추었다. 그녀는 머리끝부터 발끝까지 뜨거운 용암에 휩싸인 듯한 전율 속으로 빠져들었다.

*

교장실로 오라는 안내 방송이 나온 것은 마르크가 막 교실에 도착해 3교시가 시작되고 나서였다. 생물 선생은 또 너냐는 표정으로 얼른 가보라는 시늉을 했다. 학생들도 아무런 동요를 보이지 않았다. 이번 학기 들어 마르크가 교장실에 불려간 것은 한두 번이 아니다. 처음에는 킥킥거리고 수군거리는 아이들도 있었고, 공부 잘하는 아이들은 경멸의 눈초리를 던지기도 했지만 이제는 아무렇지 않은 일이 되어버렸다. 마르크는 교실을 나와 빈 복도를 어슬렁거리며 걸어갔다. 9년간 학교를 다니며 교장 얼굴을 한 번도 가까이서 본 적 없는 아이들도 많지만 마르크는 하도 면담을 자주 해서 이제 친구 삼아도 될 정도다. 서무실에 들어서니 여직원이 말없이 들어가라는 눈짓을 한다. 마르크는 내키지 않는 표정으로 교장실 문을 두드렸다.

"마르크, 어서 오너라. 거기 앉아라."

마르크는 교장이 시키는 대로 의자에 털썩 주저앉았다. 교장도 아버지랑 똑같은 말을 똑같은 순서로 한다. 1단계에서는 무서운 척한다. 왜 학교를 빼먹느냐, 나중에 뭐가 되려고 그러느냐? 2단계에서는 이성에 호소한다. 너처럼 머리도 좋고 똑똑한 아이가 왜 미래를 망치려고 하느냐? 3단계는 협박이다. 유급. 퇴학. 혹시 잔소리하는 순서가 적힌 매뉴얼이라도 있는 게 아닐까 싶다.

하지만 오늘 교장은 웬일로 서두르지 않는다. 마르크의 존재를 의식하지 않는 듯 컴퓨터 모니터에 시선을 고정한 채 키보드를 두드린다. 거기다 전화까지 받는다. 그리고 아주 느긋하게 개인적인 대화를 나눈다. 아무 말도 없이 시간이 흐른다. 이건 뭐지? 기다리다 지치게 만들려는 속셈? 마르크는 잠시 아이팟을 꺼내 음악을 들을까도 생각했지만 몸에 배인 예절 교육 때문에 차마 그렇게까지 하지는 못했다.

"자주 보는구나, 마르크." 슈투름펠스 교장이 갑자기 말문을 열었다. "너도 눈치챘겠지만 난 그렇게 빨리 포기하는 사람이 아니란다. 어디 오늘은 나한테 무슨 할 말 있니?"

마르크는 고개를 들어 잠깐 교장을 쳐다보다가 바로 눈을 내리깔았다. 교장은 의자 등받이에 등을 기대고 앉아 팔짱을 낀 채 찬찬히 그를 쳐다보았다. 교장의 시선은 끈질기게 마르크의 내면을 두드렸고 그만이 열 수 있는 마음속의 문을 열어달라고 졸랐다.

"없어요." 마르크는 웅얼거리듯 대답한 후 자기 손을 내려다보았다. 기억하고 싶지 않은 과거가 스멀스멀 밖으로 기어 나왔다. 다른 학교에서 있었던, 다른 선생님에 대한 기억이다. 긴 앞머리가 그의 얼굴을 가렸다. 그는 커튼 뒤에 숨듯 머리칼 뒤로 숨어들었다.

"나도 네가 지겨워한다는 거 안다. 하지만 네가 그러는 이유가 뭔지 정말 알고 싶구나."

마르크는 긴장해서 마른침을 꼴깍 삼켰다. 소리 지르고 협박하는 건 아무렇지도 않지만 이해하는 척하는 수법은 문제가 있다. 그는 점점 마음이 불편해지는 것을 느꼈다. 어서 이 자리를 떠야 한다. 지금 당장! 하지만 이미 늦었다. 과거로 통하는 문은 이미 살짝 열려버렸고 고통이 물줄기처럼 줄줄 새어 나오기 시작했다. 그는 양손을 점퍼 주머니에 넣고 주먹을 꽉 쥐었다. 그냥 조용히 내버려두면 좋을 텐데 왜들 이렇게 귀찮게 하는 거야?

"그렇게 거부하는 태도는 너 자신을 멍들게 할 뿐이다, 마르크. 네 부모님한테 얘기 다 들었다. 그때 기숙사에서……."

"그만하세요!" 마르크는 격하게 소리를 지르며 튕기듯 자리에서 일어났다. "다들 뭘 아는 척들 하는데 쥐뿔도 모르면서 그러지 말라고요."

"그럼 이유가 뭐니?" 슈투름펠스 교장은 그의 격한 반응에 화도 내지 않고 차분하게 물었다. "너같이 총명한 아이가 결석을 밥 먹듯 하고 골프채로 자동차를 때려 부수는 이유가 대체 뭐니?"

마르크는 온 힘을 다해 기억의 문을 닫았다. 하지만 문 뒤에서 보내는 압력은 점점 더 강해졌고, 마침내 봇물 터지듯 흘러나온 기억들이 머릿속에서 고통스러운 폭발을 일으켰다. '무슨 일이 있었는지 말해보렴. 우리가 도와주마. 여기서 하는 얘기는 밖으로 새 나가지 않는단다. 우리 말고는 아무도 알지 못해.' 흥, 거짓말! 자기들의 양심을 다독거리는 데 도움이 됐을지는 몰라도 그에게는 전혀 도움이 되지 않았다. 그들은 매번 세상에서 가장 이해심 많은 척했지만 결국은 그를 배신했다. 항상 그랬다. 가식적인 동정심도, 심리상담사들의 헛소리도 이젠 정말 지겹다! 그냥 항상 하던 대로 설교나 하고 보내주면 좋으련만.

"교장 선생님은 이해 못하실 거예요." 마르크는 고집스럽게 말하며 교장에게 등을 돌렸다. 걷잡을 수 없는 고통과 뜨거운 분노가 그의 혈관을 타고 흘렀다. 당장 여기서 나가야 한다. 그렇지 않으면 무슨 짓을 저지를지 모른다.

그는 리키를 생각했다. 그의 머릿속에서 교장의 목소리가 파도에 묻혀 멀리멀리 떠내려갔다. 그는 교장이고 뭐고 상관하지 않고 도망치듯 교장실을 나왔다.

✽

막 회의가 끝났다. 프로젝트 부서 책임자들과 엔지니어들이 방을 나가자 타이센은 창문을 열어 환기를 시켰다. 더운 사무실에 남자들끼리 세 시간이나 앉아 있다 보니 공기가 탁해졌다. 어제 청소회사 사람들이 대대적으로 청소를 했지만 여전히 시체 썩는 냄새가 나는 것만 같아 찜찜하다. 그는 비서가 커피 잔과 물병을 챙겨 나갈 때까지 기다렸다가 다시 자리로 돌아와 앉았다. 회의 탁자에는 영업부장 엔노 라데마허와 랄프 글뢰크너만이 남았다. 글뢰크너는 어제 아침 그가 최대한 빨리 와달라며 특별히 부른 사람이다. 글뢰크너와는 몇 번 함께 일을 한 적이 있다. 타이센은 이번에도 그가 도움이 되기를 바랐다. 사실 타우누스 프로젝트는 그 자체로는 별로 중요할 것도 없는 소규모 프로젝트다. 글뢰크너는 몇몇 분야에서 해결사로 이름을 날리고 있는 사람으로, 비공식적인 방법을 쓰지만 효과가 확실하기로 유명하다. 도저히 협상이 안 될 상황에도 그가 끼어들면 문제가 해결되곤 하니 터무니없이 높은 보수도 아깝지 않다. 엔지니어로서 유럽, 파키스탄, 아프리카, 중국 등지에서 댐, 발전소, 교각, 터널, 운하 등 안 만들어본 것이 없는 사람이라 이 일에는 그야말로 적격이다.

"자, 얘기해야 할 건 다 한 거 같군요." 라데마허가 말했다. "적어도 목요일에는 아무 문제 없이 벌목을 시작할 수 있도록 경비회사를 맡아주십시오. 더 이상 공사를 연기하는 건 우리에게도 무리입니다."

"진입로는 어떻게 할 참이오?" 존대어에 별 신경을 쓰지 않는 글뢰크너는 언제나처럼 격식을 차리지 않았다.

"가족들과 협상을 해왔는데 지금 거의 타결된 상태입니다. 늦어도 모레부터는 정상적으로 공사를 진행할 수 있었으면 합니다."

글뢰크너는 한쪽 눈썹을 추켜올리며 공범자의 미소를 지었다.

"현장에 나가 가까이에서 상황을 지켜봐야겠군. 문제는 해결하라고 있는 거 아니겠소?"

"그럼요." 라데마허는 쥐 잡은 고양이 같은 미소를 지었다.

두 사람의 대화를 지켜보던 타이센은 왠지 썩 기분이 좋지 않았다. 그가 놓친 내용이 있는 걸까? 그는 모든 면에서 정반대인 두 사람을 번갈아 가며 쳐다보았다. 햇볕에 그을린 얼굴, 회색 꽁지 머리에 가죽 조끼를 입고 신장이 2미터에 육박하는 글뢰크너에 비하면 왜소한 라데마허는 얌전한 사무원 같은 인상이지만 그는 절대 겉모습만으로 판단할 인물이 아니다.

"자, 그럼 먼저 일어나겠습니다." 글뢰크너는 자리에서 일어나 라데마허가 오랜 친구라도 된다는 듯 어깨를 툭툭 치더니 팔자걸음으로 어슬렁거리며 방을 나갔다. 타이센은 그런 그를 못마땅한 눈으로 쫓았다.

"히르트라이터가 땅을 팔겠다고 했나? 난 전혀 몰랐는데." 타이센은 그런 중요한 정보를 모르고 있었다는 사실이 심히 불쾌했다.

"히르트라이터는 여전히 꿈쩍도 안 해." 라데마허가 다리를 꼬며 말했다. "아비가 아니고 그 자식들이 팔겠다는 거야. 아마 잘될 것 같아. 안 그러면 가처분 조치 할 거고 상황에 따라서 강제 몰수에 들어갈 수도 있다고 확실히 말해두었거든."

그는 혼자 낄낄거리며 웃다가 갑자기 웃음을 거두었다.

"그런데 그 재수 없는 도둑놈 얘긴 뭐야? 도둑이 원한 게 뭘까? 죽은 쥐새끼는 또 뭐고?"

"쥐가 아니고 햄스터야. 골드햄스터였어." 타이센이 어깨를 으쓱했다. 그리고 한참 정면을 응시하더니 갑자기 손바닥으로 탁자를 꽝 쳤다.

"멍청한 년 같으니라고! 경찰에 알리기 전에 먼저 나한테 전화를 했어야지."

"그런다고 뭐가 달라졌겠나?"

"햄스터를 변기에 넣어서 없애고 노트북 몇 개 치운 다음 유리창을 깨면 그냥 도둑이 든 것처럼 보였을 거 아냐." 타이센은 자리에서 일어나 초조하게 왔다 갔다 했다. "감시 카메라 필름은 절대 경찰이 봐서는 안 되는 거였어."

"왜?"

"그날 밤 내가 다시 회사에 왔었거든. 제길, 경찰들이 벌써부터 귀찮게 하고 난리야."

타이센은 지금 상황이 영 마음에 들지 않았다. 그런데 경찰 나부랭이들까지 들러붙었으니 심기가 편할 리 없다. 엘할텐에 세워질 풍력발전 단지는 그 자체로서는 별로 대단한 것이 아니지만 회사의 사활이 걸린 프로젝트다. 맨 처음 윈드프로를 설립했을 때 그는 이 분야의 개척자나 다름없었다. 그러나 그동안 우후죽순처럼 생겨난 다른 회사들 때문에 가격경쟁이 치열해져서 적자를 면하기 어렵게 됐다. 한동안 긴축재정을 실시했지만 그것만으로는 부족한 실정이다. 만약 타우누스 프로젝트가 성사되지 않는다면 앞으로 자금 조달에 문제가 생긴다. 금융위기 때도 투자자들을 끌어오고 은행을 설득한 라데마허가 아니었다면 살아남기 힘들었을 것이다. 타우누스 프로젝트의 돈줄인 풍력발전 기금에는 이 사업 외에 다른 큰 사업들이 여럿 포함되어 있다. 이 사업이 성사돼야 정부에서 주는 엄청난 액수의 지원금을 계속해서 받을 수 있고, 은행이 제시한 조건도 충족시킬 수 있다. 고집불통 늙은이 하나 때문에 이 사업 하나가 삐끗한다면 풍력발전 기금에 포함된 프로젝트 전체가 위험해진다.

"도둑이 누군지 의심 가는 사람 있어?" 라데마허가 물었다.

"물론이지." 타이센의 목소리에서 악의가 느껴졌다. "테오도라키스지 누구겠어? 하지만 이번에 도가 지나쳤어."

"테오도라키스가 그로스만을 죽였다는 거야?"

"그로스만이 그놈 얼굴을 알아봤을 수도 있지. 무슨 일이 있었는지 내가 알 게 뭐야?"

"서류 없어진 거 없나 살펴봤어?"

"제일 먼저 살펴봤지. 없어진 건 없어."

"차라리 테오도라키스라면 좋을 텐데."

"걱정 말게." 타이센은 겉으로는 자신 있는 척했지만 속으로는 초조해 견딜 수 없었다. 도대체 도둑은 여기서 뭘 찾으려고 했던 것일까? 정말 책상 위에 햄스터를 놓고 가려고 한 걸까? 그렇다면 왜? 마피아들은 입을 열 것 같은 증인들에게 경고의 의미로 죽은 카나리아나 물고기를 보낸다고 한다. 설마 죽은 햄스터가 그런 의미는 아니겠지?

"이제 위협은 사라졌다고 봐도 돼." 타이센은 스스로에게 다짐하듯 말했다. "목요일부터는 벌목 시작하고 공사 준비 들어가자고. 그러면 약속된 기한을 맞출 수 있을 거야. 풍력발전 단지는 원래 계획대로 올가을까지 완성해야만 해."

노크 소리가 나더니 비서가 문틈으로 머리만 쏙 내밀었다.

"형사 두 명이 찾아왔는데요."

빌어먹을! 타이센은 손목시계를 들여다보았다. 두 시간 후에 켐핀스키 호텔에서 포더타우누스 경제인회의 행사가 있다.

라데마허는 타이센의 눈치를 살폈다.

"경찰한테 그로스만 얘기를 사실대로 하는 게 어때? 언젠가는 알게 될 텐데."

"그건 안 돼." 타이센이 야멸차게 내뱉었다. "이제야 겨우 악몽이 끝났는데."

＊

프라우케가 작업대를 닦고 있는데, 가게 문에 달린 종이 딸랑딸랑 소리를 냈다. 손을 닦고 가게로 나가 보니 열대여섯 살 되어 보이는 여학생들이 재잘거리며 가게로 들어섰다. 그중 팔다리가 길고 가느다란 여학생이 애견 브러시가 필요하다며 이것저것 물었다.

"견종이 뭔데?"

"이비자 섬(스페인의 휴양지_역주)에 휴가 갔다가 데려왔거든요. 그런데 피부가 정말 예민해요."

프라우케는 여러 종류의 브러시를 보여주었고, 하나하나 꼼꼼히 살피는 여학생을 보며 개를 정말 아끼는 모양이라고 생각하며 감탄했다.

"거기 너! 내가 다 봤어!" 갑자기 니카가 외쳤다. 그와 동시에 다른 여학생들이 우르르 가게를 뛰쳐나갔고 브러시를 보고 있던 여학생도 친구들의 뒤를 따랐다.

"아니, 왜 갑자기……." 프라우케가 영문을 모른 채 주위를 두리번거렸다.

"아까 걔가 티셔츠 훔쳤어요." 니카는 이 말을 남긴 채 바람처럼 사라졌다. 프라우케는 어린 학생들의 수법에 넘어갔다는 것을 알고는 머리를 절레절레 흔들었다. 얼마 전부터 가게에서 없어지는 물건이 자꾸 생겼다. 특히 특정 상표의 티셔츠와 잡다한 말 용구가 사라지곤 했다.

프라우케는 니카를 따라 밖으로 나가며 가게 문을 잠갔다. 하지만 몸이 무거워서 몇 미터 가지 못하고 숨을 헐떡거렸다. 반면 니카는 다람쥐처럼 오르막길을 달려 올라가서 막 보행자 거리로 접어드는 여학생들을 따라잡았다.

마침 학교가 끝난 시간이라 버스를 타러 가는 학생들이 보행자 거리로 밀려 나오고 있었다. 니카가 분홍색 배낭을 멘 여학생을 붙잡자 일행인 다른 여학생들이 항의하며 소리를 질렀다. 그리고 한 패로 보이는 남학생 둘이 어슬렁어슬렁 니카 뒤로 다가갔다. 남자아이 하나가 뒤에서 니카를 붙들었다. 여자아이들이 막 도망치려는 찰나, 믿지 못할 일이 벌어졌다. 니카는 눈 깜짝할 새 공격자의 손아귀에서 벗어나 우아한 몸짓으로 공중발차기를 했고, 남학생은 꽝 소리를 내며 길바닥에 나가떨어졌다. 나머지 남학생도 공격을 감행했지만 친구와 같은 신세가 되었을 뿐이다. 여학생들은 겁먹은 표정으로 그 광경을 지켜보았다.

"방금 훔친 거 돌려주면 신고는 안 할게." 니카가 분홍색 배낭을 멘 여학생에게 말했다. 여학생은 말없이 가방을 열고 똘똘 뭉친 티셔츠를 꺼내더니 고집스러운 표정으로 니카의 발밑에 던졌다. 그새 몸을 추스른 남학생들은 다리를 절룩거리며 빙 둘러선 구경꾼들 사이로 사라졌다.

"주워." 니카의 명령에 여학생은 허리를 굽혀 훔친 옷을 주웠다. 니카는 시종일관 차분한 태도를 유지했다. 촌스러운 회색 카디건에다 떨어진 운동화를 신었지만 카리스마가 느껴지는 니카를 보며 프라우케는 벌어진 입을 다물지 못했다. 여학생이 니카에게 티셔츠를 내밀었다.

"됐어. 이제 가봐. 그리고 다시는 우리 가게에 나타나지 마. 그땐 바로 신고할 테니까."

여학생들은 목을 움츠린 채 터벅터벅 걸어 사라졌고 구경하던 사람들도 흩어졌다. 프라우케는 제 눈으로 직접 봤는데도 얌전하고 왜소한 니카가 남학생 두 명을 때려눕혔다는 사실이 믿기지 않았다.

한편 니카는 자신의 영웅적 행동에 대해 말하고 싶어 하지 않는 눈치였다. 프라우케는 말없이 곁을 지나쳐 가게 쪽으로 내려가는 니카를 따라잡으려고 거의 달리다시피 했다.

"남자 둘을 그냥 때려눕히던데? 가라테는 어디서 배운 거야?" 프라우케가 여전히 믿기지 않는 듯 감탄하며 물었다.

"가라테가 아니라 유술(일본 전통 무술로 유도의 원형_역주)이에요."

"정말 대단하다! 니카가 그런 걸 할 줄 아는지 몰랐어. 리키가 들으면……." 프라우케가 숨을 헐떡거리며 말했다.

그 말을 들은 니카가 갑자기 걸음을 멈추는 바람에 프라우케는 하마터면 그녀와 부딪힐 뻔했다.

"리키한테는 아무 말도 하지 마세요." 니카가 굳은 얼굴로 딱 잘라 말했다.

"약속할 수 있어요?"

"어, 그래. 그런데 이건 숨길 일이……."

"약속할 수 있냐고요?" 니카가 대답을 재촉했다. 부탁이라기보다는 협박에 가까운 말투다.

"응, 알았어. 아무 말도 안 할게." 프라우케가 겁먹은 표정으로 순순히 대답했다.

"약속 지킬 거라고 믿어요." 니카는 그 말을 남기고 길을 건너 가게 안으로 사라졌다. 프라우케는 그런 니카의 뒷모습을 멍하니 바라보았다.

*

"제 생각엔 전에 일하던 직원이 햄스터로 장난친 게 아닌가 싶습니다." 형사들을 앞에 두고 앉은 타이센이 말했다.

"장난요?" 피아의 한쪽 눈썹이 올라갔다. "장난치고는 좀 심한 것 같은데요?"

보덴슈타인은 피아에게 심문을 맡기고 사무실을 둘러보는 척하며 윈드프로의 공동 사장인 두 남자를 관찰했다. 타이센은 상당히 자신감 있고 차분한 태도를 보였다. 형사들과 얘기할 때 보통 사람들이 보이는 긴장감은 타이센에게서도 라데마허에게서도 찾아볼 수 없다. 보덴슈타인은 타이센의 옷차림을 죽 훑어봤다. 양복과 셔츠는 디자이너 브랜드고, 넥타이는 기성 제품이지만 고가의 상품이고, 구두는 수제화다. 외모에 신경을 많이 쓰는 남자임이 분명하다.

"전에 일한 직원이라면 누구를 말하는 건가요?" 피아가 물었다.

"재니스 테오도라키스라는 사람입니다."

"아, 그 사람, 시민단체에서 일하는 사람이죠? 어제 텔레비전에서 봤어요. 그 사람 말하는 걸로 봐서는 장난이 아닐 것 같은데요. 윈드프로를 심하게 비판하더라고요."

타이센과 라데마허는 재빨리 시선을 주고받았다.

"그 사람이 말하는 건 다 근거 없는 비방입니다." 라데마허가 나섰다. "9개월 전 저희 회사와 고용 관계가 끝났는데 그 일 때문에 복수를 하려는 겁니다. 수단과 방법을 가리지 않는 사람입니다. 그래서 저희도 소송을 준비하고 있습니다."

라데마허는 타이센보다 서너 살 위로, 50대 중반쯤 되어 보인다. 자신감으로 치면 타이센과 다르지 않지만 외모는 비교되지 않게 소박하다. 뺨이 축 늘어진 얼굴은 보잘것없고, 가느다란 금발 밑으로 불그레한 두피가 훤히 드러나 보인다. 말할 때마다 수북한 콧수염 밑으로 고르지 못한 누런 치아가 드러나고, 다 구겨진 양복에서는 담배 냄새가 풀풀 풍긴다. 보덴슈타인은 액자가 여러 개 놓인 낮은 장식장을 둘러보았다. 풍차 사진, 양복 입은 남자들이 공사장을 배경으로 웃고 있는 사진, 그 옆에는 가족사진도 있다. 잘생긴 아빠와 예쁜 엄마 사이에 아이 셋이 쪼르르 서 있다. 그 옆에는 양복에 나비넥타이를 매고 바이올린을 든 금발 소년의 사진, 여자아이 둘이 스키장에서 환하게 웃고 있는 사진, 부부가 산에서 황혼을 등지고 찍은 사진도 있다.

"그 사람이 하는 말은 전혀 근거가 없습니다." 타이센이 지원사격에 나섰다. "다른 환경단체들은 아무 말이 없는데 갑자기 모든 게 다 잘못됐다니 그게 말이 됩니까?"

보덴슈타인이 헛기침을 하며 끼어들었다.

"테오도라키스 씨가 맡은 직책은 뭐였습니까?"

"프로젝트 개발팀장이었습니다. 장소 물색과 풍력발전 프로젝트 전 과정을 담당했습니다." 타이센이 대답했다.

"왜 해고된 겁니까?"

"의견 충돌이 있었습니다."

"어떤 종류의 의견 충돌이었죠?"

"그건 회사 내부 사안입니다."

"그러니까 좋게 끝난 건 아니군요?"

타이센의 표정을 보니 보덴슈타인의 추측이 맞는 것 같다.

"테오도라키스는 회사 분위기를 망치는 불평분자였습니다." 라데마허가 끼어들었다. "일을 마음대로 해서 고객들을 곤란에 빠뜨린 적이 많습니다. 그 사람 때문에 중요한 계약을 못 하게 될 뻔한 일이 생기자 회사에서도 더 이상 두고 볼 수만은 없었습니다."

"조금 전에 복수라는 표현을 쓰셨는데, 특별히 복수를 결심할 만한 일이 있었습니까?" 보덴슈타인이 물었다.

"해고된 후에 온갖 평지풍파를 일으키다가 노동법정까지 갔는데 결국은 회사한테 졌습니다." 라데마허가 가래 끓는 소리를 냈다. "이쪽 분야 사람들은 서로 다 아는 사이입니다. 그렇게 우리 회사를 나간 뒤로 그 사람을 받아주는 회사가 없었죠. 지금까지도 그게 다 우리 책임이라고 떠벌리고 다니는데, 스스로 제 무덤을 판 겁니다."

"회사에 있을 때 타우누스 풍력발전 단지 프로젝트와 관련된 업무를 담당했었습니까?"

"작년 8월에 그만두었으니까 아주 초기 단계에만 잠깐 일했죠."

피아는 가방을 열어 크뢰거가 비서실 복사기 밑에서 주운 복사지를 꺼내 타이센에게 내밀었다.

"이게 뭡니까?" 타이센이 미간을 찌푸리며 종이를 받았다.

"그건 저희가 묻고 싶은 거예요."

잠깐 내용을 훑어본 타이센은 무표정한 얼굴로 라데마허에게 종이를 건넸다.

"환경 영향 평가서의 일부 같은데요. 이거 어디서 난 겁니까?" 타이센이 팔짱을 끼며 물었다.

"비서실 바닥에 떨어져 있었습니다." 보덴슈타인이 타이센의 얼굴을 뚫어져라 쳐다보며 대답했다. "뭐, 내용은 그렇게 중요한 것 같지 않은데 마지막으로 복사기가 돌아간 시간이 좀 특이하다는 생각이 들어서 말입니다. 5월 9일 토요일 2시 43분부터 3시 14분 사이에 마지막으로 복사가 됐더군요."

"그게 무슨 말씀이신지……." 타이센은 이렇게 말하다가 입을 다물었다. 타이센은 그 종이가 전혀 중요하지 않은 척했지만 눈동자가 끊임없이 왔다 갔다 하고 아랫입술을 지그시 깨무는 모습에서 내면의 긴장이 역력하게 드러났다. 반면 라데마허는 억지웃음이지만 미소를 짓고 있었다.

"테오도라키스가 여기 들어온 이유는 뻔합니다. 산업스파이는 중죄로 다스려야 합니다." 라데마허가 말했다.

보덴슈타인은 눈을 가늘게 뜨고 라데마허를 응시했다. 사건이 있던 날 밤 타이센이 회사에 왔다는 것을 모르고 하는 소리일까?

"금요일 밤 몇 시에 회사를 나갔다고 하셨죠?" 보덴슈타인이 타이센에게 물었다.

"자정 직전이었습니다. 그건 지난번에도 물어본 것 같은데요." 타이센은 보덴슈타인의 의도를 눈치채지 못한 표정이다.

"하지만 타이센 씨가 그 시간에 회사에서 나가는 걸 본 사람이 아무도 없습니다. 알리바이를 증명할 수 있는 사람은 부인뿐인데, 부인의 증언은 그다지 신빙성이 없어요."

라데마허는 얼굴에 전혀 감정을 드러내지 않았다. 이미 내막을 알고 있거나 감정을 숨기는 데 탁월한 능력을 타고났음이 분명하다. 그는 뭔가를 기다리는 듯했고, 거의 호기심에 가까운 표정을 지었다. 반면 타이센의 얼굴에는 잠시 동안이지만 수만 가지 감정이 한데 얽혀 나타났다. 뒤늦은 깨달음의 표정부터 시작해 황당함, 불안, 두려움이 차례로 그의 얼굴을 스쳤다. 그중 두려움이 가장 컸는지 표정을 가다듬은 다음에도 두려움은 남아 그의 눈동자에 짙은 그늘을 드리웠다.

"전 도대체가 무슨 말인지 모르……."

"모르긴 뭘 몰라요? 밤에 회사에서 도둑이랑 만나기로 약속한 거 아니었어요?" 타이센의 말과 행동이 신경에 거슬린 피아가 그의 말을 매몰차게 끊고 몰아붙였다.

"네? 마…… 말도 안 됩니다! 제…… 제가 왜 도둑이랑 약속을 합니까?" 타이센은 황당하다는 표정으로 말을 더듬었다. 피아도 자신의 의심이 좀 뜬금없다는 것은 알았지만 타이센은 이미 한 번 거짓말을 하다 들킨 적이 있다. 계속해서 몰아세우면 또 실수를 할지도 모른다.

"어쨌든 부인의 증언만으로는 제대로 된 알리바이가 성립되지 않습니다. 타이센 씨는 금요일 밤 이 건물에 있었고 경비원과 마주치지 않으려고 했습니다. 저희는 타이센 씨가 실제로 몇 시에 건물을 나갔는지 모릅니다. 그래서 이번 사건과 관련 있다는 의심을 할 수밖에 없습니다. 당분간 여행은 자제하시고 수사에 협조해주시기를 부탁드리겠습니다." 보덴슈타인은 시종일관 중립적인 말투를 유지했다.

"설마 정말 내가 이 사고와 관련이 있다고 생각하는 건 아니겠죠? 롤프는 내 친구였습니다!" 타이센이 벌겋게 상기된 얼굴로 말했다.

라데마허가 진정하라는 뜻으로 그의 어깨에 손을 얹었지만 그는 바로 그 손을 뿌리쳤다.

"전 잊어버린 서류를 가지러 제 방에 갔던 겁니다. 롤프와 마주치지 않으려고 한 건 대화를 하고 싶은 생각이 없어서였습니다. 그 밖에 다른 이유는 없어요! 그런데 마치 내가 롤프한테 무슨 짓을 했다는 듯이 얘기하다니!"

그는 진심으로 화를 냈다. 하지만 그 이면에는 뭔가 다른 것이 더 있었다.

"테오도라키스가 그랬다면 이해하겠습니다." 라데마허가 자신 있는 말투로 말했다. "다혈질에 불같은 성격입니다. 흥분하면 앞뒤 안 가리고 위아래도 못 알아봅니다. 아마 그로스만이 얼굴을 알아보고 추궁을 했겠죠. 테오도라키스를 만나보세요. 제 말이 옳다는 걸 바로 아실 겁니다. 불평불만으로 가득하고 어디로 튈지 모르는 사람입니다."

*

전자레인지 유리 받침 위에서 인스턴트 연어 라사냐가 빙글빙글 돌아가는 가운데 재니스는 식탁 위에 서류를 펼쳐놓고 일에 집중하고 있었다. 입수한 지 꽤 된 평가서와 새 자료의 수치를 하나하나 비교해서 통계 자료를 만드는 중이다.

"도둑놈들." 그는 중얼거리며 머리를 절레절레 흔들었다.

전자레인지에서 땡 하는 알림음이 나는 동시에 문 열리는 소리가 났다. 시계를 볼 필요도 없다. 니카는 항상 오후 1시 반에 집에 온다. 점심시간에 프라우케나 리키와 함께 점심을 먹는 법도 없고 친구들을 만나는 법도 없다. 아마 만날 친구도 없을 것이다.

"안녕."

"안녕." 재니스는 서류에서 고개를 들고 부엌으로 들어서는 니카를 쳐다보았다.

니카는 긴 꽃무늬 치마에 올리브색 블라우스를 입고 원래는 초록색이었을 볼품없는 스웨터를 걸쳤다. 다른 여자가 그렇게 입었다면 촌스럽다고 생각했겠지만 니카가 입으니 독특한 멋이 느껴진다. 사실 그 옷 아래 무엇이 들어 있는지 보고 난 이후 재니스는 그녀가 어떤 옷을 입든 상관없었다.

"점심 먹었어?" 재니스는 심장이 쿵쾅쿵쾅 뛰었지만 일부러 관심 없는 척했다.

"아니, 뭐 먹어?"

"연어 라사냐. 감자 샐러드도 있어."

니카의 시선이 뜯어놓은 라사냐 포장에 가 닿았다.

"고맙지만 오늘은 알디(박리다매를 표방하는 슈퍼마켓 체인_역주) 특식이 별로 안 당기는데."

즉석식품을 선호하는 리키는 주변 슈퍼마켓에서 파는 냉동식품과 가공되어 나오는 갖가지 샐러드로 냉장고를 가득 채워놓는다. 덕분에 재니스의 입맛도 인스턴트 음식에 길들여져가고 있었다.

"그래도 감자 샐러드는 레베(비교적 고급스러운 이미지의 슈퍼마켓 체인_역주) 거야."

미소 짓는 니카의 얼굴을 본 재니스는 할 말을 잃었다. 요즘 들어 그런 일이 부쩍 많아졌다. 재니스가 할 말을 잃는 경우는 극히 드물다. 그래서 니카와 함께 있을 때 찾아드는 당혹스러움 때문에 불안할 때가 많다. 그러나 니카는 그런 그의 변화를 전혀 눈치채지 못하는 것 같았다.

"난 그냥 샌드위치 만들어 먹을래." 니카는 이렇게 말하며 냉장고를 열었다. 재니스는 라사냐를 접시에 옮겨 담고 서랍에서 포크를 꺼낸 다음 자리로 돌아와 서류를 옆으로 치웠다.

"그건 뭐야?" 토마토를 자르던 니카가 재니스의 어깨너머로 물었다.

"환경 영향 평가서야." 재니스가 라사냐를 먹으며 말했다. "오늘 저녁 공청회 때 타이센의 코를 납작하게 해줄 확실한 증거가 필요하거든."

"아, 그래?" 니카의 관심은 금세 사라졌다. 그녀는 물 한 컵을 옆에 놓고 토마토와 오이를 넣은 샌드위치를 먹기 시작했다. 재니스는 그녀의 입에서 "고마워", "응", "아니" 말고 다른 말이 나오게 할 수 있는 이야깃거리를 생각해내려고 애썼다.

"오늘 가게에 손님 많았어?" 결국 생각해낸 질문이 이것이다.

"응, 화요일치고는 괜찮았어. 인터넷 쇼핑몰은 정말 잘돼."

재니스는 이거다 싶은 생각이 들어 인터넷 쇼핑의 장단점을 청산유수로 늘어놓기 시작했다. 니카는 가끔 웃기도 하고 건성으로 고개를 끄덕이기도 했지만 머릿속으로 딴생각을 하고 있는 것이 다 보였다. 샌드위치를 다 먹은 니카는 접시를 옆으로 밀어놓고 식탁 위로 손을 뻗어 그가 아침에 읽고 놔둔 신문을 끌어당겼다.

재니스는 그녀의 옆모습을 보며 고민에 빠져들었다. 지금 고백해 버릴까? 그러면 그녀가 어떻게 반응할까? 거절당하는 것은 너무 싫다. 하지만 이 상태로 계속 지내는 것도 너무 괴롭다. 재니스가 무슨 말로 어떻게 고백을 할 것인지 고민하는 사이, 니카는 신문을 넘겼고 다음 순간 신문에서 유령이라도 튀어나온 것처럼 질겁했다. 컵을 쥔 그녀의 손이 심하게 떨렸고 아주 잠깐이지만 평소 온화하기만 하던 그녀의 얼굴에 경악의 표정이 떠올랐다.

"왜 그래?" 그의 물음에 그녀는 컵을 내려놓고 마른침을 삼킨 후 세게 고개를 저었다. 재니스는 그녀의 눈에서 충격의 그림자가 깜박이는 것을 보았다. 그녀는 얼른 시선을 떨어뜨렸다.

"아무것도 아냐." 그녀는 다시 평상심을 되찾은 얼굴로 말하며 신문을 접어놓고 일어섰다. "이제 가봐야겠어. 이따 저녁에 봐."

그가 뭐라고 말을 하기도 전에 그녀는 서둘러 지하실로 내려갔다. 재니스는 의아한 표정으로 니카의 뒷모습을 바라보았다. 약간 기분이 나쁘기도 했다. 도대체 왜 저러는 거지? 재니스는 신문을 집어다 한 면 한 면 살폈다. 하지만 니카가 그렇게 놀랄 만한 내용은 없어 보였다. 검정색 테두리가 쳐진 부고를 읽고 저러는 것일까? 누군가 아는 사람이 죽었나? 니카의 성이 뭐였더라? 그러고 보니 니카에게 지하방을 세놓으면서 리키의 옛날 친구라는 이유로 계약서도 쓰지 않았다. 재니스는 이맛살을 찌푸렸다. 벌써 반년째 한 집에 살고 있는 여자, 그리고 요즘 들어서는 그의 생각을 온통 지배하고 있는 여자에 대해 아무것도 아는 바가 없다니! 이제 달라져야 할 때가 왔다.

*

"타이센이 그로스만을 죽인 것 같진 않아요." 복도를 걸어가며 피아가 말했다. "하지만 뭔가 구린 데가 있긴 해요. 아까 종이 보여줬을 때 놀라는 거 보셨죠?"

"응, 봤어. 구려도 한참 구려." 보덴슈타인은 피아의 말에 대꾸하며 엘리베이터 쪽을 흘깃 쳐다보았지만 걸어서 내려가면 지방세포

들이 조금은 겁을 먹겠지 하는 생각에 곧 계단을 향했다. "테오도라키스는 예전 고용주에게 개인적으로 맺힌 게 있어. 뭔지 정확히는 모르지만 감정이 많이 개입된 일이야. 그렇다고 타이센의 혐의가 완전히 사라지는 건 아냐. 부인 말고 알리바이를 확인시켜줄 수 있는 다른 증인이 나타날 때까지는 계속 의심해봐야 해."

"테오도라키스가 한 말이 아주 허황된 것만은 아닌 것 같아요." 피아가 층계참에서 잠시 멈춰서며 말했다. "타이센과 라데마허의 약점을 잡고 있는 게 분명해요. 안 그러면 텔레비전에 나와서 사기니 뇌물수수니 하며 그렇게 자신 있게 떠벌릴 수 있겠어요?"

"난 그 햄스터가 자꾸 마음에 걸려." 보덴슈타인이 고개를 갸우뚱하며 말했다. "도대체 그림이 맞질 않아. 테오도라키스가 회사 건물에 몰래 숨어 들어갔다고 쳐. 그리고 타이센 책상 위에 죽은 햄스터를 놔뒀어. 경고의 의미든 뭐든 말이야. 그러다 그로스만에게 들켰고 그로스만이 테오도라키스 얼굴을 알아봤어. 두 사람은 언쟁을 했겠지. 그러다 그로스만이 계단 밑으로 굴러떨어졌어. 그런데 테오도라키스가 응급처치를 해? 그건 말도 안 돼. 도망치기에 바빴겠지. 안 그래?"

"맞아요. 그리고 책상 위에 햄스터를 놓고 간 게 테오도라키스라면 텔레비전에서 햄스터 말살 얘기를 꺼내지 않았을 거예요."

두 사람은 답을 모르겠다는 표정으로 서로의 얼굴을 쳐다보았다.

"먼저 테오도라키스를 찾아내야 해." 보덴슈타인은 재킷 주머니에서 휴대전화를 꺼내며 다시 발걸음을 옮겼다. 오스터만에게 전화를 해보니 그새 테오도라키스의 주소를 알아냈으며 셈과 카트린이 이미 그로스 게라우로 출동했다고 한다.

"그로스 게라우?"

"네, 주소가 뷔텔보른이에요."

두 사람은 1층 로비까지 내려왔다. 피아가 문을 열려고 손잡이에 손을 댄 순간 천장 창문에서 쏟아지는 햇살에 왼쪽 손가락에서 뭔가가 반짝 하고 빛났다. 뭐지? 반지? 보덴슈타인은 4년여 동안 피아와 함께 일해오면서 그녀가 장신구를 착용하는 것을 본 적이 없다.

"그 두 사람 들어오면 나한테 보고하고……." 보덴슈타인은 함께 건물에서 나온 남자가 호기심 어린 시선으로 쳐다보는 것을 보고 먼저 지나가도록 길을 비켜주었다. 그리고 그가 저만치 앞서 가자 다시 전화에 대고 말을 이었다. "윈드프로 전 직원을 대상으로 테오도라키스 탐문 수사에 들어갈 거니까 그렇게 알아."

보덴슈타인은 통화를 마치고 휴대전화를 도로 집어넣었다. 피아에게 반지에 대해 물어볼까 하는 생각이 들었지만 무표정한 얼굴을 보니 왠지 말을 꺼내기가 힘들었다. 나중에 물어볼 기회가 있겠지.

*

"자, 이제 클러치 밟아……. 그렇지……. 어어!" 리키가 까르르 웃었다. "너무 빨랐어."

다시 모든 것이 정상으로 돌아왔다. 리키의 얼굴을 본 순간 어두운 기억은 과거의 문 뒤로 도망쳤다. 고통이 둔탁한 느낌으로 남았지만 그것도 곧 사라졌다. 리키는 멍청한 질문으로 그를 괴롭히지 않는다. 그가 기분이 안 좋다 싶으면 뭔가 재미있는 일을 생각해내서 기분을 전환시켜준다. 시동이 꺼지자 자동차가 멈췄다.

"미안해요." 마르크가 시무룩한 얼굴로 중얼거렸다. 클러치, 기어 조작, 액셀. 아직 그에겐 너무 어렵다. 개나 소나 하는 게 운전인데!

"괜찮아. 다시 한 번 해보자!"

그는 클러치를 밟고 기어를 1단에 놓은 다음 시동이 걸릴 때까지 열쇠를 돌렸다. 그리고 땀이 난 손으로 운전대를 꽉 잡았다. 그때 리키가 몸을 옆으로 기울이며 한 손을 그의 왼쪽 허벅지에 댔다. 마르크는 가슴이 두근거리며 숨 쉬는 것도 잊을 정도로 흥분됐다.

"자, 이제 아주 천천히 클러치를 밟아." 리키는 그렇게 말하며 허벅지에 댄 손에서 약간 힘을 뺐다. "동시에 액셀을 밟아. 너무 세게 밟진 말고."

마르크는 열심히 고개를 주억거렸다. 그리고 정면을 응시하며 혀로 입술을 적셨다. 리키가 다리 위에 손을 올려놓고 있는데 어떻게 운전에 집중한단 말인가? 그의 오른쪽 팔에 리키의 뭉클한 젖가슴이 느껴졌다. 그는 그녀의 머리에서 나는 샴푸 냄새를 들이마셨다.

클러치를 천천히 밟으면서 액셀 살짝 밟고……. 와, 성공! 리키는 그의 허벅지에서 손을 떼고 웃는 얼굴로 그를 쳐다보았다.

"잘했어!" 30센티미터도 떨어지지 않은 곳에서 그녀의 입이 방그레 웃고 있다. "클러치 밟고 액셀 떼고 기어 2단으로 올려."

그는 잘 따라했다. 하지만 기어를 올린 다음 액셀 밟는 것을 깜빡해서 다시 시동이 꺼졌다.

"그냥 자리 바꿔요. 이러다간 가게에 가기 전에 날 새겠어요." 마르크가 풀 죽은 얼굴로 말했다.

"무슨 소리!" 리키가 세게 머리를 흔들었다. "연습하면 다 돼. 주택단지 있는 데까지만 가봐. 그런 다음에 바꾸자."

마르크는 다시 시동을 걸었다. 그리고 기어 2단까지 가는 데 성공했다. 리키가 처음으로 그에게 운전을 가르쳐준 것은 몇 주 전이다.

"운전 한번 해볼래?" 하더니 바로 운전대를 맡겼다. 그러고는 "다른 애들이 처음으로 운전대 잡을 때 넌 운전의 고수가 되어 있을 거야'라고 말했다.

정말 리키답다! 리키는 그렇게 '쿨'한 사람이다. 그리고 그를 어린 애 다루듯 하는 일도 절대 없다. 마르크가 그렇게 감탄하는 데는 다 이유가 있다. 리키는 못하는 게 없다. 다른 사람의 도움 하나 받지 않고 안장도 없는 말 등 위에 뛰어오르는 겁 없는 여자가 리키다. 캘리포니아의 일류 대학에서 우주 비행 테크닉을 공부해서인지 영어도 유창하게 한다. 그 학교에서 이 학과를 졸업한 여자는 일곱 명뿐인데, 리키가 그중 한 명이라고 한다. 리키는 그 밖에도 할 줄 아는 게 많다. 남자 못지않은 추진력에, 동물도 잘 다루고, 어떤 일에든 조언을 할 줄 안다. 거기다 엄청난 미모까지 갖추었다. 처음 그녀를 만난 날 마르크는 인생의 커다란 전환점을 맞았다. 마르크도 리키처럼 강하고 솔직하고 밝은 사람이 되고 싶었다. 리키는 다른 어른들과 달라서 지키지 못할 약속 같은 것은 하지 않는다. 약속을 하면 꼭 지키고, 거짓말도 하지 않고, 어른의 권위를 내세워 말로 묵사발을 만들어버리는 일도 없다. 그러나 역시 가장 좋은 점은 항상 그를 제일 먼저 생각해준다는 것이다. 물론 재니스가 1순위지만 그건 남자친구이니 어쩔 수 없다.

"기어 넣어!" 속도계 옆의 회전속도계가 4000에 가까워지고 모터가 부르릉 소리를 내자 리키가 재빨리 외쳤다.

액셀 떼고 클러치, 기어, 액셀 밟고! 자동차는 부릉 소리를 내며 아스팔트 길을 미끄러져 내려갔다. 꽃이 만발한 사과나무와 벚나무 사이로 달리는 검정색 아우디의 열린 창문으로 온화한 바람이 불어 들어왔다.

"성공이에요!" 마르크가 함성을 지르며 환하게 웃었다. "저도 이제 운전할 수 있어요!"

"그럼, 진정으로 원하기만 하면 뭐든 할 수 있는 거야." 리키는 미소 띤 얼굴로 CD플레이어 버튼을 눌렀다. 잠시 후 키드록의 〈올 서머 롱All summer long〉이 흘러나왔다. 리키는 캘리포니아에서 지내던 시절이 생각난다며 이 노래를 즐겨 듣는다. 그래서 마르크도 자신의 취향은 아니지만 좋아하기로 했다.

"정말 잘하는데!" 리키가 시끄러운 음악 소리 사이로 외쳤다. "나중에 더 잘하게 되면 우리 같이 퍼시픽 코스트 하이웨이 넘버원을 달리는 거야. 샌디에이고에서 샌프란시스코까지!"

마르크는 행복에 겨운 얼굴로 고개를 끄덕였다.

"And we were trying different things, We were smoking funny things, Making love out by the lake to our favorite song……."

리키는 노래를 따라 부르고 마르크는 고갯짓으로 장단을 맞췄다. 리키의 황금빛 머리칼 한 가닥이 땋은 머리에서 빠져나와 바람에 흩날렸다. 리키는 너무 아름다웠다. 마르크는 하루 종일이라도 그녀를 쳐다볼 수 있을 것 같았다.

"Sipping whiskey out the bottle, not thinking about tomorrow, singing Sweet Home Alabama all summer long!"

그는 리키와 얼굴을 마주보고 웃었다. 그리고 3킬로미터 정도 되는 이 길이 영영 끝나지 않기를 바랐다.

*

금요일 저녁 그는 실수를 저질렀다. 하지만 이제 와서 후회해봐야 소용없다. 재니스는 천천히 다락으로 가는 나선형 계단을 올랐다.

다락은 그의 은신처이자 아지트다. 여기에는 털 날리는 짐승들도 없고, 리키가 올라오는 일도 거의 없다. 그는 벽 양쪽에 난 지붕창을 열어 맞바람으로 환기를 시켰다. 그리고 서쪽 창문 앞에 놓인 책상에 앉아 컴퓨터를 켰다. 동물 보호소가 위치한 골짜기에서부터 멀리 쾨니히슈타인 고성의 폐허가 올려다보이는 위치다. 재니스는 양심의 가책을 떨쳐버리려 애썼다. 불필요한 죄책감은 생각하는 데 방해가 될 뿐이다. 오늘 저녁 엘할텐에서 주민 공청회에 대비한 예비 모임이 있다. 이 모임에서 히르트라이터와 그 중 누가 시민단체 대표로 나갈 것인지가 결정된다.

창문으로 들어온 따뜻한 햇살이 회색 카펫 위에 밝은 사각형을 만들었다. 파리 한 마리가 그의 얼굴 주변에서 윙윙거리다가 컴퓨터 모니터 위에 앉았다. 그는 무심코 파리를 쫓으며 메일함을 열었다. 그리고 마르크가 보낸 메일을 보고 회심의 미소를 지었다. 가끔 한 대 때려서 쫓아버리고 싶을 정도로 귀찮은 녀석이지만 이 일에서만큼은 황금 알을 낳는 거위의 가치가 있다.

재니스는 마르크가 보낸 11개의 메일을 인쇄한 다음 구글 검색 창에 '윈드프로'라고 쳤다. 적에 관한 정보는 언제나 최신 상태를 유지해야 한다. 검색엔진이 토해낸 결과들을 죽 훑어보던 재니스의 눈에 어디서 들은 듯한 이름 하나가 눈에 띄었다. 그는 그 기사를 불러내 사진 속의 남자를 자세히 들여다보았다. 사진 옆에는 '5월 15일 금요일 독일기후연구소 소장 디르크 아이젠후트 박사가 쾨니히슈타인에서 초청 강연을 가질 예정이다. 포더타우누스 경제인회의의 슈테판 타이센 의장은 저명한 과학자의 방문에 환영의 뜻을 밝혔다'라고 씌어 있다.

재니스의 두뇌가 가동되기 시작했다. 아이젠후트. 이 이름을 어디서 들었더라? 한참 동안 사진을 뚫어지게 쳐다보던 그는 무릎을 탁 쳤다. 그리고 책상 서랍 맨 아래 칸에서 몇 달 동안 공들여 수집하고 정리한 서류를 꺼냈다. 내일 저녁 엄청난 센세이션을 몰고 올 내용이 여기 다 들어 있다. 그는 두꺼운 파일을 뒤져 드디어 독일기후 연구소에서 작성한 평가서를 찾아냈다. 엘할텐 풍력발전 단지에 대해 긍정적으로 평가한 두 건 중 하나로, 정부의 승인을 얻는 데 큰 역할을 했다. 이건 우연이 아니다! 아이젠후트에게 청탁이 들어갔거나 돈이 흘러들었을 가능성도 있다.

재니스는 다음 날 저녁 그 평가서가 누구 손에 들어갔는지 알게 됐을 때 타이센의 표정이 어떨지 생각하며 심술궂은 미소를 지었다. 위조된 것이 분명한 이 평가서는 그가 이제까지 준비한 증거 자료 중에서도 최고의 하이라이트다. 약 24시간 후면 이 자료가 언론과 공중 앞에서 폭로될 것이고, 타우누스 풍력발전 단지 프로젝트와 윈드프로는 종말을 맞게 될 것이다. 뺀질이 타이센도 이번만은 쉽게 빠져나가지 못할 것이다.

재니스는 목 뒤에 손깍지를 끼고 창밖을 내다보았다. 그것 말고도 뭔가가 더 있었던 것 같은데, 그게 뭐였지? 자꾸만 얼굴에 앉으려고 하는 파리를 손으로 쫓던 그는 불현듯 뭔가가 떠올라 정신없이 계단을 내려갔다. 그리고 현관문을 열고 나가 집 앞 종이 쓰레기통 뚜껑을 열었다. 어제 신문이 맨 위에 놓여 있다. 그는 쓰레기통 뚜껑을 덮은 후 그 위에 신문을 펼쳐놓고 초조하게 뒤적였다. 그리고 지역란에서 원하던 것을 찾아냈다.

'기후 연구계의 대부 아이젠후트 박사 신간 발표'라는 제목 밑에 디르크 아이젠후트의 사진과 함께 기사가 이어졌다. '독일기후연구소 소장 디르크 아이젠후트 박사가 오는 금요일 팔켄슈타인에 위치

한 켐핀스키 호텔에서 막 출간된 저서《푸른 지구의 어두운 미래》의
신간 발표회를 연다. 포더타우누스 경제인회의 주최로 열리는 이번
신간 발표회에서는 낭독회가 끝난 후 기후 문제 관련 정부 공식 자
문인 아이젠후트 박사와의 토론회가 있을 예정이어서 관심 있는 시
민들의 참여가 기대된다……'

　재니스는 그 기사를 찢어내고 나머지는 도로 쓰레기통에 넣었다.
그리고 다락방으로 돌아와 구글에 '디르크 아이젠후트 박사+니카'
라고 쳤다. 그는 검색엔진이 토해낸 수많은 결과에 놀라며 긴장된
표정으로 하나씩 훑어나가기 시작했다.

* 　 *

　"아, 글쎄 안 된다니까!" 루드비히 히르트라이터는 30년째 복도
서랍장 윗자리를 지키고 있는 낡은 검정색 전화기 위에 수화기를
쾅 내려놓았다. 텔은 문 옆에 깔린 담요 위에서 앞발에 얼굴을 포갠
채 호박색 눈으로 주인의 일거수일투족을 관찰했다. 히르트라이터
는 성큼성큼 거실로 들어가 갖가지 색깔로 그림이 그려진 낡은 장식
장 문을 열고 과일 브랜디를 꺼냈다. 원래 낮에는 술을 마시지 않지
만 너무 흥분이 돼서 안정할 필요가 있었다. 술을 따르는 그의 손이
바르르 떨렸다. 그는 술을 단숨에 털어 넣으며 얼굴을 찡그렸다. 독
한 액체가 타는 듯한 느낌을 남기며 식도를 거쳐 위로 흘러들었다.
효과가 있었다. 그는 두 번째 잔을 털어 넣은 후 거실 창문 앞으로
가 섰다. 그리고 쇄골과 척추에서 딱 하는 소리가 날 때까지 어깨를
편 다음 서너 번 심호흡을 했다. 절대안정을 취해야 하는데 왜 이렇
게 자꾸만 흥분할 일이 생기는지! 당시 재활 병원 사람들은 귀에 딱

지가 앉도록 얘기했었다. "바로 심장에 무리가 가니까 절대 흥분하시면 안 됩니다! 한 번 더 심장마비가 일어나면 회복하기 힘듭니다." 하지만 삼 남매가 연합해 아버지에게 대항하는 이 상황에서 어떻게 흥분을 안 한단 말인가? 거실 탁자 위에는 윈드프로의 새 제안서가 놓여 있다. 그 기분 나쁜 인간 타이센이 직접 가져왔다. 300만 유로! 흰 종이 위에 검정 잉크로 또렷이 찍혀 있다. 24시간 이내에 결정을 내려야 한다.

히르트라이터는 벚꽃이 만들어낸 분홍 구름 너머로 펼쳐진 초록빛 들판을 바라보았다. 2500평방미터의 파펜비제는 1년에 두 번 건초 베는 것을 제외하면 거의 노는 땅이나 다름없다. 그런 땅이 갑자기 노다지 땅이 되어 모든 갈등의 근원이 된 것이다. 타일 바닥에 발톱 긁히는 소리와 함께 개의 발소리가 났다. 히르트라이터는 시선은 그대로 둔 채 개를 향해 손을 뻗었다. 손바닥에 개의 축축한 코가 와 닿았다.

"조용히 살게 그냥 내버려두지를 않는구나." 그가 혼잣말처럼 중얼거렸다. 텔은 꼬리를 살랑살랑 흔들며 주인의 말에 답했다. 두 시간 후면 시민단체 회장단 모임이 있고, 내일 저녁에는 주민 공청회가 열린다. 더 이상 흥분해서는 안 된다. 생각을 제대로 하려면 머리를 식혀야 한다. 어쩌면 문제가 저절로 풀릴지도 모른다. 만약 시민단체에서 풍력발전 단지 건설을 막아낸다면 윈드프로에서도 더 이상 그렇게 많은 돈을 들여 파펜비제를 사려고 하지 않을 것이다. 그러면 지난 40년간 해온 것처럼 소파에 앉아 창밖으로 파펜비제와 타우누스 숲을 내다보며 조용히 살다 갈 수 있을 것이다.

*

냄비 안의 물이 끓자 피아는 올리브기름과 고춧가루 약간, 그리고 소금을 넣은 후 스파게티를 넣었다. 냄비 옆 프라이팬에서는 버터 한 조각이 녹기 시작했다. 피아는 따라놓은 와인을 한 모금 마셨다. 딱 맛있는 온도다.

"이거 괜찮은데. 한번 들어봐." 뒤에서 크리스토프가 말했다.

그는 콧등에 돋보기를 걸친 채 식탁 앞에 앉아 노트북을 들여다보고 있다. 작년에 프랑크푸르트 시청에서 두 사람이 살고 있는 비르켄호프에 철거 명령을 내린 후 계속해서 새 보금자리를 찾아왔지만 적당한 매물이 나타나지 않았다. 이의신청을 내서 철거 일정을 연기시킬 수는 있지만 언제까지고 미룰 수는 없는 일이다.

"살림집, 창고, 축사 딸린 농장. 전용 면적 2헥타르, 소작지 10헥타르……."

"어딘데요?" 피아가 마늘 한 조각을 얇게 저미며 물었다.

"우싱엔 근처야."

"너무 멀어요." 피아는 고개를 저으며 환풍기 다이얼을 3에 맞추었다. 그리고 저민 마늘과 잣을 뜨겁게 녹은 버터 속에 넣고 불을 줄였다. 마늘과 잣이 적당한 갈색을 띠자 작게 자른 파마햄을 넣고 창가에 세워놓은 미니 화분에서 샐비어 이파리를 서너 장 땄다. 샐비어 향기가 침샘을 자극한다.

"건물은 꽤 괜찮은데. 이리 와서 사진 좀 봐."

피아는 식탁으로 다가가 크리스토프의 어깨너머로 흘긋 모니터를 들여다봤다.

"매일 한 시간씩 걸려서 출근할 수 있어요?"

피아의 말에 그는 알아들을 수 없는 말을 웅얼거리며 다음 매물을 클릭했다. 지난 몇 달간 두 사람은 베테라우 인근을 샅샅이 뒤지고 포겔스베르크까지도 가봤지만 보는 것마다 너무 비싸거나, 너무 크거나, 너무 작거나, 너무 멀어서 조건이 안 맞았다. 그래서 이제는 거의 절망 상태다.

피아는 햄, 마늘, 잣에 마르살라 와인(이탈리아 시칠리아산 와인_역주)을 약간 넣고 국수 한 가닥을 꺼내 맛을 보았다. 2분만 더 끓으면 된다. 그때 초인종이 울렸다. 식탁 주변에 엎드려 졸고 있던 개들이 일제히 일어나 짖기 시작했다.

"조용히 해!" 피아의 명령에 개들은 바로 조용해졌다. "누구지?"

피아는 인터폰을 들었다. 흑백 화면에 희미하게 사람의 실루엣이 나타났다. 미리엄이 여긴 웬일일까? 피아는 문 열림 버튼을 눌렀다.

"누구야?" 크리스토프가 노트북을 닫으며 물었다.

"미리엄이에요. 국수 건져서 양푼에 좀 담아줄래요?"

피아는 슬리퍼를 신고 현관으로 나갔다. 검정색 BMW 컨버터블이 마당을 올라와 피아 차 옆에 서 있었다.

"미리엄! 연락도 없이 웬일……."

웃으며 인사를 건네던 피아는 미리엄의 표정을 보고 깜짝 놀라 입을 다물었다. 급히 서둘렀는지 트레이닝 바지 차림에 화장기 없는 초췌한 얼굴의 그녀는 꾸미지 않은 듯하면서도 언제나 우아한 차림새인 평소의 그녀와 너무 다르다.

"무슨 일 있어?" 피아가 심각한 얼굴로 물었다.

미리엄의 커다란 눈에 눈물이 그렁그렁하다.

"정말 화나 죽겠어." 미리엄의 말문이 터졌다. "방금 무슨 일이 있었는지 알아? 뢰블리히 그 여자가 전화를 했어. 그런데 헤닝이 어떻게 했는지 알아? 아기를 낳았다는 말을 듣더니 열 일 제쳐두고 바로 병원으로 달려갔어!"

피아는 기가 막혀 말이 나오지 않았다. 헤닝은 대체 무슨 생각을 하며 사는 걸까?

"어떻게 이럴 수가 있어?" 미리엄이 떨리는 목소리로 말했다. 그녀는 어깨를 한 번 들썩이고는 눈물을 줄줄 흘리기 시작했다. "나한테는 이제 그 여자랑 아무 상관없다고 그렇게 장담을 하더니 어떻게 전화 한 통에……."

그녀는 더 이상 말을 잇지 못하고 피아의 어깨에 기대 울음을 터뜨렸다.

"어떻게 나한테 이럴 수가 있느냐고?" 미리엄은 원망 섞인 목소리로 말하며 엉엉 울었다. 그러나 그 질문에는 피아도 할 말이 없었다. 헤닝의 행동을 이해하려는 노력은 포기한 지 이미 오래다.

"일단 들어가자. 뭐 좀 먹고 나서 다시 얘기하자. 응?"

＊

프라우케는 다시 창밖을 내다보았다. 벌써 몇 번째인지 모른다. 밤 10시가 다 되어가니 예비 모임이 이미 끝났을 텐데 영감은 왜 이렇게 안 오는 거지?

"우리 차 세워진 거 본 거 아닐까?" 마티아스가 말했다.

"아니야." 프라우케가 대꾸했다. "헛간 뒤에 주차했잖아. 아버진 거긴 안 보셔."

프라우케는 아버지의 습관을 빠삭하게 알고 있다. 저녁에 집에 오면 차고에 차를 집어넣고 철창에서 개를 꺼낸 뒤 함께 숲으로 올라간다. 그다음에 축사, 도축장, 새장, 작업실 문이 잠겼는지 확인한다. 집 반대편에 있는 헛간까지 가는 일은 없다.

"오늘 아침에 전화했는데 그 똥고집 영감 화를 버럭 내면서 끊어버리더라고." 마티아스가 술이 가득 든 낡은 장식장 안을 기웃거리며 말했다. 과일 브랜디, 곡주, 밀짚주……. 술병 레이블을 죽 훑어보던 마티아스는 인상을 찌푸렸다. 결국 그는 코냑을 꺼내 술잔이 넘치도록 가득 따랐다.

"얘기 시작하기도 전에 취하려고?" 프라우케가 주의를 주었다. "금방 냄새 맡는단 말이야. 그럼 시작부터 불리해져."

"상관없어. 어차피 내 인생 자체가 불리한걸, 뭐." 마티아스는 심란한 표정으로 술잔을 입으로 가져가더니 단숨에 목 안에 털어 넣었다. "누나도 한잔할래?"

"난 됐어."

밖에서 개 짖는 소리가 났다. 철창 안에서 텔이 짖자 집에서 기르는 까마귀가 박자를 맞춰 까악까악 울었다. 잠시 후 문 열리는 소리가 나고 어두운 표정의 그레고어가 들어왔다.

"이 집 정말 싫다." 그레고어는 아이폰 전원을 꺼 바지 주머니에 넣었다. "뭐 마시냐?"

"코냑." 마티아스가 얼굴을 찡그리며 말했다. "그래도 이게 가장나아."

그레고어는 장식장으로 가서 술을 꺼내 왔다. 형제는 나란히 서서 각자의 불행을 곱씹으며 말없이 술을 마셨다.

프라우케는 다시 창가로 가서 마을로 내려가는 길을 내다보았다. 재니스와 시민단체 사람들의 서명 운동이 결실을 맺어 정말 풍력발전 단지 건설이 저지당하는 건 아닐까? 아버지는 오늘 내로 제안서에 동의해야만 한다. 그렇지 않으면 모든 것이 수포로 돌아간다. 일단 돈만 손에 들어오면 풍력발전 단지야 만들든 말든 상관할 바 아니다.

텔레비전 옆에 놓인 오래된 괘종시계가 10시를 알렸다. 개는 더 이상 짖지 않는다. 그레고어는 아이폰을 꺼내려다가 조금 전에 끈 것을 깨닫고 혼잣말로 뭐라고 구시렁거리고 마티아스는 어슬렁거리며 부엌으로 들어갔다.

프라우케는 2년 전 집을 나온 후 아버지를 보는 것이 오늘이 처음이다. 그동안 보고 싶은 마음도 전혀 없었다. 둘 사이에는 너무 많은 독설이 오갔다. 어머니가 암에 걸린 건 아버지가 평생 전제군주 노릇을 하며 어머니를 들볶았기 때문이라는 말을 아버지는 절대 용서하지 않을 것이다. 한때 프라우케는 아버지를 좋아했다. 숲에 대해 모르는 것이 없는 아버지를 존경했고, 아버지는 그녀를 숲에 데리고 다니며 자연과 동물 대하는 법을 가르쳐주었다. 둘 다 사냥을 좋아해서 함께 사냥도 다녔다. 그러다 사춘기가 되면서 프라우케는 급격히 체중이 늘기 시작했다. 처음에 아버지는 어른이 되면 다 빠질 살이라면서 '뚱땡이'라는 애칭을 붙여주었다. 물론 남들 앞에서 그렇게 부른 것은 잘한 짓이 아니었다. 살이 빠지지 않고 점점 불어나자 아버지는 딸의 체중을 통제하기 시작했다. 프라우케는 매일 아침 속옷 차림으로 어머니 아버지 방에 딸린 욕실로 가서 체중계 위에 올라서야 했다. 그러면 아버지는 잔뜩 찌푸린 얼굴로 표에 체중을 기록했다. 프라우케가 아버지를 미워하기 시작한 것은 그때부터다. 그녀는 17살 생일에 100킬로그램을 돌파했다. 18살에는 무릎인대가 망가져서 더 이상 운동을 할 수 없게 됐다. 그녀는 뚱뚱한 것이 창피해서 포대 같은 풀오버를 입고 다녔다. 아침마다 저울 위에 올라가야 하는 수모는 계속 이어졌다. 이미 30년이나 지났지만 아직도 아버지가 저울 위로 올라가라고 호통칠 때 느꼈던 모멸감을 잊을 수 없다.

멀리서 자동차 불빛이 보였다. 목장을 지나 숲 언저리 주차장에서 끝나는 좁은 도로를 따라 자동차 한 대가 오르막길을 올라오고 있다.

"차 온다. 불 꺼!" 프라우케가 뒤에 대고 급히 말했다.

마티아스가 벽에 붙은 스위치를 누르자 딸칵 하는 소리와 함께 불이 꺼졌다. 칠흑 같은 어둠 속에서 삼 남매의 숨소리만 들렸다.

"아버지는 그 땅 절대 안 팔 거야." 마티아스가 음울한 목소리로 말했다. "우리가 더 압력 넣으면 진짜 한 푼도 안 줄지 몰라."

"우는 소리 그만해." 그레고어가 신경질적으로 쏘아붙였다. "어떻게 할 건지 다 얘기했잖아. 얘기한 대로만 하면 돼."

한밤중에 잠에서 깬 그녀는 멍하니 어둠 속을 응시했다. 왜 잠이 깼지? 저녁에 모임에서 마신 사과와인 때문이다. 니카는 스탠드 스위치를 찾아 불을 켰다. 새벽 3시 27분. 별안간 개들이 짖기 시작했다. 그러다 리키의 목소리가 들리고 개 짖는 소리가 멈췄다. 히르트라이터에게 그런 모욕을 당했으니 잠이 안 오는 것도 당연하다. 히르트라이터는 잔인하게 인신공격을 해댔지만 재니스는 리키에게 위로의 말 한마디 건네지 않았다. 아무 말도 없이 자동차에 타더니 혼자 가버렸다. 프라우케, 마르크, 리키와 함께 차를 타고 집에 왔는데, 리키는 쾨니히슈타인을 지날 때까지 계속 울기만 했다.

니카는 잠시 망설이다가 이불을 젖히고 일어났다. 화장실에 갔다와야 다시 잠이 올 것 같다. 막 복도로 나가니 위에서 리키의 목소리가 들렸다. 원래 방음이 잘 안 되는 집이기도 하지만 말하는 사람도 남이 듣거나 말거나 상관하지 않는 듯 언성이 높다.

"도대체 이 시간까지 어디 있다 오는 거야?" 리키는 평소답지 않은 날카로운 목소리로 따졌다.

욕실 문 앞까지 간 니카는 1층에서 나는 소리에 귀를 기울였다. 리키와 재니스는 그녀가 이 집에 이사 온 뒤로 싸우는 것을 본 적이 없을 정도로 사이가 좋았다. 처음에는 이상할 정도로 서로에게 상냥한 두 사람이 어색했지만 차차 자연스럽게 적응이 됐다. 사실 그녀가 알던 리키는 그렇게 부드러운 성격이 아니었다. 오히려 소리치는 지금의 리키가 옛날의 리키와 닮았다. 리키는 히르트라이터가 그녀에게 쏟아낸 독설과 맞먹는 말들로 재니스를 공격했다. 재니스가 뭐라고 대답했지만 소리가 너무 작아서 들리지 않는다. 그럴수록 리키의 반응은 거세졌다. 곧 뭔가 벽에 부딪혀 깨지는 소리가 났다.

"미쳤어? 왜 이렇게 난리법석을 떨어?" 재니스가 언성을 높였다.

"혼자 어딜 그렇게 쏘다니는지 얘기를 하라고!" 리키가 빽 소리를 질렀다. "꼴은 또 그게 뭐야? 왜 옷에 피가 묻어 있어?"

맨발로 타일 바닥 위에 서 있으니 발이 시리고 한기가 든다. 재니스는 요즘 들어 새벽이 돼서야 집에 들어오는 일이 잦다. 리키도 밤중에 차를 타고 나가는 일이 종종 있는데, 아마 재니스를 찾으러 가는 것 같다. 리키는 아무 일도 없다는 듯 행동하지만, 그 일로 얼마나 속상해하는지 추측하기는 어렵지 않았다.

"딴 여자 생긴 거면 가만히 안 둘 줄 알아!" 리키가 다시 소리쳤다. 그리고 잠시 후 흑 하는 소리와 함께 서러운 흐느낌이 이어졌다. 니카는 깜짝 놀라 숨을 멈추었다. 리키의 의심은 아주 근거 없는 것이 아니다. 재니스가 욕실 앞에서 기다리고 있다가 음흉한 눈빛으로 자신을 훑어보던 것을 생각하면 지금도 소름이 끼친다. 창고에 와인을 가지러 왔다는 빤한 거짓말은 처음부터 믿지 않았다. 그 일이 있은 후로는 자꾸만 재니스의 시선이 느껴져서 불쾌했다. 니카는 재니스가 싫었다. 반질반질한 외모와 청산유수의 말솜씨 뒤에는 물불 가리지 않는 위험한 속내가 숨어 있을 게 뻔했다. 아무리 얘기를 해봐도 속을 알 수 없는 사람이 재니스다. 무엇보다 리키와 부딪치고 싶지 않았다. 아무 관심도 없던 사람이 갑자기 알 수 없는 이유로 관심을 보인다고 해서 숙소와 일자리를 제공해준 친구에게 밉보일 일은 없다. 니카는 조용히 욕실 문을 열고 들어가 불을 켜고 변기에 앉았다. 그런데 리키는 왜 재니스와 계속 함께 사는 것일까? 예전에 리키가 사귀던 남자들은 모두 근육질에 운동선수 같은 타입으로 깊이가 없고 약간 머리가 빈 듯하지만 상냥하고 농담을 잘하는 유쾌한 남자들이었다. 재니스 테오도라키스는 그 남자들과 닮은 데가 전혀 없다. 너무 지적이고 정치적이고 까다롭다. 리키는 나이 43세에 남자 없이 혼자가 될까 봐 겁이 난 것일까? 거기다 7년을 함께한 지난번 남자친구가 느닷없이 짐을 싸서 떠나버렸기 때문에 괜찮다 싶은 남자에게 죽자 사자 매달리기로 한 것일까? 그렇다면 말끝마다 "자기야, 자기야" 하면서 그렇게 과도한 상냥함을 보이는 것도 이해가 된다. 두 사람이 보여주는 조화는 너무 완벽해서 거의 무서울 정도다. 생전 싸우는 일도 없고, 나쁜 말을 하는 법도 없다. 그뿐만이 아니다. 대놓고 미국을 욕하는 재니스 때문에 리키는 캘리포니아에 목장이 딸린 호텔을 짓고 싶다는 어릴 적 꿈에 대해서는 입도 뻥긋하지 않는다. 자신을 존중하지도 않는 남자 하나 때문에 어릴 적 꿈을 포기한단 말인가? 리키 자신은 모르지만 사실 재니스는 은근히 리키를 경멸한다.

니카는 잠시 기다렸다가 춥고 컴컴한 복도로 나왔다. 위에서는 싸움이 그쳤는지 조용하다. 그러다 별안간 거친 숨소리와 신음 소리가 났다. 니카는 얼른 방으로 돌아와 이불 속으로 파고들었다. 어두운 천장을 바라보고 있자니 어느새 눈물이 흘렀다. 그녀는 아무 소리도 듣지 않으려고 이불을 머리끝까지 뒤집어썼다. 리키가 옳은 것일까? 자신을 사랑하지 않는 남자라도 혼자인 것보다는 나을까? 혼자라는 것은 너무 끔찍하다. 재니스가 바람을 피우고 온 게 아니라는 사실을 행동으로 증명하는 동안 거친 숨소리는 끝나지 않을 것처럼 이어졌고, 니카는 그 소리를 들으며 뼈저린 외로움을 느꼈다.

✳

하인리히 폰 보덴슈타인 백작이 크로네를 지나 라벤호프로 통하는 아스팔트 길로 접어든 것은 막 오전 7시가 되어갈 무렵이었다. 어제저녁에 있었던 회장단 모임은 그에게 깊은 상실감을 안겨주었다. 그렇게 될 때까지 두어서는 안 되는 일이었다. 어떻게든 두 사람을 말렸어야 했다. 그러나 논쟁이 격해지고 토론이 루드비히와 재니스의 싸움으로 변해버릴 때까지 그는 입을 꾹 닫고 아무런 행동도 하지 않았다. 모임이 해산된 후 그는 루드비히와 함께 한참이나 크로네에 앉아 있었다. 하지만 모임에 대한 이야기는 일부러 피했다. 그는 루드비히에게 윈드프로가 제안한 보상금의 액수를 밝히라고 조언했었다. 나중에 알려지면 루드비히 혼자 엄청난 이득을 챙기려 했다는 인상을 줄 수 있기 때문이다. 하지만 루드비히는 말을 듣지 않았다. 재니스는 어디서 알아냈는지 윈드프로의 보상금 제안 사실을 회원들에게 메일로 퍼뜨렸고, 회원들 사이에는 반목과 긴장의 분위기가 팽배해졌다. 공격을 받은 루드비히는 완전히 이성을 잃었고 회의는 난장판이 됐다. 재니스와 리키가 가버린 후 남은 사람은 나머지 사안들을 후다닥 처리하고 급히 회의를 마쳤다. 절대 성공적이라고 할 수 없는 모임이었다. 그리고 그것은 재니스 탓만은 아니다. 하인리히 폰 보덴슈타인은 깊은 한숨을 쉬었다. 지난 몇 년간 루드비히는 너무 많이 변했다.

점점 어둠이 비끼고 구름이 잔뜩 낀 회색 하늘이 나타났다. 오늘은 여기서 더 많이 맑아지지는 않을 것이다. 일기예보에서도 비가 올 것이라고 했다. 왼쪽으로 꺾어 숲 주차장으로 들어서려고 할 때 루드비히의 집에 불이 켜져 있는 것이 보였다. 어제 숲에 가지 않았나? 그렇다면 왜 연락을 안 해줬을까? 이상한 일이다. 그는 지프를 마당에 세우고 집을 향해 걸어갔다. 현관문은 잠기지 않은 채 살짝 닫혀 있다. 문을 두드려도 인기척이 없자 그는 문을 열고 복도로 들어갔다.

"루드비히, 집에 있나? 아침 식사 할 거 가져왔어!"

아무 대답이 없다. 어제 루드비히는 무척 힘들어 보였다. 그는 절대 인정하지 않겠지만 자식들과의 불화, 재니스와의 언쟁, 윈드프로와의 싸움이 가져온 스트레스는 이미 그가 감당할 수 있는 선을 넘어섰다. 그나저나 만약 루드비히에게 무슨 일이 생겼다면 텔이 이렇게 조용할 리 없다. 그는 거실 안을 살짝 들여다보았다. 어질러진 거실 탁자 위에 코냑 잔이 두 개 놓여 있다. 어제 누가 왔었나?

침실 문도 열어본다. 역시 정돈이 안 된 침대뿐이고 사람은 보이지 않는다. 욕실에도 부엌에도 루드비히는 없다. 마지막으로 그는 식당으로 갔다. 무기 진열장에 드릴링(총신 3개를 조합하여 만든 총_역주)과 모제르(19세기 말 독일에서 개발된 소총_역주)가 빈다. 그렇다면 숲에 간 게 틀림없다! 어제 술을 좀 많이 마셔서 나가면서 문 잠그는 걸 잊었는지도 모른다. 집을 나온 그는 마당을 가로질러 가면서 차고 창문으로 흘깃 안을 들여다보았다. 차가 그대로 있는 것을 보니 개를 데리고 멀리 나간 것 같지는 않다. 그는 마당 한가운데 있는 말 밤나무 밑에 서서 난감한 표정으로 주위를 둘러보았다. 나무 꼭대기에서 새들이 지저귀고 차차 날이 밝아왔다. 순간 집과 헛간 뒤로 펼쳐진 과수원에서 움직임이 느껴졌다. 희미한 아침 햇살 아래 불그스레한 점처럼 보이는 것은…… 여우다! 그는 과수원 쪽으로 걸음을 옮기며 크게 손뼉을 쳤다. 먹이를 먹는 중이었다는 것을 한눈에 봐도 알 수 있었다. 여우는 소리 나는 쪽을 빤히 쳐다보다가 바람처럼 몸을 날려 수풀 속으로 사라졌다. 그는 불길한 예감에 사로잡혀 빠른 걸음으로 걷기 시작했다. 루드비히가 정원이라고 부르는 이 들판은 연못도 하나 있고 숲가까지 이어지는 넓은 땅이다. 낮은 나무 울타리 문을 통과한 그는 텃밭과 장미 화단을 지났다. 엘피가 죽은 후로는 돌보는 사람이 없어 잡초만 무성하다. 오른쪽에는 거대한 수양버들이 늘어선 커다란 연못이 있다. 연못이라기보다는 거의 호수에 가깝다. 거울처럼 잔잔한 수면 위로 흐린 회색 하늘이 비쳤다. 호수 위쪽 여우가 있던 자리까지 간 그는 울퉁불퉁한 벚나무 기둥에 기대고 앉아 호수를 내려다보는 친구의 뒷모습을 보고 걸음을 멈추었다. 길게 자란 백발이 물에 젖은 채 어깨까지 내려와 있다.

"루드비히! 거기 있었나? 난 그런 줄도 모르고……."

순간 그는 숨이 막히고 욕지기가 나서 말을 이을 수 없었다.

"맙소사!" 그는 신음을 내뱉으며 그 자리에 힘없이 주저앉았다.

*

밤새 비가 내렸는지 날이 흐리다. 안개 때문에 습하지만 나무들은 더욱 푸르러진 듯하다. 피아는 지저분한 고무장화를 신으며 미리엄을 생각했다. 집에 혼자 두고 나오면서도 영 마음이 편치 않았다. 어제 마신 생 니콜라 드 부르게유(프랑스산 와인_역주) 한 병에 어느 정도 정신적 안정을 되찾기는 했지만 미리엄의 상태는 여전히 안 좋았다. 헤닝을 생각하면 너무 화가 난다. 어떻게 미리엄에게 그럴 수 있단 말인가? 몇 번이나 전화를 걸었지만 휴대전화로도 집으로도 연락이 되지 않았다. 헤닝은 뢰블리히와 바람피운 것 때문에 거의 반년에 걸쳐 미리엄을 달랬다. 그래서 이제 겨우 잘 지내나 했는데 전화 한 통에 쏜살같이 달려 나가다니…… 이해가 안 된다!

"미리엄 때문에 너무 걱정하지 마." 마당을 걸어가며 크리스토프가 말했다. 피아는 한숨을 쉬며 걸음을 멈추었다.

"걱정 많이 안 해요. 그것보다는 남의 일에 또 이렇게 얽혀버린 게 좀 짜증이 나요. 하지만 친구니까 들어줘야죠."

"그럼, 친구 좋다는 게 뭔데."

친구고 뭐고 이 상황은 문제가 있다. 크리스토프가 옆에 있는데 몇 시간씩 전남편에 대해 떠드는 일이 피아는 전혀 내키지 않았다. 만약 처지가 바뀌어서 그녀가 그런 말을 들어야 했다면 기분이 아주 안 좋았을 것이다.

"그런 얘기 옆에서 다 들어야 하잖아요. 그게 마음에 걸리고 미안해요."

"어이구, 내 걱정하는 거야?" 크리스토프가 그녀에게 한 걸음 다가서더니 그녀의 허리를 끌어당겨 살짝 입을 맞췄다. 그러고는 미소 띤 얼굴로 말했다. "사실 아주 질투가 안 나는 건 아니야. 정말 미안하면 나를 위해서 해줄 수 있는 일이 있는데……."

"정말요? 그게 뭔데요? 지금 당장 해줄 수 있어요."

154

"오늘 저녁에 베를린과 부퍼탈에서 동료들이 오는데 식사를 같이 하기로 했어. 거기 함께 가주면 좋겠어."

"그건 안 될 것 같아요. 오늘 저녁에 엘할텐에서 주민 공청회가 있어요. 우리 반장님이 의심하는 남자가 있는데 거기 가서 그 사람을 잡아야 해요."

"아, 그래? 일이 있다면 어쩔 수 없지." 크리스토프는 눈썹을 한 번 추켜올리더니 그녀를 놓아주었다. 이런, 제길. 중국 여행을 가기 전에 잠깐이지만 냉전 기간이 있었다. 주말에 연달아 두 번이나 교육이 있은 후 그다음 주말에 대기 근무를 하느라 부부 동반으로 나가는 자리에 참석하지 못했다. 크리스토프는 별다른 불평을 하지 않았지만 하필이면 수의사 잉카 한젠을 데리고 그 자리에 나갔다. 피아는 잉카 한젠이 왠지 마음에 들지 않았다.

"다른 사람한테 대신 가달라고 할게요. 그럼 갈 수 있어요. 정말이에요."

"좋아. 그럼, 오늘 7시까지 내 사무실로 와. 7시 반에 로지에 예약해놓을게."

"알았어요. 벌써부터 기대되는걸요."

그가 웃는 모습을 보니 피아는 마음이 따뜻해졌다. 그녀는 휴가를 가면서 절대 헤닝 같은 실수를 하지 않겠다고 다짐했다. 일 때문에 사랑을 놓치는 바보 같은 짓은 하지 않을 생각이다. 크리스토프는 그녀에게 그만큼 소중한 존재다.

피아는 크리스토프에게 입을 맞춘 후 그가 자동차를 돌려 나가는 모습을 지켜보았다. 말들을 목초지 안에 풀어놓고 돌아서는데 휴대전화가 울렸다. 보덴슈타인 반장이다.

"피아!" 보덴슈타인의 목소리가 이상하다. "여기…… 좀 와줘야겠어……. 급해……. 엘할텐…… 라벤호프…….”

수신 상태가 좋지 않아 말이 자꾸 끊기지만 띄엄띄엄 들은 것만으로도 사태의 심각성을 짐작하기에 충분했다. “난 이미 와 있어. 우리 아버지가…… 발견했는데…… 총에 맞아 죽었어!”

피아는 머리끝이 쭈뼛 서는 것을 느꼈다.

“잘 안 들려요, 반장님!” 피아는 전화기에 대고 소리를 질렀지만 이미 전화는 끊겼다.

잠시 후 피아는 초조하게 운전대를 두드리며 운터리더바흐와 차일스하임 방향에서 A66고속도로 방향으로 가는 차량 행렬 속으로 끼어들 기회를 기다렸다. 그러나 아무도 끼워줄 생각을 하지 않았다. 마음이 급해진 피아가 지붕에 경광등을 붙일까 생각한 순간 한 동정심 많은 운전자가 속도를 늦추며 끼워주겠다는 신호를 보냈다. 하지만 램프를 깜빡이며 빨리 가라고 손을 내두르는 표정이 ‘아줌마가 솥뚜껑 운전이나 잘하지 왜 차 몰고 나와서 복잡하게 해?’ 하는 것 같아서 감사 신호는 생략하기로 한다. 50미터쯤 더 가니 차들이 다 프랑크푸르트 방향으로 빠진다. 피아는 속도를 내며 보덴슈타인과 헤닝에게 전화를 걸었다. 아무도 받지 않는다.

“헤닝, 이 나쁜 자식.” 피아는 혼잣말로 중얼거렸다.

*

그는 신간 홍보를 위한 여행에 자동차를 이용하기로 했다. 기차 1등석이나 비행기 비즈니스 클래스로 편하게 여행할 수도 있지만, 조용히 생각할 시간도 있고 쓸데없는 간섭을 받지 않아도 돼서 직접 운전하는 쪽이 편하다. 그는 사람 많은 공항이나 기차역을 끔찍하게 싫어서 외국에 나갈 때나 선택의 가능성이 없는 때를 제외하고는 항상 차를 가지고 다닌다. 그래서 비행 공포증이 있다는 소문도 돌지만 괘념치 않았다. 남들이 등 뒤에서 떠드는 것에는 신경 안 쓴 지 이미 오래됐다. 아첨하는 자, 시기하는 자, 무조건 예예 하는 자, 음모 꾸미는 자들에게도 초연하다. 디르크 아이젠후트는 독일기후연구소 소장으로서, 그만큼 영향력도 있지만 그의 정책에 의문을 제기하는 사람들에게는 큰 미움의 대상이기도 하다. 그는 볼보 XC90에 시동을 걸었다. 첫 번째 목적지는 함부르크다. 낮에 융페른슈티그에 있는 유럽센터에서 사인회가 있고 저녁에는 낭독회 일정이 잡혀 있다. 그는 A10고속도로 방향으로 차를 몰아가며 내비게이션에 목적지의 주소를 입력했다. 목적지까지의 거리는 284킬로미터, 도착 시간은 11시 43분, 교통 정체는 없을 것으로 예상됨. 그의 머릿속에서는 베티나, 그리고 그해 12월 31일 저녁의 일이 맴돌았다. 포츠담의 빌라가 불에 탔을 당시 사람들은 타고 남은 잔해를 샅샅이 뒤졌다. 그의 특수한 위치 때문에 꼼꼼히 검사하라는 지시가 내려왔기 때문이다. 우편이나 인터넷으로 협박을 받기도 했고 개중에는 익명으로 협박하는 사람도 있었기 때문에 암살 시도가 아닌가 하는 말까지 나왔다. 수사관들은 그에게 적이 있느냐고 물었다. 밖에 나가면 넘쳐나는 게 적인걸! 기후 회의론자들에게 있어서 그는 잘못된 기후 정책의 원흉이자 대중의 공포를 이용해 사리사욕을 채우는 기회주의자였다. 적은 그의 성공을 시기하는 동료 교수들 중에도 있었다. 당시 연방정부는 그의 이론을 바탕으로 기후 정책을 세웠기 때문에 그의 말이라면 팥으로 메주를 쑨다고 해도 믿을 정도였다. 게다가 그의 인맥은 국제연합 최고 지도층에게까지 닿아 있었다.

결국 수사는 별 성과 없이 끝났고 화재는 비극적 사고로 처리됐다. 아이젠후트는 짚이는 데가 있었지만 증거를 찾을 수 없었다. 그는 두 가지 큰 실수를 저질렀다. 지난 25년간 힘들게 쌓아온 것들을 순식간에 날려버릴 수 있는 중대한 실수였다. 그 화재 이후 그는 모든 인맥을 동원하고 불법적 수단까지 불사하며 자가 수사를 펼쳤다. 그렇게 해서 얻은 결과는 위험천만하고 위협적인 것이었다. 일은 그가 생각했던 것보다 훨씬 빠르게 진행되고 있었다. 그러나 증거가 없었다.

디르크 아이젠후트는 하벨란트 분기점에서 속도를 줄여 A24고속도로 함부르크, 로스톡 방향으로 꺾었다. 그때 카폰이 띠리링 소리를 냈다. 그는 멀티 기능 운전대의 버튼을 눌러 전화를 받았다.

"아이젠후트 박사님, 접니다. 통화 가능하십니까?" 아이젠후트는 시간이 좀 지나서야 그 목소리를 알아들었다.

"네, 운전 중이지만 괜찮습니다. 무슨 일이시죠?"

그는 직선으로 길게 뻗은 고속도로에 시선을 둔 채 액셀을 밟았다. 차는 243마력의 힘으로 바람처럼 앞으로 나갔다. 오른쪽 차선에서 느린 속도로 달리던 트럭이 한 점 얼룩처럼 스쳐 지나갔다.

"전화로 말하기 좀 곤란합니다만, 문제가 하나 생겼습니다."

문제가 생기는 건 좋지 않다. 게다가 상대방의 말투로 보아 매우 심각한 문제인 듯하다.

"뭣 때문입니까?"

"그쪽에서 작성한 평가서에 관한 겁니다. 저희 회사에 도둑이 들었는데 봐서는 안 되는 사람의 손에 그 문서가 들어간 것 같습니다."

아이젠후트는 미간을 찌푸렸다.

"좀 구체적으로 말씀을 해보시죠."

"회사에서 일하던 사람이 하나 죽었습니다. 그래서 경찰이 찰거머리처럼 딱 달라붙었습니다."

"그게 나랑 무슨 상관입니까?"

"직접적인 상관은 없습니다. 하지만…… 안 좋은 영향이 미칠 수도 있습니다. 아니, 이미 안 좋은 영향이 미쳤다고 해야 옳겠지요." 전화를 건 남자는 이리저리 말을 돌렸다.

"어차피 내일모레 만날 테니 거기서 조용히 얘기합시다."

"그땐 너무 늦습니다."

"무슨 문제가 있다는 건지 잘 이해가 안 됩니다. 평가서에 실수 같은 건 없었습니다. 우리는 그쪽에서 준 자료를 토대로 평가서를 만들었고……."

"바로 그게 문제입니다." 상대 남자가 그의 말을 끊었다. "그 자료는…… 그러니까…… 아주 정확한 게 아니었습니다."

아이젠후트는 차츰 무슨 말인지 이해가 됐다. 아는 사람에게 사소한 일로 선심 한번 쓴 것이 예상치 못한 문제를 만들어낸 것이다. 하필이면 신간 도서 발행으로 매스컴의 주목을 받고 있는 지금 그런 일이 터지다니, 젠장!

"지금 내가 걱정하는 일이 생긴 게 아니길 바라야겠군요." 그는 차갑고 건조한 목소리로 말했다. "호텔에 도착하면 전화드리죠."

*

그는 침대에 누워 니카와 리키가 나갈 때까지 기다렸다가 문 닫히는 소리가 나자 자리에서 일어나 지하로 갔다. 니카의 방문이 굳게 잠겨 있는 것을 확인한 그는 잠시 고민에 빠졌다. 옷걸이로 열면 문이야 금방 열 수 있지만 다시 잠글 수 없는 것이 문제다. 그리고 창문에는 창살이 대어져 있다. 남의 방에 몰래 들어가는 것이 양심에 걸려 다음 기회를 기다릴까 하는 생각도 들었지만 한번 발동한 호기심은 쉽게 잦아들지 않았다. 게다가 니카의 정체를 알고 나니 그녀의 거짓말에 화가 나 견딜 수 없었다.

재니스는 잠시 싸구려 문짝을 바라보다가 결심한 듯 위층으로 올라가 옷장 문을 열어젖혔다. 그리고 튼튼해 보이는 나무 옷걸이를 골랐다. 어쩌면 니카는 전혀 눈치채지 못할지도 모른다. 잠시 후 그는 니카의 방 안에 서 있었다. 원래 체력 단련실로 쓰려고 했던 방이라 아직도 방 한구석에 러닝머신과 총 10킬로미터도 안 달린 무지 비싼 헬스 자전거, 벤치프레스가 기대져 있다. 리키는 이 운동기구들을 온라인 경매에 내놓겠다고 했지만 차일피일 미루는 동안 몇 달이 지나갔다. 재니스는 깨끗하게 정리된 침대와 들꽃 화병이 놓여 있는 책상을 둘러본 후 책장 앞으로 가 책 제목을 죽 훑어보았다. 문학 에세이, 추리소설, 전기 등 주로 유명한 베스트셀러들이다. 다 새 책인 걸로 보아 여기 이사 온 후 사 모은 것인 듯한데, 양으로 따지면 엄청난 독서광이다.

흰색으로 칠해진 벽에는 여러 개의 그림 액자가 걸려 있다. 토스카나의 풍경화나 유명 화가들의 복제품들로 이 방뿐 아니라 온 집 안이 이런 그림들로 가득하다. 재니스는 리키가 뻔질나게 가구점에 드나들며 그림 액자를 사 올 때마다 혀를 내두르지만 리키의 취향이니 어쩔 수 없다. 재니스는 옷장 문을 열어보았다. 니카가 입고 다니는 촌스러운 꽃무늬 원피스, 스커트, 카디건 들이 걸려 있다. 그는 서랍장을 열어 아무런 양심의 거리낌도 없이 내용물을 뒤적거렸다. 흰색 팬티에 75B 사이즈의 살구색 브래지어, 흰색과 회색 양말뿐 망사

스타킹이나 야한 속옷 같은 것은 없다. 역시 예상했던 대로 소박하다. 그는 다른 문을 열어보았다. 니카가 처음 이 집에 올 때 가지고 온 두 개의 여행 가방 말고는 별다른 것이 없다. 조금 실망한 표정으로 옷장 문을 닫는데 둥글게 말아놓은 담요 밑으로 가죽 가방 귀퉁이가 삐죽이 드러난 것이 눈에 띈다. 그는 허리를 굽혀 가방을 꺼냈다. 작은 여행 가방은 무거운 것으로 가득 차 있어 들기도 힘들 정도다. 조바심이 난 그는 정신없이 가죽 끈 두 개를 풀어 헤쳤다.

"그러면 그렇지!" 가방을 열고 노트북을 발견한 그의 눈이 반짝였다. 맥북에 아이폰까지! 그 옆에는 열쇠 꾸러미 하나, 귀금속이 든 작은 상자 하나, 운전면허증, 신분증, 여권, 여러 장의 신용카드가 든 지갑도 있다.

니카는 왜 이렇게 자신을 위장하는 것일까? 그는 잠시 손길을 멈추고 생각에 잠겼다. 혹시 리키가 이 사실을 전부 알고 있으면서 니카와 함께 연극을 하고 있는 것은 아닐까? 그렇다면 그 이유가 뭘까? 아무리 생각해도 이상한 일이다. 재니스는 가방 안에 든 옷가지를 살펴보았다. 청바지와 블라우스 몇 장, 블레이저 재킷 두 벌, 하이힐 한 켤레가 전부다. 옷을 뒤적이던 재니스는 갑자기 불에 덴 사람처럼 화들짝 놀랐다. 그리고 그가 발견한 것에서 눈을 떼지 못한 채 크게 숨을 들이마셨다.

*

엘할텐에서 2킬로미터 정도 올라가니 숲 바로 옆 들판 한가운데 서 있는 라벤호프가 보였다. 피아는 차고 앞에 주차된 순찰차 뒤에 차를 세우고 주변을 둘러보았다. 농장을 둘러싼 들판에는 초록이 무성하고 공기 중에는 아침 안개가 감돈다. 자갈이 깔린 진입로는 약간 후미진 곳에 있는 헛간에서 끝나고 아스팔트가 깔린 좁은 도로는 농장 앞에서 급하게 꺾여 숲으로 올라가며 계속 이어진다. 피아는 마당으로 들어가 안채를 살펴보았다. 오랫동안 손질을 하지 않은 듯한 낡은 남독일풍 건물로, 처마 밑에는 거대한 사슴뿔 장식이 튀어나와 있고, 집을 감싸고 있는 베란다가 마당과 집을 연결하는 구실을 한다. 베란다 계단에 앉아 있는 하인리히 폰 보덴슈타인을 본 피아는 그가 살아 있다는 사실에 일단 마음이 놓였다. 얼굴이 사색이 되긴 했지만 언뜻 봐서는 다친 데가 없는 듯하다. 보덴슈타인의 아버지를 품위 있는 노신사로 기억하는 피아는 헝클어진 백발과 멍한 시선으로 축 늘어져 있는 그를 보자 기억 속의 모습과 일치하지 않아 조금 당황스러웠다.

보덴슈타인 반장은 그런 아버지의 모습에 더욱 당황한 듯하다. 아버지에게 건넬 위로의 말을 찾고 있는지 얼굴에 어쩔 줄 몰라 하는 표정이 역력하다. 그냥 아버지를 한 번 안아줄 수도 있지만 감정을 절제하도록 교육받은 그에게는 무리일 것이다. 자기절제와 타인에 대한 배려를 강조하느라 다정다감과는 거리가 먼 교육을 받은 그가 이런 상황에서 힘들어하는 것은 당연하다.

"피아!" 보덴슈타인이 피아를 발견하고 다가왔다. "사망자가 우리 아버지의 가장 친한 친구야. 한 시간쯤 전에 아버지가 직접 발견했는데 지금 완전히 쇼크 상태야."

"이런 일이 일어났으니 당연하죠. 아버님은 뭐라고 하세요?"

"아무 말씀도 안 하셔." 그는 난감한 표정으로 어깨를 으쓱했다. "어떻게 해야 할지…… 모르겠어."

"제가 얘기해볼게요."

피아는 멀찌감치 떨어져 있던 순경 두 사람에게 타이어 자국이 훼손되지 않도록 진입로를 차단하라고 지시했다. 그리고 그들이 사라지자 보덴슈타인 백작 옆으로 가서 눅눅한 나무 계단 위에 앉았다.

"좀 어떠세요?" 그녀가 그의 어깨에 가만히 손을 얹으며 물었다.

그는 한숨을 푹 쉬더니 고개를 들고 멍한 시선으로 그녀를 응시했다. "루드비히는 내 가장 친한 친구였소. 이런 식으로 죽다니 너무 끔찍해."

"상심이 크시겠어요." 피아가 그의 뼈마디 굵은 손을 다독였다. "저희 동료한테 집에 모셔다 드리라고 할게요."

"고맙소. 하지만 나도 내 차를 가지고 와서……." 갑자기 그의 목소리가 흔들렸다. "텔도 저기 위에 있어요. 루드비히 바로 옆에. 여우가…… 여우 한 마리가 있었는데…… 그 여우란 놈이…….

그는 말을 잇지 못하고 한 손을 눈에 댄 채 감정을 절제하려고 애썼다. 피아의 시선이 보덴슈타인 반장의 당황한 눈빛과 마주쳤다. 그는 남에게 감정을 드러내 보이는 아버지의 모습이 창피한 것일까? 피아는 눈짓으로 딴 데 가 있으라는 신호를 보냈다. 보덴슈타인 반장은 그 말을 알아듣고 시체가 있는 쪽으로 천천히 걸어갔다.

"저기 위에 또 누가 있다고요?" 피아가 부드러운 목소리로 물었다. "여우가 뭘 어쨌는지 자세히 말씀해주시겠어요?"

보덴슈타인 백작은 힘없이 고개를 끄덕였다. 잡은 손을 통해 몸의 떨림이 전해졌다. 그는 한참 지나서야 겨우 입을 뗐다.

"거기 루드비히가 앉아 있더라고. 그 옆에는 텔이 쓰러져 있고. 루드비히의 개 말이오. 주변이 온통…… 피투성이였어." 그의 목소리가 곡예를 하듯 위험하게 흔들린다.

"미안하오." 그는 들릴락 말락 한 소리로 말하고는 다시 북받치는 감정을 절제하려 애썼다. 그러나 다음 순간 꾹꾹 누르고 있던 감정의 둑이 무너졌고 그는 결국 울음을 터뜨렸다. 피아는 친구를 잃은 충격으로 슬픔에 빠진 노인의 손을 꼭 잡아주었다.

✱

히르트라이터는 꽃잎이 거의 다 떨어진 옹이 진 벚나무 기둥에 기댄 채 죽어 있었다. 축축하게 젖어 머리에 달라붙어 있는 긴 백발이 아니었다면 보덴슈타인은 아버지의 오랜 친구를 못 알아볼 뻔했다. 얼굴이 있어야 할 자리에 살과 뼈가 뭉개져 피와 뒤범벅돼 있었기 때문이다. 다른 총알 하나는 그의 아랫도리를 못 알아보게 뭉개놓았다. 그 위로 벚꽃이 떨어져 히르트라이터의 시체는 마치 분홍색 염포(시체를 덮는 천_역주)를 덮은 듯했다. 바로 옆에는 커다란 회갈색 사냥개가 주둥이를 주인의 무릎에 댄 채 죽어 있는데, 총상 때문에 가슴팍이 반도 넘게 나갔다. 핏자국으로 미루어보아 죽어가면서도 주인 있는 곳으로 기어간 것 같다.

"흠, 정말 끔찍하네요. 반장님 아버지 너무 안됐어요."

보덴슈타인은 피아의 말에 대꾸하지 않고 한쪽 무릎을 굽히고 앉아 시체를 자세히 들여다보았다. "산탄총으로 한 5미터 근방에서 쏜 것 같아." 그는 최대한 중립성을 유지하려 애썼다. 아마 그에게는 히르트라이터의 시체보다 자제력을 잃은 아버지의 모습이 더 충격적이었을 것이다. 그는 아버지에게 어떤 위로의 말도 건네지 못한 채 언제나처럼 일 핑계로 자리를 피했다. 어쩌면 아버지도 그것을 다행으로 여겼는지 모른다. 보덴슈타인 집안에서는 약한 모습을 보이는 것이 허용되지 않으니까.

"우리 아버지 말이야…… 뭐라고 하셔?" 피아가 아무 말 없자 보덴슈타인이 물었다.

"별 말씀 안 하셨어요. 충격이 정말 크신 것 같아요. 반장님도 아는 사람이에요?"

"암, 알고말고." 보덴슈타인이 다시 몸을 일으키며 말했다. "루드비히 히르트라이터. 우리 아버지의 가장 친한 친구지."

그의 머릿속에는 자동적으로 어릴 적 기억이 떠올랐다. 그는 다른 형제들과 함께 라벤호프에 놀러 가곤 했는데, 루드비히 아저씨는 항상 재미있는 이야기를 들려주었고 엘피 아줌마는 맛있는 케이크를 구워주었다. 루드비히 히르트라이터는 아내가 죽은 후 심술궂은 고집불통 노인으로 변했다. 아버지마저도 친구의 거침없는 언행에 머리를 내두르곤 했다.

"가족에게 연락을 해야죠." 피아는 바람막이 점퍼의 지퍼를 올리며 말했다. 며칠간 여름같이 더운 봄 날씨가 이어지더니 오늘은 바람이 차다. 그녀는 한기가 느껴져 몸을 부르르 떨었다. 축축한 풀밭을 헤집고 다니느라 운동화가 다 젖었다. 어디선가 찬바람 한줄기가 불어와 히르트라이터와 텔의 시체 위로 다시 꽃비를 뿌렸다. 보덴슈타인은 집 쪽을 내려다보았다. 순찰차 한 대와 감식반을 태운 남색 버스가 농장 마당에 들어서고 있었다.

"내가 맡을게. 부인은 몇 년 전에 죽었어. 그러니까 자녀들한테만 연락하면 돼."

＊

피아는 긴 처마 밑 계단에 앉아 담배를 피우며 이슬비 내리는 것을 구경했다. 빗속에서 일하는 감식반 직원들의 컨디션은 거의 바닥을 쳤다. 보덴슈타인의 아버지는 차 열쇠를 피아 손에 쥐어준 후 순찰차에 몸을 실었다.

피아는 마당 한가운데 서 있는 커다란 말밤나무를 올려다보았다. 크리스토프가 이곳을 보면 뭐라고 할까? 많이 낡긴 했지만 조금만 손을 보면 쓸 만한 농장이다. 팀원들을 이끌고 시체를 보러 갔던 크뢰거 반장이 들판을 가로질러 다가왔다. 피아는 담배를 한 모금 더 빨았다.

"담배꽁초 아무 데나 버리지 마." 크뢰거가 잔소리를 하며 지나갔다.

"어젯밤에 잠 못 잤어요? 왜 이렇게 저기압이에요?" 피아는 신발 뒤축으로 담배꽁초를 눌러 껐다. 밤늦게까지 미리엄의 하소연을 들어주느라 그녀 역시 썩 좋은 컨디션이 아니다. "집 열쇠 찾으려는 거면 회양목 화분 밑에 있어요." 피아가 현관문을 살펴보는 크뢰거를 향해 말했다.

사람들은 정말 믿어지지 않을 정도로 찾기 쉬운 곳에 열쇠를 숨긴다. 도둑이 들어도 거의 주인의 과실이라고 해야 할 수준이다.

"고마워서 눈물이 날 것 같군." 크뢰거가 불퉁거렸다. 그때 프랑크푸르트 번호판을 단 은색 벤츠가 기세 좋게 마당으로 들어섰다. "별로 안 반가운 양반이 납시었군. 아프다더니 집에 있지 왜 나왔을꼬……."

"난 아주 반가운데요." 피아는 재킷 주머니에 담배꽁초를 집어넣고 차를 향해 성큼성큼 걸어갔다. 그리고 차가 완전히 멈추기도 전에 운전석 문을 홱 열어젖혔다.

"당신이 정신이 똑바로 박힌 사람이야? 대체 무슨 생각으로 그런 짓을 해?" 피아는 인사도 없이 헤닝을 몰아붙였다.

"안녕, 피아." 헤닝은 씩 웃으며 차에서 내리더니 피아를 얼싸안고 뺨에 입을 맞추었다. 잠을 못 잔 듯 피곤한 얼굴이지만 평생 안 하던 짓을 하는 것을 보니 기분이 무척 좋은 모양이다.

"미쳤어?" 피아는 깜짝 놀라며 그를 밀어냈다. "어제저녁부터 계속 전화했는데 전화는 왜 안 받아?"

"무슨 일 있어?" 헤닝은 피아의 거친 반응에 아랑곳하지 않고 천연덕스럽게 물었다. 피아는 기가 막혀 말이 나오지 않았다. 이 남자가 정신이 어떻게 됐나? 자식을 보더니 너무 좋아서 미리엄을 싹 잊어버렸단 말인가?

"전화 한 통화 받았다고 어떻게 그렇게 뢰블리히한테 쪼르르 달려갈 수가……."

"잠깐! 내 말 좀 들어봐." 헤닝은 피아의 말을 끊고 설명하기 시작했다. "그래, 병원에 갔어. 아기도 봤고. 하지만 아기가 나와서 기뻐서 그런 게 아냐. 내가 거기 가서 뭐했는지 알아? 아기 엄마 모르게 아기 머리카락 하나랑 구강점막까지 채취했다고."

그는 금방이라도 숨넘어갈 듯 웃어 젖혔다. 피아는 그가 정말 제정신이 아닐지도 모른다는 생각이 들었다. 그렇게 정신을 놓고 즐거워하는 모습은 본 적이 없다.

"그래서 오늘 새벽에 친자 확인 검사를 해봤어." 그가 비밀스러운 목소리로 속삭였다. 피아는 말문이 막혔다.

"그래서?"

"99.9퍼센트의 정확도로 내 자식이 아니야." 헤닝이 매우 만족스러운 표정으로 말했다.

"흠, 축하해. 그 대신 99.9퍼센트의 정확도로 미리엄을 놓쳤다는 것만 알아둬." 피아는 무미건조하게 말하며 허리춤에 손을 갖다 댔다. "어제저녁에 갑자기 우리 집에 와서는 밤새 눈이 빠지도록 울었어."

순간 헤닝의 얼굴에서 행복한 표정이 사라졌다.

"이런!" 그가 미처 생각하지 못했다는 듯 중얼거렸다.

"미리엄한테 전화를 해주거나 전화를 받거나 했어야지." 피아가 비난 섞인 말투로 덧붙였다.

크뢰거가 마치 제2의 피부처럼 몸에 딱 달라붙은 젖은 흰색 오버올 차림으로 다가왔다. 얼굴에는 짜증이 덕지덕지 붙어 있다.

"오늘 안에 안 끝낼 거요? 해 다 넘어가겠어." 크뢰거가 불친절하게 말했다.

"지금 얘기 중인 거 안 보여요?" 헤닝도 질세라 퉁명스러운 말투로 대꾸했다. "오늘 나보다 일찍 현장에 나온 걸 다행으로 생각해요. 설마 또 시체를 망쳐놓은 건 아니겠지?"

그 말을 들은 크뢰거의 표정은 더욱 볼 만하다.

"또라니 그게 무슨 소리요?" 그가 버럭 화를 냈다.

헤닝은 그의 반응을 무시하고 천천히 차 트렁크를 열었다.

"왜 지난번에 비 왔을 때 무식한 감식반이 시체를 비닐로 덮어놓는 바람에 시체 온도가 달라져버렸잖아요."

"무식한 감식반?" 크뢰거가 붉으락푸르락한 얼굴로 이를 갈 듯 헤닝의 말을 곱씹었다.

"아, 그만들 해요." 헤닝이 뭐라고 받아치려 하자 피아가 끼어들었다. "왜 애들처럼 싸우고 그래요?"

크뢰거는 콧김을 내뿜으며 머리를 절레절레 흔들었다. "피아, 그거 알아? 어떻게 저런…… 몰상식한 인간이랑 그렇게 오래 같이 살

왔는지 나한테는 정말 수수께끼야." 그는 그 말을 남기고는 휙 돌아서서 집 쪽으로 가버렸다.

"저 양반은 머리는 좀 돌아가는데 너무 원시적이야." 헤닝이 흰색 오버올을 껴입으며 말했다. "거기다 삐치기까지 잘하니 아주 고약한 조합이지."

피아는 말없이 그에게 눈을 흘겼다. 좀 변덕스러운 면이 있긴 하지만 피아는 서글서글하고 책임감 있는 크뢰거와 함께 일하는 것이 좋았다.

"미리엄한테 전화나 해." 그녀는 헤닝에게 한마디 쏘아붙이고 크뢰거의 뒤를 따랐다.

집 쪽으로 걸어가다 보니 빨강과 흰색 줄무늬 통제선 뒤에 왕관 모양의 로고가 그려진 빨간 승합차가 와서 서는 것이 보인다. 운전석 창문이 내려가더니 대머리 남자가 집 앞을 지키는 순경 한 명과 이야기를 나눴다. 벌써 히르트라이터가 죽은 게 소문이 나서 마을 사람이 구경을 온 것일까? 대머리 남자는 곧 차를 돌려 사라졌다. 조금 전 대머리와 이야기를 나눈 브라들 순경이 피아에게 다가왔다.

"키르히호프 형사님, 잠깐 시간 있으십니까?"

"무슨 일인데요?"

"방금 크로네 주인 쇼르쉬가 왔다 갔는데 말입니다. 왜 저기 아래 큰길에 크로네(독일어로 왕관이라는 뜻. 위에 등장한 차에 왕관 모양의 로고가 그려져 있는 것은 그 때문이다_역주)라고 술집 하나 있지 않습니까? 할 얘기가 있다는데 잠깐 내려가서 들어보시겠습니까?"

"잠깐만요. 집 안에 좀 들어가 보고요. 그런데 할 얘기가 뭐래요?"

"어제 히르트라이터가 크로네에서 누구랑 다툰 모양입니다. 그 일로 살해당한 거 아닌가 하더라고요."

169

"그래요?" 피아는 흥미롭다는 듯 눈썹을 추켜올렸다. "5분이면 돼요. 금방 나올게요."

*

그는 세면대 앞에 서서 작은 솔로 손을 문질렀다. 그러나 피부가 벌겋게 될 때까지 문질러도 역한 피 냄새는 가시지 않았다. 처음에는 좋아 보였던 부분이 이제 사사건건 눈에 거슬리는 것을 보니 리키와의 관계도 이제 끝이 보이는 것 같다. 일부러 꾸민 듯한 쾌활함과 상냥함도 지겹고, 잠시도 가만히 있지 못하고 일을 벌이는 활동성도 싫다. 그리고 무엇보다도 그녀에게 더 이상 성적으로 끌리지 않는다. 세상 모든 남자가 그녀를 섹시하게 여긴다고 해도 그에게는 더 이상 아니다. 1년 내내 구릿빛인 피부도 싫고(독일인은 구릿빛 피부를 부와 미의 상징으로 여기는 경향이 있다_역주) 탄력적인 몸매도 싫다. 어젯밤 분노와 질투에 눈이 멀어 그에게 달려드는 것을 보고는 그나마 남아 있던 정이 뚝 떨어졌다. 옷에 묻은 피와 흥분, 밤새도록 운전을 해서 잔뜩 긴장해 있는 상태에서 그녀가 공격해오자 그는 하마터면 반격을 할 뻔했다.

재니스는 뜨거운 물이 흐르는 수도꼭지를 잠그고 수건으로 손을 닦았다. 아직 할 일이 많다. 오늘 저녁 열리는 공청회에 시민단체 대표로 참석하게 됐기 때문에 완벽하게 준비해야 한다. 히르트라이터는 윈드프로의 보상금 제의를 비밀에 부침으로써 회장단의 신뢰를 잃었다. 스스로 화를 자초한 셈이다. 물론 그는 회장단의 결정을 순순히 받아들이지 않았다. 원래 그런 줄은 알고 있었지만 그렇게까지 자제력을 잃고 날뛰는 모습은 처음 보았다. 재니스는 거울 속의 자신을 향해 씩 웃었다. 히르트라이터는 어제 마땅히 받아야 할 벌을 받았다.

잠시 후 그는 차고에서 자전거를 꺼냈다. 비가 오지만 마음이 심란해서 좀 달려야 할 것 같다. 루퍼츠하인 방향으로 숲길을 내달리며 그는 니카에 대해 생각했다. 어젯밤 리키와 자면서도 니카를 떠올렸다. 그녀는 왜 그에게 진짜 이름을 말하지 않았을까? 무슨 비밀이 있기에 그토록 철저하게 과거를 숨기는 것일까? 그녀에 대해 궁금한 것이 너무 많지만 섣불리 행동해서는 안 된다. 니카는 바로 의심을 품고 꼭꼭 숨어버릴 것이다. 그녀가 숨어 지내는 데는 뭔가 피치 못할 사정이 있을 것이다. 그리고 그 가죽 가방 속의 내용물에도 타당한 이유가 있을 것이다. 정신없이 달리다 보니 자기도 모르는 새에 동물 보호소 앞에 와 있다. 자전거를 받쳐놓고 가게 안으로 들어가 보니 다행히 니카 혼자다.

"재니스, 조금 전에 프라우케가 백작님한테 전화를 받았는데 루드비히 아저씨가 어제 총에 맞아 죽었대!"

"뭐?" 재니스는 갑작스러운 충격에 가볍게 몸을 떨었다. "총에 맞았다고?"

"응, 오늘 아침에 백작님이 숲에 보초 교대하러 갔다가 발견했대. 너무 끔찍하지 않아?"

"내가 마음이 아프다고 하면 그건 거짓말이겠지. 그 일 때문에 오늘 공청회가 취소되면 안 되는데……."

"지금 제정신이야? 사람이 죽었는데 어떻게 그런 말을 할 수가 있어?" 니카가 믿기지 않는 듯 인상을 찌푸렸다.

그녀를 지나쳐 작은 사무실로 들어간 재니스는 의자에 앉아 빗방울이 뚝뚝 떨어지는 머리칼을 양손으로 쓸어 넘겼다.

"손이 왜 그래?" 뒤따라온 니카가 문가에 서서 물었다.

"알레르기." 재니스가 아무렇지도 않게 답했다. "봄에 가끔 생겨."

재니스는 의심쩍은 표정으로 그를 바라보고 서 있는 니카에게 네 비밀이나 말해보라고 하고 싶었다. 하지만 벌써 모든 카드를 다 보여서는 안 된다. 게다가 이런 상황에서 리키가 들이닥치기라도 하면 곤란하다.

"니카, 부탁이 있는데 나 좀 도와줄래?"

"내가? 뭘, 어떻게?" 니카가 깜짝 놀란 표정으로 되물었다.

"나무만 보다 보니까 더 이상 숲을 보지 못하게 된 것 같아. 어제 내가 보고 있던 평가서 기억나지?"

니카가 고개를 끄덕였다.

"윈드프로가 풍력발전 단지 사업 승인을 받는 데 결정적인 역할을 한 서류가 두 개 있어. 어제 본 게 그중 하나인데 8년 전 헤센 주 정부가 유로윈드라는 회사에 의뢰해서 받은 평가서와 완전히 달라. 우리 단체에서 따로 의뢰한 결과와도 다르고. 달라도 그냥 다른 게 아니야. 그 차이가 너무 확연해서 구린내가 풀풀 난다고."

"내가 해야 할 일이 뭔데? 난 그런 거 잘 모르는데."

거짓말쟁이. 재니스는 속으로 생각했다. 네가 모르면 세상에 아는 사람이 하나도 없겠다!

"몰라도 괜찮아." 재니스는 일부러 큰 소리로 대답했다. "서류를 서로 비교하면서 주요 수치를 보기 쉽게 따로 정리하기만 하면 돼. 그럼 내가 보고 어떤 부분이 어떻게 위조됐는지 알 수 있을 테니까. 윈드프로를 몰아붙일 수 있는 확실한 증거가 필요해. 꼭 좀 도와줬으면 좋겠어. 부탁이야!"

재니스는 머릿속에 떠오른 대로 말했다. 평가서를 읽을 줄 몰라서 남의 도움이 필요한 것은 아니지만 니카에게 이 일을 시키는 것은 좋은 생각인 것 같다.

"웨일즈대학 기후연구소와 독일기후연구소 디르크 아이젠후트 박사가 작성한 걸 비교해줘."

아이젠후트의 이름이 나오자 니카의 눈이 불안하게 빛났다. 그것을 본 재니스는 더 이상 의심의 여지가 없음을 확신했다. 그는 이 상황을 자신의 목적을 위해 써먹을 생각뿐이다.

"타이센의 목적은 오직 돈이야. 풍차가 돌아가든 안 돌아가든 그런 것엔 털끝만큼도 관심이 없어." 재니스는 목소리를 낮춰 은밀하게 말했다. "뇌물을 열심히 갖다 바친 덕에 높은 데까지 끈이 닿아 있긴 하지만 난 다 알아. 정재계에 인맥 쌓는 일이 바로 내가 거기서 한 일이거든. 내가 말이지……."

"알았어." 니카가 얼른 그의 말을 끊으며 대답했다. "언제까지 하면 돼?"

재니스는 그녀가 드디어 미끼를 물었다는 생각에 흐뭇해졌다.

그때 가게 문에 달린 종이 울렸다.

"오늘 공청회 전까지 할 수 있겠어?" 그가 재빨리 물었다.

"해볼게. 이따 1시 반에 집에 가서 줄게." 그녀는 그렇게 말하고 가게로 나갔다. 검정색 아우디가 마당에 들어서고 있었다. 리키다. 여기 온 걸 리키에게 들켜서 좋을 건 없다. 재니스는 얼른 니카를 앞질러 가며 공모자의 윙크를 보냈지만 니카는 못 본 척했다. 밖으로 나온 재니스는 심호흡을 한 번 한 다음 자전거에 올랐다. 완벽해! 니카의 도움으로 타이센과 졸개들에게 본때를 보여주는 거야. 그것도 아주 확실하게!

173

*

외투, 신발, 헌 신문지, 공병이 여기저기 쌓여 있는 현관에 들어서
니 오랫동안 환기하지 않은 듯 퀴퀴한 냄새가 코를 찌른다. 타일이
깔린 복도 바닥은 너무 더러워서 원래 무슨 색깔이었는지 구분조차
안 되고 창문은 한 10년 동안 안 닦았는지 불투명 유리가 다 됐다.
사망자의 신변을 알기 위해서는 어쩔 수 없는 일이지만 피아는 타인
의 사적 공간을 뒤지는 일이 매번 꺼림칙했다. 게다가 상상을 초월
하게 지저분한 집을 보니 더욱 내키지 않았다. 몇 년 전 납치당했을
때 자신의 집이 수색당한 이후, 피아는 청결과 정리정돈에 무척이나
신경을 썼다. 모르는 사람들이 내 집에 들어와 지저분한 속옷을 들
춰 보며 인상을 찌푸리고 나중에 자기들끼리 쑥덕거릴 거라고 생각
하면 끔찍하기만 했다.

"어떻게 이런 데서 살 수 있었지?" 보덴슈타인이 충격 받은 표정
으로 말했다. "옛날에는 바닥에 떨어진 걸 주워 먹어도 될 정도로 깨
끗했는데……. 엘피 아줌마가 죽고 나서 아저씨 상태가 생각보다 심
했던가 봐."

웬만한 일에는 감정의 동요를 보이지 않는 보덴슈타인의 말에 피
아는 조금 의아했지만 아무 대꾸 없이 계속 걸음을 옮기며 방을 하
나씩 둘러보았다. 거실은 잡동사니들이 점령하고 있어서 빈 곳이 보
이지 않을 정도다. 소파 테이블 위에 빈 잔 두 개가 놓여 있고 장식
장 문 한 짝이 활짝 열려 있다. 밤에 손님이 왔던 걸까?

"반장님, 이것 좀 보세요. 이게 뭘까요?"

피아가 구식 텔레비전 옆을 가리켰다. 일종의 금속 링인데 작은
그네 같은 것이 매달려 있고 그 아래에 깔린 헌 신문지 위에는 새똥

이 가득하다.

"후긴을 집 안으로 데려왔었군." 보덴슈타인이 머리를 내두르며 한숨을 쉬었다. "옛날에는 개들이랑 같이 철창 속에서 살았거든."

"누구요?"

"후긴. 까마귀 이름이야. 오딘의 어깨에 앉아 있었다던 두 마리 중 하나의 이름을 딴 거야." 보덴슈타인의 얼굴 위로 살며시 미소가 스쳤다. "루드비히 아저씨는 북유럽신화를 아주 잘 알았어. 우리가 놀러 오면 언제나 이야기보따리를 풀어놓곤 했지. 그래서 우리 집 개들도 이름이 프레야와 펜리스(북유럽신화에 등장하는 풍요의 여신과 늑대_역주)였어."

피아는 까마귀가 집 안에 산다는 말에 그다지 놀라지 않았다. 수사를 하면서 별의별 것을 다 봐온 그녀에게 애완 까마귀는 사실 별 것도 아니다.

빈 방 하나에는 파지, 공병, 헌 옷가지가 든 커다란 쓰레기봉투가 여러 개 쌓여 있었다. 아내가 죽은 후 혼자 살림하는 것이 힘에 부쳤던 흔적이 역력했다. 침실 역시 정리되지 않아 엉망이고 한때 흰색이었을 이불 커버는 누렇게 색이 바래고 때가 절었다. 오줌 냄새가 심하게 나는 욕실에는 몇 달치 빨래인지 모를 빨래가 욕조 안에 가득하고 이가 나간 세면대에는 시꺼멓게 때가 끼어 있다. 역시나 지저분한 부엌에는 빈 와인병과 물병이 여기저기 산더미처럼 쌓여 있다.

"편지도 제대로 확인 안 했나 보네."

피아는 식탁 위에 쌓인 편지봉투 더미를 들춰 보았다. 뜯지도 않은 편지가 많다. 냉장고도 곰팡이 천지에 더럽기 짝이 없고 찬장 안 상태도 마찬가지다. 기름 자국으로 끈적끈적해진 조리대 위에는 쥐똥이 널려 있고 천장은 거미들이 점령했다.

"반장님! 피아!" 복도에서 크뢰거가 부르는 소리가 났다. 피아는 편지 더미를 비닐 봉투 안에 넣어 가지고 옆방으로 갔다. 상장, 트로피, 사슴, 노루, 산양 따위의 뿔 수십 개가 뿌옇게 먼지를 뒤집어쓴 채 벽을 빼곡히 채우고 있다.

"이게 다 뭐예요?" 피아가 놀라서 외쳤다.

"수렵실이야." 옆에서 보덴슈타인이 말했다. 그리고 크뢰거를 향해 물었다. "왜 불렀어?"

"이 무기들 좀 봐요. 이거 하나는 엄청 깨끗하게 관리했네요." 감식반장 크뢰거가 무기 진열장을 가리켰다. "문짝에다 리스트를 붙여 났는데 내가 잘못 본 게 아니라면 총 세 정이 비어요. 모제르98, 크리크호프 트룸프에서 제조한 7×57구경짜리 드릴링, P226 SIG요."

"드릴링이 뭐예요?"

피아의 질문에 크뢰거는 강력반 형사가 그런 것도 모르냐는 표정으로 머리를 절레절레 흔들었다.

"총신이 세 개인 사냥용 총이야. 크리크호프 트룸프에서 구경이 다른 총신 여러 개를 조합해 만들지."

"그거 맞으면 한 방에 가는 거야." 보덴슈타인이 옆에서 말했다.

*

라벤호프에서 마을로 내려가는 짧은 시간 동안 이야기를 해보니 알로이스 브라들 순경은 이 마을의 확실한 소식통이었다. 엘할텐 토박이인 그는 히르트라이터 집안 사람들의 뿌리 깊은 적개심에 대해서도 잘 알았다. 이미 오래전에 아버지에게 등을 돌린 두 아들은 마을을 떠난 후 단 한 번도 얼굴을 비치지 않았는데, 약 2주 전부터는 그들을 봤다는 사람이 속출했다고 한다. 그들의 출현은 파펜비제 보상금에 대한 소문과 함께 빠르게 구설수에 올랐고 바로 마을의 화젯거리가 되었다.

딸인 프라우케는 권위적인 아버지 밑에서 자라면서 마음고생을 많이 했다. 마을 사람들에게 그녀는 불쌍한 어머니와 함께 동정의 대상이었다. 브라들 순경은 마지막으로 극도로 수상한 정보를 토해 냈는데, 그의 사촌의 처남의 누나가 어젯밤 라벤호프로 차를 몰고 가는 프라우케를 봤다는 것이다. 그리고 프라우케는 학교 다닐 때 사격 선수였는데, 헤센 주와 전국 대회에서 우승한 경력이 있는 유망주였다. 물론 총기 소지 허가증과 수렵 자격증이 있다. 마티아스, 그레고어, 프라우케의 주소지는 브라들도 몰랐지만 그건 보덴슈타인이 아버지에게 물어보면 알아낼 수 있을 것이다.

크로네에 도착한 브라들은 빨간 승합차 뒤에 순찰차를 세웠다. 뒷문으로 들어가니 오래된 기름 냄새가 생선 냄새에 섞여 공기 중에 떠 있다. 바닥의 타일이 다 깨진 좁은 복도를 지나니 가게로 들어가는 문이 보였다. 그때 열린 냉장실 철문으로 냉매의 하얀 안개와 함께 샐러드 박스를 든 작고 깡마른 여자가 뒷걸음질로 나왔다.

"어이, 헤르다! 쇼르쉬는 어딨어요?"

"아, 브라들! 루드비히 봤어? 백작 양반이 쇼르쉬한테 그랬다는데 아주 끔찍하게 죽었대. 그리고 개까지 죽였다면서?"

짧은 회색 머리에 입가엔 솜털이 수북하고 얼굴에 홍조가 심한 예순 언저리의 여자가 수다스럽게 떠들기 시작했다.

"흠, 흠." 브라들이 일부러 헛기침을 하며 눈치를 주자 여자는 금방 알아듣고 피아를 흘긋거렸다.

피아는 나중에 브라들에게 수사 중인 사건에 대해 발설하지 말아야 할 의무를 상기시켜야겠다고 생각했다. 이상한 말이 돌기 전에 어서 소문이 퍼지는 것을 막아야 한다.

"안녕하세요? 남편 분은 어디 계세요?" 피아가 물었다.

여자는 말없이 고갯짓으로 건물 안쪽을 가리켰다.

"먼저 가시죠." 피아는 브라들이 또 다른 정보를 흘리지 못하도록 그를 앞장세웠다. 아까 그 대머리 남자가 바 뒤에 서 있었다.

"바로 이분이 제가 말한 사람입니다. 원래 이름은 게오르크 킬프인데 우리끼리는 그냥 킬베 쇼르쉬라고 부릅니다." 브라들이 식기세척기에서 그릇을 꺼내 찬장에 집어넣고 있는 남자를 소개했다.

킬프는 소시지처럼 살진 손가락을 주방 수건에 닦으며 의심스러운 표정으로 피아를 아래위로 훑어보았다.

"진짜 형사 맞아요?" 왠지 실망한 듯한 말투다.

"네, 피아 키르히호프 경사입니다. 신분증 보여드릴까요?"

"아, 아니에요. 못 믿겠다는 건 아니고." 그는 수건을 어깨에 걸친 후 천천히 소매를 걷었다. "뭐 마실 것 좀 드릴까?"

"아니요, 괜찮아요." 피아는 애써 미소를 지으며 달아나려는 인내심을 붙잡았다. "브라들 순경 말로는 할 얘기가 있으시다고요?"

"예, 그러니까 그게 어떻게 된 거냐면……." 그는 먼저 누가 누구를 어떤 경위로 아는지 쓸데없이 길게 설명했다. "아까 백작 양반이 전화를 해서 루드비히가 죽었다고 합디다. 총에 맞아 죽었다고요."

킬프는 눈을 반짝이며 피아가 그의 말을 확인시켜주기를 바라는 눈치다. 그러나 피아는 동네 술집 주인에게 수사 중인 사건의 정보를 제공할 생각이 전혀 없었다. 바에 오는 손님들에게 다 떠들어댈 텐데 차라리 고양이에게 생선 가게를 맡기지.

"내 말은 다른 게 아니라 이 동네 사람치고 루드비히 그 양반하고 한 번쯤 부딪치지 않은 사람이 없다니까. 오죽하면 친자식들하고도 상종을 안 했겠어?"

"이제 본론으로 들어가시죠." 브라들이 술집 주인을 재촉했다. "동네 이야기를 형사님한테 다 할 필요는 없잖습니까?"

"뭐, 그렇지." 술집 주인은 여전히 느긋한 태도로 말을 이었다. "그래서 내가 어제 우리 가게에서 있었던 일을 형사님한테 얘기해야 하지 않을까 하고 생각을 했다는 겁니다."

피아는 어서 말하라는 뜻으로 크게 고개를 끄덕였다.

"아, 그 시민단체 사람들이 풍력발전 단지인지 뭔지 때문에 회의를 하러 왔다는 거 아닙니까. 저 앞에 큰 탁자에 죽 앉았어요. 그런데 루드비히, 그러니까 히르트라이터 그 양반이 쾨니히슈타인에서 온 남자랑 싸움이 붙었어요. 아주 심각했다니까. 서로 소리를 버럭버럭 지르면서 싸우는데 또 그 남자 부인인지 애인인지까지 끼어들어서 아주 파투가 나버렸어."

"쾨니히슈타인에서 온 남자라고 하셨는데 누구를 두고 하는 말씀이죠?"

"자세히는 몰라. 이름이 아주 복잡해. 무슨 외국 말이 들어간 이름인데……." 게오르크 킬프는 미간에 주름을 잡으며 어깨를 으쓱했다.

제보를 한다면서 경찰의 따끈따끈한 정보를 빼내려는 수작인가 하고 의심했던 피아는 게오르크 킬프의 말에 점점 호기심이 생겼다.

"혹시 재니스 테오도라키스를 말씀하시는 건가요?"

"맞아, 그런 이름이었어. 테오도라키스!" 억지로 생각해내느라 벌겋게 달아올랐던 킬프의 얼굴이 환해졌다. 그는 바 위로 살진 얼굴을 바짝 들이대면서 비밀스럽게 말했다. "나쁜 놈, 죽일 놈 하면서 심한 욕설이 왔다 갔다 했어. 한참 싸우다가 그 토라키스인가 하는 사람이 어디 두고 보자면서 막 소리를 지르더라고. 나 같은 촌무지렁이가 뭐 중요한 건지 아닌지 알겠어? 그냥 본 거니까 경찰한테 얘기를 해야겠다 싶었던 거지."

그는 그 두꺼운 팔뚝으로 팔짱을 끼더니 자신이 한 말을 강조하려는 듯 크게 한 번 고개를 끄덕였다.

"고맙습니다, 킬프 씨." 피아가 미소를 지으며 말했다. "말씀하신 내용은 자세히 조사해보도록 할게요. 그게 몇 시쯤이었는지 혹시 기억나세요?"

"9시 45분쯤 돼서 토라키스랑 여자는 갔고 다른 사람들은 남았어. 다른 사람들이 간 다음에도 백작 양반이랑 루드비히는 한 10시 반까지 남아 있었지."

이것만으로도 큰 성과다! 새로 시작된 퍼즐 게임에서 시간적 단서가 드러났다. 부검 결과가 나오면 더 정확한 범행 시각을 알 수 있을 것이다.

*

보덴슈타인과 피아가 백작을 발견했을 때 그는 마구간을 쓸고 있었다. 이제는 다른 사람이 맡아 하는 일이지만 충격을 잊기 위해 일에 매달리는 것 같았다.

"아버지, 루드비히 아저씨네 자식들 다 어디에 사는지 아세요?"

"그레고어는 글라스휘텐, 마티아스는 쾨니히슈타인, 프라우케는 동물천국에서 먹고 자고 해." 백작은 일손을 놓지 않은 채 말을 이었다. "쾨니히슈타인 키르히 가에 있는 애견 센터인데 재니스 여자친구가 하는 가게야. 난······."

"누가 하는 가게라고요?" 보덴슈타인이 놀라서 아버지가 쓰는 길을 막아섰다.

"리키. 재니스의 여자친구."

"아니, 아버지! 그걸 왜 여태 말 안 하셨어요?"

"내가 뭘 말을 안 했다는 거냐?" 백작은 멀뚱하게 아들의 얼굴을 쳐다보았다.

"나, 참! 월요일부터 테오도라키스를 찾고 있는 거 모르셨어요? 알고 계시면 말씀을 해주셨어야죠." 보덴슈타인의 말에는 비난이 섞여 있었다.

"네 일은 네가 알아서 해. 그리고 너 나한테 재니스에 대해서 물은 적 없었다. 마저 쓸어야 하니까 저리 비키렴."

보덴슈타인은 빗자루 손잡이를 잡으며 아버지를 막았다.

"아버지, 부탁이에요." 보덴슈타인이 애절하게 말했다. "뭔가 아시는 게 있으면 저한테 말씀을 하셔야 해요!"

"아는 거 없다." 백작이 차갑게 대꾸했다. "빗자루나 놔."

"안 돼요. 먼저 저한테 말씀을······."

"테오도라키스의 여자친구가 어디 사는지는 아세요?" 피아가 재빨리 끼어들었다. 안 그러면 부자간에 싸움이 날 판이다.

"한 번 가본 적이 있긴 한데 주소는 모르겠구려. 집은 슈나이트하인이지만 낮에 가게에 가면 만날 수 있을 거야."

"고맙습니다." 피아가 웃으며 말했다.

"아, 그러고 보니 어젯밤 일이 하나 생각나는군." 백작은 아들을 싹 무시하고 피아에게 말했다. "루드비히랑 크로네에 좀 늦게까지 남아서 한잔 더 했는데 집에 가려고 밖에 나오니까 어떤 남자가 기

다리고 있다가 루드비히한테 말을 걸었어. 그래서 원래는 내가 태워
다 주기로 했는데 그냥 왔지."

이것이 첫 번째 단서일까?

"아버지도 아는 사람이었나요?" 보덴슈타인이 물었다. "인상착의
는 어땠어요?"

"아니, 모르는 사람이었다. 인상착의도 뭐라고 말할 수가 없구나."
백작은 천천히 고개를 저었다.

보덴슈타인은 점점 화가 치밀었다. 겉으로는 괜찮은 척하지만 아
직 쇼크 상태인 아버지를 이해하지 못하는 것은 아니다. 끔찍한 일
을 당한 다음이라 지금은 기억이 마비됐지만, 시간이 지나면 마비가
풀리고 자연스럽게 기억이 돌아올 것이다.

"그런데 그 남자가 어디에서 기다리고 있었어요?" 피아가 부드럽
게 물었다.

"흠." 백작은 빗자루 기둥에 팔을 걸치고 기억을 더듬었다. "크로
네에서 나와 주차장으로 갔어. 내 차가 뒤쪽에 있어서 한참 걸어가
서 문을 열고 차에 탔는데 루드비히가 따라오지 않더라고. 룸미러로
보니까 길가에 서서 어떤 남자랑 얘기하고 있었어. 난 차를 그쪽에
대고 창문을 내렸어. 그랬더니 처리해야 할 일이 있다면서 먼저 가
라고 하더군. 집에는 걸어서 가겠다고……. 그게…… 그게 루드비히
의 마지막 모습이야."

백작의 얼굴이 고통으로 일그러졌다. 피아는 그가 평상심을 되찾
을 때까지 기다렸다.

"히르트라이터 씨의 표정은 어땠나요? 그 남자에게 위협받고 있
는 것 같았나요?"

"아니, 전혀 그렇지 않았어. 오히려 결연한 표정이었지."

"처리해야 할 일이 있다고 했다 하셨는데, 정확히 그렇게 말한 게 맞나요?"

백작은 미간을 찌푸리며 생각에 집중했다. 그리고 잠시 후 고개를 끄덕였다.

"혹시 뭔가 평소에는 안 보이던 거, 예를 들면 못 보던 자동차 같은 거 보신 거 있어요? 한번 잘 생각해보세요. 가끔은 의식은 인지하지 못하는 걸 무의식이 기억하기도 하거든요."

"밤이고 술을 좀 마신 상태라……."

"그런데 운전을 하신 거예요?" 보덴슈타인이 아버지의 말을 끊고 끼어들었다. 피아는 그의 정강이를 힘껏 걷어차고 싶은 심정이었다. 아무리 아버지라도 진술할 의지가 있는 증인의 말을 그런 식으로 끊는 것은 초보자도 하지 않는 실수다.

"아, 그게 말이다. 슈납스(소주와 비슷한 독일 술_역주) 세 잔에 맥주 두 잔이었어. 그 정도는 괜찮아." 보덴슈타인 백작이 멋쩍게 웃었다. 주차장에서 기다리던 남자를 기억하려던 의지는 어느새 사라졌다.

"혈중 알코올농도 최소 1.3프로마일이에요. 그게 괜찮은 거예요?" 흥분한 보덴슈타인이 언성을 높였다. "그 집 주인한테 한마디 해야겠어요. 손님한테 그만큼 술을 팔았으면 적어도 택시는 불러줘야죠!"

"올리버, 그렇게 샌님같이 굴지 마라."

"제가 왜 샌님이에요?" 보덴슈타인이 격하게 받아쳤다. "만약 음주 단속에 걸렸으면 면허취소예요. 아버지 나이에 면허 다시 따는 게 어디 쉬운 일인 줄 아세요?"

"그 만약이라는 말 좀 그만해라! 실제로는 아무 일도 일어나지 않았잖니?"

"경찰 아들을 두면 이렇다오." 답답한 듯 고개를 돌리다 피아와 눈이 마주친 백작이 멋쩍게 말했다.

"저도 경찰인걸요." 그녀가 눈을 찡긋하며 웃었다.

"어쨌든 그 남자에 대해서 잘 한번 떠올려보세요." 보덴슈타인이 피아를 흘겨보며 말했다. 피아가 아버지와 죽이 잘 맞는 것이 영 마음에 안 드는 표정이다. "그 얘긴 오늘 저녁에 다시 하자고요."

"오늘 저녁엔 네 어머니랑 같이 엘할텐에서 열리는 주민 공청회에 갈 거다." 백작은 다시 지푸라기를 쓸어내며 말했다. "거기 갔다 와서 얘기해보자. 그때도 얘기하고 싶은 생각이 든다면 말이다."

"어련하시겠어요! 당연히 아버지한테 맞춰야죠." 보덴슈타인은 휙 돌아 걷기 시작했다.

"아, 참. 올리버!" 백작이 이미 문 앞에까지 간 아들을 불러 세웠다. "너한테 허락은 안 받았다만 내가 그레고어, 마티아스, 프라우케한테 전화해서 소식을 알렸다."

보덴슈타인은 그 자리에 멈춰 서서 속으로 열까지 센 후 천천히 아버지를 향했다. "잘하셨네요, 아버지. 아주 잘하셨어요." 그는 화를 내지 않으려고 무진 애를 썼다. "크로네 주인한테도 바로 알리셨던데요? 그 밖에 또 누구한테 알리셨어요? 신문사랑 방송사에는 안 알리셨어요?"

보덴슈타인은 금방이라도 폭발할 태세다.

"내가 뭘 또 그렇게 큰 잘못을 했니?" 백작이 황당하다는 듯 아들을 쳐다보았다.

"아무 잘못도 안 하셨어요." 보덴슈타인이 불퉁거리며 휴대전화를 빼들었다. "피아, 어서 서둘러. 그동안 무슨 핑계를 생각해낼지 몰라."

＊

리키가 작업실로 쓰는 헛간 지붕 위로 빗물이 규칙적인 소리를 내며 떨어졌다. 날씨 한번 더럽게 좋군. 그것도 5월 중순에! 마르크는 열린 문 밖을 내다보다가 휴대전화를 꺼내 리키에게서 문자가 왔는지 확인했다. 리키가 약속을 잊어버린 걸까? 벌써 10시 반인데……. 그는 급히 리키를 만나 이야기를 하고 싶었다. 하지만 가게로 갈 수는 없었다. 시내에서 선생님이나 어머니를 만나면 땡땡이쳤다는 게 들통 나기 때문이다.

그는 이어폰을 끼고 아이팟의 트랙 리스트에서 지금 분위기에 맞는 노래를 골랐다. 그래! 블러드하운드 갱의 〈아이 호프 유 다이I hope you die〉. 오래됐지만 죽이는 노래지. 그는 등받이 없는 의자에 앉아 다리를 문틀에 올리고 인적 없는 거리를 내다보았다. 귓속에서는 베이스기타 소리가 고막을 찢을 듯 울려 퍼진다.

재니스는 이런 음악, 아니 이보다 더한 것도 듣는다. 그의 방에 가면 이런 CD가 한 벽을 가득 채우고 있다. 마르크도 그를 통해 헤비메탈과 하드록을 좋아하게 됐다. 기타 솔로와 베이스와 드럼의 강렬한 연주를 듣고 있으면 뭔가 다른 느낌이 든다. 맥박이 빨라지고 피가 요동치고 강해지는 느낌, '쿨'해지는 기분이 든다. 세상 누구도 나를 건드릴 수 없을 것만 같다. 주다스 프리스트의 〈브레이킹 더 로Breaking the law〉가 흐르고 있을 때 리키의 차가 커브를 도는 것이 보였다. 자동차 소리를 듣지 못한 마르크는 벌떡 일어나며 이어폰을 잡아 뺐다. 리키를 보자 심장이 벌렁거렸다.

"안녕, 리키. 꼭 해야 할 말이……."

리키의 어두운 표정을 본 그는 말끝을 흐렸다. 리키는 유령이라도 본 사람처럼 얼굴이 창백하고 눈 밑에 짙은 그늘이 져 있다.

"루드비히 아저씨가 죽었어." 리키는 떨리는 목소리로 말하며 거칠게 숨을 몰아쉬었다. "어젯밤에…… 총에 맞았대."

다음 순간 마르크가 꿈에도 상상하지 못한 일이 일어났다. 절대 무너질 것 같지 않던 리키가, 그 강한 리키가 울면서 그의 품으로 달려든 것이다. 그는 마치 유리라도 되는 것처럼 조심스럽게 그녀의 어깨를 쓰다듬었다. 그녀는 그의 가슴에 얼굴을 묻고 엉엉 울었다. 그의 머릿속에서는 별의별 생각이 다 들고 롤러코스터를 타듯 춤추던 감정은 아랫도리에서 뜨겁게 폭발했다. 리키는 곧 그에게서 떨어졌다.

"미안해." 그녀는 손등으로 눈물을 닦았다. 아이라이너와 마스카라가 검은 물줄기를 이루며 뺨을 타고 흘렀다. "충격이 너무 컸나 봐. 내가 막 출발하려는데 프라우케가 그 전화를 받았어."

그녀는 주머니에서 휴지를 꺼내 코를 풀었다. 마르크는 그녀를 쳐다보지 않으려고 애썼다. 조끼 모양의 코르셋이 어깨에서 흘러내려 브래지어 끈이 드러났는데, 섹시한 구릿빛 어깨에 걸쳐진 새빨간 끈이 그를 심하게 자극했기 때문이다.

"……내일 하자, 알았지?"

"뭐…… 뭘요?" 마르크는 넋을 놓고 있다가 리키의 말에 화들짝 놀랐다.

"트랙 장애물은 내일 놓자고." 리키는 어느 정도 기운을 차렸는지 미소를 지었다. 마르크에게 어떤 변화가 일어났는지 전혀 눈치채지 못한 표정이다. 마르크는 멍한 표정으로 고개만 끄덕였다. 그녀는 머리 모양을 바로잡으며 결심한 듯 말했다. "다른 사람들한테 전화를 해봐야겠어. 이제 루드비히 아저씨도 없는데…… 오늘 저녁에 어떻게 할 건지 의논을 해야지."

그녀의 말이 먼 곳에서 들리는 소음처럼 귓가를 스치고 지나갔다. 그의 눈앞에는 빨간색 브래지어 끈이 어른거리고 그녀의 향기와 그의 가슴에 와 닿던 따뜻한 살의 감촉만이 느껴졌다.

"고마워, 마르크." 그녀가 한 손을 그의 뺨에 대며 말했다. "네가 있어서 정말 다행이야! 그럼, 나중에 보자."

그녀는 인사로 그의 뺨에 입을 맞춘 후 밖으로 나갔다. 곧 자동차 시동 거는 소리가 났다. 그는 그녀가 사라지는 모습을 멍하니 바라보았다. 입안이 바짝 마르고 얼굴이 화끈 달아올랐다. 이렇게 강하게 발기한 적은 없었다. 리키는 좋은 친구일 뿐인데 그가 정신이 나간 걸까? 그는 자신의 욕망이 부끄러워 견딜 수 없었다.

'네가 있어서 정말 다행이야!' 마르크는 리키의 말을 떠올리며 아이팟을 다시 켰다. 어지럼증이 일었다. 그는 비틀거리며 빈 마구간으로 들어가 바지를 내렸다. 리키를 품에 안다니! 아직도 뺨에 남아 있는 듯한 그녀의 향기, 구릿빛 어깨에 드러난 빨간 브래지어 끈……. 강한 수치심이 밀려들었지만 멈출 수가 없었다. 그는 무릎에서 힘이 빠지는 것을 느끼며 벽에 등을 기댔다. 그리고 파도처럼 밀려드는 환희의 물결을 즐겼다. 더 이상 수치심은 느껴지지 않았다.

∗

흰색 천장, 고동색 나무판으로 장식된 벽면, 붉은 기가 도는 타일 바닥에 길게 깔린 카펫, 건물 전체에 흐르는 정적. 부검실에 한 번도 가본 적이 없는 프라우케는 차갑고 딱딱한 분위기에서 녹색 가운과 고무장화 차림으로 일하는 무표정한 얼굴의 의사들을 떠올렸다. 왠지 주눅이 들기도 하고 신기하기도 했다. 법의학연구소로 쓰이는 오래된 빌라 건물은 커다란 나무들 사이에서 이슬비를 맞으며 서 있었다. 외관부터가 신비롭고 고풍스러운 매력을 풍기고 으스스한 것이 어쩐지 영국적인 느낌이다. 프라우케는 영국을 좋아한다. 로자먼드 필처(로맨틱한 소설을 주로 쓰는 영국 태생의 여성 소설가_역주)의 팬이고, 영국에서 살고 싶다는 꿈을 꾼 지도 오래됐다. 이제 곧 그 꿈이 이루어질 것이다. 다른 형제들과 함께 복도에서 기다리는 동안 프라우케는 머릿속에 자신의 미래를 그려보았다. 콘월 근처 바닷가에 자그마한 집을 사는 것이다. 100만 유로면 평생 일을 안 해도 될 것이다. 그레고어의 휴대전화가 울렸다. 그는 약간 떨어진 곳으로 가서 전화기에 대고 뭐라고 속삭였다.

"도대체 얼마나 더 기다려야 하는 거야?" 마티아스가 초조한 듯 거듭 시간을 확인했다. "처음에는 정신없이 불러내더니 이제는 또 마냥 기다리게 하는군. 4시에 중요한 약속이 있는데."

이 말은 벌써 열 번도 더 했다. 이번에는 마티아스의 휴대전화가 울렸다. 프라우케는 전화기를 붙잡고 있는 오빠와 남동생 사이에 서서 혼자만의 생각에 빠졌다. 그녀는 너무나 오랫동안 나약하고 게으르게 살아왔다. 그러나 어제 이후로 모든 것이 달라졌다. 그녀가 그녀 인생의 주인이 된 것이다. 말할 수 없이 좋은 느낌이다.

부모님 집으로 다시 들어가야 했을 때 그 패배감이란 이루 말할 수 없었다. 홀로서기에 실패했다는 뜻이었으므로 더욱 그러했다. 그리고 어머니가 돌아가실 때까지 2년간 힘들게 간병을 했다. 그러다 막상 어머니의 장례를 치르고 나니 할 일도 없고 수입도 없는 막막한 처지가 되었다. 그때 쾨니히슈타인 지역신문에서 발견한 리키의 구인 광고는 그녀에게는 한 줄기 빛과 같았다.

그녀는 바로 일자리를 얻었고, 아버지는 모진 말로 그녀를 욕했다. "그래, 너한테는 거기가 딱 맞다. 코끼리가 동물천국에 있어야지 집에 있으면 되겠냐. 하마! 뚱보 코끼리!" 그러나 그녀도 이번에는 당하고만 있지 않았다. 난생 처음으로 아버지에게 대들며 주워 담을 수 없는 말을 내뱉었다. 그리고 바로 그날 저녁 라벤호프를 떠나 비어 있던 리키의 가게 숙소로 들어갔다.

무거운 나무 문이 벌컥 열리더니 올리버 폰 보덴슈타인이 층계를 올라왔다. 어릴 때는 함께 놀기도 했지만 이미 오래된 옛날 이야기다. 그를 말수 적은 말라깽이 소년으로 기억하고 있던 그녀는 세월이 비껴간 듯한 그의 멋진 모습에 감탄했다.

"프라우케! 오랜만이야. 다들 이렇게 빨리 나와 줘서 고마워. 상심이 크지?" 그의 눈빛과 말 속에는 진심이 담겨 있다.

"고마워, 올리버. 이런 일로 다시 만나게 돼서 유감이야." 프라우케는 말 끝머리에 살짝 미소를 지으려다 참았다. 아버지가 살해당한 지 몇 시간 안 됐는데 웃는다는 것은 말이 안 된다. 보덴슈타인은 그레고어와 마티아스에게도 조의를 표했다.

"이쪽으로 와." 보덴슈타인은 이렇게 말하며 앞장을 섰다. 그리고 지하로 통하는 계단을 향해 성큼성큼 걷기 시작했다.

"우리를 여기 오라고 한 이유가 뭐야?" 마티아스가 항의했다.

"다 이유가 있어." 보덴슈타인이 무표정하게 뒤를 돌아보았다.

그레고어는 그에게 비웃음이 담긴 시선을 던지고는 동생을 재촉했다. "가자. 난 빨리 끝내고 여기서 나가고 싶어."

잠시 후 그들은 프라우케의 상상과 거의 일치하는 부검실에 서 있었다. 이상한 기분이 들었다. 여기서 대체 뭘 하라는 거지? 이미 신원이 확인된 시체를 굳이 다시 확인해야 할 필요가 있을까? 금속

재질의 들것이 들어오고 등 뒤에서 보덴슈타인의 시선이 느껴지자 프라우케는 몸을 부르르 떨었다. 모두 침묵했다. 고무장화는 신지 않았지만 실제로 녹색 가운을 입은 사람이 시체를 덮고 있던 녹색 천을 살짝 걷었다.

'아버지 얼굴이 없어졌네'라고 프라우케가 생각하는 사이 마티아스는 우욱 하며 밖으로 뛰쳐나갔다.

"아주 확실하게 가셨군." 미동도 없이 서 있던 그레고어가 말했다. 프라우케는 그 순간 동공 안이 아니라 귀 근처쯤 달려 있는 아버지의 눈과 시선이 마주쳤고 바로 정신을 잃고 쓰러졌다.

*

니카는 로즈힙 차를 옆에 놓고 앉아 문서를 훑어보았다. 엘할텐 상부의 풍력을 분석하기 위해 2002년 헤센 주에서 유로윈드에 풍력 자원 조사를 의뢰한 결과물이다. 재니스의 말대로 윈드프로에서 내놓은 평가서 두 개는 나머지 평가서들과 큰 차이를 보였다. 독일기후연구소와 웨일즈대학 기후연구소의 추천서는 올바르지 않은 수치를 바탕으로 작성된 것이 분명하다. 이 수치들은 어디서 나온 것일까? 누가 측정했을까? 누군가가 그냥 지어낸 것일까? 재니스는 이 평가서를 어디서 구했을까? 니카는 티백을 꺼내 살짝 눌러서 물을 뺀 후 차받침 위에 놓고 차를 한 모금 마셨다. 생각이 자꾸만 딴 데로 흘렀다. 그녀는 어젯밤 엄습한 외로움을 떠올리며 평생 이렇게 외롭게 살아야 하는지 자문했다. 예전에는 혼자라는 사실이 아무렇지도 않았다. 그런데 왜 갑자기 이렇게 주체할 수 없는 허무함과 그리움이 밀려드는 것일까?

갑자기 초인종이 울렸다. 소스라치게 놀란 니카는 얼른 문서를 옆으로 밀어놓고 그 위에 신문지를 덮은 후 복도로 나갔다. 다시 초인종 소리가 났다. 그녀는 잠시 머뭇거리다가 문을 열었다.

"누구세요?"

문 뒤에는 남자와 여자가 서 있다. 여자가 녹색 신분증을 들어 보인다. 경찰! 깜짝 놀란 니카는 팔짱을 끼는 척하며 떨리는 손을 숨겼다.

"강력반에서 나왔습니다. 테오도라키스 씨를 만나고 싶은데요." 여자는 별로 친절해 보이지 않는다.

"지금 집에 없는데요." 니카가 얼른 대답했다.

"어디 갔죠? 언제 돌아올지 알아요?"

"모르겠는데요."

"어떻게 아는 사이에요? 여기 사시나요?"

"아, 아니요. 전 그냥…… 가사 도우미예요."

놀라고 당황해서 생각나는 대로 둘러댔지만 두 사람은 그녀의 옷차림 때문인지 그 말을 곧이곧대로 믿는 기색이다.

"어디로 가야 테오도라키스 씨를 만날 수 있죠? 혹시 아시나요?"

남자는 꽤 친절해 보인다. 하지만 형사들 중에는 연기에 출중한 사람도 있으니 속아선 안 된다.

"아마 일하러 갔겠죠. 휴대전화 번호는 몰라요." 그녀가 어깨를 으쓱했다.

"이거 전해주고 저한테 바로 연락하라고 하세요." 여자 형사가 명함을 건네며 말했다. "아주 중요한 일이에요."

"네, 알았어요. 그렇게 전할게요."

그들이 물러가자 니카는 큰일 날 뻔했다고 생각하며 안도의 한숨을 쉬었다. 문을 잠근 그녀는 문 옆에 난 작은 창문으로 형사들이 차에 타고 사라지는 모습을 지켜보았다. 경찰이 왜 재니스를 찾지? 무슨 짓을 저지른 걸까? 문득 니카의 머릿속에서 퍼즐 조각들이 맞춰지는 느낌이 들었다. 재니스는 새벽녘에야 집에 돌아왔다. 그리고 아까 루드비히가 죽었다는 말을 들었을 때도 별로 놀라지 않았다. 니카는 지하실 세탁 바구니에 담겨 있는 피 묻은 셔츠와 청바지를 떠올렸다. 그리고 히르트라이터를 향한 그의 증오, 벌겋게 부어오른 손과 팔. 경찰은 화약 잔여물 검사로 총을 쏜 사람을 가려낼 수 있지 않은가! 재니스는 독한 약품으로 화약 잔여물을 씻어내려 한 것인지도 모른다. 맙소사! 니카는 힘없이 계단에 주저앉았다. 만약 재니스가 히르트라이터를 쏜 것이라면 경찰은 다시 찾아올 것이다. 하루 빨리 이 집에서 나가야 한다.

＊

납빛 하늘에서 비가 주룩주룩 쏟아진다. 5월에서 갑자기 11월로 건너뛴 것처럼 춥다. 경찰수색대가 사라진 무기를 찾아 경찰견을 앞세우고 집 주변과 인근 숲을 뒤지는 동안 피아와 셈은 라벤호프를 둘러보았다.

한때 소와 돼지를 키웠을 축사, 천장에 도르래가 달리고 구식 냉장실을 갖춘 도축장, 그 옆에는 나무 상자가 켜켜이 쌓인 창고가 있는데, 상자 속에서 사과가 썩어가는지 달큼한 내가 진동한다. 그 옆에는 착즙기가 있고 커다란 플라스틱 통 세 개 중에는 사과주스가 들어 있는 것도 하나 있다. 잔뜩 어질러진 작업실 또한 히르트라이터가 언젠가부터 농장 일에서 손을 뗐다는 사실을 말해준다. 작업실

한가운데는 타이어 빠진 트랙터가 한 대 서 있는데, 그 옆에 기대져 있는 새 타이어도 먼지가 잔뜩 낀 것으로 보아 그 상태로 있은 지 한참 된 듯하다. 작업대 앞 벽에 걸린 달력은 2002년 것이다.

두 사람은 헛간 쪽으로 걸어갔다. 헛간은 담쟁이넝쿨에 휩싸여 숨도 못 쉬게 답답해 보인다. 지금은 잡초가 무성하고 제멋대로 자라난 장미 넝쿨이 한데 얽혀버렸지만 옛날에는 본 건물과 헛간 사이에 펼쳐진 사각형 잔디밭에 장미와 철쭉이 예쁘게 피었을 것이다. 셈은 잔디밭을 가로질러 우물가로 갔다. 우물은 결이 갈라진 나무판으로 덮여 있다.

"와, 보기보다 큰 농장이네요. 끝이 없는데요."

"문제는 권총 하나와 엽총 두 정을 숨길 수 있는 가능성도 끝이 없다는 거죠."

피아가 가볍게 인상을 찌푸리며 말했다. 범인이 총을 어딘가에 꼭꼭 숨긴 것이 아니라 제발 그냥 버렸기를 바라야 할 판이다. 그때 휴대전화가 울리고 호수 바닥을 수색할 잠수부 두 명이 도착했다는 소식이 들어왔다. 셈과 피아는 빡빡해서 잘 열리지 않는 헛간 문을 힘을 합쳐 겨우 열었다.

"와우!"

오래된 트랙터 옆에 먼지를 뒤집어쓰고 서 있는 올드타이머 두 대를 본 셈의 입에서 탄성이 터져 나왔다. 짙은 녹색의 모르간 로드스터(모르간모터컴퍼니에서 제작한 차종. 지붕과 좌우측 유리창이 없는 자동차_역주)와 빨간 가죽 시트와 걸윙도어(위로 열리는 문. 차 문을 열었을 때 모양이 갈매기 날개 같다고 해서 붙은 이름_역주)가 달린 은색 벤츠다.

"비싼 거예요?" 자동차에 별 관심이 없는 피아는 올드타이머나 스포츠카에는 문외한이다.

"말하면 입만 아프죠." 셈은 눈을 반짝이며 자동차 주위를 돌았다. "특히 이 메르세데스 300SL은 집 한 채 값은 거뜬히 될걸요."

그는 휴대전화를 꺼내 각 방향에서 사진을 찍었다.

"아버지가 죽었어도 별로 슬퍼하지 않는 이유가 다 있었네. 물려받을 유산이 이렇게 많으니." 조금 전 보덴슈타인과 통화를 하면서 법의학연구소에서 무슨 일이 있었는지 들은 피아가 이해가 간다는 듯이 말했다.

두 사람은 헛간 문을 닫고 호수 쪽으로 이동했다. 잠수부가 도착한 이후 호수에서는 아직 아무런 소식이 없었다. 수색대는 금속 탐지기의 도움으로 시체가 발견된 장소와 근처 숲에서 꽤 많은 양의 금속 물체를 발견했지만 그중에 총은 없었다. 숲에서 나온 수색대는 농장에서 조금 더 올라간 곳에 있는 숲 주차장과 농장, 마을로 내려가는 도로를 샅샅이 뒤졌다.

잠수부 두 명이 호수 위로 보이는 짧은 나무 디딤대를 밟고 물속으로 미끄러져 들어갔다. 빗줄기가 거세졌다. 피아는 야구 모자 위로 바람막이 점퍼의 모자를 올리며 빗방울이 수면 위로 떨어지는 모습을 바라보았다. 젖은 청바지가 살에 착 달라붙고 바람막이 점퍼는 광고에서처럼 방수가 잘되지 않는다. 작은 호숫가에 둘러선 사람들은 말없이 수면을 내려다보았다. 잠수부들은 15분도 지나지 않아 수색을 포기하고 올라왔다.

"완전히 흙탕물이라 아무것도 안 보입니다. 그리고 바닥이 전부 진흙이라 뭔가 무거운 물건이 떨어졌다면 곧바로 흙 속으로 가라앉았을 겁니다."

"네, 수고하셨어요. 그래도 찾아보기는 해야 하니까요."

그때 뭔가 시꺼먼 것이 피아를 향해 쌩 하고 저공비행으로 날아왔다. 피아는 펄쩍 뛰어 얼른 셈 뒤로 숨었다.

"방금 그거 뭐였어요?"

"까마귀나 뭐 그런 거 같은데요." 셈이 두리번거리며 말했다.

까마귀는 히르트라이터가 죽어 있던 벚나무 가지 위에 도도한 자세로 앉아 피아를 내려다보다가 날개를 치면서 까악까악 울었다. 피아는 소름이 돋았다.

"부리가 휘었고 검은 걸 보니 철새 까마귀예요."

"철새건 텃새건 추워죽겠어요. 어서 가요."

"잠깐만요. 히르트라이터가 까마귀를 애완조로 키운다고 했어요. 이 나무는 히르트라이터가 죽어 있던 나무잖아요. 왜 하필이면 저기 앉은 걸까요?"

"우연이죠, 뭐."

"아니에요. 그렇지 않아요."

"설마 저 까마귀가 우리한테 무슨 말을 하려는 것이라고 생각하는 건 아니죠?" 셈이 놀리듯이 말했다.

"바로 그거예요." 피아가 진지하게 대꾸했다. "까마귀들은 지능이 아주 높아요. 그리고 히르트라이터는 저 새를 아주 오랫동안 키웠어요."

"범인을 지목할 수 있다고 해도 쟤는 증인으로 채택 안 돼요."

피아는 셈이 웃음을 참고 있는 것을 눈치챘다.

"비웃는 거예요?" 피아는 그에게 화난 듯 말했지만 곧 스스로도 웃음이 나왔다. "세상엔 별의별 일이 다 일어난다고요."

"그럼요. 스컬리 요원 말이 맞습니다." 셈이 악의 없는 말로 그녀를 놀렸다. "드라마처럼만 사건이 해결된다면 우리도 일하기 참 쉽지 않겠어요?"

*

"꼭 그래야 했던 거야? 히르트라이터 가족의 변호사가 나한테 전화해서 얼마나 화를 냈는지 알아?" 엥겔 과장은 코끝에 돋보기를 걸친 채 그를 건너다보았다. 앉으라는 말 한마디 없이 서 있게 하는 데는 분명 고의가 담겨 있다. "왜 유족들에게 시체를 보도록 강요한 거야? 부적합한 심문 방법으로 걸고넘어질 거 몰랐어?"

"세 사람 모두 살해 동기가 충분해. 300만 유로가 걸린 일이라고. 그런데 피해자의 사망 소식을 전하러 갔을 때 세 사람 모두 그 소식을 알고 있는 상태였어."

"그 사람들이 그걸 어떻게 알았지?"

보덴슈타인의 입에서 한숨이 새 나왔다.

"시체를 발견한 사람이 우리 아버지인데, 피해자가 아버지의 친한 친구였어. 그래서 아버지가 자녀들에게 연락을 한 모양이야. 막을 길이 없었어."

"그 세 사람의 알리바이는 확인했어?"

엥겔 과장이 눈짓으로 앞에 있는 의자를 가리켰다. 권위 과시는 이것으로 끝난 모양이다.

"아직 정확한 사망 시각이 나오지 않아서 알리바이를 확인할 수는 없지만 사건 당일 저녁에 딸이 현장에 있었던 것은 확실해. 그런데 딸은 자신을 본 사람이 있다는 말을 듣고서야 사실을 인정하더라고. 그냥 아버지가 잘 지내는지 보러 갔다는데 그 말은 좀 믿기 힘들고. 아버지를 만나지도 못했다는군. 그 대신 낯선 차가 시동을 건 채 마당에 서 있는 것을 봤대."

"아버지를 보러 갔다는 말을 왜 믿기 힘들지?"

"오빠나 남동생도 그렇고, 딸도 그렇고, 몇 년째 아버지와 연을 끊고 지내는 사이야. 세 자식이 아버지를 찾아가서 땅을 팔도록 설득하려던 거였겠지. 그 아버지는 절대 땅을 팔 생각이 없었고 자식들은 꼭 팔아야만 하는 상황이었거든. 게다가 딸인 프라우케는 무기도 다룰 줄 알아. 이보다 훨씬 적은 돈 때문에도 사람이 죽는 일이 허다하다고."

엥겔 과장은 진지한 표정으로 그를 응시했다.

"좋아. 그래서 어떻게 할 생각이지?"

"이 사건은 롤프 그로스만 사건과 연관이 있어. 용의자가 한 명더 있는데 그로스만 사건의 용의자이기도 하거든. 그 사람하고는 아직 얘기를 못 해봤는데 오늘 저녁에 만나볼 생각이야. 부검 결과가나오고 범행 시각이 좁혀지면 히르트라이터 집안 자녀들과 나머지용의자의 알리바이를 확인해봐야지."

"그런데 보덴슈타인 반장의 아버지는 이 일과 무슨 관련이 있는거지?"

"아무 관련도 없어." 보덴슈타인이 뜻밖이라는 듯 눈썹을 치켜세웠다. "죽은 사람이 우리 아버지 친구인데 오늘 아침에 만나기로약속을 했다가 약속 장소에 없으니까 찾으러 다니다가 발견하셨나 봐."

책상 위의 전화기가 울리자 과장은 디스플레이에 힐끗 시선을 던졌다.

"알았어. 오늘은 여기까지 듣고. 새로운 소식 있을 때마다 바로바로 보고하고."

"알았어." 그는 자리에서 일어났고 과장은 전화를 받았다.

"참, 그리고 말이지." 과장이 전화기 송화구를 한 손으로 막은 채 그를 불러 세웠다. "보덴슈타인 반장 아버지가 사건에 개입됐다는 말은 언론에 흘러 나가지 않도록 하는 게 좋겠어."

보덴슈타인은 아버지가 사건에 개입되지도 않았고 자신 또한 언론에 말을 흘릴 생각이 없다고 말하려 했지만 과장의 관심이 다시 통화 상대에게 옮겨갔기 때문에 그저 고개만 끄덕이고 방을 나왔다.

갑자기 배에서 꼬르륵 소리가 났다. 아침을 먹은 이후 아무것도 먹지 않았으니 배가 고픈 것도 당연하다. 경찰서로 돌아오는 길에 피아가 배고프다고 해서 되너 케밥 가게 앞에서 잠시 차를 멈추었지만 그는 유혹을 성공적으로 이겨냈고 엥겔 과장의 비서가 생일이라면서 돌린 생크림 치즈케이크에는 눈길도 주지 않았다. 예전에는 아무 생각 없었는데 다이어트를 시작하고 보니 주변이 온통 뭔가를 먹는 사람들로 가득하다. 지금 이 순간에도 오스터만의 손에는 초코바가 들려 있고, 카트린은 커피 머신 옆에 기대고 서서 그 생일 케이크를 맛있게 먹고 있다. 케이크를 보자 군침이 돌았다.

"냉장고에 두 조각 더 있어요. 제가 하나······." 그의 굶주린 눈빛을 본 카트린이 말했다.

"아냐, 됐어." 보덴슈타인은 심술궂은 말투로 그녀의 말을 끊었다. "다 먹었으면 둘 다 회의실로 와."

최근에 그는 인도에 사는 한 남자가 30년간 아무것도 먹지 않았다는 기사를 읽은 적이 있다. 그렇다면 그도 몇 주 정도는 조금씩 먹고 버틸 수 있지 않을까? 이건 순전히 의지의 문제다.

"반장님!" 오스터만이 초코 바를 질겅질겅 씹으며 말했다. "방금 아주 재미있는 소식이 들어왔습니다."

"회의실!" 보덴슈타인은 어깨너머로 말한 뒤 재빨리 사무실을 나갔다.

엘할텐에 위치한 다텐바흐 체육관 대강당은 이미 마지막 자리까지 꽉 찼지만 입구에서 사람들이 계속해서 쏟아져 들어왔다. 강당 문 앞에 선 진행요원들은 방문객들을 2층으로 올려 보냈다. 풍력발전 단지에 대한 시민들의 관심은 생각보다 컸다. 게다가 히르트라이터의 사망 소식까지 겹쳐 사람들의 호기심이 발동한 것이다.

보덴슈타인, 피아, 카트린, 셈은 로비에 서서 재니스 테오도라키스가 나타나기를 기다렸다. 오늘도 그를 찾으러 다녔지만 땅속으로 꺼지기라도 했는지 어디에 가도 만날 수 없었다. 그가 다니는 프랑크푸르트 소재 은행 전산과에도 나타나지 않았고, 여자친구가 운영하는 애견 센터에 가서 물어봐도 모른다는 대답뿐이었다. 그러나 공청회에는 분명히 나타날 것이다.

시민단체 '풍차 없는 타우누스'의 홍보 스탠드는 풍력발전 단지 건설 반대 서명에 참여하거나 전단을 받으려는 사람들로 장사진을 이루었다. 그들은 서명을 모아 탄원서와 함께 관할 지역 관구청장에게 전달할 계획이다. 그 옆에는 타우누스 산등성이에 거대한 풍차 열 개가 세워진 합성사진이 세워져 있고, 책상 한쪽에는 상장이 달린 히르트라이터의 사진이 놓여 있다.

"저기 타이센이 옵니다." 셈이 말했다. "용감하네."

윈드프로 사장 타이센은 엡슈타인 시의 시장과 함께 기자들의 카메라 세례를 받으며 건물에 들어섰다. 여기저기서 야유하는 휘파람 소리가 났다.

"저기 테오도라키스도 오는데요." 피아가 덧붙였다.

"가사 도우미까지 데리고 왔어요." 셈이 놀랍다는 듯 말했다.

"가사 도우미는 무슨! 경찰을 잘도 속여 넘겼군." 피아가 실눈을 뜨고 중얼거렸다.

보덴슈타인은 강당을 향해 바삐 걸어가는 재니스를 막아섰다.

"안녕하십니까? 호프하임 경찰서에서 나왔습니다." 그가 신분증을 들어 보이며 말했다. "어떻게 된 게 대통령보다 만나기 힘드네요."

가사 도우미라고 했던 여자는 고개를 숙인 채 혼자 앞서 갔고, 재니스와 그의 여자친구는 걸음을 멈추었다. 아까 동물천국에 들렀을 때 분홍색 디른들(독일 여성들이 입는 전통 의상_역주) 차림이던 리키는 검정 일색으로 차려입어 마치 장례식에 가는 사람 같다. 재니스는 청바지에 회색 양복 재킷을 입고 흰색 와이셔츠에 검정 넥타이를 매 조의를 표했다.

"내일 아침에 바로 전화할 생각이었습니다. 오늘은 할 일이 너무 많아서요." 재니스는 난처한 표정으로 자꾸 강당 쪽을 쳐다보았다.

"내일 아침은 너무 늦어요. 지금 얘기를 좀 해야겠는데." 보덴슈타인이 딱딱하고 권위적인 투로 말했다. 연단에 오르는 것을 방해할 생각은 없지만 그를 좀 골려주고 싶었다. 재니스 테오도라키스는 금세 당황해서 어쩔 줄 몰랐다.

"한 시간만 기다려주시면 안 되겠습니까? 지금 바로 토론이 시작될 텐데, 저도 연단에 올라가야 합니다."

"한 시간이고 두 시간이고 간에 우리도 시간이 없다니까요." 보덴슈타인은 차갑게 대꾸하며 재니스의 애를 태웠다.

"지금 재니스가 대표로 나가서 할 얘기는 저희에게 매우 중요해요. 게다가 루드비히 아저씨도…… 죽고 없기 때문에…….."

리키는 목소리를 가늘게 떨며 푸른 눈에서 금방이라도 눈물이 뚝 뚝 떨어질 것 같은 표정을 지었다. 그러나 보덴슈타인은 호락호락하게 나오지 않았다.

"우리는 재미로 이러고 다니는 줄 압니까? 우리도 할 일 많아요."

"부탁입니다!" 긴장한 재니스의 이마에 땀방울이 맺혔다. "수개월간 밤낮 가리지 않고 준비한 일입니다. 공청회만 끝나면 바로 질문에 응하겠습니다."

보덴슈타인은 못마땅하다는 듯 이마를 찌푸렸으나 결국 고개를 끄덕였다.

"좋아요. 그럼, 공청회 끝난 다음에 바로 연락해요."

"예, 물론입니다. 그렇게 하겠습니다. 감사합니다."

재니스는 한숨 놓았다는 표정으로 돌아섰고, 리키는 보덴슈타인을 향해 고개를 끄덕한 후 그의 뒤를 따랐다.

"자, 우리도 들어가자고." 보덴슈타인의 말을 신호로 모두 강당으로 이동했다. 그러나 진행요원이 그들을 막아서며 고개를 저었다.

"죄송합니다. 좌석이 꽉 찼습니다. 2층으로 가시죠."

보덴슈타인이 신분증을 꺼내 보였다.

"좋습니다. 하지만 두 사람만 들어가세요. 더 이상은 안 됩니다. 나중에 제가 곤란해집니다."

셈과 카트린이 2층으로 올라가고 피아와 보덴슈타인은 발 디딜 틈 없이 꽉 찬 1층으로 들어갔다.

타이센과 시장은 이미 연단 위에 올라가 있고, 그들 옆에는 환경부 대표로 나온 여자가 앉아 있었다. 가벼운 걸음으로 계단을 뛰어올라간 재니스는 타이센은 싹 모른 체하고 시장에게는 목례만 한 후 환경부 대표에게 다가가 악수를 청했다. 그리고 시민단체 공동대표로 나온 동료 옆에 가 앉았다.

잠시 긴장된 침묵이 흐른 후 행사의 주최자 라인홀트 헤르칭어 시장이 앞으로 나와 마이크를 잡았다. 그는 시민 여러분의 크나큰 관심에 먼저 감사를 표한다며 헤센 주 환경부 대표 노이만 브란트, 윈드프로 주식회사 대표 타이센, 시민단체 회장단 대표 재니스 테오도라키스와 클라우스 파울하버를 소개했다.

"오늘 이 행사를 시작하기에 앞서 암울한 소식을 전해야 하는 제 마음이 무척 아픕니다." 시장은 자못 비장한 말투로 말을 이었다. "수년간 우리 시의회 회장을 맡으셨던 우리 이웃이자 친구인 루드비히 히르트라이터 씨가 어젯밤 극악한 범죄의 희생양이 되셨습니다. 이 안타까운 소식에 비탄을 금할 길이 없습니다. 친애하는 시민 여러분, 모두 자리에서 일어나서 고인의 명복을 비는 시간을 갖겠습니다."

헛기침 소리, 부스럭거리는 소리, 수군거리는 소리와 함께 300명이 넘는 사람들이 자리에서 일어났다. 사람들이 일어날 때마다 일렬이 하나로 묶인 의자들이 삐걱거렸다. 다시 침묵이 찾아올 때까지는 어느 정도 시간이 걸렸다.

"잘 뒈졌어, 미친 늙은이!" 누군가 침묵을 깨고 말했다.

처음에는 화난 듯 "쉿!" 하고 경고하는 소리가 지배적이었지만, 곧 여기저기서 킥킥거리는 소리가 들렸다.

*

아까 리키의 상태가 너무 안 좋아서 마르크는 자꾸 걱정이 됐다. 그 고약한 늙은이가 죽었는데 왜 리키가 그렇게 슬퍼하는 것일까? 최근에 당한 걸 생각하면 오히려 좋아해야 할 텐데!

그는 마지막 개 훈련장까지 모두 치우고 문을 잠근 다음 리어카를 끌고 컨테이너로 갔다.

프라우케는 개인 사정 때문에 바쁘고 리키는 공청회에 가야 하기 때문에 마르크가 자진해서 저녁 일을 맡았다. 어차피 공청회에도 못 가니까 혼자 할 일도 없다. 그동안 자주 동물 보호소 일을 도왔기 때문에 무엇을 어떻게 해야 하는지 잘 알고 있다. 먼저 개, 고양이, 거북이, 기니피그, 토끼 우리의 물을 갈아주고 먹이를 준다. 그리고 개들을 철창에 가둔 뒤 훈련장을 청소하면 된다.

오늘 아침에는 새 식구가 왔다. 어느 매정한 주인이 길에다 버린 늙은 잭 러셀 테리어(흰색 몸통에 거친 털을 지닌 영국산 테리어 견종_역주)다. 마르크는 개들이 있는 곳으로 가서 테리어가 들어 있는 철창을 열었다. 우울한 표정으로 담요 위에 엎드려 있던 테리어는 인기척이 나자 얼른 고개를 들었지만 제 주인이 아닌 것을 알고 실망한 듯 다시 고개를 돌렸다. 불쌍한 녀석! 갑자기 철창에 갇히고 주변에는 낯선 사람들뿐이니 이게 어떻게 된 건가 싶을 거다. 어떻게 기르던 개를 그냥 길가에 내다 버릴 수 있을까? 마르크는 합성수지 장판을 깐 바닥에 엉덩이를 깔고 앉아 개에게 손을 내밀었다. 개는 시큰둥한 반응이지만 마르크가 귀 뒤를 쓰다듬도록 내버려두었다. 눈도 침침하고 주둥이도 회색이 다 된 늙은 개다.

"네 주인도 누가 자동차에 싣고 모르는 데 갖다 버렸으면 좋겠다, 나쁜 사람들." 마르크가 가만가만 속삭이듯 말했다. "좀 늙긴 했어도 이렇게 귀여운데 왜 버려, 그치?"

개는 귀를 쫑긋하더니 꼬리를 약간 흔들었다. 그리고 마르크의 상냥한 말투를 알아들었는지 그에게 다가와 허벅지에 머리를 기댔다. 마르크는 안쓰러운 표정으로 미소를 지었다. 그는 좀 늙거나 외모가 추레한 개를 좋아한다. 그런 개들이 바라는 것은 잠잘 곳과 상냥한 주인뿐이다. 누군가 믿을 사람이 필요한 것이다. 마르크도 마찬가지다. 잭 러셀 테리어는 눈을 감고 기지개를 켜며 만족스러운 듯 그르렁거렸다.

이 개의 주인은 지금쯤 뭘 하고 있을까? 해외여행을 떠났을까? 아니면 새로 강아지를 들였을까? 어떻게 개를 버리고 발 뻗고 잠을 잘 수 있을까?

"곧 좋은 주인이 나타날 거야. 평생 여기 있어야 하는 건 아냐. 꼭 좋은 주인 찾아줄게. 알았지?"

마음 같아서는 집에 데려가서 직접 키우고 싶지만 알레르기가 있는 누나들 때문에 안 된다.

그는 한숨을 쉬며 벽에 머리를 기댔다. 생각은 다시 리키를 향해 달려간다. 그는 자신이 한 행동 때문에 고통스러웠다. 리키를 욕망하는 것은 아닌데! 그에게 리키는 거의…… 어머니뻘은 아니어도…… 뭐, 좋은 누나 같다고 할 수 있다. 재니스에게는 정말 과분한 여자다. 재니스는 리키가 얼마나 힘들어하는지 모른다. 게다가 허리에 통증도 심하다. 마르크는 리키가 무거운 것을 들려고 하면 절대 못 들게 하고 최대한 일을 뺏어서 한다. 만약 리키가 그의 여자친구라면 손가락 하나 까딱 안 하도록 모든 일을 도맡아 할 것이다. 그리고 많이 웃고 행복한 여자로 만들어줄 거다. 지난번 운전연습 때처럼.

마르크는 갑자기 마음이 무거워졌다. 적어도 19살이라면 집을 나와 독립할 수 있을 텐데! 니카가 평생 리키네 집 지하에서 살지는 않을 것이다. 언젠가는 그 집을 나갈 테고, 그러면 그가 들어가 살 수 있다. 마르크는 살며시 미소를 지었다. 왜 그동안 그 생각을 못했지? 리키와 한 지붕 아래서 살 수 있다니 그보다 더 좋은 건 없을 거다.

마르크가 쓰다듬기를 그치자 개가 축축한 코로 그의 팔을 건드렸다.

"오, 미안. 우리 사무실로 갈래? 거기 가면 포근하게 잘 수 있는 바구니도 있고 먹을 것도 있어. 어때, 같이 갈까?" 그가 일어나자 개도 그를 따라나섰다. 그리고 작은 그림자처럼 그의 뒤를 따라 마당을 지나 사무실과 부엌이 있는 낮은 건물로 들어갔다. 8시 반이니까 동물보호협회 웹사이트를 손보고 리키의 말들을 들여다볼 시간은 충분하다. 일을 마칠 때쯤이면 공청회가 끝나서 리키가 집에 돌아올지 모른다.

＊

묵념은 정확히 42초간 행해졌다.

"네, 감사합니다." 헤르칭어 시장의 말에 모두 다시 제자리에 앉았다. 그러나 그가 다시 말을 시작하기 전에 재니스가 앞에 있던 마이크를 빼 들고 일어섰다.

"시장님의 좋은 말씀을 들으시기 전에 계획 중인 풍력발전 단지에 대해 자세한 사항 몇 가지를 말씀드리겠습니다. 아마 시장님이나 여기 계신 다른 분들한테는 이런 얘기를 들으실 수 없을 겁니다."

시장은 예상치 못한 공격에 조금 당황한 기색이었지만 곧 반격에 나섰다. 그가 손짓을 하자 음향 기술자가 재니스의 마이크를 꺼버렸다. 청중석 여기저기서 야유하는 휘파람 소리가 터져 나왔다. 시장은 사람들을 진정시키려고 애썼지만 흥분은 좀처럼 가라앉지 않았다. 걱정스러운 얼굴로 그 광경을 지켜보던 보덴슈타인이 옆에 서 있는 피아를 쳐다보았다. 피아는 팔짱을 끼고 벽에 기댄 채 아랫입술을 잘근잘근 씹고 있다.

"예감이 별로 안 좋은데."

"네, 사람들이 너무 흥분했어요. 아무래도 지원 요청을 해야 할 것 같아요."

당황한 시장은 애써 미소를 지었다. 속으로는 아마 개발 반대자들과의 공식적인 토론에 응하다니 미친 짓을 했다고 생각하고 있을 것이다.

"발언 기회는 모두에게 공평하게 돌아갈 겁니다. 하지만 신사적으로 예절을 지키면서 진행해야 하지 않겠습니까?"

시장의 말에 재니스는 어깨를 으쓱하더니 과장된 몸짓으로 궁중인사를 흉내 냈고 사람들은 웃음을 터뜨렸다. 그 후 15분간 시장과 타이센은 번갈아 가며 풍력발전 단지 프로젝트에 대한 찬양 연설을 했다. 그러나 청중석에서 나온 질문을 깡그리 무시했기 때문에 분위기는 점점 험악해졌다. 그들이 발언하는 동안 재니스는 머리를 절레절레 흔들었고 가끔은 기가 막힌 듯 소리 내어 웃기도 했다. 청중석은 점점 소란스러워졌고 불안하게 술렁거렸다. 자리에서 일어나 연단을 향해 질문을 외치는 사람이 속출했고 휘파람 소리와 우우 하는 야유 소리가 끊이지 않았다.

누군가 "입 닥쳐!"라고 외치자 시장은 못마땅한 표정으로 재니스에게 발언권을 주었다.

"우리 '풍차 없는 타우누스' 회원들의 의견은 다릅니다." 재니스가 말을 시작했다. "지금까지 앞에 분들이 감언이설로 풍력발전 단지 프로젝트를 포장해서 설명하셨는데요, 저는 객관적 자료와 수치로 그 주장을 모두 뒤집어 보겠습니다. 2006년 국토해양부에서는 풍력 자원 개발 가능 지역으로 라인마인 지역 66개소를 예비로 선정했습니다. 그 후 정해진 기준에 따라 각 지역에서 철저한 조사가 행해졌습니다. 그래서 2009년에 5개의 후보지가 정해졌는데요, 타우누스는 바람의 양이 극도로 불규칙한 곳이라 제외됐습니다."

"그런데 어떻게 해서 건설 승인이 난 겁니까? 쓸모없는 풍력발전 단지를 만들 이유가 없잖아요!" 누군가가 외쳤다.

그래, 그래 하고 웅성거리는 소리가 커지자 시장과 환경부 대표는 타이셴을 쳐다보았다. 하지만 타이셴의 무표정한 얼굴에는 어떤 감정도 드러나지 않았다. 재니스는 헤센 주정부와 시민단체에서 의뢰한 평가서에 의하면 현재의 풍력발전 단지 개발 희망지가 전혀 수익성이 없는 곳이라고 계속 설명했다.

"재미있는 건 윈드프로에서 의뢰한 평가서에서는 완전히 반대되는 결과가 나왔다는 겁니다."

타이셴이 깜짝 놀라며 고개를 들었다. 순간 보덴슈타인의 머릿속에는 감식반이 윈드프로 사장 비서실 복사기 밑에서 찾아낸 문서가 떠올랐다.

"반장님도 저랑 똑같은 생각 하고 계세요?" 피아가 나지막이 속삭였다.

"응. 평가서에서 빠진 낱장."

"만약 윈드프로 침입자의 목적이 그거였다면 테오도라키스가 다시 용의자 리스트 맨 위로 올라가는 거예요."

"그렇지. 저 친구 상당히 위험한 모험을 하고 있군."

"사업주가 풍력발전 단지의 비효율성을 알아낼 때까지는 적어도 이삼 년은 걸립니다." 재니스의 목소리가 마이크를 통해 울려 퍼졌다. "그때쯤이면 기획 회사인 윈드프로는 풍력발전 단지 건설기금으로 두 배 내지 세 배의 돈을 벌어들일 겁니다. 거기다 유럽 연방정부, 주정부, 시의회로부터 백만 유로 단위의 지원금이 흘러 들어옵니다. 저희 '풍차 없는 타운누스'는 이 사안의 재고 필요성을 강력히 주장하면서 환경부에 묻고 싶습니다." 재니스는 강당 안의 모든 시선이 자신을 향하도록 일부러 뜸을 들였다. "환경부는 왜, 그리고 그렇게 갑자기 생각을 바꾸었습니까? 그리고 타이센 사장에게도 묻고 싶습니다. 왜 지역 환경단체들에게 그런 고액의 기부금을 희사하셨는지 참으로 궁금합니다."

"그건 뭔가를 암시하기 위해서 하는 말입니까?" 시장이 아랫사람 대하듯 거만한 말투로 물었다. 팽팽하게 긴장된 분위기를 생각할 때 참으로 눈치 없는 행동이 아닐 수 없다.

"암시요?" 재니스가 날카롭게 받아쳤다. "증거가 있는데 왜 암시를 합니까? 비밀리에 은밀한 약조가 오간 내용의 메일을 입수했고 뇌물을 주고받은 증거도 확보했습니다. 타이센 사장이 사업 승인을 따기 위해 환경부와 엡슈타인 시의 책임자들을 매수했다는 증거도 있습니다."

시장은 말도 안 된다는 표정으로 손사래를 쳤다. 마치 그렇게 하면 재니스의 말이 효과를 잃을 거라고 생각하는 듯했다.

"다 거짓말입니다!" 타이센이 외쳤다. "저 사람은 작년에 우리 회사에서 쫓겨난 걸 복수하려고 저러는 겁니다!"

"증거는 어디 있죠?" 청중석에서 누군가가 외쳤다.

"그런 거 없습니다. 있다면 다 위조한 거겠죠." 타이센이 재빨리 말했다.

"위조는 그쪽에서 했죠." 재니스는 서류철을 들어 보였다. "여기 모든 증거가 다 들어 있습니다!"

시장과 타이센은 이제까지는 전초전이었고 이것이 본격적인 시작이라는 것을 깨닫고 빠르게 눈빛을 주고받았다.

"테오도라키스 씨는 윈드프로에서 수년간 프로젝트 팀장으로 일했습니다." 타이센은 자리에서 일어나 본격적인 반격에 돌입했다. "몇 가지 과실이 있었는데, 그중에……."

"거짓말입니다!" 재니스가 외쳤다.

"제 발언 아직 안 끝났는데요." 타이센이 차갑게 응수했다.

"거짓말이잖아요!"

"거짓말하는 사람이 누군지는 곧 밝혀지겠죠."

사람들은 테니스 경기를 보듯 두 사람을 번갈아 쳐다보았다. 강당 안은 찜통처럼 더워서 시민단체의 전단으로 부채질을 하는 사람이 많았다. 타이센은 다시 득의양양한 얼굴로 청중을 향했다.

"여러분, 공식석상에서 남의 치부를 드러내는 건 제 취미가 아닙니다. 하지만 개인적인 복수심 때문에 저희 회사의 프로젝트가 비방당하는 것은 그냥 두고 볼 수 없습니다." 재니스보다 한 톤 낮은 타이센의 목소리는 차분하고 설득력 있게 울려 퍼졌다.

"테오도라키스 씨는 윈드프로에서 해고된 후 노동법정에서 저희 회사를 상대로 여러 번 재판을 했는데 그때마다 졌습니다. 그래서 지금 순전히 개인적인 동기로 복수를 시도하고 있는 겁니다. 그러니까 저 사람 말에 절대 현혹되지 마십시오!"

여기저기서 웅성거리는 소리가 났다. 노동법정에서 고용자의 손을 들어주었다면 피고용자가 크나큰 과실을 저지른 것임에 틀림없다. 그것은 일반적으로 잘 알려져 있는 사실이다. 타이센은 여유 있는 표정으로 재니스에게 발언권을 넘긴다는 뜻으로 손짓을 하고 자리에 앉았다. 청중석에서 웅성거림이 잦아들 때까지는 어느 정도 시간이 걸렸다.

"이제부터 시민단체를 대표해서 몇 가지 객관적 자료를 말씀드리 겠습니다. 누구 말을 믿을 것인지는 스스로 결정하시기 바랍니다." 재니스는 속으로 부글부글 끓고 있을 테지만 겉으로는 아무런 티도 내지 않았다.

보덴슈타인은 재니스의 능숙한 반격에 속으로 놀랐다. 그리고 시 민단체가 확보했다는 증거가 무엇인지 궁금해졌다. 재니스는 관련 기관의 과실을 까발리며 하나하나 증거를 대기 시작했다. 타이센은 무표정하게 앉아서 매번 "거짓말!"이라고 외치며 항의를 표했다.

사람들은 숨소리 하나 내지 않고 재니스의 말에 귀를 기울였다. 강당 안은 바늘 떨어지는 소리도 들릴 만큼 조용했다.

"입 닥치지 못해요!" 세 번째인가 네 번째인가 타이센이 다시 거 짓말이라고 외치자 재니스가 참지 못하고 버럭 소리를 질렀다.

"사람 많은 데서 근거도 없이 떠벌리다가 괜히 쪽팔리지 말고 그 쪽이나 입 닥치시죠." 타이센이 태연하게 받아쳤다. "뭐, 계속 지기만 했으니까 쪽팔리는 데는 익숙해졌겠지만."

재니스는 허허 웃으며 어깨를 으쓱하더니 태연하게 응수했다.

"고상하신 사장님께서 그런 인신공격을 하시다니 뜻밖인데요. 전 지금 시민들의 대표로 여기 서 있는 겁니다. 윈드프로에 돈만 벌어 주는, 말도 안 되는 프로젝트를 저지하기 위해서 말입니다. 오늘 여 기서 절 깎아내리고 싶다면 마음대로 하십시오. 하지만 지금 하는 얘기는 내일 우리 홈페이지에 그대로 올라갈 겁니다. 그러니 인신공 격으로 관심을 돌릴 생각은 하지 마십시오."

타이센이 뭐라고 응수하려 했지만 재니스는 그냥 놔두지 않았다.

"그리고 오늘 공청회 자리에 나오면서 뒤로는 엉뚱한 짓 하셨 죠?" 재니스가 타이센과 시장을 차례로 지목하며 말했다. "여러분,

윈드프로와 시에서는 주민 공청회 전까지는 숲에 절대 손대지 않겠다는 시민과의 약속을 어기고 벌목회사에 벌목을 위탁했고, 일단 일을 벌리고 보자는 속셈으로 이미 월요일에 벌목을 강행했습니다. 돈에 눈이 어두운 이런 사기꾼들을 믿으시겠습니까?"

이 말은 들은 타이센과 시장은 가만히 있지 않았다. 자리를 박차고 일어나 말싸움을 하는 세 사람을 향해 청중은 날카로운 휘파람과 야유를 퍼부었다. 더 이상 점잖은 토론은 기대할 수 없는 상황이 됐다. 그때 어디선가 토마토 하나가 날아와 시장의 어깨에 맞았다.

보덴슈타인은 휴대전화를 꺼내 셈의 전화번호를 눌렀다.

"바로 이리 내려와. 서에 지원 요청하고 진행요원들한테 비상문 다 열어놓으라고 해! 빨리 서둘러!"

"사기꾼! 사기꾼!" 젊은 사람들이 박자를 맞추어 합창하기 시작했다.

"조용히 하십시오!" 가만히 듣고만 있던 재니스의 동료가 마이크를 잡았다. "여러분, 진정하십시오. 조용히 하세요!"

"사기꾼! 사기꾼!" 젊은이들은 더욱 큰 소리로 합창을 했고 여기저기서 날달걀과 토마토가 타이센과 시장을 향해 날아들었다. 재니스도 맞았지만 아무런 신경도 쓰지 않았다. 말없이 앉아 있던 환경부 대표는 책상 밑으로 피했다.

"더 이상 못 참아!" 시장은 얼굴이 시뻘게져서 마이크를 집어던졌다.

휘파람 소리가 꼬리에 꼬리를 물었고 야유하는 소리 때문에 타이센과 재니스가 마이크에 대고 하는 말도 들리지 않을 지경이었다. 시장이 연단을 내려가 중앙 복도를 걸어 나가자 야유와 함성은 더욱 커졌고 사람들이 중앙 복도로 몰리기 시작했다. 보덴슈타인은 앞줄

어딘가에 앉아 있을 부모님을 생각하며 슬며시 걱정이 됐다. 그때 뒷줄에서 날아온 토마토가 헤르칭어 시장의 얼굴에 정통으로 맞았다. 시장은 화가 나서 정신이 나갔는지 토마토 던진 사람에게 달려가 누가 말릴 사이도 없이 뺨을 후려쳤다. 그 광경을 지켜보던 보덴슈타인은 놀라서 입이 다물어지지 않았다. 순식간에 주먹질이 오가고 싸움판이 벌어졌다. 사람들은 좁은 의자들 사이에서 피하지도 못하고 싸움에 휩쓸렸고, 강당 안은 난장판이 됐다.

"죽으려고 환장했나?" 피아가 벽에서 등을 떼며 믿기지 않는 듯 외쳤다. "저기서 꺼내 와야 해요. 안 그러면 사람 죽겠어요."

"잠깐만!" 보덴슈타인은 튀어 나가는 피아를 붙잡으려 했지만 사람들에게 밀려 손이 닿지 않았다. 피아의 모습은 온데간데없이 사라졌고, 사람들은 채소 가게를 털어 왔는지 함성을 지르며 시장을 향해 끊임없이 토마토를 던졌다. 시장은 결국 두 팔로 얼굴을 가리고 바닥에 주저앉았다. 떨어져 으깨진 토마토 때문에 바닥은 스케이트장처럼 미끄러웠다. 일렬로 묶인 의자들이 한꺼번에 쓰러졌고 사람들도 덩달아 쓰러졌다. 의자에 걸려 넘어지는 사람도 있고 달아나려다 미끄러지는 사람도 있었다. 비명 소리로 가득 찬 강당은 아비규환을 방불케 했다.

"살려줘요! 여기서 나가게 해주세요!" 여자 하나가 날카로운 비명을 질렀다.

집단 패닉이 일어났다. 사람들은 공포에 질린 얼굴로 출구를 향해 몰려들었다. 의자가 날아다니고 곳곳에서 비명이 터졌다. 거센 힘에 의해 벽으로 밀쳐진 보덴슈타인은 순간적으로 공포에 질려 숨이 막혔다. 곧 정신을 차린 그는 눈으로는 필사적으로 피아를 찾으면서 마음속으로는 부모님에 대한 걱정을 억누르려 애썼다. 부모님이 움직이지 않고 앉은 자리에 그대로 있기를 바랄 뿐이었다.

*

"어떻게 좀 해봐!" 클라우스 파울하버가 재니스의 팔을 잡고 소리쳤다. "사람들이 다 돌았나 봐! 이러다 큰일 나겠어!"

"내가 뭘 어떻게 해?" 재니스는 어깨를 으쓱하며 히죽 웃었다. "저런 애들하고 같이 싸우는 사람이 잘못이지."

강당 뒤편은 그야말로 아수라장이다. 수백 명이 출구로 몰려드는데 문이 한 짝만 열려 있었기 때문이다.

"나 참!"

몇 명 되지도 않지만 그나마 속수무책인 진행요원들을 보고 재니스는 그제야 걱정스러운 표정이 되었다. 환경부 대표는 어느새 정신을 차리고 연단에서 뛰어 내려가더니 무대 옆 비상문을 열고 사라졌다. 타이센도 번개같이 그 뒤를 따랐다. 이제까지 멍하니 앉아 있던 앞줄 사람들도 자리에서 일어나 열린 문을 통해 강당을 떠나기 시작했다. 하지만 뒷줄 사람들과는 비교할 수 없을 정도로 질서 있는 모습이다.

재니스는 금발 여형사가 시장의 손을 끌고 사람들을 헤치며 비상문 쪽으로 다가오는 것을 보았다. 형사가 문 앞에 도착하기 전에 사라져야 한다. 그는 처음부터 심문 따위에 응할 생각이 없었다. 니카와 리키의 모습은 어디에도 보이지 않는다. 하지만 어떻게든 여길 빠져나갈 것이다. 그는 서류 파일을 옆구리에 끼고 연단을 떠났다. 잠시 후 주차장을 걸어가며 차 열쇠를 꺼내려고 주머니에 손을 넣는데 누군가 뒤에서 그의 이름을 불렀다.

"테오도라키스!"

놀라서 돌아보니 땅에서 솟기라도 한 듯 타이센이 우뚝 서 있다.

"지금 시간 없는데요." 아직 승리감에서 깨어나지 못한 재니스는 거만하게 내뱉으며 그의 옆을 지나쳐 가려 했다.

"시간이 없으면 만들어!" 타이센은 원래도 만만히 볼 인물이 아니지만 지금은 그 어느 때보다 화가 나 있었다. 재니스는 얼른 줄행랑을 치려고 했지만 어느새 타이센의 손에 붙잡혔다.

"징그러운 놈! 이젠 꼴 보기도 지겨워!" 타이센은 이를 바드득 갈며 주먹을 날렸다. 재니스는 비틀거리며 주차된 차에 가 부딪혔다.

"이게 무슨 짓입니까?"

타이센은 두 손으로 그의 가슴을 세게 밀쳤다.

"너 뭐 믿고 그렇게 까불어? 너 같은 질투심 많은 양아치 하나 때문에 회사 망하는 꼴을 내가 그냥 보고만 있을 줄 알았어?"

재니스는 공포에 질린 얼굴로 뒷걸음질 쳤다. 타이센의 분노를 얕잡아 보았다는 것을 뒤늦게 깨달은 것이다.

"오늘 저녁 일은 그냥 넘어가지 않을 테니 각오 단단히 해!" 타이센의 목소리는 낮고 위협적이다. "보상금 타 가면서 각서에 서명한 거 잊어버린 모양인데 법정에 나갈 준비나 해! 완전히 묵사발을 만들어주겠어!"

타이센은 분노에 눈이 멀어 무슨 짓이라도 저지를 태세다.

"그런다고 내가 눈 하나 깜짝할 줄 알아? 난 진실을 말했을 뿐이라고!" 재니스는 무서워서 금방이라도 오줌을 지릴 것 같았지만 겉으로는 안 그런 척 큰소리를 쳤다.

"뭐가 어쩌고 어째?" 타이센은 그의 팔을 무자비하게 뒤로 꺾었다. 멀지 않은 곳에서 경광등 불빛과 함께 사이렌 소리가 시끄럽게 났다. 주차장 저편에서는 소방차, 경찰차, 구급차가 줄이어 들어오고 난리다. 재니스는 이런 난장판 속에서 소리를 질러봐야 도우러 오는 사람이 없을 것이라는 생각에 또 한 번 공포를 느꼈다.

*

"피아!"

보덴슈타인은 주위를 두리번거리며 피아를 찾았다. 그러나 보이는 것이라고는 낯선 얼굴, 공포에 질린 눈, 비명을 지르는 입뿐이다. 바로 앞에서 나이든 부인네가 쓰러졌지만 사람들의 물결에 떠밀려 도울 수도 없었다. 이리 치이고 저리 치이던 그는 누군가의 팔꿈치에 복부를 강하게 얻어맞았다. 순간 발밑에 뭔가 물컹한 것이 밟혔다. 그는 공포가 머리끝까지 뻗치는 것을 느꼈다.

진정하자, 그는 속으로 되뇌었다. 그러나 경찰기동대 시절의 기억이 파노라마처럼 머릿속을 스쳤다. 짓밟힌 육체, 죽어가는 사람들……. 나갈 수 있을 때 나갔어야 했다. 제길! 온몸에 식은땀이 흐르고 숨 쉬기가 힘들었다. 피아는 어디 있는 것일까? 또 부모님은? 그때 누군가의 머리가 그의 턱을 향해 날아들었다. 그는 사람들의 무리에 기대 버텼지만 순간적으로 균형을 잃으며 바닥으로 미끄러졌다. 사람들은 그를 무자비하게 짓밟았다. 방금까지만 해도 사람들의 머리통이 있던 곳에 옷, 팔, 훤히 드러난 옆구리 살과 허리띠, 곧 다리와 신발만 보였다. 사람들은 그의 가슴과 얼굴을 짓밟았다. 그러나 아픔은 느껴지지 않았다. 느낄 수 있는 것이라고는 오직 공포, 죽음에 대한 공포뿐이었다. 그것은 내면의 모든 감정을 잠재우고 상상하지 못한 에너지를 불러일으켰다. 그는 죽고 싶지 않았다. 여기서 이렇게 죽을 수는 없다. 다텐바흐 강당의 더러운 바닥에서 사람들의 발에 밟혀 죽을 수는 없다.

보덴슈타인은 죽을힘을 다해 출구라고 생각되는 방향으로 기어 갔다. 그리고 어느 순간 다시 숨을 쉴 수 있었다. 그는 숨을 헐떡거리며 신선한 공기를 들이마셨다. 여기서 나가야 한다!

그때 누군가가 그의 팔을 잡았다.

"보덴슈타인 씨!" 낯선 여자 목소리가 희미한 의식 속으로 뚫고 들어왔다. 고개를 들어보니 어디서 본 듯한 녹색 눈동자가 걱정스럽게 그를 내려다본다. 그러나 그녀가 누구인지, 어떻게 자신의 이름을 알고 있는지 전혀 기억이 나지 않는다.

간신히 몸을 일으킨 그는 쓰러지지 않기 위해 그녀의 작은 몸에 기대야 했다. 온몸이 사시나무 떨듯 덜덜 떨렸다. 그녀는 그의 팔을 꽉 붙들고 사람들 사이를 헤치며 출구를 향해 나아갔다.

"우리 팀원들은…… 다 어디 있죠?"

"다들 밖에 있을 거예요." 그녀가 대답했다. "숨을 크게 쉬세요."

보덴슈타인은 순순히 그녀의 말에 따랐다. 피아! 피아는 어디 있지? 시장을 구하러 달려 나간 다음 보지 못했다. 얼마나 시간이 흐른 걸까? 몇 시간은 된 것 같다. 로비는 피난민 수용소를 방불케 했다. 누워 있는 사람, 비틀거리며 지나가는 사람, 퍼질러 앉아서 신경질적으로 소리 내어 우는 사람, 충격에서 헤어나지 못한 채 굳은 표정으로 허공만 쳐다보는 사람……. 정복 차림의 경찰관, 구급요원, 의사들이 바쁘게 왔다 갔다 하고 문밖에서는 경광등이 정신없이 깜박인다.

"부모님이 아직 저 안에 계시는데……." 보덴슈타인이 걸음을 멈추고 말했다. "부모님을 찾아야 해요." 그는 손목시계를 들여다보았다. 9시 5분. 그렇다면 저 재앙이 잘해야 삼사 분 사이에 일어난 일이란 말인가. 그는 발길을 돌려 다시 강당으로 들어갔다. 공포가 휩쓸고 간 폐허가 눈앞에 펼쳐졌다. 넘어지고 부서진 의자들 사이에 옷가지와 신발짝이 널브러져 있고, 문 바로 옆에서는 의사가 바닥에 누운 여자에게 응급처치를 하는 중이다. 몇 미터 떨어지지 않은 곳에 여자 두 명이 더 누워 있고, 그 옆에는 옷이 발기발기 찢긴 남자가 있다. 정신이 좀 들고 떨림도 어느 정도 가신 그는 누워 있는 사람들을 조심스럽게 넘어 강당 안으로 깊숙이 들어갔다. 넘어진 의자들 사이에 웅크린 채 쓰러져 있는 여자가 눈에 들어왔다. 시커멓게 변한 흰색 블라우스와 청바지 차림이고 금발 머리칼이 얼굴을 덮고 있다. 보덴슈타인은 순간 심장이 멎는 것만 같았다.

"안 돼! 피아!"

그는 쓰러진 여자 옆에 주저앉으며 낮은 비명을 질렀다.

*

경찰이 집을 봉쇄했지만 프라우케는 별로 개의치 않았다. 좀 불편하기는 해도 사람들이 모르는 입구를 알고 있기 때문이다. 프라우케는 오빠와 남동생이 자기만 쏙 빼놓고 윈드프로의 보상금을 나누려 한 사실을 마음에 담아두었다. 또한 그동안 그들에게 받은 모욕과 수모도 잊지 않았다. 그렇게 잘살면서 한 번도 집에 초대한 적이 없고, 조카가 여럿이지만 성사 때 대모가 되어달라는 부탁을 받은 적이 없다. 이상할 것도 없다. 속물적인 올케와 새언니가 원하는 대모는 아이들에게 비싼 선물을 해줄 수 있는 사람일 테니까.

"어디 두고 보자, 재수 없는 것들."

이미 해가 졌으니 30분만 있으면 캄캄해질 것이다. 프라우케에게
는 잘된 일이다. 숲 아래쪽에서 시끄럽게 사이렌 소리가 났다. 시내
에 무슨 일이 있는 게 틀림없다. 무슨 상관이람? 그녀는 숨을 헐떡이
며 장미 넝쿨을 위해 세워놓은 무거운 격자 울타리를 옆으로 치웠
다. 격자 울타리는 쾅 소리를 내며 벽에 가 부딪혔고, 그 뒤에 녹이
잔뜩 슨 좁은 문이 나타났다. 그녀는 주머니에서 스프레이 윤활제
를 꺼내 자물쇠에 뿌렸다. 두 번만 뿌려도 열쇠는 잘 돌아갔다. 하지
만 문이 빡빡해서 잘 열리지 않았다. 있는 힘껏 잡아당기자 결국 끼
익 하는 굉음과 함께 문이 열렸다. 녹슨 쇳가루와 먼지가 풀풀 날렸
다. 그녀는 머리칼에 묻은 먼지를 털어내고 식품 저장고로 쓰던 방
으로 들어갔다. 작은 방에 곰팡이 냄새, 쥐똥 냄새, 썩은 내가 진동한
다. 벽을 더듬어 스위치를 켜자 천장에 매달린 백열전구에 불이 들
어왔다. 부엌으로 들어가는 문은 잠겨 있지 않았다. 아직 어스름한
빛이 남아 있어 집 안에서 움직이는 데는 문제가 없다. 그녀는 먼지
가 수북한 계단을 밟고 뒤뚱거리며 2층으로 올라갔다. 아버지의 괴
벽을 속속들이 알고 있는 그녀는 원하는 것을 찾기 위해 어디를 뒤
져야 하는지 정확히 알았다. 노인네가 50년간 간직해온 버릇을 갑자
기 버렸을 리 없다.

10년 이상 사용하지 않은 지붕 밑 손님방에 들어서자 그녀의 체
중 때문에 마룻장이 삐걱거렸다. 그녀는 벽장을 열고 맨 윗칸에서
냄새나는 시트를 꺼냈다. 시트 안에 들어 있는 알루미늄 박스가 만
져졌다. 그녀는 박스를 꺼내고 시트를 도로 집어넣은 다음 벽장문을
닫았다. 알루미늄 상자의 열쇠는 아버지 방 마리아 조각상 밑에 있
을 것이다.

그녀는 땀을 비 오듯 흘리며 계단을 내려갔다. 몸은 힘들지만 마

음만은 흐뭇했다. 그레고어와 마티아스가 억울해하는 표정을 보고 싶어 벌써부터 좀이 쑤신다. 층계참에 다다른 그녀는 문득 걸음을 멈추고 어둠 속에 귀를 기울였다. 들어올 때 문을 안 닫은 것이 생각났다. 누군가 집 안에 들어온 것이 분명하다. 그때 뭔가 시꺼먼 것이 그녀를 향해 달려들었다. 순식간에 일어난 일이었다.

예상치 못한 공격에 놀란 그녀는 알루미늄 상자를 떨어뜨렸고 자기도 모르게 앞으로 걸음을 내디뎠다. 균형을 잃고 잠시 두 팔로 허공을 휘젓던 그녀는 결국 가파른 계단에서 굴러떨어졌다. 그리고 낡을 대로 낡은 나무 난간을 부수고 아버지 방 문 앞으로 굴러가 머리를 부딪혔다.

*

그녀는 한 손으로 담벼락을 짚고 거친 숨을 몰아쉬었다. 그녀가 젖 먹던 힘까지 내 아수라장 속에서 구해낸 시장은 바닥에 앉아 피가 흐르는 머리를 손으로 눌렀다.

"괜찮으세요?"

"네. 네, 괜찮습니다." 시장이 멍한 얼굴로 대답했다. "무슨 일이 있었던 거죠?"

"어린 학생들이랑 싸우셨어요. 하마터면 큰일 날 뻔했어요!"

시장은 고개를 들고 피아를 쳐다보았다.

"그럼…… 제 생명을 구하셨군요." 그의 목소리가 파르르 떨렸다. 비상구에서는 사람들이 끊임없이 쏟아져 나왔다. 겨우 밖으로 나온 사람들은 가쁜 숨을 쉬며 비틀비틀 어둠 속으로 사라졌다. 사이렌 소리가 나고 반대편 정문 쪽에서 푸른 경광등 불빛이 깜박거렸다.

양복을 입은 남자 두 명이 누군가를 찾는지 앉아 있는 사람들의 얼굴을 확인하며 걸어왔다.

"세상에! 시장님, 여기 계셨군요!" 한 남자가 시장을 발견하고 달려왔다.

"모시고 가세요. 얼른 병원으로 가야 해요." 피아가 젊은 남자에게 말했다. 말투로 보아 토마토를 던지던 패거리는 아닌 듯하다.

"네, 고맙습니다." 젊은 남자는 동료와 함께 초죽음이 된 시장을 부축해 자리를 떴다. 피아는 그들의 뒷모습을 바라보다 혼란 속에 잊고 있던 사실을 기억해냈다. 오늘 여기 온 이유는 재니스 테오도라키스가 아니었던가! 그녀는 주변을 둘러보았다. 무대 옆 비상구로 나왔으니 여기는 뒷마당일 것이다. 타이센과 환경부 대표도 그 문으로 나왔는데, 어디로 간 거지? 그때 테오도라키스는 아직 무대에 남아 있었다. 반대편에도 비상구가 있을까? 그새 날이 어두워져서 체육관 처마 밑에 달린 스포트라이트만이 희미하게 바닥을 비추었다. 피아는 방향을 잡아 걸으면서 보덴슈타인에게 전화를 걸었지만 받지 않는다. 사이렌 소리가 이중삼중으로 겹쳐 들린다. 이 난리통에 전화벨 소리가 들릴 리 없다. 피아는 다른 동료들에게 전화를 할까 하다가 어차피 듣지 못할 것 같아 전화기를 도로 집어넣었다. 어쩌다 일이 이 지경까지 왔지? 정문으로 걸어가다 보니 주차장에서 대치하고 있는 남자 둘이 시야에 들어왔다. 스포트라이트 불빛에 한 남자의 안경이 번뜩였다.

테오도라키스! 심문을 안 받고 그냥 도망치려 하다니! 피아는 꺼림한 생각에 발걸음을 빨리했다. 그 순간 상대 남자가 테오도라키스의 팔을 뒤로 꺾었다. 사태가 심상치 않다고 판단한 피아는 얼른 달려가 권총을 빼 들었다.

"경찰이다!" 그녀가 큰 소리로 외쳤다. "그 사람 풀어줘!"

상대 남자는 순순히 그의 팔을 풀어준 다음 그녀 쪽으로 고개를 돌렸다. 타이센을 알아본 피아는 깜짝 놀랐다.

"타이센 씨, 여기서 뭐하는 거죠?" 피아의 목소리가 날카롭게 울려 퍼졌다.

"무슨 상관입니까?" 타이센도 그에 못지않게 날카롭게 받아치더니 넥타이를 고쳐 매고 옷매무새를 가다듬었다.

"얘기 아직 안 끝났으니 그렇게 알아." 타이센은 재니스에게 내뱉듯이 말하고는 자동차들 사이로 사라졌다.

재니스는 거칠게 숨을 몰아쉬며 바닥에 주저앉았다. 코피가 턱까지 줄줄 흘러내렸다. 피아는 그런 재니스를 쳐다보며 권총을 도로 집어넣었다.

"그냥 도망가려고요?" 피아가 차갑게 말했다.

"아닙니다." 재니스는 안경을 찾는지 주변 바닥을 더듬거렸다. "미친 자식, 날 죽이려고 했어요! 이렇게 폭력을 휘두르는 놈은 고발해야 하는데."

그는 안경을 찾아 쓰고 신음 소리를 내며 일어섰다. 그리고 자동차에 기대 고통스러운 표정으로 코를 만졌다.

"그 미친놈이 내 코를 부러뜨렸어요. 내가 공격당하는 거 봤죠? 형사님이 내 증인입니다!" 재니스는 불평을 토로하며 피아에게 다짐 받듯이 말했다.

"사실은 누가 누구를 공격하는지 정확히 못 봤어요. 그리고 타이센이 저러는 게 이해가 안 되는 것도 아니고요. 그렇게 심한 말로 공격을 했는데 당연한 반응 아니에요?"

"난 진실만을 말했습니다." 재니스가 연극배우처럼 과장되게 진지한 태도로 말했다. "그런데 이놈의 나라에선 진실을 말하려면 목숨을 내놓고 해야 한다는 게 문제죠." 그는 손등으로 코 밑을 누르더니 피를 확인하고는 인상을 썼다.

피아는 충격받은 사람은 그 자리에서 거짓말을 생각해낼 여유가 없다는 사실을 생각해내고 이 기회를 이용하기로 했다.

"타이센이 위조한 거라고 주장한 그 평가서 어디서 난 거죠?"

"위조했다고 주장하는 게 아니라 위조한 겁니다." 충격의 흔적은 어디에서도 찾아볼 수 없다. "나도 인맥이 있습니다. 윈드프로에서 일하는 사람들도 다 그렇게 핫바지는 아니고요."

✱

헝클어진 머리칼을 옆으로 치우는 그의 손이 떨렸다. 다음 순간 무거운 쇠망치로 내려친 듯 그의 심장이 다시 뛰기 시작했다. 피아가 아니다! 보덴슈타인은 젊은 여자의 목에 손을 대보았다. 희미하게 맥박이 느껴진다. 그는 바로 몸을 돌려 도와줄 사람을 찾았다. 부상자를 찾아 의자 사이를 살피고 다니는 구급요원 두 명이 보인다.

"여기요! 여기 의식을 잃은 사람이 있습니다!"

그는 바닥을 짚고 일어나 구급요원들에게 자리를 내주었다. 주위를 둘러보니 강당 안에는 아직도 나가지 않은 사람들이 드문드문 보였다. 말없이 앉아 있거나 서 있는 그들의 얼굴에는 무언의 경악이 그림자처럼 드리워져 있다. 보덴슈타인은 엎어진 의자들 사이를 헤집고 계속 걸었다. 오늘 일은 죽을 때까지 잊지 못할 것이다. 이제까지 수사를 하면서 위험한 순간을 많이 겪었지만 이번처럼 직접적으로 목숨의 위협을 느낀 적은 없었다. 위기 상황 대처법을 여러 번 교

222

육받았는데도 조금 전 그 아수라장 속에서 그는 완전히 이성을 잃었다. 오직 살아야겠다는 욕구뿐이었다. 무슨 수를 써서라도 살아남아야 한다는 생각, 인류 진화의 원동력이 된 가장 강력하고 원초적인 본능에 철저히 지배당했다.

"올리버!"

어머니의 목소리에 그는 뒤를 돌아보았다. 어머니는 낯빛은 창백해도 차분한 표정이다. 그는 안도의 한숨을 내쉬며 어머니를 끌어안았다. 어머니와 아버지는 무대에서 조금 떨어진 자리에 앉아 있었는데, 그 혼란이 일어났을 때 현명하게도 자리를 뜨지 않았다고 한다. 보덴슈타인은 그제야 아버지가 보이지 않는 것을 깨달았다.

"아버지는 어디 계세요?"

"사람들 찾으러 가셨다." 어머니는 묘한 눈길로 그를 쳐다보았지만 그는 눈치채지 못했다.

"쿠엔틴한테 전화해서 모시러 오라고 할게요."

"아니다, 그냥 둬라." 어머니가 그의 어깨에 손을 얹으며 말했다. "우린 알아서 집에 갈 테니까 넌 네 일이나 해."

"아니에요. 여기서 잠깐만 기다리세요. 어머니가 이런 걸 보셔야 할 이유는 없어요."

"이보다 더한 것도 봤다. 어쩌면 내가 도울 수 있는 일이 있을지도 몰라."

어머니의 목소리에선 결연함이 내비쳤다. 보덴슈타인은 하는 수 없다는 듯 어깨를 으쓱했다. 어머니와 싸우는 것은 소용없는 일이다. 그리고 어머니는 호스피스로 봉사 활동을 하면서 처참한 상황을 많이 접했을 것이다. 어머니가 강한 사람이라는 것을 아는 그는 더이상 고집을 부리지 않았다. 그러나 어머니를 따라 로비로 나갈 생각은 도저히 들지 않았다.

비상구를 통해 밖으로 나온 그는 눈을 감고 심호흡을 했다. 서늘한 밤바람이 열에 들뜬 그의 얼굴을 기분 좋게 식혀주었다. 여기도 삼삼오오 모여 조용히 이야기를 나누는 사람들이 있었다. 눈물범벅이 된 얼굴로 허망한 표정을 하고 담배를 피우는 여자도 눈에 띈다. 보덴슈타인은 그들 곁을 지나쳐 정처 없이 걸었다. 움직이지 않고 서 있으면 그 공포가 되살아날 것만 같아서다. 정문 쪽에서 비치는 푸른 경광등이 어둠 속에서 마치 번갯불처럼 번뜩였다.

"아까 그 여자, 동료 맞아요?"

언제 뒤따라왔는지 아까 도와준 여자가 옆에 서 있다.

"아니요, 다행히 아니었어요."

보덴슈타인은 그제야 그녀의 얼굴을 자세히 들여다보았다. 선이 고운 창백한 얼굴은 예쁘다기보다는 단아한 느낌을 준다. 하나로 묶었던 머리가 풀려 금색 머리칼이 마치 후광처럼 그녀의 얼굴을 감쌌다. 어떻게 보면 잉카 한젠을 닮았다. 보덴슈타인은 문득 어디서 그녀를 봤는지 생각이 났다. 부모님 집에 왔었는데 아버지가 집에 태워다 준다고 데리고 나갔었다. 그가 이상하게 여기자 어머니는 시민단체 회원이라고 말해주었다.

"우리 부모님 집에 왔었죠? 이름이 니콜…… 맞죠?"

"니카예요." 어둠 속에서 그녀의 하얀 치아가 빛났다. 그러나 그녀는 곧 미소를 거두고 진지한 표정으로 돌아갔다.

"이리 오세요. 앉아서 안정을 취하셔야 해요."

그는 얌전히 그녀가 이끄는 대로 화단 가장자리에 가 앉았다. 그녀도 그의 옆에 앉았다.

두 사람은 잠시 아무 말도 없이 땅만 내려다보았다. 그는 그녀 옆에 있는 것이 왠지 어색하면서도 좋았다. 그녀에게서 느껴지는 온기와 차분함이 그의 내면에 일어난 흥분과 격동을 잠재우는 것 같았다.

"도와줘서 고마워요." 마침내 그가 입을 열었다. 목소리가 갈라졌다.

"아니에요. 한 것도 없는걸요."

갑자기 그녀가 그를 빤히 쳐다보자 그는 얼굴이 뜨거워졌다.

"다른 사람들을 찾으러 가봐야겠어요. 혼자 괜찮으시겠어요?"

"예, 이제 괜찮습니다." 그는 손을 뻗어 그녀를 만지려 했으나, 그녀는 자리에서 일어나며 그의 손에서 벗어났다.

"그럼 가볼게요."

보덴슈타인은 그녀의 모습을 눈으로 쫓았으나 그녀는 마법처럼 스포트라이트 빛 속으로 사라져버렸다.

그때 비상구 문이 열리고 피아가 밖으로 나왔다. 주위를 두리번거리던 그녀는 보덴슈타인을 발견하고 빠른 걸음으로 다가왔다. 흰색 블라우스와 청바지 여기저기에 얼룩이 졌지만 다친 데는 없어 보인다. 멀쩡하게 살아 나온 피아를 본 보덴슈타인은 너무 반가워서 달려가 껴안고 싶은 것을 겨우 참았다. 피아는 이상하다는 듯 고개를 갸우뚱했다.

"꼴이 그게 뭐예요?"

그는 자신의 모습을 내려다보았다. 셔츠 자락은 바지 밖으로 나와 있고, 양복 소매 한쪽은 거의 반이 뜯어졌고, 구두도 한 짝만 신은 채다. 그는 이제야 현실로 돌아온 듯 정신이 번쩍 들었다.

"어, 그게…… 그 난리통 한가운데 있었거든. 그나저나 어디 있었던 거야? 갑자기 사라져서 안 보이더라고."

"시장 데리고 밖으로 나갔죠. 거기 그냥 있었으면 정말 뼈도 못

추렸을 거예요. 그리고 테오도라키스도 찾아냈어요. 그 얍삽한 놈, 몰래 도망치려다가 주차장에서 타이센한테 얻어맞고 있더라고요. 그래도 내가 제때 가서 구해줬죠."

"지금 어디 있는데?"

"순찰차 안에서 기다리라고 했어요."

얇은 양말만 신은 맨발이라는 것을 깨닫자 보덴슈타인은 갑자기 발이 시려왔다. 흥분이 가시자 한기가 들면서 몸이 덜덜 떨렸다. 그는 엄습하는 피로감에 시멘트 화단 끝에 다시 주저앉았다.

"가요." 피아가 그의 팔을 잡아 일으켰다. "먼저 구두부터 찾고 그 다음에 사무실로 돌아가야죠."

"어쩌다 그 지경까지 간 거지?"

그는 손바닥으로 얼굴을 쓸었다. 몸이 축 늘어지면서 온몸이 쑤시고 아파온다. 하루 종일 아무것도 안 먹은 상태에서 이 공포영화 같은 일이 일어나고 피아 때문에 십년감수했으니 힘이 빠질 만도 하다. 피아는 주머니에서 담뱃갑을 꺼내 그에게 내밀었다.

"피울래요?"

"응, 고마워." 그는 피아에게 받은 라이터로 담배에 불을 붙였다. "쾨니히슈타인 주차장 옆에 있는 되너 가게 있잖아, 아직 문 열었을까?" 그가 밑도 끝도 없이 물었다. "되너 케밥이랑 감자튀김이 먹고 싶어. 케첩이랑 마요네즈 찍어서."

피아는 그를 빤히 쳐다보았다.

"반장님 쇼크를 심하게 받았나 봐요."

"불과 몇 분 전만 해도 사람들이 구둣발로 날 마구 짓밟았어." 그는 담배를 한 모금 빨아들였다. "이게 마지막이구나, 이제 죽는구나 싶더라고. 그때 내가 무슨 생각한 줄 알아?"

"나중에 말해줘요." 피아가 회피하듯 말했다. 뭔가 꼭꼭 숨기고 있던 은밀하고 개인적인 이야기가 나올 거라고 예상했기 때문이다. 그러나 보덴슈타인은 별안간 껄껄 웃기 시작했다. 상황이 너무 기괴하게 느껴졌다. 조금 전에 죽을 뻔한 사람이 다 찢어진 옷에 구두도 없이 앉아서 먹을 것을 생각하고 있다니! 그는 옆구리가 아프도록 웃어젖혔다.

"내가…… 그때 내가 무슨 생각을 했냐면 말이야……." 그는 숨을 헐떡거리며 웃었다. "내 장례식에서 목사가 뭐라고 할까? '고인은 다텐바흐 체육관 강당에서 달걀과 토마토와 함께 운명하셨습니다.' 이럴까?"

그는 양손에 얼굴을 묻고 끝없이 웃었다. 마음 같아서는 꺼이꺼이 울고 싶었지만 도저히 웃음을 그칠 수 없었다.

*

하인리히 폰 보덴슈타인은 선장이 떠난 배에 남은 승객처럼 무기력함을 느꼈다. 최악의 상상을 능가하는 일이 벌어졌고 모든 게 수포로 돌아갔다. 루드비히의 말대로 재니스를 연단에 올려 보내서는 안 되는 거였다. 재니스는 그렇지 않아도 술렁거리는 청중을 진정시키기는커녕 격한 발언으로 자극했고, 흥분으로 달아오른 토론은 결국 양은 냄비처럼 끓어 넘치고 말았다. 그러고선 혼자 어디론가 사라져버렸다. 보덴슈타인 백작은 아들과 시민단체 회원들을 찾아 소방차와 재난 구조 차량이 임시 조명으로 켜놓은 헤드라이트 불빛 속을 헤매고 다녔다. 눈 닿는 곳마다 경광등이 반짝이고 구급차가 사방에 진을 치고 있었다.

학생들에게 토마토와 달걀을 던지고 난동을 피우라고 시킨 건 과연 재니스였을까? 그는 그렇게 믿고 싶지 않았다. 하지만 재니스는 자신을 드러내고 싶은 욕구가 너무 강해서 위험하다는 루드비히의 말이 자꾸 생각났다. 모퉁이를 돌아 건물 앞으로 온 그는 경찰 통제선 너머에 잔뜩 몰려들어 아우성치는 구경꾼과 기자들을 보고 깜짝 놀랐다.

로비로 들어서는 그를 제지하는 사람은 아무도 없다. 서명 리스트가 놓여 있던 책상에 누군가 적십자사 담요를 덮고 누워 있는 것이 보였다. 사냥 동호회 친구인 소방대장이 어두운 표정으로 다가왔다.

"안 보는 게 좋아, 하인리히."

"누, 누군데?"

"마르가 넘어진 모양인데 사람들한테…… 밟혀서…….'

그는 목이 메어 더 이상 말을 잇지 못했다. 희생자가 아는 사람이냐 아니냐는 하늘과 땅 차이다.

"맙소사." 보덴슈타인 백작은 피해의 심각성을 깨닫고 신음하듯 중얼거렸다. 하루 만에 이렇게 많은 희생자가 나오다니! 그는 소방대장의 어깨를 두드려주고 부상자와 구급요원들 사이로 걸어 들어갔다. 허옇게 질린 얼굴에 피를 묻힌 채 멍하니 걷는 사람, 찢기고 더러워진 옷을 입은 채 친구와 가족을 찾아 헤매는 사람들 사이로 부상당한 여자가 들것에 실려 나왔다.

"케르스틴!" 그는 부상자를 알아보고 외쳤다. 그녀의 팔에는 주삿바늘이 꽂혀 있고 옆에서 구급요원이 주사액이 든 봉지를 들고 따라가고 있다. 케르스틴은 고개를 들고 그를 쳐다보았다. 멍하니 그를 쳐다보던 그녀가 그를 알아보고 손을 뻗었다.

"리키……." 그녀가 다 죽어가는 목소리로 중얼거렸다. 손이 얼음처럼 차다. "이…… 이 모든 게……."

"죄송하지만 말씀하시면 안 됩니다." 구급요원이 그녀를 말렸다. "얘기는 나중에 하시고요, 지금은 병원으로 가는 게 급해요."

그는 구급요원에게 밀려 케르스틴의 손을 놓쳤다. 리키가 어쨌다는 것일까? 다른 사람들은 어디 있지? 루드비히가 없는 지금 동료와 친구 들을 챙기는 일은 그의 몫이다. 그는 다시 로비로 들어가 만나는 사람마다 붙들고 리키와 재니스를 봤는지 물었지만 그들을 본 사람은 아무도 없었다. 하나둘씩 회원들이 모여들기 시작했다. 모두 앞자리에 앉았기 때문에 케르스틴을 제외하고 특별히 다친 사람은 없었다. 그러나 모두 말이 없었다. 시민단체의 승리로 끝났어야 할 공청회는 비극적 재난으로 끝나 버렸다.

"리키나 재니스 본 사람 있어요?" 보덴슈타인 백작이 물었다.

"리키는 아까 홍보 스탠드 있는 데서 봤는데요." 회원은 아니지만 친하게 지내는 진행요원이 말했다. "그 난리가 일어났을 때는 여기 있었는데 그다음엔 못 봤어요."

✳

피아의 휴대전화가 요동쳤다. 크리스토프다!

"엘할텐에서 일어난 일, 라디오에서 들었어. 전화는 도대체 왜 안 받는 거야?"

"여긴 지금 난리예요. 아까 전화하려고 했는데……."

"내가 얼마나 걱정했는지 알아?" 그가 거칠게 말을 끊었다. "이제 나도 정말 못 해먹겠어. 지키지 못할 약속이나 하고 말이야!"

피아는 그의 냉정한 말투에 잠시 할 말을 잃었다. 그가 이런 식으로 그녀를 몰아붙인 적은 한 번도 없었다. 꿈같던 휴가도, 행복한 날들도 없었다는 듯 그의 말투는 매정하기만 하다.

"7시에 만나기로 했잖아. 그런데 안 오기에 7시 반까지 기다렸어. 그래도 안 와서 어쩔 수 없이 혼자 갔어. 그런데 집에 와보니 집에도 없고 라디오에선 이런 기막힌 뉴스가 나오고. 도대체 뭐하자는 거야?"

이제 피아도 슬슬 짜증이 난다.

"난 뭐 가기 싫어서 안 갔는지 알아요? 무슨 생각을 하는지 모르겠지만 여기 상황은 집에 가고 싶다고 마음대로 집에 갈 수 있는 상황이 아니라고요. 그 난리통에서 맞아 죽을 뻔한 시장을 구해냈어요. 그러지 않으면 그 사람 지금쯤 죽었을지도 몰라요."

도대체 무슨 생각을 하는 거야? 누구는 재미로 이런 데 와 있는 줄 아나? 옆에서 사람들이 죽어 나자빠지는데 태평하게 전화나 받고 있으라고?

"언제 와?" 크리스토프는 그녀의 말에는 대꾸도 하지 않고 차갑게 물었다. 그 말에 피아는 불쑥 화가 치밀었다.

"여기 일 끝나면 내가 가고 싶을 때 갈 거예요." 그녀는 이렇게 대답하고 전화를 뚝 끊어버렸다. 빌어먹을! 그녀는 크리스토프와 싸우고 싶지 않았다. 갑자기 경찰이라는 직업이 싫어졌다. 제때 집에 못 가게 하는 테오도라키스 같은 사람도 너무 미웠다.

"무슨 일이야?" 보덴슈타인이 옆에 와서 물었다.

"크리스토프예요. 전화 안 했다고 화났어요."

"집에 가봐. 심문은 셈이랑 같이 해도 되니까." 보덴슈타인이 피아의 눈치를 살피며 말했다.

"셈은 카트린이랑 같이 10분 전에 갔어요. 어서 가요. 테오도라키스 심문해야죠. 한 시간 일찍 가나 늦게 가나 어차피 똑같아요."

*

재니스는 코가 감자만 하게 부어오른 채 경찰 버스에 앉아 있었다. 옆자리에서 리키가 훌쩍거리고 있지만 그는 위로 한마디 건네지 않았다.

피아와 보덴슈타인은 차 안으로 비집고 들어가 그들 맞은편 좌석에 앉았다. 배낭에서 수첩과 볼펜을 꺼낸 피아가 먼저 시간을 확인했다. 밤 11시 45분.

"이름하고 주소요." 그녀가 재니스를 향해 말했다. "생년월일하고 출생지도."

"1966년 12월 5일 그로스 게라우에서 태어났고, 주소는 슈나이트하인 시 아이헨 가 26번지입니다."

피아는 그가 말한 것을 기록한 후 이번에는 리키를 향했다.

"이름이 뭐예요? 생년월일하고 주소 대요."

"누구요? 저요?" 리키가 손가락으로 자신을 가리켰다.

"그럼 여기 아줌마 말고 또 누구 있어요?" 힘든 하루를 보내고 집에 가서 또 크리스토프와 싸울 일을 생각하니 피아는 말이 곱게 나오지 않았다. 천장에서 내리비치는 환한 전등 밑에서 보니 리키는 아까 가게에서 봤을 때처럼 젊어 보이지 않았다. 적어도 마흔 초반, 아니 훨씬 더 돼 보였다. 목에 주름도 많고, 윗입술 위에도 깊은 주름이 졌다. 가죽처럼 변한 갈색 피부도 탄력을 잃었다. 과한 인공 선탠의 대가다.

"이름은 프리데리케 프란첸, 주소는 똑같이 슈나이트하인 아이헨

가 26번지고요, 생년월일은 1967년 11월 8일이에요." 생년월일에서는 목소리가 기어 들어간다.

"안 들려요. 1957년?" 피아가 신경질적으로 물었다.

"67년요." 리키는 마스카라가 번진 눈으로 피아를 한 번 흘겨보더니 새침한 표정을 지었다.

"12시 다 됐으니까 빨리빨리 끝내고 집에 갑시다." 보덴슈타인이 심문을 시작했다. "테오도라키스 씨, 당신은 5월 8일 밤부터 5월 9일 새벽 사이에 윈드프로 건물에 몰래 침입했다는 의심을 받고 있어요."

"뭐라고요?"

재니스는 영문을 모르겠다는 듯 인상을 썼다. 피곤한 것 같지만 정신은 맑아 보였다.

"회사 열쇠 갖고 있죠?"

"네. 하지만 제가 윈드프로에 왜 몰래 침입을 합니까?"

"미안하지만 질문은 내가 합니다. 5월 8일에서 9일로 넘어가는 새벽 1시부터 4시 사이에 어디서 뭘 했죠? 그리고 어젯밤 크로네를 나와서 어디로 갔습니까?"

"왜요?"

"질문은 내가 한다니까요. 그쪽은 내 질문에 간단명료하게 대답만 하면 돼요."

재니스는 잠시 대답을 망설였다.

"부모님 집에 갔습니다."

피아도 보덴슈타인도 리키의 놀란 표정을 놓치지 않았다. 동거하는 여자친구에게 비밀이 있다니 흥미롭지 않을 수 없다.

"부모님 집에는 왜 갔죠?"

"아버지가 치매와 파킨슨병을 앓고 계십니다. 최근에 약을 바꿨

는데 부작용이 심합니다. 어제는 어머니를 적군으로 착각하고 달려
들었다면서 어머니가 울면서 전화를 했습니다."

"왜 나한테는 그 얘기 안 했어?" 리키가 삐친 목소리로 물었다.

"우리 부모님한테 관심 없잖아." 재니스는 고개도 돌리지 않고 대
꾸했다. "11시쯤 뷔텔보른에 도착했습니다. 아버지는 온몸에 피가
묻은 채 지하실 바닥에 앉아서 엉엉 울고 있었어요. 무서워서 우는
거였죠. 어머니도 옆에서 울고 있었습니다. 의사를 부르는 수밖에
달리 방도가 없었습니다. 30분 후에 구급차가 와서 아버지를 리트슈
타트에 있는 정신병원으로 데려갔습니다. 전 어머니와 함께 제 차로
따로 갔고요. 병원에 가서 의사를 만난 후 어머니를 모셔다 드리고
집에 오니 3시 반이었습니다."

막 지어낸 이야기로는 들리지 않았다. 그리고 병원에 확인해보면
금방 알 수 있는 일이다.

"그럼 금요일 밤부터 토요일 새벽까지는 어디 있었죠?"

"집에 있었어요." 그가 바로 대답을 하지 않자 리키가 얼른 끼어
들었다. "밤새도록 집에서 잤어요!"

"그건 사실과 좀 다릅니다." 재니스가 한숨을 쉬며 잿빛 곱슬머리
를 쓸어 올렸다. "그날도 어머니한테 갔습니다. 음식점을 하시는데
그날 일하는 사람이 둘이나 안 나와서 어머니가 주방에 들어가야 했
어요. 그래서 제가 홀에서 어머니가 하던 일을 했습니다. 아버지가
일을 할 수 없게 된 후로 자주 있는 일입니다."

피아는 날카로운 시선으로 리키를 관찰했다. 방금 나온 말도 처음
듣는 것이 확실하다. 그런데 그녀는 왜 재니스에게 알리바이를 만들
어주어야 한다고 생각했을까?

"몇 시에 가서 몇 시에 돌아왔습니까?" 보덴슈타인이 물었다.

"뷔텔보른에 도착한 건 저녁 8시 반이고 집에 온 건 새벽 3시쯤이었습니다."

"그쪽은요?" 피아가 리키에게 물었다.

"누구요? 저요? 왜요?"

"방금 밤새도록 집에 있었다고 했잖아요. 남자친구가 새벽 3시에 들어온 걸 몰랐다면 본인도 집에 없었다는 뜻 아니에요?"

"전 그날 피곤해서 일찍 잤어요. 텔레비전 좀 보고 나서 바로 잤어요. 깨보니까 재니스가 옆에 누워 있었어요."

"텔레비전에서 뭘 봤죠?"

리키는 엄지손가락으로 아랫입술을 만졌다. 손톱에 매니큐어를 칠했는데 일을 많이 한 손에 안 어울리게 진한 빨강이다.

"3번에서 하는 옛날 범죄 드라마였어요. 조금 보다가 여기저기 돌렸어요."

피아와 보덴슈타인은 서로 시선을 마주쳤다.

"좋습니다." 보덴슈타인이 허물없는 미소를 지으며 마무리 지었다. "협조해주셔서 감사합니다. 내일 아침에 조서 작성하러 호프하임 경찰서로 오시면 됩니다."

보덴슈타인이 내미는 명함을 받으며 그들은 처음에는 놀랐다가 이내 안심하는 표정으로 변했다. 그들은 무엇을, 어째서 두려워한 것일까?

피아는 기록한 것을 챙긴 다음 자리에서 일어나 그들이 내릴 수 있도록 차 문을 옆으로 밀어주었다.

"참, 아까 주차장에서 타이센 씨를 고발한다고 했죠? 신변보호 요청하려면 하세요."

피아의 말에 재니스는 무슨 얘기인지 모르겠다는 듯 의아한 표정을 지으며 리키의 시선을 외면했다. 표정으로 보아 리키는 주차장에서의 일도 모르고 있는 게 분명하다.

"아, 아닙니다. 필요 없습니다." 그가 별것 아니라는 듯 손을 내둘렀다.

"뭐, 좋을 대로 하세요." 피아가 어깨를 으쓱하며 말했다. "가능하다고 알려드린 거예요."

"예, 고맙습니다. 하지만 필요 없습니다."

피아는 차에서 내려 걸어가는 두 사람의 뒷모습을 지켜보았다. 역시 포옹을 한다든가 손을 잡거나 하는 위로의 제스처는 없다. 보덴슈타인도 밖으로 나와 그녀 옆에 섰다.

"좀 오만한 데가 있지, 저 남자?"

"오만이 하늘을 찔러요. 그리고 아주 이상한 커플이에요." 피아가 머리를 절레절레 흔들었다. "남자친구가 뭘 하고 다니는지 아무것도 모르잖아요."

"적어도 부모님에 대해서는 전혀 이야기를 안 하는 게 확실해." 보덴슈타인이 차 문을 닫으며 말했다. "내일 알리바이를 확인해보자고. 다 사실인 것 같긴 하지만."

"그럼 처음부터 다시 시작인 거예요? 완벽한 용의자였는데."

피아의 입에서는 절로 한숨이 새 나왔다.

*

발라우에 있는 맥드라이브 창구에서 경찰서에 도착할 때까지 보덴슈타인은 치킨 너겟 12조각, 빅맥 2개, 감자튀김 큰 봉지 하나를 빅 사이즈 콜라와 함께 먹어치웠다. 그렇게 먹고 나니 속이 더부룩

하고 손가락은 기름투성이고 죄의식이 해일처럼 밀려왔지만 이제야 머리가 제대로 돌아가는 것 같다.

"학생들이 토마토와 달걀을 던지지 않았다면 사태가 그렇게까지 악화되지는 않았을 거예요." 한마디도 없이 운전만 하던 피아가 문득 입을 열었다. "제 생각엔 누군가가 꾸민 일이 분명해요."

그녀는 방향등을 켜고 지방경찰청 주차장으로 차를 몰았다.

"누가 그런 일을 꾸민단 말이야?" 보덴슈타인이 먹고 난 포장지를 봉지에 꾹꾹 눌러 담으며 말했다.

"음…… 일단 테오도라키스를 의심해볼 수 있겠죠. 좀 말이 안 되긴 하지만요."

"소요는 시장이 나가려고 할 때 시작됐어."

"아니에요. 그전부터였어요." 피아는 그녀의 개인 차량 옆에 차를 주차했다. "테오도라키스가 타이센과 시장을 돈에 눈이 어두운 사기꾼이라고 말한 다음부터예요."

그녀는 의미심장한 표정으로 보덴슈타인을 쳐다보았다.

"처음부터 그런 아수라장을 만들 생각은 없었겠죠. 원래는 그냥 조금 시끄럽게 할 생각이었을 거예요."

"이제 그 얘긴 그만해." 보덴슈타인은 치통을 앓는 사람처럼 얼굴을 찡그렸다. "다 잊어버리려고 노력하고 있는데……."

"1만 칼로리로 꾹꾹 눌러서요?" 피아가 살짝 비꼬며 웃었다.

"내일부터 다시 다이어트할 거야."

피아는 시동을 끄고도 차에서 내릴 생각을 하지 않았다.

"그 혼란한 상황이 누구한테 이득이 될까요?" 그녀는 혼잣말로 생각을 이어나갔다. "시민단체 사람들은 아니고……."

"타이센이지, 뭐. 혼란을 틈타서 서명 리스트를 없애려고 했을 수도 있지. 그게 없으면 관구청장한테 보내는 탄원서도 힘을 못 받으니까."

"그건 복사를 해놓지 않았을까요?"

"아니, 안 했다는 거 같아."

피아는 안주머니에서 담배를 꺼내 불을 붙이고 차 창문을 약간 내렸다.

"이거 근무 차량이야."

"괜찮아요. 내일 방향제 하나 사 올게요." 그녀가 담뱃갑을 내밀자 보덴슈타인도 한 개비 빼 들었다. 두 사람은 말없이 앉아 담배를 피웠다.

"강당에는 총 500명 정도의 사람이 있었어." 보덴슈타인이 상황을 정리했다. "그중 누구라도 그랬을 가능성이 있어. 청중 속에는 개 발 반대자들만 있는 건 아니었으니까. 만약 타이센이 그런 거라면 미리 사주했을 테고, 그러면 처벌 대상이 되지."

"아, 나도 더 이상 모르겠다." 피아가 삐져나오는 하품을 억누르며 차 문을 열었다. "집에나 가자고요."

보덴슈타인도 하품을 하며 차에서 내렸다.

"참, 아까 화단에 다정하게 같이 앉아 있던 여자는 누구예요?" 피아가 문득 생각났다는 듯 묻고는 보덴슈타인의 눈치를 살폈다. 보덴슈타인은 피아가 그들을 봤다는 말에 놀라 잠시 대답을 망설였다.

"그건 왜?" 그가 시간을 벌 요량으로 되물었다.

"그 여자 그때 테오도라키스네 집에 갔을 때 가사 도우미라고 뺑 쳤거든요. 반장님이랑 아는 사이인 줄 몰랐어요."

"테오도라키스네 가사 도우미?" 그의 얼굴에 혼란스러운 표정이 떠올랐다. "우리 부모님 통해서 아는 사람인데? 시민단체 회원이야.

내가 거기서…… 바닥을 기어 나오는데 갑자기 나타났어. 가사 도우미든 뭐든 그런 건 중요하지 않아."

피아는 발로 담배를 밟아 껐다.

"어쩌면 잘된 일인지도 모르죠. 테오도라키스 커플에 대해서 더 많은 정보를 얻어낼 수 있을 테니까."

보덴슈타인은 니카를 심문하는 것이 생각만으로도 싫었다.

"뭐, 상황을 두고 보자고." 그는 대충 대답하고 넘어갔다. "집에 가서 동물원장이나 잘 달래봐. 사랑에 실패하는 사람은 한 팀에 한 명으로 족해."

*

샤워 꼭지에서 나오는 뜨거운 물은 그의 얼굴을 적시고 온통 피멍이 든 몸 위로 흘러내렸다. 머리끝부터 발끝까지 두 번이나 비누칠을 했지만 여전히 더러운 느낌이 가시지 않는다. 그로스만과 히르트라이터의 죽음이 동일범의 소행이라는 보덴슈타인의 추측은 점점 설득력을 잃어가고 있다. 지금까지는 그것도 추측일 뿐이지만, 만약 그로스만 사건의 침입자가 그로스만을 계단 아래로 밀었다면, 아니 밀었다고 해도 그건 사망을 불러온 신체 상해일 뿐이다. 반면 히르트라이터의 죽음은 누가 봐도 처형이다. 히르트라이터 자녀들에게는 강한 살해 동기가 있다. 타이센도 마찬가지다. 그리고 그 밖에도 히르트라이터를 미워하고 저주한 사람은 수없이 많다.

내일이 되면 더 많은 사실을 알게 될 것이다. 히르트라이터의 부검은 오전 8시로 잡혀 있다. 보덴슈타인은 이제 미지근한 물만 나오는 수도꼭지를 잠그고 샤워 부스를 나와 소름이 돋은 몸을 닦았다.

켈크하임 집의 온돌 바닥이 있는 널찍한 욕실을 생각하니 한숨이 절로 났다. 이 집은 난방 장치가 오래돼서 항상 덜덜 떨어야 한다. 게다가 모든 게 좁아터져서 낮은 천장과 좁은 문틀에 머리나 어깨를 부딪히기 일쑤다.

호프하임에서 집으로 돌아오면서 그는 코지마에게 전화를 걸고 싶다는 생각이 들지 않았다. 귀갓길이면 전화를 걸어 그날 있었던 일을 이야기하곤 하던 기억 때문에 괴로웠는데 오늘은 달랐다. 대신 니카 생각이 났다. 전화번호를 알았더라면 다시 한 번 고맙다는 말을 하기 위해 전화를 걸었을 것이다.

그는 재빨리 옷을 입고 욕실 밖으로 나왔다. 흥분 때문에 잠이 올 것 같지는 않다. 그래서 거실로 가 텔레비전을 켰다.

드라마 재방송, 토크쇼, 요리, 또 요리……. 식상한 것들뿐이다. 빌어먹을! 그는 어느 스웨덴 추리소설에 나왔던 강력반장 캐릭터가 떠올라 저절로 울상이 지어졌다. 아내는 떠나고, 냉장고는 텅 비고, 삶은 무의미하고, 혼자 늙어가는 외롭고 우울한 중년. 혼자 사는 게 체질에 맞는 사람도 있다지만 그는 단연코 그 부류가 아니다. 그에게는 오늘 무슨 일이 있었는지 대화를 나눌 수 있는 사람, 그리고 가정이라는 따스한 보금자리가 필요하다. 아무 말 없이 혼자 지내야 하는 저녁 시간들이 그에게는 힘들기만 하다.

갑자기 문 두드리는 소리가 났다. 누구지? 새벽 1시 15분에 찾아올 사람이 누가 있을까? 그는 그럴 리 없다는 것을 알면서도 혹시 니카가 아닐까 하는 기대를 품었다. 그녀는 그가 어디 사는지도 알고 있지 않은가! 그는 끙 소리를 내며 소파에서 일어나 슬리퍼를 끌고 문가로 나갔다.

"아버지!" 그는 놀라움과 실망감이 섞인 목소리로 외쳤다. "무슨 일 있어요?"

"아니다. 지금 무슨 일이 일어난 건 아니다. 늙어서 잠이 안 오는 게지. 창문에 불이 켜 있어서 너도 잠이 안 오는가 보다 해서 들러 봤다."

그는 등 뒤에 숨기고 있던 와인 병을 들어 보였다.

"이 늙은 애비랑 같이 와인 한잔할 생각 있니? 와인 창고에 갔다가 1990년산 샤토 피작을 꺼내 왔다." 목소리는 차분하지만 슬픈 듯 표정이 흔들렸다. "피작 백작한테 사냥 초대를 받았을 때 루드비히랑 같이 두 상자씩 사 왔단다. 이게 마지막 남은 한 병이야. 너랑 같이 마시고 싶구나."

"좋아요. 들어오세요." 보덴슈타인은 아버지가 들어오도록 옆으로 비켜섰다. 생각 많은 두 사람이 함께 술 한잔 기울이며 근심을 잊어보는 것도 좋으리라. 그는 부엌에서 잔 두 개와 와인 따개를 가져왔다. 코르크 마개가 뻥 소리를 내며 빠졌다. 살짝 냄새를 맡아본다. 완벽하다. 그는 어두운 붉은빛 와인을 따라 잔 하나를 아버지에게 건넸다.

"고맙다, 올리버." 아버지가 탁한 목소리로 말했다. "넌 착한 아들이다. 내가 심하게 말했던 건 잊어버려라."

"아니에요." 당황한 보덴슈타인이 우물거렸다. "저도 잘한 거 하나 없는걸요. 루드비히 아저씨를 위해서 한잔하죠."

"그래." 아버지는 미소를 지으며 잔을 높이 들었지만 눈빛이 불안하게 흔들렸다. "루드비히를 위하여. 꼭 루드비히의 살인자를 찾아내 다오."

부자는 낡은 소파에 나란히 앉아 말없이 술을 마셨다. 갑자기 아버지가 몸을 뒤척이는 듯하더니 조끼 안주머니에 꼭꼭 숨겨둔 편지

봉투 한 장을 꺼냈다.

"그게 뭐예요?"

"몇 주 전에 루드비히가 자기가 죽으면 공증인한테 주라면서 맡긴 거다." 아버지가 슬픈 미소를 지었다. "마치 죽을 걸 예감이라도 했다는 듯 말이야."

*

재니스는 잠이 오지 않았다. 엘할텐에서 집으로 오는 동안 그는 리키와 싸웠다. 화를 내며 울던 리키는 집에 오자마자 진통제와 수면제를 삼키고 거실 소파에 곯아떨어졌다. 리키는 왜 아무 필요도 없는, 그를 감싸는 거짓말을 했을까? 그의 알리바이는 흔들림 없이 완벽하고, 이런 일에서 그의 어머니는 100퍼센트 믿을 만하다. 경찰은 그가 한 말을 모두 믿었다. 그도 그것을 느낄 수 있었다. 처음에는 약간 숨기는 듯하다가 솔직하게 말하는 인상을 주면 형사들은 바로 넘어온다. 리키만 그렇게 멍청하게 끼어들지 않았더라면 정말 완벽했을 텐데! 하여튼 리키는 언제 입을 다물어야 할지 모르는 게 병이다. 여자 형사는 바로 의심하는 눈치였다.

재니스는 끙끙거리며 다락 서재로 올라갔다. 그때 그 여자 형사가 나타났기에 망정이지 안 그랬으면 타이센이 그를 반은 죽여놨을 것이다. 타이센은 거의 정신 나간 사람 같았다. 혼란을 틈타 서명 리스트를 훔쳐 간 것도 아마 타이센 부하의 짓일 것이다. 그나저나 큰일이다. 수개월에 걸쳐 힘들게 모은 서명 2,000개를 잃어버리다니! 내일 관구청장과의 면담은 좋든 싫든 취소할 수밖에 없다. 그는 한숨을 쉬며 책상 앞에 앉았다. 부어오른 코를 만지는데 키보드에 붙은 분홍색 포스트잇이 눈에 들어온다. 그는 믿기지 않는 표정으로 내용을 읽고 또 읽었다. 입안이 마르고 가슴이 쿵쿵 뛰었다. 이게 대체 무슨 의미일까?

그는 포스트잇을 구겨 바지 주머니에 넣고 불을 끈 다음 살금살금 아래층으로 내려갔다. 바구니 속에서 잠든 개들은 꼼짝도 하지 않고, 소파 위의 리키도 규칙적으로 코고는 소리만 낼 뿐 입을 벌린 채 미동도 없는 것이 완전히 잠에 빠진 듯하다. 지하실로 가는 문을 열다 삐걱거리는 소리가 나자 그는 흠칫 놀라 동작을 멈추었다. 니카의 방 앞까지 간 그는 잠시 망설였다. 문은 살짝 열려 있었다. 그는 심호흡을 한 번 한 다음 방 안으로 들어갔다. 가로등 불빛이 방 안으로 새어 들어왔다. 니카는 머리칼을 어깨에 드리운 채 침대에 누워 그를 쳐다봤다.

"저기…… 메모 봤어." 그가 목소리를 짜내 겨우 말했다. 밖에서 자동차 한 대가 쌩 하고 지나가면서 방 안을 훤히 밝혔다. 잠시 침묵이 흘렀다. 니카는 미동 없이 누운 채 아무 말이 없다.

"할 말이라는 게……" 그가 쭈뼛쭈뼛 말을 꺼내는데 니카가 이불을 걷었다. 그는 니카의 알몸을 보고 깜짝 놀라 입을 다물었다. 심장이 터질 것만 같다. 어떻게 된 일이지? 그녀는 대체 무슨 생각을 하는 걸까?

"할 말 같은 거 없어." 그녀가 조용히 말했다. "같이 자고 싶어."

2008년 5월, 도빌

　그날은 노르망디 도빌의 카지노에서 열린 국제기후변화회의 4일째 되는 날이었다. 다음 날이면 5일간의 모든 일정이 끝난다. 오후에 그녀가 한 발표는 매우 성공적이어서 여러 사람으로부터 축하 인사를 받았다. 이제 디르크와 함께 여유롭게 즐기는 일만 남았다. 레스토랑에서 그녀는 연신 조잘거렸고 무척 상기되어 있었다.

　식사를 마친 후 그는 그녀의 손을 잡고 연푸른색 눈동자로 지그시 그녀를 바라보았다. 그녀는 프러포즈를 예감했다. 10년간의 비밀스러운 연애 끝에 드디어 청혼을 받게 된 거라고 생각했다. 포츠담의 집도 이제 이사만 하면 될 정도로 정리가 끝났으니 때가 되기도 했다.

　"아니카, 내가 아니카를 얼마나 아끼는지 알지?" 그가 다정하게 말했다. 그녀는 그의 입술을 쳐다보며 떨리는 가슴으로 다음 말을 기다렸다. "아니카가 아니었으면 난 지금 이 자리에 서 있지도 못했을 거야. 그 밖에도 여러모로 도와준 거 정말 고마워. 그래서 이 소식을 제일 먼저 전하고 싶었어."

그는 크게 숨을 들이마시고는 엄지손가락으로 그녀의 손을 부드럽게 어루만졌다.

"나 9월 초에 베티나와 결혼하기로 했어."

그 말을 들은 그녀는 마치 주먹으로 뒤통수를 얻어맞은 기분이었다. 그녀는 이해할 수 없다는 표정으로 그를 빤히 쳐다보았다. 베티나? 슈바르츠발트 촌구석에서 가끔 연구소로 찾아오던 그 개성 없는 여자가 그에게 무슨 의미가 있었단 말인가? 그녀는 베티나를 중요치 않은 인물로 여겨 라이벌로도 생각하지 않았다. 베티나는 베를린에 살지도 않는데 그와 상관있을 턱이 없지 않은가.

그럼 저는요? 그녀는 이렇게 묻고 싶었지만 입술이 떨어지지 않았다.

그 순간 그녀가 느낀 것은 분노가 아니었다. 끝없는 모욕감, 착각 속에 살았다는 자괴감, 거절당한 아픔 때문에 화도 낼 수 없었다. 발밑이 꺼지고 땅속으로 빨려 들어가는 느낌이었다. 호숫가의 집을 발견한 사람도 그녀고, 리모델링을 지휘한 사람도 그녀였다. 언젠가 그와 함께 살 집이라고 생각하며 없는 시간을 쪼개어 건축가와 작업 관리자를 만나고 일을 진행시킨 사람도 그녀였다. 그런데 이제 와서 다른 여자와 결혼하겠다고?

그 오랜 세월 동안 그녀는 착각 속에 살았다. 사랑에 눈이 멀어 모든 걸 제멋대로 오해한 것이다. 디르크 아이젠후트에게 그녀는 그저 일 시키기 좋은 조수였고, 연구소와 그에게 돈 벌어주는 수단이었다. 그가 찾을 때면 언제라도 달려오는 놀이 상대이자 섹스 파트너였을 뿐이다.

갑자기 그녀는 그를 한시도 견딜 수 없었다. 여기서 나가야 해! 뭐라고 변명을 중얼거린 후 자리를 박차고 일어난 그녀는 이성과 감각이 마비된 채 레스토랑을 뛰쳐나갔다. 달리는 자동차 앞으로 뛰어들려는 그녀를 막은 것은 지나가던 한 남자였다.

"이거 놔요!"

그녀가 나지막하게 외쳤다. 그러나 남자는 그녀를 꽉 붙들고 놓아주지 않았다. 그제야 고개를 들어보니 저널리스트 키에런 오설리번이다. 그는 아이젠후트 박사의 가장 큰 적으로 회의에서 여러 번 마주쳤지만 알은체는 하지 않는 사이였다. 몇 달 전 억지로 손에 명함을 쥐어주고 가서 찢어버린 일도 있었다. 그런 그가 시기적절하게 그녀 앞에 나타나준 것이다.

"네, 고맙습니다. 수사에 큰 도움이 될 거예요."

피아는 수화기를 내려놓고 숫자를 끼적거려 놓은 수첩을 들여다보았다. 재니스의 아버지가 화요일에서 수요일로 넘어가는 새벽에 리트슈타트에 위치한 정신병원에 실려 온 것은 사실이었다. 담당 여의사는 정확한 시간을 말해주지 않으려고 버텼지만 결국 피아의 설득에 넘어갔다. 새벽 2시 15분. 크로네 주인 말에 의하면 재니스는 히르트라이터와 싸운 후 9시 직전에 가게를 나갔고 히르트라이터와 보덴슈타인 백작은 크로네에서 10시 반까지 술을 마셨다. 그 시간에 주차장에서는 낯선 남자가 기다리고 있었다. 브라들 순경의 아주 먼 친척의 증언에 의하면 프라우케는 그날 저녁 라벤호프에 가 있었다. 프라우케는 몇 시까지 거기 있었을까?

피아는 머리를 긁적이며 상황을 짜 맞추려 애썼다. 라벤호프에서는 무슨 일이 벌어진 걸까? 히르트라이터와 싸우고 크로네를 나간

246

재니스가 라벤호프로 가서 히르트라이터가 오기를 기다렸을까? 거기서 프라우케를 만나 둘이서 코냑을 마셨을까? 아니면 그가 라벤호프에 도착했을 때 프라우케는 이미 떠난 뒤였고, 나중에 히르트라이터와 함께 코냑을 마시다가 다시 싸우게 된 걸까? 재니스가 홧김에 히르트라이터를 협박해서 총을 꺼내게 하고 들판으로 올라가 그를 쏘아 죽였을까? 그다음에 뷔텔보른에 있는 어머니 집으로 갔겠지? 엘할텐에서 뷔텔보른까지 얼마나 걸리지?

피아는 이리저리 계산을 해보다가 구글 지도를 불러내 두 지명을 쳤다. 총거리는 53.6킬로미터, A3고속도로를 이용하면 39분에 끊을 수 있는 거리다. 제길, 너무 빠듯하다. 가택 수색을 하고 싶어도 이 정도로는 수색영장이 나올 리 없다. 그렇다면 금요일 밤 알리바이를 살펴볼 차례다.

"잘돼 가?" 오스터만이 들어와 책상 옆 의자에 털썩 주저앉았다.

"아니." 피아가 시큰둥하게 대답했다. "테오도라키스가 오면 지문과 타액 채취 먼저 해야겠어. 그쪽은 뭐 좀 알아냈어?"

"은행에 알아봤더니 히르트라이터 집안 큰아들이나 작은아들이나 둘 다 거지 신세야. 집행관하고도 얘기해봤는데 마티아스 집은 곧 압류에 들어간다고 하더라고. 큰아들 사정도 크게 다르지 않아. 쪽박 차기 직전이야."

"동기가 차고 넘치는데?"

"물론이지. 게다가 알리바이도 허술하기 짝이 없어."

오늘 조회에 보덴슈타인이 나오지 않아서 수사관들은 스스로 일을 분배했다. 피아는 재니스, 오스터만은 히르트라이터 삼 남매를 맡고, 셈과 카트린은 법의학연구소로 향했다. 헤닝과 얼굴 마주치는 것도 싫고 부검실에서 또 뛰쳐나가는 사태가 생길까 봐 피아가 부검에 참여하기를 꺼렸기 때문이다. 그때 보덴슈타인이 문 사이로 머리를 쑥 내밀었다.

"좋은 아침! 피아, 잠깐 내 방으로 좀 와."

피아는 바로 자리에서 일어났다. 오늘 아침 7시쯤 보덴슈타인은 피아에게 늦게 출근할 거라는 문자를 보냈다. 어제 겪은 일을 생각하면 결근한다고 해도 이해했을 것이다.

엘할텐 참사는 라디오와 텔레비전에서 핫이슈로 다루어졌고 사망자 1명, 부상자 44명이라는 끔찍한 결과와 함께 일간신문 1면을 장식했다. 피아, 셈, 카트린은 좀 놀라긴 했지만 아무 일 없이 무사히 빠져나온 반면 보덴슈타인은 집단 패닉을 온몸으로 겪었다. 그런 경험은 트라우마를 남기는 법이다.

피아는 반장실로 들어가며 문을 닫았다. 언뜻 봐도 얼굴이 창백하고 눈 밑에 그늘이 진 것이 컨디션이 좋지 않아 보였다. 하지만 여느때와 다름없이 양복에 넥타이를 맨 말쑥한 차림새다.

"히르트라이터가 최근에 우리 아버지한테 편지봉투 하나를 맡긴모양이야." 보덴슈타인이 책상 앞에 앉으며 말했다. "자기가 죽으면공증인한테 주라고 했다는군."

"유언장인가요?" 피아의 얼굴에 호기심이 가득하다.

"아마도."

"네?" 피아는 믿기지 않는 표정을 지었다. "그럼 아직 열어보지 않았단 말이에요?"

"비밀침해죄라고 들어봤지?" 그가 피아를 쳐다보며 눈썹을 치켜세웠다. "게다가 봉투가 옛날식으로 촛농으로 봉해져 있어."

책상 위의 전화기가 울리자 그는 가볍게 한숨을 쉬며 수화기를 들었다.

"아, 크론라게 교수님. 잘 지내십니까?"

그는 피아에게 가까이 오라는 손짓을 하고 전화기 스피커를 켰다.

"안녕하세요, 교수님?" 피아가 헤닝의 상관이자 프랑크푸르트 법의학연구소 소장인 크론라게에게 반갑게 인사했다.

"아, 피아. 잘 있었어?"

"네, 잘 있어요. 잘 지내시죠?"

"뭐, 그럭저럭. 사망 시각은 밤 11시부터 12시 사이로 꽤 정확하게 나오는군. 최종 사인은 얼굴에 입은 총상이야."

"어떤 순서로 총상을 입었는지 알 수 있나요? 얼굴이 먼저예요, 아니면 아랫도리가 먼저예요?"

"아래가 먼저야. 피를 많이 흘린 걸 보면 알 수 있지. 내부 장골동맥과 외부 장골동맥이 파열됐어. 그리고 한 가지 흥미로운 사실이 있다네. 상체 전면과 팔에 타박상이 있는데, 그것 때문에 갈비뼈가 부러졌어."

피아와 보덴슈타인은 서로를 마주보았다.

"타박상이라고요?"

"발로 밟거나 주먹으로 쳐서 생긴 상처일 수도 있고, 개머리판 같은 물체로 내려친 것일 수도 있어. 어쨌든 엄청난 힘으로 내리쳤을 거야. 갈비뼈는 그렇게 쉽게 부러지는 뼈가 아니거든."

"죽기 전인가요, 후인가요?"

"음, 그 질문은 대답하기 힘들군. 죽기 직전일 수도 있고 직후일 수도 있어."

악에 받친 폭력 행사였다면 감정적 살인일 가능성이 크다.

"범인은 무척 힘이 센 사람일 거야." 크론라게가 말했다.

"아니면 무척 화가 나 있었든가요." 피아는 이렇게 대꾸하며 재니스의 성질이 불같다고 한 라데마허의 말을 떠올렸다.

"응, 그럴 수도 있지. 분노는 엄청난 힘의 근원이니까."

"방어한 흔적이 있습니까?" 보덴슈타인이 물었다.

"아니, 전혀 없어. 얼굴과 골반 주변에서 짐승의 유전자와 사료의 흔적이 나왔어. 그리고 사망 당시 술에 취해 있었고. 오늘 아침에 쟀을 때 1.3프로마일이었으니까 어젯밤에는 1.7은 됐을 거야."

"고맙습니다, 교수님. 덕분에 수사에 진척이 있을 것 같습니다."

"뭐, 당연히 해야 할 일을 한 것뿐이네. 이제 자네들 차례지. 참, 피아."

"네?"

"어제 헤닝이 연구소에 와서 급하게 며칠 휴가를 내야겠다고 하더니 어디론가 사라져버렸어. 그래서 오늘 부검도 내가 했거든. 무슨 일인지 혹시 알아?"

"네, 알 것 같아요." 피아는 그가 어디를 그렇게 급히 갔는지 짚이는 데가 있었다. "아마 카노사(이탈리아 북부의 도시_역주)에 갔을 거예요."

＊

아침에 손님이 몇 명 왔는데 그중에는 시민단체 사람도 있었다. 역시 어제저녁 엘할텐 참사와 히르트라이터의 죽음이 화제다. 프라우케는 아버지의 장례식과 유산 정리 때문에 바쁜지 아직 나타나지 않았다. 마당에 차도 보이지 않았다. 그래서 니카는 손님들에게 전화를 걸어 애견 미용실의 예약을 모두 취소했다. 그녀가 집에서 나올 때 리키는 아직 잠들어 있었다. 어젯밤 일로 죄책감을 느끼고 있던 터라 소파에서 잠든 리키를 보고 잘됐다 싶었다. 그렇다고 재니스와 잔 것을 후회하지는 않는다. 순전히 계획적으로 행한 일이기 때문이다. 니카는 가끔 재니스가 없을 때 그의 컴퓨터를 사용하곤 하는데 최근 검색 기록을 보고 깜짝 놀랐다.

재니스는 IT 전문가치고는 정보 관리가 매우 허술하다. 인터넷 사용 기록도 절대 지우는 법이 없어서 인터넷에서 뭘 봤는지 다 불러낼 수 있다. 그런데 니카에 대해 아주 세세한 것까지 검색을 한 흔적이 있었다.

늦어도 그제부터는 니카의 본명과 정체를 알고 있는 듯한데 왜 말을 안 했을까? 무슨 꿍꿍이인 걸까? 재니스에 대한 니카의 본능적 거부감은 두려움으로 바뀌었다. 그리고 거기에 대처할 압력 수단으로 한 가지밖에 떠오르지 않았다. 니카 때문에 잔뜩 몸이 달아 있던 재니스는 바로 미끼를 물었다. 한 층 위에서 여자친구가 자고 있는데 니카가 있는 지하실로 내려온 것이다.

니카는 가게를 한 바퀴 빙 둘러보았다. 인터넷으로 들어온 주문 품목들은 이미 아침 일찍 창고에서 꺼내다 놓았다. 달리 할 일이 없자 그녀는 유리문을 닦기로 했다. 꼭 손잡이를 안 잡고 문을 밀고 들어오는 손님들이 있어서 아무리 자주 청소해도 항상 지저분했다.

어제는 왜 경찰이 재니스를 쫓는지 알아내지 못했다. 말은 거의 하지 않았다. 재니스는 바로 잠들었고, 그녀는 그 옆에 누워 다른 남자를 생각했다.

유리문을 다 닦아갈 무렵 리키의 자동차가 마당으로 들어섰다. 잠시 후 리키가 개들을 데리고 뒷문으로 들어왔다. 개들은 니카의 다리를 스치고 지나가며 반가워했다. 리키는 얼굴이 푸석하고 몹시 우울해 보였다. 그녀는 왜 히르트라이터의 죽음에 그렇게 슬퍼하는 것일까? 그런 몹쓸 소리를 듣고도 그러는 것을 보면 마음이 약하기는 약한 모양이다.

"커피 마실래?"

니카의 물음에 리키는 고개를 저으며 의자에 앉아 담배를 꺼냈다. 니카는 커피에 우유를 약간 탔다.

"재니스한테 여자가 생긴 것 같아."

리키가 불쑥 꺼낸 말에 니카는 깜짝 놀랐다.

"왜 그런 생각을 해?"

니카는 커피를 호호 불며 리키의 얼굴을 빤히 쳐다보았다.

"어제 경찰이 금요일과 화요일 밤에 어디 있었는지 물었어. 그런데 아버지가 정신병원에 들어갔다면서 앞뒤가 안 맞는 이상한 이야기를 하는 거야. 사실 금요일에도 화요일에도 집에 없었거든."

리키는 넘칠 것 같은 재떨이에 담배꽁초를 비벼 껐다.

"난 재니스 아버지가 아픈 줄도 몰랐어. 금요일에는 어머니 가게에 가서 일을 도왔다는데 왜 나한테 그런 얘기를 안 하느냐고? 왜 나한테 그걸 숨겨?" 리키는 눈물을 참느라 얼굴을 찡그렸다. "분명히 다른 여자가 있는 거야. 니카, 난 재니스가…… 다른 여자 때문에 날 떠나는 건 생각만 해도 싫어. 요헨 때도 그랬어. 그런 일은 두 번 다시 겪고 싶지 않아!"

니카는 일부러 아무 대꾸도 하지 않았지만, 속으로는 밀려드는 죄책감을 억누르느라 안간힘을 썼다. 그건 그냥 섹스일 뿐, 그 이상의 의미는 없었다. 재니스도 그녀 때문에 리키를 떠나지는 않을 것이다.

"아, 니카!" 리키는 눈에 눈물이 그렁그렁한 채 울음 섞인 목소리로 말했다. "네가 있어서 정말 다행이야. 이렇게 믿을 만한 사람이 옆에 있다는 건 행운이야."

니카는 견딜 수 없이 비참한 기분이 들었다.

"이제 곧 풍력발전 단지 일이 끝날 걸 생각하니 속이 다 시원해. 그럼 예전처럼 재니스랑 같이 지내는 시간이 많아질 거야." 리키는 손가락으로 눈 밑에 번진 마스카라를 닦았다.

어제 참사와 재니스가 경찰에 쫓기는 이유에 대해서는 한마디 언급도 없다. 니카에게는 오히려 잘된 일이다. 이렇게 자기 생각밖에 못하는 리키가 그녀에게는 더 편하다. 지금은 다른 데 정신이 팔려 있지만 남의 일에 관심이 많은 프라우케가 더 위험하다.

가게 문이 열리고 종소리가 났다. 항상 리키만 찾는 늙은 의사 베크만 씨가 계산대 쪽으로 어슬렁어슬렁 걸어간다.

"외출 중이라고 할까?"

"아니야. 이제 괜찮아." 리키는 자리에서 일어나 옷매무새를 가다듬더니 얼굴에 전깃불이라도 켜듯 활짝 웃었다. 그녀는 니카를 한 번 꽉 안았다.

"고마워, 니카."

잠시 후 그녀는 밖으로 나가 노래하듯 명랑하게 지껄였고 늙은 의사는 좋아서 입이 찢어졌다. 겉으로는 당당하고 매력적으로 보이는 이 여자의 이면에 자기를 사랑하지도 않는 남자에게 매달리는 한심한 여자가 있다는 사실을 그 누가 알겠는가? 니카가 보기에 리키는 자기를 떠나지만 않는다면 재니스에게 다른 여자가 있어도 상관하지 않을 것처럼 보였다.

*

피아는 주차장까지 빙 둘러 통제된 다텐바흐 체육관을 지나 논넨

253

발트 가로 접어들었다. 여기서 몇 분만 더 가면 라벤호프로 이어지는 들길이 나온다. 다시 한 번 크로네에 들렀다가 시민단체 회장단 두 명의 진술을 듣고 오는 길에 그냥 지나칠 수 없어 라벤호프에 들른 것이다. 열쇠는 감식반장 크뢰거에게 받아 왔다. 숲으로 향하는 야트막한 경사로를 오르면서 피아는 어젯밤을 떠올렸다. 단단히 각오를 하고 집에 들어갔다. 부엌에 앉아 기다리던 크리스토프는 말없이 다가와 그녀를 껴안았다. 걱정을 많이 했고 항상 위험 속에 있다는 생각에 견디기가 힘들었다고 말하며 저녁 약속에 대한 이야기는 한마디도 꺼내지 않았다. 전부인이 갑자기 뇌졸중에 걸려 어린 딸 셋을 남기고 세상을 떠났으니 피아도 그렇게 될까 봐 걱정을 하는 것이 당연하다. 싸우지는 않았지만 잠자리가 편하지는 않았다. 말하는 까마귀, 크리스토프, 잉카 한젠, 보덴슈타인 반장이 나오는 이상한 꿈을 꾸었다.

라벤호프에 도착한 피아는 자주색 아우디 Q7 뒤에 주차하면서 창문 몇 개가 열려 있는 것을 보고 놀랐다. 그러나 현관문의 출입 금지 표찰은 그대로 걸려 있고 손댄 흔적도 전혀 없다. 피아는 의아하게 생각하며 열쇠로 문을 열고 살그머니 안으로 들어갔다. 거실에서는 히르트라이터 형제가 불법 가택 수색에 열심이었다. 피아는 문가에 서서 잠시 그들이 하는 양을 지켜보았다.

"영감이 어딘가에 잘 숨겨놓았을 텐데⋯⋯." 형은 끌로 오래된 호두나무 책상을 열려고 안간힘을 쓰고 있었다. "아, 정말 이해가 안 되는군!"

동생은 문 쪽으로 등을 돌리고 앉아 소파에 앉아 서류철을 뒤적이는 중이었다.

"에이, 이것도 아냐. 제길!" 그는 서류철을 바닥에 아무렇게나 던졌다. "별의별 쓰레기를 다 모아놨군. 1986년에 주유한 영수증까지 있어!"

전혀 슬퍼하지 않는 아들들이라……. 피아는 속으로 그렇게 생각하며 인기척을 냈다.

"뭘 그렇게 찾으시나?"

피아의 말에 그들은 도둑질하다 들킨 사람들처럼 깜짝 놀라 그녀를 쳐다보았다. 그레고어는 바로 연장을 내려놓았다.

"아버지 유언장을 찾고 있습니다." 그레고어가 둘러댈 필요도 없다는 듯 대답했다.

"여긴 아직 경찰 공무상의 이유로 출입 금지예요. 몰랐어요?" 피아가 두 남자를 훑어보며 말했다.

"그건 그런데……." 다시 그레고어가 대꾸했다. "지금 그런 거 따질 때가 아니거든요. 급히 필요한 서류가 있어서요."

"윈드프로에서 압력이 들어오나 보죠?"

피아의 말에 마티아스는 고개를 떨어뜨렸고, 그레고어는 어깨를 으쓱했다.

"뭐, 말 못 할 것도 없죠. 네, 윈드프로에서 기한을 정했습니다." 그레고어가 말을 이었다. "엄청난 액수의 돈이에요. 우리 삼 남매에게 요긴하게 쓰일 겁니다."

"아버지가 적절한 시기에 돌아가셨군요."

그 말에 그레고어는 눈썹을 치켜 올렸다.

"우리 아버지요? 고집 때문에 사리분별이 안 되는 이기적인 노인네였죠. 자식이나 손자들보다 들짐승이 더 중요했고, 거만하고 잔인한 데다 남 잘되는 꼴은 죽어도 못 보는 망할 놈의 인간이었어요. 그 땅만 해도 그래요. 그냥 노는 땅이에요. 그런데 자식들 골탕 먹이려고 안 판 거죠. 그게 우리 아버지예요. 난 그 사람 때문에 흘릴 눈물 따위는 없습니다. 하지만 죽이진 않았어요."

"그럼 누가 죽였죠?"

"동네 사람들 반은 살해 동기가 있을걸요. 자기가 무슨 동네 규율 부장이라도 되는 줄 알고 난리 치고 다녔어요. 그 노인네 때문에 신세 망친 사람 많습니다."

"흠, 그래요? 그렇게 많으면 이름 하나 대봐요."

"전화번호부 펼쳐보세요. A부터 Z까지 이름 다 나오잖아요." 마티아스가 비꼬았다.

"그럼, 어디 본인부터 시작해보죠. 아버지가 살해당한 날 밤 어디서 뭐했죠?"

"늦게까지 회사에 있었습니다. 그리고 밤에 배가 고파서 '르 저널'이란 레스토랑에서 가볍게 식사를 했습니다."

"몇 시까지 거기 있었죠? 증인 있어요?"

"가게 문 닫을 때까지 있었습니다. 1시 아니면 1시 반쯤일 겁니다. 손님들이 다 가고 난 다음 여주인이랑 같이 와인을 마셨으니까 아마 여주인이 기억할 겁니다."

"흠. 그쪽은요?" 피아가 그레고어를 쳐다보았다.

"장인어른이 65세 생일 파티를 열어서 가족들과 함께 거기 갔습니다."

"장소가 어디였죠? 거기 언제까지 있었어요?"

"장소는 헤프트리히에 있는 장인의 회사였고, 7시쯤 파티 장소에 도착해서 자정 넘어서 집에 돌아갔습니다."

헤프트리히는 엘할텐에서 10분도 걸리지 않는 곳이다. 사람 많은 생일 파티에서 한 시간쯤 빠져나와도 눈치채는 사람은 없을 것이다.

피아는 그레고어의 장인 이름과 주소를 메모했다.

"프라우케는 어디 있죠? 지금 이러고 있는 거 알기는 해요?"

"안 그래도 말하려고 했는데 전화를 안 받습니다." 마티아스가 대답했다. "휴대전화는 아예 없고요."

"그런데 여긴 도대체 어떻게 들어온 거예요?"

형제는 시선을 주고받았다.

"뒷문 비슷한 게 하나 있습니다." 그레고어가 하는 수 없다는 듯 털어놓았다.

피아는 그를 따라 어두운 복도를 걷다가 흠칫 놀라 걸음을 멈추었다.

"이게 뭐지?"

피아가 불을 켜자 그레고어도 뒤를 돌아보았다. 다락으로 가는 나무 계단의 난간이 부서져 있고 광택 나는 까만 깃털이 여기저기 사방에 널려 있다. 피아는 그 자리에 쭈그리고 앉아 바닥을 샅샅이 살폈다.

"피." 그녀가 침실 문 앞을 가리켰다. "저기도."

피아는 얇은 라텍스 장갑을 꺼내 끼고 검지로 검붉은 액체를 찍어 올려 자세히 들여다보았다.

피가 분명하다. 신선한 피는 아니지만 아직 마르지는 않았다.

"지나갈 때 이거 못 봤어요?"

"아니요. 못 봤습니다."

뒤따라온 마티아스가 피아 뒤에 와 섰다.

"위층에는 뭐가 있죠?"

"손님방, 아이들 방, 창고요."

"내가 올라갔다 올 테니까 여기서 기다려요." 피아가 히르트라이터 형제에게 말했다.

조심스럽게 계단을 올라가자 갑자기 1970년대로 순간 이동을 한 듯한 풍경이 나타났다. 아이들 방 두 개와 손님방은 경사진 지붕 밑이라 천장이 비스듬하고 벽은 소나무 마감재로 장식되어 있다. 세트로 구비된 가구 위에는 먼지가 켜켜이 쌓였고, 벽에는 누렇게 바랜 팝스타 사진까지 붙어 있다. 마약 남용으로 저세상에 가지 않았다면 지금쯤 양로원에 있을 가수들의 사진이다. 베이지색 꽃무늬 타일에 갈색으로 맞춘 세면대, 욕조, 변기가 놓인 비좁은 욕실은 딱 1970년대 풍이다. 나머지 방 하나는 나무와 카펫을 걷어내고 흰 벽지와 마루 무늬 장판으로 리모델링했다. 피아는 복도를 따라 계속 걸었다. 맨 끝 방인 창고로 들어가는 출구는 문과 바닥 사이에 쐐기를 박아 닫히지 않도록 해놓았고 천장 창문도 열려 있다. 그 밑에 까만 깃털이 흩어져 있고 새똥이 쌓인 것을 보니 이 길이 까마귀가 다니는 길인 모양이다. 그렇게 큰 새가 집 안을 자유롭게 날아다닌다는 것이 좀 이상하긴 하지만 올라오는 계단 어귀에 있던 깃털은 설명이 됐다. 까마귀가 집 안에 들어왔고, 누군가와 싸움이 있었다. 까마귀의 공격 대상이 누구인지는 짐작이 가고도 남았다. 아래층으로 내려가면서 피아는 휴대전화를 꺼내 크뢰거의 단축번호를 눌렀다. 크뢰거는 바로 전화를 받았다.

"지금 당장 좀 와주셔야겠어요. 크뢰거 반장님이 필요해요."

"아이고, 내가 피아 입에서 그 말 나오기를 얼마나 기다려왔는지 알아? 드디어 내 마음을 알아주는군." 감식반장은 웬일로 기분이 좋다. "그런데 왠지 일 얘기인 것 같은데?."

"네, 바로 맞히셨어요." 피아가 차분하게 대꾸했다. "지금 엘할텐라벤호프에 있는데 여기저기 온통 핏자국이에요. 빨리 오세요. 그리고 쾨니히슈타인 키르히 가, 프라우케 히르트라이터라는 여자한테 순찰차 좀 보내주세요."

피아는 흔적을 없애지 않도록 조심하며 계단을 내려갔다. 그레고어와 마티아스 형제는 얌전히 그 자리에서 기다리고 있었다. 피아가 층계를 다 내려오자 그들은 반투명유리가 끼워진 문을 열고 천창 높이까지 타일이 붙어 있는 음침한 작은 방으로 들어갔다.

"여기로 해서 들어왔습니다." 그레고어가 턱짓으로 녹슨 철문을 가리켰다. "문이 잠겨 있지 않았어요."

"그때가 몇 시쯤이었죠?" 피아가 문과 바닥을 살피며 물었다. 누런 타일 바닥 위에도 피가 뿌려져 있다.

"정확히는 모르겠는데 한두 시간 정도 됐을 겁니다."

"여동생이랑 마지막으로 연락한 게 언제죠?"

"음…… 어제 점심때였나?"

"그사이에 프라우케가 여기 왔을 가능성이 있나요?"

"네, 그러고도 남죠." 그레고어가 실눈을 뜨고 말했다.

문 밖으로 나가니 잡초가 무성한 작은 정원이 나왔다. 빗물받이통 옆으로 녹슨 격자 울타리가 벽에 기대져 있고 탐스럽게 핀 수국이 진한 향기를 풍긴다. 풀밭 사이로 난 좁은 길은 마당으로 통하는 듯하다.

"자, 두 사람은 경찰서로 같이 좀 가셔야겠네요." 피아가 단호하게 말했다.

"네?" 그레고어가 말도 안 된다는 듯 항의했다. "지금 농담하는 겁니까?"

"전 이렇게 심각한 일에는 농담 안 하거든요." 피아가 차가운 말투로 받아쳤다. "당신들 아버지가 살해당한 일과 관련해서 아직 풀리지 않은 의문점이 많아요."

"에이, 난 약속 있는데……." 마티아스도 불만을 털어놓았다.

"그럼 출입 금지를 어기고 마음대로 집에 들어가지 말았어야죠." 피아가 딱 잘라 말했다. "어서 따라와요."

*

셈과 카트린은 다른 부서 사람들의 도움을 받아 오전 내내 시민 단체 회장단을 상대로 탐문 수사를 벌였다. 히르트라이터와 재니스 가 화요일 저녁에 크게 싸웠다는 크로네 주인의 말은 사실이었다. 사실 싸움은 이미 월요일에 시작됐다. 재니스가 헤센방송사와의 인 터뷰 일정을 히르트라이터 모르게 마음대로 바꾸었기 때문이었다. 화요일 싸움은 윈드프로가 히르트라이터에게 제시한 보상금액을 재니스가 폭로했기 때문에 일어났다. 그때까지 히르트라이터는 보 상금액을 입 밖에 내지 않았다고 한다.

"다들 5만 내지 6만 유로로 생각하고 있었던가 봐요." 셈이 말했 다. "그런데 300만이라고 하니까 절대 땅을 팔지 않겠다는 히르트라 이터의 말을 더 이상 못 믿게 된 거죠. 그래서 공청회에도 재니스가 나가게 된 거랍니다."

물론 독재적인 지휘 방식 때문에도 불만이 많았다. 가끔 상대방에 게 상처 주는 말을 아무렇지도 않게 했기 때문에 특히 여자 회원들 의 원망을 샀다. 게다가 시민단체뿐 아니라 마을협회 요직을 독차지 하고 앉아 젊은 사람들에게 기회를 주지 않고 폭군 노릇을 했다. 이 삼 주 전만 해도 스포츠협회 회장직에서 그를 끌어내리려는 음모를 꾸몄다가 실패로 돌아가자 23명이나 되는 회원이 그날 바로 집단

탈퇴하는 사건이 있었다.

"원한이 깊은 사람도 더러 있더라고요." 카트린의 말로 보고가 끝났다.

"회장이 꼴 보기 싫다고 살인을 하지는 않아." 보덴슈타인이 이의를 제기했다.

"하지만 모욕당한 사람이 많아요. 비밀리에 만나는 커플을 까발려서 이혼하게 만들기도 하고, 가톨릭교회 신부가 복사들을 성추행한다는 말을 해서 명예를 훼손하기도 했어요. 하여간 히르트라이터가 원한을 산 사람은 셀 수 없이 많아요."

모두들 생각에 빠진 듯 잠시 말이 없다.

"그 집 자식들은 윈드프로에 땅을 팔면 300만 유로로 받을 수 있어요." 피아가 말했다. "사람을 사서 자기들 손에 피 안 묻히고 노인네를 제거한 거 아닐까요?"

"킬러를 고용했다는 거야?"

"네, 그렇게 이상할 것도 없죠. 돈만 주면 킬러인들 못 사겠어요?"

"주차장에서 히르트라이터를 기다렸다는 그 낯선 남자 말이야?" 보덴슈타인이 미간을 찌푸렸다.

"네, 충분히 가능하죠. 프라우케가 아버지 집 마당에서 봤다는 자동차는 지어낸 말일 수 있지만 반장님 아버지가 주차장에서 낯선 남자를 봤다는 말이 거짓말일 리 없잖아요."

"그런데 반장님 아버지 말고는 본 사람이 없어요. 저희가 다 물어봤거든요." 셈이 말했다.

보덴슈타인은 그로스만과 히르트라이터의 사진, 현장 사진 등이 붙어 있는 칠판을 응시했다. 제1용의자는 재니스 테오도라키스다. 옛 직장 상사와 시민단체 회원들은 그를 성질이 불같고 충동적인 사람이라고 표현했다. 모욕당한 것에 앙심을 품은 그가 두 시간 동안 기다렸다가 히르트라이터를 죽였을까? 이건 뭔가 아귀가 맞지 않는다. 성질이 불같고 충동적인 사람은 감정이 욱해서 살인을 저지를 수는 있지만 몇 시간씩 매복하지는 않는다. 그건 그렇다 치더라도 재니스에게는 동기가 부족하다. 이미 시민단체 사람들 앞에서 본때를 보여줬기 때문이다.

역시 피아 말이 옳다. 증오 때문에 저지른 충동적 살인이거나 킬러에 의한 청부살인이다. 주차장에 있던 그 남자를 찾아야 한다.

"엘할텐에 한 번 더 가봐." 잠시 생각에 빠져 있던 보덴슈타인이 마침내 입을 열었다. "크로네 주변에 사는 주민들을 다시 한 번 만나보고, 반경 넓혀서 탐문 조사를 실시해. 특히 개 키우는 사람들한테 밤에 개 데리고 산책 나갔다가 이상한 사람 봤는지 자세히 물어보라고. 목격자가 반드시 있을 거야."

피아는 손목시계를 들여다보았다. 히르트라이터 형제는 지금 세 시간째 아래층 조사실에서 기다리는 중이다. 사진 찍고, 몸무게 달고, 열 손가락 지문 찍고, 타액 채취까지 했기 때문에 상당히 겁을 먹은 상태다. 하지만 피아는 크뢰거가 라벤호프 조사를 끝낼 때까지 심문을 미룰 생각이다. 그동안 알아본 바에 의하면 프라우케는 집에도 없었고, 가게와 동물 보호소에도 나타나지 않았다. 자동차도 온데 간 데 없고 휴대전화가 없기 때문에 위치 추적을 할 수도 없다. 피아는 프라우케가 남동생과 오빠가 들어간 길로 똑같이 집에 들어갔다가 아버지가 기르던 까마귀와 한판 승부를 벌인 것이 아닌가 하고 추측했다. 셈은 까마귀가 범인을 지목할 수 있다면 모를까 증인이 될 수는 없다며 비꼬아 말했었다. 만약 이것이 범인을 지목한 행위라면 어떨까? 거기까지 생각하니 갑자기 등줄기에 소름이 쫙 돋왔다.

"피아?"

보덴슈타인이 부르는 소리에 피아는 깜짝 놀라며 엉뚱한 상상 속에서 빠져나왔다.

"히르트라이터 형제는 어떻게 할 셈이야?"

"좀 쥐어짜 보려고요. 유산을 독차지하려고 프라우케한테 무슨 짓을 했을 수도 있어요."

"알리바이는 확인했어?"

"네, 언뜻 보기엔 맞는 것 같은데 시간이 틀려요. 마티아스는 6시 20분에 사무실을 나간 후 다시 돌아오지 않았어요. 경리과장이랑 회계사가 10시 반까지 기다렸는데 안 왔대요. '르 저널'이란 레스토랑에도 1시 반까지 있었던 건 사실이지만 11시 45분에야 왔대요. 그러니까 다섯 시간 반 동안은 알리바이가 없는 거죠."

"형은?"

"제가 여기저기 전화를 돌려봤는데요. 쾨니히슈타인 경찰서 브라들 순경이 그레고어 장인의 생일 파티에 갔다가 그레고어가 막 차에 타는 순간에 마주쳤대요. 담배 사러 간다고 했다는데, 그 사람은 담배를 안 피우거든요."

"아니, 어떻게 쾨니히슈타인서의 동료한테 전화할 생각을 했어?" 오스터만이 신기하다는 듯 머리를 내둘렀다. 이에 피아는 손가락으로 자기 이마를 두드리며 빙긋 웃었다.

"간단해. 그레고어가 장인 이름이 에르빈 슈미트만이고 회사 강당에서 파티를 했다는 말을 하는데 머릿속에 딱 떠오르는 게 있더라고. 헤프트리히에 슈미트만이 하는 가게가 있어. 말먹이랑 톱밥 같은 거 사러 가는 집인데 거기서 브라들을 몇 번 만났거든. 만나면 뭐 이런저런 얘기를 하게 되잖아. 한번은 브라들이 슈미트만이랑 옆집에 사는 이웃사촌지간이라면서 건초 수확도 도와주고 시간 날 때는 창고 일도 돕는다고 하더라고. 그래서 생일 파티에도 초대받았겠구나 싶었는데, 맞아떨어진 거지."

"와, 대단해요." 셈도 믿기지 않는다는 표정이다.

"피아에게 별 다섯 개!" 오스터만이 우스갯소리를 했다. "대단해. 그런데 그레고어가 언제 돌아오는지도 봤대?"

"물론이지." 피아는 의자 깊숙이 등을 기대며 만족스러운 미소를 지었다. "정확히 12시 10분 전. 담배는 없었고 다른 옷으로 갈아입고 왔더래."

"동기, 수단, 기회 다 충족되잖아!" 오스터만이 신나서 외쳤다. "그 정도면 수색영장 바로 나오겠는데? 반장님 생각은 어떠세요?"

보덴슈타인은 아무 대꾸도 없이 생각에 잠긴 얼굴로 새로 산 아이폰을 만지작거렸다. 요즘 그는 아이폰에 푹 빠져 있다. 모두 아무 말이 없자 그는 그제야 고개를 들었다.

"수색해봐야 무슨 소용 있겠어?" 그가 이제까지의 대화를 새겨들었다는 증거를 대듯이 말했다. "만약 히르트라이터 형제가 범인이라면 무기를 집으로 가져가지는 않았을 거야. 지금 바로 심문해보고 알리바이를 제대로 대지 못하면 구속영장 신청하자고."

"반장님은 같이 안 하실 거예요?" 피아가 물었다.

"난 쾨니히슈타인 애견 센터에 가서 프라우케에 대해서 좀 알아볼게." 그는 이렇게 말하며 피아의 눈썹이 살짝 올라가는 것을 못 본 척했다.

"프라우케를 수배자 명단에 올리고 차량도 수배해. 그리고 무슨 일 있으면 나한테 전화하고. 별일 없으면 내일 아침에 보자고."

*

5시쯤 키르히 가에 도착한 보덴슈타인은 15분간이나 차에서 내리지 못하고 망설였다.

프라우케 때문에 왔다고 하면 니카가 과연 그 말을 믿을까? 믿지 않아도 어쩔 수 없다. 사실 그는 어제 그렇게 약한 모습을 보인 후 그녀를 다시 만나는 것이 두려웠다. 그를 얼마나 약해빠진 인간으로 봤을까? 언제나 상황을 좌우하는 사람이 되자는 게 그의 신조인데, 어제저녁 그가 보인 모습은 그 신조와는 아주 거리가 멀었다. 니카는 언제나 어제 일과 결부시켜서 그를 떠올릴 것이다. 하지만 그녀를 만나야 한다. 그래서 이 혼란스러운 감정의 정체가 무엇인지 밝혀야 한다. 어쩌면 고마움이나 뭐 그런 감정을 그의 무의식이 마치 다른 감정인 양 확대시킨 것인지도 모른다.

그는 심호흡을 한 번 한 다음 유리문을 열고 들어갔다. 종소리가 울리자 곧 니카가 나타났다. 그녀의 얼굴에 기쁨의 표정이 희미하게 스쳤다. 그는 혼자 착각한 게 아니었다는 사실에 안도했다. 그들 사이에는 좋은 감정이 싹터 있었고, 그녀도 그것을 느끼고 있었다.

"안녕하세요?"

그가 머뭇거리며 말했다. 그녀의 화장기 없는 얼굴은 예쁘다기보다는 약간 강한 인상이다. 코도 조금 큰 편이고 입도 약간 크지만 독특한 느낌이 있어서 좋다. 낮에 환한 데서 보면 완전히 달라 보일까봐 은근히 걱정했는데 오히려 반대다. 심지어 물 빠진 데님 원피스에 늘어진 회색 카디건, 맨발에 운동화를 신은 특이한 옷차림까지도 마음에 든다. 허영심과는 거리가 멀어 보이는 인상이다.

"안녕하세요? 좀 어떠세요?" 그녀가 조심스럽게 물었다.

"이제 괜찮습니다."

그는 차를 타고 오면서 생각해놓은 말을 하려고 했지만 갑자기 너무 가식적인 것처럼 느껴져 선뜻 입이 떨어지지 않았다. '고맙습니다. 제 생명의 은인이십니다. 이 은혜는 평생 잊지 않겠습니다'라니 너무 웃긴다!

"다행이네요. 그런데 어쩐 일이시죠?"

그가 어색해하자 그녀도 어색한지 곧 사무적인 말투로 바뀌었다.

보덴슈타인은 정신을 가다듬었다.

"프라우케 히르트라이터 씨 때문에 왔습니다. 무슨 소식 들은 거 없습니까?"

"아니요." 그녀가 도와주지 못해 미안한 듯 고개를 저었다. "하루 종일 차도 안 보이고 연락도 없었어요."

"어제 무슨 얘길 하던가요? 마지막으로 본 게 언제입니까?"

"어제 점심때요. 백작님한테 전화가 왔었어요. 프라우케는 소식을 듣고 바로 차를 타고 나갔어요. 그 후로는 얼굴을 못 봤어요. 리키라면 뭔가 더 알지도 모르겠네요."

그가 모르겠다는 표정을 짓자 그녀가 덧붙였다. "프리데리케 프란첸요. 이 가게 주인이에요."

그녀는 경찰이 왜 프라우케를 찾는지 묻지 않았다. 예의를 차리기 위해 거리를 두는 것일까, 아니면 관심이 없는 것일까? 아니면 프라우케가 있는 곳을 알고 있는 것일까? 아, 이놈의 의심병!

"아, 재니스 테오도라키스의 여자친구요!" 그가 고개를 끄덕이며 아는 체를 했다. "우리 팀원 하나는 니카 씨가 그 사람들 집에서 일하는 가사 도우미인 줄 알아요."

니카는 눈가에 주름을 만들며 멋쩍은 듯 웃었다.

"저도 왜 그 말이 튀어나왔는지 모르겠어요. 갑자기 문 앞에 경찰이 와 있어서 당황했나 봐요. 경찰을 대하는 게 익숙하지 않아서요."

"경찰에게 익숙한 사람이 어디 있겠어요?" 그도 그녀를 따라 웃었다.

"전 리키와 재니스 집에 세 들어 산 지 몇 달 됐어요." 그녀가 허물없이 말하기 시작했다. "리키랑은 학교 때부터 친구예요. 지난겨울에 제가 일 때문에 지치고 힘들어 하니까 리키가 당분간 여기 와서 지내면서 일을 도와달라고 해서 오게 됐어요."

"그럼 우리 부모님도 그 친구를 통해서 알게 된 거군요." 질문은 아니었지만 그녀는 그 말에도 대답을 했다.

"맞아요. 리키랑 재니스는 시민단체 일에 아주 열심이거든요. 특히 재니스는 입만 열었다 하면 풍차 얘기예요." 그녀는 눈을 위로 치켜뜨며 가볍게 한숨을 쉬었다. "그러니 저도 관심을 안 가질 수가 없어요. 안 그러면 서운하게 생각할걸요."

갑자기 니카와 대화를 나누는 것이 전혀 어렵지 않게 느껴졌다. 강력계 형사라고 해서 두려워하지도 않고 자연스럽게 대화가 이어지자 그는 한 걸음 더 나아갔다.

"커피 한잔하러 갈까요?"

놀라서 그를 쳐다보던 그녀의 얼굴에 서서히 웃음이 번졌다. 눈에서부터 시작돼 뺨에 매력적인 보조개를 만든 후 입가로 퍼지는 모양이 잉카가 웃을 때와 비슷하다.

"좋아요. 어차피 손님도 없는데 오늘은 좀 일찍 문 닫죠, 뭐."

잠시 후 두 사람은 보행자 거리에 있는 작은 간이 카페로 들어갔다. 보덴슈타인은 라테 마키아토 두 잔을 시켜놓고 자신에 대해 털어놓기 시작했다. 원래 사람과 친해지는 데 시간이 오래 걸리고, 친해져도 사적인 이야기는 잘하지 않는 편인데 이렇게 아무렇지도 않게 실패한 결혼 생활에 대해 늘어놓고 있으니 스스로도 이상하다는 생각이 들었다. 아마 니카가 그의 이야기에 차분하게 귀를 기울이기 때문인 것 같았다. 그녀는 가끔 질문을 던지기도 했지만 자기 경험을 내세워 조언을 하려 들기보다는 시종일관 조용히 듣는 자세를 취했다. 그녀의 무엇이 그를 그렇게 매혹시킨 것일까? 흔치 않은 강렬한 색의 눈동자? 상대방의 말을 들을 때 머리를 갸웃하는 모습? 신기하다는 표정으로 짓는 수줍은 미소? 그녀의 시선은 한 번도 그를 무심코 지나치거나 산만하게 흩어지지 않았다. 그는 그런 사람을 본 적이 없었다. 사실 그녀는 그가 이제까지 좋아했던 여자들과는 완전히 딴판이었다. 코지마, 니콜라, 잉카, 하이디처럼 자신감 넘치는 강한 여성이 아니라 소녀처럼 여리고 수줍은 타입이다.

그는 프라우케, 피아, 일 모든 것을 잊고 니카와의 대화 속으로 빠져들었다. 그러다가 카페 직원이 문 닫을 시간이라고 넌지시 일러주자 그제야 현실로 돌아왔다.

"이렇게 시간이 흐른 줄 몰랐어요." 밖으로 나온 니카는 약간 당황한 표정으로 말했다. 그들은 어두워진 거리에 서 있었고, 헤어질 시간은 야속하게도 성큼성큼 다가왔다. "일이 바쁘실 텐데…… 제가 너무 시간을 뺐었나 봐요."

물론 할 일이 많지만 이것보다 중요한 일은 없을 거라고 그는 속으로 생각했다. 언제나 일이 최우선이었지만 오늘만큼은 뒷전이다. 니카와 있는 두 시간 동안 주머니 속에서 휴대전화가 열 번이나 울렸지만 그는 신경 쓰지 않았고 가끔씩 고개를 내미는 죄책감도 과감히 무시했다.

"일이야 뭐 팀원들도 있으니까요." 그가 가볍게 대꾸했다. "괜찮으시다면 집에까지 태워다 드리겠습니다."

"정말요? 좋죠." 그녀는 환하게 미소를 짓다가 금세 웃음을 거두었다. "그런데…… 장을 보러 가야 해요. 냉장고가 텅 비었거든요."

"아, 잘됐네요. 사실은 나도 장 좀 봐야 하거든요." 보덴슈타인이 싱긋 웃었다. "자, 가시죠."

*

라벤호프 현장 조사는 생각했던 것보다 오래 걸렸고 일도 많았다. 피아는 히르트라이터 형제를 심문하는 도중 크뢰거 반장에게 엘할텐으로 와달라는 전화를 받았다. 어차피 오래 붙잡아 둘 구실도 없기 때문에 두 사람 다 풀어줄 수밖에 없었다.

보덴슈타인은 전화를 안 받고, 카트린은 치과에 갔고, 셈은 아내의 생일이라고 어느새 빠져나가 버렸다. 자신만 사생활이 없는 것도 아닌데 다들 너무한다는 생각이 들어 피아는 살짝 심통이 났다.

헤닝과 미리엄도 마찬가지다. 자기들이 필요할 때는 밤이고 낮이고 가리지 않고 찾아와 넋두리를 해대지만 아무 일도 없을 때는 전화 한 통 안 한다. 물론 무소식이 희소식이고 그들에겐 잘된 일이지만 그래도 서운한 건 서운한 거다.

특히 보덴슈타인은 도대체 이해할 수 없다. 4년 전 처음 알게 됐을 때 그는 예의 바르고 매너 좋고 어떤 일에도 흔들리지 않는, 늘 푸른 소나무 같은 사람이었다. 그런데 지금의 그는 예의 바르고 매너 좋고 마음이 늘 콩밭에 가 있는 사람이다. 코지마와 헤어진 후로 사람이 완전히 변했다. 까딱하면 팀의 지휘를 그녀에게 맡겨버리고 예전에는 절대 하지 않았을 실수도 한다. 오늘 쾨니히슈타인에 간 것도 프라우케 때문이 아니라 가사 도우미라고 거짓말한 그 금발 여자 때문인 것이 분명하다. 나란히 앉아서 서로를 쳐다보는 모습이 뭔가 심상치 않은 분위기였다. 그리고 그녀를 통해 재니스에 대해 더 알아내자고 했을 때도 보덴슈타인은 망설이며 대답을 회피했다. 물론 코지마와 그렇게 헤어진 후 자신감을 회복하기 위해 다른 사람을 사귀어야 할 필요는 있다. 하지만 그 우중충한 여자에게 무슨 매력을 느꼈는지 통 모르겠다.

보덴슈타인에게 다시 전화를 걸어보지만 이번에도 음성 사서함으로 연결된다. 피아는 한숨을 쉬며 크리스토프의 번호를 눌렀다. 그 역시 전화를 받지 않는다. 고객님은 지금 전화를 받을 수 없단다. 에이, 이 인간들이 정말! 이런 상태에서 크뢰거가 하찮은 일로 그녀를 부른 것이라면 그때는 진짜 폭발할지도 모른다. 저녁 7시 반에 아직도 일 때문에 어딘가로 이동해야 한다니 누군 할 일이 없는 줄 아나?

그로부터 15분 후 목적지에 도착한 피아는 전원 풍경 속에 들어앉은 라벤호프의 아름다움에 다시 한 번 감탄했다. 두껍게 끼어 있던 구름이 걷히자 하늘에는 연분홍에서 짙은 보라색까지 이어지는 환상적인 색의 향연이 펼쳐졌다. 지는 해는 은은한 황금빛으로 건물을 물들였고, 먹이를 쫓는 제비는 적당히 습기를 머금은 온화한 공기를 가르며 땅에 꽂히듯 떨어졌다. 이런 곳에서 산다면 어떨까? 주위는 절간처럼 고요하다. 수년간 고속도로 옆에서 살아온 피아에게는 특히나 인상적이다.

그런데 집 앞까지 가도 개미 새끼 한 마리 보이지 않는다. 피아는 씩씩거리며 휴대전화를 꺼냈다. 사람을 오라고 해놓고 퇴근해버리다니 뭐 이런 사람들이 다 있담? 두고 보자! 그때 어디선가 전화벨 소리가 들리고 잠시 후 모퉁이를 돌아 나오는 크뢰거가 보였다.

"어, 왔어?"

"어떻게 된 거예요?" 피아가 휴대전화를 접으며 물었다.

"직원들은 혈액 샘플 가지고 먼저 가라고 했어. 실험실에 바로 맡기라고." 크뢰거가 어깨를 으쓱하며 피아의 눈치를 살폈다. "이따가 호프하임까지 태워다 줄 거지?"

"그럼요, 태워다 드릴게요." 피아는 그도 그녀와 똑같이 퇴근 못 하고 있는 신세라는 것을 생각하며 짜증을 삼켰다. "뭐 발견한 거 있어요?"

"응, 따라와."

그들은 풀밭에 난 오솔길을 따라 집 뒤로 걸어갔다. 해는 이미 산 뒤로 넘어가 보이지 않는다. 해가 지자마자 기온이 뚝 떨어져 한기가 느껴졌다. 보랏빛 어스름을 가르며 박쥐가 난다. 그들은 뒷문으로 들어가 2층으로 연결된 층계를 올랐다.

"누군가 이 방에 왔었어." 크뢰거가 나무 마감재로 벽을 댄 작은 방으로 들어가며 말했다. "이 벽장에서 최근에 새로 생긴 지문을 발견했거든. 먼지 위에 선명하게 찍혀 있었어." 그가 벽장문을 열었다. "맨 윗 칸에 있던 물건을 내렸다가 다시 쑤셔 넣은 흔적이 있어. 뭔가를 찾았던 거지."

피아는 천천히 고개를 끄덕였다. 프라우케는 그레고어와 마티아스보다 먼저 집에 왔을 것이다. 그녀도 그들과 마찬가지로 출입 금지 표찰을 무시하고 뒷문으로 집에 침입했다. 그러나 여기저기 뒤지지 않은 것을 보면 문제의 물건을 어디서 찾아야 하는지 알고 있었던 게 분명하다. 과연 그 물건은 무엇일까?

계단 아래 상황으로 보아 그녀는 층계에서 떨어져 썩어가는 난간을 부수고 문가에 머리를 부딪혀 부상당했다.

"그다음에 그 여자는……." 크뢰거가 강연하듯 말했다. "문 앞에 떨어진 피 묻은 긴 머리카락으로 보아 여자인 게 분명해. 어쨌든 그 여자는 침실로 들어갔어. 그건 바닥과 침대에 떨어진 피를 보면 알 수 있지. 그 여자는 침실로 가서 나무로 만든 마리아상을 들고 나갔어."

"마리아상요?" 피아가 영문을 모르겠다는 표정으로 물었다.

"잠깐 기다려봐." 크뢰거가 비밀스러운 미소를 지었다. "그다음에 본격적인 싸움이 시작된 거야. 새털이 천장 전등에까지 걸려 있어. 길고 굵은 것뿐 아니라 작은 솜털까지. 그야말로 사투를 벌인 거지." 그가 천장을 가리켰다. "저 위에 피 뿌려진 거 보이지? 핏자국 천지야. 내 생각엔 짐승 피 같은데 실험실에서 항글로불린 검사를 해봐야 정확히 알 수 있어."

피아는 차츰 인내심의 한계를 느꼈다. 하지만 크뢰거의 기분을 상하게 하고 싶지 않았다. 그는 범행 과정을 재구성해내는 능력이 뛰어나지만 자신이 행한 세밀한 과학수사 기법에 대한 인정과 칭찬에 항상 굶주려 있다. 이것은 대부분의 과학수사요원이 갖는 공통점이기도 하다. 큰 사건이 하나 해결되면 강력반에게만 관심과 칭찬이 집중되고 감식반은 뒷전이기 때문이다.

"새와 싸운 게 계단에서 떨어진 후의 일이라는 결정적인 증거는 밖에 있어." 크뢰거는 이렇게 말하며 왔던 길을 되돌아가 문 옆 빗물받이를 가리켰다. 피아는 그 안을 들여다보았다.

"증거가 어디 있다는 거예요?"

"물론 실험실로 가져갔지. 이 안에 죽은 까마귀와 2킬로그램 정도 나가는 나무 조각상이 들어 있었어. 그 여자는 먼저 새를 벽으로 밀친 다음 조각상으로 머리를 내리치고 물속에 집어넣어 익사시켰을 거야."

"끔찍해요." 피아는 얼굴을 찡그리며 진저리를 쳤다.

"새를 죽인 것만으로는 모자랐던 모양이야." 크뢰거가 무심한 말투로 말을 이었다. "완전히 만신창이를 만들어놨더군."

피아는 고개를 들어 크뢰거를 쳐다보았다. 그의 얼굴은 어둠 속에서 허연 얼룩처럼 보였다. 문득 그녀는 그가 의미하는 바를 알아채고 등골이 서늘해졌다.

"히르트라이터를 죽인 것처럼요?"

크뢰거가 고개를 끄덕였다.

"맞아. 그냥 쏴 죽인 게 아니라 발로 차거나 개머리판으로 때렸잖아. 거기다 개까지 죽이고. 까마귀한테 한 것과 비슷해."

이쯤 되니 범인이 킬러일 수도 있다는 생각은 접는 것이 좋을 듯하다. 전문 킬러였다면 사람을 죽인 후 발로 밟고 때리는 짓은 하지 않을 것이다. 목표물이 죽은 것을 확인하고 바로 자리를 떴을 것이다. 최대한 빨리. 그런데 여자가 과연 그런 짓을 할 수 있을까?

피아는 청바지 주머니에 양손을 찌르고 어깨를 으쓱했다. 브라들 순경은 프라우케와 그녀의 어머니가 폭군 아버지, 폭군 남편 밑에서 수십 년간 고생했다고 말했다. 여자들이 살인을 하는 경우는 보통 더 이상 견딜 수 없는 상황을 종결하기 위해서다. 반면 남자들의 살인은 분노, 질투, 버려지는 것에 대한 두려움 때문에 일어난다.

"반장님, 정말 최고예요." 피아가 천천히 말했다. "그런데 반장님 말이 옳다면 우린 큰 실수를 한 거예요."

"왜?"

피아는 그 질문에 대답하지 않고 생각에 잠겼다. 프라우케가 사격과 사냥에 뛰어났다는 브라들의 말이 떠올랐다. 히르트라이터는 아버지의 인정을 받기 위해 열심이었던 딸을 비만이라는 이유로 경멸했다. 프라우케는 사건 당일 라벤호프에 있었고, 총기를 다룰 줄 알

273

고, 아버지를 증오했다. 이것이야말로 수사반이 애타게 찾아 헤매던 단서가 아닌가? 피아는 배에서 꼬르륵 소리가 나는 것을 외면하고 크뢰거에게 물었다.

"반장님, 문 딸 줄 알아요?"

"웬만한 건 딸 수 있어. 왜?"

"지금 저랑 같이 프라우케 집에 같이 가서 좀 둘러봐 주세요. 같이 가주시면 일 끝나고 제가 밥 살게요."

"와, 내가 정말 이렇게 살아야 하나?" 크뢰거가 한숨을 푹 쉬었다.

"같이 못 간단 뜻이에요?

"아니, 내가 피아한테까지 밥을 얻어먹는 신세가 됐나 해서." 크뢰거가 씩 웃으며 말했다. " 밥은 내가 사지."

✴

비가 그치고 날은 점점 어두워졌다. 마르크는 오후 내내 동물 보호소에 있다가 기름이 바닥날 때까지 스쿠터를 타고 돌아다녔다. 문자를 세 번이나 보냈는데 리키는 답장이 없다. 리키를 꼭 만나야 하는데⋯⋯. 아까 가게에 갔을 때도 리키는 없었다. 거기다 니카에게 몸이 안 좋다는 말까지 들은 터라 걱정이 이만저만 아니다.

목초지 울타리 옆에 스쿠터를 세워놓고 마구간에서 잠시 기다려 보기로 한다. 리키는 매일 저녁 말들의 상태를 보러 마구간에 들르니까 여기서 기다리면 만날 수 있을 것이다. 아스팔트 길 너머 정원에서 숯불 피우는 냄새가 바람에 실려 온다. 아무리 휴대전화를 들여다보아도 전화는 오지 않고, 오늘은 얼굴도 못 보고 목소리도 못 듣는다고 생각하니 가슴이 먹먹해진다. 리키가 전화를 걸도록 마음

274

속으로 주문을 외우고 마구간 옆 축축한 모래 위에 리키의 이름을 써보지만 텔레파시 능력이 부족한지 아무런 효과가 없다. 리키와 재니스를 알기 전 그의 삶은 얼마나 공허했던가!

드디어 전화벨이 울렸다. 설레는 가슴으로 발신인을 확인하지만 엄마다. 안 받으면 계속해서 귀찮게 할 것이기 때문에 전화를 받는다. 뭐라고 하는지는 모르겠고 짧은 시간에 그렇게 많은 말을 할 수 있다는 것이 신기할 따름이다.

"알았어요. 금방 갈게요." 그는 건성으로 대답하고 전화를 끊었다.

벌써 9시 반이다. 리키의 집이 바로 코앞인데 여기 이러고 앉아 있어야 한다니 너무 답답하다. 잠깐 가서 얼굴을 보고 아무 일도 없다는 것을 확인하는 것이 좋겠다. 만약 재니스가 집에 없다면 지난번처럼 리키를 위로해줄 수도 있을 것이다. 그는 길을 따라 걷다가 낮은 정원 울타리를 훌쩍 뛰어넘어 철쭉나무 사이로 숨어들었다. 숯불이 연기를 내뿜고 테라스 탁자에는 식사 준비가 돼 있다. 그때 손에 그릇을 든 재니스가 집 안에서 나왔다.

"이제 그만 좀 해!" 그가 신경질적으로 내뱉었다. 재니스가 집에 있는 것을 본 마르크는 조금 실망하며 리키도 집에 있는 것을 알았으니 이제 집에 가는 게 좋겠다고 생각했다.

"아직 멀었어!" 리키가 문가에 나타났다. "밤새도록 집에 안 들어오더니 갑자기 아버지가 병원에 입원했다고? 왜 나한테 그런 말을 안 해? 혼자 무슨 비밀이 그렇게 많아?"

재니스는 말없이 한숨을 쉬며 스테이크를 불 위에 얹었다.

"어제만 해도 그래. 니카 혼자 있을 때 가게에 왔었지? 왜 내가 오니까 그냥 갔어? 자기 요즘 도대체 왜 그래?" 리키가 울음 섞인 목소리로 따졌다.

"에이 씨! 내가 왜 그 일로 변명을 해야 해? 그리고 우리 부모님 일에 전혀 관심 없었잖아. 별일 아닌 일로 호들갑 좀 떨지 마!"

"이게 왜 별일 아니야? 형사들 앞에서 얼마나 민망했는지 알아? 나를 얼마나 한심한 여자로 봤겠어?"

"입 다물고 가만히 있었으면 민망할 일도 없고 한심할 일도 없었어. 하여튼 멍청하긴!" 재니스가 차갑게 내뱉었다.

불 위에서는 스테이크가 맛있는 냄새를 내며 익어갔다. 하지만 지금은 먹을 것에 대해 생각할 때가 아니다. 그는 두 사람의 싸움을 지켜보며 점점 충격에 휩싸였다.

"지금 뭐라고 했어? 어떻게 나한테 그런 말을 할 수 있어?" 리키가 허리춤에 손을 얹고 매섭게 퍼부었다. "내가 자기 때문에 얼마나 애쓰는지 몰라서 그런 말을 해? 그 빌어먹을 풍력발전 단지 세우든 말든 난 하나도 관심 없어! 난 자기를 위해서 별의별 우스운 짓거리를 다 하는데 이게 지금 그 대가야?"

마르크는 마른침을 꼴깍 삼켰다. 하루 종일 그렇게 리키 걱정을 했는데 괜한 걱정이었다. 리키는 그냥 전화가 하기 싫었던 거다. 자기 같은 덜떨어진 풋내기를 상대하고 싶지 않았던 거다.

"나도 풍력발전 단지 같은 거 관심 없어!" 재니스가 고기 구울 때 쓰는 커다란 포크를 휘두르며 말했다. "타이센 때문에 이러는 거 잘 알잖아. 재수 없는 놈! 그런데 그깟 서명 몇 개 받아 왔다고 내가 매일같이 널 공주 모시듯 해야겠어?"

마르크는 놀라서 입이 딱 벌어졌다. 몇 달 동안 오직 풍력발전 단지, 기후 문제, 시민단체에 대해서만 이야기해온 두 사람이 사실은 그 일에 아무 관심도 없다고 말하고 있지 않은가!

"누가 공주 모시듯 하래? 내 말은……."

"입 닥쳐! 제발 그 주둥이 좀 닥치라고!" 재니스는 마르크가 깜짝 놀랄 정도로 버럭 소리를 질렀다. "뭐 그렇게 마음에 안 드는 게 많고, 얘기할 게 많아? 다 지겨워! 너도 너무 지겨워!"

심상치 않은 분위기에 주눅 들었는지 개들도 꼬리를 내리고 집 안으로 들어갔다.

마르크는 배신감에 몸을 떨었다. 눈 뒤에서 찌르는 듯한 통증이 느껴졌다. 그에게는 영웅과도 같았던 두 사람에 대한 믿음이 와장창 깨지고 그들을 중심으로 돌아가던 세계도 무너져 내리는 것만 같았다. 리키와 재니스가 헤어지면 어떡하지?

"제발 그만해요. 제발……." 마르크는 혼잣말로 간절히 되뇌었다.

리키는 그 자리에 무릎을 꿇고 앉아 두 손으로 얼굴을 가린 채 흐느껴 울기 시작했다. 하지만 재니스는 본 척도 하지 않고 고집스러운 표정으로 고기만 뒤집었다.

인간이 어떻게 저렇게 매정할 수 있단 말인가! 마르크는 리키의 불행한 모습에 가슴이 찢어질 듯했다. 마음 같아서는 얼른 달려가 품에 안고 달래주고 싶지만 그럴 수도 없는 노릇이다. 마르크는 두 사람의 싸움을 지켜보는 것이 내키지 않았지만, 지금 떠나면 왠지 리키를 버리고 가는 것 같아 선뜻 자리를 뜰 수 없었다.

흐느끼던 리키는 자리에서 일어나 재니스에게 다가갔다. 그리고 등 뒤에서 그를 껴안고 화내지 말라고 애원했다. 마르크는 리키의 그런 굴욕적인 모습에 말할 수 없는 비참함을 느꼈다.

"이거 놔!" 재니스가 리키의 손을 뿌리치며 홱 돌아섰다. "이게 뭐 하는 짓이야? 나 지금 그럴 기분 아니거든!"

마르크는 재니스 앞에서 무릎을 꿇는 리키를 보고 아연실색했다. 심장이 두방망이질 치고 얼굴이 화끈거렸다. 이제라도 자리를 떠야 한다고 생각했지만 어떤 강력한 힘에 사로잡힌 듯 한 발짝도 움직일 수 없었다. 거칠고 끈적끈적한 떡갈나무 기둥을 꽉 움켜잡고 숨도 제대로 쉬지 못한 채 테라스 위의 두 사람을 훔쳐보았다. 재니스는 들고 있던 그릴용 포크를 던져버리고 리키를 선 베드 위로 밀쳤다. 숯불 위에서 고기가 시꺼멓게 타는 동안 두 사람은 섹스를 했다. 아무 말도 하지 않고 어떤 부드러운 손길도 없이 땀을 뻘뻘 흘리며 섹스에 열중하는 그들의 모습은 교미하는 짐승들을 연상시켰다. 하지만 마르크는 그 역겨운 장면에서 한시도 눈을 뗄 수 없었다. 사랑이니 낭만이니 하는 사춘기의 환상은 순식간에 날아가 버렸다. 마르크는 그 광경을 지켜보며 몸이 뜨거워지는 자신을 원망했다. 원색적이고 동물적으로 행동하는 재니스도, 창녀의 본색을 숨기고 청순한 척한 리키도 싫었다. 지조도 없고 자존심도 없는 싸구려 창녀! 머릿속에서는 걷잡을 수 없는 고통의 회오리가 몰아치고 눈에서는 뜨거운 눈물이 흘러내렸다.

"오, 오, 자기가 최고야!" 그 순간 리키가 외쳤다. 10분 전에 저질스러운 말로 자신을 욕한 남자에게 어떻게 저런 말을 할 수 있단 말인가? 그는 더 이상 참지 못하고 뒤돌아 전속력으로 달리기 시작했다. 눈물이 쉴 새 없이 흘러내려 앞을 가렸다. 다시는, 다시는 저들을 찾지 않을 것이다. 그들을 볼 때마다 그 장면이 떠오를 것이고, 수치심에 치가 떨릴 것이다. 그들은 그를 배신했다. 위선적인 얼굴과 그럴듯한 말로 그를 속였다. 다른 어른들과 하나도 다르지 않다.

*

프라우케의 이웃이자 집주인인 노파에게 여벌 열쇠가 있었기 때문에 다행히 문을 따고 들어갈 일은 없었다. 문을 따고 들어가는 것은 엄밀히 따지면 불법이지만 위급 상황이라고 하면 대부분 통한다. 보덴슈타인은 작정하고 잠수 탔는지 4시 반 이후로 연락두절이다. 이번에도 전화를 받지 않자 피아는 제대로 화가 났다. 전화를 안 받기는 크리스토프도 마찬가지다. 휴대전화, 사무실 전화, 집 전화 모두 안 된다. 이게 만약 수요일 일에 복수하기 위한 거라면 가만있지 않을 테다!

"프라우케를 마지막으로 본 게 언제예요?"

피아가 마늘 냄새 나는 노파에게 물었다. 70대 중반이나 되었을까? 백발 바가지머리에 주름투성이 얼굴의 노파는 피아의 신분증을 자세히 들여다본 후 돌려주었다.

"어제저녁 6시쯤일 거야. 어제는 공청회에 간다고 리키가 가게 문을 일찍 닫더라고. 거기서 그런 일이 일어나다니 정말 세상 말세야. 안 그러우?"

"네, 끔찍한 일이죠." 피아는 짜증을 누르며 맞장구를 쳤다.

"이 집에서 일어나는 일치고 내가 모르는 일은 없어. 이 건물이 다 내 거거든. 아래층 가게에 젊은 사람들이 들어오고부터는 아주 생기가 돌아서 좋아." 노파는 웃으며 눈을 반짝였다. "영감이 죽은 지 벌써 15년이나 됐어. 옛날에 우리 영감이 살아 있을 때는 아래층에서 전자 제품 가게를 했는데 영감이 죽고 나서 문을 닫았지. 혼자 하기는 힘들더라고."

노파는 잠깐이지만 자신의 얘기를 들어주는 사람이 있어 좋아하는 눈치다. 하지만 피아는 밤 10시에 남의 인생사를 듣고 싶은 생각은 없다.

"프라우케는 리키가 나가고 바로 왔어. 그런데 가게로 안 가고 바로 집으로 들어가더라고. 리키한테 히르트라이터가 죽었다는 말을 들었기 때문에 난 인사라도 해야겠다 싶어서 프라우케 집 초인종을 눌렀지."

노파는 말하다 말고 크뢰거가 집 안에서 뭐하는지 보려고 목을 길게 뺐다.

"프라우케는 상태가 어땠어요?"

"상태?"

"슬퍼 보이던가요? 아니면 충격에 빠진 것 같았나요?"

"아니." 노파는 단호하게 고개를 저었다. "사실 나도 조금 이상하긴 했어. 아버지가 죽었다는데도 슬퍼한다기보다는…… 뭐랄까…… 긴장해 있었어. 말도 몇 마디 안 하고. 평소에는 입만 열었다 하면 따발총인 여편네가 말이야."

마지막 말에는 가벼운 경멸이 담겨 있다.

"뭐라고 했는데요?"

크뢰거가 있는 곳에서 우당탕 소리가 났다.

"잘 기억이 안 나. 어, 그렇지! 화분에 물을 주라고 했어. 며칠 여행을 가야 할지 모르니까 화분 좀 돌봐 달라고 하더군."

오전에 보덴슈타인 백작에게 아버지의 사망 소식을 들은 후 부검실에 신원 확인을 하러 왔던 그녀가 오후 6시에 이미 아버지 집 손님방 벽장에서 무엇인가를 찾아내 도망갈 생각까지 하고 있었다는 말인가?

"피아! 이리 좀 와봐!"

집 안에서 크뢰거가 부르는 소리가 났다.

"그럼, 고맙습니다. 성함이……?"

"마이어 추 슈바베디센. 이름은 이레네."

피아는 잠시 마늘 냄새 때문에 숨을 참아야 했다. 빈속에 독한 냄새를 맡으니 죽을 지경이다.

"아…… 네. 부인, 뭐 더 생각나는 게 있거나 프라우케가 나타나거나 하면 저한테 연락주세요." 피아는 애써 미소를 지으며 명함을 건넸다. 기억하기 힘든 이름을 가진 노파는 열심히 고개를 주억거렸다.

프라우케의 집으로 들어가 보니 가구도 몇 개 없이 휑한 것이 가난의 냄새가 물씬 풍겼다. 깨끗하지만 군데군데 부서진 낡은 싱크대, 천이 닳아서 거의 속이 비치는 소파, 안테나가 달린 구식 소형 텔레비전, 문을 열면 부서져버릴 것 같은 볼품없는 옷장이 살림살이의 전부다. 벽에는 그림 하나 걸려 있지 않고 장식용 소품 같은 것은 아예 찾아볼 수도 없다. 거실 창가에 내놓은 화분 몇 개만이 여기가 감방이 아니라는 것을 확인시켜주었다. 스스로 원해서 이렇게 사는 사람은 없다. 프라우케 또한 그 돈이 꼭 필요했던 거다.

"반장님! 어디 계세요?"

"침실!" 옆방에서 소리가 났다.

침실에는 카펫 없이 밝은색 장판이 깔려 있다. 침대, 옷장, 책장은 산 지 얼마 안 돼 보이는 중저가 브랜드의 물건이다.

"피아가 냄새를 제대로 맡았어. 이것 좀 봐. 아예 숨길 생각조차 안 했어."

열린 옷장 앞에 서서 휴대전화 카메라로 사진을 찍던 크뢰거가 고개만 돌리며 말했다. 가까이 가서 옷장 안을 들여다보니 옷걸이 사이에 엽총 한 자루가 떡하니 세워져 있었다.

시체 두 구, 사라진 살해 용의자 한 명, 풀리지 않은 수수께끼들. 어떤 추리를 해도 막다른 곳에서 멈춘다. 프라우케는 하늘로 솟았는지 땅으로 꺼졌는지 모르게 종적을 감췄다. 차도 아직 발견되지 않았다. 히르트라이터 형제는 어제 심문에서 거짓말을 하다 진술이 엉켜버리자 결국 화요일 저녁 프라우케와 함께 셋이서 아버지 집에 갔다는 사실을 털어놓았다. 9시부터 10시 반까지 기다렸다는데 아버지를 만나지는 못했다는 것이다. 그레고어와 마티아스 둘 다 프라우케가 말한 차를 봤다고 진술했다. 아우디나 BMW 리무진인 것 같은데 10시가 다 되어갈 무렵 길가에 5분 정도 시동을 켠 채 서 있다가 사라졌다는 것이다. 사실일 수도 있지만 존재하지도 않는 범인을 만들어내 경찰의 관심을 다른 데로 돌리려는 수법일 수도 있다.

왜 장인의 생일 파티에 돌아가기 전에 옷을 갈아입었느냐는 질문에 그레고어는 아버지의 개가 달려들었기 때문이라고 전혀 당황한 기색도 없이 대답했다.

마티아스 또한 '르 저널'에 도착할 때까지 45분 동안 뭘 했느냐는 질문에 B455 고속도로의 엡슈타인-피시바흐 구간 통행 중단으로 돌아서 오느라고 그랬다고 아무렇지도 않게 대답했다. 손에서 화학 잔여물이 발견된 것도 아니고, 구속영장의 근거가 될 만한 도주 및 은폐 의혹도 없고, 휴대전화 이동 프로필을 신청할 만한 근거도 없다. 제길! 증거가 하나도 없다.

피아는 어쩔 수 없이 그들을 풀어주면서도 철저하게 속았다는 느낌을 지울 수 없었다.

"그래도 수색영장은 신청해볼 생각입니다. 어쨌든 처음에 거짓말한 건 분명하니까요." 오스터만이 보고를 마치며 비장하게 말했다.

실험실에서 전해온 결과는 미미하나마 희망을 줬다. 검사 결과 히르트라이터와 그로스만의 옷에서 발견된 섬유 조직은 서로 일치하지 않는 것으로 나타났다. 대신 특수 컴퓨터 프로그램의 도움으로 침입자의 신장을 근사치에 가깝게 알아낼 수 있었다. 찢어진 고무장갑의 유전자 분석 결과는 이번에도 역시 늦는다.

피아는 셈의 보고를 건성으로 들으며 수첩에 낙서를 했다. 어제는 크뢰거와 함께 멕시코 식당에서 엄청나게 매운 엔칠라다(샌드위치와 비슷한 멕시코 전통 음식_역주)를 카피리냐와 함께 먹은 후 12시 반에 집에 도착했다. 화가 났을 것이라고 예상하고 들어갔지만 크리스토프는 집에 없고 '기린 출산. 늦을 거야'라고 적힌 쪽지 한 장만 놓여 있었다.

"테오도라키스는 키가 180센티미터 정도 됩니다. 평가서가 필요했으니까 침입 동기도 있고, 문을 열 수 있는 열쇠도 있고, 건물 내부에 대한 지식도 있습니다."

셈의 말을 들으며 피아는 까마귀를 그리기 시작했다.

"내가 어제 오후에 만났어."

묵묵히 듣고 있던 보덴슈타인이 입을 열었다. 피아는 전날 그가 그녀를 나 몰라라 한 것 때문에 여전히 삐쳐 있다. 하지만 상사다 보니 그냥 무시할 수도 없는 노릇이다. 그리고 누구랑 뭐하고 돌아다녔는지는 모르겠지만 오랜만에 기분이 좋아 보인다.

"어디서요?" 피아가 물었다.

"우리 농장에서. 아버지를 만나러 왔더라고. 그래서 윈드프로에서 만든 평가서를 어디서 구했는지 물어봤어."

"그랬더니 뭐래요?"

피아가 볼펜으로 딱딱거리자 오스터만이 신경 쓰이는지 힐끗 쳐다본다.

"환경부에서 같이 일하던 동료한테 받았대."

"테오도라키스가 환경부에서 일한 적이 있어요?" 셈이 뜻밖이라는 듯 물었다.

"응, 신재생에너지 팀에서 일했대. 그 일을 하면서 타이센을 알게 됐고, 타이센이 솔깃한 제안을 하자 환경부를 그만두고 윈드프로로 넘어간 거야. 환경부의 인맥 때문에 타이센한테는 거의 황금알을 낳는 거위 같은 존재였어. 반대로 윈드프로가 하는 사업의 내막도 잘 알고 있었지."

"특히 건물에 들어가는 방법을 잘 알고 있었겠죠. 그 평가서가 왜 환경부에 있었겠어요?" 피아가 시큰둥하게 내뱉었다.

"아니야, 사업 승인 신청할 때 서류를 내야 하니까 가능성은 충분히 있어." 보덴슈타인이 바로 이의를 제기했다. "오스터만, 이거 그 환경부 동료 이름하고 전화번호니까 연락해서 오라고 해."

오스터만이 쪽지를 받으며 고개를 끄덕였다.

"전 윈드프로에 침입한 게 분명히 테오도라키스일 거라고 생각해요. 개인적 원한 때문에 타이센한테 한 방 먹이고 싶었던 거라고요." 피아는 주장을 꺾지 않았다.

"하지만 알리바이가 있잖아요." 셈이 반박했다.

"그 알리바이도 그렇게 확실하지 않아요. 12시까지만 어머니 가게에 있다가 윈드프로에 갔을지 누가 알아요? 어머니 가게에서 조금만 일찍 나왔어도 도둑질할 시간은 충분했을 거예요."

"그럼 햄스터는 주머니에 넣어 가지고 다녔나요?"

아, 햄스터!

셈의 말에 피아는 뭔가 떠올랐다는 듯 생각에 잠겼다.

"그러고 보니 여자친구가 애견 센터를 하잖아요! 그런 가게에서는 다른 동물도 파니까…… 거기 가서 주문서를 보여달라고 해야겠어요. 햄스터 들어온 게 몇 마리고 팔린 게 몇 마리인지 비교해보면 알 수 있잖아요."

회의는 일 분배와 함께 끝났다. 셈과 카트린은 주민 중에 낯선 남자를 본 사람이 있는지 알아보기 위해 다른 동료들과 함께 크로네 주변을 탐문하기로 하고 프라우케의 수배 범위를 신문, 라디오, 텔레비전까지 넓히기로 했다.

＊

마르크는 침대에 누워 천장을 쳐다보았다. 편두통 때문에 머리가 깨질 것 같고 우울한 기분도 떨쳐지지 않는다. 세상은 위선으로 가득하다. 사람들은 겉으로 웃으면서 속으로는 정반대의 생각을 한다.

하지만 왜? 왜 그렇게 솔직하지 못한 걸까?

밖에는 해가 쨍쨍하다. 내려진 롤커튼 사이로 새 들어온 햇살이 바닥에 길쭉한 무늬를 만들었다. 아래층 테라스에서 그릇 부딪히는 소리와 부모님이 두런거리는 소리가 난다. 어머니의 가짜 웃음소리. 어머니는 웃을 일이 전혀 없을 때도 늘 저렇게 웃는다. 관객이 있는 한 행복한 아내, 행복한 어머니를 연기해야 하기 때문이다. 보는 사람이 없다고 느끼면 청승맞게 울거나 물인 척 컵에 보드카를 따라 마신다. 어머니는 스스로를 속이느라 여념이 없다. 마르크는 '나랑 똑같군'이라고 생각하며 몸을 웅크렸다.

"시끄러워!"

이웃집 개가 짖자 아버지가 소리쳤다. 아버지도 항상 웃는 얼굴이다. 하지만 억지로 꾸며낸 미소 뒤에는 억압된 분노와 절망이 부글부글 끓고 있다. 보는 사람이 없을 때면 한 번씩 폭발하곤 한다. 며칠 전에도 밤중에 크게 부부싸움을 했다. 어머니는 울면서 작업실로 기어 들어갔다. 그리고 다음 날 아침 아무 일도 없다는 듯 다시 웃었다. 출근하는 남편의 뺨에 키스하며 "잘 다녀와요, 여보!"라고 말했다. 그리고 문이 닫히자 혼자 보드카를 마시며 드디어 '귀찮은 여보'가 꺼진 것을 자축한다. 끔찍한 일이다.

"마르크! 일어나야지!" 어머니의 소프라노 목소리가 울려 퍼진다.

그렇게 불러봐야 소용없어요. 오늘 그는 일어나지 않을 것이다. 리키가 전화를 한다고 해도 안 일어난다. 리키! 그 얼굴, 그 목소리, 그 신음 소리가 들리는 것만 같다. 그는 베개로 귀를 틀어막았다.

어제 그냥 집에 왔더라면 얼마나 좋았을까! 그렇게 낯선 리키, 추하고 역겨운 리키는 싫다. 리키만 생각하면 너무 고통스럽고 미칠 것 같다. 미하엘이 그를 배신했을 때와 비슷하다. 그는 미하엘을 믿

286

었다. 그러나 그는 온다 간다 말도 없이 가버렸고, 마르크는 그들의 수중에 떨어졌다. 그래도 그가 다시 올 거라고 믿었다. 그가 돌아와서 해명하면 모든 것이 예전으로 돌아갈 거라고 믿고 침묵으로 일관하며 버텼다. 그러나 그는 다시 돌아오지 않았고, 그 무엇도 예전으로 돌아가지 않았다.

휴대전화에서 알림음이 났다. 리키가 보낸 문자다.

어제 답장 못 해서 미안해. 몸이 안 좋아서 일찍 잤어. 이놈의 허리가 문제라니까! 나중에 훈련장으로 올래?

흥, 허리 때문이라고? 어제 거기 있지 않았다면 곧이곧대로 믿었을 것이다. 위장에 경련이 일어나며 속이 뒤집힐 것만 같다. 그동안 얼마나 많은 거짓말을 해온 걸까? 사람들은 왜 거짓말을 하는 거지? 거짓말을 해야 할 이유가 없지 않은가! 다시 속이 메슥거린다. 토해야 할 것 같다. 그는 벌떡 일어나 비틀거리며 욕실로 갔다.

"마르크!" 어머니가 문가에 서서 걱정스러운 얼굴로 그를 쳐다본다. "왜 그러니? 어디 아프니?"

"네." 그가 변기 물을 내리며 말했다. "뭘 잘못 먹었나 봐요. 오늘은 집에서 쉬어야겠어요."

그는 어머니 곁을 지나쳐 방으로 들어가서 침대 위에 털썩 주저앉았다. 어머니가 따라와 한참을 뭐라고 주절거린다. 그는 눈을 감고 어머니가 사라지기를 기다렸다.

제길, 그 또한 방금 어머니에게 거짓말을 하지 않았는가! 리키, 재니스, 그 위선자들과 다를 바가 없다.

리키에게서 두 번째 문자가 왔다.

마르크! 짧게라도 답장 줘.

그러나 그는 전혀 그럴 생각이 없다. 실망이 너무 크다. 그녀의 이미지는 돌이킬 수 없는 손상을 입었다. 그녀는 그에게 평범한 사람이 아니었다. 존경과 숭배의 대상이었다. 미하엘도 그를 속이고 배신했다는 것이 드러나기 전까지는 그에게 그런 존재였다. 리키가 세 번째 문자를 보냈다. 이번에는 답장을 한다.

수업 중이에요. 나중에 연락할게요.

그는 처음으로 리키에게 거짓말을 했다.

*

셈과 카트린이 엘할텐으로 출발하고 오스터만도 서류를 챙겨 나가자 회의실에는 피아와 보덴슈타인만 남았다. 보덴슈타인은 어젯밤 아버지와 얘기를 나눈 다음부터 무의식 속의 기억 한 조각이 의식 위로 떠오를 듯 말 듯하면서 아무리 해도 기억이 나지 않았다.

"참, 우리 아버지가 주차장에 있던 남자를 기억해내셨어. 타이센이나 라데마허는 아니야. 체격이 히르트라이터랑 비슷했다고 하니까 키가 190센티미터는 되겠지? 어쨌든 꽤 눈에 띄는 사람이었던 모양이야."

"그 사람이 킬러라고 생각하는 거예요?"

피아는 수첩에 뭔가를 끼적거리며 고개도 들지 않았다. 보덴슈타인은 그런 피아를 이해했다. 전화를 안 받은 것은 분명히 그의 잘못이다.

"아니, 킬러였다면 동행도 있는데 주차장 같은 데서 말을 걸지는 않았겠지. 수배하기엔 단서가 너무 없어."

그는 주먹 쥔 손으로 턱을 괴었다.

"셈과 카트린이 뭔가 발견해낼 수도 있죠. 좀 기다려봐요."

피아는 이렇게 말하며 손가락으로 볼펜을 돌렸다. 손가락에 끼워진 반지가 전등 불빛에 반짝였다. 그것을 지켜보던 보덴슈타인의 뇌리를 스치고 지나가는 것이 있었다. 그 순간 휴대전화가 울렸다. 막 떠오르던 기억은 다시 깊은 무의식 속으로 숨어버렸다. 젠장!

"네, 보덴슈타인입니다." 그가 짜증 난 목소리로 전화를 받았다.

"애비다. 지금 어디냐?" 아버지의 목소리가 좀 이상하다.

"사무실인데 왜요? 무슨 일 있어요?" 보덴슈타인이 긴장하며 물었다.

"쾨니히슈타인으로 올 수 있겠니? 지금 카페 크라이너에 있다."

"예, 동료랑 같이 바로 출발할게요."

그가 바로 자리에서 일어서며 말했다. 그때 아버지가 덧붙였다.

"혼자 왔으면 좋겠다. 이게 좀…… 그러니까…… 좀 조심해야 할 일이라서."

"예, 알았어요. 바로 갈게요."

"무슨 일 있어요?"

"응, 그런 것 같아. 지금 바로 쾨니히슈타인에 가야 해. 미안하지만 혼자 가야겠어."

"뭐, 좋을 대로 하세요."

피아는 의자 깊숙이 등을 기대고 앉아 팔짱을 낀 채 해독하기 힘든 표정으로 그를 응시했다. 피아를 알 만큼 아는 그는 그녀가 그의 행동 때문에 상처받았다는 것을 잘 알았다. 하지만 수요일 저녁 이후 자신에게 일어난 변화를 스스로도 이해하지 못하는 상태에서 타인에게 그 감정을 설명하기란 힘들다. 몇 달 전 하이디 브뤼크너에게 느낀 감정과는 완전히 다른 감정이다. 하이디가 그저 표면적인 작은 위로에 그쳤다면 니카는 그 자신도 모르고 있던 내면 깊은 곳의 현을 울렸다고나 할까, 그녀를 생각하면 심장 고동이 빨라지고 가슴 언저리가 촉촉해지는 느낌이 든다. 그리고 머릿속에서 그녀에 대한 생각이 떠나지 않는다. 이런 통제 불가능한 감정에 익숙하지 않은 그로서는 불안하고 혼란스럽기만 했다.

피아는 새치름한 표정으로 그를 올려다보았다. 그녀가 해명을 기다리는 것을 알지만 그는 어떤 설명도 해줄 수 없다. 결국 피아도 포기한 듯 자리에서 일어섰다.

"그럼, 이따 봐요. 참, 혹시 애견 센터에 들르면 햄스터 얘기 좀 물어봐주세요."

그녀는 그와 눈도 마주치지 않은 채 말하고는 배낭을 둘러메고 회의실을 나갔다.

*

피아는 직접 비스바덴으로 차를 몰아갔다. 헤센 주 환경부 차관 아힘 발트하우젠이 시간이 없다는 핑계로 출석을 거부했기 때문이다.

피아는 보덴슈타인의 행동을 이해할 수 없었다. 정말 애견 센터의 그 거짓말쟁이 여자에게 마음이 있는 걸까? 보덴슈타인이 그런 타입을 좋아했던가? 어쩌면 수요일 저녁 공청회에서 받은 충격 때문에 이상해진 것일 수도 있다. 충격 후 스트레스 장애는 갖가지 비정상적인 증상을 유발하기도 한다. 피아는 남의 사생활이니 신경 끊어야 한다고 생각하면서도 자신을 대하는 보덴슈타인의 태도가 서운하기만 하다. 그녀는 라디오를 켜고 담배에 불을 붙인 후 창문을 조금 내렸다. 괜히 보덴슈타인 때문에 고민할 게 아니라 발트하우젠을 만나 무슨 얘기를 할지 생각해야 한다. 피아는 그 건방진 테오도라키스를 꼼짝 못하게 할 단서가 하나라도 나와주기를 간절히 바랐다.

사무실에서 기다리고 있던 발트하우젠은 질문할 필요도 없이 알아서 입을 열었다. 그가 흥분해서 쏟아낸 진술에 따르면 재니스 테오도라키스는 그와 같이 일한 적이 있고 한때 친구로 지냈지만 나중에 사기업으로 옮긴 후 회사의 이익을 위해 환경부 시절의 인맥을 총동원하고 옛 동료들을 매수하면서 본색을 드러냈다.

"저희가 수사하고 있는 건 살인 사건이에요. 솔직히 말하면 전 누가 뇌물을 받았는지에는 관심이 없어요." 피아는 끊임없이 이어지는 발트하우젠의 말을 잠시 끊었다. "제가 알고 싶은 건 윈드프로가 사업 승인 신청을 할 때 제출한 그 평가서를 차관님이 테오도라키스에게 주었느냐 하는 거예요."

"당연히 아닙니다." 그가 펄쩍 뛰며 부인했다.

"테오도라키스는 그제 저녁 주민 공청회에서 차관님이 타이센의 연줄이라고 밝혔어요. 뻔히 실상을 알면서 사업 계획을 승인했다고 하던데요?"

"원래 그렇게 뻔뻔한 사람입니다." 발트하우젠이 씁쓸하게 웃었다. "당시 우리 부처는 제출된 서류를 꼼꼼히 검토해서 지극히 정상적이고 공정한 평가에 의해 풍력발전 단지 사업을 승인했습니다. 승인하지 말아야 할 이유가 없었거든요."

"그럼 시민단체의 주장은 뭐죠?"

발트하우젠은 한심하다는 표정을 지었다.

"사람이라는 게 그렇습니다. 원자력은 거부하지만 신재생에너지는 환영한다고 하다가도 막상 풍력발전소나 바이오 가스 시설을 자기 집 앞에 짓는다고 하면 결사반대하고 나섭니다. 시민단체들이 그런 식으로 국가 사업을 방해하면 투자자들에게만 손해가 가는 것이 아니라 세금 납부자들한테도 큰 피해를 주는 겁니다. 공사 기간이 쓸데없이 길어지면 이게 다 세금 낭비거든요. 그리고 대부분 그런 반대 뒤에는 지극히 개인적이고 이기적인 동기가 숨어 있게 마련입니다."

"엘할텐 풍력발전 단지도요?"

"물론이죠." 발트하우젠은 다리를 꼬며 자세를 고쳐 앉았다. "테오도라키스는 풍력발전 단지에 전혀 관심이 없습니다. 그저 옛 상사인 타이센을 골탕 먹이고 싶은 거예요. 그 사람은 물불 안 가리는 성격입니다."

"타이센을 개인적으로 아시나요?"

"그럼요. 그 풍력발전 단지는 윈드프로가 헤센 주에서 처음 하는 사업이 아닙니다."

"만약 사업을 승인받는 데 큰 역할을 한 그 평가서가 정말 위조된 거라면 어떻게 되는 거죠?"

발트하우젠은 잠시 대답을 망설였다.

"평가서를 위조할 이유가 있을까요? 작동하지 않는 풍력발전소를 만드는 건 돈을 갖다 버리는 짓이나 마찬가집니다."

"누구한테 그렇다는 거죠?"

"사업 시공자죠."

"엘할텐 풍력발전 단지 시공자가 누군데요?"

"그건 잘 모르겠습니다. 그런 세부 사항은 각 부서에서 알아서 처리합니다. 경찰이 왜 그런 질문을 하는지 이해가 안 되는군요."

"저도 이해가 안 되는 게 하나 있는데요. 어떻게 공사 현장 진입로도 확보하지 못한 사업이 환경부 승인을 받을 수 있었죠? 현재까지도 진입로 문제가 해결되지 않은 것으로 아는데요."

"무슨 뜻입니까?"

"환경부에서 승인을 내줄 때 누군가가 제대로 검토하지 않았다는 뜻이죠. 그런 사업 승인은 기준이 무척 까다로운 것으로 알고 있는데요. 그리고 진입로가 확보되지 않은 상태에서는 승인이 문제가 아니라 공사 자체가 불가능한 거잖아요. 이건 문제가 있어 보이는데요?"

"윈드프로는 사업 계획 승인을 받을 때 두 가지 대안 중에서 하나를 채택하는 식으로 승인을 받았습니다." 발트하우젠은 갑자기 자세한 사항이 생각났는지 변명을 늘어놓기 시작했다. "첫 번째 대안은 윈드프로가 이미 땅 주인들하고 임시 계약을 한 사실을 바탕으로 했고, 두 번째 대안은 공유지를 진입로로 쓴다는 것을 전제로 했는데 좀 돈이 많이 드는 안이었어요. 조사 결과 두 번째 대안은 환경보호 차원에서도 문제가 있다고 해서 결국 첫 번째가 채택됐습니다."

피아는 야생 햄스터를 떠올렸다.

"왜 개발 희망지가 갑자기 개발 제한 구역에서 제외된 거죠?"

"환경부 차관이 사업 세부 사항까지 일일이 다 알아야 하는 건 아닙니다." 발트하우젠은 입에 발린 변명을 했다. "윈드프로가 요건 조건을 모두 충족시켰기 때문에 저희로서는 신청을 기각할 이유가 없었습니다."

족벌 경영, 족벌 행정의 냄새가 물씬 풍긴다. 어쩌면 환경부와 엡슈타인 시뿐 아니라 다른 지역 단위까지 엮여 있는지도 모를 일이다. 타이센은 곳곳에 뇌물을 뿌렸을 것이고, 재니스는 그 사실을 전부 알고 있었다. 피아는 문득 재니스가 얼마나 위험한 짓을 하고 있는지 깨달았다. 몸담았던 조직의 내부 비밀을 그런 대규모 공개석상에서 폭로했으니 타이센이 그렇게 화낼 만도 하다. 풍력발전 단지 사업이 취소되면 가장 큰 타격을 입는 것은 윈드프로다. 그러나 타이센은 결코 그냥 앉아서 당하고 있을 인물이 아니다. 히르트라이터의 죽음만 해도 그렇다. 타이센이 그의 죽음에 직접 관여하지는 않았겠지만, 그의 죽음으로 이득을 보는 사람인 것만은 분명하다. 재니스는 큰 위험에 처해 있다. 단지 너무 기고만장해서 인식하지 못하고 있을 뿐이다.

발트하우젠의 방을 나온 피아는 밑으로 내려가면서 매너 모드로 설정해둔 휴대전화를 확인했다. 부재중 전화가 두 통 와 있다. 하나는 오스터만에게 온 것이다. 전화를 걸어보니 히르트라이터 형제의 집과 사무실에 대한 수색영장이 나와서 1시에 회의를 한 후 출발한다고 한다.

"그쪽은 어때? 차관은 뭐래?" 오스터만이 물었다.

"아무것도 안 췄대. 테오도라키스를 엄청 싫어하더라고."

피아는 차 유리 와이퍼에 끼워진 파란 쪽지를 꺼내 바지 주머니에 쑤셔 넣었다. 청사 주차장까지 들어가기 싫어서 근처에 불법주차를 했다가 딱지를 떼인 것이다.

"타이센이 사업 승인을 받은 건 분명 뇌물 때문이야. 의심의 여지가 없어. 아무래도 벌집을 쑤시고 있는 거 아닌가 싶어."

"벌들이 우리를 쫓아오는 건 아니니 걱정 마."

"그건 알아." 피아가 운전석에 앉으며 말했다. "문제는 그 벌들이 우리 용의자 뒤를 쫓고 있다는 거지."

∗

　게오르크 핑글러 가 주차장에 차를 세운 보덴슈타인은 주차권 발권기를 가볍게 무시하고 보행자 거리로 접어들었다. 카페 크라이너는 어제 니카와 함께 간 가게와 비스듬히 마주보는 위치에 있다. 아버지는 손도 안 댄 딸기케이크를 앞에 놓고 창백한 얼굴로 카페 앞에 내놓은 탁자에 앉아 있다.

　"무슨 일이세요? 유령이라도 본 사람 같아요."

　그는 자리에 앉아 블랙 커피를 주문했다.

　"그게…… 좀 혼란스러워서 말이다."

　아버지는 이렇게 말하며 커피 잔을 들었지만 손이 심하게 떨려 다시 내려놓았다. '아버지나 나나 똑같군.' 보덴슈타인은 속으로 생각했다. 그도 어제 이후로 통 입맛이 없다. 딸기케이크를 봐도 전혀 유혹이 느껴지지 않는다. 종업원이 커피를 가져왔다.

　"자, 무슨 일인지 말씀해보세요."

　아버지는 긴 한숨을 쉬었다.

　"방금 공증인 사무실에 다녀오는 길이다. 오늘 아침에 출석해달라고 전화가 왔어."

　"그 봉투 안에 있던 게 정말 유언장이었군요?"

　"그래. 아직 공식적으로 공개한 건 아니지만 그레고어와 마티아스가 하도 졸라서 미리 열어봤나 보더라."

　보덴슈타인은 궁금한 표정으로 아버지를 쳐다보았다.

　"아버지한테도 뭔가 남기셨어요?"

"응. 땅 전체를 남겼다. 하나도 빼지 않고 전부 다." 아버지의 얼굴은 침통하기만 하다.

"설마……?" 보덴슈타인은 말을 하다 말고 당황한 표정으로 입을 다물었다.

"그래. 그 땅도 포함돼 있다."

"맙소사!" 보덴슈타인이 비명처럼 내뱉었다. 윈드프로가 300만 유로에 사려는 땅을 아버지가 상속받은 것이다.

"세상에! 어머니한테 얘기하셨어요?"

"아니, 아직. 나도 들은 지 한 시간밖에 안 됐다."

"가족들 반응은 어땠어요? 프라우케도 왔어요?"

"아니. 프라우케가 안 와서 나도 이상하게 생각했다. 프라우케는 농장을 받았어. 그레고어랑 마티아스는 물론 난리를 쳤지. 바트 퇼츠(독일 남부의 휴양도시_역주)에 있는 외갓집 건물하고 돈만 물려받았거든. 유언 무효 확인 소송을 하겠다고 길길이 날뛰었지만 공증인 말로는 별로 승산이 없다는구나."

보덴슈타인은 흥분되어 가만히 앉아 있을 수가 없다.

"안 본 사람은 모른다. 그 집 아들들이 나를 얼마나 무섭게 쳐다보던지! 마치 모든 게 내 잘못이라는 듯이 노려보더라."

아버지는 무거운 한숨을 내쉬었다.

"그런 건 신경 쓰지 마세요. 그 땅 윈드프로에 파실 거예요?"

"미쳤니?" 아버지가 어림도 없다는 듯 말했다. "루드비히는 풍력 발전 단지 건설을 막는 데 온몸을 바쳤어! 나한테 그 땅을 맡긴 건 내가 그 뜻을 저버리지 않을 거라고 생각했기 때문이다. 상속을 포기할까 생각 중이다."

"안 돼요! 당연히 받으셔야죠." 옆 탁자에 노부부가 와서 앉자 그는 목소리를 낮췄다. "루드비히 아저씨도 그걸 원했어요. 그 땅을 어떻게 해야 한다는 말은 유언장에 안 써 있잖아요."

300만 유로! 어떻게 아버지는 그 금액 앞에서 망설일 수 있단 말인가?

"올리버, 이해 못하겠니?" 아버지는 주위를 한 번 둘러보더니 다급하고 은밀한 목소리로 속삭였다. 아버지의 얼굴에는 그가 이제까지 한 번도 보지 못한 표정이 떠올랐다. 그것은 두려움이었다.

"루드비히는 죽기 6주 전에 유언장을 고쳤어. 마치 곧 죽을 걸 알았다는 듯이 말이야. 루드비히는 그 땅 때문에 죽었는지도 몰라. 그런데 그 땅이 이제 내 소유가 됐어! 내가 다음 희생자가 될지 누가 알겠니?"

✳

"멍청한 놈들! 유언장을 왜 보여달라고 해? 분명히 기다리기로 합의를 했잖아."

타이센은 화가 머리끝까지 치솟았지만 고함치고 싶은 것을 꾹 참았다.

"돈에 눈이 어두웠던 거지." 라데마허가 어깨를 으쓱했다.

히르트라이터 형제가 급히 찾아와 파펜비제 땅을 팔기로 임시 계약을 한 것은 바로 어제저녁 일이다. 그들은 서명을 한 다음 함께 샴페인까지 마셨다. 그런데 그 노인네가 자식들이 아니라 친구에게 땅을 물려주었다는 것이다. 그것도 히르트라이터에 버금가는 풍력발전 단지 반대자인 친구에게.

"압류신청 할 수 있을까?" 창밖을 내다보던 타이센이 돌아보며 말했다. 사실 그는 지금 이렇게 한가하게 있을 때가 아니다. 아이젠후트는 이미 팔켄슈타인에 도착했고 점심 약속 시간이 다 되어간다.

"글쎄, 힘들 것 같은데." 라데마허는 군은 얼굴로 고개를 저으며 꽁초로 넘쳐나는 재떨이 위에서 타고 있는 담배 한 개비를 바라보았다. "누구한테 압류를 하겠나? 원래 소유주는 죽었고, 상속자는 아직 토지대장에 이름이 올라가지 않았어. 즉, 아직 소유주가 아니란 뜻이야. 이런 일은 시간이 좀 걸려."

유언장이 효력을 가지기까지는 시간이 필요하다. 거기다 히르트라이터 형제가 무효화 소송을 제기하면 땅 소유주가 정해질 때까지 수개월, 아니 수년이 걸릴지 모른다.

"빌어먹을!" 타이센은 분에 못 이겨 머리를 쥐어뜯었다. "그 친구라는 작자한테 가서 임시 계약을 하자고 해. 돈에 안 넘어가는 사람은 없어. 보상금을 제시하고 어떻게 해서라도 압력을 넣어! 공사 연기는 더 이상 안 돼. 6월 1일까지 공사를 시작하지 못하면 승인이 무효가 돼."

"그건 나도 알아." 라데마허가 밭은기침을 한 후 말했다. "그런데 다른 문제가 생겼어."

"또 무슨 문제?"

"땅을 상속받은 사람이 하인리히 폰 보덴슈타인 백작이라는 사람인데, 하필이면 그 사람 아들이 그로스만 사건의 담당 형사야."

"엎친 데 덮친 격이라더니!" 타이센은 짧은 한숨을 내쉬며 생각을 집중했다. 그냥 포기하기에는 너무 많은 돈을 투자했다. 이 사업이 성공하지 못하면 윈드프로는 망한다. 그러면 모든 문제의 근원이었던 재니스의 승리로 끝난다. 그건 절대 용납할 수 없다. 타이센은 갑자기 좋은 생각이 난 듯 라데마허를 쳐다보았다.

"한 번 성공한 일이 두 번째 안 되리라는 법은 없어. 먼저 그 백작이라는 노인네와 얘기를 해보고 안 통하면 그 노인네 아들을 만나보는 거야. 경찰도 공무원이잖아. 공무원들은 대부분 자기들이 월급을 너무 적게 받는다고 생각하거든."

"경찰을 매수하겠다고?" 라데마허는 다시 시작된 기침 발작에 어깨를 들썩이며 들고 있던 담배를 껐다.

"안 될 이유가 뭐야?" 타이센의 이마에 깊은 주름이 졌다. "우리 인맥의 3분의 2가 공무원이야. 그중에 안 넘어온 사람 있었어? 오래 걸리지도 않았잖아."

라데마허는 그에게 회의적인 눈길을 던졌다.

"잘 생각해보면 괜찮은 아이디어가 떠오를 거야. 우선 백작 노인네를 만나서 보상금을 제시해. 거절할 수 없는 조건으로."

타이센은 방금 한 말이 어디서 많이 들어본 말이라는 생각이 들어 혼자 피식 웃었다. 그리고 손목시계를 들여다보았다. 안 그래도 화가 나 있는 아이젠후트를 더 화나지 않게 하려면 이제 출발해야 한다.

*

놀란 가슴을 진정시키기 위해 이미 공증인한테 과일 브랜디 두 잔을 얻어 마시고 카페 크라이너에서 다시 코냑 더블을 마신 아버지를 위해 보덴슈타인은 덜덜거리는 녹색 지프를 몰고 비스바덴 가를 내려갔다. 슈나이트하인을 막 빠져나가는데 검정색 포르쉐 한 대가 지프를 추월하더니 붕 소리를 내며 바람처럼 스쳐 지나갔다. 문득 '300만 유로가 있다면 나도 저런 차를 탈 수 있을 텐데' 하는 생각이

들었다.

그러고 보니 그 밖에도 돈이 없어서 못하는 게 많다. 작년 11월 사고로 BMW를 폐차한 후 근무 차량을 사용하고 있지만, 근무 차량은 어디까지나 근무 차량일 뿐이다. 아버지 농장의 마부가 쓰던 집에 들어온 지도 벌써 5개월째다. 멋진 아파트를 구해 이사 가고 싶지만 돈이 없다. 그리고 공무원 월급에 그런 돈은 평생 만져보지도 못할 것이다. 그러나 아버지가 죄책감을 떨쳐버리고 윈드프로의 제안을 받아들인다면 이야기는 달라진다. 이것은 의리나 명예의 문제가 아니라 순전히 수요와 공급의 문제다. 일생에 단 한 번 있을까 말까 한 대박의 기회인 것이다.

300만 유로! 차를 새로 사고, 멋진 주방이 딸린 집을 사고, 발트해에서 상트페테르부르크까지 크루즈 여행을 하고 테신(스위스 남부의 주_역주)에 별장도 한 채 사고……. 어, 그러고 보니 누나와 남동생을 깜빡했다. 셋이 나눠야 하니까 돈이 좀 모자라겠군. 그렇지만 굳이 나눠야 할 필요가 있을까? 누나 테레자는 어차피 돈이 넘쳐나고, 동생 쿠엔틴은 성과 농장을 혼자 물려받지 않았는가? 테레자와 그는 막내 동생을 위해 유산을 포기했다. 쿠엔틴이 조금만 머리를 쓴다면 그것을 기반으로 큰돈을 벌어들일 수 있을 것이다.

보덴슈타인 농장에 들어설 무렵, 그는 어떻게 하면 누나와 동생보다 더 많은 돈을 물려받을 수 있을지 고민하고 있는 자신을 발견하고 깜짝 놀랐다. 어릴 때부터 절약이 몸에 밴 그는 스스로를 사치에 관심 없는 사람이라고 생각해왔다. 부유한 장모 덕에 돈 걱정 없이 살긴 했지만, 스포츠카나 해외여행을 바란 적은 한 번도 없었다.

보덴슈타인은 주차장으로 들어가며 지친 아버지의 옆모습을 흘긋 쳐다보았다. 유산은 부모님 사후에 받게 되는 것이라는 생각이

들자 자신의 이기적인 돈 욕심이 말할 수 없이 창피해졌다. 그런 생각을 하다니! 내내 침묵을 지키던 아버지가 헛기침을 몇 번 하더니 입을 열었다.

"화요일에 말이다. 재니스와 싸운 다음에 둘이 남아서 술을 마시는데 루드비히가 그러더라. 그날 아침에 타이센이랑 라데마허가 계약서와 수표를 가지고 와서 서명을 하라고 졸랐다는구나."

"수표요?"

"그래. 300만 유로가 넘는 수표. 상상이 안 되지?"

"그래서 어떻게 하셨대요?"

"그 자리에서 수표를 찢어버리고 텔을 시켜서 쫓아버렸대." 아버지의 얼굴 위로 엷은 미소가 스쳤다. "두 사람 다 정신없이 도망쳐서 차에 탔는데, 타이센은 멀쩡했지만 라데마허는 바지가 찢어졌다는구나."

✳

타이센이 외출 중이라 라데마허가 그를 맞았다. 라데마허는 화요일 아침에 히르트라이터 집에 간 것을 숨기려 들지 않았다.

"이성적으로 얘기를 해보려고 갔습니다. 2년 전 풍력발전 단지가 처음 계획될 당시에는 히르트라이터도 땅을 팔거나 장기적으로 세를 주겠다고 했었거든요. 그런데 어디서 무슨 소리를 들었는지 갑자기 땅을 안 팔겠다고 버티는 겁니다."

라데마허는 책상 뒤로 가 앉았다. 그의 방은 타이센의 방보다 작고 어둡다. 천장까지 책으로 가득 차 있어 언뜻 동굴처럼 보이기도 한다.

"담배 피워도 괜찮겠죠?"

라데마허가 물었다.

"네, 피우십시오. 그래서 어떻게 됐습니까?"

"진입로가 지나가도 생활하는 데는 별 지장이 없을 거라고 설득했죠."

라데마허는 마치 필터까지 다 빨아들이겠다는 듯 길게 담배를 빤 다음 재떨이에 올려놓았다. "뭐 고속도로가 뚫리는 것도 아니고 좁은 아스팔트 길 하나 생기는 건데 별 문제 있겠습니까? 공사 중에만 좀 시끄럽지 다 짓고 나면 기술자나 한 번씩 드나들 뿐 차도 별로 안 다닐 겁니다. 풍력발전기도 산등성이에 높이 짓는 거라 그 집에서는 보이지도 않습니다. 그런데도 고집을 꺾지 않더라고요."

"300만 유로에 그 땅을 사겠다고 했다는데, 다른 데 진입로를 내면 돈도 덜 들고 문제도 해결되지 않습니까? 그리고 그 땅을 둘러서 길을 내는 방법도 있고요."

"모든 가능성을 검토해보고 결정한 일입니다. 우리라고 뭐 돈이 남아돌아서 그렇게 많은 돈을 제시했겠습니까? 그 주변 땅이 전부 히르트라이터 소유예요. 그 밖의 가능성은 숲을 뚫고 가는 건데 그렇게 되면 돈이 훨씬 많이 들 뿐 아니라 환경보호협회와 산림청이 가만있지 않을 거거든요."

"그렇다면 히르트라이터가 죽어서 한시름 놓았겠군요."

"무슨 뜻으로 하는 말입니까?" 라데마허가 실눈을 뜨고 쳐다봤다.

"히르트라이터 가족이 그렇게 골치를 썩이진 않을 테니까요."

"네, 아들들은 바로 계약을 하려고 했죠."

"하려고 했다고요?"

라데마허는 한 번 더 길게 담배를 빨아들인 후 꽁초를 비벼 껐다.

"보덴슈타인 씨, 괜히 떠보느라 시간 낭비할 것 없습니다." 그가 바지 주머니에 손을 찔러 넣으며 말했다. "저희는 그 땅의 소유관계가 바뀌었다는 사실을 이미 알고 있습니다. 제 생각엔 그쪽도 알고 온 것 같은데요?"

보덴슈타인은 놀란 기색을 보이지 않으려고 노력했다. 유언이 공개된 지 두 시간밖에 지나지 않았는데 벌써 알고 있다니!

"네, 알고 있습니다." 보덴슈타인이 잠시 망설인 후 시인했다.

"잘됐군요." 라데마허는 자리에서 일어나 보덴슈타인 옆으로 오더니 책상에 기대고 섰다. "그럼 거두절미하고 본론으로 들어가죠. 솔직히 우린 한시가 급합니다. 그런데 백작님이 새 땅주인으로 토지대장에 이름이 올라가기까지는 시간이 걸립니다. 그래서 오늘 중 백작님을 찾아뵙고 히르트라이터 때와 비슷한 조건으로 임시 계약을 제안하려고 합니다."

"그러지 않는 게 좋을 겁니다."

"막겠다는 겁니까? 왜요?" 순간 라데마허의 눈에 계산적인 표정이 떠오르면서 살벌한 기운이 감돌았다. "그쪽 아버지가……."

"우리 아버지는 지금 친구를 잃고 크게 상심한 상태입니다." 보덴슈타인이 그의 말을 잘랐다. "그런데 뜻하지 않은 유산을 받았으니 마음이 무거울 거라는 생각이 안 드십니까?"

"네, 물론 그러시겠죠. 이해합니다." 라데마허가 입에 발린 거짓말을 했다. "하지만 저희로선 풍력발전 단지 프로젝트를 우선으로 생각할 수밖에 없습니다. 엄청난 돈과 일자리가 날아가는 일이니까요."

그는 생각하는 척하며 보덴슈타인의 얼굴을 빤히 쳐다보았다.

"그런데 말입니다, 방법이 아주 없는 것도 아닙니다." 그는 마치 방금 생각났다는 듯이 말했다. "보덴슈타인 씨가 아버지를 설득할 수도 있지 않겠습니까? 이득이 되면 됐지 손해 보는 일은 아니죠."

보덴슈타인의 머릿속에서는 경고음이 울리기 시작했다. 몸에 잘 맞지 않는 허름한 밤색 양복에 보잘것없는 넥타이를 맨 이 남자는 진공청소기 외판원 같은 평범한 외모와 달리 위험하기 짝이 없다.

"말조심하십시오." 그가 더 말하기 전에 보덴슈타인이 경고했다. "지금 무슨 말을 하는지 알고 그런 말을 하는 겁니까?"

"물론입니다. 안 그래도 오늘 사전 조사 하느라 아주 힘들었습니다." 그는 팔짱을 끼고 고개를 갸웃하며 미소를 지었다. "동생이 아버지한테 물려받은 농장 말입니다. 마장을 지은 뒤로는 빚더미에 앉은 꼴이더군요. 농경지와 종마 목장은 별 소득이 없고, 성에 있는 레스토랑 하나로 버티는 건데……. 그 레스토랑이 아주 잘되는 모양이더라고요."

보덴슈타인의 불안감은 점점 커졌다. 도대체 무슨 속셈일까?

"이런 상상해보셨습니까?" 라데마허는 잡담이라도 하듯 편한 말투로 말을 이었다. "갑자기 레스토랑이 장사가 안 되는 겁니다. 예를 들어 음식 재료에서 문제가 발견될 수도 있겠죠. 그럼 스캔들에 굶주린 언론에서 무척 좋아하겠죠. 아니면 주방장이 갑자기 사표를 낼 수도 있습니다. 명성을 쌓는 데는 시간이 오래 걸리지만 무너지는 건 순식간이죠. 만약 그럴 경우 공무원 월급으로 레스토랑을 살릴 수 있겠습니까?"

보덴슈타인은 너무 당황해서 순간적으로 할 말을 잃었다.

"그건 협박입니다." 그가 창백해진 얼굴로 가까스로 내뱉었다.

"아니요. 전 그렇게 표현하고 싶지 않습니다." 라데마허는 웃고 있지만 눈빛은 싸늘했다. "기분 좋은 상상이 아니라는 건 인정합니다. 하지만 아주 불가능한 일은 아닙니다. 가까운 미래에 충분히 일어날 수 있는 일이죠. 300만 유로가 있다면 그럴 걱정은 없겠죠? 가족이 모두 편안히 잘살 수 있을 겁니다. 우리 회사도 마찬가지고요. 이거야말로 누이 좋고 매부 좋은 일 아니겠습니까? 한번 잘 생각해보시고 연락주십시오."

✳

　오후 늦게야 일어난 마르크는 아무도 없는 집을 나섰다. 눈만 떠도 심한 어지럼증 때문에 속이 메슥거렸는데 약을 두 알 먹은 후 어느 정도 진정됐다.

　다시는 리키를 보지 않겠다고 굳게 다짐했지만 어느새 발길은 애견 훈련소로 향하고 있었다. 10분 후 애견 훈련소에 도착하니 리키네 집으로 올라가는 들길 양쪽에 개 주인들의 차가 죽 늘어서 있고, 울타리 안에서는 강아지 훈련이 한창이다. 마르크는 리키를 보자마자 가슴이 뛰었다. 웃으며 손을 흔드는 그녀의 모습은 평소와 다르지 않다.

　마르크는 울타리에 자전거를 세워놓고 훈련을 구경했다. 리키는 강아지의 관심을 집중시키는 방법을 차분하게 설명했다. 아무렇지도 않은 그녀의 모습을 보니 안심되는 한편 실망스럽기도 했다. 어제저녁 일이 흔적을 남길 거라고 생각했는데 평소와 전혀 다를 게 없다. 긁힌 자국이나 멍 같은 것도 없고, 하다못해 다크 서클도 보이지 않는다. 그녀의 입술에 시선이 닿자 마르크는 자기도 모르게 전율을 느꼈다.

　리키는 오늘도 늘 즐겨 입는 민소매 티셔츠를 입었다. 가슴이 꽤많이 파여서 야하다. 가슴골이 살짝 보이는 정도가 아니다. 복서(독일 원산의 개로 불도그와 그레이트데인의 교배종_역자 주) 강아지를 데려온 노인이 그녀 옆에 딱 붙어서 계속 치근덕댄다. 그가 무슨 칭찬이라도 했는지 리키는 고개를 젖히고 까르르 웃는다. 마르크는 질투가 솟구쳐 오르는 것을 느꼈다. 주책바가지 영감탱이가 노골적으로 가슴과 엉덩이를 쳐다보는데 리키는 왜 웃는 걸까? 만약 리키가 그의 여자친구라면 저렇게 야한 민소매 티셔츠는 절대 못 입게 할 거다. 영감이 그녀의 어깨에 손을 올리자 나무 울타리를 잡은 그의 손에 힘이 들어갔다. 저놈의 영감탱이 보자 보자 하니까 정말! 그때 누군가 그의 등을 탁 쳤다. 놀라서 돌아보니 학교에서 가장 잘나가는 클럽 짱인 리누스다. 얼굴만 알 뿐, 말도 몇 번 안 해본 사이다.

"야! 여기서 뭐하냐?"

"어, 사회봉사 명령 아직 안 끝나서." 마르크는 순간적으로 둘러대면서도 거짓말하는 자신이 싫다.

"정말? 아직도 안 끝났어? 차라리 죽이라고 그래라." 리누스가 울타리에 기대며 말했다. "난 우리 할아버지 따라왔어. 원래는 엄마 강아지인데 엄마가 주체하질 못해서 할아버지가 데리고 다니거든."

리누스가 턱짓으로 영감을 가리키며 키득거렸다.

"그런데 할아버지가 여기 오는 이유는 아무래도 저 야한 아줌마 때문인 거 같아." 그는 무슨 비밀이라도 된다는 듯 잔뜩 목소리를 낮췄다. "우리 할아버지 저 아줌마한테 완전 꽂혔거든."

마르크는 얼굴이 화끈거렸지만 모르는 척 딴전을 피웠다.

"누구 말이야? 리키?"

"그래. 저 아줌마 완전 죽이지. 안 그러냐? 거의 퇴물 수준이지만 뭐 우리 할아버지도 이팔청춘은 아니니까."

마르크는 화가 나서 창자가 꼬이는 듯했다. 리키에 대해 저런 망발을 하다니! 주책바가지 영감탱이와 함께 뺑 차버릴까 보다!

"야, 넌 좋겠다. 이건 뭐 거의 소풍 나온 거 같잖아. 난 그때 유치원 주방에 처박혀서 아주 죽는 줄 알았다. 아, 진짜 싫어! 야, 그런데 너도 저 퇴물 좋아하는 거 아냐? 맞지?"

"무슨 헛소리야?" 마르크는 얼른 리키에게서 시선을 거두었다. "거의 할머니뻘인데 좋아하긴! 내 취향 아냐."

그렇게 말하고 나니 스스로에게 창피해죽을 지경이다. 겁쟁이!

드디어 훈련이 끝났다. 주인들은 개를 좀 더 놀게 풀어놓았고, 리누스 할아버지는 여전히 리키에게 붙어서 뭐라고 주절거렸다. 무슨 말을 들었는지 리키가 큰 관심을 나타내며 허리춤에 손을 짚고 웃었다. 마르크는 질투심과 자괴감 때문에 괴로웠다. '어, 나 리키 좋아해! 완전 내 취향이야. 리키는 세상에서 가장 멋진 여자야.' 왜 방금 리누스에게 그렇게 말하지 못했을까? 그는 놀림받을까 봐 두려워 속마음을 말하지 못하는 겁쟁이다.

"할아버지, 빨리 와요! 나 운동 갈 시간이야." 리누스가 외쳤다. 그러고는 마르크의 어깨를 탁탁 쳤다. "야, 간다! 또 보자."

"그래, 잘 가." 마르크는 이렇게 말했지만 속으로는 '보긴 뭘 또 봐? 가다 넘어져서 코나 깨져라'고 생각하며 고개를 돌렸다.

"마르크!" 그때 리키가 그를 불렀다. "마르크, 잠깐만!"

아직 근처에 있던 리누스가 뒤를 돌아보았기 때문에 그는 일부러 천천히 고개를 돌렸다.

"왜요?"

리키가 울타리로 다가왔다.

"지금 동물 보호소에 잠깐 갔다 와야 하거든. 세상에, 그 늙은 테리어 있지? 주인이 찾고 있대. 병원에 입원하면서 애견 호텔에 맡겼는데 거기서 도망 나온 거였나 봐." 그녀가 푸른 눈을 반짝이며 말했다.

"아, 잘됐네요. 같이 가서 먹이 주는 거 도울까요?"

"아니야, 그건 나 혼자 할 수 있어. 우리 개들이 오늘 너무 운동을 못 해서 그러는데 시간 있으면 같이 몇 바퀴 돌고 우리 집으로 좀 데려다 줄래?"

그는 약간 실망했지만 고개를 끄덕였다.

"네, 알았어요."

"역시 마르크밖에 없다." 그녀가 그의 어깨에 살짝 손을 얹으며 말했다. "고마워!"

*

며칠 비가 온 후 기온이 단번에 오르더니 소나기라도 올 것처럼 푹푹 쩐다. 니카는 부엌에서 테라스로 나가는 문 두 짝을 모두 열어 놓고 생각에 잠긴 채 고기를 뒤집었다. 송아지 고기는 센 불 위에서 노릇노릇하게 익어간다. 그녀는 갑자기 재니스가 뒤에서 껴안자 소스라치게 놀랐다. 환풍기를 세게 틀어놓아서 현관문 열리는 소리를 듣지 못한 모양이다.

"미쳤어?" 그녀는 황급히 그의 팔에서 빠져나왔다.

"우리 말고 집에 아무도 없어." 재니스는 이렇게 말하며 입을 맞추려 했지만 니카는 고개를 돌렸다.

"지금은 안 돼. 고기 타겠어."

"음, 냄새 좋은데? 뭐 만드는 거야?" 그가 무쇠 냄비 안을 들여다보았다.

"오소부코(소 정강이살을 포도주, 양파, 토마토 등과 함께 끓인 이탈리아 요리_역주)." 그녀가 흘러내린 머리카락을 넘기며 말했다. 그는 냉장고에서 탄산수를 꺼냈다. 마개를 열자 치익 하고 가스 새는 소리가 났다.

"참, 어제저녁에 슈퍼마켓 주차장에서 그 남자 형사랑 얘기하는 거 봤어. 무슨 얘기 한 거야?" 재니스가 지나가는 말처럼 물었다.

니카는 뜻밖의 질문에 당황해서 둘러댈 말을 찾지 못했다. 어제 보덴슈타인과 함께 장을 보고 나오다 비가 와서 차 안에서 얘기를 나누었고 비가 그친 후에는 잠깐 산책을 했다. 재니스에게 그렇게 말할 수는 없다.

"장 보러 갔다가 우연히 만났어. 프라우케를 언제 마지막으로 봤느냐고 묻던데."

니카는 보덴슈타인이 가게에 온 이유를 사실대로 말했다.

"그건 왜?"

"사라진 모양이야. 나도 오늘 하루 종일 못 봤거든."

"프라우케는 아버지를 싫어했잖아? 프라우케가 그런 거일 수도 있겠네."

재니스는 물병을 입에 대고 꿀꺽꿀꺽 마신 다음 다시 냉장고에 넣었다. 그의 그런 버릇을 싫어하는 니카는 몰래 얼굴을 찡그렸다.

"뭐, 누구한테나 숨기고 싶은 비밀이 있는 거니까." 그가 천연덕스럽게 말했다.

니카는 그의 피 묻은 옷을 떠올리고 속으로 생각했다. '누구보다 네가 그렇겠지.' 그날 그는 히르트라이터와 싸운 후 먼저 가버리고 나서 한밤중에야 집에 들어왔다. 그러나 그녀는 그 사실을 잘 알고 있었지만 아무 말도 없이 채소 써는 데 열중했다.

"비밀 얘기가 나와서 말인데, 며칠 전에 신문 보다가 놀란 적 있었지? 왜 그런지 궁금해서 내가 신문을 뒤져봤거든."

그가 트림을 삼키며 식탁 앞에 앉았다. 니카는 그의 시선이 등에 와 꽂히는 것을 느끼고 뒤를 돌아보았다. 손에서 땀이 났다. 그는 한쪽 다리를 올리고 양손을 머리 뒤로 깍지 낀 채 앉아서 매우 흡족한 표정으로 빙긋 웃었다.

"한 장 한 장 넘기다 보니까 아이젠후트 교수의 강연회 소식이 있더라고. 그거 알아? 아이젠후트랑 네 이름을 함께 구글에 치면 결과가 수백 개도 넘게 나와."

"당연하지. 오랫동안 함께 일했으니까. 난 아이젠후트 교수의 조교였어."

니카는 당황하고 혼란스러웠지만 침착함을 유지했다. 그걸 알아냈다고 해서 뭔가 할 수 있는 건 아니다. 아니야, 아닐 거야. 재니스는 며칠 전부터 그 사실을 알고 있었다. 그런데 왜 이제야 얘기하는 걸까? 무슨 꿍꿍이지?

"그렇게 알게 되니까 좀 서운하더라. 수개월간 내가 네 전공 얘기를 지껄여댔는데도 넌 아무것도 모르는 척 듣기만 했잖아. 왜 그랬어?"

갑자기 그의 눈빛이 매섭게 변했다. 니카는 심장이 얼어붙는 듯했지만 정신을 차리려고 노력했다. 이제 와서 실수해선 안 돼! 재니스가 아는 건 그녀의 본명과 아이젠후트의 조교였다는 사실뿐이다. 그는 아무것도 모른다. 재니스는 얼굴에서 미소를 싹 거두고 그녀의 눈을 직시했다.

"오늘 교수님 강연에 함께 가시겠어요, 좀머펠트 박사님?" 그가 장난을 가장해 그녀를 떠보았다. "생각해봐. 옛 제자를 보면 교수님이 얼마나 좋아하시겠어?"

✳

막 6시 반이 지난 시각, 보덴슈타인은 사무실로 가기 위해 천천히 층계를 올랐다. 어디선가 사람들이 웅성거리는 소리가 났다. 복도를 지나면서 보니 회의실이 사람으로 미어터진다. 마음 같아서는 그냥 지나치고 싶지만 어느새 그를 발견한 피아가 사람들 사이를 뚫고 복도로 나온다.

"반장님, 하루 종일 도대체 어디 계셨어요? 연락도 안 되고. 전화를 몇 번이나 한 줄 알아요? 여긴 지금 비상이에요! 난리 났다고요!"

잔뜩 화가 난 피아가 비난을 쏟아낸다. 화가 날 만도 하다.

보덴슈타인은 라데마허를 만난 일도, 히르트라이터의 충격적인 유언장에 대해서도 차마 입 밖에 낼 수가 없었다. 복도에 서서 할 만한 얘기도 아니었다.

"미안해. 그게……." 보덴슈타인이 짧게 변명하려는데 복도 맨 끝 방의 문이 열리고 니콜라 엥겔 과장이 나왔다. 또각또각 하이힐 소리를 내며 걸어오는 그녀의 굳은 표정에 그는 자기도 모르게 입을 다물었다.

"과장님 엄청 화났어요." 피아가 빠르게 속닥거렸다. "프라우케 자동차가…… 아유, 그 얘기 하려고 계속 전화했는데 전화도 안 받고……."

"보덴슈타인 반장, 얼굴 보기 힘드네요." 과장이 말했다. "자, 이제 시작합시다. 어서 들어가요."

회의실로 들어가니 다른 부서에서 지원 나온 18명까지 합해 20명이 훨씬 넘는 인원이 둥근 탁자 주변에 모여 있다. 과장이 들어오자 수군거리던 사람들의 말소리가 뚝 끊겼다. 보덴슈타인만 빼고 모두 사태의 심각성을 아는 듯했다. 과장이 상석에 앉고 보덴슈타인은 피아 옆자리에 앉았다.

"오늘 키르히호프 형사한테 아주 어처구니없는 보고를 들었어요." 과장이 얼음처럼 차가운 얼굴로 말을 시작했다. "어이가 없어서 말이 안 나와요. 어떻게 그런 실수가 나올 수 있죠? 어디 이유나 한번 들어봅시다. 아니, 어떻게 용의자가 다른 차로 이동하고 있다는 걸 눈치챈 사람이 한 사람도 없을 수 있어요? 차를 한 대 수배하는 데 드는 비용이 얼만지 알아요?"

여전히 자초지종을 모르는 보덴슈타인은 무표정을 유지하며 힌트 될 만한 말을 기다렸다.

"강력반 때문에 다른 부서에서 18명이나 되는 인원을 빼 왔어요. 그런데 이런 실수를 해요? 인력을 효과적으로 다룰 줄 모르는 사람한테 사람을 아무리 많이 붙여줘 봐야 무슨 소용이 있어요?"

그녀는 레이저 빔으로 불리는 특유의 눈빛으로 사람들을 쏘아보았다. 대부분 고개를 숙이거나 레이저 빔의 본 목표인 보덴슈타인 쪽을 힐끔거렸다.

"그리고 이걸 지금 사건일지라고 쓴 거예요?" 과장은 책상 위에 놓인 서류철 두 개를 손으로 탁탁 쳤다. "애매모호한 추측만 난무하고, 구체적 증거는 눈을 씻고 봐도 없어요. 이래 가지고 두 사건 중 하나라도 해결할 수 있겠어요? 거기다 방금 보고받은 일은 호프하임 경찰서의 수치예요, 수치! 이게 강력반에만 해당되는 일인 줄 알아요? 상부 지도력 평가에까지 영향을 미친다고요!"

잔기침 소리 하나 없는 회의실에는 불편한 침묵이 감돌고, 사람들은 숨도 크게 쉬지 못했다.

"크뢰거 반장이 한번 얘기해봐요. 감식반은 뭐 하라고 있는 겁니까? 왜 감식반 사람 중에 차고를 살펴본 사람이 한 사람도 없었던 건가요?"

아직 상황을 다 파악하지는 못했지만 보덴슈타인이 끼어들었다.

"실수가 있었다면 그건 사건의 지휘를 맡은 제 책임입니다."

이에 과장은 보덴슈타인을 향해 비난의 포문을 열었다.

"아, 그래요? 오늘 하루 종일 안 보여서 그 사실을 깜빡했네요. 도대체 종일 자리를 비우고 어딜 갔다 온 겁니까?"

과장이 대놓고 쏘아붙였다. 하지만 보덴슈타인도 그냥 당하고만 있지는 않았다.

"사건 때문에 외근했습니다."

그가 과장의 눈을 똑바로 쳐다보며 말했다. 상황은 자연스럽게 두 사람의 힘겨루기로 이어졌다. 보덴슈타인은 직원들이 다 있는 데서 용서를 구하거나 변명을 하고 싶지 않았다. 나중이라면 모를까 지금 이 자리에서는 못 한다.

"그 얘긴 나중에 다시 합시다." 과장은 여러 사람 앞에서 체면을 잃을까 봐 그를 한 번 째려본 후 먼저 시선을 돌렸다. 보덴슈타인의 귀에는 과장이 이 가는 소리가 들리는 듯했다.

"키르히호프 형사, 보고하세요." 과장이 피아에게 말하고 다시 한 번 그를 노려보았지만 그는 무표정한 얼굴로 눈썹만 추켜올렸다.

그는 피아의 말에 귀를 기울이려 했지만 생각은 금세 딴 데로 흘렀다.

20년 넘게 경찰 생활을 하면서 뇌물로 그를 매수하려는 사람들이 많았지만 그는 딱히 돈에 유혹을 느낀 적이 없었다. 스스로에게 떳

떳하기를 원했기 때문이다. 왜 라데마허의 매수 시도에는 화가 나지 않았을까? 그게 매수 시도이기는 했나? 아니면 그가 잘못 넘겨짚은 걸까? 사실 라데마허는 백작이 땅을 팔도록 설득한다면 아들인 그가 손해 보는 일은 없을 거라고 말했을 뿐이다. 내부감사에서 아무리 꼬투리를 잡으려 해도 그 말을 걸고넘어지지는 못할 것이다.

하지만 오늘 저녁 그는 아버지에게 뭐라고 말해야 할까? 쿠엔틴과 마리루이제에게도 라데마허의 협박에 대해 귀띔을 해줘야 한다. 그 말을 들으면 심각한 재정난에 내몰리기 싫은 동생 부부는 당연히 아버지에게 땅을 팔라고 조를 것이다.

만약 아버지가 자식들의 성화에 못 이겨 고집을 꺾고 윈드프로에 땅을 판다면…… 그렇게 되면 그가 매수당하는 셈일까? 그렇다고 치자. 그래도 300만 유로가 사라지지는 않는다.

보덴슈타인은 남몰래 한숨을 쉬었다. 땅을 파는 것이 가장 쉽고 모두에게 이득이 되는 해결책이지만 아버지는 쉽게 고집을 꺾지 않을 것이다. 땅을 팔지 않으려는 이유는 다르지만 아버지도 히르트라이터 못지않게 버틸 것이다. 아버지가 뜻을 꺾지 않으리라는 데는 추호의 의심도 없었다. 그리고 라데마허는 그대로 팽팽히 맞설 것이다.

*

"말해봐. 왜 그렇게 과거를 숨기는 거지?"

재니스는 식탁 맞은편에 앉은 니카를 건너다보았다. 오소부코는 오븐 속에서 지글지글 익어가고 불 위에서는 감자가 끓는 가운데 두 사람은 식탁을 마주한 채 앉아 있었다. 재니스의 느닷없는 질문에 잠시 당황했지만 니카는 바로 평정을 되찾았다. 과연 재니스에게 사실을 말해 사태의 심각성을 알려야 할까? 그는 오늘 저녁 타이센을 약 올리기 위해 아이젠후트의 강연회에 갈 것이다. 하지만 걸어다니는 시한폭탄 재니스가 그것으로 만족할까? 게다가 자존심에 심한 타격을 입은 그는 복수심에 불타고 있다.

"15년간 휴가도 없이 일하다 보니 진이 빠지더라고." 니카는 계속 거짓말하는 쪽을 택했다. "다 타서 재만 남은 상태가 된 거지. 더 이상 아무 일도 할 수 없었어. 그런데 아이젠후트 교수는 날 전혀 이해해 주지 않았어. 그래서 크리스마스 직전에 사표를 내고 다 때려치워 버렸어."

재니스는 믿지 못하겠다는 표정이다.

"니카!" 그가 갑자기 식탁 위로 손을 뻗어 그녀의 손을 덥석 잡았다. "우리 둘이 합치면 못할 게 없어. 넌 독일 기후 연구계의 대부로 불리는 아이젠후트의 조교였어. 그러니까…… 측근 중의 측근이지! 나도 사장한테 당하기 전에는 이쪽 분야에서 엘리트로 통했어. 그런데 이제는 어느 회사에서도 날 받아주지 않아."

그는 니카의 손을 놓고 일어났다.

"타이센은 돈밖에 모르는 이기주의자야. 그거 알아? 그 사람 원래는 전기회사의 중역이었어. 그것도 원자력 담당. 그를 포함한 몇몇 원자력 로비스트들이 원자력발전소를 많이 짓기 위해서 1980년대에 기후를 이슈화하기 시작한 거야. 공해를 유발하는 이산화탄소를 발생시키는 화력발전 대신 원자력을 쓰자면서 기후 문제를 만들어낸 거지."

재니스는 바지 주머니에 손을 찌른 채 부엌을 왔다 갔다 했고, 니카는 불안한 눈빛으로 그를 지켜보았다.

"정치가들은 국가를 막론하고 쌍수를 들고 환영했어. 숲의 훼손과 오존층 파괴가 사람들을 제대로 공포에 빠뜨리지 못하던 차에 인간이 주범인 기후 재난 시나리오는 사람들을 통제할 수 있는 좋은 구실이 됐거든. 이제는 기후 문제를 들이대면 안 되는 일이 없어. 세금 인상이든 뭐든 다 정당화할 수 있어. 소비에트 연방과 핵무기 이후 인류 최대의 적이 뭔지 알아? 바로 이산화탄소야!"

니카는 말없이 그의 말을 들었다. 기후 문제가 터무니없이 부풀려졌다는 주장은 그녀도 익히 알고 있는 바고, 8개월 전부터는 그들이 옳다는 것도 알고 있었다. 회의주의자들의 목소리는 점점 높아졌다. 이름 있는 학자들은 이미 오래전 인간에 의한 기후 재난은 헛소리라고 주장했고, 그 주장을 뒷받침하는 객관적 증거도 내놓았다. 이렇듯 이산화탄소 배출에 대한 법적 조치에 저항하는 사람들이 늘어났지만, 정치가들과 국제연합은 정책의 방향을 바꾸지 않았다. 니카 또한 자신의 직업에 자부심을 가지고 있었다. 그러나 그날 도빌에서 키에런 오설리번을 만난 이후 모든 것이 바뀌었다.

재니스가 식탁에 손을 짚고 그녀에게 얼굴을 들이대며 말했다.

"뺀질이 타이센은 일찌감치 원자력에서 신재생에너지로 갈아탔어. 재미있는 건 윈드프로의 프로젝트를 후원하는 사람들이 모두 여전히 세계 곳곳에서 원유와 석탄을 캐고 있다는 사실이야. 웃기지 않아? 그런데 그걸 꿰뚫어보는 사람이 없어. 그리고 그런 기후 정책은 기후 연구가, 언론, 기업, 정치가들의 배만 불린다는 사실도 모르지. 난 바로 이걸 상대로 싸우는 거야, 범세계적 친환경 독재! 거짓을 기반으로 해서 태어났고 타이센이나 아이젠후트 같은 소수의 사람에게만 이득을 가져다주는 정책. 난 여기 짓는 풍력발전소 따위엔 관심 없어. 이걸로 그 마피아들이 일하는 방식을 까발리려는 것뿐이야."

재니스의 광적인 눈빛을 본 니카는 무더운 날씨에도 불구하고 몸에 소름이 돋았다. 그의 마지막 말은 순전히 거짓말이다. 그는 오설리번처럼 신념에 따라 일하는 사람이 아니다. 자신에게 패배의 굴욕을 안겨준 타이센에게 복수하고 싶어 안달이 났을 뿐이다. 그는 자신의 목적을 위해 이미 시민단체를 이용했고, 이제 니카의 이름을 이용하려는 것이다. 그런 일이 일어나서는 안 된다. 절대로!

"재니스!" 니카가 간절하게 말했다. "넌 그게 얼마나 위험한 일인지 모르고 있어."

"상관없어." 재니스가 성급하게 손을 내둘렀다. "누군가 용기를 내서 진실을 말해야 해. 난 겁나지 않아."

"겁을 내는 게 좋을걸. 상대는 막강해. 그리고 농담을 농담으로 받아들이는 사람들이 아냐. 난 그 사람들이 얼마나 무자비한지 알아. 제발 그 사람들을 상대로 싸우려고 하지 마."

니카가 절절한 눈빛으로 애원하듯 속삭였지만 재니스는 실눈을 뜨고 그녀를 꼬나보았다.

"지쳐서 일을 그만뒀다는 건 거짓말이지?"

니카는 말없이 일어나 조리대로 가서 감자를 살폈다. 재니스가 다가와 그녀의 어깨를 자기 쪽으로 확 끌어당겼다.

"내 말이 옳다는 거 알잖아. 날 좀 도와줘! 나와 함께 싸워줘!"

"싫어!" 니카가 거세게 반발했다. "난 더 이상 그 일에 상관하고 싶지 않아. 그리고 네가 타이센한테 복수하는 데 이용당하고 싶지 않아!"

재니스는 말없이 그녀를 응시했다.

"이용하려는 거 아냐." 그가 실망한 척 힘없는 목소리로 말했다.

아니긴 뭐가 아냐! 니카는 속으로 콧방귀를 뀌었다. 그리고 재니스와 이렇게 가까워진 것을 후회했다. 자존심이 극도로 강한 재니스는 조금이라도 싫어하는 기색을 보이면 거부로 받아들일 것이고, 그것은 어떤 결과로 이어질지 모른다. 모든 사실을 이야기해서 그가 사태의 심각성을 깨닫게 해야 할까? 아니다. 그건 아니다. 그렇게 되면 모든 패를 보여주는 셈이다.

마음속 깊이 묻어두었던 두려움이 스멀스멀 기어 올라와 가슴을 답답하게 옥죄어 온다. 손이 떨린다. 끓어 넘친 물이 뜨거운 레인지 위에서 치직 소리를 내며 증발했지만, 그녀는 신경 쓰지 않았다. 멀리서 개 짖는 소리가 났다.

"오늘 저녁에 거기 가거든 절대 내 이름을 말하지 않겠다고 약속해줘." 니카가 간절하게 부탁했다.

그는 그녀를 좋아한다고 했다. 좋아하는 사람이 난처한 처지에 빠지는 것을 원하는 사람은 없다. 아니면 그건 그냥 한 말이었을까? 일단 성욕이 이성을 제압하면 거짓말쟁이가 되는 것이 남자다. 재니스가 예외일 이유는 없다.

"약속할게."

대답이 너무 빨리 나와서 도무지 신뢰가 가지 않는다. 갑자기 니카는 그가 가까이 있는 것이 견딜 수 없이 싫었다. 팔에 와 닿는 축축한 손의 감촉에 소름이 돋았다. 하지만 모든 혐오감을 극복하고 두 손으로 그의 얼굴을 감싸고 입 맞추었다. 그의 혀가 그녀의 입안으로 달려들었다. 그는 그녀를 껴안으며 몸을 밀착시켰다. 마음 같아서는 그를 밀쳐내고 무릎으로 사타구니를 가격한 후 부엌칼을 그의 갈비뼈 사이에 찔러 넣고 싶지만 참는다. 지금 그를 밀어내면 그는 그녀를 증오할 것이다. 사람이 이렇게까지 역겹게 느껴진 적이 있었던가? 그는 갑자기 그녀를 번쩍 안아 올려 싱크대 위에 앉혔다.

성급하게 치마를 올리고 허우적대던 그의 손에 팬티가 찢어졌다.

"오, 니카, 니카! 너 때문에 정말 미치겠어." 그는 분명하지 않은 발음으로 웅얼거리고는 그녀의 다리 사이에 자신의 몸을 대고 비비며 신음 소리를 냈다. 과연 그는 그녀가 이걸 좋아할 거라고 생각하는 걸까? 아니면 이렇게 해서 자극하겠다는 걸까? 그녀는 눈을 질끈 감고 입술을 깨물며 고개를 돌렸다. 이 불장난은 그녀가 먼저 시작한 것이다. 어떤 비참한 결말이 나든 지금은 참아야 한다.

*

피아가 보덴슈타인의 발을 툭 쳤다. 정신을 차리고 고개를 들어보니 과장이 못마땅한 얼굴로 그를 내려다보고 있다. 직속 상사와 완전히 틀어질 게 아니라면 개인적인 고민은 뒤로 밀어두어야 할 타이밍이다.

"프라우케 집에서 발견된 엽총의 탄도(총포로부터 발사된 탄환이 날아가면서 그리는 궤도_역주) 검사 결과는 아직 나오지 않았습니다. 하지만 죽은 까마귀의 발목에 달린 링으로 보아 발견된 사체는 루드비히 히르트라이터가 기르던 까마귀인 것이 분명합니다."

크뢰거는 까마귀가 어떻게 죽었는지 중립적인 언어와 담담한 톤으로 자세히 설명했다.

"확실한 물증은 없지만 현재까지의 수사 결과 라벤호프에 침입해 까마귀를 죽인 것은 프라우케 히르트라이터인 것으로 추측됩니다. 까마귀를 죽인 후 타고 간 차를 차고에 집어넣고 아버지 차를 타고 도망친 것 같습니다." 크뢰거가 보고를 마쳤다.

보덴슈타인은 그제야 과장이 화난 이유를 알았다. 프라우케와 그녀의 피아트 푼토(이탈리아산 소형 자동차_역주)는 라디오, 텔레비전, 신문을 통해 전국적으로 수배된 상태였다. 그런데 그 차가 라벤호프의 차고에 고이 들어 있었던 것이다. 실로 중대한 실수가 아닐 수 없다. 그리고 동시에 프라우케가 범인이라는 의심에 힘을 실어주는 단서이기도 하다. 과장은 구체적 증거가 없다고 했지만 보덴슈타인의 생각은 달랐다. 프라우케가 범인이라는 단서는 막연한 추측을 넘어 구체적 증거로 드러났다. 프라우케는 강력한 동기를 가졌고, 범행 기회도 충분했으며, 적절한 수단도 확보하고 있었다.

보덴슈타인이 없는 동안 일어난 일은 그뿐이 아니었다. 오후에는 그레고어의 집에서 파펜비제 매각에 관한 임시 계약서가 발견됐다. 어제 날짜로 그레고어, 마티아스, 타이센, 라데마허의 서명이 되어 있었다. 이에 피아는 그레고어를 긴급체포하도록 지시했다. 알리바이도 없고, 장인의 생일 파티에 다시 나타났을 때 옷을 갈아입은 이유도 충분히 납득할 만한 것이 아니었기 때문이다.

"마티아스는?" 보덴슈타인이 피아에게 물었다.

마티아스의 집에 수색을 하러 갔던 경찰관 몇몇이 히죽거렸다.

"그 사람은 그런 범행을 저지를 만한 위인이 못 돼요. 순전 겁쟁이에요." 피아가 말했다.

경찰과 동시에 집행관들이 들이닥쳤는데 경찰이 뭐라고 하든 콧방귀만 뀌던 마티아스가 아내의 스포츠카와 그림, 가구, 보석이 저당 잡히는 것을 보고는 어린아이처럼 엉엉 울었다는 것이다.

"주차장에 있던 낯선 남자에 대해서는 뭐 알아낸 거 없었나?"

"네. 실제로 주민 중에 그 남자를 봤다는 사람이 두 명 있었습니다. 크로네에 주문한 음식을 가지러 가던 여자랑 숲에서 개를 데리고 나오던 남자입니다."

보덴슈타인의 질문에 셈이 대답했다.

"인상착의는?"

"거구에 덩치가 좋고 회색 꽁지 머리에 선글라스를 끼었다고 합니다. 차는 검정색 BMW 5 시리즈고 차번호는 뮌헨 번호입니다."

그 순간 보덴슈타인의 머릿속에서 안개가 걷히고 한 장면이 떠올랐다.

"나 그 남자 본 적 있어!"

그가 몽타주를 만들자고 제안하는 셈의 말을 끊으며 불쑥 끼어들자 모든 시선이 그에게 집중되었다.

"피아, 기억 안 나? 화요일에 윈드프로에 갔다가 나올 때 우리랑 같이 나온 남자야. 문 열고 나와서 그 사람이 먼저 주차장으로 갔잖아."

기억력 좋기로 소문난 피아가 말없이 고개를 흔든다. 회의실에는 긴장된 침묵이 감돌았다. 상사가 틀렸을 때처럼 직원들이 즐거운 때는 없는 법.

그러나 보덴슈타인은 100퍼센트 확신했다. 눈에 확 띄는 거인이었고, 가죽조끼에 회색 꽁지 머리, 주차장으로 걸어가는 걸음걸이가 약간 뒤뚱거리는 것이 특이했다.

"타이센과 라데마허한테 평가서 낱장이 복사된 종이를 보여준 날이야." 보덴슈타인은 초조한 얼굴로 피아가 기억해내기를 재촉했다. "내가 그걸 왜 정확하게 기억하느냐면 그때 피아가……." 그다음 말은 여러 사람 있는 데서 할 얘기가 아닌 것 같아 그는 말끝을 흐렸다.

"그때 내가 뭐요?" 피아가 미간에 긴 세로 주름을 잡으며 물었다.

25명의 형사들이 잔뜩 긴장한 표정으로 보덴슈타인의 대답을 기다렸다.

"반지 말이야." 그가 마침내 입을 열었다. "그때 피아가 손에 반지

끼고 있는 걸 발견했거든. 그래서 잘 기억나."

스물다섯 쌍의 눈이 동시에 피아의 왼손을 쳐다보았다. 피아는 주먹을 쥐었다가 펴며 약지에 낀 가느다란 은반지를 쳐다보았다. 미간의 주름은 펴졌지만 얼굴은 여전히 무표정하다.

"미안하지만 생각 안 나요." 피아가 잠시 후 말했다.

그녀가 동의를 구하듯 쳐다보자 과장이 고개를 한 번 끄덕였다.

"그럼, 오늘 회의는 이것으로 마치겠습니다." 피아가 좌중을 둘러보며 말했다. "다들 수고하셨어요."

웅성거리는 소리, 의자가 리놀륨 바닥에 밀리는 소리와 함께 사람들이 흩어지고 강력반 사람들만 남았다.

"내일 아침 9시에 내 방으로 와요." 보덴슈타인에게 과장이 명령조로 말했다. 그리고 도도한 표정으로 다른 사람들을 훑어본 후 방을 나갔다.

"10분 정도 시간 있어?"

과장이 나가자마자 보덴슈타인이 피아에게 물었다.

"네."

아직 화가 풀리지 않은 피아는 대답은 하면서도 그를 쳐다보지는 않았다.

"그 반지는 뭐야?" 오스터만이 궁금한 듯 피아에게 물었다.

"내일 얘기해줄게." 피아가 가방을 들고 일어나며 말했다. "아니, 수틀리면 안 할 수도 있어. 내 맘이야."

＊

갑자기 부엌 유리문이 활짝 열리고 개들이 숨을 헐떡거리며 뛰어

들어왔다. 재니스는 얼른 니카에게서 떨어지며 뒷걸음질 쳤다. 비틀거리는 그의 얼굴로 주먹이 날아들었다. 그가 가까스로 피하자 마르크가 괴성을 내지르며 달려들었다.

"나쁜 놈!"

의자가 넘어지고 개들이 늑대 우는 소리를 냈다. 니카는 얼른 치마를 내렸다.

"뭐야? 왜 이래?" 재니스가 두 손으로 얼굴을 가리며 소리쳤다. "너 미쳤어?"

마르크는 정말 미친 사람처럼 눈물범벅이 된 얼굴로 다시금 그를 공격해왔다. 재니스는 식탁 위로 나가떨어졌다. 의자 하나가 쿵쾅거리며 넘어지자 놀란 개들이 밖으로 도망쳤다. 재니스는 마침내 마르크를 제압하는 데 성공했다.

"그만해! 너 도대체 왜 이래?" 재니스가 숨을 헐떡이며 물었다.

"내가 다 봤어요! 저…… 저 나쁜 년하고 방금 키스했잖아요!" 마르크가 흥분해서 외쳤다. 그러면서 조리대 앞에 얼어붙은 듯 서 있는 니카를 턱짓으로 가리켰다. 그는 벗어나려 안간힘을 썼지만 재니스는 그의 손목을 놓아주지 않았다. 마르크가 언제부터 테라스에 서 있었던 걸까? 이런 식으로 뛰어들어 온 걸 보면 이미 한참 됐을 것이다. 이건 문제가 있다. 아주 심각하다.

"그건 네가 오해한 거야!" 재니스가 달래려 하지만 마르크는 듣지 않았다.

"거짓말! 거짓말! 거짓말!" 마르크가 정신 나간 사람처럼 소리쳤다. "저 여자 좋아하잖아요! 만날 힐끔힐끔 쳐다보는 거 다 알아요! 어떻게 이런 식으로 리키를 엿 먹일 수 있어요?"

"그만두지 못해!"

재니스가 소리를 버럭 지르며 먹살을 잡고 흔들자 마르크는 바람 빠진 공처럼 주저앉았다.

"왜 그러는 거예요? 왜 니카한테 붙어서 키스하고 그래요? 리키는 어쩌라고!"

마르크는 재니스의 다리를 부여잡고 어린아이처럼 징징거렸다. 재니스와 시선이 마주치자 니카는 말없이 고개를 돌리고 서둘러 자리를 떴다.

"마르크, 진정하고 일어나봐."

그가 마르크의 머리를 쓰다듬으며 달랬다. 언제 리키가 들이닥칠지 모른다. 리키가 이런 꼴을 본다면 문제가 정말 복잡해진다. 재니스는 넘어진 의자를 일으켜 세우고 비뚤어진 식탁을 반듯이 놓았다.

"정말 오해한 거라니까. 아무 일도 없었어."

그가 어깨에 손을 대려 하자 마르크는 역겹다는 듯 피했다.

"거짓말!" 마르크가 단호하게 내뱉었다. "나빠요! 입에 혀 집어넣고 키스하고 막 들이대는 거 다 봤어요! 내가 우연히 들어오지 않았다면 끝까지 갔을 거잖아요! 어떻게 리키 집에서 그런 짓을 할 수가 있어요?"

재니스는 그를 빤히 쳐다보았다. 이런 머리에 피도 안 마른 녀석한테 설교를 듣고 있어야 하다니 미칠 노릇이다. 그는 정신 빠진 17살짜리에게 자신의 행동에 대해 변명할 필요성을 전혀 느끼지 못했다. 하지만 뭔가 그럴듯한 말로 둘러대야 한다. 아니면 리키에게 쌩 하니 달려가 다 일러바칠 것이 뻔하다. 2분만 늦었어도 마르크는 두 사람이 싱크대 위에서 엉켜 있는 장면을 목격했을 것이다. 간발의 차이로 큰 위기에서 벗어났다고 생각하니 아찔했다.

"아무것도 아닌 일을 크게 만들지 말자. 그래, 키스했어!"

"왜요?" 마르크가 책망하듯 몰아붙였다. "리키…… 사랑하지 않아요?"

"물론 사랑하지. 방금 그건 내 잘못이 아니야. 정말이야. 리키가 알아봐야 상처만 받을 거야. 모르는 게 나아."

재니스가 잘 구슬리려 했지만 마르크는 세차게 머리를 흔들었다.

"무슨 얘기하는지 다 들었어요. 풍력발전소 따위엔 관심 없다고 했잖아요. 난…… 난…… 정말 열심히 도왔어요! 시키는 대로 다 했고요. 정말 진심인 줄 알았단 말이에요."

마르크가 코를 훌쩍거리며 말했다. 정말이지 지금은 어린아이와 싸우고 있을 때가 아니다. 재니스는 그의 엉덩이를 발로 차주고 싶은 기분이었지만 허리를 굽혀 두 손으로 그의 어깨를 감쌌다. 얌전하고 말 잘 듣는 아이로만 알고 있다가 그렇게 분통을 터뜨리는 것을 보니 좀 놀랍기도 하다. 그의 미친 머릿속에는 대체 무슨 생각들이 들어 있는 걸까?

마르크는 결국 재니스의 설득으로 의자에 앉았다. 재니스는 그 앞에 쭈그리고 앉아 두 손으로 그의 손을 잡았다.

"니카가 먼저 시작한 거야. 그동안 얼마나 나를 유혹했는지 몰라. 리키가 집에 없을 때는 옷도 안 입고 돌아다녔다니까. 난 계속 그러지 말라고 했어. 하지만 말을 안 듣더라고. 그런데 오늘은…… 후! 정말 너 아니었으면 큰일 날 뻔했다. 네가 그때 안 들어왔으면 큰 실수를 저질렀을 거야. 그럼 난 평생 리키한테 죄책감을 느끼며 살아야 했을 거고."

재니스는 십년감수했다는 듯 두 손으로 얼굴을 쓸었다.

"마르크, 너도 남자잖아! 만약 네 여자친구의 친한 친구가 있는데 너한테 막 집적거리고 키스하고 그런다고 생각해봐. 그럼, 넌 어떻겠니? 난 정말이지…… 정말 어떻게 해야 할지 모르겠더라고! 내 말 이해되니?"

같은 남자라는 점을 들어 동정에 호소하자 좀 먹히는 듯하다. 마르크는 여전히 화난 표정이지만 눈빛에는 어느 정도 신뢰감이 돌아왔다.

"여자들은 의리라는 걸 몰라. 친구 애인이든 뭐든 신경도 안 쓴다니까." 재니스는 쉬지 않고 지껄였다. 니카가 어떤 모습으로 비치든 그런 것에는 신경도 쓰지 않았다. 오늘 바로 리키에게 말해서 다시는 마르크를 집에 들이지 못하도록 해야겠다. 이 미친 녀석은 정말 어디 한 군데가 잘못된 게 분명하다. 그런 일을 겪었으니 이상할 것도 없긴 하지만.

현관문이 열리자 개들이 반갑게 짖으며 리키에게 달려들었다. 리키는 환한 얼굴로 슈퍼마켓 봉지 두 개를 들고 들어와 식탁 위에 놓았다. 천성이 둔감한 그녀는 역시 아무것도 눈치채지 못했다.

"나 왔어!" 그녀는 재니스의 뺨에 입을 맞추었다. 그리고 마르크를 향해 말했다. "마르크, 개 산책시켜줘서 정말 고마워."

그녀는 장 봐 온 것을 냉장고에 정리하면서 잭 러셀 테리어의 주인에 대해 늘어놓기 시작했다. 개를 찾아줘서 고맙다며 동물 보호소에 1000유로가 넘는 돈을 수표로 기증했다며 흥분해서 수다를 떨었다. 그러나 재니스와 마르크가 아무 대꾸도 하지 않자 그제야 이상한 느낌 들었는지 두 사람을 번갈아 쳐다보았다.

"무슨 일 있었어?"

"아니. 일은 무슨? 그냥 생각 좀 하느라고." 재니스가 가식적인 미소를 지으며 얼버무렸다. "조금 있다 팔켄슈타인에서 열리는 강연회에 갈 건데 자기도 갈 거지?"

"그럼. 그것 때문에 일부러 일찍 서둘러 왔는데."

재니스는 환하게 미소를 짓는 그녀를 품에 안았다. 그리고 그녀의 어깨너머로 마르크에게 나가라는 신호를 하며 경고의 눈빛을 보냈다.

"그럼…… 그럼, 전 이만 가볼게요."

마르크는 긴장한 표정으로 잠시 망설였지만 차마 리키에게 사실대로 말할 수는 없었는지 혼자 뭐라고 인사말을 웅얼거리며 테라스를 통해 정원으로 나갔다.

＊

정재계 인사들이 한데 모인 강연회의 분위기는 화기애애했다. 첫 번째 줄에는 지역 유지들이, 그 뒷줄에는 포더타우누스 경제인회의에 초대를 받고 온 기자들이 무더기로 앉아 있다.

경제인회의 의장인 타이센이 짤막한 서두 연설을 마치자 아이젠후트 교수의 강연이 시작되었다. 그는 기후변화가 생태계, 경제, 정치에 미치는 영향을 통계 자료와 예를 들어가며 설명했고 발간되자마자 베스트셀러 1위에 오른 새 책에서 몇 부분을 발췌해 간간이 낭독했다. 청중은 열심히 귀를 기울였고, 강연이 끝나자 우레와 같은 박수로 화답했다. 타이센은 다음 순서인 토론을 진행하기 위해 무대로 올라가면서 왠지 모를 불안감을 떨치지 못했다. 하지만 청중석에 미리 심어둔 사람들의 수월한 질문과 기후 연구계 대부의 말발 좋은 답변으로 토론이 매끄럽게 이어지고 차차 끝나갈 무렵이 되자 그제야 안도의 한숨을 쉬었다. 그러나 안심하기에는 일렀다.

"감사합니다. 그럼 이것으로……." 그가 끝인사를 하는데 청중석

중간쯤에서 한 남자가 일어섰다. 재니스를 본 타이센은 자신의 눈을 의심했다. 아니, 저자가 여긴 뭐하러 왔단 말인가?

"저도 질문이 몇 가지 있습니다. 아이젠후트 교수님 말고 타이센 씨에게요."

앞줄에 앉은 사람들은 심상치 않은 질문자가 누구인지 보려고 뒤로 고개를 뺐다.

"죄송하지만 토론은 이것으로 마치겠습니다. 감사합니다!"

"왜요? 질문할 기회를 줍시다!"

누군가가 외쳤다. 타이센은 이마에 진땀이 났다. 청중석 한가운데 앉아 있어서 조용히 끌어낼 수도 없고 난감하기만 하다.

"지난 수요일 다텐바흐 강당에서 있었던 공청회에서 못 다한 얘기가 있습니다." 재니스가 말을 시작했다. "다들 아시겠지만 그날 공청회는 큰 비극으로 끝났습니다. 수많은 부상자에 사망자까지 나왔습니다. 그럼에도 불구하고 저는 윈드프로가 어떻게 타우누스 풍력발전 단지 사업 승인을 얻었는지 알아야겠습니다. 우선 전후 사정을 모르시는 분들을 위해 잠시 설명해드리겠습니다." 재니스는 천천히 청중을 둘러보았다. "윈드프로는 엘할텐 상부 타우누스 산에 거대한 풍력발전기 10대를 설치해 풍력발전 단지를 만들려고 합니다. 그런데 이곳은 바람이 부족해서 풍력발전소를 만들어봐야 소용없는 곳이라는 사실이 조사 결과 밝혀졌습니다. 그래서 윈드프로가 어떻게 했는지 아십니까? 돈으로 환경부 담당자를 매수하고, 숲에 가스를 뿌려 야생 햄스터들을 죽이고, 사업 승인을 받기 위해 평가서를 위조했습니다."

타이센은 곁눈질로 옆에 앉은 아이젠후트의 눈치를 살폈다.

"저 사람은 뭡니까?" 아이젠후트가 굳은 얼굴로 물었다.

청중의 관심은 재니스에게 집중됐고 웅성거림은 점점 커졌다. 타이센은 행사를 잘 마칠 수 있는 방법이 없을까 하고 절망적으로 머리를 굴렸다. 그냥 끝내 버려?

"아이젠후트 교수님!" 재니스가 아이젠후트를 향해 말했다. "방금 말씀하신 내용이 다 거짓말이라는 것 말고 제가 이상하게 생각하는 게 하나 더 있습니다. 교수님은 웨일즈대학의 브라이언 풀머 교수와 함께 윈드프로를 위해 평가서를 작성하셨는데 그 평가서는 위조된 게 분명합니다."

타이센은 사람들이 재니스에게 야유를 보내거나 발언을 못 하게 할지도 모른다는 기대를 품었지만 정작 사람들은 침묵을 지켰다. 강연 내내 멍하니 앉아 있던 기자들도 스캔들의 냄새를 맡았는지 수첩을 바짝 끌어당기며 자세를 고쳐 앉았다.

"제가 입수한 정보에 의하면 교수님이 풀머 교수와 함께 작성하신 평가서는 신빙성이 전혀 없습니다. 중요한 데이터를 빠뜨리고 계산을 하셨거든요. 아니카 좀머펠트 박사 아시죠? 저희 시민단체 '풍차 없는 타우누스'를 위해 교수님의 평가서와 2002년에 작성된 유로윈드의 평가서를 비교 분석해서 오류를 찾아낸 사람이 바로 좀머펠트 박사입니다.

타이센은 순간 아이젠후트의 표정이 일그러지는 것을 보았다.

"정말 죄송합니다만 여기서 중단하는 게 좋겠습니다. 자, 일어나시죠."

타이센이 옆에서 권유했지만 아이젠후트는 의자 손잡이를 꽉 움켜쥔 채 움직일 생각을 하지 않았다.

"저 사람하고 얘기를 해야겠소!"

아이젠후트의 단호함에 타이센은 흠칫 놀랐다.

한편 재니스는 모든 관심이 자신에게 집중된 것을 보고 승리의 미소를 지었다.

"아마 둘 중 하나일 겁니다." 재니스가 말을 이었다. "교수님은 제대로 된 평가서를 내놓을 능력이 없거나 일부러 미화한 겁니다. 타이센 씨가 교수님의 새 연구소를 후원해주기 때문인가요? 아니면 옛정 때문에? 아니면…… 돈 때문에?"

이윽고 야유가 쏟아지고 자리에서 일어나는 사람들이 속출했다. 타이센은 속수무책으로 쳐다보기만 했다. 뭔가 잘못됐다는 것을 눈치챈 경제인회의 동료들이 행동에 들어갔다. 회원 두 사람은 의자 사이를 뚫고 재니스에게 다가갔고, 다른 한 사람은 밖으로 나가 보안 요원들을 불러왔다. 분노가 머리끝까지 치민 타이센은 이를 바득바득 갈았다. 재니스의 복수심을 얕보지 말았어야 했다. 이렇게 놔두면 정말 모든 것을 망칠 놈이다. 저만 잘난 줄 알고 연못물을 흐리는 미꾸라지 같은 놈!

"더 이상은 못 참아."

타이센은 결심한 듯 연단에서 뛰어내렸다. 그러나 이미 때는 늦었다. 200명이나 되는 사람들이 아이젠후트의 대답을 기다리고, 특종 냄새를 맡은 기자들은 마이크와 녹음기를 빼 들고 서로를 밀치며 재니스에게 몰려들었다. 플래시가 터지고 여기저기서 외침 소리가 들리는가 하면 조용히 하라고 주의를 주는 사람도 있다. 타이센은 체면도 잊고 재니스의 멱살을 잡았다. 너무 화가 나서 제정신이 아니었다.

"내가 경고했지!" 그는 입을 앙다물고 이 사이로 내뱉듯이 말했다. 그의 손 밑에서 단추가 떨어지고 셔츠가 찢어졌다. 그러나 재니스는 그를 비웃기만 했다.

"계속하시죠." 그가 빈정거렸다. "좀 웃으세요. 내일 아침 신문에 나갈 텐데."

그 말에 타이센은 정신이 번쩍 들었다. 곁눈질하며 웅성거리는 사람들을 보니 큰 실수를 저질렀다는 생각이 들었다. 갑자기 침묵이 감돌았다. 그는 연단 위로 시선을 돌렸다. 아이젠후트가 굳은 얼굴로 마이크를 잡았다.

"그 사람 잡아요! 절대 도망 못 가게 해!"

아이젠후트의 외침에 사람들의 시선이 온통 재니스에게 쏠렸다.

보안 요원들이 눈에 띄지 않게 포위망을 좁혀왔다. 그것을 눈치챈 재니스는 비로소 얼굴에서 미소를 거두었다. 움직이는 사람은 한 사람도 없었다. 모두들 이 긴장감 넘치는 연극의 마지막 장면을 놓치고 싶어 하지 않았다. 별안간 침묵을 깨는 요란한 천둥소리가 나더니 굵은 빗줄기가 유리창을 때리며 거세게 쏟아지기 시작했다. 재니스는 그 틈을 타 서둘러 자리를 떴다. 이렇게 보는 눈이 많은데 타이센도 어쩌지 못할 거라는 계산이 작용한 것이다. 그는 동행한 금발 여자를 방패처럼 앞세우며 타이센 앞을 지나쳐 중앙 복도로 걸어 나갔다.

"이것 보십시오. 의견을 말할 자유조차 없어요!"

재니스의 목소리가 강당 안에 울려 퍼졌다. 보안 요원들이 타이센의 명령을 기다리는 듯 눈치를 보자 그는 보일 듯 말 듯 고개를 저었다. 재니스는 붙잡는 사람이 없는 것을 알았지만 혹시 모른다는 생각에 뒷걸음질로 강당을 나갔다.

"또 봅시다! 타이센 씨, 바람을 뿌리는 자는 폭풍을 거두는 법입니다!"

보덴슈타인이 아버지 농장 주차장에 차를 세운 것은 꽤 늦은 시간이었다. 피아와 나눈 대화는 미묘한 여운을 남겼다. 피아가 얼마나 그를 잘 아는지 생각했어야 했다. 게다가 그녀는 사람의 기분이나 상태를 꿰뚫어보는 능력을 가졌다. 피아가 훌륭한 형사를 넘어 특별한 형사인 것은 바로 그것 때문이다. 그는 무슨 일 있느냐는 그녀의 질문에 비겁한 변명으로 회피했다. 피아는 무척 기분이 상한 표정이었다. 왜 그는 피아에게 라데마허와 유언장에 관해 속 시원히 털어놓지 못했을까? 누가 땅을 상속받았는지는 어차피 알려질 일이다. 어쩌면 피아가 이미 알고 있는지 모른다. 혹시 그는 오늘 하루 종일 라데마허의 제안을 받아들여야겠다고 생각하고 있었던 건 아닐까?

보덴슈타인은 착잡한 표정으로 아랫입술을 지그시 깨물었다. 지금 당장 피아에게 전화를 걸자. 그는 손에 들고 있던 재킷 주머니에서 휴대전화를 꺼냈다. 날은 여전히 후텁지근하고 바람 한 점 없다. 가로등 주변에 나방 몇 마리가 날아다닌다. 멀리서 천둥 치는 소리가 들리는 것을 보니 곧 소나기라도 올 듯하다.

피아는 전화를 받지 않는다. 보덴슈타인은 늦어도 좋으니 연락 달라는 말을 음성 사서함에 남기고 전화를 끊었다. 뱃속에서 꼬르륵 소리가 났다. 그러고 보니 오늘은 한 끼도 제대로 못 먹었다. 차에서 내린 그는 사시사철 열려 있는 농장 문이 잠겨 있는 것을 보고 의아해하며 열쇠로 무거운 철문을 열었다. 맞은편에 보이는 부모님 집에 불이 켜져 있다. 어쩌면 어머니가 냉장고에 음식을 남겨두었을지도 모른다. 그리고 아버지 상태가 어떤지도 봐야 한다. 그는 아름드리

말밤나무 밑을 지나 부모님 집으로 갔다. 그런데 여기도 문이 잠겨 있다. 초인종이 없는 집이라 두꺼운 상수리나무로 만든 문을 주먹으로 쾅쾅 쳤다. 잠시 후 안전 체인이 걸린 채 문이 살짝 열리고 그 사이로 아버지의 긴장한 얼굴이 나타났다.

"아, 올리버구나." 아버지는 문을 닫았다가 다시 활짝 열었다.

"왜 이렇게 문을 꼭꼭 걸어 잠그셨어요?"

그가 복도로 들어가며 물었다. 복도에서는 왁스 냄새가 났다. 아버지는 어두컴컴한 마당을 내다보더니 문을 닫고 삼중으로 걸어 잠갔다. 어둑어둑한 복도에 어머니의 모습이 나타났다. 평소 두려움을 모르는 어머니의 얼굴에 수심이 가득한 것을 보니 마음이 아프고 동시에 화가 치밀었다. 히르트라이터는 친구에게 꼭 이런 부담을 안기고 떠나야만 했을까? 그는 부모님을 따라 부엌으로 갔다. 밖으로 통하는 부엌문도 닫혀 있고 창문 앞의 낡은 덧창도 모두 내려져 있다. 그들은 전등도 켜지 않은 채 식탁 위에 촛불만 두 개 켜놓고 앉아 있었다.

"무슨 일 있었어요?"

그가 걱정스럽게 물었다. 공중에 떠도는 마늘과 샐비어 냄새가 위장을 자극하지만 먹을 것을 달라고 할 분위기는 아니다.

"그 남자가 왔다." 아버지가 중얼거리듯 말했다.

"그 남자라니요?"

"주차장에서 루드비히한테 말 걸었던 남자가 와서 편지를 주고 갔어. 여보, 그 편지 어디 있어?"

어머니가 그에게 편지를 건넸다. 편지를 읽는 보덴슈타인의 손이 떨렸다. 시간이 없다고 하더니 라데마허는 정말 바로 일에 착수했다. 그는 파펜비제를 넘기는 대가로 300만 유로를 제안했다. 믿기지 않는 일이다.

"정말 그 남자가 맞아요?"

"확실해." 아버지가 크게 고개를 끄덕였다. "오늘 내 눈앞에 서 있는데 목소리도 사투리도 다 기억이 나더구나."

"사투리요?"

"응, 오스트리아 지방 사투리야. 한시가 급하니 기일 내에 빨리 결정하라고 하더라. 그렇지 않으면 아주 안 좋은 일이 생길 수도 있다면서."

"협박을 했어요?" 그는 어처구니가 없었지만 흥분하지 않으려고 애썼다.

"그래."

아버지는 광 옆에 놓인 긴 의자에 힘없이 주저앉았다. 어머니도 그 옆에 앉아 아버지의 손을 꼭 쥐었다. 라데마허의 협박에 대해 말을 꺼낼 수도 없고, 땅을 팔라고 아버지를 설득할 수도 없는 상황이다. 자다가 놀란 아이들처럼 손을 꼭 붙잡고 앉아 있는 부모님을 보니 가슴이 저려온다. 갑자기 우르릉 쾅쾅 소리와 함께 천둥이 쳤다.

"올리버, 이 일을 어쩌면 좋니?" 천둥소리에 놀란 어머니의 목소리가 파르르 떨린다. "그 남자가 우리까지 죽이려고 하면 어떡해?"

＊

니카는 불안하게 집 안을 서성거렸다. 걱정을 잊으려고 텔레비전을 켜도 집중이 안 되고, 더위 때문에 신경이 날카롭기만 하다. 테라스로 나간 그녀는 플라스틱 의자에 앉아 어두운 정원을 바라보았다. 어디선가 바람 한 자락이 불어왔다. 바람에서 비 냄새가 났다.

디르크 아이젠후트는 여기서 5킬로미터도 떨어지지 않은 곳에 있지만 그녀가 이렇게 가까이 있다고는 생각도 못 할 것이다. 그리움이 통증처럼 온몸을 훑고 지나며 눈물로 솟구쳐 올랐다. 그녀는 이를 악물었다. 이렇게 마음에 괴로움이 가득하고 끊임없이 두려움에 떨어야 하는 삶을 더 오래 견디지는 못할 것이다. 숨어 살다 보니 겁만 많아졌다. 그녀는 끔찍하게 외로웠다. 그야말로 진퇴양난인 자신의 처지에 대해서는 처음부터 잘 알고 있었다. 앞으로 한 걸음만 내디디려 해도 목숨의 위협을 느껴야 하는 가련한 처지. 이 집에 있을 수 있는 날도 얼마 남지 않았다. 마르크가 언젠가는 리키에게 일러바칠 것이다. 그리고 그녀의 정체를 알아낸 재니스가 그녀를 가만 놔둘 리 없다.

시꺼먼 하늘에 번개가 번뜩이더니 잠시 후 천둥소리가 대지를 뒤흔들었다. 동시에 복도에 불이 켜지고 개들이 바구니에서 일제히 뛰쳐나갔다. 니카는 일어나 부엌으로 갔다. 재니스와 리키는 손에 손을 잡고 기분 좋게 웃으며 들어왔다.

"니카!" 리키가 활짝 웃으며 외쳤다. "너도 갔으면 좋았을 텐데! 정말 끝내줬어! 재니스가 일어나서 의견을 말하니까 타이센이 유령이라도 본 것처럼 놀라서는 어쩔 줄 모르더라고! 우리 축하주나 마시자!"

리키는 그녀 곁을 지나쳐 냉장고 쪽으로 갔다. 재니스의 난감한 표정과 멋쩍은 웃음을 보고 어떻게 된 일인지 바로 눈치챈 니카는 피가 얼어붙는 듯했다. 그녀가 뭐라고 말을 꺼내려는데 재니스가 슬쩍 부엌을 나갔다. 리키는 언제나처럼 아무것도 모른 채 잔을 꺼내고 제크트(독일의 발포 와인_역주) 병을 따면서 혼자 계속 떠들었다. 그런 리키를 지나쳐 복도로 나간 니카는 화장실 문을 확 열어젖혔다.

소변을 보던 재니스는 깜짝 놀라 뒤를 돌아보았다. 그의 얼굴에는 죄책감이 가득했다.

"어떻게 그럴 수 있어? 말하지 않겠다고 약속했잖아!" 니카가 그를 몰아붙였다. 리키가 어떻게 생각하든 그건 지금 신경 쓸 일이 아니다.

"잠깐 일 좀 보고……." 그가 변명하듯 말했지만 그녀는 어디서 났는지 모를 힘으로 그의 어깨를 확 잡아당겼다. 그 통에 바지와 구두를 몽땅 적신 재니스는 인상을 쓰며 혼잣말로 툴툴거렸다.

"내 이름 말했지?"

리키가 한 손에는 제크트 병을, 다른 한 손에는 담배를 든 채 다가왔다.

"무슨 일이야?" 리키는 의심쩍은 얼굴로 두 사람을 번갈아보았다. 재니스는 빨개진 얼굴로 바지 지퍼를 잠그느라 바쁘다.

"어떻게 그런 짓을 할 수 있어? 나한테 약속했잖아!"

"아, 정말! 그렇게 흥분 좀 하지 마! 네가 뭐 그렇게 중요한 사람인 줄 알아?" 재니스는 망신당한 것에 화가 나서 니카에게 도리어 핀잔을 주었다.

"도대체 무슨 얘기 하는 거야? 나도 좀 알자." 리키가 답답한 듯 끼어들었다.

니카는 리키에게는 눈길도 주지 않은 채 기가 막힌 듯 재니스만 노려보았다. 그녀의 정체를 알아낸 그는 사람들의 관심을 받기 위해 기회가 오자마자 그녀의 이름을 써먹었다. 다시 한 번 생각하고 자시고 할 것도 없었다. 그녀 생각은 조금도 안 한 것이다.

"네가 어떤 사람인 줄 알아, 재니스? 하루라도 잘난 척 안 하면 좀이 쑤셔서 못 견디는 허영덩어리에다 이기적이고 무자비한 머저리

야! 매스컴 탄다고 하면 못 할 짓이 없지. 네가 오늘 무슨 사고를 쳤
는지 넌 모를 거야!"

그런데도 그는 사과할 생각은 꿈에도 없어 보인다.

"뭐, 그렇게 대단한 사고는 아닐 것 같은데?"

아랫사람 대하듯 거만한 말투다. 또 다시 남자에게 속고 이용당했
다는 사실에 니카는 찬물을 뒤집어쓴 듯 환멸을 느꼈다. 물은 이미
엎질러졌다. 더 이상 말을 섞을 필요도 없다. 그녀는 경멸이 담긴 눈
초리로 그를 쳐다보다가 몸을 홱 돌려 지하실로 사라졌다.

*

그들은 가로등 불빛 아래 서 있었다. 몇 미터 떨어진 곳에 순찰차
가 경광등을 켠 채 정차해 있다. 그는 아무도 보는 사람이 없는 것을
확인한 다음 목표를 조준하고 방아쇠를 당겼다. 탕! 명중! 사람 머리
가 호박 터지듯 산산조각 나고 피와 뇌수가 사방으로 튄다. 조준판
에 다른 사람의 머리가 나타났다. 이번에는 총부리를 조금 아래쪽으
로 내려 심장을 겨냥한다. 발사. 명중! 죽어가는 사람의 비명 소리를
듣자 흥분이 된다. 그는 마른 혀로 입맛을 다시며 초조하게 다음 목
표물이 나타나기를 기다렸다. 아, 저기! 마르크는 땀이 난 손바닥을
청바지에 쓱 문질러 닦은 후 총을 발사했다. 난사된 총알에 남자의
팔이 떨어져 나가고 상처에서 피가 분수처럼 쏟아진다.

더러운 놈! 마르크는 재니스를 떠올리며 속으로 중얼거렸다. 그
는 분명히 니카에게 몸을 밀착시키고 입속에 혀를 집어넣었다. 어
제는 리키랑 하더니 오늘은 니카한테 들이대? 거기다 풍력발전 단
지에 대해 그런 말을 하다니! 그의 목적은 환경보호가 아니라 비열

한 복수였다. 그리고 세계 정복의 음모가 있다는 듯한 그 미친 이론은 또 뭐람? 거짓말쟁이! 사기꾼! 마르크는 눈물이 나오려는 것을 참으며 눈에 보이는 것은 모두 쏴버렸다. 그러고 나니 모니터가 피바다가 됐다.

다른 때는 컴퓨터 게임을 하면 좀 나아지곤 했는데 오늘은 게임을 해도 분이 풀리지 않는다. 오히려 더 혼란스럽다. 게다가 빌어먹을 두통이 가시지 않아 거의 미칠 지경이다. 리키에게 말할까? 그가 본 것을 말하면 리키는 재니스를 쫓아낼지도 모른다. 그러면 그가 재니스의 빈자리로 들어갈 수도 있다. 그는 영원히 리키를 사랑할 것이고 다른 여자는 쳐다보지도 않을 것이다. 함께 가게를 운영하고 애견 훈련소와 동물 보호소 일을 하면서 리키와 평생 같이 사는 거다. 재니스는 몰래 고양이들을 괴롭히기도 하지만, 그는 동물이라면 다 좋아한다. 그런 점에서 리키와 그는 닮았다.

그는 게임 종료를 누르며 자신이 입을 벙긋하기만 하면 모든 것이 달라질 거라고 생각했다. 아니, 달라진 것은 지금도 많다. 그는 재니스와 리키를 세상에 단 하나뿐인 친구들이라고 믿었다. 이제는 아니다.

세상에서 단 하나뿐인 친구. 그는 미하엘을 그렇게 불렀다. 그리고 그것은 사실이었다. 미하엘의 따뜻하고 다정한 느낌을 떠올리자 슬픔이 벅차올라 가슴이 터질 것만 같다. 미하엘은 언제나 차분했고 화를 내는 법도 없었다. 그들은 함께 정원을 가꾸고 산책을 했다. 저녁이면 소파에 누워 텔레비전을 보거나, 책을 읽거나 대화를 나누었다. 주말에 다른 아이들이 다 집에 가는데 부모님이 바빠서 혼자 기숙사에 남아 있을 때면 미하엘이 코코아를 만들어주었다. 그런 날은 텅 빈 4인실 방으로 돌아가지 않고 미하엘 방에서 잠을 자고 오기도 했다. 물론 집에는 그런 이야기를 하지 않았다. 주말 동안 혼자 기숙사에서 보내는 것이 얼마나 외롭고 힘든지 아버지가 이해할 리 없다. 그는 지금까지도 왜 갑자기 미하엘이 사라져버렸는지 이유를 알지 못한다. 어느 날 갑자기 수업 중에 교장실로 불려 가니 부모님이 와 있었고, 한 번도 본 적 없는 사람들이 잔뜩 모여 있었다. 그들은 이상한 질문들로 그를 괴롭혔다. 심리학자라는 여자는 끊임없이 그를 설득하며 변태적인 이야기를 이끌어내려고 했다. 인형을 보여주며 미하엘이 어디를 만졌고 어떻게 행동했는지 말하라는 둥 별의별 방법을 다 동원했다. 그러나 그는 한마디도 하지 않았다. 그것은 그에게 큰 충격이었고 지금까지도 끔찍한 기억으로 남아 있다.

그로부터 몇 달이 지난 후 그는 우연히 텔레비전에서 '기숙학교 성추행 스캔들'이라는 제목이 붙은 보도를 접했다. 스캔들의 주인공인 미하엘 S.가 재판 이틀 전 감옥에서 목을 매 죽었다는 내용이었다.

그날 그는 아버지의 골프채를 들고 나갔다. 금이 간 자동차 유리가 빠지직 소리를 내며 깨지고, 유리 조각이 아스팔트 바닥으로 쏟아져 내리고, 시끄러운 경보음이 울리던 것을 생각하면 지금도 속이 시원하다.

골프채로 자동차를 내려칠 때마다 가슴속의 답답함과 머릿속의 몽롱함이 날아가는 느낌이었다. 그는 가슴과 머리가 뻥 뚫린 기분으로 도로 한가운데 누워 밤하늘의 별을 쳐다보았다. 그러고 있으니 경찰이 와서 그의 다리를 잡고 도로에서 끌어냈다.

그 후 오랫동안 잠잠했다. 그런데 그 고통이 다시 찾아왔고 그 어느 때보다 심하게 그의 심장을 짓눌렀다. 이제 고통은 더 이상 외면할 수 없는 지경에 이르렀다. 어떻게든 떨쳐버려야 한다.

마르크는 책상에 대고 머리를 찧기 시작했다. 코피가 터지고 이마가 부어올라 터질 때까지 계속해서 머리를 찧었다. 그래, 고통이다! 피다! 피가 나야 한다, 피, 피, 피!

*

디르크 아이젠후트는 호텔 방을 왔다 갔다 하며 안절부절못했다. 원래는 주최자들과 부부동반으로 저녁 식사를 하기로 되어 있었지만 입에 발린 이야기를 하며 웃을 기분이 아니라 취소했다. 탁자 위에는 얼음에 담긴 샴페인 한 병과 호텔 주방에서 만든 고급 안주가 준비돼 있지만 그는 거들떠보지도 않았다.

과연 5개월이 지난 지금에 와서 아니카의 행방을 다시 찾아낼 수 있을까? 2009년 독일에서 사람이 그렇게 감쪽같이 사라진다는 것은 사실 믿기 힘든 일이다. 하지만 아니카는 어떤 흔적도 남기지 않고 사라졌다. 당시 그는 그녀가 곧 나타나리라는 확신을 가지고 있었다. 그래서 가능한 모든 수단과 인맥을 동원해 그녀를 찾았다. 자비로 유명한 사립 탐정을 고용했고 연구소 보안팀에게도 아주 작은 단서라도 철두철미하게 조사하도록 지시했다. 그러나 아무 소용 없었다. 2월 초에 슈파이어(라인 강 유역의 도시_역주) 근처 라인 강에서 그녀의 자동차가 발견됐지만, 그녀가 차에 타고 있었거나 익사한 흔적은 찾을 수 없었다. 그것을 마지막으로 그녀는 완벽하게 종적을 감췄다. 그녀는 슈파이어에서 뭘 했던 걸까? 그녀에게 무슨 일이 있었던 걸까?

아이젠후트는 창가에 서서 컴컴한 공원을 내려다보았다. 이렇게 큰비가 오는 것은 올 들어 처음이다. 하늘에 구멍이 뚫린 듯 장대비가 쏟아지고 나뭇가지들은 사나운 바람에 미친 듯 흔들리며 춤추는 그림자를 만들어낸다. 아니카의 이름은 연방범죄수사국 실종자 명단에도 올랐지만, 그녀를 보았다는 사람은 어디서도 나타나지 않았다. 나서기 좋아하는 사람들은 어디에나 있기 마련이라 잘못된 제보 하나쯤 들어오게 마련인데 그런 것조차 없었다.

그는 문 두드리는 소리에 놀라 뒤를 돌아보았다. 잠시 기대에 차 있던 얼굴에 실망감이 번졌다. 타이센과 경제인회의 회장단 동료 두 명이 비에 젖은 생쥐 꼴로 방에 들어왔다.

"찾았어요?" 아이젠후트가 긴장한 목소리로 물었다.

"아니요. 놓쳤습니다." 타이센이 손사래를 치며 말했다. "갑자기 비가 와서 사람들이 뛰는 바람에……."

"빌어먹을! 무슨 보안을 이따위로 합니까?" 아이젠후트가 버럭 신경질을 냈다.

세 남자는 당황한 듯 서로 얼굴을 쳐다보았다.

"우리 입장도 난처합니다. 그자가 어떻게 강연회장에 들어왔는지 모르겠습니다." 타이센의 동료 하나가 말했다.

"아마 신문사나 방송사 기자인 척했겠죠." 다른 동료가 말했다.

평소에는 자신감 넘치는 기업가들이 강연회가 그렇게 끝나 버리자 야단맞은 아이들처럼 울상이다.

"그자가 한 말에 너무 신경 쓰지 마십시오. 박사님이 아니라 저를 공격하려고 한 거니까요."

타이센이 달래보려 하지만 아이젠후트는 체면도 잊고 성질을 부렸다.

"그 사람이 한 말 같은 건 중요하지 않아요. 그런 건 관심도 없어요. 난……."

성급하게 받아치던 그는 세 남자의 표정이 변하는 것을 보고 이내 실수했다는 생각이 들었다. 공개석상에서 그렇게 회사의 평판을 깎아내렸으니 타이센과 윈드프로에는 당연히 타격이 클 것이다. 뒤따르는 경제적 손해도 무시하지 못할 것이고, 별로 흥미로울 것 없던 강연회가 그렇게 예기치 못한 반전을 맞았으니 언론에서 득달같이 달려들 것도 불을 보듯 뻔하다.

아이젠후트는 크게 심호흡을 했다.

"무례했다면 용서하십시오. 제가 너무 신경이 날카로워졌나 봅니다. 그 남자가 언급한 사람은 우리 연구소에서 일하던 직원인데 몇 달 전에 실종됐습니다. 그 사람이 혹시 그 직원의 행방을 알까 해서 기대를 했던 겁니다."

켐핀스키 호텔 스위트룸에는 무거운 침묵이 감돌았다. 거칠게 몰아치는 바람 소리와 유리창을 때리는 빗소리만이 방 안을 가득 메웠다. 타이센은 아이젠후트의 표정을 살피더니 바로 동료들에게 나가라는 눈짓을 했다.

"아니카는 그냥 직원이 아니었어요." 아이젠후트는 의자에 앉아 무릎에 팔을 괸 채 두 손으로 얼굴을 문질렀다. "15년간 내 조교로 일했고 내가 신뢰할 수 있는 유일한 사람이었습니다. 그러다…… 그러다 어느 날 크게 싸웠는데 바로 사라져버렸어요. 그리고 얼마 지나지 않아 아내가 사고를 당했습니다. 그 후로 난 계속해서 아니카를 찾고 있습니다."

말을 마친 그가 고개를 들고 착잡한 표정으로 타이센을 올려다보았다.

"그랬군요. 아마 제가 도울 수 있을 겁니다. 전 그 남자가 누군지 압니다."

"그게 정말입니까?" 아이젠후트는 번개라도 맞은 사람처럼 펄쩍 뛰었다.

"네, 우리 회사의 프로젝트 팀장이었습니다. 그런데 지금 저한테 복수하려고 풍력발전 단지 건설을 방해하는 겁니다. 이름은 재니스 테오도라키스, 사는 곳도 어렵지 않게 알아낼 수 있을 겁니다."

타이센은 휴대전화를 꺼내 조용히 어딘가로 전화를 했다. 아이젠후트는 다시 호텔 방을 배회하기 시작했다. 곧 아니카와 재회하게 될 것을 생각하니 마음 깊은 곳에서 감정의 소용돌이가 일었다. 타이센은 전화에 대고 뭐라고 소곤거리더니 장식이 많은 고가구 책상 앞으로 가 호텔 편지지에 메모를 했다.

"테오도라키스의 여자친구 주소와 전화번호입니다. 여자친구 집에 얹혀사는 모양입니다. 부디 도움이 되기를 바랍니다."

아이젠후트는 급한 마음에 타이센이 내미는 종이를 낚아채지 않으려고 자제해야 했다.

"고맙습니다. 찾든 못 찾든 노력은 해봐야 하니까요. 아까 소리 지른 건 미안합니다." 아이젠후트는 피곤한 표정으로 미소를 지으며 타이센의 어깨를 한 번 두드렸다.

"괜찮습니다. 도와드릴 수 있어서 기쁩니다."

타이센이 방을 나가자 그는 휴대전화를 꺼내 저장된 번호를 누르고 초조하게 신호가 가기를 기다렸다.

"나야. 찾은 것 같아. 바로 이쪽으로 와."

짤막하게 지시를 내리고 전화를 끊은 그는 미니바에서 작은 위스키 병을 꺼내 단숨에 들이켰다. 독주가 들어가자 곤두섰던 신경이 안정되는 느낌이 들었다. 그는 다시 심호흡을 한 후 창가로 가 유리창에 입김이 서릴 정도로 얼굴을 가까이 댔다.

"불여우 같은 년, 어디로 숨은 거냐?" 그가 이를 갈듯이 중얼거렸다. 그녀가 살아 있다는 것이 온몸으로 느껴졌다. 반드시 찾아내고야 말 것이다.

*

보덴슈타인 가족은 윤이 나게 닦인 식탁을 가운데 두고 모여 앉았다. 폭풍은 지나갔지만 아직 간간이 빗소리가 들렸다. 보덴슈타인은 창문을 열고 바깥에 달린 덧문을 활짝 열어젖혔다. 축축한 밤공기가 얼굴을 간질이고 비에 젖은 흙냄새가 코끝에 스며들었다. 빗물은 쿨럭쿨럭 소리를 내며 홈통을 따라 내려와 부엌문 옆 빗물받이로 흘러들었다.

"그 사람들이 협박을 행동으로 옮기는 걸 기다리고 있을 수만은 없어요. 밤낮없이 레스토랑에 매달려 산 게 몇 년인데 그 사람들이 망치게 놔둘 순 없다고요." 마리루이제가 흥분해서 말했다.

보덴슈타인은 동생 부부를 불러서 유언장의 내용과 라데마허의 협박에 대해 이야기했다. 그리고 한 시간 반째 머리를 맞대고 궁리하는 중이다.

"아버지, 전 아버지가 왜 망설이시는지 모르겠어요." 조용히 앉아 있던 쿠엔틴이 입을 열었다. "그냥 그 사람들한테 땅을 파세요. 그러면 모든 문제가 사라지잖아요."

보덴슈타인은 동생을 힐끗 쳐다보았다. 실용주의자인 쿠엔틴은 윤리적 문제로 괴로워하는 아버지를 이해하지 못했다.

"그건 안 된다." 작은아들의 말에 아버지는 지친 목소리로 대답했다. "그렇게 하면 다른 사람들 얼굴을 어떻게 보겠니?"

볼이 홀쭉하게 들어가고 눈이 퀭한 것이 지난 나흘간 갑자기 10년 은 더 늙어버린 듯하다.

"아유, 아버지. 그게 무슨 문제예요!" 쿠엔틴은 답답한 듯 머리를 설레설레 흔들었다. "세상에 아버지처럼 양심적인 사람은 없을 거 예요."

"그래서 루드비히가 나한테 땅을 물려준 거다. 내가 자신의 뜻을 따를 걸 알았기 때문에 나한테 그 땅을 맡긴 거야."

"아버님이 존경스러운 건 존경스러운 거고요." 마리루이제가 비 아냥거렸다. "하필 저희가 그 일 때문에 곤란을 겪어야 할 이유는 없 다고 봐요. 그러니 투표를 하죠. 우선……."

그때 문 두드리는 소리가 났다. 마리루이제는 말을 멈추었고, 모 두들 굳은 표정으로 서로를 쳐다보았다. 자정이 다 되어가는데 누 굴까?

"너희들 농장 문 안 닫고 왔니?" 어머니가 두려움 가득한 얼굴로 속삭이듯 물었다.

"금방 다시 나갈 거라 안 닫았어요." 쿠엔틴이 대답했다.

"내가 문 닫으라고 그렇게 당부를 했는데……."

"어머니, 40년간 문 열어놓고 살았잖아요! 갑자기 왜 그러세요?" 쿠엔틴이 어머니의 말을 자르며 성급하게 말했다.

아무도 문 열 생각을 안 하자 보덴슈타인이 일어났다.

"조심해라!" 어머니가 그의 등 뒤에 대고 말했다.

그는 복도로 나가 현관 불을 켠 후 잠금장치를 하나씩 풀었다. 만 약 그 꽁지 머리가 이 시간에 찾아올 정도로 파렴치하다면 각오해야 할 거다. 보덴슈타인은 단번에 활짝 문을 열었다. 그런데 기대했던 거구의 남자가 아니라 자그마한 체구의 여자가 서 있었다. 하루 종일 그녀 생각에서 헤어나지 못하던 보덴슈타인은 눈앞에 서 있는 그녀를 보자 심장이 쿵쿵 뛰었다.

"니카! 이 시간에 웬일이에요?" 반가워하던 그의 목소리가 그녀의 얼굴을 보자 걱정스럽게 바뀌었다. "무슨 일 있어요?"

비에 흠뻑 젖어 머리칼이 얼굴에 찰싹 달라붙은 그녀의 발 옆에는 가죽으로 만든 여행 가방이 놓여 있다.

"이렇게 늦은 시간에 정말 죄송해요." 그녀가 기어 들어가는 소리로 말했다. "그런데…… 그런데…… 어디로 가야 할지 몰라서……."

복도로 나온 아버지가 다가왔다.

"니카!" 그녀를 본 아버지는 방금 보덴슈타인이 보인 것과 똑같은 반응을 보였다. "무슨 일 있어?"

"네…… 저…… 리키네 집에서 나왔는데…… 슈나이트하인에서 여기까지 걸어왔어요. 어디로 가야 할지 몰라서……."

그녀는 목소리가 살짝 떨리는가 싶더니 눈물을 참느라 더 이상 말을 잇지 못한다. 뭔가 충격적인 일이라도 있었던 걸까?

아버지는 사시나무 떨듯 떠는 그녀를 들어오게 한 후, 비에 젖은 외투를 벗기고 부엌으로 데려갔다. 그녀를 본 어머니는 그제야 정신이 드는 듯 얼른 일어나 그녀를 의자에 앉혔다.

"여기 앉아 있어. 수건하고 마른 옷 가져올게. 몸 덥힐 것도 좀 가져와야겠구나."

어머니는 하릴없이 앉아서 불안에 떨지 않아도 돼서 다행이라는 듯 바삐 움직였다. 보덴슈타인은 양팔로 몸을 감싼 채 잔뜩 움츠리고 앉아 있는 니카를 보니 측은해서 견딜 수 없었다. 절망이 깃든 눈빛도 그렇고, 한눈에 봐도 뭔가 큰일을 당한 사람의 표정이다. 무슨 일이 있었기에 한밤중에 비바람을 뚫고 어두운 숲을 지나온 것일까? 어제저녁에 만났을 때만 해도 웃는 얼굴이었는데 오늘 이렇게 절망한 모습을 보니 같은 사람인지조차 의심스럽다. 아버지는 담요를 가져왔고, 어머니는 수건과 코냑 한 잔을 들고 와 그녀의 손에 쥐어주었다.

"또 민간 구세군 출동이네. 형, 난 이만 건너갈게. 아버지한테 얘기 좀 잘해봐." 쿠엔틴이 들으라는 듯 비꼬더니 보덴슈타인의 어깨를 툭 쳤다.

"네, 노력 좀 해보세요. 그 돈이면 호텔 증축도 할 수 있는데." 마리루이제도 옆에서 핀잔 섞인 말로 거들었다.

마리루이제의 머릿속에는 항상 사업 생각뿐이다. 보덴슈타인은 눈썹만 추켜올릴 뿐 아무 대꾸도 하지 않았다. 동생 부부가 나간 후 그는 니카 앞으로 다가앉았다. 그녀는 두 손으로 코냑 잔을 감싼 채 그림처럼 앉아 있다가 열린 부엌 창문으로 찬바람 한 줄기가 들어오자 부르르 몸을 떨었다. 레이스 커튼이 휘날리고 촛불이 일렁인다.

"창문 닫을까요?"

니카는 말없이 고개를 저었다. 그는 그녀의 얼굴을 찬찬히 들여다보았다. 만지면 부서질 것같이 여린 얼굴이다. 곤궁에 처해 그를 찾아왔다는 것은 그녀가 그를 신뢰한다는 뜻이다. 그렇게 생각하니 왠지 가슴이 뭉클해졌다. 그녀는 잔을 들어 술을 한 모금 마시더니 살짝 얼굴을 찡그렸다. 이리저리 두리번거리는 것을 보니 천천히 충격에서 깨어나는 모양이다.

"좀 괜찮아요?"

보덴슈타인의 물음에 그녀는 그에게 시선을 맞추더니 빨아들일 듯한 눈빛으로 그를 쳐다보았다. 마음 같아서는 그녀를 일으켜 꼭 안아주고 싶지만 차마 그러지 못하는 마음이 안쓰럽기만 하다.

괘종시계가 1시 반을 알렸다.

"무슨 일이 있었는지 나한테 얘기해줄래요?"

그녀는 커다란 눈으로 그를 빤히 쳐다보며 젖은 머리칼 한 가닥을 귀 뒤로 넘겼다.

"내일 일하셔야 할 텐데 이렇게 늦게까지…… 죄송해요."

"괜찮아요." 그는 미안해하는 그녀가 도리어 안타까워 얼른 대답했다. "그리고 내일은 토요일이잖아요. 시간 많으니까 걱정 말아요."

그녀의 얼굴 위로 짧은 미소가 스쳤다. 백짓장처럼 허옇던 얼굴에도 어느 정도 화색이 돈다. 그녀는 술잔을 옆으로 밀어놓고 식탁 위에 두 손을 포갰다.

"제 이름은 아니카 좀머펠트예요." 그녀는 심호흡을 한 번 한 다음 나지막하게 말했다. "전 15년간 독일기후연구소에서 디르크 아이젠후트 교수의 조교로 일했어요. 지금 그 사람이 절 죽이려고 해요."

택시에서 내린 그녀는 주위를 둘러보았다. 아직 9시도 안 됐으니 좀 기다려야 할 것이다. 1920년대 초에 지어진 백화점 타헬레스는 지금은 폐허만 남았지만 카페와 예술가들의 작업실, 클럽이 들어서면서 문화관광지로 거듭났다. 그래서 자유분방한 분위기를 찾는 젊은이들과 외국인 관광객들에게 인기가 많다. 여름 시즌이면 거리마다 즐비한 카페, 바, 레스토랑에 활기가 넘치고 매일매일 파티 분위기가 나는 곳이다. 아이젠후트가 절대 찾지 않을 곳이라 오설리번과 만나기에는 최적의 장소다.

그녀는 타헬레스로 우르르 들어가는 학생들과 외국인 관광객에 밀려 길가로 나왔다. 그리고 이미 살짝 취한 젊은이들 무리에 섞여 길을 건넜다. 기름에 마늘 볶는 냄새, 생선과 감자 튀기는 냄새, 고기 굽는 냄새, 근처 레스토랑에서 새어 나온 음식 냄새가 도로까지 풍긴다. 음악 소리, 길바닥에 끼익 하고 타이어 밀리는 소리, 경적 소리, 웃음소리가 공중으로 흩어진다. 즐거워하는 사람들 사이에 있으니 그날 도빌에서의 저녁 식사 이후 그녀를 따라다니는 깊은 상실감이 더욱 강하게 느껴졌다. 그날 오설리번과 부딪힌 것은 숙명이었다. 그로 인해 그녀는 비로소 미몽에서 눈을 떴고, 이제까지 해온 일이 잘못된 것이었음을 깨달았다. 그것만이 아니다. 그녀는 아이젠후트에게 복수할 수 있는 길도 찾았다.

"아니카!"

깊이 생각에 잠겨 있던 그녀는 오설리번의 목소리에 현실로 돌아왔다. 그는 인사로 그녀의 뺨에 입을 맞추었다.

"안녕하세요?"

오설리번은 신경 쓰는 일이 많은지 초췌한 모습이다. 주름을 감춰주던 소년 같은 미소도 찾아볼 수 없고 살이 많이 빠져서 다른 사람 같다.

"어디로 갈까요?"

"글쎄요. 전 이 근처를 잘 몰라서…… 하지만 칵테일 한잔했으면 좋겠네요."

그가 눈썹을 추켜올렸다.

"와인 안 마시고요? 아, 알았어요……." 그의 얼굴에 특유의 소년 같은 미소가 스쳤다. "그럼, 벨리니로 갑시다. 거기 가면 야외 테이블이 있어요."

그가 허물없이 그녀의 어깨에 손을 올렸다. 그녀는 그의 걸음에 보조를 맞추며 잠시 커플로 행세하는 것을 허락했다. 아이젠후트는 밖에서 그녀에게 어깨동무를 하는 법이 없었다. 사랑하지 않았으니 그럴 이유도 없었겠지. 그녀는 오랜 친구처럼 되어버린 자괴감을 억누르고 오설리번의 말에 집중하려고 애썼다. 바에 도착하니 테라스에 아직 빈자리가 하나 있었다. 오설리번은 맥주 한 잔과 카피리냐 두 잔을 주문했다. 종업원이 음료를 놓고 가자 그가 말을 시작했다. 조용히 그의 말에 귀 기울이던 그녀는 점점 그의 이야기 속으로 빠져들었다. 새로 알게 된 사실은 그야말로 뒤통수를 치는 것이었다. 그녀는 끓어오르는 증오를 삭히느라 카메라에 찍히고 있다는 것도 알아채지 못했다.

"니카가 떠났어! 나쁜 년, 배은망덕하게 야반도주를 해?"

재니스는 시끄러운 소리에 잠이 깼다. 눈부신 햇살 때문에 실눈을 뜨고 보니 리키가 종이쪽지 한 장을 흔들며 씩씩거린다.

"왜 그래?" 그가 잠이 덜 깬 목소리로 물었다.

"갔다니까! 식탁 위에 쪽지 한 장 달랑 남겨놓고 짐 싸서 가버렸어!" 리키는 흥분을 감추지 못했다. "프라우케 없는 거 뻔히 알면서 이렇게 갑자기 사라지면 어떻게 하라는 거야? 나 혼자 그 많은 일을 어떻게 다 해?"

재니스는 잠에서 완전히 깨고 나서야 무슨 일이 일어났는지 알았다. 니카가 밤새 사라진 것이다.

"별일도 아니네."

"별일이 아니라고? 가게에 집안일에 일할 사람이 하나도 없는데 별일 아냐? 아니면 자기가 도와줄 거야?"

리키는 한참 성을 내더니 쿵쾅거리며 방을 나갔다. 재니스는 한숨을 쉬며 눈을 비볐다. 어제저녁 니카가 그 난리를 치고 내려가 버리자 리키는 의심을 품고 무슨 약속을 했느냐고 꼬치꼬치 캐물었다. 겨우 거짓말로 달래놓긴 했는데 그 말을 완전히 믿는 것 같지는 않다. 마르크도 마르크려니와 상황이 점점 안 좋아지고 있다. 그는 리키가 던져놓고 간 니카의 쪽지를 읽었다.

리키, 미안하지만 떠나야 될 상황이 됐어. 그동안 도와준 거, 너희 집에 묵을 수 있었던 거 모두 고맙게 생각해. 언젠가 다 터놓고 얘기할 수 있는 날이 오겠지. 잘 있어. 니카.

그는 이불을 젖히고 일어나 대충 옷을 입었다. 그리고 우편함으로 가서 신문을 꺼내 와 식탁 위에 놓고 커피를 한 잔 따랐다. 활짝 열린 테라스 문으로 리키가 정원에서 동물들에게 먹이 주는 모습이 보였다. 개들은 테라스에서 리키가 하는 양을 빤히 쳐다봤다. 그는 지역란이 나올 때까지 빠르게 신문을 넘겼다.

니카가 떠난 것은 그의 잘못이다. 니카는 이름을 말하지 말라고 했지만 그는 그녀의 걱정을 대수롭지 않은 것이라 여겨 그 약속에 크게 신경 쓰지 않았다. 그러나 아니카 좀머펠트라는 이름이 나왔을 때 아이젠후트가 보인 반응을 봐서는 생각보다 심각한 일인 듯도 하다. 어쨌든 타이센은 200명이나 되는 사람들과 기자들 앞에서 이성을 잃고 행동해서 망신을 샀다.

재니스는 아이젠후트, 타이센, 그 외 2명이 찍힌 사진이 눈에 들어오자 혼자 씩 웃었다. 그는 기사를 단숨에 읽어 내려갔다. 그러나 한 줄 한 줄 내려갈 때마다 그의 얼굴에는 실망의 빛이 강해졌다. 누가 썼는지 모르겠지만 그의 멋진 등장과 타이센의 실수에 대해서는 한마디도 언급하지 않았다. 빌어먹을! 타이센이 신문사에 뇌물이라도 먹였나? 언론에서 다루지 않으면 어제 일은 아무 의미가 없는데!

"타우누스 신문에서 내 얘기를 한 줄도 안 썼어!" 그는 막 부엌으로 들어온 리키에게 불평했다. "뭐 이런 경우가 다 있어? 신문사에 전화해서 타이센이 압력 넣었느냐고 따져야겠어!"

"그러든가 말든가." 리키가 대놓고 불퉁거렸다. "프라우케는 경찰한테 쫓기고, 니카는 도망가고! 난 혼자 이 많은 일을 어떻게 감당해야 할지 몰라서 한숨만 나오는데 자기는 밤이나 낮이나 복수 생각뿐이고!"

그녀는 요란한 소리를 내며 동물들의 밥그릇을 식기세척기에 넣었다.

"오늘 가게 좀 봐줄 수 있어? 아니면 문 열 필요도 없어."

"열지 마, 그럼."

재니스는 이렇게 말하고 부엌을 나갔다. 리키의 문제에는 아무런 관심도 없다. 다른 큰 신문에는 그의 얘기가 실렸을지도 모른다. 비스바덴 가에 있는 가판대는 토요일에 9시부터 문을 연다. 아직 한 시간 반이나 남았다. 그는 니카가 어디로 숨어들었는지 알 것 같다. 어제 깨달은 것이지만 니카는 사용 가치가 충분하므로 반드시 찾아내야 한다. 타이센과의 싸움에서 그녀는 그의 막강한 병기가 되어줄 것이다. 이제 위선적인 언론과 기자 나부랭이들은 믿지 않을 생각이다.

그는 신문을 사 온 다음 위조된 평가서를 인터넷에 올리고 니카의 이름도 함께 올리리라 계획을 세웠다. 타이센과 아이젠후트의 뒷거래를 어떻게 폭로할 것인지는 이미 머릿속에 다 생각해두었다. 이 일은 스캔들이 되어 전 세계의 기후변화 회의론자들 사이에 들불 번지듯 퍼질 것이다.

*

아니카는 밤새 자신의 이야기를 털어놓았다. 믿기 힘든 이야기였지만 그녀는 신빙성 있는 증거도 함께 내놓았다. 그녀의 정체를 안 보덴슈타인은 그녀를 도울 방법이 없는지 궁리하는 한편 과연 그가 지금 이런 생각을 해도 되는지 걱정스럽기도 했다. 그녀가 가지고 있는 문서는 이미 세 사람의 목숨을 앗아간 위험한 것이다. 만약 호프하임 경찰서 강력반장인 그가 그녀를 자기 집에 숨겨주었다는 것이 알려지면 어떻게 될까? 그가 감당하지 못할 수준의 일이 벌어질 것이다. 이건 더 이상 뇌물 수수와 뒷거래에 그치는 동네 비리 사건이 아니다. 그와는 차원이 다른 위험한 사건이고, 사람 목숨을 파리 목숨보다 못하게 여기는 무서운 인간들을 상대하는 일이다. 그러나 아니카는 무죄다. 불행하게도 고래 싸움에 휘말리는 처지가 되었을 뿐이다. 그 문서를 가지고 있는 한 그녀는 목숨의 위협을 느껴야 한다.

"그냥 아이젠후트에게 그 문서를 줘버리면 안 돼요? 그럼 더 이상 아니카를 추격하지 않을 거 아니에요?" 보덴슈타인이 침묵을 깨고 말했다.

"그렇게 간단하지 않아요. 오설리번은 그 문서를 스위스에 있는 은행 금고에 넣어두었어요. 저한테 열쇠도 있고, 열어볼 수 있는 권한도 있지만, 스위스에 갈 수가 없어요."

"왜요?"

"너무 급히 떠나오느라 베를린 집에 여권과 신분증을 다 놓고 왔거든요. 가끔은 악몽 속에 살고 있는 것만 같아요. 살아온 인생이 다 지워져버린 것 같고요."

그녀는 무겁게 한숨을 쉬었다. 그런 그녀의 모습을 보니 보덴슈타인은 가슴이 미어졌다.

"경찰서에 가서 모든 걸 다 말할까 하고 생각한 적도 많아요. 정말이에요!"

'그래! 그렇게 해! 죄도 없잖아! 법대로 하면 돼!'

보덴슈타인 안의 경찰관이 외쳤다. 그러나 오래전 법학 공부를 때려치우고 경찰이 된 일을 떠올리며 그 모든 생각을 주저 없이 쓸어버렸다.

"그건 잘못된 생각인 거 같아요. 만약 아이젠후트가 국가안전기획부에 정말 그렇게 좋은 연줄이 있다면, 그리고 그 저널리스트를 죽인 사람들이 그쪽 사람이라면 아니카가 그 문서를 가지고 있는 것만으로도 살해 혐의를 뒤집어쓸 수 있어요. 지금 경찰에 가는 건 좋지 않아요."

두 사람은 부엌의 작은 식탁에 마주 앉아 밤을 꼴딱 새웠다. 밤에 느껴지던 친밀감은 아침이 되자 어색함으로 바뀌었다. 아니카는 지치고 피로해 보이지만 어젯밤처럼 겁먹은 모습은 아니다.

"계속 숨어 지내라고 조언하는 거예요?" 아니카가 웃을 듯 말 듯 한 얼굴로 물었다.

"당분간은요."

어제 두 사람은 이야기를 나누다가 이곳으로 옮겨 왔다. 보덴슈타인이 자신의 거처로 가자고 했을 때 그녀는 오해하거나 기분 나빠하지 않고 조용히 고개를 끄덕인 후 그를 따라나섰다. 약간 구석진 곳에 위치한 마부 행랑채 부엌에서는 농장 앞마당이 훤히 내려다보인다. 아스팔트 바닥에 말발굽 부딪는 소리가 규칙적으로 들리더니 일꾼 하나가 말 여러 마리를 끌고 목초지로 내려갔다. 바닥은 어제 내린 비로 젖어 있고 하늘은 맑은 푸른빛이다. 오늘은 날씨가 좋을 것 같다.

"전 어떻게 해야 할까요? 이 일에 반장님을 끌어들여선 안 되는 건데……." 아니카가 긴 한숨을 쉬었다.

"나한테 그 얘기를 한 것 자체가 이미 끌어들인 거예요. 어떻게든 도울 수 있는 방법을 찾아볼게요."

그들은 서로를 마주보았다. 그녀의 이름은 아니카 좀머펠트. 가사 도우미도 아니고 가게 점원도 아니다. 곤경에 빠진 유명한 학자다. 이 거짓말 같은 이야기를 믿는 것은 과연 바보짓일까? 그녀를 돕는다면 어떤 방법으로 도와야 할까? 그녀에 대한 감정 때문에 판단력이 흐려진 것은 아닐까? 만약 그녀가 그를 이용하기 위해 뛰어난 연기를 하고 있는 것이라면? 하지만 그런 절망과 두려움을 연기할 수 있는 사람이 있을까?

"제가 너무 순진했던 거 같아요. 제가 평생 하고 싶었던 건 연구뿐이었어요. 아이젠후트는 제게 연구자로서 큰 가능성을 열어준 사람이에요. 그런데 그런 짓을 하리라곤 정말이지 상상도 못했어요."

"사랑하고 믿었으니까요."

"네, 맞아요. 전 그 오랜 세월 동안 정말 열심히 일했어요. 그런데 그 사람은 제가 낸 성과물을 자기 것인 양 발표했어요. 그 사람이 낸 새 책…… 그건 원래 제 교수 자격 논문이 될 거였어요."

그녀의 목소리에 괴로움이 깃들었다. 보덴슈타인은 그녀의 절망적인 얼굴에 다시금 마음이 저려왔다.

"전 더 이상 미래도 없고, 희망도 없어요. 그 사람이 내 모든 걸 가져가 버렸어요. 제 존재를 철저하게 짓밟았어요. 전 이제 어떻게 돼도 좋아요."

"그런 말 하지 말아요! 하늘이 무너져도 솟아날 구멍이 있는 법이에요. 그 길을 찾으면 돼요." 그는 그녀의 손을 꼭 붙잡고 간곡하게 말했다.

"아니에요, 올리버. 아무것도 하지 말아요. 이건 제 일이에요. 어제 여기 오지 말았어야 했는데……."

밤새 눈물 한 방울 보이지 않던 그녀가 눈물을 글썽였다.

"결국 제 잘못이에요. 엄청난 실수를 저질렀으니 그 대가를 치러야죠."

그녀는 속삭이듯 말하고는 고개를 떨어뜨린 채 울기 시작했다. 그런 그녀의 모습에 보덴슈타인은 가슴이 찢어졌다. 어떤 이유에선지 모르지만 그는 신뢰라는 이름의 약하디약한 나뭇가지 위로 발을 내딛고 있었다. 밑에는 그물도 없고 푹신한 매트도 깔려 있지 않다. 그는 위험하기 짝이 없는 곡예에 몸을 맡기고 있었다.

"아니카, 혼자라고 생각하지 말아요. 내가 도와줄게요."

그는 일생에 한 번쯤 비이성적으로 살아보리라 결심했다. 그것은 사랑에 빠진 사람만이 내릴 수 있는 결단이었다.

*

재니스는 리키가 나갈 때까지 기다렸다. 그녀가 어떻게 그렇게 이기적일 수 있느냐며 화를 내고 집을 나서자 얼른 옷을 갈아입고 휴대전화와 지갑을 챙겨 밖으로 나갔다. 신문 가판대가 문을 열기 전에 자전거를 타고 숲 건너편에 있는 보덴슈타인 농장에 다녀올 심산이었다. 그는 슈퍼마켓 주차장에서 보덴슈타인 집안의 큰아들이라는 그 형사가 니카와 다정하게 이야기하던 것을 기억해냈다. 니카는 분명 그 집에 갔을 것이다.

어떻게든 그녀를 데려와야 한다. 단 며칠이라도 좋다. 미안하다고 하면서 잘 달래보고, 안 되면 자존심 구기고 잘못했다고 싹싹 빌면 된다. 여자들은 항상 그 수법에 넘어간다.

재니스는 생각에 몰두하느라 두 집 건너 앞에 주차해 있다가 시동을 거는 흰색 승합차를 보지 못했다. 폭풍우가 지나간 뒤라 공기가 맑고 신선했다. 자전거 타기에 더없이 좋은 날씨다. 니카와 산책이라도 할까? 어제 일이 신문에 나지 않았으니 니카도 크게 화내지는 않을 것이다. 무슨 비밀이 그렇게 많고 피해망상은 또 왜 그리 심한지!

재니스는 힘껏 페달을 밟아 화단이 있는 길모퉁이를 돌았다. 속도가 빨라지자 바람이 눈을 찌른다. 곁눈질로 보니 차 한 대가 뒤를 졸졸 따라온다. 멍청이! 도로도 넓은데 왜 앞질러 가지 않는 거야?

슬쩍 곁눈질하던 재니스는 어느새 바로 옆에 와 있는 승합차를 보고 깜짝 놀랐다. 순간 심한 충격이 전해져왔고 그는 본능적으로 핸들을 오른쪽으로 꺾었다. 그 바람에 자전거 앞바퀴가 보도 턱에 부딪쳤고 전속력으로 달리던 그는 오른쪽 어깨와 머리를 바닥에 찧으면서 넘어졌다. 안경이 날아가고 아스팔트 바닥에 손바닥과 팔꿈치가 까지고 자전거 핸들이 허벅지를 강타했다. 눈앞에 별이 보이고 하늘빛이 노랗다. 자전거는 경사진 내리막길을 더 구르다가 주차된 차 밑으로 들어가 박혔다.

잠시 정차해 있던 흰색 승합차가 갑자기 그를 향해 후진하기 시작했다. 빌어먹을! 이런 멍청이! 도로에 사람이 쓰러져 있는 게 안 보이나? 재니스는 소리를 지르거나 도로에서 벗어나려고 했지만 온몸이 마비된 듯 아무것도 할 수 없었다. 그는 승합차 바퀴가 그의 왼쪽 다리 위로 지나가는 것을 아연실색해서 지켜보았다. 우지끈 하는 소름 끼치는 소리가 났다. 하지만 공포 때문에 아픔도 느껴지지 않았다. 별안간 눈앞에 남자 두 명의 다리가 나타났다. 짙은 색 양복바지와 윤이 나는 까만 구두다.

"도와주세요! 제발 살려줘요!"

재니스가 안 나오는 소리를 쥐어짜며 애원했지만 그들은 도와주기는커녕 장갑 낀 손으로 그의 목을 움켜쥐고 차가운 아스팔트 바닥에 짓눌렀다. 안경이 없는 재니스의 눈에는 검은 선글라스를 낀 얼굴만 흐릿하게 보인다.

"아니카 좀머펠트 어디 있어? 어서 대답하지 못해! 다른 쪽 다리도 못 쓰게 만들어줄까?"

"모…… 모…… 몰라요."

재니스는 금방이라도 눈알이 튀어나올 듯한 공포를 느꼈다. 이건 단순한 사고가 아니다! 니카 말이 옳았다. 그들은 그녀를 쫓고 있다.

"놔…… 놔주세요. 숨을 못 쉬겠어요!"

사정없이 목을 조르던 손에 더욱 힘이 들어갔다. 아무런 경고도 없이 얼굴로 주먹이 날아들었다. 이로써 새니스는 사흘 새 두 빈이나 코가 부러졌다. 만신창이가 된 코에서 피가 콸콸 쏟아졌다. 그는 이제까지 살면서 단 한 번도 느껴본 적이 없는 원초적 공포가 몸속 어딘가에서 가스처럼 뿜어져 나오는 것을 느꼈다. 환한 대낮에 자동차로 사람을 치다니! 게다가 그들은 긴 말을 필요로 하지 않았다.

"대답이 마음에 안 들어. 그 여자 어디 있어?"

"모…… 모…… 모른다니까요. 제발 살려주세요!"공포에 질린 재니스가 우는 소리를 했다.

두 번째로 날아온 주먹에 이가 와장창 날아갔다. 재니스는 무자비한 폭력에 속수무책으로 내맡겨졌다. 두려움이 극에 이르자 마지막 이성의 불씨까지 모조리 꺼졌다.

"아이젠후트 교수님이 안부 전하라신다. 또 보자."

남자는 돌아서 가기 전 마지막으로 구둣발로 그의 옆구리를 강타했다. 자동차 문 닫히는 소리가 났다. 드디어 끝났다. 재니스는 옆으로 천천히 돌아누우며 목을 부여잡고 심하게 콜록거렸다. 안경이 어디 있지? 휴대전화는? 그는 배로 기다시피 해서 앞으로 나아갔다. 갑자기 부릉거리는 소리가 나 앞을 보니 자동차 범퍼가 그를 향해 달려왔다. 그는 죽을힘을 다해 도로 가장자리로 몸을 굴렸다.

✳

피아는 휴대전화를 귀에 댄 채 경찰서 앞 주차장을 서성거렸다. 30분 전 과장에게서 온 전화는 그녀의 기분을 제대로 망쳐놓았다.

크리스토프가 휴대전화를 들고 욕실 앞까지 왔을 때 그녀는 막 머리를 감고 배수구에 모인 머리카락이 한 줌이나 되는 것에 놀라고 있었다. 대머리가 될 날이 멀지 않았다는 충격에서 헤어나지 못한 채 전화를 받았는데 과장은 보덴슈타인에게 연락이 안 된다며 다짜고짜 짜증을 냈다. 그가 전화기를 꺼놓고 제멋대로 놀러 다니는데 왜 그녀에게 불호령이 떨어진단 말인가? 그 전화를 받은 뒤로 피아는 영 컨디션이 안 좋았다.

보덴슈타인은 여전히 연락이 안 된다. 어젯밤 음성 사서함에 남겨진 메시지를 듣고 바로 전화를 했지만 그는 전화를 받지 않았다. 코지마가 바람피운 것을 알고 난 직후에도 이렇게까지 이상하게 행동하지는 않았다.

요즘 피아는 혼자라는 느낌을 지울 수 없다. 어제 회의가 끝난 후에도 다른 사람들은 재빨리 퇴근해버렸지만 피아는 다시 한 번 윈드프로로 향했다. 거기서 꽁지 머리 남자를 봤다던 보덴슈타인의 말이 마음에 걸렸기 때문이다.

주차장에서 퇴근하고 있는 인사과장을 우연히 만나 이것저것 물어보았는데 보덴슈타인의 말이 옳았다. 꽁지 머리 남자는 이 회사에서 잘 알려진 사람이었다. 그러나 랄프 글뢰크너라는 이름의 그 남자는 전문 킬러가 아니라 타우누스 풍력 단지 현장감독이었다. 숙소가 켈크하임에 위치한 '황금사자' 여관이라는 말을 듣고 바로 그곳으로 가봤지만 두 시간 전에 체크아웃을 했고 월요일 저녁에나 다시 온다는 말을 들었다. 하지만 뜻밖의 성과가 있었다. 여관 여주인의 말에 의하면 화요일 저녁에 어떤 남자와 함께 여관에 딸린 레스토랑에서 저녁 식사를 했는데 8시 반쯤 글뢰크너의 차로 둘이 나갔다가 자정이 막 지날 무렵 돌아왔다는 것이다. 함께 있던 남자의 인상착의를 물으니 특별한 것은 기억나지 않지만 식사를 하는 동안 담배를 피우러 세 번이나 나갔다 왔다는 말을 들으니 골초인 라데마허일 가능성이 높다. 그 두 사람이 사건 당일 함께 뭘 하고 돌아다녔을까?

피아는 보덴슈타인과 의논하고 싶은 생각이 간절했다. 타이센에게 전화를 걸어 글뢰크너의 전화번호를 알아내야 할까? 아니면 그가 알지 못하도록 수배령을 내리는 것이 나을까? 프라우케의 행방은 여전히 묘연하다. 하지만 10분 전 연락받은 바에 의하면 프라우케의 옷장에서 나온 총이 히르트라이터 살해 도구인 것만은 분명하다.

재니스가 가지고 있던 화요일의 알리바이도 깨졌다. 부모님 집에 간 것은 맞지만 그의 주장보다 두 시간 늦게 그곳에 도착했다는 사실이 밝혀진 것이다.

그레고어는 변호사가 하도 성화를 해대는 통에 20분 전에 풀어주어야만 했다. 계속 붙잡고 있을 증거가 부족했다. 그리고 방금 엥겔 과장이 양복 입은 남자 세 명을 데리고 저승사자 같은 표정으로 나타났다.

"보덴슈타인 반장은?"

과장이 인사도 없이 퉁명스럽게 물었다. 피아는 내가 무슨 보덴슈타인 보모인 줄 아느냐고 똑같이 퉁명스럽게 쏘아붙이고 싶었지만 꾹 참았다. 보덴슈타인 농장으로 순찰차를 보내볼까 생각하는 사이 보덴슈타인의 차가 주차장으로 들어왔다. 피아는 그의 차를 쫓아갔다.

"어떻게 된 거예요? 왜 전화기가 꺼져 있어요?"

피아는 차 문이 열리자마자 비난 섞인 질문을 퍼부었다. 보덴슈타인이 그런 식의 재촉을 얼마나 싫어하는지 잘 알지만 지금은 그런 걸 따질 때가 아니다.

"좋은 아침!" 보덴슈타인이 비좁은 근무 차량에서 내리며 말했다. "배터리가 나갔나 봐. 왜? 무슨 일 있어?"

그는 밤새 한숨도 못 잔 얼굴이다. 무슨 일 때문인지는 다시 묻지 않을 것이다. 어제 허물없이 물었다가 생판 모르는 남 대하듯 하는 모습에 너무 자존심이 상했기 때문이다. 그런 일을 또 겪고 싶지는 않다. 갑자기 거리를 두고 싶어졌다면 어쩔 수 없지, 뭐.

"여긴 아주 난리가 났어요! 그리고 과장이 위에서 양복쟁이들 세 명이랑 기다리고 있어요. 반장님이랑 할 얘기가 있대요."

"그래? 무슨 얘긴데?"

"그걸 제가 어떻게 알아요? 하지만 빨리 가보는 게 좋을 거예요."

피아와 보덴슈타인은 함께 건물 안으로 들어갔다. 피아는 2층으로 올라가는 길에 새 소식을 빠르게 전했지만 보덴슈타인은 생각이 딴 데 가 있는 것 같다.

"반장님!" 그녀는 층계를 오르다 말고 서서 그의 소매를 잡아당겼다. "범행 도구가 발견됐다니까요! 그리고 라데마허는 우리한테 숨기는 게 있었고요, 테오도라키스의 알리바이도 깨졌어요! 할 일이 산더미 같은데 반장님은 제 말을 듣지도 않잖아요! 대체 저더러 어떡하란 거예요?"

보덴슈타인이 그녀를 돌아보았다. 아무 표정 없는 얼굴은 완벽하게 감정을 숨기고 있었지만 눈빛만은 그러지 못했다. 극심한 감정의 동요와 혼란, 고민과 고통이 담긴 그의 눈빛에 피아는 흠칫 놀라며 그의 팔을 놓았다.

"미안해, 피아. 정말 미안해." 그가 머리를 쓸어 올리며 깊은 한숨을 쉬었다. "얘기할 게 너무 많아. 하지만 좀 나중에……."

과장의 방문이 확 열리더니 과장이 어두운 표정으로 나왔다.

"내 전화를 그냥 끊어? 정신이 있어, 없어?" 그녀의 목소리가 분노로 떨렸다. "지금 한 시간째 저……."

과장은 그제야 두 계단 아래 서 있는 피아를 발견하고 몸을 홱 돌려 안으로 들어갔다. 보덴슈타인은 말없이 그 뒤를 따랐다. 사람 없는 토요일의 복도에 문 닫히는 소리가 마치 총소리처럼 요란하게 울려 퍼졌다.

엥겔 과장과 보덴슈타인은 평소 서로에게 존댓말을 쓴다. 하지만 피아는 그게 연극이라는 걸 안다. 아마 경찰서 전체에서 그걸 아는 사람은 피아뿐일 것이다. 두 사람은 코지마가 나타나 보덴슈타인을 낚아채 가기 전 꽤 오랫동안 연인 사이였다. 그리고 지난겨울 보덴슈타인의 완벽해 보이던 결혼 생활이 깨진 후 두 사람은 적어도 한 번은 잠자리를 같이했다. 증거도 없고 보덴슈타인이 그런 이야기를 할 사람도 아니지만, 언젠가부터 두 사람이 서로에게 말하는 톤이 달라졌다.

피아는 계속 계단을 올라가 강력반 사무실이 있는 왼쪽으로 꺾었다. 며칠 전만 해도 보덴슈타인을 어느 정도 안다고 생각했는데 이제는 도무지 모르겠다. 그녀는 머리를 절레절레 흔들며 사무실로 들어갔다.

✳

눈 뒤에서 끊임없이 통증이 느껴진다. 참을 만하긴 하지만 모든 게 엉망이 됐다는 것을 환기시키는 듯해서 기분이 안 좋다. 마르크는 니카가 미워 견딜 수 없다. 니카가 나타난 뒤로 모든 것이 변했다. 그녀는 정말이지 모든 행복을 망쳐버렸다. 친구의 애인을 꼬드기다니 정말 못됐다. 겉으로는 순진하고 얌전한 척하지만 속은 전혀 그렇지 않다. 재니스도 너무 싫다. 이제까지 계속 거짓말을 하며 그를 이용해먹었다. 사기꾼!

마르크는 욕실 거울을 들여다보았다. 왼쪽 이마에서 흘러내린 피가 눈을 지나 광대뼈 위로 작은 줄기를 이루며 흐른다. 눈썹 옆의 찢어진 상처는 다 아물어서 딱지가 앉았다. 그는 딱지 주변을 손톱으로 뜯어 다시 피가 흐르게 했다. 피가 너무 조금 난다. 이 고통을 어루만지기에는 터무니없이 적은 양이다.

오늘은 리키와 얘기를 할 생각이다. 재니스와 니카의 일을 얘기해주는 것이 친구의 도리다. 계속 말을 안 하고 있으면 그들의 파렴치한 행위를 덮어주는 꼴이 된다. 리키도 그들이 얼마나 저질스러운지 알아야 한다. 재니스는 이미 니카와 잤을 것이다. 안 봐도 뻔하다. 만약 아직 일어나지 않은 일이라면 조만간 일어날 일이다. 재니스는 그만큼 니카에게 반해 있었다. 나쁜 놈, 그런 놈 때문에 리키는 무릎까지 꿇고…….

불쾌한 기억이 떠오르자 마르크는 얼굴을 찡그렸다. 아무리 머릿속에서 지워버리려 해도 그 장면은 새록새록 되살아난다. 더 싫은 것은 마르크 자신의 더러운 욕망이다. 가끔은 니카, 재니스, 자신 중 누가 가장 싫은지 헷갈릴 정도다. 모든 감정이 한데 엉켜버려 머리가 터질 것만 같다.

그는 리키를 욕망하고 싶지 않다. 끊임없이 그녀의 몸과 빨간 브래지어 끈, 환희에 일그러진 얼굴을 떠올리고 싶지 않다. 모든 것이 예전 그대로라면 얼마나 좋을까! 순수한 친구 관계였을 때가 정말 좋았다. 그는 그녀의 친구이고 싶었다. 이제는 그녀를 생각하면 끊임없이 떠오르는 더럽고 역겨운 상상에 괴롭기만 하다. 그 괴로움을 잠시라도 잊게 해주는 것은 육체적 고통과 피뿐이다. 정신을 마비시키는 듯한 선명한 고통과 콸콸 솟아나는 붉은 피.

그는 세면대 서랍에서 누나가 다리 면도할 때 쓰는 면도날을 꺼냈다. 이것으로 찢어진 상처를 더 크게 만들 생각이다. 그러면 미하엘이 생각날 것이다. 매번 너무 아파서 그는 눈물을 흘렸다. 하지만 끝난 뒤에는 미하엘이 그를 위로하며 어루만져 주었다. 코코아도 타주었다. 그러면 아픔을 금세 잊을 수 있었다.

문 두드리는 소리에 그는 소스라치게 놀라며 면도날을 손안에 감추었다. 문이 열리고 어머니가 욕실로 들어왔다.

"어머나! 얼굴이 왜 그러니?" 어머니는 그의 얼굴에 흐르는 피를 보고 아연실색했다.

"욕조에서 미끄러졌어요. 심하지 않아요. 그런데 반창고가 어디 있는지 모르겠어요." 그는 천연덕스럽게 거짓말을 했다. 거짓말은 할수록 늘어난다더니 이제는 입에서 술술 나온다.

"어디, 이리 앉아봐." 어머니가 변기 뚜껑을 닫으며 말했다. 마르크는 어머니의 말에 따랐다. 어머니는 거울 밑 서랍에서 일회용 밴드를 찾아냈다.

"머리가 계속 아프니?"

어머니가 그의 표정을 살피며 뺨에 손을 갖다 대자 그는 고개를 옆으로 돌렸다.

"병원에 좀 가봐야겠다."

어머니는 약간 허리를 숙인 자세에서 혀를 살짝 빼물고 반창고 붙이는 데 집중했다. 바로 앞에 어머니의 목덜미가 보인다. 허연 목에 비치는 시퍼런 핏줄 위로 맥박이 뛴다. 깊게 한 번만 그어도 피가 분수처럼 솟을 것이다. 흰색 타일 위에, 바닥에, 그의 손과 팔에 선홍색 피가 튈 것이다. 상상만으로도 짜릿하고 유혹적이다. 마음이 안정되는 느낌이다.

반창고를 다 붙인 어머니는 허리를 펴고 약간 떨어져서 반창고가 잘 붙었는지 확인했다. 그는 흡혈귀처럼 어머니의 목에서 눈을 떼지 못했다. 그리고 손안에 든 면도날을 엄지와 검지 사이로 옮겨 쥐었다.

"방에 가서 좀 누워 있어." 어머니가 안쓰러운 표정으로 말했다. "아니면 바로 병원에 가볼까? 머리를 부딪쳤으면 뇌진탕일 수도 있는데."

그는 말없이 일어섰다. 입안이 바싹바싹 탄다. 그는 크게 숨을 들이마셨다. 간단하다. 1초면 끝난다.

"엄마."

어머니는 나가려다 말고 뒤를 돌아보았다. 그때 아래층에서 요란하게 문이 열리고 사람이 들어오는 소리가 났다. 누나가 조깅을 하고 돌아온 모양이다. 마르크는 애써 미소를 지으며 마른침을 삼켰다.

"고마워요."

*

그는 힘겹게 눈을 떴다. 개의 축축한 검은 주둥이가 느껴지고 멀리서 사람들이 웅성이는 소리와 사이렌 소리가 들린다. 무슨 일이 일어난 거지? 여긴 어디지?

"움직이지 마세요!" 날카로운 여자 목소리인데 무척 흥분해 있다. "구급차 왔어요!"

구급차? 구급차는 왜? 재니스는 고개를 들려다가 자기도 모르게 비명을 질렀다. 갑자기 남자 얼굴이 나타났다. 멀리 있는 듯도 하고 아주 가까이 있는 듯도 하다.

"제 말 들립니까? 제 말 알아듣겠어요?"

내가 무슨 귀머거린 줄 아나? 하여튼 죽지는 않은 것 같군.

"어디 아픈 데 있어요?"

아니요. 아니, 예. 나도 잘 모르겠어요.

눈동자를 이리저리 굴려보니 흥분해서 숨을 헐떡거리는 보더 콜리와 주인인 듯한 여자가 보인다. 그런데 시점이 뭔가 이상하다. 사람이 거꾸로 서 있다. 그는 입에 가득 찬 액체를 삼키려고 해보지만 헛수고다.

"이름이 뭡니까? 이름을 말해보세요."

흰색 옷에 붉은색 조끼를 입은 남자들이 급히 주변을 왔다 갔다 한다. 어딘지 모르게 구급요원을 연상시킨다. 뭘 하는지 모르겠지만 낯선 손길이 몸 위에 느껴져 불쾌하다. 몸을 빼내려 하지만 그들은 단호하기만 하다.

"은경."

안경 없이는 봉사나 마찬가지인 그는 아까 그 남자에게 안경을 찾아달라고 하려고 입을 열었다. 순간 끔찍한 고통이 후려치듯 온몸을 관통한다. 입속의 뜨뜻미지근한 액체가 뺨을 타고 흐른다.

멍청이들, 대체 무슨 짓을 한 거지? 왜 사람을 가만 놔두지 않느냐고?

순간적으로 몸이 공중에 붕 뜨는 느낌이 든다. 조각구름이 떠 있는 파란 하늘이 빠르게 스쳐 지나간다. 새들이 지저귀는 소리가 요란하게 귓전을 때린다.

'자전거 타기에 더없이 좋은 날씨다. 니카와 산책이라도 할까?'

니카! 뭔가 니카와 관련된 일이 있었다. 그게 뭐였지? 기억이 나지 않는다. 왜 이렇게 길바닥에 누워 있는 거지? 갑자기 팔꿈치 안쪽에 뭔가 찌르는 듯한 느낌이 든다. 그리고 뭔가를 열었다 밀었다 하는 딸깍 하는 금속성 소리가 난다. 이게 무슨 소리지? 하늘이 사라지고 하얀 천만 보인다. 마른 입술을 축이려고 혀로 입술을 핥는데 뭔가 느낌이 이상하다. 이건 마치…… 이런! 이가…… 이가 없어졌다. 이가 없다!

순간 기억이 돌아왔다. 모든 것을 집어삼키는 두려움과 함께 끔찍한 기억이 산사태처럼 밀어닥쳤다. 승합차, 자전거 사고, 검은 안경을 쓴 남자들! 그들은 무식하게 그의 몸 위로 차를 몰았다. 그의 다리 위로 차바퀴가 지나갔다! 그래서 지금 간이침대에 꽁꽁 묶인 채 병원에 실려 가는 신세가 된 것이다! 경악한 재니스는 헉 하고 숨을 들이마셨다가 숨이 잘못 들어갔는지 바로 기침을 했다.

"진정하세요."

누군가 이 말과 함께 호스를 코 안에 푹 찔러 넣었다.

아야! 좀 조심할 수 없나?

"경찰에 연락해여!" 그가 절망적으로 속삭였다. "타이덴이 날 죽이려고 해!"

*

"안녕하십니까?"

보덴슈타인은 수사과장 방에 들어서며 인사를 했다. 회의 탁자에 앉아 있던 남자 둘은 뒤를 돌아보았지만 세 번째 남자는 창가에 선 채 굳은 표정으로 창밖만 바라본다.

"아이고, 오랜만이야."

과장이 뭐라고 말을 하려는 찰나 보덴슈타인이 먼저 한 남자에게 말을 건넸다. 그러나 짙은 갈색 양복에 조끼를 받쳐 입은 그 남자는 미소도 짓지 않고 손을 내밀어 악수를 청하지도 않는다. 거만한 자세로 노려보는 그를 보덴슈타인도 무표정한 얼굴로 응시했다. 하이

코 슈퇴르히는 경찰 전문학교 동창으로 3년간 함께 학교를 다녔지만 한 번도 친했던 적이 없다. 세월은 슈퇴르히의 모습을 많이 변화시켰다. 젊었을 때는 작고 다부진 몸매였지만, 어느새 근육이 지방으로 변하고 홍조가 심한 얼굴에 드리워진 머리칼이 눈처럼 희어졌다. 양복은 너무 작아서 영 태가 나지 않는다.

"폰 보덴슈타인 반장, 이쪽은 동료인 헤어뢰더 씨요." 비음이 섞인 거만한 말투는 그대로다. 귀족 이름에 붙는 '폰'을 걸고넘어지는 것도 여전하다. 학교 다닐 때도 그것 때문에 부딪친 적이 많았다.

"저쪽은 디르크 아이젠후트 박사님이에요."

엥겔 과장이 창가에 서 있는 세 번째 남자를 소개했다. 그는 그제 야 뒤를 돌아본다.

보덴슈타인은 즉시 긴장했다. 어젯밤 처음 들은 이름인데 이렇게 빨리 실물을 만나보게 될 줄이야! 아이젠후트는 50대 중반쯤 돼 보이고 거의 보덴슈타인과 맞먹는 키에 살집이 없는 각진 얼굴과 심각한 표정을 가졌다. 동공 안에 깊이 들어앉은 푸른 눈이 보덴슈타인을 흘긋 살핀다. 이 사람이 바로 아니카가 한때 사랑했던 남자다. 그리고 지금 그녀가 숨어 살아야 하는 이유이기도 하다.

"자, 본론으로 들어갑시다." 슈퇴르히가 헛기침을 했다. "여자를 하나 찾고 있소. 최근 입수한 정보에 의하면 이곳 강력반에서 수사 중인 시민단체 사람들 사이에 숨어 있는 것 같은데 이름은 아니카 좀머펠트예요."

"아, 그래요?"

보덴슈타인은 속마음이 얼굴에 드러나지 않게 하려고 안간힘을 썼다. 머릿속에서는 빠르게 생각이 회전한다. 어떻게 된 일일까? 연방범죄수사국 고위 공무원 두 사람이 하필이면 오늘 이곳에 아니카 좀머펠트를 찾으러 오다니! 슈퇴르히는 연방범죄수사국 보안과 장으로 주로 국제 문제를 다룬다. 어제 강연회에서 재니스가 그녀의 이름을 언급하자마자 아이젠후트가 인맥을 썼다고밖에 달리 설명할 길이 없다. 그것이 사실이면 아이젠후트의 인맥은 실로 대단하다. 어제 아니카가 한 말은 거짓이 아니었다. 이 세 남자가 함께 이 자리에 서 있다는 것이 그 증거다.

"보덴슈타인 반장!" 과장이 대답을 재촉한다.

"네, 방금 그로스만 사건과 히르트라이터 사건에 연루된 사람들을 머릿속에 죽 떠올려봤습니다만 아네테 좀머펠트라는 사람은 없습니다." 그가 정신이 드는 듯 말했다.

"아니카, 아니카 좀머펠트. 독일 최고의 기후 연구가 중 한 사람이고 사라지기 전에는 아이젠후트 박사님의 연구소에서 조교로 일했어요." 슈퇴르히가 설명했다.

그때까지 잠자코 있던 그의 동료가 서류 가방을 탁자 위에 올려놓고 딸각 소리를 내며 자물쇠를 열었다. 그는 서류 봉투 하나를 꺼내 보덴슈타인 쪽으로 밀었다.

"이게 뭡니까?"

"실종자의 사진입니다." 헤어뢰더가 짤막하게 대답했다.

그는 갈색으로 그을린 피부에 마른 체격으로 얼굴이 뾰족하고 턱이 약간 튀어나왔다. 얼굴 모양도 그렇지만 동그란 검은 눈에 담긴 공격적인 눈빛이 딱 경찰견종 도베르만을 닮았다. "사진을 잘 보십시오. 가명을 쓰고 있을지도 모릅니다."

보덴슈타인은 서류 봉투에서 사진을 꺼냈다. 아니카. 휴대전화로 통화 중인 아니카. 빨간 머리 남자와 함께 서 있는 아니카. 자동차에 타고 있는 두 사람. 대도시의 번잡한 거리를 걷고 있는 두 사람. 바

앞 탁자에 앉아 있는 두 사람. 사진 속의 아니카는 지금보다 훨씬 어려 보인다. 얼굴에 살이 올라 인상도 부드럽다. 지나온 시간이 얼마나 힘들었는지 짐작이 된다.

"이 여자를 왜 찾는 겁니까?"

보덴슈타인의 물음에 그들은 의심스러운 표정으로 그를 뚫어져라 쳐다보았다. 그러나 그는 뛰어난 자제력으로 무표정을 유지했고, 그들은 그의 빨라진 맥박과 손에서 나는 진땀을 눈치채지 못했다.

"사진 속 남자에 대한 살해 혐의입니다. 이름은 키에런 오설리번, 경제 분야 저널리스트인데 주로 영국과 미국 신문에 기고하죠."

보덴슈타인은 자기 귀를 의심했다. 아니카가 오설리번을 죽였다고? 왜?

"그리고 스위스에 체류 중이던 오설리번의 공범도 죽였을 가능성이 있습니다."

맙소사! 보덴슈타인은 감정을 나타내지 않으려고 무진 애를 썼다.

"이 여자를 감시할 만한 이유가 있었나 보죠?"

보덴슈타인이 별 관심 없다는 듯 사진을 도로 밀어놓았다. 슈퇴르히도 도베르만도 이 질문은 예상하지 못한 표정이다.

"좀머펠트가 아니라 오설리번을 감시한 거요. 그것도 우리가 아니라 국가안전기획부에서요. 결국 이 사진 때문에 그 여자에게 주목하게 됐지만요." 슈퇴르히가 설명했다. "오설리번은 기후변화 회의론자들의 국제적 그룹에 가담하고 있소. 그런 사람이 정부와 국제연합과 공조 관계인 독일기후연구소 사람과 연락을 취했으니 기관에서 관심을 갖는 건 당연한 거 아니겠소?"

슈퇴르히의 말에 어폐는 없어 보인다. 왜 아니카는 두 사람을 살해한 혐의를 받고 있다는 말을 안 했을까? 그가 그녀에게 들은 이야기는 완전히 달랐다. 혹시 살인범을 집에 숨겨두고 있는 것은 아닐까?

"오설리번은 정부의 기후 정책을 비판하는 기사를 수없이 썼고 책도 한 권 냈소. 거기다 독일기후연구소는 연방정부의 자문기관이에요. 아마도 자기가 속한 그룹의 사주를 받고 세부 정보를 빼내기 위해 좀머펠트 박사에게 의도적으로 접근한 거겠지."

보덴슈타인은 그런 것에는 관심이 없다.

"그 남자 언제, 어디서 살해당했습니까?"

"작년 12월 30일 밤 베를린의 호텔 방에서 발견됐소. 범행 도구는 나중에 아니카 좀머펠트의 집에서 발견됐는데, 도망가 버려서 잡지는 못했어요."

보덴슈타인은 미묘한 기분에 사로잡혔다. 아니카가 얘기한 것과 다르다. 어떤 이야기를 믿어야 할까?

"어떻게 죽었습니까?"

"칼로 40군데도 넘게 찔렸습니다." 도베르만이 대답했다. "그리고 아니카 좀머펠트는 12월 24일 아이젠후트 교수님을 폭행해서 정신병원에 수감돼 있다가 30일 오후 나왔습니다."

여기서는 이야기가 다시 맞아떨어진다. 그러나 아니카의 이야기에서는 폭행에 대한 부분이 빠졌다. 2008년 크리스마스 전날의 기억은 지금도 없다고 했다. 보덴슈타인은 아이젠후트에게 관심을 돌렸다.

"사실 전 아직도 믿기지 않습니다. 15년도 넘게 함께 일한 사이인데……." 아이젠후트가 나지막한 소리로 입을 열었다. "제가 사람을 잘못 봐도 한참 잘못 봤죠."

아이젠후트의 얼굴에는 표정이 없지만 평온한 척하려고 얼마나 애쓰는지 눈빛에서 읽을 수 있었다. 아니카의 주장대로라면 그는 지금 엄청난 위기에 서 있다. 잃을 것이 너무 많아서 사람 목숨 하나쯤 희생시키는 것은 대수롭지 않을 것이다.

"수사 과정에서 밝혀진 바에 의하면 크리스마스 직전에 취리히에서 칼에 찔려 죽은 미국 국적의 남자가 있습니다." 도베르만이 말했다. "그 남자는 오설리번과 같은 집단 소속이었고 역시 호텔 방에서 발견됐습니다. 그런데 그 당시 아니카 좀머펠트도 취리히에 체류 중이었습니다."

"왜 국가안전기획부가 이 두 사건에 관심을 가지는 겁니까? 제가 보기엔 둘 다 경찰 소관인 것 같은데."

그 말에 슈퇴르히와 도베르만은 서로 눈빛을 주고받았다.

"그럴 만한 이유가 있어요." 슈퇴르히는 더 이상의 정보를 발설할 생각이 없어 보인다. "지금 여기서 한 얘기 일급비밀이라는 거 숙지했겠죠?"

"네, 그건 알겠는데 많은 도움을 드리지는 못하겠군요. 우리 팀원들한테 눈귀 열어놓고 있으라고 하겠습니다."

"아니, 반장 혼자 눈귀 열어놓고 있으면 되는 거요." 슈퇴르히가 다짐받듯 말했다. "최고 보안 등급이 적용되는 사안이기 때문에 보덴슈타인 반장도 더 이상은 알 필요 없고 그냥 그 여자를 찾는 대로 우리한테 연락하면 돼요."

보덴슈타인은 말없이 고개를 끄덕였다. 도대체 무슨 일이기에 국가안전기획부와 연방범죄수사국에서 이토록 비밀리에 수사를 하는 걸까? 아이젠후트는 왜 개인적으로 이 자리에 나왔지? 그리고 무엇보다 중요한 것은 누가, 왜 오설리번과 취리히의 남자를 죽였느냐 하는 것이다.

＊

호프하임 경찰서 건물은 쥐 죽은 듯 조용한데 강력반 사무실에만 비상이 걸렸다. 오스터만의 컴퓨터와 팩스는 지역범죄수사국에서 보낸 정보를 연달아 토해냈다.

"피아!" 열린 문을 통해 오스터만의 목소리가 들렸다. "빙고야, 빙고! 그로스만 사건에서 발견된 유전자가 경찰 데이터베이스에 있어!"

피아는 고무줄 튕기듯이 일어나 오스터만에게 달려갔다. 침체된 수사에 드디어 동력이 생기는 것일까?

"누구야? 이름 나왔어?"

"아직." 오스터만은 실눈을 뜨고 모니터에 집중하면서 마우스를 움직였다. "찢어진 고무장갑에서는 아무것도 안 나왔지만 그로스만의 시체에서 발견된 머리카락과 피부조직에서는 유전자가 나왔어. 그리고 그 유전자의 주인은……."

오스터만이 고개를 번쩍 들고 의기양양한 미소를 지었다.

"요아니스 스타프로스 테오도라키스."

피아는 잠시 자신의 직감이 맞아떨어졌다는 데서 오는 성취감에 도취되었다. 그녀는 오스터만 옆에 놓인 의자에 털썩 주저앉아 주먹을 들어 올렸다.

"난 처음부터 알고 있었다니까! 어디 이 뺀질이가 이번엔 뭐라고 변명을 하는지 보자!"

"구속영장 청구할게." 오스터만이 수화기를 들며 말했다.

"가택 수색영장도 부탁해. 어쩌면 현장에서 발견된 족적과 일치하는 신발이 집에 있을지도 몰라. 그러면 한 방에 보낼 수 있어."

"오케이."

"참, 라데마허도 소환해줘. 화요일 저녁에 그 글뢰크너라는 남자랑 같이 있었더라고. 그래놓고 우리한테는 일언반구도 없었어."

그때 피아의 휴대전화가 울렸다. 피아는 바지 주머니에서 전화기를 꺼냈다.

"난데, 무슨 일 있으면 전화하라고 했지?"

누군가 잔뜩 숨죽인 소리로 속삭였다. 살짝 떨리는 여자 목소리다. 꼭 이런 사람들이 있다. 무조건 '나'라고 하면 누군지 어떻게 안단 말인가?

"누구세요?" 피아가 신경질적으로 내뱉었다.

"이레네 마이어 추 슈바베디센. 쾨니히슈타인 키르히 가에 왔었잖우?"

아, 그 마늘 냄새 나는 할머니! 애견 센터가 세들어 있는 건물 주인이다.

"프라우케가 돌아왔어. 조금 전에 계단을 올라가서 지금 막 집에 들어갔어."

피아는 의자에서 벌떡 일어났다. 그 통에 놀란 오스터만이 수화기를 떨어뜨렸다.

"어떻게 할까?" 노파가 속삭이듯 은밀하게 물었다.

"절대 아무것도 하지 마세요. 순찰차 바로 보낼 테니까 그냥 그 자리에 가만히 계세요."

오스터만이 호기심 가득한 눈길로 피아를 올려다본다.

"알았수." 노파의 목소리에서 실망의 기색이 느껴진다. "참, 형사 양반!"

"네?" 이미 생각이 딴 데 가 있는 피아가 건성으로 대답했다.

"이거 포상금 나오는 거유? 수사에 도움이 되는 정보를 제공했잖아요."

언제나 이렇게 돈을 밝히는 사람들이 있다.

"그건 잘 모르겠네요." 피아가 차갑게 대꾸했다. "어쨌든 연락주셔서 감사해요. 어……."

갑자기 또 이름이 생각나지 않자 피아는 그냥 전화를 끊어버렸다. 오스터만에게 순찰차 두 대를 쾨니히슈타인 키르히 가로 보내달라고 말하고 있을 때 문가에 보덴슈타인이 모습을 드러냈다.

"프라우케가 나타났어요." 피아가 흥분해서 외쳤다. "그리고 방금 지역범죄수사국에서 유전자 감식 결과를 보냈는데 그로스만의 시체에서 발견된 유전자는 테오도라키스 거예요."

피아는 그를 지나쳐 자기 방으로 가서 서랍에서 총을 꺼냈다. 보덴슈타인은 문을 닫고 피아 앞에 와서 섰다.

"왜요?" 피아가 프라우케의 구속영장을 찾아 파일함을 뒤적거리며 물었다.

"난 나중에 따로 갈게. 일이 생겨서 집에 좀 가봐야겠어. 오래 걸리진 않을 거야."

목소리에서 묻어나는 절박함 때문에 절로 시선이 간다. 피아는 눈을 들어 그를 힐끗 쳐다본 후 자리에서 일어섰다.

"그걸 말이라고 하는 거예요? 지금 얼마나 중요한……."

"크뢰거 데리고 가." 보덴슈타인은 평소의 그답지 않게 그녀의 말을 끊으며 거칠게 대꾸했다. "어디 있는지 전화로 말해주면 이따가 내가 그리로 갈게."

그가 돌아선 순간 피아의 시야에 영장이 들어왔다.

"반장님, 배터리는 있죠?" 그녀는 서류 사이에서 영장을 뽑아 들며 그의 등 뒤에 대고 톡 쏘아붙였다. "그럼, 이따 봐요. 오늘 내로 볼 수 있을지 모르겠지만."

그녀는 그를 쳐다보지도 않고 배낭을 챙겨 먼저 방을 나갔다.

✳

"전화 안 받아요." 마르크가 미간을 찌푸리며 말했다. "니카도 안 나왔나 봐요. 저 지금 여기서 한 시간이나 기다렸어요."

"이상하네." 프라우케는 열쇠 꾸러미를 꺼내 가게 뒷문을 열었다. 얼른 앞질러 들어간 마르크는 먼저 창고를 들여다본 후 사무실로 갔다가 마지막으로 가게를 빙 둘러보았다. 그러나 리키의 모습은 어디에도 보이지 않는다. 토요일 오전에 가게 문을 닫은 적이 없는 리키가 어쩐 일일까? 휴대전화도 안 받고 집전화로도 연락이 안 된다. 니카는 왜 안 나온 거지? 동물 보호소에는 아무도 없었다. 날씨가 좋아서 아침 일찍 말을 타고 나갔다가 낙마라도 한 걸까? 아니면 니카 일로 재니스와 싸우기라도 한 걸까? 온갖 끔찍한 상상이 머리를 스치고 지나간다. 그는 사무실로 돌아갔다. 프라우케는 컴퓨터를 켜놓고 커피 메이커에 커피를 퍼 담는 중이다. 별로 걱정하는 기색도 없다.

"무슨 일이 있는 게 틀림없어요." 마르크가 어두운 얼굴로 말했다. "어쩌면 니카랑 재니스……."

"니카랑 재니스가 뭐?"

호기심 많은 프라우케는 바로 관심을 보였다. 마르크는 잠시 망설였다. 말이 많은 프라우케에게 이런 얘기를 털어놓는 것은 내키지 않지만 누구에게라도 털어놓지 않으면 가슴이 터져버릴 것 같다.

"어제저녁에 우연히 니카랑 재니스가…… 키스하는 걸 봤어요." 그는 이렇게 말하고 프라우케의 시선을 피했다. "부엌에서요. 리키네 집 부엌에서요!"

"뭐, 그런 걸 가지고 그래? 언젠가는 일어날 일이었잖아." 프라우케는 재미있다는 듯 비웃음을 흘렸다. "여자 밝히는 재니스가 여자 둘이랑 같이 한 지붕 밑에 살았으니 뻔할 뻔 자지! 리키가 처음부터 잘못 생각한 거야. 자업자득이지, 뭐."

"왜요? 리키가 무슨 잘못을 했다는 거예요?" 그는 언제나처럼 리키 편을 들었다.

"네가 리키를 좋아하고 따르는 거 잘 알아. 하지만 리키는 네가 생각하는 것처럼 그렇게 완벽한 사람이 아니야."

"그게…… 무슨 소리예요?"

목요일 저녁의 추하고 더러운 기억이 뇌리를 스친다.

"리키처럼 상습적으로 거짓말하는 사람이 언젠가는 신망을 잃게 돼 있어."

프라우케는 한숨을 쉬며 의자에 털썩 주저앉았다.

"리키는 거짓말 안 해요! 날 속인 적은 한 번도 없어요!"

"정말 그럴까?"

프라우케는 마르크가 당황한 것을 보고 심술궂은 미소를 지었다. 마르크는 아무 말 없이 숨만 꼴깍 삼켰다. 리키기 보낸 문자가 생각났다. 문자에서는 몸이 안 좋다고 했지만 그날 저녁에 보니 기운이 펄펄했다.

"뭐, 사람마다 제각각이니까." 프라우케는 넋두리처럼 말을 이었다. "난 거짓말을 너무 못해서 탈이거든. 그런데 거짓말은 언젠가 들통이 나더라고."

"왜 그런 말을 해요?" 마르크의 목소리에서 어느새 자신감이 사라졌다. "리키를 싫어하는 줄 몰랐어요."

"리키를 싫어하지 않아. 좋아해. 난 그냥 직원이니까 별 상관없지만, 남자친구라면 다르지 않겠니? 내가 만약 재니스라면 그런 거짓말이 지겨울 거야." 프라우케는 경멸감이 담긴 표정으로 헛웃음을 쳤다. "돈 많은 집 상속녀! 미국 일류 대학 출신! 하하! 방송대 마케팅학과 한 3학기 다녔나? 거짓말 때문에 전 남자친구도 쫓아버리더니 개 버릇 남 못 주나 봐. 리키는 원래 그런 사람이야. 항상 원래 가진 것보다 더 가진 척하고 더 있는 척하고."

"그게…… 그게 다 무슨 말이에요? 이해가 안 돼요." 마르크는 당황하고 황당해서 어쩔 줄 몰랐다.

"리키한테는 자기가 살아온 인생이 너무 초라해 보였던 거야. 그래서 덧붙일 거 덧붙이고 광 좀 낸 거지." 프라우케가 어깨를 으쓱했다. "그런 사람은 생각보다 많아. 그런데 문제는 다른 사람들은 그게 지어낸 이야기라는 걸 금세 알아차리는데 리키는 자기가 지어낸 이야기를 사실처럼 믿어버린다는 거야."

"그럼 스탠퍼드대학에서 우주 비행 테크닉을 공부했다는 게 거짓말이라는 거예요?"

마르크의 말에 프라우케는 눈을 둥그렇게 뜨더니 크게 웃음을 터뜨렸다.

"우주 비행 테크닉? 스탠퍼드?" 그녀는 눈물이 날 때까지 웃었다. 보름달 같은 얼굴에 눈물이 흘러내리는데도 웃음을 그치지 않았다. "너한테 그런 말을 했어? 그런데 넌 또 그걸 믿었어?" 그녀는 손바닥으로 책상을 치며 웃고 또 웃었다. "이건 마치 내가 볼쇼이 발레단의 프리마돈나였다고 말하는 것과 똑같잖아!"

마르크는 점점 화가 치밀었다.

"그만 웃어요! 리키를 질투하는 거죠? 뚱뚱하고 못생긴 주제에!"

그는 프라우케에게 털어놓은 것을 마음속 깊이 후회하며 헬멧을 들고 마당으로 뛰쳐나갔다. 뚱보, 돼지! 리키는 나 혼자서도 찾을 수 있어!

*

피아는 좌측 방향등을 넣고 키르히 가로 꺾어 들어갔다. 초여름 날씨라 한 손에는 아이 손을 잡고 다른 손에는 아이스크림을 든 사람들이 거리에 넘쳐난다. 주차할 곳을 찾지 못한 피아는 동물천국 뒷마당으로 차를 몰아 들어갔다. 그때 갑자기 스쿠터 한 대가 튀어나왔다.

"조심해!"

피아가 어찌나 브레이크를 세게 밟았는지 옆에 앉아 있던 크뢰거는 안전벨트를 했는데도 크게 휘청거렸다. 스쿠터 운전자인 소년은 핸들을 옆으로 돌리더니 경찰차의 범퍼를 긁으며 쌩하니 달아나 버렸다.

"야, 거기 안 서!" 피아는 화가 났다기보다는 놀란 가슴에 소리를 빽 질렀다. 후다닥 차에서 내린 크뢰거는 스쿠터를 쫓아 길가로 뛰어나갔다. 마당에 주차를 한 뒤 보니 시뻘겋게 긁힌 자국이 선명하다. 또 귀찮은 서류 전쟁을 치르게 생겼군!

"도망갔어." 크뢰거가 돌아와 말했다. "하지만 번호를 적어 왔으니까 조회하면 돼."

피아는 건성으로 고개를 끄덕이며 주위를 둘러보았다. 오스터만이 보낸 순찰차가 보이지 않는다. 이미 한참 전에 와 있어야 하는데!

차고가 세 개인데 빨간 SUV 한 대와 히르트라이터의 은색 벤츠가 두 자리를 차지하고 있다. 은색 벤츠를 본 순간 피아는 가슴이 쿵쿵 뛰었다. 프라우케는 아직 여기 있다. 곧 사건이 해결될 수도 있다. 어쩌면 자백을 받아낼 수 있을지도 모른다.

그때 건물 입구의 문이 열리더니 집주인 노파가 튀어나왔다. 그녀는 하얀 솜사탕 같은 바가지 머리 아래 주름투성이 얼굴을 흥분으로 상기시킨 채 담을 따라 살금살금 걸어왔다.

"형사 양반!" 노파가 가느다란 팔을 휘두르며 작은 소리로 외쳤다. "저 안에 있어요! 저기 가게 안에!"

"당장 집으로 들어가세요! 이따 제가 들를게요." 피아가 딱 잘라 말했다.

노파는 고개를 주억거리며 건물 안으로 사라졌다.

"이제 어떡하지?" 통화를 끝낸 크뢰거가 물었다.

"그냥 들어가요. 언제 올지 알고 기다려요."

크뢰거는 '동물천국-주문처'라는 팻말이 붙은 회색 철문을 두드렸다. 안에서 열쇠를 꽂아 돌리는 소리가 났다. 피아는 그와 빠르게 눈빛을 교환했다. 문이 열리고 프라우케가 나타났다.

"어, 무슨 일로 오셨어요?" 프라우케가 둘을 번갈아 쳐다보며 태연한 얼굴로 물었다.

"프라우케 히르트라이터 씨, 같이 경찰서로 가주셔야겠어요. 구속 영장 가지고 왔어요."

팽팽하던 긴장감은 어느 정도 누그러졌다.

"네? 왜요?"

프라우케는 전혀 예상하지 못했다는 표정이다. 그녀는 희대의 연기자일까, 아니면 그녀를 찾으려고 이틀 전부터 전국적으로 수배령이 떨어졌다는 것을 정말 모르는 걸까?

피아는 데님 조끼 주머니에서 분홍색 영장을 꺼내 펼쳐서 그녀에게 내밀었다.

"아버지를 살해한 혐의입니다. 지금 바로 구속하겠습니다."

＊

정원 울타리 앞에 서 있는 리키의 자동차를 본 마르크는 조금 떨어진 곳에서 스쿠터를 멈추었다. 스쿠터를 무성한 잡초 속에 처박아넣고 헬멧을 벗어 안장 위에 올려놓는데 철창 안에 있던 개들이 그를 알아보고 반갑게 짖는다. 차 안에 열쇠가 꽂혀 있고 조수석에 리키의 가방이 있는 것으로 보아 잠깐 집 안에 들어간 모양이다. 리키는 개들을 차 안에 오래 놔두지 않는다. 아우디는 열을 잘 받기 때문에 햇볕이 강할 때는 특히 조심한다.

그는 공기라도 잘 통하라고 트렁크 문을 열어주고 언제나처럼 가벼운 몸놀림으로 낮은 울타리를 뛰어넘었다. 빠른 걸음으로 잔디밭을 가로지르면서 보니 크고 작은 동물 우리가 나무 그늘 밑에 옹기종기 모여 있고 플라스틱 탁자와 의자, 노란색과 흰색 줄무늬가 있는 의자 커버가 벽 한쪽에 질서 있게 쌓여 있다. 그걸 보자 재니스에 대한 증오가 되살아났다. 그를 속이고 이용해먹은 재니스, 모든 걸 망쳐버린 니카. 누가 더 미운지 구분이 안 될 지경이다. 그들을 생각하자 바로 머릿속에 찌르는 듯한 통증이 느껴진다. 그는 얼굴을 찌푸리며 손으로 관자놀이를 눌렀다. 안 돼, 지금은 안 돼! 지금 두통이 일어나선 안 돼! 먼저 리키가 무사한 것을 확인해야 한다. 그는 테라스로 올라가 집 안을 들여다보았다. 테라스에서 부엌으로 들어가는 문이 살짝 열려 있다.

"리키?"

마르크는 어질러진 부엌으로 들어갔다. 닦지 않은 접시와 유리컵이 싱크대에 수북하고, 식기세척기 문이 열려 있다. 레인지 위에는 냄비 몇 개와 프라이팬이 나와 있고, 식탁 위에는 마시다 만 제크트 병이 놓여 있다. 그는 다시 큰 소리로 리키의 이름을 부른 후 귀를 기울였지만 자신의 심장 소리를 제외하고는 아무 소리도 들리지 않았다. 곁눈질로 뭔가 움직임을 포착한 그는 깜짝 놀라며 돌아섰다. 불그스름한 털을 가진 고양이 한 마리가 침실과 욕실로 통하는 문에서 나왔다.

"아, 너구나. 어떻게 된 거야? 리키는 어디 있니?"

마르크의 속삭임에 고양이는 그에게 다가와 다리에 몸을 비볐다. 그는 허리를 굽혀 윤이 나는 털을 쓰다듬었다. 고양이는 기지개를 한 번 켜더니 야옹 하는 소리와 함께 바람처럼 사라졌다. 따라오라는 건가? 마르크는 가볍게 한숨을 쉬며 좁은 복도로 들어갔다. 슬쩍 침실을 들여다보니 침대 위에는 이불이 아무렇게나 널려 있고, 바닥에는 옷가지 몇 개가 나뒹군다. 그는 계속 걸어가 욕실 문을 열었다. 고양이가 욕조 가장자리에 이집트 조각상처럼 앉아서 커다란 호박색 눈동자로 그를 응시한다.

안으로 들어가 욕조 안을 들여다본 마르크는 고양이가 지키고 있는 것이 무엇인지 발견하고 경악을 금치 못했다.

*

순찰차 한 대가 마당으로 들어와 피아의 근무 차량 뒤에 섰다. 정복 차림 경찰 두 명이 여유만만하게 차에서 내리는 것을 본 피아는 화가 머리끝까지 치밀었다.

"왜 이렇게 늦게 와요? 오라고 한 지가 30분도 넘었는데!" 피아가 매섭게 쏘아붙였다.

"글라스휘텐에서부터 오려면 시간이 좀 걸립니다. 그리고 오다가 상점에 도둑이 들었다고 해서 잠깐 들렀습니다. 저희는 차가 두 대 뿐이거든요."

"알았어요. 됐어요." 피아가 체념한 몸짓으로 머리를 절레절레 흔들었다. 프라우케는 이미 근무 차량 뒷좌석에 앉아 있다. 그녀는 영장을 다 읽은 후 어깨를 으쓱하며 피아에게 돌려주었다. 그리고 체포를 순순히 받아들였다. 수갑을 채울 때도 반항하지 않았다. 프라우케는 커피 메이커를 끄고 가방을 가져와야 한다고 했다. 그 일은 피아가 대신 맡았다. 나오면서 가게 뒷문도 잠갔다.

"슈나이트하인에 체포하러 가야 하니까 이 주소로 순찰차 한 대 더 불러요." 피아는 이렇게 말하며 쾨니히슈타인 경찰서 동료들에게 재니스의 주소를 주었다. "히르트라이터 부인은 그동안 그쪽 경찰서에 유치하세요."

프라우케가 도망칠 리는 없지만 만전을 기하는 것이 나쁠 것은 없다. 한 번 더 실수가 나오면 엥겔 과장은 그녀의 모가지를 칠지도 모른다. 프라우케가 차에서 내리자 그녀의 체중 때문에 자동차가 기우뚱거렸다. 그녀가 옮겨 타자 순찰차는 후진으로 뒷마당을 빠져나갔다.

크뢰거는 전화 통화를 하며 마당을 배회했다. 그 뒤로 집주인 노파가 보였다. 초조한 듯 손바닥을 비비며 유리문 뒤에 서 있는 것을 보니 피아를 기다리는 눈치다.

"정말 친아버지를 죽인 거유?" 노파는 호기심에 눈을 반짝였다. 세입자 중에 살인마가 있다는 사실은 잠시나마 그녀를 동네 스타로 만들어줄 것이다.

"아직 몰라요." 피아의 말에 노파의 호기심은 한풀 꺾였다. "하지만 전화주셔서 정말 감사해요. 에…… 마이어 부인, 수사에 매우 큰 도움이 됐어요. 앞으로도 수상한 일이 있으면 바로 전화하세요. 아셨죠?"

"그럼, 그러고말고." 노파는 눈을 반짝반짝 빛내며 고개를 주억거렸다. 노파의 단조로운 일상이 경찰의 출현으로 단번에 흥미진진해진 것이다. 피아는 애써 미소를 지은 후 자동차로 걸어갔다. 통화를 마친 크뢰거도 그녀 뒤를 따랐다.

"그 스쿠터에 대해 뭐 좀 알아냈어요?" 피아가 운전석에 앉아 안전벨트를 매며 물었다.

"응. 아주 흥미로운 걸 알아냈어. 그 녀석 스쿠터가 우리 사건의 피해자 이름으로 등록돼 있어." 크뢰거도 안전벨트를 맸다.

"정말이에요?" 피아가 깜짝 놀라 외쳤다. "그럼, 히르트라이터 거예요?"

"아니, 롤프 그로스만."

*

순찰차 두 대는 길가에서 얌전히 대기 중이다. 동네 지리를 잘 아는 순경이 집 뒤로 도망칠지도 모르니 들길 쪽에 차를 한 대 대자고 해서 피아는 그러라고 하고 집 쪽으로 차를 몰았다. 리키와 재니스가 사는 집은 이 근방의 다른 집들처럼 수수한 1960년대식 건물이다. 크뢰거는 재니스를 체포한 후 바로 집을 수색하기 위해 서류는 사후 제출하기로 하고 먼저 지원 요청을 했다.

맞은편 집 차고 앞에서는 아버지가 아들 둘을 데리고 패밀리카를 세차하는 중이고, 그 옆집 정원에서는 비쩍 마른 노인이 안 깎아도 될 것 같은 깔끔한 잔디를 다듬고 있다.

"오늘 저 집은 호떡집 불 난 것처럼 바쁘군. 경찰이 또 왔어……."

잔디 깎던 노인이 울타리로 다가와 묻지도 않았는데 말을 건다.

"무슨 말씀이세요?"

"한 시간 전에 경찰이 와서 가택 수색을 했거든."

"정말요? 경찰요?" 피아가 놀란 얼굴로 물었다.

"그래, 사복 경찰이었어. 내가 직접 물어봤어. 앞집에서 상자와 비닐 봉투를 실어내는데 이웃으로서 그 정도는 물어볼 수 있지."

그는 코르덴바지 주머니에서 손수건을 꺼내 불그스레한 대머리를 닦았다.

"집주인들은 뭐라고 해요?"

"집주인들은 못 봤어. 하지만 그 남자는 집 안에 있을 거야. 저기 그 사람 똥차가 세워져 있잖아." 노인은 경멸조로 말하며 300시리즈 검정색 벤츠를 가리켰다. "이 동네 사는 사람들은 언젠가 이런 날이 오리라고 내다봤어. 항상 예의 바른 척하긴 했는데 뭔가 느낌이 이상했거든."

노인은 울타리로 한 발짝 다가서며 큰 비밀이라도 되는 듯 목소리를 낮췄다.

"우리 마누라가 사람을 꿰뚫어보는 능력이 좀 있는데…… 그 남자가 꼭 테러리스트 같다고 하더라고. 그 왜 미국에서 비행기 폭파 사건을 일으킨 사람들처럼 말이야. 왜 생긴 것도 꼭 중동 사람처럼 생겼잖아."

크뢰거는 터져 나오는 웃음을 참느라 애썼다. 한 시간 전에 여기서 정확히 무슨 일이 일어났는지는 모르겠지만 누군가 노인을 속인 것이 분명하다. 현관문이 열리며 일명 테러리스트 전문가 할머니가 반바지에 폴로셔츠 차림으로 나와 피아와 크뢰거에게 수상한 눈초리를 보냈다. 세차하던 세 부자도 이쪽을 힐끔힐끔 쳐다본다.

갑자기 크뢰거가 총을 꺼냈다.

"집으로 들어가십시오. 만약 테러리스트들이 체포에 저항하면 총격전이 벌어질 수도 있습니다."

그의 진지한 표정에 노인은 깜짝 놀라더니 잔디 깎는 기계를 내버려둔 채 바로 집 안으로 들어갔다. 피아가 키득거렸다.

크뢰거는 총을 집어넣으며 피아를 보고 씩 웃었다.

"미안, 꼭 한번 해보고 싶었어."

구름 한 점 없는 하늘에서 해가 쨍쨍 내리쬔다. 노인이 전화를 돌리기라도 했는지 앞마당에 나와 휴일을 보내던 사람들이 싹 사라졌다. 거리 전체가 적막감이 들 정도로 조용하다. 호스와 양동이는 마당에 덩그러니 남겨졌고 자동차의 물기는 햇볕에 말라간다. 적어도 귀찮은 구경꾼들은 사라진 셈이다. 피아의 휴대전화가 울렸다.

"지금 정원에 와 있습니다." 집 뒤로 간 순경이다. "울타리 앞에 차 한 대가 있는데 뒷좌석에 개 두 마리가 실려 있고요. 그 밖에는 아무런 움직임도 없습니다."

"알았어요. 지금 들어갈 테니까 잘 지키고 있어요."

피아는 크뢰거와 순경 한 명을 이끌고 두 개짜리 계단을 올라 현관문으로 다가갔다. 문은 약간 열려 있다. 피아는 문을 발로 살짝 밀고 집 안으로 걸음을 내디뎠다. 큰 복도를 지나면 바로 부엌으로 연결된다. 오른쪽에는 문 하나와 2층으로 올라가는 계단이 있고 왼쪽의 좁은 복도 끝에는 큰 거실이 보인다. 거실은 바닥까지 닿는 커다란 창문 덕분에 볕이 잘 들고 벽난로도 있었다.

"계세요? 집에 누구 있어요? 경찰입니다!" 피아가 집 안을 향해 긴장된 목소리로 외쳤다.

몇 걸음 더 안으로 들어가본다. 크뢰거는 그녀 뒤에 바짝 붙어 따라온다. 조금 전에 노인은 가택수색 운운했다. 현관문도 열려 있다. 한 시간 전 이 집에서 대체 무슨 일이 있었던 걸까? 피아는 갑자기 등골이 오싹했다.

"테오도라키스 씨! 프란첸 씨!" 피아는 긴장 때문에 신경이 끊어질 것 같다. 그녀는 크뢰거와 눈길을 한 번 마주친 후 총을 꺼내 안전핀을 풀었다. 안에서 무엇이 기다리고 있을지 모르는 상태에서 낯선 건물에 들어가야 하는 일이 종종 생기는데, 매번 미묘한 기분이 드는 것은 어쩔 수 없다. 오늘은 방탄조끼도 입지 않았다. 피아는 자기도 모르게 크리스토프를 떠올리며 그가 이 직업을 왜 싫어하는지 새삼 깨달았다. 숨 막히는 긴장이 이어지는 가운데 이 상황에서 절대 나오지 말아야 할 감정이 불현듯 고개를 들었다. 두려움.

"왜 그래?" 피아의 머뭇거림을 눈치챈 크뢰거가 빠르게 속삭였다. "내가 앞장설까?"

"아니요." 그녀는 결연한 표정으로 복도에 발을 들여놓았다. 왼쪽에는 침실이 하나, 오른쪽에는…… 순간 피아는 숨이 턱 막혔다. 누군가 욕조 안으로 허리를 굽힌 채 흰색 타일이 깔린 욕실 바닥에 쭈그리고 앉아 있다. 피아가 가까이 다가가자 그가 놀라며 올려다보는데, 손에는 부엌칼이 들려 있고 손과 티셔츠는 온통 피투성이다. 열일곱이나 됐을까? 잘해야 열여덟으로 보이는데, 아이도 아니고 어른도 아닌 앳된 얼굴을 긴 앞머리가 커튼처럼 가리고 있다.

"칼 버려!" 피아가 매섭게 외쳤다.

그는 튕기듯 일어나면서 칼을 떨어뜨렸다. 칼은 타일 바닥에 떨어지며 쟁그랑 소리를 냈다. 갑작스러운 공격에 대비하지 못한 피아는 그가 밀치는 힘에 비틀거리다 크뢰거 쪽으로 쓰러지면서 문틀에 머리를 찧었다. 크뢰거도 예기치 못한 일이라 빠르게 대응하지 못했다. 순식간에 두 사람을 밀치고 뛰쳐나간 그는 밖에서 대기 중이던 순경의 손을 빠져나가 정원으로 사라졌다.

"에이! 이런 경우는 또 처음이군." 크뢰거가 억울한 듯 내뱉었다.

"집 뒤에 있는 순경들이 잡을 거예요." 피아는 혹이 난 머리를 만지며 총을 집어넣었다. 고개를 돌려보니 크뢰거는 어느새 쫓아 나가고 없다. 욕실에 혼자 남은 그녀는 바닥에 떨어진 피 묻은 칼을 내려다보았다.

"이번에도 하기 싫은 일은 내 몫이라 이거지."

그녀는 혼잣말로 중얼거리며 숨을 깊이 들이마셨다. 그리고 잠시 머뭇거리다가 결심한 듯 욕조 안을 들여다보았다.

✳

짚이 깔린 마구간은 후텁지근하다. 하지만 마르크는 온몸을 덜덜 떨었다. 그는 마구간 다락에 쌓인 건초 더미 속에 엎드려 손으로 얼굴을 가리고 흐느껴 울었다. 리키! 욕조 속의 그녀는 죽은 사람처럼 얼굴이 창백했다. 그는 그 광경을 평생 잊지 못할 것이다. 짭새들은 분명 그가 그녀를 죽였다고 생각할 것이다. 칼로 포박을 풀어주려고 했던 것뿐인데! 그는 옆으로 돌아누우며 몸을 웅크렸다. 리키의 집에서 뭔가 끔찍한 일이 벌어졌다. 어쩌면 재니스가 니카와 놀아나기 위해 저지른 짓인지도 모른다. 아니면 리키가 그 두 사람이 함께 있는 것을 목격했고 그들이 힘을 합쳐 리키를…… 죽인 걸까? 그래서 오늘 니카가 가게에 나오지 않은 거다! 마르크는 떨림을 진정시키려 해보지만 마음대로 되지 않는다. 하마터면 짭새들에게 붙들릴 뻔했다. 정원에도 둘이나 있었다. 경찰이 왜 그렇게 떼거지로 몰려왔을까? 무슨 목적으로? 두통 때문에 제대로 생각을 할 수가 없다.

먼지가 들어갔는지 눈이 아프다. 도망칠 때 나무 가시에 찔린 상처가 불에 타듯이 아프고 칼에 벤 손가락의 상처도 생각보다 심해서 피가 철철 흐른다. 그는 등을 대고 누워 손을 머리 위로 올리고 상처를 꽉 눌렀다. 피가 팔뚝을 타고 흘러 얼굴 위로 떨어진다. 그래, 좋아. 거친 호흡이 가라앉으며 차차 안정된다. 망치로 때리는 것 같던 두통도 둔탁한 느낌만 남기고 사라졌다.

리키에게 무슨 일이 일어났는지 알아야 한다. 그것을 모르고는 발을 뻗고 잘 수 없다. 그는 건초 더미 위를 네 발로 기어 지붕이 맞닿는 곳으로 갔다. 거기엔 길가를 내려다볼 수 있는 지붕창이 하나 있다. 부지런히 기어가던 그는 문득 뭔가 딱딱한 것에 정강이를 부딪혔다.

"아야." 그는 인상을 씨푸리며 동작을 멈췄다. 두 손을 건초 속에 집어넣어 보니 길쭉한 쇳덩이가 만져진다. 건초 더미 사이에 깊이 박혀 있는 쇳덩이를 힘을 주어 당기자 쑥 뽑히면서 끝 부분이 낮은 천장에 가 부딪힌다. 마르크는 헉 하고 숨을 들이마셨다. 그가 찾아낸 것은 총이었다.

*

그녀는 최악의 상황을 생각하고 단단히 각오를 했다. 그러나 욕조 안에 들어 있는 것은 토막 난 시체가 아니라 은색 테이프로 발끝에서 입까지 칭칭 동여매진 미라다. 누군가 은색 면 테이프를 여러 개 사다가 리키 프란첸을 짐처럼 꽁꽁 묶어놓은 것이다. 눈은 감은 채다.

목에 손을 대보니 느리지만 규칙적으로 맥박이 띈다. 피아는 안도의 숨을 쉬며 바닥에서 칼을 주워 들고 테이프를 자르기 시작했다. 테이프가 이리저리 얽혀 있어서 생각처럼 쉽게 잘리지 않는다. 가택 수색을 한 사람들이 경찰이 아니라는 것은 이제 확연해졌다. 경찰은 집을 수색하러 와서 집주인을 꽁꽁 묶어 욕조에 처박는 짓은 하지 않는다. 물론 그러고 싶을 때도 많지만.

밖에서 인기척이 나고 잠시 후 크뢰거가 들어왔다.

"아, 그 녀석 놓쳤네. 스쿠터는 밖에 있는데 감쪽같이 사라졌어. 아까 차 긁은 그 녀석이야. 그런데 그 사람은 누구야?"

크뢰거는 10분 전과 비교하면 옷매무새가 헝클어지고 땀에 젖은 모습이지만 특유의 넉살과 차분함을 잃지 않았다.

"이 집 주인이에요." 피아가 이를 악물고 말했다. 손이 자꾸 떨려서 신경질이 나는 데다 테이프가 살을 너무 깊이 옭죄고 있어서 잘못하다가는 살을 벨 것 같다.

"내가 도와줄까?"

"아니에요. 혼자 할 수 있어요."

"이렇게는 안 될 것 같아. 먼저 욕조 밖으로 꺼내는 게 좋겠어."

크뢰거가 그녀의 손에서 칼을 빼앗으며 말했다. 두 사람은 땀을 뻘뻘 흘리며 의식불명인 리키를 욕조 가장자리로 들어 올려 바닥에 내려놓았다. 피아는 손등으로 이마에 난 땀을 닦으며 아픈 허리를 두드렸다. 그사이 크뢰거가 칼을 들고 리키의 입에 붙은 테이프를 자른 후 조심스럽게 떼어냈다.

"아, 미라가 깨어나는군." 크뢰거는 칼을 피아에게 주고 리키의 뺨을 두드렸다. "이봐요. 내 말 들려요?"

리키는 잠시 꿈지럭거리더니 눈을 떴다.

"누구…… 여기가…… 여기가 어디예요? 누구…… 누구세요?" 리키가 정신이 덜 든 얼굴로 중얼거렸다.

"호프하임 경찰서 키르히호프 형사예요. 우리 만난 적 있죠?"

멍하니 피아를 바라보던 리키는 정신이 드는 듯하더니 경악하며 자리에서 일어나려고 한다. 하지만 아직 팔이 몸통에 꽁꽁 묶여 있다.

"잠깐 기다려요." 크뢰거가 말하고 서둘러 테이프를 뜯었다. 팔이 자유로워진 리키는 피아와 크뢰거의 부축을 받고 일어났지만 심하게 휘청거렸다.

"앉는 게 좋겠어요." 피아가 말했다. "무슨 일이 있었죠?"

"습격당했어요……." 리키는 이마에 손을 얹으며 아찔한 듯 머리를 내둘렀다. "차를 타고 나가려다가…… 부엌에 가방을 두고 온 게 생각나서 들어왔는데…… 갑자기 남자 둘이 나타났어요. 그 사람들이…… 얼굴에 스프레이 같은 걸 뿌렸는데…… 그다음은……."

리키는 목소리가 꺾이며 말끝을 흐렸다. 서서히 충격이 가시는 듯 마스카라 섞인 검은 눈물이 뺨을 타고 줄줄 흐른다. 피아는 세면대 옆 선반에서 티슈를 내려 리키에게 내밀었다.

"그중에 아는 사람 있었어요?" 피아의 목소리에 연민이 섞여 있다.

리키는 흐느끼며 머리를 흔들었다. 그리고 검게 얼룩진 얼굴을 손으로 쓱 닦았다.

"아니요…… 복면을 쓰고 있었어요. 말은 한마디도 안 했고요." 그녀는 휴지를 뽑아 팽 하고 코를 풀었다.

이제까지 피아는 리키를 별로 좋게 보지 않았지만 이런 일을 당하고도 씩씩하게 대응하는 모습을 보니 저절로 동정심이 생겼다. 자기 집에서 침입자에게 당하는 것만큼 끔찍한 일은 없다. 그것은 피아 자신이 직접 경험해봐서 안다.

피아는 리키 곁에 앉아 그녀의 어깨를 다독거렸다.

"남자친구는 어디 갔어요? 전화해서 집으로 오라고 할까요?"

피아는 재니스를 잡으러 왔다는 말은 하지 않았다.

리키는 어깨를 으쓱했다. 문가에 순경 한 명이 나타났다.

"집 안을 살펴봤는데 다른 사람은 없습니다. 그런데 위 다락방은 한번 보시는 게 좋겠습니다."

"다락방요? 거기 뭐가 있는데요?"

"거긴 재니스의 서재밖에 없어요." 리키가 가늘게 떨리는 목소리로 말했다.

"서재였던 거 같긴 한데, 지금은 거의 아무것도 안 남아 있습니다."

디르크 아이젠후트는 자신을 해할 음모가 만들어지고 있다는 것을 전혀 눈치채지 못했다. 그래, 아무것도 모르고 있다가 호되게 당해야 한다. 그래도 싸다. 그가 그녀에게 한 짓에는 한 치의 용서도 있을 수 없다. 그녀는 그가 아무것도 모른다는 사실에 내심 즐거웠다. 그 생각을 하면 증오에 몸부림치던 마음이 어느 정도 진정됐다. 곧 그녀의 시대가 올 것이다. 그가 떠나면 연구소장 자리가 빌 것이고, 사람들은 그녀를 가볍게 대하지 못할 것이다.

아이젠후트는 프랑크푸르트를 기쳐 뉴욕으로 가는 비행기에 올랐다. 몇몇 동료들과 전략 미팅을 하기 위해서다. 그녀는 비밀 쪽지에서 미팅 참석자들의 명단을 보았다. 모두 그녀가 개인적으로 아는 사람들이다. 비밀 쪽지 전달 명단에는 여전히 그녀의 이름이 올라 있다. IPCC(국제기후변화회의_역주) 의장, 볼티모어대학의 노먼 존스 박사, 웨일즈대학 기후연구소의 존 피보디 박사, 그 밖에 여러 저

396

명한 학자들이 참석할 것이다. 작년 IPCC 보고서를 작성한 사람들이고 기후변화로 사기를 친 장본인들이다. 아이젠후트를 공항에 태워다 준 후 그녀는, 연구소로 돌아가지 않고 취리히 행 비행기에 올랐다.

2시가 조금 지난 시각 그녀는 취리히의 작은 은행 로비에서 오설리번과 그의 친구 보비 베네트를 만났다. 은행 직원은 그들을 금고실로 안내한 후 자리를 피해주었다. 처음에는 오설리번을 믿지 않았던 그녀도 수년간 기후변화 자료가 조작되어왔다는 것을 증명하는 뚜렷한 증거를 보고는 결국 의심을 거두었다.

보비 베네트는 웨일즈대학 기후연구소 직원으로 메일 서버를 해킹해 1998년까지 백업돼 있던 메일을 다운로드한 사람이다. 이 메일들은 IPCC에 자료를 대주는 네 개 연구소의 우두머리들이 주고받은 서신으로, 그들이 공급한 통계 자료와 수치를 바탕으로 기후 상황 보고서가 만들어진다. 네 사람 모두 그녀가 개인적으로 아는 사람들이다. 그녀는 10년도 넘게 비밀스럽게 모여 체계적으로 전 세계의 기상 및 기후 자료를 조작한 그들의 뻔뻔함에 치를 떨었다. 그들은 인간이 기후변화의 원흉이라는 가설을 유지하기 위해 모든 자료를 지구온난화 쪽으로 조작했다. 오직 돈과 권력을 위해 수십억 세계 인구를 공포에 빠뜨린 것이다.

"언제 할 거죠?"

"2월 초."

오설리번이 눈을 반짝이며 대답했다. 평소 감정의 동요가 별로 없는 그가 오늘은 마음이 잔뜩 들떠 있다. 이 사기극을 폭로하면 엄청난 스캔들을 불러올 것이고 기후변화에 대한 사람들의 생각을 크게 바꿔놓을 중대한 전기가 될 것이다.

"왜 그때까지 기다리는 거죠?"

보비가 책상에 올라앉아 그네를 타듯 다리를 흔들었다. 잔뜩 들떠 있기는 그도 마찬가지다.

"지금 추적 중인 문제가 하나 있어요." 보비가 대답했다. "상세한 정보를 기다리는 중인데 이것만 잘되면 IPCC 의장이 이 사기에 관련돼 있다는 걸 증명할 수 있어요. 그 사람의 이권도 얽혀 있거든요. 수십억에 달하는 투자 건인데 IPCC 추천을 받느냐 못 받느냐에 따라 일의 성패가 갈려요."

"정말요?"

"정말이에요. 어처구니없는 일이죠." 오설리번이 고개를 끄덕였다. "몇 달 더 달라붙어서 쑤시면 정보가 꽤 쏟아질 텐데 시간이 부족해요."

오설리번은 보비 옆에 놓인 공공칠가방을 손가락으로 두드렸다.

"여기 모든 증거가 들어 있어요. 전화 통화 녹취록도 내 원고도 다 원본이에요." 그가 진지한 말투로 덧붙였다. "이걸 맡아줘요. 만약 우리한테 무슨 일이 생기면 아니카가 이 자료의 행방을 아는 유일한 사람이에요."

"일은 무슨 일이 생겨요?" 그녀는 아무렇지 않은 척 웃었지만 등골이 오싹해지는 느낌이었다. 이것은 막중한 책임이기도 하고 커다란 유혹이기도 하다.

"어떻게 될지 모르니까 이제부터 전화 통화는 하지 말아요. 전화, 메일 다 안 돼요." 오설리번이 목소리를 낮춰 말했다.

"만약 무슨 일이 생기면 어떻게 연락해요?"

"직접 만나요. 문자 한 통 정도는 괜찮아요. 문자 메시지를 일일이 다 확인하지는 못할 테니까."

그녀가 고개를 끄덕였다.

"정말 위험해질 수도 있을까요?"

그녀의 물음에 오설리번은 그녀를 정면으로 마주보더니 보비와 시선을 주고받았다.

"물론이에요. 발표 전까지는 지극히 위험해요. 일단 이 사기극이 세상에 알려지고 나면 그때는 아무도 우릴 해칠 수 없어요."

그녀는 갑자기 두려움이 엄습하는 것을 느꼈다. 그것을 눈치챈 보비가 그녀의 어깨를 한 번 두드려주었다.

"우린 좋은 일을 하는 거예요. 그 사람들한테 기만당하고 이용당한 걸 생각해봐요. 그 사람들은 그렇게 전 세계를 우롱했어요. 그걸 잊지 말아요."

나만큼 철저하게 우롱당한 사람은 없지. 그녀는 속으로 생각했다.

"그걸 어떻게 잊겠어요?"

오설리번과 보비는 이상주의자다. 그녀 또한 그들과 같은 이유에서, 즉 기후변화 종말론에 대한 환멸에서 사심 없이 이 일을 돕는 줄 안다. 하지만 그녀의 내면은 증오로 가득하다. 이 일은 엄청난 파장을 불러일으킬 것이고, 그 결과 아이젠후트는 파멸하게 될 것이다. 그녀는 은밀히 그 상상을 즐겼다.

"높으신 양반들이 모두 자리에서 물러나야 할 거야." 보비가 혼잣말처럼 말하며 빙긋 웃었다.

그렇다. 아이젠후트는 물러날 것이다. 호숫가의 하얀 집에서도 나갈 것이고, 베티나를 데리고 그녀의 눈앞에서 사라질 것이다. 오설리번은 가방을 금고에 넣은 후 열쇠를 뽑아 그녀에게 건넸다. 그녀는 차가운 쇳조각을 손안에 꽉 쥐었다.

"정말 기대되는걸요."

그녀의 얼굴에 의미심장한 미소가 떠올랐다.

*

심장을 갉아먹는 듯한 불안감은 끝없이 숨어 지내야 하는 괴로움보다 더욱 고통스럽게 느껴진다. 재니스를 믿다니 왜 그런 바보짓을 했을까? 재니스가 그녀의 정체를 안다고 말했을 때 그때 사라졌어야 했다. 이제 함정에 빠진 거나 다름없다. 아이젠후트는 이미 사람을 풀어 그녀의 흔적을 쫓고 있을 것이다. 그는 쉽게 포기하는 사람이 아니다.

비좁은 집에 있으려니 감방에 갇힌 것처럼 답답하다. 하지만 여기서 나갈 수도 없다. 올리버 폰 보덴슈타인은 지금 그녀가 믿을 수 있는 유일한 사람이다. 그녀는 그가 자신을 좋아한다는 것을 바로 알아차렸다. 상황이 달랐다면 그와 사랑에 빠졌을지도 모를 일이다. 하지만 이런 상황에서 사랑이 무슨 소용이란 말인가? 그는 잘못된 상황에서 그녀 앞에 나타났다.

그녀가 자는 동안 그가 집에 들렀던 모양이다. 거실 탁자 위에 쪽지가 한 장 놓여 있다.

할 얘기가 있어요. 나가지 말고 집에 있어요. 딴 사람들이 보면 안 돼요!

흠, 이건 또 무슨 뜻이람?

그녀는 집 안을 배회하던 발걸음을 멈추고 부엌 창문으로 밖을 내다보았다. 들판 너머 보덴슈타인 성이 올려다보인다. 이곳에서의 삶은 어떨까? 정체를 숨길 필요도 없고 가혹한 과거의 유령에게 쫓기지 않아도 된다면?

그녀는 식탁 앞에 앉아 보덴슈타인과의 삶을 상상해보았다. 장을 보고, 청소를 하고, 요리를 하고, 그가 퇴근해 집에 돌아오기를 기다리는 생활…… 예전의 그녀에게 이런 일은 상상도 못할 일이었다. 그러나 지난 반년간 생각이 많이 바뀌었다. 그날 도빌에서 아이젠후트가 다른 여자와 결혼하겠다고 말한 후 그녀의 야망은 연기처럼 사라졌다. 아침부터 밤까지 오직 일에만 매달려 살았던 날들을 갑자기 이해할 수 없게 되었다. 그녀는 정말 학문을 통해 인간의 어리석음을 밝히고 세상을 움직일 수 있다고 믿었던 것일까? 아니, 그녀는 끊임없이 자신을 속였다. 슬픈 일이지만 그녀가 그렇게 일에 매달린 것은 그렇게라도 해서 아이젠후트의 마음을 사려는 속셈 때문이었다. 잠자리와 일은 괜찮지만 결혼은 안 된다? 흥! 기억의 쓴맛을 다시며 그녀는 다시 증오에 휩싸였다. 그녀의 증오는 점점 뜨겁게 끓어올랐다. 그는 그녀를 가지고 놀다가 버렸다. 15년이라는 긴 세월을 그 나쁜 놈에게 바쳤다! 그는 무릎으로 진흙탕을 기며 그녀에게 사죄해야 한다. 가진 것을 모두 빼앗기고 세상 사람들에게 욕을 먹어야 한다! 그렇다. 그에게는 그런 벌이 어울린다. 그녀는 의자에서 일어나 심호흡을 했다. 시간이 별로 없다. 어서 빨리 서류를 손에 넣어야 한다.

*

"세상에! 재니스가 이걸 보면 난리가 날 텐데. CD까지 다 가져갔어요!"

앞서 올라간 리키가 다락방 앞 계단에 서서 외쳤다.

피아와 크뢰거는 그녀를 지나쳐 다락방으로 들어갔다. 서재인 것 같은데 책장은 텅 비었고, 나무 책상 위에는 케이블을 책상 아래로 축 늘어뜨린 모니터 하나만 달랑 남았다. 책상 밑에는 연회색 카펫 위에 컴퓨터가 놓여 있던 자국이 선명하다.

"하나도 남김 없이 다 가져갔네. 누가 왜 이런 짓을 한 거야?"

리키는 그 자리에 주저앉아 머리를 난간에 기대고 다시금 울음을 터뜨렸다.

적이 그렇게 많았는데 그럼! 이제까지 이런 일이 없었던 게 더 이상하지. 피아는 혼자 속으로 생각했다.

크뢰거는 주머니에서 라텍스 장갑을 꺼내 끼고 방 안을 살피기 시작했다. 책상 서랍을 하나씩 열어보지만 모두 텅 비었고, 캐비닛과 바퀴 달린 작은 서랍장도 마찬가지다. 침입자들은 종이 한 장, 볼펜 하나 남기지 않았다. 바닥에는 그들이 남기고 간 듯한 파란색 쓰레기봉투 한 두루마리가 던져져 있다.

"누군지 모르겠지만 아주 싹쓸이했군. 아무것도 없어." 크뢰거가 건조하게 말했다.

리키가 흑흑 우는 소리를 냈다.

"남자친구 어디 있는지 알아요?" 피아가 물었다.

"모…… 몰라요. 그나저나 전화를 해봐야겠어요. 알면 난리 날 텐데! 하지만 나도 어쩔 수 없는 일이었어요."

피아는 그를 체포하러 왔다는 사실을 계속해서 숨겼다. 여자친구가 전화를 하면 집으로 올 테니 힘들게 잡으러 다니지 않아도 된다.

"그럼요. 갑자기 당한 일이라 충격이 크실 거예요. 제가 뭐 도와드릴 일이 없나요?" 피아는 리키 곁에 쭈그리고 앉아 그녀를 위로

했다.

"아니요. 괘…… 괜찮아요. 가게에 나가 봐야겠어요. 동물 보호소에도 가봐야 해요."

그녀는 눈물에 젖은 눈으로 멍하니 허공을 바라보다가 이윽고 난간을 잡고 일어서서 휘청휘청 계단을 내려갔다. 피아와 크뢰거는 그녀를 따라 부엌으로 갔다.

"정말 더럽게 재수 없는 날이네." 그녀는 주방용 휴지를 뜯어 코를 팽 풀었다. 충격이 좀 가신 목소리다. "니카라고 가게 일 도와주는 친구가 있었거든요. 그런데 얘가 어젯밤에 야반도주를 했어요. 거기다 프라우케도 잠적해서 안 나타나고……."

"프라우케 히르트라이터는 우리가 체포했어요."

리키는 놀라서 입을 헤 벌린 채 피아를 쳐다봤다.

"프라우케가 돌아왔어요? 그런데…… 그런데 왜 체포했어요?"

"아버지를 살해한 혐의 때문에요."

"에이, 그럴 리가요!"

그녀는 못 믿겠다는 듯 눈동자를 이리저리 굴렸다. 조금 전에 그런 일을 당한 사람치고는 너무 정상적인 행동이다. 하지만 그동안 범죄의 피해자가 된 사람들을 많이 봐온 피아로서는 별로 이상하게 생각되지 않았다. 충격 후 반응은 사람마다 천차만별인데 어떤 사람들은 한시도 가만히 있지 못하고 정신없이 호들갑을 떨다가 실상을 깨닫는 순간 한꺼번에 와르르 무너지기도 한다.

"이제 그 많은 일을 나 혼자 어떻게 다 하지?"

리키가 넋두리를 하는데 밖에서 초인종이 울렸다. 현관문은 여전히 열려 있었다. 머리부터 발끝까지 닿는 오버올을 입은 감식반 직원 세 명이 막 우주선에서 내린 우주인들처럼 집 안으로 들어섰다.

크뢰거는 그들을 다락으로 올려 보내고 부엌으로 들어왔다. 리키는 주위를 두리번거리는 것이 뭔가를 찾는 눈치다.

"담배가 어디 있지?"

"아마 가방 속에 있을 겁니다. 집 안에 두고 갔다고 했잖아요."

"아, 네. 맞아요." 크뢰거의 말에 리키는 어설프게 웃었다.

리키는 담배보다 재니스에게 연락하는 게 더 중요하다고 생각했는지 복도 서랍장 위에서 무선 전화기를 가져와 전화를 걸었다. 그녀의 미간에 깊은 주름이 나타났다.

"전화를 안 받아요. 음성 사서함만 나와요."

그녀는 갑자기 화난 표정이 되었다.

"온다 간다 말을 하고 다녀야지. 아휴, 정말 지겨워!"

그녀는 전화기를 식탁 위에 소리 나게 내려놓고 멍하니 허공을 응시하다가 갑자기 벌에 쏘인 사람처럼 벌떡 일어났다.

"세상에! 개들이 차에 있는데! 그것도 이 땡볕에!"

"잠깐만요." 피아가 그녀를 제지했다. "아까 우리가 들어왔을 때 어떤 젊은 남자가 손에 칼을 들고 욕실에 있었거든요. 누군지 혹시 알아요?"

"아마 마르크였을 거예요." 리키가 부엌문 옆에 놓인 닳아빠진 신발을 신으며 말했다.

"마르크 뭐요?"

"마르크 타이센."

피아는 역시 놀라서 토끼 눈이 된 크뢰거와 얼굴을 마주보았다.

"타이센이라면 윈드프로 사장 타이센 말인가요?"

"네, 맞아요. 그 사람이 마르크 아버지예요." 리키가 다급하게 말했다. "미안한데 지금 빨리 가서 개들을 풀어줘야 하거든요."

그녀는 그 말만 남기고 정원으로 사라졌다.

"타이센의 아들이 왜 테오도라키스 집에 있었을까요? 반장님, 이해돼요?"

"저 여자를 죽이려고 했는지도 모르지." 크뢰거가 어깨를 으쓱했다. "난 우리 직원들한테 좀 가봐야겠어."

피아 혼자 부엌에 남아 정원을 내다보는데 휴대전화가 울렸다. 셈이 어디냐고 묻는다.

"테오도라키스 집에 왔는데 집에 없네요. 왜요?"

"문제가 생긴 거 같아요. 라데마허가 과장 방에 들어갔는데 그다음에 과장이 화가 머리끝까지 나서는 반장님 어디 있느냐고 찾고 난리 났어요. 반장님 거기 계세요?"

"아뇨. 같이 안 왔는데……. 휴대전화로 연락해봐요. 나도 프라우케 데리고 곧 들어갈 거예요."

피아는 전화를 끊고 생각을 정리해보았다. 타이센의 아들이 아버지의 원수 집에 있다는 게 영 이상하다. 그녀는 테라스로 나가 잔디밭을 가로질렀다. 무성하게 피어난 철쭉 사이로 나무 울타리와 작은 문이 보인다. 그 너머는 아스팔트가 깔린 좁은 들길이다. 울타리 바로 앞에는 트렁크가 열린 아우디가, 그로부터 얼마 떨어지지 않은 곳에는 조금 전 그녀의 차를 긁고 지나간 빨간 스쿠터가 서 있다. 건너편에는 울타리가 쳐진 목초지가 숲까지 이어지고 골짜기 쪽에는 마구간 건물이, 그 옆 잔디밭에는 애견 훈련장이 자리 잡고 있다. 벌들이 꽃나무 사이를 날아다니며 윙윙거린다. 아까 그 소년의 모습은 어디에도 보이지 않고 순경들도 자취를 감추었다.

리키는 피아에게 등을 보인 채 목초지 울타리에 팔을 걸치고 통화하는 중이다.

"······정말 미치겠네!"

피아는 리키의 갑작스러운 외침에 굳은 듯 그 자리에 멈춰 섰다.

"······누가 그렇게 오버하래요! 내가 지금······."

철창에서 풀려난 개들은 울타리 안에서 정신없이 뛰놀다가 피아를 보고 컹컹 짖으며 달려왔다. 놀란 리키는 고개를 돌리며 얼른 전화를 끊었다.

"또 뭐 할 얘기 있어요?"

리키가 눈살을 찡그리며 물었다. 얼룩진 마스카라 자국이 없었다면 15분 전에 꽁꽁 묶인 채 욕조 안에 실신해 있던 그 여자라고는 믿기 힘들 것 같다. 충격의 흔적도 전혀 없고 평소 때의 과장된 명랑함도 찾아볼 수 없다. 피아는 그녀를 만난 이후 처음으로 그녀의 꾸미지 않은 본모습을 보는 것 같았다.

"그 남자애 말인데요, 걔가 여기 왜 왔을까요?"

"마르크요? 그건 왜 물으세요?"

"타이센의 아들이라면서요? 타이센은 이 집 사람들하고 친하지 않잖아요."

"네, 그렇죠. 마르크는 동물 보호소에서 일해요. 그 애 부모님은 좋아하지 않지만 판사가 명령을 내린걸요."

"판사요?"

"네, 말썽을 피워서 사회봉사 명령을 받았어요."

"아, 그래요? 그런데 마르크가 타고 다니는 스쿠터 말이에요, 죽은 윈드프로 경비원 앞으로 등록돼 있던데 그거 알고 계셨어요?"

"아니요." 그녀는 관심 없다는 듯 어깨를 으쓱했다. 다시 휴대전화가 울렸다. 발신인을 확인한 그녀가 버튼을 누르자 멜로디가 멈췄다. "전 지금 그런 데 신경 쓸 여유가 없어요."

"네, 그럴 거예요. 남자친구는 연락됐나요?"

"아니요! 전화를 안 받아요. 정말 돌아버리겠어요!"

그녀는 주먹을 쥐고 초조한 듯 울타리를 두드렸다.

"남자친구한테 연락되면 저희한테 바로 연락하라고 전해주세요."

"네, 알았어요."

아까 그 멜로디가 다시 울리는 동시에 골짜기 쪽에서 녹색 지프가 한 대 내려왔다. 피아는 길을 비켜주려고 무성한 잡초 속으로 한 걸음 물러섰다. 그러다가 우연히 리키의 자동차 조수석에 눈길을 주었다. 순간 피아의 내면에서 아우성이 들리는 듯했다. 그러나 그 아우성의 정체가 뭘까 생각할 겨를도 없이 주머니 속에서 휴대전화가 울렸다. 오스터만이 가택 수색영장이 승인되었음을 알려왔다.

리키는 녹색 지프의 운전자와 얘기를 나누고 있었다. 피아는 그녀에게 고갯짓으로 인사를 하고 집 안으로 들어갔다. 이상한 일이다. 프라우케가 체포됐다는 말에도 별 반응이 없고 죽을 뻔한 사람 같지도 않다. 그녀의 진술에는 어딘가 이상한 데가 있다. 뭔가 수상하다. 피아는 왜 그런 생각을 하게 됐는지는 알 수 없지만 쉽게 의혹이 떨쳐지지 않았다.

✳

보덴슈타인은 주차장에 차를 집어넣고 맞은편 경찰서 건물로 들어갔다. 프라우케를 심문하기 전에 피아에게 모든 걸 털어놓아야 한다. 아버지가 받은 유산도, 아니카 좀머펠트의 비밀도 모두 이야기할 생각이다. 때를 놓치면 피아와의 사이는 회복할 수 없을 만큼 벌어질지도 모른다. 코지마와 그랬던 것처럼.

회복할 수 없다니…… 웃기는 말이군. 어젯밤 아니카의 얘기를 들으면서 그는 여러 번 코지마를 떠올렸다. 어느 순간부터 코지마가 전혀 원망스럽지 않았다. 인생을 새롭게 보게 된 느낌이랄까. 앞뒤 정황으로 보아 아니카와 함께하는 미래를 꿈꾸는 것은 어려울지도 모른다. 하지만…… 일은 이미 벌어졌다. 그는 그녀를 처음 본 순간 사랑에 빠졌다. 가슴이 울렁거리고 식욕이 떨어졌다. 이런 적이 한 번 더 있었다. 잉카 한젠을 만났을 때였다. 하지만 그건 아주 오래전의 일이다. 니콜라 엥겔은 실연의 늪에 빠져 있을 때 만난 위로의 대상이었고, 코지마와의 만남은 속전속결이었다. 그녀는 그를 자극했고 그가 그녀의 덫에 걸려들자 의기양양하게 침대로 끌고 갔다. 지금 생각해보면 코지마와 함께 살면서 그녀의 뜻을 거스를 생각을 단 한 번도 하지 못했던 것 같다. 항상 그녀의 뜻이 우선이었다. 하지만 사람을 잘 요리하는 그녀는 그녀의 뜻대로 하면서도 상대가 스스로 원해서 그렇게 된 것인 양 착각하게 만들었다. 그에게 그녀의 외도는 그래서 더욱 큰 상처였다. 그녀가 그를 전혀 필요로 하지 않았다는 사실을 뒤늦게, 그리고 뼈저리게 깨달아야 했기 때문이다. 여행의 동반자로서도, 돈을 벌어오는 가장으로서도 부족했고, 잠자리를 같이하는 사람으로서는 더더욱 실격이었다. 그녀는 모든 사람 앞에서 그를 바보로 만들었다. 그 사실이 가장 견디기 힘들었다.

아니카는 다르다. 그녀는 잉카를 떠올리게 한다. 잉카와는 여러 가지 오해로 이루어지지 못했지만, 이번에는 그렇게 되도록 놔두지 않을 것이다.

보초를 서는 순경이 안에서 버튼을 누르자 낮은 소음과 함께 유리문이 열렸다. 복도에 들어서자 저만치서 셈이 마주 걸어온다. 과장이 지금 당장 보자고 한단다. 과장실 문을 두드리자 거의 동시에 안에서 문이 열리고 엥겔 과장이 나타난다. 그녀 뒤로 책상 앞에 다리를 꼬고 앉아 있는 라데마허가 보인다. 그는 니코틴으로 누렇게 된 이를 드러내며 흡족한 미소를 짓는다. 왠지 예감이 안 좋다.

"라데마허 씨, 잠깐 밖에서 기다리시죠. 키르히호프 형사가 곧 올 겁니다."

라데마허는 나가면서 그에게 비웃음을 흘렸다. 과장은 문을 닫자마자 바로 그를 몰아세웠다.

"죽은 히르트라이터가 백작님한테 땅을 전부 물려줬다는 게 사실이야?"

그녀는 책상 뒤에 있는 창문을 열고 자리에 앉았다.

보덴슈타인은 사실대로 대답했다. 그런데 과장이 무슨 말을 하려는 걸까?

"그 땅이 히르트라이터 사건 수사에서 매우 중요한 의미를 가지고 있다고?"

"맞아. 윈드프로는 그 땅값으로 수백만 유로를 내겠다고 했어. 히르트라이터가 그 땅을 팔기를 거부했기 때문에 살해당한 것이 아닌지 의심했을 정도야."

"그런데 그 땅이 지금은 보덴슈타인 반장의 아버지 소유가 되었다는 거지?"

"막역한 친구였던 고인의 뜻에 따르면 그렇지."

"윈드프로가 이미 백작님한테도 땅을 팔라고 똑같은 제안을 했다는 게 사실이야?"

"사실이야. 라데마허는 나한테 아버지를 설득해달라고 했어. 만약 그렇게 안 하면 내 동생 부부가 하는 레스토랑을 망하게 하겠다면서 협박도 했고. 아버지가 계약서에 서명하도록 설득하면 돈을 주겠다고 했어."

과장은 날카로운 눈으로 그를 노려보았다.

"난 라데마허한테 완전히 다른 얘길 들었는데?"

"아마 그랬겠지."

"어제 보덴슈타인 반장이 자기를 찾아와서 아버지를 설득하는 건 문제가 아니니까 15만 유로를 현금으로 달라고 했다던데?"

"뭐?" 보덴슈타인은 기가 막힌 듯 헛웃음을 쳤다.

"그리고 돈을 안 주면 증거를 위조해서 히르트라이터 살해죄를 자기한테 뒤집어씌우겠다고 협박했다는데?"

"나 참, 기가 막혀서! 그게 정말이야?"

"정말이야. 사태가 심각해. 지금 반장은 공갈 미수, 협박, 직권 남용으로 고발당한 상태야."

"다 거짓말이야! 니콜라, 나 몰라? 우리 아버진 유산을 포기하거나 기증하려고 생각하고 계셔. 불과 몇 시간 전에 들은 얘기야." 그가 억울한 심정을 호소했다.

"라데마허도 그 사실 알고 있어?"

"아니, 먼저 물어볼 게 있어서 말 안 했어. 라데마허는 히르트라이터가 죽은 날 밤, 현장 감독이라는 남자를 만났어. 그런데 우리한테는 한마디도 안 했어. 나도 오늘 아침에야 그 사실을 알았기 때문에 라데마허한테 얘기할 기회가 없었어!"

니콜라 엥겔은 한숨을 푹 내쉬며 의자에 등을 기댔다.

"올리버, 나도 그 말 믿어. 하지만 편파성 우려로 지금 이 순간부터 당신을 수사에서 배제시킬 수밖에 없어."

"그럴 순 없어!"

보덴슈타인은 과장의 결정에 소리 높여 항의했다. 하지만 과장은 그럴 수 있고, 또 수사를 그르치지 않기 위해서는 그럴 수밖에 없다는 사실을 누구보다 잘 아는 사람이 보덴슈타인이다. 수사관의 편파성 의혹은 재판 결과를 완전히 뒤집을 수도 있기 때문에 조심해야 한다.

그는 어쩔 수 없다는 듯 양손을 들어 올렸다. 어쩌다 이 지경까지 온 걸까? 경찰 생활 25년 동안 의심 근처에는 가본 적도 없는 그가 모함을 받고 이런 엄청난 의혹의 진흙탕에 빠지다니!

"미안하게 됐어. 며칠 휴가를 내. 일은 키르히호프 형사가 잘 알아서 할 거야."

그도 그것을 의심하지는 않는다. 하지만 안 그래도 그에게 화가 나 있는 피아가 그 소식을 듣고 좋아할 리 없다.

"그건 그렇고 연방범죄수사국 사람들은 뭐야? 그 사람들이 찾는 여자는 또 뭐고?"

"잘난 슈퇴르히 혼자 찾아보라고 해." 과장은 귀찮다는 듯 한마디로 일축했다. "사실 우리하곤 상관없는 일이야. 그리고 그 음모론은 다 헛소린 거 같아."

보덴슈타인은 순간 과장에게 아니카에 대해 말해버릴까 하는 유혹을 느꼈다. 하지만 곧 생각을 고쳐먹었다. 먼저 아니카와 얘기를 해보고 사실 여부를 확인하는 것이 우선이다.

"내 생각에도 그래." 그는 그렇게만 대꾸하고 과장실을 나왔다.

*

"마르크! 마르크, 여기 있니?"

리키의 목소리가 꿈속까지 뚫고 들어온다. 그는 잠에서 깨지 않으려고 안간힘을 썼다. 안 돼, 지금 깨면 안 돼. 안 돼…….

"마르크!"

잠에서 깬 그는 멍한 얼굴로 주위를 둘러보았다. 바지 주머니에서 휴대전화가 진동하고 있다. 왜 건초 더미 위에서 자고 있지? 언제부터 이러고 있었지? 그는 주머니 속에서 휴대전화를 꺼냈다. 하지만 전화는 이미 끊겼다. 순간 모든 기억이 한꺼번에 떠올랐다. 욕조 속의 리키, 경찰, 도주. 그는 황급히 자리에서 일어났다.

"리키?"

그는 덥고 땀이 나는데도 온몸이 떨렸다. 방금 리키의 목소리는 꿈에서 들은 건가? 그는 바닥에 난 문을 향해 기어갔다. 순간 리키의 얼굴이 쑥 올라왔다.

"여기 있었구나! 그런데 꼴이 그게 뭐야?"

마르크는 안도감에 몸을 떨며 리키의 목을 끌어안았다.

"조심해! 사다리에서 떨어지겠어!" 리키가 외쳤다.

"오, 리키! 무사해서 정말 다행이에요! 난 정말…… 난 정말…….'"

'죽은 줄 알았다'는 말은 차마 입에 올릴 수 없었다.

"왜 이래? 지저분한 데다 얼굴이 피투성이야."

리키는 거칠게 포옹을 풀며 그를 외면했지만 마르크는 상관하지 않았다. 그녀가 무사하다는 사실이 기쁠 뿐이다.

"아까…… 풀어주려다가 부엌칼에 손을 벴어요. 그런데 갑자기 짭새들이 나타나서 나한테 총을 겨누잖아요. 그래서 도망쳤어요. 그런데 무슨 일이 있었던 거예요?"

"습격당했어." 바닥으로 내려온 리키는 옆에 뒹구는 양동이를 뒤집어 그 위에 앉았다. "재니스 서재를 완전히 쑬어갔어. 정말 악몽을 꾼 거 같아!"

"습격이라뇨? 누가요?"

"그걸 알면 내가 이러고 있겠니?" 그녀는 무릎에 팔꿈치를 올리고 앉아 도리질을 했다. "방금 산림 관리원한테 전화가 왔는데, 재니스가 사고를 당해서 구급차에 실려 갔대."

마르크는 말없이 그녀를 응시했다. 재니스. 뭔가 재니스에 관계된 일이 있었는데.

"난 이제 병원에 가봐야겠어. 컴퓨터를 도둑맞은 걸 알면 재니스가 가만히 안 있을 텐데! 자료가 거기 다 들어 있는데…… 아무래도 말하지 말아야 할까 봐."

"컴퓨터요? 시민단체 자료가 거기 들어 있었어요?"

리키는 대답 대신 고개를 끄덕이며 한숨을 쉬었다.

"누가 그랬을까요?"

"그게 누구건 간에 이제 다 끝난 거야. 평가서고 뭐고 다 없어졌어. 말짱 도루묵이야. 너희 아버지 이제 풍력발전 단지 지으실 수 있겠다."

마르크는 생각에 잠긴 얼굴로 머리를 긁적였다. 두통은 이제 거의 다 나았다. 문득 아까 찾아낸 총이 생각났다.

"잠깐만 있어봐요."

그는 잠시 사라졌다가 총을 들고 다시 나타났다.

"이거 봐요! 저 위에 있었어요."

총을 본 리키는 자리에서 벌떡 일어났다.

"어디서 이걸……?"

그녀는 잠시 망설이다 총을 받았다.

"건초 더미 사이에 꽂혀 있었어요. 한참 뒤쪽에요."

그는 사다리를 내려와 옷에 묻은 지푸라기를 털었다.

"난 잘 모르지만 묵직한 걸 보니 진짜 총인 것 같아."

리키는 못 만질 걸 만진다는 듯이 총을 멀찌감치 들고 쳐다보았다.

"누가 여기다 이런 걸 숨겼을까?"

"재니스?"

마르크의 말에 리키의 눈이 휘둥그레졌다.

"맙소사! 이거 혹시 루드비히 아저씨 쏜 총 아닐까?"

그녀는 조심스럽게 총을 바닥에 내려놓으며 울상을 지었다.

"그런데 왜 재니스가 총을 숨겼다고 생각하는 거야?"

리키가 의심스러운 표정으로 물었다.

"거짓말쟁이니까요!" 마르크가 대뜸 외쳤다. "나한테는 그 자리에 발전소 세워봐야 쓸모도 없다면서 생태 환경 보전을 위해서 반대하는 거라고 했어요."

"그런데? 다 맞는 말이잖아."

리키의 푸른 눈동자가 그를 빤히 쳐다보자 그는 갑자기 울고 싶어졌다. 이제는 그가 모든 걸 망치고 있지 않은가! 왜 그는 그냥 입을 다물고 있지 않았을까?

"하지만 재니스가 풍력발전 단지에 반대하는 이유는 다른 데 있어요. 텔레비전에 나와서 한 말은 다 거짓말이라고요. 환경보호에는 관심도 없어요! 재니스는 우리 아버지 회사에서 쫓겨난 걸 복수하려는 거예요. 그제 저녁에 니키한테 말하는 거 들었어요. 그리고 리키한테도 말했잖아요."

리키는 가만히 그를 응시하다가 총을 들고 사다리를 올라갔다. 마르크는 그녀의 행동을 말없이 지켜보았다.

"내가 재니스한테 물어볼게." 다시 돌아온 리키가 말했다. "지금 병원에 가서 따져야겠어. 정말 재니스가 내 마구간에 그런 걸 숨겼다면 가만두지 않을 거야."

＊

피아는 팔짱을 낀 채 노란 유성페인트가 칠해진 벽에 기대고 서 있다가 보덴슈타인이 복도로 나오자 벽을 등으로 밀어 그에게 다가 갔다.

"프라우케 히르트라이터, 체포했어요. 난리 칠 줄 알았는데 체포 영장 읽어보더니 그냥 순순히 따라오더라고요. 테오도라키스는 못 잡았어요. 하지만 체포는 시간문제예요. 그전에 자백을 받으면 체포 할 필요도 없겠지만요. 라데마허도 마찬가지예요. 제 생각엔 반장님 이 오스터만이랑 같이 라데마허를 맡고, 셈이랑 제가 프라우케를 맡 으면 될 것 같은데 어떠세요?"

"피아……."

그가 상황을 설명하려고 입을 열었지만 그녀는 그에게 말할 기회 를 주지 않는다. 정체돼 있던 수사에 반전이 도래하자 잔뜩 들뜬 기 색이다.

"오늘 아침 테오도라키스 집에 강도가 들었어요. 리키 프란첸을 미라처럼 꽁꽁 묶어서 욕조 안에 눕혀놓고 테오도라키스 서재를 싹 쓸이해갔어요. 그리고 그 집에서 누구를 본 줄 아세요? 그냥 말할게 요. 반장님은 상상도 못하실 거예요!" 피아는 잠시 말을 멈추고 기 대감이 가득한 얼굴로 그를 쳐다보았다. "타이센의 아들요! 손에 부 엌칼을 들고 욕조 옆에 앉아 있었어요. 크뢰거 반장님은 리키 프란 첸을 해치려고 한 거라는데 전 그렇게 생각 안 해요. 하지만 그 애가 수상하긴 해요. 그것도 아주 많이요. 동물천국에 들어갈 때도 그 애가 스쿠터를 타고 튀어나오는 바람에 접촉 사고가 났거든요. 그래서 크뢰거 반장님이 전화로 번호판 조회를 했어요. 그런데 그 스쿠터가 누구 명의로 등록돼 있는 줄 아세요? 죽은 그로스만 앞으로 돼 있었어요! 이건 우연이 겹쳐도 너무 겹치지 않아요? 여기 오는 동안 곰곰이 생각해봤는데요, 제 생각엔⋯⋯."

"피아!" 보덴슈타인이 끊임없이 이어지는 그녀의 말을 중단시켰다. "할 얘기가 있어."

"뭔데요, 좀 있다 심문 끝나고⋯⋯."

"안 돼." 보덴슈타인은 바지 주머니에 손을 넣고 길게 한숨을 쉬었다.

"과장님이 방금 수사에서 손을 떼고 휴가를 내라고 하셨어. 편파성 우려 때문이래."

"네?" 피아가 황당한 얼굴로 그를 빤히 쳐다보았다. "편파성요? 그게 무슨 소리예요?"

"피아한테 진작 다 얘기했어야 하는 건데."

보덴슈타인은 심란한 표정으로 천천히 머리를 내둘렀다.

"무슨 얘기요?"

히르트라이터 형제를 심문할 때 그 얘기가 안 나왔던 걸까? 아니면 그를 시험하려는 심산일까?

"어서 가서 심문해야지."

"잠깐만요." 보덴슈타인이 회피하려고 하자 피아의 미간에 깊은 주름이 파였다. 진짜 화났다는 뜻이다. "이제 슬슬 이유를 말해줘야 하는 거 아니에요? 왜 그렇게 혼자 신비에 휩싸인 척해요? 도대체 무슨 일이 있는지 이제 저도 좀 알아야겠어요!"

피아는 삐치기도 하고 화도 단단히 난 모양이다. 그럴 만도 하다.

보덴슈타인은 용기를 냈다.

"간단하게 이야기할 수 있는 사안이 아니야. 괜찮다면 내가 저녁에 목장으로 갈게."

피아는 차가운 눈빛으로 그를 응시했다. 안 된다는 대답이 나올 것 같았지만 잠시 후 그녀는 고개를 끄덕였다.

"좋아요. 오늘 저녁 8시에 우리 목장으로 오세요. 만약 중간에 일이 생기면 전화할게요."

그녀는 그 말만 남기고 돌아섰다. 그녀가 걸을 때마다 낡은 리놀륨 바닥에 운동화 스치는 소리가 났다. 그녀는 복도 모퉁이를 돌기 전 한 번 더 뒤를 돌아보았다.

"바람맞히지 말아요."

✳

"아버지 차를 타고 떠난 이후로는 라디오도 안 들었어요. 그 차에는 CD 플레이어밖에 없거든요. 그리고 난 휴대전화를 안 써요."

전국적으로 수배된 사실을 몰랐느냐는 질문에 프라우케가 대답했다. 요즘 같은 세상에 아직도 휴대전화가 없는 사람이 있다니 믿어지지 않았지만 사실이다. 언제라도 연락이 닿아야 하는 현대 사회에서는 어쩌면 이쪽이 사치라고 해야 할 것이다.

"어디로, 왜 떠났는데요? 수요일 저녁에 아버지 목장에는 왜 갔죠? 까마귀는 또 왜 죽이고?"

"그놈의 새가 날 공격하잖아요! 우리 어머니 간병할 때 2년간이나 그 새 뒤치다꺼리를 했어요. 집 안이 온통 새똥과 깃털인데 그걸 다 내가 치웠다고요. 아버지는 저녁이면 새랑 같이 거실 소파에 앉아 텔레비전만 봤어요. 어머니의 이야기 상대가 돼주지도 않고 나랑 대화하는 일도 없었어요. 그런데 그 빌어먹을 새가 공격해오는데, 순간적으로 아무것도 안 보이더라고요."

"아버지가 살해된 데 사용된 총이 당신 침실 옷장 안에서 발견됐어요. 그리고 5월 12일 저녁 아버지 목장에 있었죠?"

피아는 크뢰거가 찍은 사진을 그녀 앞에 내밀었다. 사전에 변호사를 부르라고 했지만 프라우케는 싫다며 거절했다.

프라우케는 조사실에서 깍지 낀 손 위에 턱을 괸 채 불안하거나 두려운 기색 없이 피아를 쳐다보았다. 온 팔뚝이 아직 아물지 않은 상처투성이다.

"5월 14일 저녁, 경찰이 봉쇄한 라벤호프에 침입해서 2층 방 벽장에서 뭔가를 꺼냈죠?" 미리 약속한 대로 셈이 치고 들어왔다. "아버지의 유언장 내용을 알고 있었기 때문에 그걸 없애려고 한 거 아닙니까?"

유언장! 피아는 아직도 가슴이 벌렁벌렁하고 믿어지지 않았다. 어떻게 그런 중요한 일을 그녀에게 숨길 수 있었단 말인가! 보덴슈타인이 가버린 후 엥겔 과장이 와서 당분간 반장 직무를 맡아 하라고 지시했다. 이유를 묻자 히르트라이터의 유언장 얘기를 해주었다. 그 말을 들은 피아는 순간 열이 받쳐 오늘 저녁에 올 필요 없다고 전화를 하려다가 참았다. 사실 화가 나기도 했지만 실망감이 더 컸다.

4년째 훌륭한 콤비로 어려운 사건들을 해결해온 두 사람은 그동안 거리감도 없어지고 서로에 대한 이해도 깊어져서 조건 없이 신뢰할 수 있는 파트너 관계로 발전했다. 그런데 이런 일이 일어난 것이다.

피아는 보덴슈타인이 개인적인 문제에 파묻혀 날카로운 이성과 판단력을 상실해가는 모습을 보는 것이 말할 수 없이 안타까웠다.

이제는 혼자 모든 것을 알아서 처리해야 한다. 엥겔 과장이 강조했듯이 전화로 상의도 할 수도 없다.

"아, 글쎄 내가 지금 얘기하잖아요." 프라우케의 말에 피아는 다시 현실로 돌아왔다. "난 그 총이 왜 내 옷장에 있었는지 몰라요. 그리고 우리 아버지도, 텔도 죽이지 않았어요. 내가 왜 그런 짓을 하겠어요?"

"아버지를 미워했으니까요." 셈이 받아쳤다. "어머니와 당신은 오랫동안 아버지의 횡포 밑에서 모욕과 수모를 당하며 살았어요. 그리고 우리가 알아낸 바에 의하면 사격 솜씨도 아주 좋다고 하던데요?"

프라우케는 씁쓸한 얼굴로 헛웃음을 쳤다.

"바로 앞에서 엽총으로 사람을 쏘는데 사격 솜씨가 왜 필요해요?"

셈은 그 말에는 아무 대꾸도 하지 않고 다음 질문으로 넘어갔다.

"수요일 저녁 목장에 가서 뭐했어요?"

"우리 오빠랑 동생 아시죠? 그리고 그 사람들, 지금 완전히 거지 신세라는 것도 아시죠? 어머니 유물 중 생전에 아끼시던 물건을 몇 개 빼내왔어요. 그레고어랑 마티아스는 손에 잡히는 대로 다 팔아치울 게 틀림없거든요."

"누가 그런 말을 믿을 줄 알아요?"

"좋아요. 그 상자엔 어머니 유물 말고 다른 것도 들어 있었어요. 올드타이머 두 대의 증서하고, 네, 그래요, 아버지 유언장 사본도 있었어요. 그래서 목장은 내가 물려받고 오빠가 바트 퇼츠에 있는 외갓집을 물려받는다는 것도 알고 있었어요. 먼 길 가는데 다 낡은 차를 끌고 가기 싫더라고요. 그래서 아버지 벤츠를 꺼내서 타고 갔어요."

"그럼 그동안 바트 퇼츠에 있었던 겁니까?"

"네, 그날 저녁에 바로 출발했어요."

"거기 가서 뭐 했어요?" 피아가 다시 심문에 합세했다.

"외갓집에 있는 물건을 챙겨왔어요. 외할아버지는 뮌헨에서 부유한 상인이었는데 평생 예술가들을 후원했어요. 가세가 기운 다음에도 계속해서 예술가들의 그림을 사 모았죠. 그중엔 나중에 유명해진 화가들의 작품도 많았어요. 어머니가 하나둘씩 박물관에 팔아서 거의 다 없어졌는데, 끝까지 팔지 않은 작품이 세 점 있어요. 슈피츠벡, 카를 로트만, 그리고 청기사(독일 표현주의 시기에 활동한 미술가 집단_역주) 시기의 블라디미르 베히테예프, 이렇게 세 점인데 어머니가 애착을 가졌던 그림들이고 지금은 값이 꽤 나가요. 다락에서 그거 세 점을 꺼내왔어요. 벤츠 트렁크에 다 있으니까 확인해보세요."

"흠, 알겠네요. 오빠랑 남동생이 팔아치우기 전에 미리 팔겠다 이거군요."

"아니요. 팔 생각 없어요. 나한테는 의미 있는 그림들이기 때문에 그냥 가지고 있을 거예요."

잠시 침묵이 흘렀다. 어디서 들어왔는지 창문 없는 조사실에 파리 한 마리가 빙빙 날아다닌다. 피아는 프라우케를 찬찬히 뜯어보았다. 그동안 별의별 사람을 다 심문해보았다. 죄지은 사람, 죄 없는 사람, 살인자, 폭력범, 충동적으로 범행을 저지른 사람, 사기꾼, 멍청한 경찰보다 자기가 똑똑하다고 믿는 사람……. 긴장해서 떠는 사람도 있었고, 공격적인 사람도 있었고, 울먹이는 사람도 있었다. 프라우케는 시종일관 차분한 태도를 보였다. 과연 그녀는 어느 범주에 속할까? 뛰어난 연기자?

피아는 그녀의 태도와 표정에서 뭔가 죄의식을 드러내는 것이 없는지 살폈다. 그러나 어떤 단서도 찾을 수 없었다. 눈을 깜박거리지도 않고, 시선이 흐트러지지도 않고, 말을 더듬지도 않는다. 대답도 망설임 없이 바로바로 나오고, 얼버무리지도 않는다.

순간 피아는 잘못 짚었다는 것을 깨달았다. 눈앞이 까매졌다. 총이 어떻게 해서 그녀의 옷장에 들어갔는지는 모르겠지만 이 여자는 아버지도, 개도 죽이지 않았다. 심문을 계속해봐야 시간 낭비다.

피아는 자리에서 일어나 밖으로 나가면서 셈에게 따라오라는 눈짓을 했다. 휴가에서 복귀한 후 너무 많은 일이 일어나서 어쩌다 이렇게 길을 잘못 들었는지 기억도 나지 않는다. 이럴 때면 보덴슈타인은 사건에서 한 걸음 물러나 휴식을 취하곤 했다. 마음을 가다듬고 생각을 정리하기 위해서였다. 지금 그녀에게 필요한 것도 그것이다.

"왜요?" 따라 나온 셈이 물었다.

"잘못 짚었어요." 피아가 벽에 등을 기대며 말했다. "젠장! 분명히 저 여자인 거 같았는데."

"내 생각도 그래요. 풀어줄 거예요?"

"아뇨, 아직. 잠깐 머리 좀 식혀야겠어요."

셈이 이해한다는 듯 고개를 끄덕였다. 피아는 초조한 듯 손가락으로 아랫입술을 톡톡 두드리며 생각에 잠겼다.

왜 마르크 타이센이 그 집에 있었을까? 테오도라키스는 어디 있지? 테오도라키스의 유전자가 죽은 그로스만의 시체에서 발견된 이유는 뭐지? 왜 그로스만 앞으로 등록된 스쿠터를 마르크가 타고 다니지? 아까 리키의 자동차 안을 들여다봤을 때 순간적으로 떠올랐던 생각, 그건 뭐지? 화요일 밤 라데마허와 글뢰크너는 왜 라벤호프에 갔을까? 생각하면 할수록 머릿속은 복잡하기만 하다.

"마르크 타이센에 대해 물어봐요. 테오도라키스와 프란첸에 대해서도요." 그녀는 손목시계를 들여다보았다. 2시 15분. "4시쯤 돌아올 테니까 같이 타이센한테 가요. 어쩌면 그사이에 테오도라키스한테 연락이 올지도 모르죠."

*

보덴슈타인은 집에 태워다 준 순경에게 고맙다고 말한 뒤 순찰차가 떠나는 모습을 지켜보았다. 휴가 중에는 근무 차량을 사용할 수 없다. 예전에 타던 BMW는 작년 11월, 사고로 폐차했다. 오늘 그의 심리 상태는 그날, 사고가 있었던 날만큼이나 혼란스럽다. 이성의 목소리는 살해 혐의가 있는 한 아니카를 집에 숨겨주어서는 안 된다고 말하지만, 마음이 원하는 것은 완전히 반대다.

그는 과연 어떤 태도를 취해야 할까? 그녀를 믿어도 될까? 그는 그녀에 대해 아는 것이 없다. 그런데도 그녀에 대한 강한 애착 때문에 문제를 객관적으로 보지 못하고 있다. 그녀는 왜 도망친 진짜 이유를 말하지 않았을까? 대화를 미뤄봐야 의심만 커질 뿐이다. 확실한 대답을 듣자. 지금 당장.

그는 마부 행랑채로 건너가 문을 열었다. 아니카는 여전히 소파에 웅크린 채 자고 있었다. 그는 문가에 서서 그녀를 바라보았다. 왼팔을 베개 삼아 옆으로 누워 있는데 티셔츠가 살짝 올라가 하얀 속살이 들여다보인다. 그 모습에 그는 바로 마음이 약해졌다.

이 여자가 냉정한 살인마라니, 그럴 리 없어! 그 모든 말은 그녀를 비방하기 위해 만들어진 걸 거야. 그녀는 세상에 알려지면 큰 파장을 몰고 올 비밀을 알고 있지 않은가!

아니카는 인기척을 느꼈는지 잠에서 깼다. 그리고 햇살에 눈이 부신지 눈을 깜박거리다 그를 발견하고 환하게 웃었다.

"왔어요?"

"할 얘기가 있어요." 그가 심각한 표정으로 말했다.

그녀는 미소를 거두고 똑바로 일어나 앉아 머리 모양을 가다듬었다. 자고 일어나서 발갛게 상기된 얼굴에 소파 쿠션 자국이 남아 있다. 그는 그녀 옆으로 가 앉았다.

"무슨 일 있어요?" 그녀가 긴장하며 물었다.

말을 어떻게 시작해야 할까? 슈퇴르히와 헤어뢰더는 그와 같은 경찰이다. 평소 때라면 그들의 말을 의심하지 않았을 것이다. 그런데 지금 그는 그들을 경계해야 할 적으로 여기고 있다. 혹시 큰 실수를 하고 있는 것은 아닐까?

아니카는 두 손을 무릎 사이에 끼우고 등을 움츠린 채 녹색 눈동자로 그를 빤히 쳐다보았다.

"오늘 아침에 디르크 아이젠후트가 경찰서에 찾아왔어요."

그 말에 그녀는 소스라치게 놀랐다.

"연방범죄수사국 사람 둘하고 같이 와서 아니카가 이 근처에 숨어 있다는 정보를 입수했다면서 아느냐고 물었어요. 난 모른다고 했어요."

그녀는 그 말에 안도했지만 그가 입을 열자 다시금 긴장했다.

"그 사람들 말로는……." 그는 쉽게 말을 꺼내지 못했다. 너무 엄청난 혐의인 데다 그녀가 어떻게 반응할지 두려웠기 때문이다. 그녀가 거짓말을 하면 어쩌지? 그는 마음을 독하게 먹었다.

"그 사람들은 아니카가 취리히와 베를린에서 남자 두 명을 살해한 것으로 믿고 있어요."

침묵. 나무 꼭대기에서 부는 바람 소리가 열린 들창을 통해 들어왔다. 그녀의 얼굴에 경악의 표정이 천천히 번졌다.

"어떻게…… 어떻게…… 그런…… 그런 터무니없는 말을……."
그녀는 기가 막힌 듯 말을 더듬었다. "내가 사람을 죽였다고요? 난
이제까지 살면서 파리 한 마리 함부로 죽인 적 없어요!"

"키에런 오설리번은 베를린의 호텔 방에서 죽었는데 아니카가 그
현장에 있다가 도망쳤다고 하더군요."

그녀는 그를 빤히 쳐다보았다.

"말도 안 돼!"

그녀는 자리에서 벌떡 일어나 두 손으로 자기 입을 틀어막았다.
시선은 불안하게 방 안을 헤매고 충격을 받은 표정이다. 보덴슈타인
은 그녀에게 다가가 양 어깨에 손을 얹었다.

"아니카, 제발 진실을 말해줘요." 그가 절절하게 말했다. "난 누구
말을 믿어야 할지 모르겠어요. 오설리번을 죽였나요?"

그녀는 핏기 없는 얼굴로 그를 응시했다.

"맙소사! 난 아니에요!" 그녀가 대뜸 소리쳤다. "며칠 지난 후에
야 인터넷에 난 기사를 읽었어요. 총에 맞아 죽었다고 나와 있었어
요. 장소는 안 나오고요."

그녀는 그의 얼굴에 비친 의혹을 읽고는 그의 팔에 매달렸다.

"올리버, 믿어줘요. 난 아니에요! 난 손에 총을 쥐어본 적도 없다
고요."

수사를 하다 보면 범인만 아는 세부 정보가 퍼지는 것을 막기 위
해 일부러 가짜 정보를 내보내거나 아예 언론에 정보를 주지 않는
경우가 있다. 슈퇴르히도 그 수법을 쓴 것일까? 40번도 넘게 칼로
찔러 죽이는 것과 총으로 쏘아 죽이는 것은 심리적 측면에서 볼 때
천지차이이다.

"오설리번은 살해당할까 봐 두려워했어요. 12월 24일 아침에 통화했는데 대학 강사 동료가 학교 옥상에서 떨어져 죽었다고 했어요. 자살이 아닐 거라고 했죠. 보비 베네트가 취리히 공항 주차장에서 시체로 발견된 지 얼마 지나지 않았을 때예요. 렌터카 트렁크 속에서 발견됐는데 그 전날 우린……."

그녀는 갑자기 뭔가 깨달은 듯 눈을 둥그렇게 떴다.

"그 전날에 뭐가 어쨌다는 거예요?" 보덴슈타인이 다음 말을 재촉했다.

"그 사람, 이미 모든 걸 알고 있었던 거예요." 그녀의 입술이 덜덜 떨렸다. "우리가 취리히에서 만난다는 것도, 우리 말고 자세한 내용을 아는 사람이 아무도 없다는 것도 다 알고 있었던 거예요. 맙소사! 일이 어떻게 된 건지 이제야 알겠어요."

"무슨 소리를 하는 거예요? 누가 뭘 알고 있었다는 거예요?"

슈퇴르히는 죽은 두 남자 모두 호텔 방에서 발견됐다고 하지 않았던가?

"우린 아이젠후트의 함정에 빠진 거예요." 아니카는 보덴슈타인의 말을 듣지 못한 듯 자기 이야기를 계속했다. "그게 함정이라는 걸 누가 짐작이라도 했겠어요? 난 아이젠후트를 믿었어요. 그런데 나한테 그런 짓을 하다니……."

아니카는 추운 사람처럼 몸을 잔뜩 웅크리고 크게 벌어진 눈으로 허공을 응시했다.

"올리버, 난 이제 어떻게 해야 하죠?"

그녀의 절망적인 눈빛에 그는 마음이 아파왔다. 이것은 연기가 아니다. 그녀는 정말 경악하고 있다. 그가 다가가 안자 그녀는 그에게 매달렸다. 그는 그녀를 꼭 안고 위로의 말을 속삭인 다음 소파로 데리고 가 앉혔다.

"다 계획적이었어요." 그녀는 그의 가슴에 대고 속삭였다. "24일 오전에 아이젠후트가 불러서 갔더니 크리스마스 잘 보내라면서 샴페인을 줬어요. 그걸 마셨는데 그다음은…… 그다음은 전혀 생각이 안 나요. 정신을 차려보니 창살이 있는 방에 갇혀 있었어요. 거긴 정신병원이었어요!"

그녀는 고개를 들고 촉촉이 젖은 눈으로 그를 올려다보았다.

"그런데 며칠 지나니까 퇴원시켜주더라고요. 마치 오해가 있었다는 듯이 휴대전화와 차 열쇠와 소지품을 주면서 문밖 주차장까지 데려다 주는 거예요. 난 혼란스러웠어요. 거기가 어딘지, 그날이 며칠인지도 몰랐어요. 그때 오설리번한테 문자가 왔어요. 지금 시내에 있는데 급히 만나자고 했어요. 난 그 주소로 차를 몰아갔어요. 왜 호텔 방에서 만나자고 하는지 이해가 안 됐지만 오설리번은 나보다 베를린 지리를 잘 알고, 또 조심스럽게 행동해야 한다는 걸 알았기 때문에 의심하지 않았어요. 그리고 전화번호를 바꾼 지 얼마 안 된 때라 오설리번이 아닌 다른 사람이 문자를 보냈으리라고는 상상도 하지 못했어요. 다른 사람한테는 새 번호를 알려주지 않았거든요. 그런데…… 정신병원에 있는 동안 아이젠후트가 내 휴대전화를 썼던 거예요. 내 말 무슨 뜻인지 알겠어요? 그 사람이 함정을 파놓고 우리 둘을 호텔로 유인한 거라고요!"

그녀는 손으로 입을 틀어막고 흐느껴 울었다. 그는 그런 그녀를 꼭 안아주었다. 그녀가 간헐적인 흐느낌을 섞어 계속 이야기하는 동안 그는 다시금 깨달았다. 인간이란 자신에게 불리한 비밀이 새는 것을 막기 위해서라면 어떤 극악무도한 짓도 저지를 수 있는 존재라는 것을.

피아는 능숙한 손놀림으로 말안장을 맨 후 암갈색 암말의 등 위에 올라탔다. 말을 안 탄 지 꽤 돼서 며칠간 근육통에 시달릴 테지만 머리를 식히는 데는 말을 타고 빠르게 한 바퀴 도는 것보다 좋은 게 없다.

말도 몸이 근질근질했는지 얌전하게 걷지 못한다. 고속도로 옆에 나란히 난 아스팔트 길을 따라 몇백 미터 가면 들판이 나온다. 오늘은 운동하는 사람도, 산책하는 사람도 그리 많지 않다. 내일은 일요일이니 이 길이 시내 번화가처럼 붐빌 것이다. 요즘은 날씨가 좋아서 프랑크푸르트 사람들이 바람 쐬러 가까운 타우누스에 많이 온다. 피아는 다시 한 번 벨트를 조인 후 고삐를 바짝 잡아당겼다. 말이 달리기 시작했다.

들판 가득 핀 유채꽃이 짙은 파란색 하늘과 대조를 이루며 눈 속으로 파고들었다. 그녀는 모든 소음이 옆으로 스쳐 지나가는 것을 느끼며 말을 달렸다. 곧 공중으로 날아오르는 종달새의 지저귐과 둔탁한 말발굽 소리만이 귓가를 가득 채웠다. 곧게 뻗은 길이 나오자 말은 알아서 속력을 냈다. 지난밤에 내린 폭풍우로 진흙탕인 곳이 많지만 말은 안정적인 자세를 유지했다. 피아는 켈크하임에서 호프하임으로 가는 길목인 분데스 가까지 말을 몰아간 후 갈림길에서 속도를 늦춰 멀리 돌아가는 길로 들어섰다.

왜 보덴슈타인은 아버지가 받은 유산에 대해 말하지 않았을까? 오늘 저녁 약속대로 목장에 오기는 할까?

말은 박자를 맞추듯 천천히 시멘트 바닥 위를 걸었다. 뒤에서 인기척이 나는가 싶더니 인라인스케이트를 탄 여자가 빠른 속도로 스쳐 지나갔다. 그녀가 밀고 가는 유모차 안에는 아기가 자고 있다. 자갈밭도 문제 없이 간다는 바퀴 세 개짜리 하이테크 유모차다. 피아는 앞서 가는 여자의 늘씬한 다리를 부러운 눈으로 쳐다보았다. 40대 초반은 돼 보이는데 그 나이에 저런 몸매를 갖기란 절대 쉬운 일이 아니다. 그러고 보니 리키 프란첸이 생각난다. 그녀도 나이에 비해 몸매가 꽤 좋다. 구릿빛으로 그을린 피부에 군살도 거의 없고 오늘 아침 그녀의 어깨를 다독거릴 때 보니 팔도 온통 근육이었다.

피아는 목장으로 돌아가기 위해 자전거 두 대를 앞질러 왼쪽으로 꺾어들었다. 다시 속도를 내기 시작한 말 등 위에서 그녀는 귓가에 스치는 바람 소리를 들으며 얼굴에 쏟아지는 온화한 햇살을 즐겼다.

그리고 다음 순간 머릿속의 매듭이 풀렸다. 가방! 그녀를 의심하게 만든 것은 바로 가방이었다. 리키 프란첸은 부엌에 가방을 두고 와서 다시 집으로 들어갔다고 했다. 그런데 가방이 차 안에 있었다!

피아는 말의 속도를 늦춘 후 주머니에서 휴대전화를 꺼냈다. 통화 기록에서 쾨니히슈타인 지역번호로 시작되는 번호를 누르자 마늘 냄새 할머니가 바로 전화를 받았다.

"맞아, 리키는 오늘 아침 8시쯤 잠깐 가게에 왔었어. 마당에 차를 세우고 차 안에서 전화를 하더니 도로 가더라고. 차는 왔는데 사람이 안 내리는 게 이상해서 계속 보고 있었지."

노파의 말에서 자랑스러움이 묻어났다. 아마 새벽부터 일어나 창밖을 감시했을 것이다. 노파는 하나하나 자세히 기억하고 있었다. 이렇게 훌륭한 증인이 또 있을까!

"그 총각은 10시쯤 왔어. 보통 그때쯤이면 가게가 문을 열거든. 그런데 오늘은 니카도 나오지 않았어. 아무도 없으니까 가게 앞에 앉아서 전화를 하더라고. 아니, 전화를 걸었는데 그쪽에서 안 받는 것 같았어. 잔뜩 긴장한 게 얼굴이 안 좋았어. 그 총각 이름이 생각

안 나네."

"마르크요."

"어, 그래, 마르크!" 노파가 탄성을 질렀다. "나이 먹으면 금방 들은 것도 뒤돌아서면 잊어버린다니까."

"기억력 좋으신데요, 뭘!" 피아가 사탕발림을 한다. 그리고 머릿속으로 리키 프란첸의 일과를 재구성해본다. 그녀는 아침 8시에 가게에 와서 전화를 했다. 차에서 내리지는 않았다. 그다음에 집으로 갔을 것이다. 왜 그랬을까? 집에 두고 온 게 있었나? 뭔가 앞뒤가 맞지 않는다. 게다가 피아가 얻어 들은 통화 내용도 이상했다. '정말 미치겠네! 누가 그렇게 오버하래요!' 그게 무슨 뜻일까? 통화 상대는 누구였을까? 테오도라키스는 어디 있지? 그리고 타이센의 아들은 왜 아버지의 숙적의 집에 있었을까? 마르크가 윈드프로에 침입했을 가능성도 높다. 아버지 회사니까 건물 내부를 잘 알 것이다. 테오도라키스와 프란첸이 그를 꼬드겨 아버지 회사에 침입해 위조된 평가서를 훔쳐 오게 했을까?

여전히 질문에 질문이 꼬리를 물지만 두 시간 전보다는 훨씬 나아졌다. 피아는 이제 사건이 오래가지 않으리라는 것을 안다. 모든 열쇠는 마르크가 쥐고 있다.

＊

재니스는 팔에 주삿바늘을 꽂은 채 정신이 몽롱한 상태로 깨어 있었다. 입안은 솜으로 틀어 막힌 것 같고 입술은 찢어지고 퉁퉁 부어올라 만신창이가 됐다. 그나마 진통제가 통증을 없애주어 견딜 만하다. 조금 전에 저녁 회진을 하러 왔던 의사는 불행 중 다행이라고 했다. 이가 다섯 개나 나갔지만 턱뼈는 상하지 않았고, 왼쪽 다리가 여기저기 부러졌지만 수술을 통해 못과 나사로 고정시킬 수 있었다. 온몸이 멍들고 까지고 긁혀서 조금이라도 손을 대면 불에 덴 것처럼 아프지만, 여하튼 살아 있다.

마취에서 깨어난 후에도 병원에 있다는 사실을 깨닫는 데 한참 걸렸다. 사고에 대해서도 몇 장면밖에 기억나지 않았다. 하지만 기억이 없을수록 죽음의 공포를 느낀 그 순간의 끔찍한 느낌은 더욱 강하게 되살아났다. 그건 정말 장난이 아니었다. 백주도로에서 사람을 차로 치고 죽도록 두들겨 팬 그들의 무자비함은 그가 깊이 생각하게 만들었다. 아마 그는 살아가는 동안 그 순간을 절대 잊지 못할 것이고, 그 두려움은 평생 그를 따라다닐 것이다. 만약 개를 데리고 산책 나온 여자가 아니었다면 무슨 짓을 더 당했을지 모른다. 그는 길게 한숨을 쉬며 몸을 부르르 떨었다. 니카 말이 옳았다. 그녀의 말을 가볍게 무시한 그는 상황을 완전히 잘못 판단했고, 한시도 가만있지 못하는 그 놈의 주둥아리 때문에 이 모양 이 꼴이 됐다. 빌어먹을.

그는 왼쪽으로 머리를 돌렸다. 리키는 안경을 챙겨 오지 않았다. 안경이 부서진 걸 몰랐으니 당연하다. 그녀는 병실에 들어오자마자 넋두리를 늘어놓으며 정신없이 왔다 갔다 했다. 누가 들으면 고마운 줄 모른다고 하겠지만, 그는 그녀가 문을 나서자 오히려 그것이 고마웠다.

그는 졸린 눈으로 해가 저무는 것을 지켜보았다. 지는 햇살이 병실의 흰 벽에 긴 그림자를 드리우며 천천히 움직인다. 아름다운 오월의 하루가 저무는데 그는 꼼짝도 못하고 침대에 누워 있는 신세다. 그때 밖에서 문 두드리는 소리가 났다. 그는 깜짝 놀라 문을 쳐다보았다. 맨 먼저 눈에 들어오는 것은 커다란 꽃다발이다.

"손님 오셨네요." 뚱뚱한 동양인 간호사가 높고 명랑한 목소리로 외쳤다. "아버님하고 형님이세요."

그 말에 재니스는 잠이 싹 달아났다. 그는 형이 없다. 그리고 아버지는 아직 리트슈타트 정신병원에 갇혀 있을 것이다. 문이 소리 없이 닫히고 남자 두 명이 들어왔다. 키 큰 남자는 들고 온 꽃다발을 텔레비전 밑에 있는 탁자에 아무렇게나 던졌고, 다른 남자는 침대 옆으로 성큼성큼 다가왔다.

그를 알아본 재니스는 오한처럼 밀려드는 두려움에 몸을 떨었다. 다시 오겠다는 그들의 말은 거짓이 아니었다.

✻

타이센의 주소지인 쾨니히슈타인 윌뮐 가에 도착해보니 키 큰 전나무들 사이에 유겐트 양식의 아름다운 빌라가 떡하니 서 있다. 지붕창, 탑, 발코니를 갖춘 황동색 건물은 노을빛을 받아 금빛으로 빛나고 격자무늬 창에 반사된 햇빛 때문에 더욱 찬란해 보인다. 유리세공 장식이 된 대문도 거의 예술품 수준이다. 피아는 문 앞으로 가서 초인종을 눌렀다. 바삐 계단을 내려오는 발소리에 이어 문이 열리고 스무 살쯤 돼 보이는 여자가 앳된 얼굴을 쏙 내민다. 강렬한 오렌지색 티셔츠에 진한 스모키 화장을 한 여자는 시큰둥한 얼굴로 피아를 쳐다보다가 셈에게 시선이 옮겨가자 바로 호기심 어린 표정으로 변한다.

"누구시죠?"

"호프하임 경찰서의 피아 키르히호프 형사예요. 이쪽은 동료인 셈 알튀나이 형사." 피아가 신분증을 들어 보이며 말했다. "타이센 씨

431

부부를 만나러 왔는데요."

"에…… 예, 잠깐만 기다리세요. 부모님한테 말씀드릴게요."

그녀는 무슨 나쁜 짓이라도 하다 들킨 사람처럼 얼굴을 붉히며 안으로 사라졌다. 집 안 깊숙한 곳에서 피아노 소리가 흘러나왔다.

"쇼팽이군요. 프로 실력은 아니지만 꽤 잘 치는데요."

피아는 '대단한데!' 하는 표정으로 셈을 쳐다본 후 집 안을 들여다보았다. 내부는 역시 고상하고 편안한 분위기로 꾸며져 있다. 골동품과 현대적인 가구의 조화가 두드러지고 크림색 벽에는 표현주의 그림 몇 점이 걸려 있다. 천장까지 책으로 가득 찬 거실은 보기만 해도 아늑한 느낌이 든다. 피아노 소리가 그치고 곧이어 타이센이 나타났다.

"들어오시죠. 집사람도 곧 나올 겁니다."

피아와 셈은 그를 따라 거실로 들어갔다. 그는 경찰이 집에 찾아온 것이 못마땅한지 악수도 청하지 않고, 자리도 권하지 않는다.

"방금 피아노 친 사람이 누굽니까?" 셈이 물었다.

"접니다. 왜요? 법에 걸리나요?"

"에이, 그럴 리 있겠습니까? 쇼팽이었죠? 실력이 좋으십니다."

그 말에 타이센은 놀란 듯 엷은 미소를 지었다. 그가 뭐라고 대꾸를 하려는데 그의 아내가 나타났다. 동그란 눈에 호리호리한 몸매가 문을 열어준 딸과 꼭 닮은꼴이다. 그러나 평범하지만 예뻐 보이던 딸과 달리 생기 없는 메마른 인상이다.

"타이센 부인." 피아는 그녀에게도 신분증을 보여주었다. "마르크는 어디 있죠? 급히 할 얘기가 있는데."

"왜요? 우리 마르크가 또 무슨 사고를 쳤나요?"

타이센 부인은 미간을 찡그리며 남편의 눈치를 살폈다.

"살인 사건에 연루된 것 같아요."

피아는 차근차근 설명할 시간도, 여유도 없다.

"아니, 무슨 근거로 그런 말을 하는 겁니까?" 타이센이 역정을 냈다.

"단서가 있어요. 마르크는 어디 있죠?" 피아가 자세한 대답을 피하며 재차 물었다.

"몰라요. 언제 온다는 말도 없었어요." 타이센 부인은 난감한 표정으로 어깨를 으쓱했다.

"오늘 아침에 어디 있었는지는 제가 알아요. 재니스 테오도라키스와 리키 프란첸의 집에서 봤는데 마르크가 왜 그 집에 있는 거죠? 좀 이상하다는 생각이 들더군요."

"왜요? 마르크는 프란첸 부인네 동물 보호소에서 일해요. 그때 그 자동차 사건……."

"마르크한테 원하는 게 정확하게 뭡니까? 우리 아들이 뭘 어쨌다고 의심하는 겁니까?"

피아는 아내의 말을 매몰차게 끊는 타이센을 보고 처음에 그에게 왜 호감을 느꼈는지 다시금 의아해졌다.

"타이센 씨, 이 일에 별로 관심이 없으신 거 같은데, 그쪽 회사 윈드프로에 도둑이 들어서 야간 경비원이 목숨을 잃은 게 불과 일주일 전이에요. 사건과 관련해서 아드님에게 몇 가지 물어보려는 것뿐이에요."

"하지만 우리 마르크는 롤프가 죽은 일과 아무 상관도 없어요. 우리 애는……."

타이센 부인이 끼어들다가 남편이 눈치를 주자 곧 입을 다물었다.

"저희도 그렇다고 주장하는 건 아니에요. 하지만 테오도라키스가 어떻게 위조된 평가서와 개인 메일을 손에 넣었겠어요? 그것 때문에 공청회 때 수모를 겪으셨잖아요. 그 사람들이 마르크를 선동해서 아버지 회사에 침입하게 했을 가능성도 있지 않겠어요?"

피아는 타이센의 표정을 면밀히 살폈지만 그는 무표정으로 일관하며 차갑게 대꾸했다.

"우리 애는 그런 짓 안 합니다. 이제 그만 이 집에서 나가십시오."

"그럼 왜 아드님이 롤프 그로스만 앞으로 등록된 스쿠터를 타고 다니죠? 얼굴에 난 그 상처는 또 뭐고요? 지지난 주 금요일 밤에 마르크는 어디 있었죠? 또 지금은 어디 있고요? 아직 17살인 걸로 아는데 부모님이 그런 것도 모른다면 보호자로서 감독 의무에 소홀한 거 아닌가요?" 피아는 그의 요구에는 일언반구도 하지 않고 자기 말만 계속했다.

"마르크가 타고 다니던 스쿠터는 도둑맞았어요. 그리고 오빠가 자기 걸 타도 괜찮다고 했어요."

잠시 긴장된 침묵이 흘렀다.

"오빠요? 롤프 그로스만이 오빠예요?"

타이센 부인은 남편의 눈치를 살피며 불안하게 고개를 끄덕였다.

"타이센 씨, 오늘 오전에 어디 계셨죠?"

"집에요. 잠깐 회사에 나갔다가 3시쯤 다시 들어왔습니다."

"알겠습니다. 오늘은 여기까지 하죠. 협조해주셔서 감사합니다."

＊

"테오도라키스 씨, 난 사실 당신한테는 볼일이 없소. 당신이 하는 일에 관심도 없고." 아이젠후트는 의자를 끌어와 재니스의 침대 옆에 앉으며 피곤하다는 듯 말했다. "그런데 당신, 아니카 좀머펠트를 찾는 일이 내게 얼마나 중요한지 그걸 잘 모르는 것 같아."

재니스의 시선은 못 박힌 듯 그를 향한 채 움직일 줄 몰랐다. 심장이 너무 세게 뛰어서 밖으로 튀어나올 것만 같다. 그는 곁눈질로 전화기 위에 달린 비상 호출기를 쳐다보았다. 너무 멀다.

"아니카 이름을 입에 올렸으니까 당연히 아니카가 있는 곳도 알겠지." 그는 두 손으로 머리를 쓸어 올리며 한숨을 쉬었다. "나도 시끄러워지는 거 싫으니까 다시 한 번 조용히 묻겠소. 그 여자 어디 있어? 아니카와 무슨 관계요?"

다른 남자가 침대 발치에 가 섰다. 선글라스를 끼지 않았지만 분명히 오늘 아침 그를 만신창이로 만들어놓은 두 사람 중 하나다.

방 안에 침묵이 감돈다. 밖에서 웃음소리와 두런두런 말소리가 난다. 지금 소리를 지르면 분명 누군가 들어와 도와줄 것이다. 하지만 일어나 도망치거나 숨을 수도 없는데 그게 무슨 소용이란 말인가? 그리고 아이젠후트와 그의 졸개들은 어떻게 해서든 그를 다시 찾아낼 것이다. 이들은 장난을 모르는 사람들이다.

"이봐요, 테오도라키스 씨." 한참 뒤에 아이젠후트가 다시 입을 열었다. "난 문명인이오. 폭력을 싫어해요. 내가 제안을 하나 하겠소. 날 도와주시오. 그러면 나도 당신을 돕겠소."

그가 아주 작은 소리로 말했기 때문에 재니스는 집중해서 들어야 했다.

"당신 옛 사장 말이오. 풍력발전 단지 일로 당신한테 쌓인 게 많은 것 같던데. 지금 윈드프로 법률 고문들이 당신을 상대로 소송을 여러 건 준비하고 있어요. 내부 기밀 폭로, 계약상 침묵 의무 위반, 거기다 타이센이 따로 명예훼손과 비방죄로 당신을 고발할 거요. 재판하게 되면 이기든 지든 상관없이 골치 아파지지. 직장에서도 쫓겨날 테고. 은행들은 그런 사안에 아주 민감하거든. 그런데 타이센은 나한테 빚진 게 있어요. 당신이 날 도와주면 내가 타이센을 설득하겠소. 아니면 반대로 직장에서 쫓겨나고 다시는 취직 못하게 만들어줄 수도 있어. 난 영향력 있는 사람들을 아주 많이 알거든. 자, 이게 내 제안이오. 내가 원하는 걸 말해주기만 하면 다시는 나를 볼 일이 없을 거요."

재니스는 마른침을 꼴깍 삼켰다. 이건 의심의 여지없는 협박이다. 그리고 그에게는 선택의 여지가 없다. 어느덧 해가 져서 병실 안에 어둠이 깃들었다. 그러나 아이젠후트도, 함께 온 남자도 그런 것에는 신경 쓰지 않았다.

"자, 어때?"

"니카가 우리 딥에 나타난 건 몇 달 던이었습니다." 재니스는 부정확한 발음으로 더듬더듬 말을 시작했다. "여자틴구의 옛날 틴구인데 일에 디텨서 직장을 그만두었다고 했터요."

그는 니카에 대해 아는 것을 모두 털어놓았다. 니카가 어떤 위험에 처하게 될지는 신경도 쓰지 않았다. 오히려 그녀가 원망스러웠다. 따지고 보면 그가 지금 이렇게 병원 신세를 지고 있는 것도 다 니카 때문이다. 니카는 왜 하필 리키네 집에 숨어들었단 말인가! 재니스는 아이젠후트가 왜 니카를 찾는지에는 아무런 관심도 없었다. 니카에 대해 다 말하고 나면 더 이상 괴롭힘당하지 않고 조용히 살 수 있을 것이라는 생각뿐이었다.

"내 탱각엔 보덴튜타인 농장에 툼은 것 같듭니다. 한밤듕에 다동타도, 다던거도 없이 딥을 나가서 어딜 갔겠어요? 툼을 가로딜러 가면 농장까지 담딥 분에 갈 투 있어요. 거기 있는 게 틀림업터요. 그 형사가 툼겨줬겠죠. 그 두 다람이 함께 있는 걸 내가 봤어요."

                                    *

"아들이 어디서 뭘 하고 돌아다니는지 저렇게 모를 수 있나? 내가 장담하는데 그 애는 그로스만 사건과 분명히 연관이 있어요." 피아가 운전석에 앉으며 말했다.

"그런데 우리는 왜 그로스만이 타이센의 처남이라는 걸 몰랐죠?"

"알았다고 해서 달라질 게 있나요?"

피아는 안전벨트를 맨 후 시동을 걸었다. 그때 누군가 운전석 차 유리를 두드렸다. 깜짝 놀라 밖을 내다보니 아까 문을 열어준 마르크의 누나다. 피아가 창문을 내렸다.

"들어가도 돼요?" 그녀가 다급하게 물었다. "아빠가 보시면 야단맞아요."

"그래, 들어와."

뒷좌석 문을 열고 들어온 그녀는 안도의 한숨을 쉬었다.

"참, 제 이름은 사라예요. 마르크에 관해서 할 얘기가 있어요. 그제 저녁에 완전히 정신이 나가서 책상에 머리를 찧고 난리였어요. 책상이 피로 흥건해질 때까지 계속해서 머리를 찧었다니까요. 무슨 일이 있는 게 분명해요. 그리고 요즘 들어 다시 이상한 행동을 하기 시작했어요."

"다시라니?"

"기숙사에서 그 일이 있은 후로 애가 완전히 변했거든요."

사라는 의미심장한 표정을 지으며 눈썹을 추켜올렸다.

"기숙사에서 무슨 일이 있었는데?"

"어떤 선생한테 2년도 넘게 성추행당했어요. 부모님은 창피해서 그 일에 대해서는 입 밖에도 내지 않아요. 하지만 전 경찰이랑 심리치료사한테 온 편지를 읽었기 때문에 다 알아요."

피아와 셈은 서로의 얼굴을 쳐다보았다.

"그게 언제 있었던 일이니? 마르크가 몇 살 때야?"

"2년 전이니까 15살 때요."

"마르크는 그 일을 어떻게 받아들였지? 동생이랑 그에 대해 얘기를 한 적이 있니?"

"아니요. 단 한 번도 없어요. 마르크는 그때부터 마음을 닫았어요. 친구도 없이 혼자 컴퓨터 앞에만 앉아 있었어요. 엄마는 만날 마르크를 데리고 심리치료사를 찾아다녔는데 마르크는 거기 가서도 입을 꾹 다물고 한마디도 안 했어요. 그래서 엄마도 결국 포기했어요. 그런데 6개월 전에 그 선생이 재판을 받았어요. 마르크뿐 아니라 다른 애들도 건드린 거죠. 나쁜 놈!"

그녀는 역겹다는 듯 얼굴을 찡그렸다.

"결국 그 선생은 감방에서 목을 매고 죽었어요. 비겁하죠. 그 얘긴 텔레비전에도 나왔는데 아마 마르크가 그걸 봤나 봐요. 그날 저녁에 완전 난리 났거든요. 아빠 골프채를 들고 나가서 자동차를 열 대나 때려 부쉈어요. 그리고 짭…… 아니, 경찰이 올 때까지 길바닥에 드러누워 있었어요. 그 일로 사회봉사 명령을 받았죠. 리키네 동물보호소에는 그렇게 해서 가게 된 거예요. 그 뒤로는 한참 동안 잠잠했어요. 리키랑 리키 남자친구를 엄청 따랐고요. 그런데 며칠 전에 다시 게임을 하기 시작했어요. 하루 종일 그것만 해요."

"어떤 게임인데?"

"카운터 스트라이크, 솔저 오브 포춘, 로그 스피어, 뭐 그런 거요.

엄마 아빠는 마르크를 포기한 것 같아요. 원래부터 자기들 일 말고는 관심이 없지만요."

말을 마친 사라는 흘러내린 머리칼을 귀 뒤로 넘겼다.

"학교에는 다니니?" 셈이 물었다.

"거의 땡땡이치는 날이 많아요. 학교에서 계속 전화가 오지만 소용없어요."

"지금쯤 어디 있을까?"

"리키한테 갔겠죠, 뭐." 사라는 잠시 망설이다가 말을 이었다. "아까 리키랑 리키 남자친구가 마르크를 부추겼을 거라고 하셨죠? 전 그렇다고 생각해요. 마르크가 부모님을 증오한다고 말하기는 좀 그렇지만 제가 볼 때는 거의 그런 수준이에요."

"그런데 마르크는 왜 기숙학교에 들어갔지? 여기에도 학교가 많은데."

피아가 묻자 사라는 어깨를 으쓱했다.

"풍력발전소 사업이 막 번창할 때라 부모님이 우리를 돌볼 시간이 없었어요. 언니랑 저는 기숙사에 안 들어가겠다고 버텼지만 마르크는 찍소리 못하고 시키는 대로 했어요. 엄마 아빠는 주말에 꼭 데리러 가겠다고 약속했지만 약속을 지킨 적이 거의 없어요. 항상 뭔가 자식들보다 중요한 일이 생겼죠."

피아는 오늘 아침에 본 소년의 얼굴을 떠올렸다. 얼굴 생김새는 잘 기억나지 않지만 그 절망적인 표정은 또렷이 남아 있다. 그는 리키 프란첸이 죽었다고 생각했을 것이다. 그녀는 그에게 희망을 심어준 유일한 존재였다. 그가 그때 어떤 두려움을 느꼈을지 피아는 이해할 수 있을 것 같았다.

"사라, 고마워. 수사에 큰 도움이 됐어. 내 명함 줄 테니까 뭔가 더 생각나는 게 있거나 마르크가 집에 오면 연락해줘." 셈이 웃으며 명함을 건넸다.

"네." 사라는 시선을 떨어뜨리며 다시 얼굴을 붉혔다.

"아, 참. 사라!"

피아가 막 문을 열고 나가려는 사라를 붙잡았다.

"롤프 그로스만이 외삼촌 맞지?"

"네. 왜요? 마르크가 타고 다니는 스쿠터 때문에요?"

"아니, 그건 중요하지 않아. 아버지가 왜 삼촌을 싫어하셨지?"

사라는 잠시 생각하는 표정을 지었다.

"돈 때문이에요. 롤프 삼촌은 젊었을 때 특허를 낸 적이 있어요. 원래 윈드프로는 외삼촌 회사였어요. 정확히 말하자면 외할아버지 거였죠. 옛날에는 그냥 기계류를 만드는 평범한 회사였어요. 아빠는 대학 다닐 때 거기서 아르바이트를 하다가 엄마를 알게 됐대요. 할아버지가 돌아가시자 엄마랑 외삼촌이 회사를 물려받았는데 둘 다 그쪽 분야에는 그다지…… 음…… 소질이 없었던가 봐요. 그런데 아빠가 맡으면서 회사가 엄청 성장했어요. 롤프 삼촌은 지분을 요구했어요. 돈을 요구한 거죠. 외삼촌은 스페인으로 이민 가는 게 꿈이었어요. 하지만 아빠는 항상 나중에, 나중에 하면서 미루었기 때문에 둘이 자주 싸웠어요."

"그렇구나. 고마워."

"뭘요. 그럼…… 안녕히 가세요!"

사라는 차에서 내리며 문을 쾅 닫았다. 피아는 그녀가 모퉁이를 돌아 사라질 때까지 지켜보다가 차를 출발시켰다. 차를 돌려 도로로 나가면서 피아는 아까와는 다른 눈으로 타이센 가족의 빌라를 바라보았다.

"아까 저 집에 들어갔을 때 이 집에는 정말 행복한 가족이 살겠구나 싶었는데 전혀 아니네요. 다 착각이었어요."

"그래서 겉 다르고 속 다르다는 말도 있잖아요. 그나저나 저 집 아들 정말 불쌍하네."

✳

샤워부스에서 나온 피아는 세면대 옆에 걸어둔 수건으로 몸을 닦았다. 뜨거운 물로 목욕을 하니 굳었던 근육도 풀리고 기분이 한결 좋아졌다. 마음속에는 보덴슈타인과의 약속을 취소하고 크리스토프와 단둘이 여유로운 저녁 시간을 보내고 싶은 생각이 간절했다. 휴가 다녀온 뒤로 일에만 매달리느라 지난 열흘간 얼굴도 제대로 못 본 것 같다. 피아는 머리를 뒤로 빗어 넘겨 핀으로 고정시킨 후 수건을 두르고 침실로 갔다.

"피아?"

크리스토프가 문틈으로 고개를 내밀었다.

"그럴 준비 다 됐어. 그리고 보덴슈타인 반장이 방금 도착했어."

"아, 그래요? 금방 나갈게요."

피아는 옷장 속에 머리를 처박고 티셔츠를 찾았지만 원하는 티셔츠가 어디에서도 보이지 않는다. 아마 세탁기 옆 빨래 바구니 속에 들어 있는 모양이다.

"그런데 여자를 데려왔어."

"뭐요?"

피아는 급히 고개를 들다가 옷장 선반에 머리를 꽝 부딪쳤다. 염치도 좋지, 정말 그 뺑쟁이 여자를 데려왔단 말인가! 피아는 급속하게 기분이 나빠졌지만 크리스토프에게 화를 내지 않으려고 애썼다. 애꿎은 그에게 화를 내서는 안 된다.

"천천히 해. 일단 와인부터 딸게."

크리스토프가 그녀에게 입을 맞추고 돌아섰다.

"비싼 거 따지 마요. 그 여자한테 좋은 술 줄 필요 없어요."

"우리 집에 그만큼 비싼 술이 있었던가?"

크리스토프가 뒤돌아보며 농을 한다.

"슈퍼마켓에서 사 온 거 내놓으라고요. 그것도 생각보다 맛있어요." 피아가 웃음을 머금은 얼굴로 말했다.

"알았어."

크리스토프가 한쪽 눈을 찡긋하고 사라진 후 피아는 티셔츠 찾는 것을 포기하고 눈에 보이는 것을 대충 챙겨 입었다. 그리고 헤어드라이어로 머리를 말린 후 아이라인까지 그린 다음에 한숨을 한 번 내쉬고 거실을 거쳐 테라스로 나갔다.

보덴슈타인과 크리스토프가 와인 잔을 손에 든 채 이야기를 나누는 중이고, 뺑쟁이 여자는 그 옆에 어색하게 서 있는데 얼굴에 불편해하는 기색이 역력했다. 그래, 마음이 편할 리가 없겠지. 그러게 여기가 어디라고 따라와?

"오셨어요?"

피아는 애써 미소를 지으며 그들에게 다가섰다. 그러나 보덴슈타인에게 손을 내밀 생각은 하지 않았다. 둘 사이에는 예전의 거리감이 다시 생겨났다. 그는 직장 상사일 뿐 볼을 비비며 인사해야 할 가까운 사이가 아닌 것이다.

"안녕, 피아."

보덴슈타인은 긴장을 감추지 못한 채 애써 미소를 지었다. 피아는 매일 보는 그의 모습이 오늘따라 낯설게만 느껴졌다.

"소개할게. 이쪽은 아니카. 아니카, 이쪽은 동료인 피아 키르히호프야."

두 여자는 마주보며 눈짓으로만 인사를 나누었다. 크리스토프가 피아에게 줄 와인을 가져왔다.

"할 얘기 있다고 했지? 그럼, 얘기들 나눠요. 난 스테이크랑 소시지를 맡을 테니까."

피아에게 오늘 만남의 목적을 들은 그가 자리를 비켜주었다.

"앉으세요." 피아가 탁자를 가리키며 말했다. 원래 보덴슈타인과 일대일로 대면할 것을 기대했던 그녀는 뜻하지 않게 두 사람을 마주하고 앉게 되자 왠지 어색하고 불편했다. 테라스 옆 풀숲에서 찌르레기 두 마리가 부리를 들이대며 싸운다. 고속도로의 소음이 닿지 않는 뒷마당이라 사방이 고요하다.

"우선 소중한 여가를 희생해서 만나준 거 고마워." 보덴슈타인이 인사치레를 했다. 그러나 피아는 그의 단어 선택 때문에 바로 열을 받았다.

"그런 말 안 해도 돼요. 여긴 언제 오셔도 환영이에요. 그리고 반장님이랑 얘기하는 걸 희생이라고 생각하지도 않고요. 그럼, 바로 본론으로 들어갈까요?"

그녀는 일부러 아니카에게 말 거는 것은 피했다. 그녀의 뜻을 알아챈 보덴슈타인은 헛기침을 한 번 하고 말을 시작했다.

"요즘 내 행동이 이상했던 거 나도 인정해. 우리 아버지가 땅을 전부 상속받았다는 사실이 내겐 큰 충격이었어. 그리고…… 공청회 날 겪은 일을 극복하는 것도 쉽지만은 않았고."

자신의 약함을 인정하는 일이 보덴슈타인에게 얼마나 힘든 일인지 잘 알지만 피아는 그가 적당한 표현을 찾아 헤매는 모습을 말없이 지켜보기만 했다.

"우리 아버지도 이 일을 어떻게 처리해야 할지 몰라서 힘들어하셔. 금요일에 아버지한테 유언장 얘기를 듣고 바로 라데마허를 찾아갔어. 화요일 오전에 왜 히르트라이터에게 갔는지 물어봤는데 묻는 말에는 대답을 안 하고 땅과 유언장 얘기를 꺼내더군. 놀랍게도 유언 내용을 다 알고 있었어. 히르트라이터에게 했던 것과 똑같은 제안을 아버지한테도 하겠다고 하더군. 내가 그러지 말라고 하자 날 협박했어."

"협박요? 어떻게요?"

"우리 집안의 경제 상황을 빤히 알고 있었어. 동생 내외가 하는 레스토랑이 농장 전체를 먹여살리는 걸 안다면서 그 땅을 팔도록 아버지를 설득하지 않으면 스캔들을 일으켜 레스토랑의 평판을 떨어뜨리겠다고 했어."

"그건 협박인데요."

"나도 그렇게 얘기했어. 하지만 라데마허는 오래 기다리지 않았어. 바로 그날 저녁에 글뢰크너와 함께 우리 부모님을 찾아갔어. 내가 집에 가보니까 두 분이 문을 모두 잠그고 어둠 속에서 덜덜 떨고 계시더라고."

"그런데 과장님은 반장님 아버지가 그 땅을 물려받았다는 사실 하나 때문에 사건에서 손 떼라고 한 거예요?"

"아니, 라데마허가 공갈협박으로 날 고발했기 때문이야. 내가 그에게 땅을 팔도록 아버지를 설득할 테니 15만 유로를 내놓으라고 했다는군."

보덴슈타인은 씁쓸한 표정으로 헛웃음을 쳤다. 피아는 손에 들고 이리저리 돌리던 술잔을 탁 소리 나게 내려놓았다.

"왜 나한테 그런 얘기 안 했어요?"

"하려고 했지. 하지만 복도에 서서 할 수 있는 얘기는 아니잖아. 금요일 밤에 내가 남긴 음성 메시지 들었어?"

"그거 듣고 전화했더니 전화기가 또 꺼져 있던데요."

"응, 다 이유가 있었어. 그때 동생 부부랑 아버지 댁에 모여서 회의를 하고 있었어. 그런데 갑자기 아니카가 찾아온 거야."

다른 사람은 다 속여도 날 속일 순 없지! 피아는 아니카의 이름을 말할 때 보덴슈타인의 말투가 달라지는 것을 보고 그 여자에 대한 그의 마음을 바로 알아챘다.

"피아, 이거 말고 다른 할 얘기가 있어." 그가 목소리를 낮춰 말했다. "좀 복잡한 얘긴데…… 어제 아침에 과장님 방에 남자 세 명이 찾아왔잖아. 기억나?"

"네, 그럼요."

보덴슈타인은 도대체 무슨 이야기를 하려는 것일까?

"그중 두 사람은 국가안전기획부 소속이고 다른 한 사람은 독일기후연구소장 디르크 아이젠후트 교수야. 아니카는 옛날에 그 교수 밑에서 일했어."

피아는 영문을 모르겠다는 듯 보덴슈타인과 아니카를 번갈아보았다. 국가안전기획부? 독일기후연구소?

보덴슈타인이 말을 계속하려는데 아니카가 입을 연다.

"전 함부르크대학에서 생물지구화학을 전공했어요. 1995년부터는 베를린의 아이젠후트 교수 밑에서 연구원으로 일하면서 기후변화 문제에 관한 논문을 썼고요. 제 본명은 아니카 좀머펠트예요."

피아는 눈을 가늘게 뜨고 그녀를 응시하다가 보덴슈타인에게 시선을 돌렸다. 그는 정말 이 거짓말쟁이의 말을 믿는 걸까?

"전 여러 사건에 얽혀 잠적해야 했어요. 그래서 학창 시절 친구인 리키 프란첸의 집으로 들어갔어요. 전 여기서 어린 시절을 보냈거든요. 리키라면 꼬치꼬치 캐묻지 않고 숨겨줄 것 같았어요."

"아, 그래요?"

아니카 좀머펠트가 어린 시절을 어디서 보냈든 그게 피아와 무슨 상관이란 말인가? 하지만 피아는 혹시 그녀가 히르트라이터 사건의 범인을 알지도 모른다는 생각에 인내심을 가지고 들었다. 보덴슈타인이 그녀를 데려온 데는 이유가 있지 않을까?

고기 익는 냄새가 퍼지자 피아는 갑자기 허기를 느꼈다. 생각해보니 오늘은 한 끼도 제대로 먹지 못했다.

"전 일에 너무 지쳐서 직장을 그만두고 내려왔다고 둘러댔어요. 리키는 그 말을 믿었지만 호기심 많은 재니스는 저를 의심했고 결국 제 정체를 알아냈어요. 금요일에 아이젠후트 교수가 이 근방에서 강연회를 가졌는데, 재니스가 거기 가서 제 이름을 불어버렸어요. 윈드프로의 위조된 평가서와 관련해서 제 이름을 써먹은 거죠. 제가 절대 안 된다고 경고했는데도 말을 듣지 않았어요."

"왜 안 되죠?"

"전 아이젠후트를 위험에 빠뜨릴 수 있는 서류를 가지고 있어요. 아이젠후트를 위시한 유명한 기상학자들이 정부의 묵인 아래 계획적으로 연구 자료를 누락시켜서 국제연합 기후 보고서를 조작했다는 것을 증명하는 서류예요. 이 문건이 언론에 흘러 나가면 전 세계적으로 기후 정책에 지각 변동이 일어날 거고 책임 기관의 신뢰도에도 큰 영향을 끼칠 거예요. 그럼 아이젠후트도, 기후변화에 대한 사람들의 공포를 정치적으로 이용해먹은 정치가들도 끝장나는 거예요. 그래서 아이젠후트는 무슨 수를 써서라도 그 서류를 손에 넣으려고 해요."

피아는 혼란을 떨치려는 듯 머리를 흔들었다. 이게 그로스만, 히르트라이터 사건과 무슨 상관이란 말인가? 보덴슈타인을 쳐다봤지만 그는 아니카에게만 정신이 팔려 있다.

"학계에서는 제 이름이 꽤 알려져 있어요. 그래서 이런 움직임에 반대하는 사람들이 제게 접근을 시도해왔어요. 전 그들이 제시한 의혹의 타당성과 명백한 증거를 보고 그들이 옳다는 것을 깨달았어요. 그런데 제가 그쪽 편에 서자 기후 연구계의 막강한 로비 세력과 정치 세력의 감시망에 들어가게 된 거예요. 제게 그 서류를 준 남자는 살해당했고……."

"잠깐!" 피아가 그녀의 말을 중단시켰다. "지금 그 얘기를 왜 나한테 하는 거죠?"

보덴슈타인의 시선이 느껴졌지만 피아는 그를 쳐다보지도 않았다. 아무리 사랑에 눈이 멀어도 그렇지 이런 허무맹랑한 이야기를 믿는단 말인가?

"루드비히 히르트라이터나 롤프 그로스만을 죽인 범인에 대해 아는 거 있어요?"

피아의 물음에 아니카는 고개를 저었다.

"그렇다면 계속 얘기할 필요 없을 것 같네요." 피아는 쌀쌀맞게 말하고 자리에서 일어났다. "난 해결해야 할 살인 사건이 두 건이나 되고 위에서 심하게 압박을 받고 있어요. 그래서 지금은 다른 사건에 관심을 가질 여유가 없어요. 그리고 배가 고파서 뭘 좀 먹어야겠어요."

마르크는 누나에게 문자를 받았다. 경찰이 집에 왔었고, 아버지가 그를 찾고 있다는 내용이다. 리키는 동물 보호소에 딸린 관리인 숙소에서 하룻밤 자고 가라고 했다. 아침에 그런 일을 당하고 나니 혼자 있기 무섭다는 핑계를 댔지만, 마르크는 다 자신을 위해서 그러는 거라는 걸 잘 알았다.

그는 리키를 지키기로 마음먹었다. 다시는 리키에게 그런 일이 생기지 않도록 그가 지켜줄 것이다. 두 사람은 함께 저녁 일거리를 해치우고 와인에 미지근한 피자를 먹었다. 그는 저녁 내내 남자답고 어른스럽게 굴었다. 리키가 그렇게 대해주기 때문이다. 그녀는 어리다고 무시하는 법이 없다. 그는 그 느낌이 정말 좋았다. 오랜만에 두통도 싹 사라졌다.

마르크는 매트리스 위에 누워 말똥말똥한 눈으로 어둠 속을 응시했다. 리키는 옆에 있는 낡은 접이식 소파에 잠들어 있다. 오늘은 정말 모험의 연속이었다. 욕조 속의 리키를 보고 놀란 것으로 시작해서 마구간에서 발견한 총, 프라우케의 터무니없는 비방, 재니스가 사고를 당했다는 소식까지!

"마르크?"

와인 한 병을 거의 다 마셨기 때문에 잠들었을 거라고 생각했는데, 리키는 아직 깨어 있다.

"네?"

"함께 있어줘서 고마워. 너 없었으면 나 혼자 너무 무서워서 죽어버렸을 거야."

그 말에 마르크는 절로 웃음이 났다. 그리고 행복감으로 마음이

훈훈해지는 것을 느꼈다.

"넌 정말 대단해. 너처럼 무슨 일이든 믿고 맡길 수 있는 사람이 가까이 있다니 난 정말 운이 좋아." 리키가 나지막하게 속삭였다.

"다 제가 좋아서 하는 건데요, 뭘."

그는 진심으로 그렇게 생각했다. 그에게 리키는 말할 수 없이 소중한 존재다. 이 세상 그 누구보다도 소중하다. 그녀만 곁에 있으면 온 세상을 다 가진 듯하고 두려울 것이 없다. 그녀는 그런 그의 마음을 알까?

천장이 낮고 긴 직사각형 모양의 동물 보호소 건물은 적막한 고요 속에 잠겼고, 숙소 안에는 리키의 규칙적인 숨소리만 들렸다. 리키는 재니스가 큰 사고를 당했다고 했다. 자동차가 다리 위로 지나갔다나? 그래도 싸다, 나쁜 놈! 돌아오지 말고 병원에 한 1년쯤 있었으면, 아니 영영 돌아오지 말았으면 좋겠다.

낡은 소파가 삐걱거린다.

"마르크?"

"네?"

"네 옆으로 가도 되겠니?"

가슴이 쿵쾅쿵쾅 뛴다. 꿈을 꾼 것일까? '네 옆으로 가도 되겠니?' 전에도 그에게 이렇게 말한 사람이 있었다. '좀 만져줄래? 조금만. 느낌이 좋아.'

마르크는 마른침을 꼴깍 삼켰다.

"그럼요."

그가 나지막하게 말했다. 소파에서 스프링 튀는 소리가 나더니 곧 그녀의 체중에 매트리스가 눌렸다. 그는 옆으로 돌아누웠다. 그녀는 이불 속으로 들어와 그에게 몸을 밀착시켰다. 그는 그녀의 온기에 전율을 느끼며 이렇게 가까이 느껴지던 다른 사람의 몸을 떠올렸다. 그만! 아니야, 리키는 미하엘이 아니야! 아프게 하지 않아. 그냥 무서워서 옆에 있고 싶어 하는 것뿐이야.

귀 언저리에 그녀의 숨결이 느껴진다. 그녀의 손이 허벅지에 닿자 기분 좋은 전율이 인다. 그녀는 계속해서 그의 몸을 쓰다듬었다. 그는 눈을 감고 입술을 깨물었다. 빨간 브래지어 끈과 소름이 돋은 그녀의 살갗, 촘촘히 일어난 솜털이 눈앞에 어른거린다. 제발 그만둬요! 그는 호흡이 가빠지는 것을 느끼며 속으로만 외쳤다. 기분이 좋다. 그를 이렇게 부드럽게 만진 사람은 미하엘 이후 그녀가 처음이다. 리키의 손이 배를 지나더니 트렁크 팬티의 밴드를 들어 올렸다. 그는 온몸이 마비된 것처럼 꼼짝도 할 수 없다. 쉬는 시간에 친구들이 하던 이야기가 머리를 스치고 지나갔다. 그들은 언제나 별거 아니라는 듯, 거의 경멸하는 말투로 섹스에 대해 이야기했다. 씹, 빠구리, 붕가붕가. 더럽고 역겨운 느낌이 난다. 재니스와 리키가 테라스에서 나눈 정사도 사랑과는 거리가 멀었다. 하지만 사랑이란 그 무엇보다 소중한 것 아닌가! 리키는 그에게 무엇을 기대하는 것일까? 심장 고동이 빨라지고, 입안이 바짝바짝 타들어간다. 미하엘은 이것 때문에 감옥에 갔고 거기서 목을 매 죽었다.

"그만. 안 돼요."

"왜 안 돼? 이리 돌아봐."

그는 잠시 망설이다 돌아누웠다. 그녀가 그의 위에 올라타고 고개를 숙여 입을 맞추었다. 입속에 들어온 그녀의 혀를 느끼며 그는 금방이라도 온몸이 터져버릴 것 같았다.

'어서!' 그녀의 분명한 요구에 일찌감치 반응하기 시작한 그의 육체가 소리쳤다. '지금이야!'

그러나 그는 그녀의 얼굴을 밀어냈다.

"날 사랑해요?" 그가 떨리는 목소리로 물었다.

"그럼, 당연하지." 어둠 속에서 리키가 가쁜 숨을 쉬며 말했다. 그녀는 다리로 그의 몸을 꽉 죄었다. 그녀의 몸은 데일 것처럼 뜨겁다.

"그럼, 말해줘요! 사랑한다고 말해요." 그는 흥분으로 몸을 떨었다. 열기 가득한 전율이 그의 몸을 살살이 훑고 지나갔다.

"사랑해." 리키는 중얼거리듯 내뱉고 낮은 신음과 함께 그의 몸 위로 내려앉았다.

마르크는 숨을 헉 들이마셨다. 그리고 눈을 감은 채 점점 빨라지는 리키의 리듬에 몸을 맡겼다. 마음속의 근심은 점점 작아져서 형체도 없이 사라졌다. 그를 찾고 있을 부모님도, 재니스도 모두 머릿속에서 사라졌다. 분노, 두려움, 고통과 절망도 사라졌다. 그의 육체는 예상치 못한 행복감 속에서 폭발했다. 세상에 오직 그와 리키만이 존재했고 그들이 하는 행위는 그의 꿈을 실현시켜주었다. 그것은 사랑이었다.

*

피아는 생각할수록 화가 나고 실망스러웠다. 그녀는 자기 코가 어디 붙어 있는지도 모르게 바쁜데 그는 그 여자랑 한가하게 소설이나 쓰고 있었던 거다. 기후 연구가들의 국제적 음모라니! 그런 허황된 말을 믿으라고? 이 뺑쟁이 여자는 도대체 무슨 속셈인 걸까? 그런 거짓말로 보덴슈타인에게 잘 보이기라도 하려는 걸까?

피아는 크리스토프에게 접시를 내밀었다.

"왜 그래?" 그가 씩씩거리는 피아에게 물었다.

"방금 저 여자가 하는 말 들었어요? 어떻게 저런 말에 넘어갈 수 있어요?" 피아는 기가 막힌 듯 혀를 내둘렀다.

"아니카 좀머펠트라는 사람이 실제로 있기는 해. 나도 그 사람이 쓴 글을 몇 번 읽어봤어."

크리스토프가 그릴용 포크로 스테이크를 집어 올리며 말했다. 숯에 기름이 떨어지자 치직 소리를 내며 연기가 피어오른다. 피아는 그가 등 뒤에서 그 포크로 그녀를 찌르기라도 했다는 듯 매섭게 그를 노려보았다.

"그런 헛소리를 믿는 거예요?"

크리스토프는 보덴슈타인이 다가오는 것을 보고는 아무 대답도 하지 않았다.

"피아, 그건 모두 사실이야. 아니카를 좋아하지 않는 것은 알아. 하지만……."

"좋아하고 안 하고 그런 문제가 아니잖아요." 피아는 보덴슈타인의 말을 성급하게 끊었다. "난 그것 말고도 생각할 게 많다고요. 반장님이 다 나한테 떠넘겼잖아요! 왜요, 타우누스 시골에서 일어나는 살인 사건은 이제 너무 시시해요? 뭐, 제임스 본드라도 되고 싶은 거예요?"

크리스토프는 슬그머니 물러나 혼자 있는 아니카에게 갔다. 보덴슈타인은 바지 주머니에 손을 찔러 넣고 길게 한숨을 쉬었다.

"난 피아가 그 얘길 끝까지 듣고 의견을 말해줬으면 했어. 내게는 피아가 어떻게 생각하는지가 중요해."

"내가 어떻게 생각하는지 말해줄까요? 난 그거 완전히 헛소리라고 생각해요. 관심도 없고요." 피아가 매섭게 쏘아붙였다.

보덴슈타인은 말없이 그녀를 응시했다.

"아니카는 무고하게 살인 혐의를 받고 있어. 난 아니카를 돕기로 했어. 함께 취리히에 가서 그 서류를 가져올 거야. 그리고 아니카가 자수하면 정상참작되도록 슈퇴르히와 협상을 할 거야."

"반장님, 정말 미쳤어요?" 피아는 접시를 그릴 옆 간이 탁자에 내려놓으며 속삭이듯 외쳤다. "아니, 솔직히 말해서 저 여자가 무죄인지 아닌지 어떻게 알아요? 저 여자 안 지 얼마나 됐어요? 그냥 반장님을 이용해먹는 거면 어쩌려고요?"

테라스에 켜진 희미한 전등 빛을 등에 업은 보덴슈타인의 얼굴은 희미하게 윤곽만 보였다.

"크리스토프 처음 만났을 때 기억해?" 그가 조용히 물었다.

"당연하죠. 그렇게 오래된 일도 아닌데."

"상황 말고…… 그때 느꼈던 감정 말이야."

"그게 지금 이거랑 무슨 상관이에요?"

피아는 그가 무슨 말을 하려는지 잘 알았지만 고집스러운 태도를 버리지 않았다.

"상관있어. 그것도 많이. 그때는 크리스토프 역시 모르는 사람이나 마찬가지였잖아. 그리고 그는 내가 파울리 사건의 제1용의자로 꼽았던 사람이야. 하지만 피아는 크리스토프를 믿었잖아. 내가 옆에서 방해까지 했는데도 피아는 크리스토프를 의심한 적이 한 번도 없었어."

피아는 아치를 타고 자라는 장미 넝쿨을 지나 어두운 정원 쪽으로 몇 걸음 걸어 들어갔다. 그건 이것과 달라. 아니면 내 일이라 그렇게 느껴지는 걸까? 그녀는 걸음을 멈추고 먼 산을 바라보았다. 멀리 산꼭대기에만 불그스레한 빛이 남아 있고 이미 어두워진 하늘에는 저녁 별이 총총하다. 장미꽃 향기와 촉촉한 흙냄새가 난다. 봄의 냄새다.

보덴슈타인이 모든 책임을 그녀에게 떠넘긴 것은 잘못이다. 유언장 얘기를 처음부터 털어놓았다면 일이 이렇게까지 되지는 않았을 것이다. 뭐, 휴가도 받았겠다, 그 여자와 놀러 다닐 시간이 많아 좋겠군.

"난 코지마에게 확신이 있었어." 그녀 뒤를 따라온 보덴슈타인이 말했다. "하지만 26년이나 같이 살면서도 코지마를 제대로 알지 못했어. 하이디 브뤼크너는 그냥 지나가는 사람이었으니까 중요하지 않아. 하지만 아니카는……. 그래, 피아 말이 맞아. 난 아니카에 대해 아무것도 몰라. 그냥 곤경에 처해 있다는 것만 알아. 어쩌면 지금 내가 객관적으로 보지 못하는 것인지도 모르지. 설사 그렇다고 해도 난 아니카를 돕고 싶어."

피아는 그에게 등을 돌린 채 서 있었다. 일이 잘못되면 모가지가 날아간다는 걸 어떻게 하면 이해시킬 수 있을까?

"이런 말 좀 낯간지럽긴 한데, 내 인생이 물 위의 조각배처럼 흔들리기 시작한 뒤로 피아는 내게 언제나 닻 같은 존재였어. 적어도 이해하려고 노력해줬으면 좋겠어. 나한테는 정말 중요한 일이야."

그 말에 피아의 화는 연기처럼 사라졌다. 지금 그가 처해 있는 상황을 가장 잘 이해하는 사람이 있다면 그것은 아마 피아 자신일 것이다. 최근 그에게 일어난 일을 그녀보다 속속들이 잘 아는 사람이 누가 있겠는가? 히르트라이터의 끔찍한 죽음과 아버지의 약한 모습을 보고 그는 이미 한 번 흔들렸다. 거기다 다텐바흐 강당에서 죽을 뻔한 경험을 했고, 아니카가 나타난 이후로는 예기치 못한 감정에 휘둘리고 있다. 심리 상태가 정상적인 사람이더라도 크게 흔들릴 판인데 보덴슈타인은 이미 코지마 일로 평상심과 거리가 멀어져 있지 않았던가. 피아는 한숨을 내쉬며 그에게 돌아섰다.

"내가 과민반응했다면 미안해요. 스트레스도 많고 반장님 걱정도 되고 해서요."

두 사람은 어둠 속에서 마주보았다.

"나도 알아. 일을 그렇게 떠넘겨서 정말 미안해."

"그건 어떻게든 하면 돼요." 그녀는 아랫입술을 지그시 깨물었다. "내가 무엇을 하면 되겠어요?"

"피아가 할 건 없어. 피아를 끌어들이는 건 옳지 않다고 생각해. 이 일은 내가 알아서 처리할 거야. 그냥 무슨 일인지 알기를 바라는 것뿐이야."

"만약 잘못된 판단이라면 모든 걸 잃을 수도 있어요."

"그때 피아도 크리스토프를 믿었잖아."

그녀는 하는 수 없다는 듯 미소를 지었다.

"그럼, 조심해요. 난 지금 반장님 대리로 일하는 것뿐이에요. 다른 상사가 오는 건 싫어요."

"아니카!" 그는 반가운 얼굴로 그녀를 맞았다. "시간이 나서 다행이야. 샴페인이라도 한잔 같이 마셔야지 안 그러면 어디 크리스마스가 크리스마스 같겠어?"

그녀는 감정을 다 정리했다고 믿었다. 그렇지 않았다면 여기 오지도 않았을 것이다. 그런데 아무것도 모르는 그의 모습을 보고 있으니 자기도 모르게 마음이 떨렸다. 그는 그녀가 어떤 막강한 힘을 손에 쥐고 있는지 모른 채 탁자 위에 준비된 얼음 통에서 샴페인 병을 꺼내 잔에 따랐다. 이건 마치 10년 전 그날의 재현 같지 않은가. 그날 모든 것이 시작됐다. 그날도 두 사람은 함께 샴페인을 마셨고 처음으로 잠자리를 같이했다. 그 뒤로 두 사람은 연인 사이가 됐다. 그러지 말아야 한다고 이를 악물어 보지만 옛 감정이 되살아나는 것을 막을 수 없다. 왜 그는 그녀를 사랑하지 않았을까?

바닥까지 닿는 큰 창문에 그들의 모습이 비친다. 그는 긴 세월 동

456

안 거의 변하지 않았지만 그녀는 많이 변했다. 전도유망한 젊은 과학도의 생기 있는 모습은 사라지고 인생의 쓴맛을 알아버린 주름진 얼굴의 노처녀만 남았다. 남자를 잘못 만나 젊은 날을 허송세월로 보내고 껍데기만 남은 것이다.

"메리 크리스마스!"

그가 잔을 건네며 말했다. 아니다, 가까이서 보니 그도 늙었다. 더이상 힘이 넘치던 젊은 연구소장이 아니다. 머리카락도 가늘어지고 눈 밑에 푸르스름하게 살이 처진 것도 보인다. 그녀는 눈에 띄게 불어난 그의 뱃살과 입 냄새를 느끼며 속으로 비웃었다. 흥, 베티나, 이렇게 늙고 추한 남자는 너나 가져라.

"메리 크리스마스!"

그녀는 웃으며 그와 잔을 부딪쳤다. 샴페인은 맛이 없었다. 마음 같아서는 그의 얼굴에 확 뿌려버리고 고래고래 소리를 지르고 싶다. 왜 그녀에게 그렇게 큰 상처를 줬는지, 왜 그녀를 속였는지, 왜 다른 여자를 선택했는지 묻고 싶다.

"왜 그래? 기분이 안 좋아 보여."

그의 다정한 말을 들으니 심장이 찢어지는 것만 같다. 그녀는 눈물이 솟구치는 것을 꾹꾹 눌러 참았다. 샴페인 한 잔. 크리스마스에 그녀가 그에게 받을 수 있는 것은 그것뿐이다. 그의 집에서 크리스마스트리를 장식하는 사람은 다른 여자다. 그가 내일 부모님 집에 데리고 가 거위고기를 함께 먹을 사람도 다른 여자다. 그녀가 공들여 리모델링한 집에서 함께 살 사람도 다른 여자다. 끔찍한 고통이 새록새록 되살아난다. 하지만 괜찮다. 이렇게 고통을 되새김질하며 독한 마음으로 칼을 갈아야 복수할 수 있다. 그녀는 문득 어지럼증을 느꼈다. 빈속에 술을 마셔서일까?

"아니카? 왜 그래? 괜찮아?"

그의 목소리가 꿈속처럼 아련하게 들린다. 그의 걱정스러운 얼굴이 흐릿하게 눈앞에서 춤춘다. 그녀는 이마에 손을 짚었다. 그가 그녀의 손에서 부드럽게 잔을 빼냈다. 그의 품에 안긴 그녀의 눈앞에서 그의 얼굴이 커졌다 작아졌다 하며 아지랑이처럼 어른거렸다. 머릿속이 솜으로 가득 찬 것처럼 몽롱하다고 느낀 순간 무릎에 힘이 빠졌다. 뭔가 깨지는 소리가 난다. 그의 모습이 보이지 않는다. 어떻게 된 거지?

그녀는 바닥에 누워 있고 아이젠후트는 책상 앞에 서서 한 손으로 머리를 감싼 채 전화를 한다. 얼굴에 묻은 저건 뭐지? 피? 그는 수화기에 대고 흥분해서 외친다. 그녀는 그가 하는 말을 알아들으려 애쓰지만 몽롱한 의식 속으로 들어온 것은 문장 몇 개뿐이다.

"……공격했다니까요. 네, 다쳤어요……. 빨리요! 완전히 정신이 나갔어요……. 깨진 병을 들고 달려들었어요……."

졸음 때문에 스르르 눈이 감기고 몸에는 아무런 감각이 없다. 그녀의 입가에서 침이 흘러내렸다.

"디르크." 그녀는 알아듣지 못할 말로 불분명하게 중얼거렸다. 그리고 다음 순간 정신을 잃었다.

휴대전화 울리는 소리에 잠이 깬 그는 쏟아지는 햇살에 눈을 껌벅이며 여기가 어딘가 하고 생각했다. 그러나 곧 어젯밤 일이 선명하게 떠올랐고 순간적으로 잠이 확 달아났다. 혼자 매트리스에 누워 있는 것을 보니 리키는 벌써 일어난 모양이다. 리키와 첫날밤을 보냈다고 생각하니 날아갈 듯 기분이 좋았다. 그는 자리에서 일어나 비좁은 욕실로 갔다. 오줌을 누고 세면대 앞에 선 그는 거울을 찬찬히 들여다보았다. 외모가 바뀌었을 것만 같은데 얼굴은 그대로다. 리키는 부엌 창가에 서서 그에게 등을 돌린 채 담배를 피우고 있다. 그가 몰래 다가가 뒤에서 껴안으려는 순간 전화가 왔다. 리키는 전화를 받았다.

"아, 재니스!" 그녀는 목소리를 낮춰 전화를 받았다. "잠은 좀 잤어? 아직도 많이 아파, 자기야?"

마르크는 몇 걸음 뒤로 물러섰다. '자기야?' 어젯밤에는 재니스에 대해 이렇게 말하지 않았다.

"응, 난 괜찮아. 마르크가 여기서 잤어……. 무슨 소리! 개는 소파에서 잤어." 그녀가 소리 내 웃었다. 약간 조롱이 담긴 웃음이다. "날 뭐로 보는 거야? ……응, 나도 알아. ……물론이지. ……금방 갈게. 뭐 필요한 거 있어? ……응, 알았어. 사랑해. 보고 싶어. 자기가 없으니까 너무 이상해."

마르크는 숨이 멎는 것만 같았다. 갑자기 어지럼증이 느껴지고 눈 주변이 깜박깜박하는 것을 보니 다시 두통이 시작되려는 모양이다. 그는 손바닥으로 양쪽 관자놀이를 누르며 고개를 숙였다. 몇 시간 전만 해도 그를 사랑한다고 말하던 그녀가 재니스에게 똑같은 말을 하다니! 어떻게 그럴 수 있단 말인가!

"어머, 마르크! 일어났구나!"

그는 고개를 들고 그녀를 똑바로 쳐다보았다.

"왜 방금 재니스한테 거짓말했어요?"

"그게 무슨 말이야?"

"방금 집에 있는 것처럼 말했잖아요. 그리고 내가 소파에서 잤다고 했잖아요."

"그래서?" 리키는 웃으며 어깨를 으쓱했다. "아픈 사람 괜히 흥분시킬 필요 없잖아."

마르크는 자기 귀를 의심했다.

"그럼…… 그럼 아무 의미도 없었던 거예요? 내 말은…… 어젯밤 일요. 어제는 날 사랑한다고 했잖아요. 그 말은 그냥 해본 말이었어요? 아니면 방금 재니스한테 한 말이 거짓말이에요?"

리키의 얼굴에서 미소가 사라졌다.

"뭔가 좀 착각하는 것 같은데 재니스는 내 남자친구야. 내가 재니

스한테 뭐라고 하는 네가 상관할 일 아니야. 엿들은 사람이 잘못이
지."

그녀는 그를 지나쳐 욕실로 갔다.

"그럼…… 그럼 왜…… 왜 나랑 같이 잤어요?" 그가 그녀 뒤를 쫓
아가며 물었다.

"네가 원하던 거 아니었니?" 그녀가 그를 돌아보며 빙긋 웃었다.
"난 네가 좋아할 줄 알았는데? 안 좋았니?"

그 말에 그는 말문이 막혔다. 얼굴이 뜨겁게 달아올랐다. 세상에
둘도 없는 소중한 경험을 그녀는 말 몇 마디로 천박하게 만들어버렸
다. 어젯밤 일이 그녀에게는 아무런 의미도 없었던 것이다.

"재니스 바람피우는 거 알아요? 금요일에 재니스가 부엌에서 니
카랑 키스하는 거 봤어요. 내가 개들 데리고 나타나지 않았다면 거
기서 멈추지 않았을 거예요. 니카한테 완전히 정신이 나갔던데요!"

그 말에 리키의 표정이 굳어졌다.

"네가 방금 지어낸 얘기지?"

"아니요. 정말이에요."

그는 눈 뒤에서 느껴지는 찌르는 듯한 통증을 무시하려 애썼다.
삐친 듯한 자신의 말투가 마음에 들지 않지만 어쩔 수 없다. 관자놀
이에서 망치로 때리는 듯한 통증이 느껴져 미칠 것만 같다. 앞으로
15분 내 약을 먹지 않으면 늦어버릴 것이다.

"이상한 소리를 한참 하더니 다짜고짜 달려들어서 치마를 올렸
어요. 니카가 도망간 것도 그것 때문일 거예요."

리키는 굳은 표정으로 양손을 허리춤에 얹었다.

"그 얘기를 지금 나한테 하는 이유가 뭐니?"

"사랑하니까요." 마르크가 힘없이 대답했다. 그가 기대한 반응은

이런 것이 아니었다. 눈물 흘리는 리키를 위로하며 그의 진정한 사랑과 충성심을 확인시켜주고 싶었다. "우린 한 배를 탄 거 아닌가요? 둘만의 비밀도 있잖아요."

그 말에 그녀의 얼굴은 분노로 일그러졌다.

"날 협박할 수 있다고 생각하는 거니? 나도 너에 대해 아주 많은 걸 알고 있거든!"

마르크는 리키의 매정함에 흠칫 놀랐다. 잠에서 깼을 때 좋았던 기분은 거짓말처럼 사라졌다. 바보, 모든 걸 망쳤어!

"협박하려는 거 아니에요! 정말이에요!"

리키는 실눈을 뜨고 그를 꼬나봤다.

"리키, 제발 날 그렇게 대하지 말아요. 정말로…… 정말로 사랑한단 말이에요! 뭐든 시키는 대로 다 할게요!"

리키는 애원하는 그를 외면했다.

"난 바로 병원에 가봐야 해. 너도 네 아버지가 경찰 데리고 들이닥치기 전에 얼른 집에 가봐. 그 얘긴 나중에 하자. 얼른 가. 나 화장실 가야 해."

그는 그녀의 말에 복종했다. 나중에 얘기하자고 했으니 다 끝난 건 아니다. 그게 어딘가. 그는 침실로 가서 주섬주섬 옷을 챙겨 입으며 그녀가 전화할 때 다시는 엿듣지 말아야겠다고 다짐했다. 부엌으로 나온 그는 어젯밤 아무렇게나 던져놓은 배낭을 열어보았다. 다행히 약이 들어 있다. 그는 내친 김에 약 두 알을 목 안에 털어 넣고 수돗물을 마셨다. 막 돌아서는데 식탁 위에 놓인 리키의 휴대전화가 눈에 띈다. 재니스와 전화하기 전에 누구랑 통화한 걸까?

그는 아픈 관자놀이를 문지르며 잠시 휴대전화를 노려보았다. 이윽고 호기심이 승리했다. 통화 내역을 열어본 그는 깜짝 놀랐다. 일요일 아침 7시 10분에 아버지가 리키에게 무슨 볼일이 있었을까? 그에 관한 일이라면 리키가 말을 했을 것이다. 그는 전화기를 내려다보며 발칙한 상상에 사로잡혔다. 의심이 솟구쳤다. 화장실에서 물 내리는 소리가 났다. 그는 깜짝 놀라 전화기를 내려놓았다.

밖에서 개들이 반갑게 짖는 소리가 난다. 일요일 아침 당번인 로지가 온 모양이다.

"어서 서둘러. 우리가 여기서 함께 나가는 걸 로지가 봐야겠니?"

부엌에 나타난 리키가 다그쳤다. 그는 왜 리키가 아버지와 비밀 전화를 하는지 궁금해 미칠 것 같았지만 듣게 될 대답이 너무 두려워 말을 꺼낼 용기가 나지 않았다.

"왜 그래?"

그는 두통이 너무 심해서 눈물이 났다. 그녀는 빤히 쳐다보기만 하는 그를 안고 뺨에 입을 맞추었다.

"오, 미안해, 마르크." 그녀가 그의 귀에 대고 속삭였다. "그렇게 화내려는 건 아니었어. 내가 요즘 스트레스를 많이 받아서 그래. 어제는 정말 좋았어. 정말이야. 그럼, 나중에 또 얘기하자. 괜찮지?"

그는 그녀의 뒷모습을 보며 다시 심장이 뛰고 사라졌던 행복감이 되살아났다. 그녀는 그에게 일부러 상처를 주려는 게 아니었다. 이제 괜찮아.

"괜찮아요." 그는 그녀가 들을 수 없다는 걸 알면서도 혼자 중얼거렸다. "괜찮고말고요."

*

피아와의 대화가 자꾸만 머릿속에 떠올라 그는 잠을 설쳤다. 잠을 이루지 못하는 이유는 항상 코지마였는데 불면의 이유가 오랜만에 바뀌었다. 보덴슈타인은 침대 한쪽에서 자고 있는 아니카를 깨우지 않으려고 조심조심 일어났다. '내 인생이 물 위의 조각배처럼 흔들리기 시작한 뒤로 피아는 내게 언제나 닻 같은 존재였어.' 즉흥적으로 한 말이지만 생각할수록 맞는 말이다. 믿을 만한 동료였던 피아는 언제부턴가 속내를 털어놓을 수 있는 유일한 친구가 됐다. 그런데 하필이면 그런 사람에게 그 자신도 이해하기 힘든 행동으로 불이익과 실망을 안겨준 것이다.

보덴슈타인은 맨발로 삐걱거리는 나무 계단을 밟고 부엌으로 내려갔다. 어제 피아와 대화를 하고 나니 상황을 보다 객관적으로 볼 수 있게 됐다. 갑자기 정신이 드는 것만 같다. 사실 피아 말이 옳다. 무작정 아니카를 도와주다가 법을 어기게 된다면 그는 직장을 잃을 수도 있다. 아니카가 제안한 방법 말고 다른 가능성을 찾아야 한다. 이 상황은 오래가지 않을 것이다. 아버지가 윈드프로에 땅을 팔지 않기로 결정하면 라데마허의 고발은 자연스럽게 효력을 잃을 것이고, 그도 직장에 복귀하게 될 것이다.

엥겔 과장에게 전화를 걸어보는 것도 좋을 것이다. 피아에게 두 건의 사건을 떠맡기는 것도 영 내키지 않고, 아니카가 혐의를 받고 있는 살인 사건에 대해 더 알아야 할 필요가 있다. 엥겔 과장에게는 정보를 열람할 수 있는 권한이 있다.

그는 하품을 하며 커피 메이커에 커피를 떠 넣었다. 아직 7시 20분밖에 안 됐다. 창밖을 보니 오늘도 날씨가 좋을 것 같다. 안개 낀 풀밭 위로 보이는 하늘이 푸르디푸르다. 이렇게 휴일다운 휴일을 맞는 것도 참으로 오랜만이다. 오늘은 아니카와 긴 산책을 하며 차근차근 이야기를 해보는 것도 좋으리라. 그는 커피 메이커에 물을 붓고 버튼을 눌렀다. 그리고 다음 순간 무심코 창밖을 내다보다가 소스라치게 놀랐다. 검정색 리무진 두 대가 빈 주차장으로 들어와 농장 문 바로 앞에 서더니 양복 차림의 남자 네 명이 차에서 내려 주변을 둘러보는 것이 아닌가! 그중 슈퇴르히와 도베르만을 알아본 그는 자기도 모르게 뒤로 물러섰다. 이른 일요일 아침에 그들이 여기 찾아올 이유가 없다. 아니카가 여기 숨어 있다는 걸 알아낸 걸까? 하지만 어떻게? 그것을 아는 사람은 피아뿐이다. 그는 순간 정신이 아찔해지는 것을 느꼈다. 서둘러 거실로 간 그는 탁자 위에 둔 휴대전화를 들어 떨리는 손으로 부모님 댁에 전화를 걸었다.

남자들은 작전이라도 짜는지 여전히 자동차 주변에 모여 서 있고, 슈퇴르히는 전화를 한다. 과연 누구랑 통화하는 걸까?

"제발 좀 받으세요." 그는 작은 방을 서성거리며 초조하게 중얼거렸다. 드디어 아버지 목소리가 들린다.

"아버지!" 그가 목소리를 낮춰 다급하게 말했다. "방금 연방범죄수사국 사람들이 농장에 들어왔어요. 아니카에 대해 물어볼 거예요. 그냥 시민단체 회원이라고만 하고 다른 건 모른다고 하세요. 여기 온 적도 없는 거예요, 아셨죠?"

숨소리만 들릴 뿐 아버지는 아무 말이 없다. 그러고 보니 아버지는 아니카가 누군지, 무슨 의심을 받고 있는지 전혀 모른다.

"네 동료들한테 거짓말을 하라는 거냐?" 아버지는 이해가 안 된다는 듯 물었다.

"아버지, 그냥 제가 말한 대로 해주세요. 이유는 나중에 말씀드릴게요. 아니카는 큰 곤경에 처해 있어요. 하지만 아무 죄도 없어요."

대쪽 같은 성격의 아버지에게 거짓말을 하라고 했으니 얼마나 탐탁지 않아 할지는 안 봐도 뻔하다. 그런데 나중에 아버지에게 뭐라고 설명해야 하지? 살인 혐의로 쫓기고 있다고? 맙소사! 어쩌다 일이 이렇게 된 거지?

"책임질 수 있는 일인지 잘 생각해보고 행동해라, 올리버. 내가 보기엔 잘하는 짓이 아닌 것 같구나."

아버지는 달갑지 않은 마음을 숨기지 않았다.

남자들은 농장 정문을 향해 성큼성큼 걸어가기 시작했다.

"아버지, 제가 지금 바로 건너갈게요. 제가 상대할 테니까 제발……."

띠이, 띠이, 띠이……. 아버지는 그냥 전화를 끊어버렸다.

보덴슈타인은 소파에 가 털썩 주저앉으며 손안에 얼굴을 묻었다. 처음에 아니카를 도우려고 생각했을 때 이런 일이 생기리라고는 예상하지 못했다. 아버지나 피아처럼 아무 관련도 없는 사람을 끌어들이게 될 줄은 몰랐던 것이다. 문까지는 다섯 걸음이면 된다. 문을 열고 나가서 그녀가 침대에서 자고 있다고 말하면 그들은 아니카를 데려갈 것이다. 그러면 모든 문제가 사라진다. 왜 그는 그렇게 하지 않는 걸까? 인기척에 고개를 돌려보니 언제 내려왔는지 아니카가 계단 앞에 서 있다.

"전화하는 거 다 들었어요. 아이젠후트가 날 찾아낸 거죠? 절대 여기로 와선 안 되는 거였는데…… 모두에게 폐를 끼치게 됐어요."

보덴슈타인은 말없이 그녀를 응시했다. 피아가 옳을까? 그녀를 믿는 것은 실수일까? 그를 마주보는 그녀의 갸름한 얼굴의 커다란 눈망울이 슬프게 반짝인다. 마치 달려오는 자동차의 헤드라이트 불빛을 쳐다보는 놀란 노루 눈 같다. 그 순간 보덴슈타인은 결심을 굳혔다. 제발 잘못된 선택이 아니기를!

"아직 발견한 건 아니에요. 그리고 내가 그렇게 되도록 놔두지 않을 거예요."

*

"밤새 생각해봤어요. 침대가 좁아서 도저히 잠이 안 오더라고요. 그런데 내 옷장에서 발견했다는 그 총이 정말 우리 아버지를 쏜 총인가요?"

프라우케는 하룻밤을 유치장에서 보내야 했지만 피아를 원망하는 기색이 없다.

"네, 탄도 검사 결과가 일치했어요. 그건 왜요?"

보덴슈타인의 책상에 앉으니 시점도 다르고 왠지 뭔가 어색하다.

"사실은 나한테도 사냥총이 하나 있거든요. 드릴링인데 아버지 집을 나올 때 가지고 나왔어요. 물론 총을 그냥 옷장에 넣어두는 건 좀 그렇지만, 장전도 안 돼 있고, 또 집에 오는 사람도 없고……."

"잠깐만요!" 피아는 급히 서류철을 뒤적여 크뢰거가 수요일에 작성한 보고서를 찾아냈다. 보고서에 따르면 히르트라이터의 무기 진열장에서는 총 세 정이 모자랐다. 모제르98, 크리크호프 트룸프에서 제조한 7×57구경짜리 드릴링, P226 SIG, 그리고 탄도 검사 결과 범행에 사용된 무기는 모제르98로 확인됐다. 만약 프라우케의 말이 옳다면, 누군가 총을 바꿔치기한 것인지도 모른다. 하지만 누가, 왜? 프라우케에게 의심을 돌리기 위해서?

"혹시 오빠나 동생한테 집 열쇠 준 적 있어요?"

"네? 오빠랑 동생은 왜……?" 프라우케가 인상을 찡그렸다. "두 사람이 나한테 죄를 뒤집어씌우려고 했다는 건가요?"

"네."

"그렇진 않을 거예요. 오빠는 내가 어디 사는지도 모르고 마티아스는…… 제 코가 석 자라 거기까지는 생각할 여유가 없을 거예요."

"그럼 누구를 의심해볼 수 있죠?"

"언젠가 한 번 열쇠를 두고 나와서 열쇠 서비스를 불렀는데 그 불한당 같은 놈들이 돈을 100유로나 뜯어가더라고요. 그 뒤로는 동물천국 사무실에 비상 열쇠를 놓고 다녀요." 프라우케는 자신이 방금한 말의 뜻을 깨닫고는 눈이 휘둥그레졌다. "맙소사!"

"그걸로 용의자 범위는 많이 축소되겠네요. 동물천국 사무실에 출입하는 사람이 누구누구죠?"

"리키, 니카, 재니스, 그리고 나요. 세상에! 그럼, 그건…… 아니에요, 그럴 리 없어요!"

"가능성은 있죠. 본인이 아니라고 한다면 리키, 재니스, 니카 중한 사람이겠네요." 피아가 의자에 등을 기대며 말했다.

이건 가능성이 있는 정도가 아니다. 어제 프라우케가 한 진술은 모두 사실이었다. 벤츠 트렁크에는 그녀가 말한 그림이 들어 있었고, 조수석 앞 서랍에서는 A8고속도로 주변과 바트 튈츠 시 렝그리저 가 주유소에서 주유한 영수증이 여러 장 발견됐다.

"누가 그런 짓을 했을 거 같아요?"

"모르겠어요." 프라우케는 난감한 표정으로 머리를 설레설레 흔들었다. "재니스는 성질이 급하고 우리 아버지를 싫어하긴 했죠. 리키는 아닐 거예요. 동물을 그렇게 좋아하는데 텔을 죽였을 리 없어요."

"그럼, 니카만 남는군요. 니카는 어떤 사람이죠?"

"니카요?" 프라우케는 한숨을 쉬며 머리를 좌우로 흔들었다. "불쌍해요. 한 반년쯤 전에 리키를 찾아왔어요. 옛날에 아주 친했다고 하더라고요. 아마 이혼하고 직장도 잃고 그런 거 같아요. 어쨌든 볼 때마다 마음이 짠해요."

"왜요?"

"바람 불면 쓰러질 것처럼 약해가지고 말도 없고 항상 어딘지 모르게 슬퍼 보여요. 리키랑 재니스는 니카를 무슨 종 부리듯 해요. 그 집에서 청소, 빨래 다 하죠, 가게에서는 경리 일 다 하죠, 그러면서 달랑 지하에 있는 방 하나 공짜로 쓰는 거예요. 하지만 생전 불평하는 법도 없어요. 아마 그렇게 사는 게 좋은가 봐요. 절대 멍청하지는 않아요. 그런데 욕심이 너무 없어요. 옷 입고 다니는 걸 보면 허영심도 없고."

프라우케의 설명에 의하면 국제적 음모에 연루된 살인자로는 생각되지 않는다. 그렇다면 어제 들은 얘기는 아니카 좀머펠트가 보덴슈타인을 홀리려고 지어낸 이야기일까, 아니면 프라우케가 사람 보는 눈이 없는 걸까?

"과거 얘기나 가족 얘기 들어본 적 있어요?"

한참 생각하던 프라우케는 말없이 고개를 저었다.

"그런 얘기가 나올 때마다 너무 재미없는 인생을 살아서 할 얘기가 없다고 했어요."

"하지만 뭔가 관심사가 있을 거 아니에요? 취미라든가, 좋아하는 일이라든가, 아니면 만나는 친구도 없어요?"

"없어요. 참 이상하죠? 매일 얼굴을 보고 함께 일하는 사이인데 어떻게 이렇게 모를 수 있죠? 그런데 정말 딱히 이렇다 할 특징이 없어요."

프라우케의 말을 듣고 난 피아는 더욱 안 좋은 예감이 들었다. 평범함이야말로 최고의 변장술 아니던가! 그녀가 수사하면서 만난 살인자들은 절대 영화에서처럼 특별하지 않았다. 아니카 좀머펠트처럼 평범하고 눈에 띄지 않는 존재들이었다.

"그런데 딱 한 번 이상하게 행동한 적이 있어요. 최근에 일어난 일인데요……."

프라우케는 니카가 가게에 든 도둑을 쫓아가 물건을 찾아오고 뒤에서 공격하는 남학생들을 거뜬히 해치운 이야기를 들려주었다. 피아는 눈을 반짝이며 그녀의 이야기에 귀를 기울였다.

"그게 유술이라고 하더라고요." 갑자기 용의자에서 증인으로 둔갑한 프라우케는 수다스럽게 말을 이었다. "거기까지는 그냥 그런가 보다 할 수 있죠. 그런데 그다음에 일어난 일이 더 이상해요. 리키한테 말하지 말라고 하면서 나를 쳐다보는데 그 눈이…… 정말 무서웠어요. 진짜 협박이었다니까요. 잠깐이지만 주눅이 확 들더라고요. 사실 몸집으로 치면 내 반 토막밖에 안 되잖아요."

흠, 아니카 좀머펠트에게 그런 면도 있다는 거지? 하지만 그렇다고 해서 히르트라이터를 살해할 동기가 생겨나지는 않는다. 재니스와 리키에 대한 충성심에서? 아니면 그들이 그녀의 과거를 알아내서 시키는 대로 하지 않으면 폭로하겠다고 협박했을까? 그래서 니카를 통해 눈엣가시 같은 히르트라이터를 제거했을까? 리키 프란첸에게서는 딱히 동기를 찾기 힘들다. 피아는 여전히 재니스가 가장 의심스러웠다. 잠적해서 나타나지 않는 걸 보면 더욱 의심이 든다. 그때 문 두드리는 소리가 나고 셈이 문 사이로 고개를 들이밀었다.

"피아, 잠깐 나와 봐요."

피아는 복도로 나갔다.

"방금 사라 타이센한테 전화가 왔어요. 마르크가 집에 돌아왔답니다."

피아는 셈의 얼굴을 빤히 쳐다보았다. 그녀의 머릿속에서 톱니바퀴가 구르기 시작했다. 지난 나흘간 그들은 용의자를 골라내고 체포영장과 수색영장을 신청하고 사건 경위와 알리바이를 조사했다. 그리고 가능한 모든 범행 동기를 연구했다. 그러나 한 가지, 가장 가까이 있는 것을 보지 못했다.

"왜 그래요? 괜찮아요?"

아무 말도 없는 피아를 보고 셈이 걱정스럽게 물었다. 피아는 대답 대신 뒤돌아서더니 문을 열고 프라우케를 불렀다.

"이리 나오세요. 질문이 몇 개 더 있는데 차 타고 가면서 해야겠어요."

"아니, 왜……?"

"마르크 타이센이에요." 피아가 셈의 말을 끊고 말했다. "우리가 왜 그 생각을 못 했죠?"

✳

"경찰에 신고해. 그건 엄연한 뺑소니야."

리키가 재니스의 침대 옆에 앉아 걱정스러운 표정을 지었다.

"헛소리 마. 이게 다 그 재수 없는 니카 때문이야."

"니카? 걔가 이 일이랑 무슨 상관이야?"

"왜 우리 딥에 툼으려고 하는디 물어봤터야디 아무나 럴컥 받아들이니까 이런 일이 탱기는 거 아야?"

"발음 때문에 무슨 말인지 잘 모르겠어."

"이 없는 거 안 보여?" 재니스가 버럭 화를 냈다.

"미안해. 그런데 니카 얘긴 무슨 뜻이야?"

재니스는 리키가 가져온 안경을 끼고 그녀를 빤히 쳐다보았다. 정말 멍청해서 아무것도 모르는 걸까? 아니면 멍청한 척하는 걸까?

"네 틴구가 다람 죽이고 터류 훔쳐서 도망갔대. 지티기는 무튼 얼어 죽을! 지금 경탈한테 쫓기고 날 이렇게 만든 덩티들한테도 쫓기고 있어."

리키의 얼굴색이 변했다.

"그렇다면 자업자득이지. 니카 이름 들먹이면서 기후 연구가 어쩌고 떠벌린 건 자기였잖아. 니카가 미리 경고했다며?"

재니스는 그녀를 노려보다가 시선을 돌렸다. 아이젠후트는 그동안 니카를 찾아냈을까? 부디 찾아냈기를! 그는 다시는 니카를 보고 싶지 않았다. 넝마 같은 옷을 입고 다니며 눈속임을 하고 가방 속에는 노트북과 아이폰, 수십만 유로의 현금을 들고 다니는 능구렁이! 리키도 지겹기는 마찬가지다. 병원에서 나가면 바로 짐을 싸서 어머니 집으로 들어갈 생각이다. 당분간 거기 있다가 새 집을 구하면 된다.

"어쩌면 자기 말이 맞을 거야. 사실 나도 니카가 없어져서 다행이라는 생각이 들어. 잘된 일이야." 리키가 재니스의 옷을 옷장에 넣으며 말했다.

"왜 갑다기 탱각이 바뀌었어? 니카가 가게 일을 도와줘더 너무너무 좋다더니?" 재니스가 비꼬았다.

"맞아, 그랬어. 그땐 자기가 니카 뒤꽁무니를 쫓아다니는지 몰랐거든." 리키가 차갑게 대꾸했다.

아차, 마르크가 고자질했을 거라는 걸 생각했어야 했다.

"오히려 덩반대디. 날 얼마나 귀탄케 했는데? 난 다기밖에 없터, 리키. 정말이야. 다기는 내 인탱에 탖아온 가당 큰 행운이야."

재니스는 입술에 침도 안 바르고 거짓말을 늘어놓았다. 며칠간

472

은 리키의 도움이 필요하다. 그녀가 화나면 얼마나 무서운지 아는 그는 그녀가 그의 물건을 몽땅 쓰레기통에 처박아 버릴 것이 두려웠다.

리키는 미심쩍은 눈으로 그를 내려다보며 한숨을 쉬었다. 재니스는 편한 자세를 찾아 몸을 뒤척이다 엄살 섞인 비명을 질렀다.

"다기야, 마르크한테 홈페이디 관리 좀 하라고 해둘래? 루드비히 애도문은 이미 터놨어. 내 택탕 위에 타다 보면 이틀 거야. 그거 티닥 페이디에 띄우라고 해."

"알았어. 내가 다 알아서 할 테니까 자기는 얼른 낫기나 해."

"며틸만 더 있다가 퇴원할 거야. 어타피 이렇게 누워만 이틀 거면 딥에서 누워 있는 게 훨틴 낫다."

✳

호프하임에서 쾨니히슈타인으로 가는 차 안에서 프라우케가 하는 얘기를 듣고 피아는 자기도 모르게 소름이 끼쳤다. 여러 정황을 종합해볼 때 마르크는 리키와 재니스를 부모처럼 생각하고 진심으로 추앙하는 듯하다. 심리적으로 불안정하고 마음에 큰 상처를 입은 청소년들이 숭배의 대상을 만나면 잘못된 의리와 충성심에서 상식적으로 이해하기 힘든 일을 저지르는 경우가 종종 있다. 피아는 몇 년 전 파울리 사건 때 만난 루카스와 타렉을 떠올렸다.

사라는 그들이 오는 것을 보고 집 앞에 나와 기다리고 있었다.

"2층 자기 방에 있어요."

"부모님은 집에 계시니?"

"아니요. 엄마는 교회 가시고 아빠는 회사 가셨어요. 언제 오실지는 몰라요."

타이센 부부가 없어서 더 잘됐지만 아직 미성년자이기 때문에 보호자가 있는 자리에서 이야기하는 것이 좋다.

"마르크랑 얘기할 때 옆에 좀 있어줄 수 있니?"

사라는 결연한 표정으로 고개를 끄덕이고 앞장서서 계단을 올랐다.

"마르크? 경찰이 찾아왔어."

그녀는 문을 두드려도 아무 기척이 없자 문을 열었다. 마르크의 방은 지붕창 바로 밑에 있는 널찍한 방으로, 바닥에는 마루가 깔려 있고, 벽에는 커다란 격자무늬 창이 있고, 발코니까지 딸려 있다. 발코니 문이 활짝 열린 그의 방은 17살짜리 방답지 않게 깔끔하다. 마르크는 머리 뒤로 깍지를 낀 채 침대에 누워 음악을 듣고 있었다. 귀에 이어폰을 꽂고 있어서 아무 소리도 듣지 못한 모양이다. 사라가 그에게 다가가 어깨를 흔들자 소스라치게 놀라며 이어폰을 뺐다.

"안녕, 마르크? 우리 어제 잠깐 프란첸 부인 집에서 봤지?"

피아가 상냥한 미소를 지었다. 마르크는 무표정한 얼굴로 일어나 앉았다. 관자놀이에서 오른쪽 눈 밑까지 난 상처가 그제 책상에 머리를 찧었다는 사라의 말을 확인시켜준다. 그는 피아와 셈을 한 번씩 쳐다보더니 바닥으로 시선을 떨어뜨렸다.

"어제는 왜 도망갔니?"

피아의 물음에 그는 어깨를 으쓱하며 긴 앞머리 뒤로 눈을 숨겼다.

"몰라요. 놀라서 그랬나 봐요."

"그래, 이해해. 프란첸 부인 집에는 왜 갔니?"

그는 한참 뜸을 들인다.

"아침에 가게에서 기다렸는데 안 와서 전화를 했어요. 그런데 전화도 안 받아서 집에 가봤어요."

"그리고 욕조에서 프란첸 부인을 발견한 거구나."

그는 말없이 고개를 끄덕였다.

"어젯밤에는 어디 있었니?"

아무 대답이 없다.

"마르크, 아버지 회사에 도둑 든 거 알지? 그 얘기를 좀 해야 되는데, 경찰에서는……."

"제가 그랬어요." 그가 대뜸 소리쳤다. "제가 아버지 회사에 몰래 들어갔어요. 하지만 롤프 삼촌은 죽이지 않았어요."

사라는 헉 소리를 내며 손으로 입을 틀어막았다. 그러나 마르크는 그녀에게 눈길도 주지 않았다.

"갑자기 난간에 머리를 부딪히면서 쓰러지더니 계단 아래로 굴러 떨어졌어요. 전 어떻게든…… 살리려고 해봤지만 이미 숨이 끊어져 있었어요."

그는 피아를 쳐다보지 않고 한 손으로 다른 손을 주물럭거리다가 그런 자신을 깨닫고는 얼른 무릎 사이에 손을 숨겼다.

"회사에 몰래 들어가는 건 네가 직접 생각해낸 게 아니지?"

"누가 했든 상관없잖아요."

"아니, 상관있어."

커튼처럼 내려진 앞머리 사이로 그의 눈이 번뜩였다. 그러나 그는 곧 무기력한 몸짓으로 어깨를 으쓱했다.

"원래는 햄스터만 아버지 책상에 놓고 나오면 되는 거였어요. 아버지를 골탕 먹일 생각이었어요. 그런데 그 평가서 생각이 났어요. 재니스가 그 평가서에 대해 끊임없이 얘기했거든요. 전 금고 비밀번호도 알아요. 엄마 수첩에 써 있거든요."

"하지만 롤프 삼촌 시체에서 발견된 유전자는 네 게 아니라 재니스 테오도라키스 거야. 혹시 그 사람을 두둔하려는 거니?"

"아뇨. 두둔할 이유 같은 거 없어요. 제가 재니스 스웨터를 입었던 거예요. 검정색 옷이 없어서 리……."

그는 피아가 그의 말실수를 눈치채지 못하기를 바라며 눈썹 옆의 상처를 만지작거렸다. 하지만 피아는 그렇게 둔하지 않다.

"그래서 리키가 재니스 스웨터를 입으라고 줬다는 거지?"

피아가 단도직입적으로 물었다.

"아니에요. 리키하고는 상관없어요."

마르크는 머리를 내두르며 강하게 부인했다. 프라우케의 말대로 그는 재니스와 리키의 말이라면 뭐든 할 것이다. 하지만 마르크가 노인과 개를 총으로 쏘아 죽일 수 있는 사람일까?

"내 생각을 말해볼까? 재니스와 리키가 너한테 지시를 내렸어. 넌 그 두 사람을 좋아하기 때문에 시키는 대로 한 거고. 그런데 삼촌이 다 망쳐버린 거지. 그렇지?"

"아니에요! 그런 게 아니에요."

"그럼 어떻게 했는데? 그 사람들이랑 같이 갔니? 너한테 도둑질 시키고 그 사람들은 밖에서 기다렸니?"

마르크는 창백한 얼굴이 새빨개지며 세차게 머리를 흔들었다.

"네가 어떻게 생각하건 그건 네 마음이지만 결국 외삼촌이 심장 마비를 일으킨 건 너 때문이고……."

"아니에요! 그렇지 않아요! 아무것도 모르면서!" 그는 거칠게 내뱉으며 피아를 노려보았다.

"맞아. 난 아무것도 몰라. 하지만 그렇게 거짓말해봐야 아무 소용 없어." 그녀가 차갑게 대꾸했다.

"난 거짓말 안 해요!"

"마르크, 넌 아직 미성년자야. 네가 무슨 짓을 했든, 무슨 말에 넘어갔든 사실대로 말하기만 하면 크게 문제되지 않아."

피아는 그의 턱 근육이 움직이는 것을 관찰했다. 큰 압박을 느끼고 있다는 증거다. 어떻게든 재니스와 리키에 대한 충성심을 흔들어 놓아야 한다. 그들이 그를 부추겨 윈드프로에 침입하게 한 것이 분명하다. 어쩌면 히르트라이터를 죽이라고 했는지도 모른다.

"너 그거 아니? 어제 아침에 리키는 가게에 갔었어. 그런데 차 안에서 누군가와 통화를 하고는 그냥 사라졌어. 그로부터 두 시간 후에 네가 리키를 발견한 거야."

"그래서요?"

"리키는 우리한테 부엌에 가방을 두고 와서 다시 집에 들어갔다고 했어. 그 뒤에 복면한 남자들이 나타났다고. 그런데 그건 거짓말이었어. 가방은 차 안 조수석에 있었거든. 그리고 리키가 전화할 때 '누가 그렇게 오버하래요?'라고 말하는 걸 들었어."

마르크는 어깨를 으쓱할 뿐 아무 반응이 없다.

"리키가 그 얘기를 누구한테 했을까? 재니스의 서재를 몽땅 털어갈 만한 사람이 누가 있겠니? 재니스의 컴퓨터와 서류에 눈독 들일 사람이 누구냐고? 재니스가 스스로 그랬을까? 거짓 단서로 수사를 교란시키려고?"

"말도 안 돼요. 재니스는 사고 나서 병원에 누워 있어요."

"언제부터?" 피아가 깜짝 놀라 물었다. 지금 상황에서 이 사실은 큰 변수로 작용한다.

"몰라요. 어제라고 한 거 같아요. 아무것도 모르겠어요. 도대체 나한테 무슨 말을 듣고 싶은 거예요?"

마르크는 양손으로 머리를 감싸고 관자놀이를 짓눌렀다. 피아는 이쯤에서 심문을 끝내는 것이 좋겠다고 판단했다.

"경찰서로 같이 좀 가줘야겠다."

그 말에 그는 고개를 들고 피아를 똑바로 쳐다보았다. 열에 들뜬 눈이 이상하게 빛난다.

"왜요?"

"질문할 게 있어서."

"사람을 그렇게 막 잡아갈 순 없어요!"

"있어. 경찰은 그렇게 할 수 있어."

"어? 엄마가 오신 거 같아요!"

문가에 서서 잠자코 듣고 있던 사라의 말에 잠시 피아의 시선이 흐트러졌다. 마르크는 그 짧은 사이를 이용해 방을 뛰쳐나갔다.

"셈!"

손쓸 새가 없었던 피아가 크게 외쳤다. 책상을 둘러보던 셈이 발코니로 빠져나가려는 마르크의 팔을 재빨리 붙잡았다.

"이거 놔, 씨!"

거칠게 반항하던 마르크는 머리로 셈의 머리를 받아버렸다. 골프채로 자동차를 부술 때 어땠을지 연상이 되는 순간이다. 딱 하는 소리와 함께 셈이 고꾸라졌다. 마르크는 그를 뿌리치고 허벅지를 한 번 가격한 후 발코니 난간 너머로 훌쩍 뛰어내렸다.

"마르크! 안 돼! 거기 서!" 사라가 그의 등 뒤에 대고 외쳤다.

"이게 무슨 난리야?" 문가에 타이센 부인이 나타났다. 그녀는 코피를 쏟으며 고꾸라져 있는 셈과 발코니에 서 있는 두 여자를 번갈아 보며 황당함을 감추지 못했다. "아니, 어떻게 된 거예요? 마르크는 어디 있어요?"

"방금 발코니에서 뛰어내려서 도망쳤어요. 좋은 변호사나 알아보세요."

방으로 돌아온 피아는 이렇게 말하며 주머니에서 휴대전화를 빼들었다.

✳

정원을 가로지른 그는 울타리를 훌쩍 뛰어넘었다. 그리고 생나무 울타리 속을 기어 숲까지 간 후 무성한 수풀 속에 몸을 숨기고 걸었다. 발밑에서 지난가을에 떨어진 낙엽이 바스락거리고 마른 나뭇가지가 우지끈 부러진다. 그는 이끼가 잔뜩 낀 쓰러진 나무 기둥 옆에 드러누워 호흡이 정상으로 돌아오기를 기다렸다. 머릿속에서는 갖가지 생각이 난무한다. 재수 없는 경찰 아줌마! 왜 그런 질문을 그에게 한단 말인가? 리키가 누구랑 통화를 했는지 알 게 뭐람? 도대체 무슨 생각을 하는 거야?

빌어먹을! 재니스와 리키는 절대 안전할 거라고 걱정 말라고 했었다. 마르크는 몸을 뒤척이다 왼쪽 발목에 심한 통증을 느끼고 몸을 움찔했다. 아까 발코니에서 화단으로 뛰어내릴 때 발목을 다친 모양이다. 그는 일어나 앉아 양말을 내리고 상처를 살폈다. 이미 발목이 부어올랐다. 도망을 치다니 멍청한 짓이었다. 재니스처럼 눈 하나 깜짝 안 하고 아니라고 우겼어야 하는데! 히르트라이터를 죽이고 총을 건초 더미 속에 숨겨놓다니 정말 냉혈한이다. 반면 그는 이제 혼자 모든 의심을 다 받게 됐다. 경찰은 결국 그를 찾아낼 것이다. 언제까지 숲에 숨어 지낼 수는 없다. 그리고 그럴 생각도 없다. 그는 리키에게 가고 싶었다. 리키를 만나 리키의 목소리를 듣고 싶

479

었다.

마르크는 깊은 한숨을 쉬며 다시 바닥에 드러누웠다. 머리가 깨질 것처럼 아프다. 목도 마르다. 주머니에 손을 넣어보니 다행히 휴대 전화는 그대로 들어 있다. 전화를 하면 리키가 그를 데리러 올 것이다. 리키네 집에 가서 천천히 의논을 하자. 지금으로선 그게 최선이다. 그는 전화기를 꺼내 폴더를 열었다. 수신 불능! 그는 힘겹게 일어나 절룩거리며 경사진 비탈길을 올라갔다. 그리고 수신 강도를 표시하는 막대기가 뜨는지 계속해서 전화기 화면을 들여다보았다. 떴다! 그는 나무 기둥에 등을 기대고 아픈 다리를 쉬며 리키의 번호를 눌렀다. 숲 사이로 꼬불꼬불 이어진 윌뮐 가의 좁은 길 위로 띄엄띄엄 지나는 자동차들이 마치 장난감처럼 작아 보인다. 여기서 조금만 더 가면 산림 관리소가 나온다. 리키더러 거기로 데리러 오라고 하면 된다. 초조하게 신호를 기다리는데 다른 전화가 걸려왔다. 그는 전화를 끊고 새로 걸려온 전화를 받았다.

"마르크, 어디 있니?"

아까 그 경찰 아줌마의 목소리다.

"제가 그걸 말할 것 같아요?"

"마르크, 숨어봐야 소용없어. 어딘지 말하면 내가 데리러 갈게. 걱정 마. 아무 일도 없을 거야. 내가 약속할게."

'걱정 마. 아무 일도 없을 거야. 내가 약속할게.' 숱하게 들어온 말이다! 미하엘도 그렇게 말했다. 우리 사이에 일어나는 일은 아무도 모를 테니 걱정 말라고 했지만 결국 온 세상에 알려졌다. 선생님들, 학부모들, 전교생이 다 알았고, 뉴스와 신문은 '미하엘 S.에게 성추행당한 15세 남학생 마르크 T.'에 대해 보도했다. 재니스도 마찬가지다. 평가서를 훔쳐 오면, 윈드프로 서버에서 메일을 복사해 오면,

니카와의 일을 못 본 척하면 모든 게 잘될 거라고, 아무 일도 없을 거라고 약속했다. 부모님은 말할 것도 없다. 온 세상이 약속을 하지만 그 약속을 지키는 사람은 아무도 없다. 마르크는 두통 때문에 머리가 터질 것만 같아 눈을 질끈 감았다.

"마르크! 아직 전화 받고 있니?"

전화기에서 그녀의 목소리가 쨍쨍 울려 나온다. 어쩌면 텔레비전 범죄 드라마에서 본 것처럼 위치 추적을 하고 있는지도 모른다. 일정 시간 동안 통화를 하면 컴퓨터가 전화하는 사람의 정확한 위치를 알아내는 것이다.

"히르트라이터 할아버지를 죽인 건 재니스예요. 리키네 마구간 건초 더미 속에 총을 숨겨놨어요. 전 그 일과 상관없어요!"

재니스를 배신했다고 생각하니 갑자기 견딜 수 없이 비참해졌다. 이제는 돌이킬 수 없다. 행복했던 시간도 다시는 되돌릴 수 없다. 마르크는 나무 기둥 아래 미끄러지듯 주저앉아 무릎에 얼굴을 묻고 엉엉 울었다.

✳

"일이 성공하면 준다고 했잖아요."

"내가 보기엔 일이 성공했다고 보기 힘든데요."

타이센은 허리춤에 손을 짚고 서 있는 리키를 보며 차갑게 웃었다. 그녀는 무척 조바심이 나 있었다. 신경이 곤두설 만도 하다.

"하라는 대로 다 했잖아요. 서명 리스트도 없앴고, 재니스 물건도 다 가져가게 해줬어요. 거기다 날 기절시켜서 소포 꾸러미로 만들어 놓은 것까지 이해했어요! 그런데 이제 와서 무슨 소리예요? 얼른 돈

줘요."

처음에는 타이센도 재니스의 여자친구를 첩자로 둔다는 생각에 신이 났다. 그때는 아직 모든 게 게임처럼 여겨지던 때였다. 게임에서는 당연히 정해진 규칙을 따라야 하지만 물밑 작업이나 뒷거래의 묘미가 없으면 재미는 반감하는 법.

먼저 연락을 한 사람은 리키였다. 그녀는 익명으로 전화를 걸어 그를 위해 스파이 노릇을 하겠다고 자청했다. 그가 얼마를 원하느냐고 묻자 그녀는 소리 내 웃으며 그 일이 얼마만큼의 가치가 있느냐고 되물었다. 이틀 후 두 사람은 A5고속도로 휴게소에서 처음 만났다. 그녀는 스스로 무척 똑똑한 줄 알지만, 그는 전화가 왔을 때 이미 누구 목소리인지 알아챘다. 얼핏 들으면 남자 목소리처럼 걸걸하지만 어딘지 모르게 섹시한 느낌이 딱 그녀를 연상시켰다.

처음 만난 날 커피를 마시며 얘기를 했는데, 그는 그녀의 속셈을 바로 꿰뚫어보았다. 그녀는 딱히 영리한 축에 들지는 못했다. 하지만 지극히 파렴치하고 이기적이고 계산적이었다. 의리도 없어서 재니스의 복수 같은 것은 안중에도 없었다. 그녀는 현재의 삶이 너무 지겨워서 미국으로 이민을 가고 싶다고 솔직하게 털어놓았다. 그리고 새 삶을 시작할 돈이 필요하다며 "2만 5000유로는 어때요?"라고 물었다.

그 말에 타이센은 거만한 미소를 지으며 고개를 저었다.

두 번째 만났을 때 그녀는 눈 하나 깜짝 안 하고 돈의 액수를 두 배로 올렸다. 그는 속으로 스스로를 저주했다. 그동안 히르트라이터가 마음을 바꾸었기 때문이다. 리키는 처음 만났을 때부터 그 사실을 알고 있었다. 이번에는 바로 거래가 성사됐다. 라데마허는 그럴싸한 구실을 붙여 고문 계약서를 만들었다. 하지만 타이센은 그녀에게 돈을 줄 생각은 꿈에도 하지 않았다. 설령 그녀가 첩자로서 일을 잘 해낸다고 해도 계약서를 근거로 압력을 넣을 생각이었다. 그러나 그는 그녀를 잘못 봐도 한참 잘못 봤고, 결국 제 꾀에 제가 넘어간 꼴이 되고 말았다.

"커피나 한잔할까요?"

그는 그녀가 거절할 것을 뻔히 알면서 물었다.

"시간 없어요. 재니스가 병원에 실려 갔어요."

"병원에요?"

"놀란 척하지 말아요. 그쪽 사람들이 한 짓이잖아요. 뭐, 어쩔 수 없죠. 일을 하다 보면 피할 수 없는 희생도 따르니까요. 그런데 내 돈은 어떻게 할 거예요?"

타이센은 그녀의 끈질김에 놀라지 않을 수 없었다. 이렇게 목적의식이 분명한 사람들을 보면 절로 존경심이 든다.

"우리 쪽 사람들이 아니에요."

그는 시간을 벌어볼 요량으로 말꼬리를 잡았다.

"누가 그랬든 상관없어요. 내 돈이나 줘요. 난 내가 할 몫을 다 했어요."

그녀의 푸른 눈이 차갑게 빛났다.

"아니요, 원래 해야 하는 것보다 더 많은 몫을 했죠. 난 내 아들을 부추기라고도 안 했고, 우리 회사에 도둑질하러 오라고도 안 했고, 그 통에 그로스만을 죽이라고도 안 했거든요. 경찰에 신고를 할까요? 아니면 내 아들한테 당신이 얼마나 간사한 짓을 하고 다니는지 말해줄까요?"

그 말에 리키는 깔깔대며 웃었다. 더 이상 조바심 내는 기색도 없고 오히려 당당하다.

"그렇게는 못 할걸요. 그쪽이 나에 대해 알고 있는 것보다 내가 그쪽 비밀을 아는 게 훨씬 많으니까요. 그로스만이 죽은 건 그쪽한테는 더 잘된 일 아닌가요? 오히려 보너스를 받아야 할 일이네. 그리고 난 건물 안에는 들어가지도 않았어요. 차 안에서 마르크가 나오기를 기다렸어요."

"뭐요?" 타이센은 그 말뜻을 알아듣고 그녀를 노려보았다.

"네, 맞아요. 금고에서 서류를 훔친 것도, 메일을 복사한 것도 다 마르크예요. 쯧쯧, 머리도 성하지 않은데 바로 눈앞에서 외삼촌이 죽는 걸 봤으니 충격이 컸을 거예요."

양 갈래로 땋은 금발에 하늘색 디른들을 입고 다니며 순진한 척하더니! 타이센은 그녀의 본모습에 경악을 금치 못했다.

"어쩔 거예요? 계좌로 보낼 거예요, 아니면 수표로 줄 거예요? 날 떼어내고 싶으면 빨리 돈을 줘요."

그는 긴장감에 숨을 꼴깍 삼켰다.

"만약 못 주겠다면?"

그 말에 그녀는 눈을 가늘게 뜨고 그를 노려보았다.

"그다음 얘기는 별로 알고 싶지 않을걸요."

"아니, 알고 싶어요. 아주 구체적으로."

그가 그녀에게 한 걸음 다가섰다. 그러나 그녀는 그 자리에서 꿈쩍도 하지 않았다. 그가 그녀보다 머리통 하나만큼이나 크지만 그녀도 여자치고는 꽤 크고 강하다. 그리고 무엇보다 궁지에 몰려 있다. 더 이상 물러날 데가 없으니 무슨 짓이라도 할 것이다. 그는 자신이 불리함을 깨달으며 문득 화물차 두 대 사이에 주차한 것을 후회했다. 차 주인들은 주말이 지나서야 나타나 주차 위반 딱지를 뗄 것이다. 주변에는 도움을 청할 사람도 없고, 소리를 질러봐야 차 다니는 소리에 묻힐 것 같다.

"히르트라이터 건은 많이 받아야 10년일 거예요. 마르크는 아직 미성년자잖아요."

그녀가 별일 아니라는 듯 가볍게 내뱉었다. 타이센은 울화가 치밀고 분통이 터져 금방이라도 폭발할 것 같았다. 빌어먹을 여편네 같으니라고! 그녀는 어느새 자신에게 유리한 쪽으로 판을 뒤집었다.

"그게 무슨 소리요? 대체 무슨 짓을 한 거예요?"

"나요? 난 아무 짓도 안 했어요." 그녀가 심술궂은 미소를 지었다. "하지만 마르크가 무슨 짓을 했을 수도 있죠. 24시간 내로 내 통장에 돈이 안 들어오면 마르크가 위험에 처한다는 것만 알아둬요."

✳

경찰기동대는 오후 내내 리키 프란첸의 마구간과 그 주변 들판을 샅샅이 뒤졌지만 마르크가 말한 총은 어디에서도 나타나지 않았다. 날씨 좋은 일요일에 땀을 뻘뻘 흘리며 건초 더미 수백 개를 나른 젊은 경찰관들은 작업이 아무 성과 없이 끝나자 툴툴거리며 해산했다. 재니스가 병원에 입원한 것은 사실이었다. 말 그대로 이빨 없는 호랑이가 된 그는 묻는 말마다 고분고분하게 대답했다.

마르크를 부추겨 윈드프로에 침입하게 한 것, 화요일 밤의 알리바이가 거짓이라는 것, 12시 직전이 아니라 1시에야 부모님 댁에 도착했고 그전에는 크리프텔에 사는 옛날 여자친구 집에 있었다고 이제까지 한 거짓말을 모두 시인했다. 재니스는 불분명한 발음으로 끊임없이 말을 늘어놓았지만 피아가 기대한 대답은 나오지 않았다. 프라우케 집 옷장 안에 있던 총에 대해서도, 마구간 건초 더미 속에 들어 있던 총에 대해서도 전혀 모르고, 동물천국 사무실에 프라우케의 집 열쇠가 걸려 있다는 사실은 지금 들어서 알았다는 것이다.

피아는 잔뜩 실망해서 병실을 나섰다. 셈도 코가 부어오르고 두통이 심해서 컨디션이 영 안 좋았다.

"쥐새끼 같은 놈, 내 손에 잡히기만 해봐라!"

두 사람은 어깨가 축 처진 채 병원 앞 벤치에 앉아 앞으로의 일을 의논했다. 피아는 담배를 꺼내 피우며 다리를 쭉 뻗었다. 마르크는 다시 나타나지 않았고, 리키 프란첸도 종적이 묘연하다.

"마르크는 재니스가 히르트라이터를 죽였다고 생각하는 거겠죠?"

"그렇겠죠. 하지만 니카라는 여자도 의심스러워요. 결백하다면 왜 갑자기 자취를 감췄겠어요?"

피아는 니카가 어디 있는지 알지만 아무 말도 하지 않았다. 만약 니카가 히르트라이터를 살해한 거면 어쩌지? 보덴슈타인에게 전화를 걸어볼까? 피아는 담배를 한 번 더 빨고 모래가 담긴 재떨이에 버렸다.

"오늘은 그만 퇴근하죠. 더 일할 맛이 안 나네."

"나도 그래요. 무슨 일 생기면 연락 오겠죠."

리키네 집 앞, 마구간 근처 들길에는 순찰차가 대기 중이고, 마르크가 나타나면 아마 타이센 부인이 전화를 할 것이다. 마르크의 이름은 수배자 명단에 올랐고, 쾨니히슈타인과 인근 지역 경찰서에 모두 연락이 갔다. 이제는 기다리는 일만 남았다. 피아가 막 운전석에 앉는데 휴대전화가 울렸다.

"젠장!"

피아는 잠시 전화를 받을까 말까 고민했다. 결국 양심이 승리했다. 당직실에 그녀를 기다리는 사람이 있다는 전화였다.

"이름이 뭔데요?"

피아는 이렇게 물으며 머릿속으로 적당한 핑곗거리를 찾았다.

"디르크 아이젠후트라는 사람입니다."

에? 그 남자가 왜 피아를 찾아왔을까? 공식적으로 그녀는 그가 아니카 좀머펠트를 찾고 있다는 사실을 모른다. 그리고 이 일에 엮이고 싶은 생각도 없다. 하지만 다른 한편으로는 호기심이 일었다. 보덴슈타인의 새 애인에 대해 더 알아보고 싶기도 하고, 아이젠후트의 입장을 들어보고 싶기도 했다.

"아, 그래요? 잠깐만 기다리라고 하세요. 15분 후에 도착해요."

＊

기울어가는 해가 모기 시체로 지저분해진 앞 유리에 반사되어 눈이 부시다. 슈투트가르트 직전에 A8고속도로를 벗어난 보덴슈타인은 로이틀링엔과 풀링엔을 지나 시그마링엔 방향으로 차를 몰아가다가 슈바벤 알프스를 지났다. 그러나 그는 좌우로 지나치는 아름다운 풍경에 눈길이 가지 않았다. 오늘 아침 슈퇴르히가 졸개들을 이끌고 나타났을 때 그는 더 이상 지체할 수 없다는 것을 깨달았다. 그들이 농장까지 찾아온 것을 보면 구체적인 정보를 입수한 것이 틀림없고, 그렇다면 아니카가 발각되는 것은 시간문제다. 그리고 아니카도 언제까지 집 안에 갇혀 지낼 수는 없다. 슈퇴르히는 분명 사람을 시켜 농장을 주시하게 할 것이다. 하지만 그도 마부 행랑채에 보덴슈타인이 산다는 사실은 몰랐을 것이다. 그렇지 않다면 수색영장에 구애받지 않고 그의 집에 들이닥쳐 아니카를 끌어냈을 것이다. 보덴슈타인은 그들이 사라지자 쿠엔틴에게 차를 빌려 점심을 먹고 바로 출발했다.

아니카는 30분 전에 잠들었다. 조용히 생각할 시간이 생겨 그에게는 잘된 일이다. 그는 피아와 다른 팀원들을 생각했다. 이렇게 수사가 한창일 때 손 떼고 나 몰라라 하는 것은 사실 그에게도 영 내키지 않는 일이다. 항상 객관적이고 현실적인 태도를 견지하는 피아의 조언이 못 견디게 그리웠다. 마치 아무런 안전장치도 없이 외줄을 타는 사람처럼 모든 현실로부터 동떨어진 느낌을 지울 수 없었다.

이 빌어먹을 의심만 아니라면! 이론적으로는 아니카를 돕는 일이 필수불가결하고, 돕는 것 외에는 다른 대안이 없다. 그러나 차를 타고 출발한 이후로는 확신이 사라지고 '과연 잘하는 짓일까?' 하는 의심이 고개를 들었다.

내비게이션이 B311 연방도로 시그마링엔·보덴제 방향을 가리킨다. 목적지까지 남은 거리 28킬로미터, 도착 예정 시간 6시 17분.

그는 길게 한숨을 쉬었다. 언젠가는 보덴제에 (물론 코지마와 함께) 가볼 생각이었는데, 이런 상황에서 오다니 즐거운 여행이라고는 할 수 없다. 내비게이션의 기계음이 이르는 대로 바트 자울가우를 거쳐 좁은 국도로 접어드니 작은 시골 마을이 나왔다. 마당마다 퇴비가 쌓여 있고 가끔 트랙터가 보일 뿐, 지나는 차도 없는 시골이다. 남쪽으로 내려오니 확실히 풍경이 다르다. 타우누스에 비해 훨씬 넓고 탁 트인 느낌이다. 초록이 무성한 들판, 숲, 농경지가 번갈아가면서 나오는데 밭에는 벌써 곡식들이 무릎 높이까지 자랐다.

헤라츠키르히에서 왼쪽으로 꺾으니 길이 1차선으로 좁아진다. 농가 몇 채가 전부인 작은 마을 볼페르츠로이테에 도착했다.

"아니카, 다 왔어요."

그가 어깨를 흔들자 그녀는 화들짝 놀라며 잠에서 깨더니 목을 길게 빼고 창밖을 내다본다.

"요 앞에서 우회전하면 돼요. 그런데 몇 시나 됐어요?"

"6시 15분."

"엄마 혼자 계실지도 몰라요. 소를 들여놓을 시간이거든요."

햇빛 가리개를 내리고 거울을 들여다보는 그녀의 얼굴이 딱딱하게 굳어 있다.

"너무 걱정 마요." 그가 그녀의 손을 잡았다.

"우리 새아버지가 어떤 사람인지 몰라서 그래요. 날 무척 싫어해요. 그래도 된다면 그냥 차를 돌려서 가고 싶을 정도예요."

잠시 후 차는 거대한 말밤나무가 서 있는 널찍한 마당으로 들어섰다. 농장 세 채가 마을의 전부인데, 그중 가장 큰 농장이 아니카의 새아버지 집이다. 검붉은 벽돌로 지은 커다란 3층 건물에 살림집과 축사가 같이 있다. 차에서 내리니 소똥 냄새가 진동한다. 암갈색 로트바일러(경찰견으로도 쓰이는 독일산 개_역주) 두 마리가 철창 속에서 뛰어오르며 새하얀 이빨을 드러내는 것이 보기만 해도 무섭다. 보덴슈타인은 뻐근한 허리를 편 후 슈바벤 알프스 끝자락의 풍경을 둘러보았다. 여름에는 좋지만 시내에서 몇 킬로미터나 떨어진 외딴 곳에서 겨울을 나려면 꽤 힘들 것이다.

"축사에 계신가 봐요. 착유기 돌아가는 소리가 나요. 이쪽이에요."

그녀가 앞장을 섰다. 그는 잠시 망설이다가 아니카를 따라 활짝 열린 축사 문으로 들어갔다. 아니카는 갈색과 흰색 타일이 깔린 착유실을 지나 여물통이 죽 늘어선 축사로 들어갔다. 머릿수건과 앞치마를 두른 깡마른 여자가 능숙한 동작으로 소들에게 건초를 퍼주고 있다.

"엄마!"

쇠스랑으로 건초를 푸던 여자는 허리를 펴고 소리 나는 쪽을 돌아보았다. 그녀의 불그레한 얼굴에 믿기지 않는다는 표정이 나타났다. 그녀는 곧 쇠스랑을 던져버리고 양팔을 활짝 벌렸다.

*

"제 부탁이 좀 이상하게 들릴 수도 있습니다. 게다가 일요일 저녁에 이렇게 귀찮게 해도 될는지 모르겠습니다. 하지만 한시가 급한 일입니다. 사람을 찾고 있는데요, 지금 강력반에서 수사 중인 시민 단체 사람들 사이에 숨어 있는 것 같습니다. 이름은 아니카 좀머펠트입니다."

아이젠후트와 피아는 보덴슈타인의 책상을 가운데 두고 마주 앉았다. 오늘 아침에는 프라우케가 그 자리에 앉아 있었다. 피아는 그의 말에 귀를 기울이며 그가 어떤 사람인지 파악하려고 애썼다. 각진 얼굴에 홀쭉한 뺨, 깊이 들어앉은 파란 눈. 지나가다 돌아볼 만큼 매력적인 남자다. 거기다 그가 가진 권력 때문에 사족을 못 쓰는 여자들이 제법 될 것 같다. 볼품없고 개성 없는 아니카가 지도교수에게 빠진 것도 충분히 이해가 된다. 아이젠후트도 막 그 이야기를 하는 참이다.

"제 행동의 어디를 보고 아니카가 그런 오해를 했는지 모르겠습니다만, 전 꽤 오랫동안 그 사실을 알지도 못했습니다. 그런 생각을 못하게 분명하게 선을 그어야 했던 것 같습니다."

그가 교양이 넘치는 바리톤 음성으로 말했다. 피아를 보는 그의 눈빛에서 씁쓸함이 묻어났다.

"이제까지 살면서 사람을 그렇게 잘못 본 적이 없습니다. 아니카의 광증이 제 삶을 망쳤습니다."

그 말에 피아는 약간 놀랐다. 문제의 서류는 스위스 은행 금고에 고이 들어 있다고 하지 않았던가. 그렇다면 아직 아무 일도 일어나지 않은 것이 아닌가?

"아니카는 지능도 높고 과학자로서의 자질도 뛰어납니다. 하지만 너무 외골수예요. 사회 부적응자죠. 돌이켜 생각해보면 아니카가 보인 행동이 정상이었다는 생각이 전혀 안 듭니다. 15년간이나 옆에서 지켜봤지만 친구를 만나는 법도 없고 오직 연구소와 일, 저밖에 몰랐습니다."

아이젠후트의 말을 들으면서 피아는 보덴슈타인에 대한 걱정이 점점 커졌다. 아니카의 말만 듣고 아이젠후트를 권력욕에 찌든 냉혈한으로 상상했던 피아는 의외로 그에게 호감을 느꼈다.

"아니카가 오설리번과 접촉한다는 사실은 이미 오래전부터 알고 있었습니다. 국가안전기획부에서 그 단체를 죽 감시하고 있으니까요. 하지만 아니카가 일을 소홀히 한 것도 아니고 해서 전 아무 말도 안 했습니다. 아니카를 믿은 거죠. 그리고 한편으로는 저에 대한 집착이 오설리번에게 옮겨 가기를 바란 것도 있었습니다."

피아는 너무 안이한 판단이라고 생각했지만 아무 말도 하지 않았다.

"그해 12월 24일 아니카가 샴페인을 들고 제 방에 찾아왔습니다. 뜻밖이었지만 달리 이상하게 생각하지는 않았습니다. 15년이나 알고 지낸 사람이 갑자기 그런 정신 나간 짓을 하리라고는 아무도 생각할 수 없을 겁니다."

그는 잠시 말을 멈추고 손가락으로 미간을 문질렀다.

"무슨 짓을 했는데요?"

"전 샴페인 병을 따서 잔에 따랐습니다. 그리고 아니카와 함께 크리스마스를 축하하며 술을 마셨습니다. 그런데 아니카가 갑자기 병을 책상 모서리에 대고 치더니 깨진 병을 저한테 휘둘렀습니다. 딴 사람 같았어요. 눈동자에 초점도 없고……. 전 당황해서 경비원을 부르려고 했지만 전화기가 너무 멀리 있었어요."

"원하는 게 뭐였는데요?"

아이젠후트는 잠시 뜸을 들였다.

"아내와 헤어지고 자기랑 결혼하라는 거였어요. 말도 안 되는 소리죠. 그런데 자꾸 저더러 당장 전화를 해서 자기가 듣는 데서 아내한테 그 얘기를 하라는 겁니다. 부모님 댁에도 자기랑 같이 가야 한다면서요. 베티나와 저는 그해 여름에 결혼했습니다. 제 생각엔 그 일로 아니카의…… 병이 극도로 심해진 것 같습니다. 제가 결혼을 하자 심한 모욕감을 느꼈고, 결국 그게 엄청난 증오로 발전한 거죠."

피아는 그의 다음 말을 기다렸다. 지능이 뛰어난 사회 부적응자라…… 생각만 해도 등골이 오싹하다.

"결국은 아니카를 제압하고 경찰을 불렀는데 그러는 와중에 제가 부상을 입었죠. 경찰은 정신병원에 넘기는 게 좋겠다고 했습니다. 아니카가 발악을 했기 때문에 의사는 진정제를 놓은 후 데려갔고요. 그 후에 아니카가 병원을 도망쳐 나왔는데 병원 측에서는 지금까지도 그 일에 대해 해명하지 못하고 있습니다. 그 실수로 인해서 두 사람이 목숨을 잃었습니다. 오설리번과…… 제 아내가 희생됐죠."

"부인요?"

"네, 아는 사람이니까 아무 의심 없이 문을 열어줬겠죠. 베티나는 아니카를 대할 때마다 항상 느낌이 안 좋다고 했습니다. 하지만 전 그 말을 심각하게 받아들이지 않았죠."

그는 말을 멈추고 손바닥으로 얼굴을 쓸어내렸다. 얼굴에 힘들어 하는 표정이 역력하다.

"정확히 무슨 일이 일어났는지는 아무도 모릅니다. 12월 31일, 즉 아니카가 병원에서 도망 나온 다음 날 그 사고가 있었습니다. 아니카는 아내를 쓰러뜨렸고……." 그는 힘겹게 말을 이었다. "집에 불을 질렀습니다. 5시 반쯤 제가 돌아왔을 때 집은 이미 불길에 휩싸여 있었습니다. 소방차가 와 있었지만 날이 너무 추워서 물이 얼어붙었 다고 하더군요."

"부인은 어떻게 됐죠?" 피아가 동정 어린 얼굴로 물었다.

그는 먼 산만 쳐다보았다.

"목숨은 건졌습니다만 뇌에 큰 손상을 입었습니다. 연기 때문에 뇌에 산소가 전달되지 못한 거죠. 베티나는 지금도 식물인간으로 살 고 있습니다. 의사들은 진즉에 희망을 버렸고요."

"왜 그게 아니카 좀머펠트의 짓이라고 생각하시죠?"

"증거는 많습니다. 베티나 손에…… 아니카의 머리카락이 쥐어져 있었습니다. 그리고 감시 카메라에도 잡혔고요."

그는 헛기침을 한 번 한 후 말을 이었다.

"아니카는 그 전날 오설리번을 만났던 모양입니다. 40군데가 넘 게 칼로 찔러서 죽였으니 거의 도살 수준이죠. 경찰이 아니카 집에 서 범행에 사용된 칼을 찾아냈습니다. 부엌칼인데 살해할 생각으로 가지고 갔겠죠. 아니카는 경찰의 손을 피해 도망쳤고, 그 뒤로 종적 이 묘연합니다. 전 아니카가 아마…… 자살했을 거라고 생각했습니 다. 그런데 금요일에 다시 아니카의 소식을 들은 겁니다."

잠시 침묵이 감돌았다. 이미 해가 져서 방 안이 어둑어둑하다. 피 아는 책상 위에 놓인 전등을 켰다.

"이런 얘기를 왜 저한테 하시는 거죠?"

"국가안전기획부 사람들은 오설리번 사건의 범인을 찾는 게 우선입니다." 그는 시선을 내리깐 채 순순히 속마음을 털어놓았다. "이미 보텐슈타인 반장과도 얘기를 했지만 그 사람은 아니카가 얼마나 위험한지 잘 모를 겁니다. 어쨌든 이제부터 키르히호프 형사가 수사 지휘를 맡는다고 하니 이렇게 자세히 얘기를 하는 겁니다. 아마 내일쯤이면 국가안전기획부 쪽에서 무슨 얘기가 있을 겁니다."

다시 얼굴을 든 그는 절망적인 눈빛과 애절한 목소리로 말을 이었다.

"절 이해하시겠습니까? 전 경찰보다 먼저 아니카를 찾고 싶습니다. 아니카를 만나서 얘기를 해야 합니다. 전 베티나가 그런 일을 당한 이후 하루도 편하게 잠을 잔 적이 없습니다. 키르히호프 형사, 제발 도와주십시오!"

✳

발을 내딛는 것조차 힘들지만 마르크는 통증을 무시하고 꾸역꾸역 앞으로 나아갔다. 리키네 집에서 얼마 떨어지지 않은 곳에 경찰 두 명이 경찰차에 타고 있었다. 그렇다면 들길과 마구간도 감시당하고 있을 것이 뻔하다. 집으로 갈 수는 없다. 부모님은 분명히 경찰에 연락할 것이다. 유일한 희망은 동물 보호소다. 우선 거기로 가서 아픈 발목을 치료해야 한다.

휴대전화는 아까 숲에서부터 꺼두었다. 부모님이 귀찮게 전화를 해댈 테고 경찰이 정말 위치 추적을 할지도 모르기 때문이다. 대신 리키에게 온 전화를 받을 수 없다는 단점이 있다. 잠깐씩 전화기를 켜서 리키에게 전화를 걸지만 계속 받지 않는다. 마르크는 점점 초조해졌다. 그동안 무슨 일이 일어났을까? 경찰이 건초 속에서 총을 발견했을까? 재니스는 체포됐을까?

어스름을 틈타 길가로 나간 마르크는 길을 따라 숲 언저리까지 갔다. 슈나이트하인에서 방어트로 이어지는 골짜기에 동물 보호소가 외로이 서 있다. 밤에는 사람이 다니지 않는 곳이다. 그는 나무뿌리에 걸려 넘어지지 않도록 조심하며 산책로를 따라 걸었다. 동물 보호소에 도착했을 때는 이미 어둠이 짙게 깔려 있었다. 어둠에 눈이 익은 마르크는 얼마쯤 떨어진 풀숲에 숨어서 15분 동안 동물 보호소 주변을 주시했다.

3미터 정도 높이의 철망으로 둘러쳐진 건물은 쥐죽은 듯 조용하다. 주변에 차도 없고 관리소 건물에서 불빛이 새 나오지도 않는다. 멀리 쾨니히슈타인과 그 아래쪽 슈나이트하인 시가지는 환하지만 여기서 루퍼츠하인으로 가는 국도까지는 짙은 어둠에 싸여 있다.

그는 가방 주머니를 뒤져 열쇠를 꺼냈다. 이런 일이 있을 줄 알기라도 했는지 오늘 아침에 동물 보호소 열쇠를 챙겨두었다. 이제 다친 발로 철망을 넘을 수 있을지가 문제다. 정문과 관리소 현관에는 센서 장치가 있으므로 피해야 한다. 일단 안에 들어가기만 하면 센서를 끌 수 있다.

구름 한 점 없는 까만 하늘에 손톱 같은 초승달이 떴다. 부엉이 한 마리가 스칠 듯 말 듯 그의 머리 위로 날아 지나간다. 그는 주위를 둘러본 후 배낭을 벗어 철망 너머로 던졌다. 그리고 안 아픈 발로 철망 사이를 짚고 올라가 한 다리를 안으로 걸친 후 잠시 망설이다가 밑으로 미끄러져 내렸다. 별로 아프지 않게 넘어왔지만 철망 전체가 시끄러운 소리를 내며 떨렸다. 건물 안쪽에서 개 짖는 소리가 나고 다른 개 두 마리가 합세하지만, 곧 세 마리 다 짖기를 멈췄다. 다리를 절며 마당을 가로지른 그는 센서가 작동하지 않도록 조심하며 관리소 건물 뒤편으로 갔다. 뒷문을 열고 들어간 그는 동물들 먹이를 준비하는 부엌의 차가운 타일 바닥에 지친 몸을 뉘였다. 그렇게 몇 분간 꼼짝도 하지 않다가 일어나 불을 켜고 구급약을 찾았다. 창문 덧문이 모두 내려져 있으니 불을 켜도 괜찮을 것 같다. 그는 쿨링 젤과 압박붕대를 찾아 이미 사과만 하게 부어오른 복사뼈에 응급처치를 하고 전화가 있는 사무실로 갔다. 리키에게 전화를 걸어보니 이번에는 벨이 몇 번 울리기 전에 바로 받는다.

"마르크! 경찰이 여기 와서 널 찾았어. 무사하니? 걱정했어!"

그녀가 걱정했다니 한층 마음이 놓인다.

"동물 보호소에서 뭐하고 있어?"

순간 그는 움찔했다. 아, 휴대전화에 번호가 떴겠지. 그는 리키에게 낮에 있었던 일을 이야기하고 숨어야 하는 이유를 설명했다. 다행히 그녀는 아침 일로 삐친 것 같지는 않다.

"여기로 오면 안 돼요?"

"집 앞에 경찰이 있어. 금방 냄새 맡고 쫓아올걸. 게다가 큰 문제가 생겼어. 안 그래도 정신없는데 일이 자꾸 생기네. 낮에 어머니한테 연락이 왔는데 아버지가 돌아가실 것 같대. 그래서 내일 함부르크에 가봐야 해." 리키는 한숨을 푹 쉬었다.

"언제 돌아오는데요?" 마르크는 리키가 멀리 간다는 생각에 단박에 두려움을 느꼈다.

"금방 올 거야. 이제 좀 자려고 해봐. 내일 전화할게. 알았지?"

"네, 알았어요."

"잘 자, 마르크. 다 잘될 거야. 나 믿지?"

"네, 그럼요. 잘 자요."

그는 전화를 끊은 후 잠시 책상 앞에 앉아 생각에 잠겼다. 니카는 떠났다. 재니스가 감옥에 가면 리키를 혼자 차지할 수 있다. 즐거운 상상이다. 그는 절뚝거리며 좁은 복도를 따라 관리인 숙소로 갔다. 어제 리키와 함께 밤을 보낸 곳이다. 그는 신음 같은 한숨 소리를 내며 매트리스에 몸을 던졌다. 베개에 얼굴을 묻으니 아직도 리키의 향수 냄새가 나는 듯하다. 상상은 24시간 전으로 달려간다. 마르크는 경찰도 부모님도 없는 달콤한 기억 속으로 빠져들었다.

✳

피아는 맞은편 남자의 어두운 얼굴을 찬찬히 뜯어보았다. 언제까지일지는 모르지만 이제 그녀의 차지가 된 보덴슈타인의 방에 어둠이 짙어간다. 아이젠후트는 그녀에게 사실을 조목조목 열거했고, 그의 말은 신빙성이 있다. 그러나 그는 정말 그 이야기를 하러 여기 온 걸까? 경찰이 찾아내기 전에 아니카를 만나 12월 31일의 일을 이야기하고 싶으니 도와달라는 게 그의 진짜 목적일까? 아니면 뭔가 다른 목적을 숨기고 있는 걸까? 문제의 서류가 존재한다는 것을 그는 모르는 걸까? 아니면 그런 서류는 처음부터 존재하지 않았던 걸까?

큰 그림을 맞춰야 하는데 손에 쥔 퍼즐 조각이 너무 적다. 띄엄띄엄 아는 것이 전부인데 말을 조심해서 해야 하니 이것도 곤욕이다. 아이젠후트는 거짓말을 하는 것 같지는 않지만 그의 행동에는 어딘가 수상한 데가 있다. 그가 보여준 절망과 슬픔은 모두 진심이지만 그가 여기 온 것 자체가 이상하다. 아이젠후트 정도 되는 사람이면 일개 형사 따위를 찾아와 부탁 따위 하지 않아도 될 텐데……

사실 그의 이야기는 피아와 상관도 없고 크게 그녀의 관심을 끌지도 못했다. 그러나 그의 말을 듣고 보니 살인과 폭행 혐의로 쫓기고 있는 여자와 단둘이 있을 보덴슈타인이 걱정되어 견딜 수 없었다.

갑자기 아이젠후트의 휴대전화가 울렸다.

"실례합니다."

그는 전화를 받더니 짤막하게 대답을 하면서 자세를 고쳐 앉았다. 그의 표정이 점점 어두워졌다.

"나쁜 소식인가요?"

그녀가 통화를 마친 그에게 물었다.

"별일 아닙니다."

그가 처음으로 미소를 지었다. 역시 호감이 가는 미소다. 그 미소를 보니 그를 어떻게 판단해야 할지 몰라 갈팡질팡하던 마음이 더욱 복잡해진다. 아니카 좀머펠트가 어떻게 되든 무슨 상관이람? 하지만 지금 보덴슈타인과 함께 취리히로 가고 있다는 말을 했다가는 보덴슈타인이 그녀를 가만히 두지 않을 것이다. 아이젠후트가 자리에서 일어서며 그녀의 딜레마를 해결해주었다.

"시간 내주셔서 감사합니다."

피아는 전등을 끄고 함께 방을 나가 경찰서 문 앞까지 그를 배웅했다. 공기는 온화하고 초여름 밤의 향기가 물씬 난다. 악수를 하는 그의 손에서 힘이 느껴진다.

"소식 들리면 연락 좀 주십시오."

"네, 그럴게요."

피아는 주차장으로 걸어가는 그의 뒷모습을 복잡한 심정으로 지켜보았다. 젠장, 아무 상관도 없는 일에 얽히기 싫은데! 어쨌든 보덴슈타인에게 조심하라는 문자라도 보내야겠다. 그리고 집에 가자.

*

그는 입을 반쯤 벌린 채 조용히 코를 골며 잠들었다. 달빛이 낡은 카펫 위에 길쭉한 그림자를 드리운다. 아니카의 어머니는 아니카에게 상자를 내주며 새아버지는 아무것도 모른다고 다짐에 다짐을 반복했다. 아니카가 바로 떠나겠다고 하자 그녀의 어머니는 크게 실망하는 눈치였다. 손님방에서 자고 가라는 말에 보덴슈타인은 그러겠다고 하고 싶었지만 아니카는 차 안에 있다가 8시 배를 타겠다고 고집을 부렸다. 그 배에는 출근하는 사람이 많아서 눈에 띄지 않게 움직일 수 있다는 이유에서다. 결국 두 사람은 메르스부르크에 있는 작은 호텔에 들었다.

잠든 보덴슈타인의 옆모습을 보고 있으니 아니카는 가슴 한구석에서 안쓰러운 마음이 들었다. 정말 상냥하고 순수한 사람인데! 그의 직업과 지위를 생각하면 너무 순진하다 싶을 정도다. 하지만 외모만 보고 그녀를 잘못 판단한 사람은 보덴슈타인 말고도 많았다. 아마 보살펴주고 싶게 하는 가녀린 몸매 때문일 것이다.

그녀는 그가 얼마나 그녀를 원하는지 알았기 때문에 함께 잠자리에 들었다. 재니스 때와 달리 역겨움을 극복해야 하는 일은 없었지만 그가 불편한 호텔 침대에서 정열적으로 키스를 퍼붓고 애무를 하는 동안 그녀는 아침에 그녀를 잡으러 왔던 검은 양복의 남자들과 아이젠후트에 대해 생각했다. 그녀에게는 아무런 의미도 없는 섹스였다. 그녀의 증오에 찬 비명이 환희의 표현으로 받아들여지기를 바랄 뿐이다. 언제 끝나나 하는 생각을 몇 번이나 했지만 그가 좋았다면 아무래도 상관없다. 5분쯤 지나자 그는 만족한 얼굴로 잠들었다. 어쩌면 지금쯤 절대 오지 않을 그들의 미래를 꿈꾸고 있을

지도 모른다.

아니카는 머리 뒤로 깍지를 끼고 누워 천장을 응시했다. 그때 보
덴슈타인의 휴대전화가 짧게 진동했다. 고개를 돌려보니 무음 모드
로 맞춰놓았는지 불빛만 번쩍번쩍한다. 그녀는 침대에서 일어나 살
금살금 탁자로 다가갔다. 낡은 마룻바닥이 삐걱거리지만 보덴슈타
인은 깊이 잠들었는지 규칙적인 숨소리를 낸다. 그녀는 전화기를 들
고 욕실로 들어갔다. 피아 키르히호프에게서 온 문자다.

방금 아이젠후트가 왔다 갔어요. 말에 신빙성이 있어요. A가 수상
해요. 걱정하고 있으니까 연락줘요. 언제든 좋으니까 꼭 전화해요!!

기분 나쁜 여자 같으니라고! 보덴슈타인이 대단히 훌륭하게 여
기는 그 여자는 처음부터 그녀를 마음에 들어 하지 않았다. 피아가
마음에 안 들기는 그녀도 마찬가지다. 그녀는 문자를 지우고 전화
기를 끈 다음 다시 조용히 제자리에 갖다 놓았다. 방해꾼은 용납할
수 없다.

눈을 뜨자 어두컴컴한 방 한구석에 놓여 있는 키 큰 스탠드 전등이 눈에 들어온다. 처음 보는 방이다. 여긴 어디지? 무슨 일이 있었던 거지? 정신이 몽롱하고 머리가 땅하게 아파온다. 입안이 텁텁하고 한기가 느껴진다. 그녀는 고개를 들다가 자기도 모르게 신음 소리를 냈다. 여긴 호텔 방이다. 분명히 호텔 방인 것 같은데 왜 여기 있는 거지?

아무리 기억을 해내려 해도 잠에서 깨고 나면 잊어버리는 이상한 악몽을 꾼 것처럼 아무것도 생각나지 않는다. 그녀는 크리스마스를 맞아 어머니에게 갈 생각이었다. 그런데 아이젠후트가 연구소의 자기 방에 있으니 와달라고 했다. 샴페인. 그걸 마시고 기분이 좋지 않았다. 그다음부터 필름이 끊겼다. 그리고 여기서 눈을 뜬 것이다. 옆으로 고개를 돌려보니 알람시계가 22시 11분을 가리키고 있다. 그녀는 아래를 내려다보다 자신이 알몸인 것을 깨닫고 깜짝 놀랐다.

오른손에 움켜쥐고 있는 것은…… 칼! 피 묻은 칼이다. 그녀의 손과 팔도 온통 피투성이다. 그녀는 멍하니 그것을 쳐다보다가 힘겹게 일어나 앉아 칼을 바닥에 던졌다. 손발에 쥐가 난 것처럼 감각이 없고 머리가 어지럽고 소변이 급하다. 주위를 둘러보니 문 옆 의자 위에 걸쳐진 그녀의 옷이 눈에 들어온다. 탁자 위에는 그녀의 가방과 휴대전화와 자동차 열쇠가 놓여 있다. 그뿐이 아니다. 그 옆 바닥에는 남자 신발 한 켤레, 여행 가방, 급히 벗은 것처럼 보이는 뒤집어진 청바지가 나뒹군다. 가슴이 쿵쿵 뛴다. 그러나 아직도 영문을 모르겠다. 겨우 자리에서 일어난 그녀는 머릿속이 터질 것 같은 통증을 느꼈다.

"디르크?"

비틀비틀 침대를 돌아서 욕실로 가던 그녀는 문득 알몸의 여자가 앞을 가로막자 놀라서 몸을 움찔했다. 거울에 비친 그녀 자신의 모습이다. 그런데 얼굴과 가슴에 묻은 저 이상한 얼룩은 뭐지?

욕실 문을 연 그녀는 얼어붙은 듯 그 자리에서 꼼짝도 하지 않았다. 피! 천장까지 피가 튀었고 흰색 벽도 온통 피투성이다. 괴상한 모양으로 사지가 뒤틀린 남자가 변기와 욕조 사이에 구겨져 있고 몸에서 흘러나온 피가 검붉은 웅덩이를 이루고 있다. 그녀는 구역질이 나고 무릎이 휘청거려 문틀을 꽉 잡았다.

"세상에!" 입에서 나지막한 비명이 터져 나왔다. "오설리번 씨!"

2009년 5월 18일 월요일

　밤새 잠을 이루지 못한 그는 해가 뜨기 전부터 일어나 초조하게 리키의 전화를 기다렸다. 그녀의 집이 코앞인데 경찰 때문에 갈 수 없다는 생각을 하면 짜증이 나 견딜 수 없었다. 곧 7시다. 로지가 출근할 시간이다. 휴대전화를 켜도 될까? 위험하지만 잠깐이면 괜찮을 것이다. 리키가 휴대전화로 전화를 했을지도 모른다. 네 자리의 비밀번호를 입력하자 수신 범위에 들어갔음을 알리는 익숙한 멜로디가 들린다.

　부재중 전화를 확인한다. 아버지가 스무 번도 넘게 전화를 했고 발신 번호 표시제한도 여러 개다. 아마도 경찰일 것이다. 하지만 리키의 번호는 없다. 문자도 없다. 그는 순식간에 실망감에 휩싸였다. 함부르크에 가기 전 연락하겠다고 했는데! 더 이상 기다릴 수는 없다. 쿨링 젤과 압박붕대 덕분에 발목의 부기도 약간 가라앉았다. 그는 새 붕대를 감고 운동화를 신은 후 가방을 들쳐 메고 관리소 건물을 나왔다.

　풀잎에 맺힌 이슬이 햇살을 받아 빛나는 상쾌한 아침이다. 그는 신선한 공기를 폐부 깊숙이 들이마신 후 몇 걸음 걸어보았다. 괜찮을 것 같다. 로지는 쾨니히슈타인에서 온다. 그렇다면 반대편인 슈나이트하인 방향으로 내려가면 마주치는 일이 없을 것이다. 막 건물을 나서는데 조깅하는 여자 둘이 그 앞을 스쳐 지나간다. 하지만 마르크에게는 전혀 신경 쓰지 않는다. 10분쯤 걸어가니 갈랫길이 나타났다. 마구간과 애견 훈련소 쪽에는 아무도 없다. 울타리 안에 말도 보이지 않는다. 리키가 어제 다른 목초지로 데려갔나? 마르크는 잠시 망설이다 도로 쪽으로 걷기 시작했다. 어제 경찰차가 있던 자리에서도 아무것도 보이지 않는다. 그는 보는 사람이 없는지 확인하고 리키네 집으로 들어갔다. 간이 차고 지붕 밑에 재니스의 BMW가 서 있다. 모든 창문에 덧문이 내려져 있는 것이 이상하게 쓸쓸한 느낌을 준다.

　마르크는 집과 차고 사이의 낮은 울타리를 넘어 지하실로 가는 계단을 내려갔다. 그리고 화분 밑에서 녹슨 열쇠를 찾아내 문을 열고 지하실을 통해 위로 올라갔다. 집 안은 어두컴컴하다. 마르크는 복도에 서서 주위를 둘러보았다. 아무래도 기분이 이상하다. 뭔가 평소와 다른데 뭐가 다른 거지?

　"리키?"

　그는 침실로 가서 문을 열어보았다. 침대는 잘 정돈돼 있다. 뭔가 발에 채여 불을 켜보니 방 한가운데 여행용 트렁크 세 개와 여행 가방 하나가 놓여 있다. 마르크는 불안한 마음으로 옷장 문을 열었다. 리키가 사용하던 칸이 싹 치워지고 비어 있다. 부모님한테 잠깐 다녀오는데 옷장에 있는 옷을 전부 가져갈 이유는 없지 않은가!

순간 아까 왜 이상하다는 생각이 들었는지 이유가 떠올라 그는 절뚝거리는 걸음으로 서둘러 복도로 나갔다. 역시! 항상 그 자리에 있던 개 바구니와 고양이 놀이터가 없다! 이것이 대체 무엇을 의미한단 말인가? 그는 얼어붙은 듯 그 자리에 선 채 주체할 길 없는 공포에 휩싸였다.

＊

물안개가 잔뜩 낀 강 너머로 보이는 알프스 산꼭대기에서 아침 해가 이글이글 타오른다. 그러나 배 위에 있는 사람 중 이 장관에 넋을 잃은 사람은 보덴슈타인뿐이다. 다른 승객들은 모두 스위스 국경 너머에 직장이 있는 통근자들로, 매일 보는 자연의 풍광에 아무 감흥도 느끼지 못하는 듯 차 안이나 갑판에 위치한 카페테리아에서 15분의 시간을 보냈다.

보덴슈타인은 물에 젖어 반짝이는 난간에 팔을 받친 채 거품을 일으키며 물러나는 강물을 말없이 바라보았다. 아니카는 추워서 덜덜 떨면서도 카페테리아에 들어가기 싫다며 갑판을 고집했다.

두 사람은 30분 전쯤 호텔을 나와 커피 한 잔을 마셨을 뿐 아침도 먹지 않았고 말도 몇 마디 나누지 않았다. 보덴슈타인은 이제까지 살면서 이렇게 아침을 맞기 싫었던 적이 없었다. 오늘 그는 아는 사람 하나 없는 낯선 도시에서 혼자 움직여야 한다. 여권 없이 국경을 넘는 것은 위험하기 때문에 아니카는 콘스탄츠에서 기다리기로 했다. 그의 바지 주머니에는 은행 금고 열쇠가 들어 있다. 그는 아니카, 오설리번, 베네트가 공유한 암호를 대고 은행 금고실에 들어가 공공칠가방을 찾아올 것이다. 사실 잘못될 것은 없다. 그리고 꼭 불법이라고 할 수만도 없다. 그는 휴가 중이고 스위스에서 휴가를 보내지 말란 법도 없지 않은가.

"다 잘될 거예요. 걱정 말아요." 아니카가 그의 얼굴을 만졌다.

"걱정 안 해. 금방 끝날 건데, 뭐. 이제 이 일만 끝나면……."

그는 말을 하다 말고 물에 반사되어 더욱 진한 청록색으로 반짝이는 그녀의 눈을 바라보았다. 그리고 바람에 흩날리는 그녀의 머리칼을 귀 뒤로 넘겨주었다.

"그러면요?" 그녀가 나지막하게 물었다.

보덴슈타인은 최근 일어난 모든 일이 비현실적으로만 느껴졌다. 로렌츠의 결혼식에서 잉카 한젠과 함께 그의 실패한 결혼 생활에 대해 이야기를 나누던 것이 정말 일주일 전이란 말인가? 너무 많은 일이 일어나서 한 반년은 된 것 같다. 아니카는 어느 날 갑자기 그의 앞에 나타났다. 그리고 그는 어젯밤 그의 삶에 찾아올 변화를 확신했다. 하지만 그의 마음을 담은 그 짧은 한마디, 그 세 글자를 소리 내 말하기에는 아직 이르다.

"그러면 우리가 서로를 알아갈 수 있는 시간이 많이 생길 거라고." 그는 문장을 완성한 후 덧붙였다. "어젯밤엔 정말 좋았어."

그 말에 그녀는 살짝 미소를 지었다. 그는 다시금 가슴이 두근거렸다.

"저도요. 앞으로 서로를 알아갈 시간이 많았으면 좋겠어요."

"동감이야."

그는 마음 깊이 행복감을 느끼며 흐뭇한 미소를 지었다. 그동안 찾아 헤매던 것을 드디어 찾은 기분이다. 오늘 하루만 잘 버텨내면 좋은 날이 올 것이다. 그는 그녀의 얼굴을 손으로 감싸며 부드럽게 입 맞췄다.

＊

　그는 밤새 한숨도 자지 못했다. 마르크는 여전히 소식이 없다. 어제 그는 아내와 함께 마르크가 갈 만한 곳을 찾아다니며 계속해서 휴대전화로 연락을 시도했지만 아무 성과도 없었다.

　슈테판 타이센은 사무실 창가에 서서 잔디밭과 들판 너머로 멀리 보이는 프랑크푸르트 시가지를 바라보았다. 도시의 스카이라인은 부서지는 오월의 햇살 속에 손에 잡힐 듯 선명하게 느껴진다.

　타이센과 그의 아내는 마르크가 다니는 학교의 교사들과 친구들에게도 모조리 전화를 돌렸다. 그 결과 마르크가 말하던 친구들이 전혀 존재하지 않음을 알게 됐다. 마르크에게는 다른 17살짜리들처럼 함께 영화를 보거나 축구를 하며 어울려 다니는 친구가 단 한 명도 없었다. 그들은 서로에게 책임을 돌리다가 소리를 지르며 싸웠다. 그러나 곧 침묵을 지켰다. 더 이상 할 말이 없었다. 마르크는 그들 앞에서 완벽한 이중생활을 연기했고, 그들은 자신들이 편하기 위해 아들의 거짓말을 믿었다. 언제나 아들보다 다른 것이 중요했던 것이다. 리키 커플과의 교제가 마르크에게 얼마나 위험한 것으로 발전했는지 그들은 상상도 하지 못했다.

　학교를 빼먹고 두통을 호소하는 등 마르크에게 문제가 있다는 것을 말해주는 분명한 징조들이 계속 나타났지만, 겉도는 짧은 대화에 그쳤을 뿐 둘 다 깊이 알려고 하지 않았다. 마르크가 과거에 겪은 일을 생각하면 절대 그래서는 안 되는 일이었다. 그들은 부모로서 어떤 변명으로도 정당화될 수 없는 잘못을 저질렀다.

　노크 소리에 정신이 번쩍 든 그가 뒤를 돌아보았다. 비서가 와서 보덴슈타인 백작이 왔음을 알렸다. 그는 잠시 정신을 가다듬은 후 손님을 들여보내게 했다. 그리고 전혀 웃을 기분이 아니지만 억지로 미소를 지었다. 임시 계약서는 서명만 하면 되는 상태로 책상 위에 모셔져 있다. 거기 서명만 하면 모든 준비가 끝난다. 곧 풍력발전 단지 공사가 시작될 것이고 윈드프로의 재정도 호전될 것이다. 그러면 마르크와 함께할 시간도 생길 테니, 어떻게든 부모 역할을 제대로 할 수 있을 것이다. 하지만 보덴슈타인 백작은 굳은 표정으로 타이센이 내미는 손을 외면했다.

"타이센 씨, 당신이 졸개들을 시켜 한 행동은 아주 비열한 짓이오. 얼토당토않은 제안으로 내 친구 루드비히의 가족을 이간질하고, 이제 그 제안 때문에 내 가족 내에서도 분란이 일어나려고 해요. 당신의 그 공갈 협박이 전염병처럼 두려움을 퍼뜨리고 있어요. 그래서 난 그 땅을 다른 곳에 팔기로 결정했소."

타이센은 미소를 거두며 늙은 백작의 얼굴을 응시했다.

"200만이고 300만이고 아무리 돈을 많이 준다고 해도 당신한테는 땅을 줄 수가 없어요. 내 친구 루드비히는 그 숲과 골짜기가 손대지 않은 자연으로 남기를 바랐소. 난 그 뜻을 존중해야 할 의무가 있어요. 다른 가능성은 내 양심이 허락하지 않습니다. 미안하오."

타이센은 고개를 떨어뜨리며 긴 한숨을 쉬었다. 이제 끝이다. 타우누스 풍력발전 단지는 지어지지 않을 것이다. 그는 갑자기 아무래도 상관없다는 생각이 들었다. 그저 피곤할 뿐이다. 주체하기 힘든 피로감이 끝없는 파도가 되어 밀려왔다. 양심 같은 것은 버린 지 오래다. 오직 부와 명예를 위해 수단과 방법을 가리지 않고 숨 가쁘게 달려왔다. 그런데 이제 와서 무릎을 꿇어야 하는 것이다. 낡아빠진 트위드 재킷을 입고 깨끗한 양심이 300만 유로보다 중요하다고 말하는 이 노인 앞에서 좌절해야 하는 것이다.

그는 백작이 나가기를 기다렸다가 장식장 앞으로 가 마르크의 사진을 집어 들었다. 아직 아무 일도 없었던 때, 귀여운 남자아이였을 때의 사진이다. 여리고 고운 심성을 가진 마르크는 어려서부터 누나들보다 훨씬 의젓하고 진지했다. 그런 그가 가족에게 받지 못한 사랑과 인정을 밖에서 찾다가 나쁜 사람들에게 걸려든 것이다. 만약 마르크가 정말 히르트라이터의 죽음과 관련이 있다면 그것은 아들을 잘 보살피지 못한 그의 책임이다.

＊

마르크는 생각의 갈피를 잡지 못한 채 한참을 멍하니 서 있었다. 들리는 것이라고는 자신의 숨소리와 부엌에서 들리는 냉장고 소리뿐이다. 여행 가방, 사라진 개 바구니, 빈 옷장, 현관 앞에 놓인 대용량 쓰레기봉투. 리키가 그를 속인 걸까? 그녀는 말도 없이 그를 떠나려는 걸까? 머릿속에서는 '왜?'라는 질문이 끊임없이 고개를 들었다. 동물천국은 어쩌고? 재니스는? 그녀가 그토록 아끼던 토끼와 기니피그와 개와 고양이들은 누가 돌본단 말인가? 마르크는 구역질이 나는 것을 꾹꾹 참으며 깊은 숨을 쉬었다. 그리고 다시 침실로 들어가 트렁크 하나를 열어젖혔다. 그에게는 확신이 필요했다.

트렁크 두 개에서는 옷가지만 나왔다. 세 번째 트렁크에서 리키의 노트북을 찾아낸 마르크는 거침없이 파우치를 벗기고 노트북을 열었다. 리키의 패스워드는 어머니 것만큼이나 단순하다. 언젠가 한번 알려준 적이 있는데 그 뒤로 한 번도 바꾸지 않았다. 마르크는 침실 바닥에 앉아 무릎 위에 노트북을 놓고 리키의 메일함에 들어갔다. 최근 들어온 메일 중 하나는 로지에게 온 것이다.

알았어. 내가 맡아줄게. 털북숭이들 다 나한테 데려와. 내가 매일 거기 가는 것보다 그게 훨씬 편하니까.

털북숭이! 정말 로지다운 표현이다. 그런 덜떨어진 표현을 쓰고 싶을까? 한참 스크롤을 해서 내려가니 리키가 먼저 로지에게 보낸 메일이 나온다.

로지, 나 며칠간 여행을 가게 됐어. 재니스 병원에 있는 거 알지? 말들은 다른 데로 보냈는데 당장 개와 고양이를 맡아줄 사람이 없어. 좀 맡아줄 수 있겠니?

이해되지 않는다. 왜 그에게 부탁하지 않았단 말인가? 이제까지 리키가 없을 때 리키네 동물들에게 먹이를 주고 우리를 청소하는 일은 마르크가 도맡다시피 했다. 그리고 말들을 다른 데로 보내다니? 며칠간 부모님을 방문하기 위해서? 마르크는 노트북 모니터를 뚫어지게 쳐다보았다.

그렇다! 그가 아직 17살이고 학교에도 가야 하니까 동물 돌보는 부담을 주지 않으려고 한 것이다. 그를 배려한 처사고 그를 위한 결정이다. 어쩌면 아버지가 돌아가실 것 같다는 말을 듣고 제대로 생각할 여유가 없었는지도 모른다. 게다가 재니스와 니카 일도 있지 않았는가.

그는 여느 때와 같이 무의식적으로 리키를 위한 변명을 찾아냈다. 리키가 그의 기대에 어긋나는 모습을 보이면 언제나 그녀가 그럴 수밖에 없는 이유가 있을 거라고 혼자서 그녀의 행동을 정당화하곤 했다. 아니다, 리키는 절대 그럴 사람이 아니다.

이어지는 메일 리스트를 죽 살피던 마르크는 '예약 확인'이라는 제목으로 온 저가 항공사의 메일을 보고 가슴이 덜컥 내려앉았다. 그는 메일함을 열어 똑같은 내용을 읽고 또 읽었다. 진실은 잔인했고 언제나처럼 전혀 예기치 못한 순간에 찾아왔다. 화도 나지 않았다. 오직 나락으로 빠져드는 듯한 깊은 절망감을 느꼈을 뿐이다.

동이 트는 새벽녘 그녀는 숲 주차장으로 차를 몰아 들어갔다. 그리고 운전대에 엎드려 뜨거운 이마를 짓눌렀다. 오설리번이 죽다니! 그리고 그녀는 피투성이 알몸으로 손에 칼을 든 채 침대에 누워 있었다. 그녀가 그를 죽였을까? 하지만 그럴 이유가 없다. 오설리번은 왜 베를린에 왔을까?

그녀는 심호흡을 하며 정신을 가다듬었다. 방금 라디오에서 들은 바에 의하면 오늘은 12월 31일이다. 그렇다면 6일간의 기억이 사라진 셈이다. 아이젠후트가 그녀에게 샴페인 잔을 건넨다. 둘은 건배를 하고 술을 마신다. 메리 크리스마스! 그리고 나니 어지럽고 메스꺼웠다. 아이젠후트는 어딘가에 전화를 걸었다. 그는 "공격했다니까요!"라고 말했다. 하지만 그건 사실과 다르다. 도대체 뭐가 뭔지 모르겠다.

"제발, 기억을 해내!" 그녀는 초조하게 스스로를 질책했다.

512

연구소 보안팀 사람 두 명이 왔다. 눈이 부시다. 전등불의 열기가 느껴진다. 팔 안쪽에 따끔한 느낌이 든다.

그녀는 소스라치게 놀라며 소매를 걷어 올렸다. 오른팔 핏줄 위에 멍든 자국이 보인다. 주삿바늘 자국도 선명하고 주삿바늘을 고정했던 반창고의 흔적도 남아 있다. 누군가 막 주사를 놓은 것이 분명하다. 그리고 차도 연구소에 갈 때 타고 나갔으니까 연구소 주차장에 있어야 한다! 누가 호텔 앞에 차를 가져다 놓았을까? 그녀 자신이 운전을 한 걸까? 오설리번도 그녀가 죽인 걸까? 칼은 어디서 났을까? 하지만 왜 그녀가 그런 짓을 한단 말인가?

7시 59분. 그녀는 시간을 확인하고 라디오 볼륨을 높였다. 베딩 지구의 호텔에서 살인 사건이 났다는 보도를 기다렸지만 그런 말은 한마디도 없다. 그녀가 호텔을 빠져나온 다음 바로 경찰차가 호텔 앞에 멈추는 것을 보았는데 뉴스에 한마디도 나오지 않다니 이상한 일이다. 혹시……. 그녀는 상상하기도 힘든 의심에 사로잡혀 호텔에서 나올 때 가져온 오설리번의 아이폰을 꺼냈다. 다행히 아직 켜져 있고 비밀번호도 설정되어 있지 않다. 그녀는 서둘러 문자 기록을 확인했다. 그가 마지막으로 받은 문자의 발신인은 그녀다. 하지만 그녀는 그런 문자를 보낸 적이 없다.

✳

피아는 그를 보자마자 거부감이 들었다. 목소리도 싫고 기름진 얼굴에 들러붙은 거만한 표정도 거슬렸다.

"우리가 입수한 정보에 의하면 보덴슈타인 반장이 두 건의 살인 혐의로 쫓기고 있는 여자와 접촉이 있는 것 같습니다."

피아는 마지못해 상냥한 척하면서도 영 내키지 않아 하는 그의 불편한 심기를 바로 읽어냈다. 평소 같으면 상대도 하지 않을 하급 공무원에게 아쉬운 소리를 하느라 슈퇴르히는 자존심깨나 구겼을 것이다. 아마도 정보를 구할 다른 방법이 없는 모양이다. 그와 함께 온 다른 두 사람은 그녀에게 눈길조차 주지 않았다. 연방범죄수사국 사람들이 엥겔 과장 방을 차지하고 앉아 있는 일이 잦아졌다. 과장은 딱히 반기는 눈치가 아니다.

"아, 그런가요?" 피아는 아무 감정도 드러나지 않는 얼굴로 대꾸했다. 이제 그녀도 보덴슈타인 못지않게 무표정 연기를 잘할 수 있게 됐다.

"단도직입적으로 한번 물어봅시다. 보덴슈타인이 지금 어디 있는지 알아요?"

"모릅니다. 전 반장님의 사생활에 신경 쓸 만큼 한가하지 않습니다." 피아는 사실대로 대답했다.

"그럼, 아니카 좀머펠트라는 이름 들어본 적 있어요?"

"없습니다. 현재 수사 중인 사건과 관련이 없는 것 같습니다."

피아는 그 대답의 대가로 경멸이 담긴 싸늘한 눈총을 받았다. 연방범죄수사국의 능구렁이 슈퇴르히는 이런 식으로는 안 되겠다 싶었는지 이번에는 동료애를 들고 나왔다.

"키르히호프 형사, 보덴슈타인은 내 옛날 친구요. 경찰대 동기죠. 그런데 이 친구가 아무래도 혼자서는 빠져나오지 못할 일에 발을 들여놓은 것 같아요. 또 누가 압니까, 그 여자가 거짓으로 꼬드기는 말에 보덴슈타인 반장이 홀딱 넘어갔는지? 더 큰 실수를 저지르기 전에 키르히호프 형사가 도와야 합니다."

"제가 어떻게 하면 되죠?"

"전화를 걸어서 우리랑 얘기를 하라고 해요."

"알겠습니다. 그렇게 하죠. 하실 말씀 더 있으신가요?"

"지금, 지금 당장 보덴슈타인한테 전화해요." 슈퇴르히가 노골적으로 압력을 넣는다.

피아는 엥겔 과장을 한 번 쳐다본 다음 어깨를 으쓱하고 수화기를 집어 들었다.

"의심하지 않도록 조심해요. 그리고 스피커 켜요."

피아는 그의 지시에 따랐다. 기대했던 대로 음성 사서함으로 연결되었다.

"반장님, 저 키르히호프예요." 피아는 슈퇴르히에게 눈을 떼지 않은 채 말했다. "문제가 생겨서 반장님의 조언이 필요한데요, 급한 일이니까 바로 연락 좀 해주세요."

피아는 전화를 끊고 엥겔 과장의 눈치를 살폈다. 과장의 눈빛은 '잘했어'라고 말하는 듯하다. 피아와 보덴슈타인이 허물없이 서로의 이름을 부른다는 사실을 알기 때문에 방금 피아가 공개적으로 보덴슈타인에게 경고의 신호를 보냈음을 아는 것이다.

"더 하실 말씀 있나요?"

"오늘은 이걸로 됐어요." 슈퇴르히는 화난 표정이다. "참, 알고 있겠죠? 이 일은……."

"일급비밀이니 불문에 부쳐야 한다는 거요? 네, 알고 있습니다."

*

재니스는 목욕 가운 주머니 속에 들어 있던 20유로짜리 지폐로 요금을 내고 느릿느릿 택시에서 내려 목발을 짚었다. 마르크의 이상

515

한 전화를 받고 리키에게 전화를 걸었지만 통 연락이 닿지 않고 전화 카드도 바닥나 버렸다.

집에 도둑이 들어 서재를 싹 쓸어갔다는 말에 그는 침대에 가만히 누워 있을 수 없었다. 그래서 병원에는 말도 안 하고 환자복에 슬리퍼, 목욕 가운 차림으로 목발만 짚은 채 밑으로 내려와 바로 택시를 잡았다. 아이젠후트의 졸개들에게 지갑, 열쇠, 휴대전화를 뺏긴 것만 해도 분한데, 서재까지 털렸다면 이젠 정말 가진 게 아무것도 없는 것이다. 택시에서 내려 문 앞까지 걸어가는 데도 힘이 많이 든다. 그는 땀을 뻘뻘 흘리며 초인종을 눌렀다. 왜 창문마다 덧문이 내려져 있지? 그는 기다리지 못하고 한 번 더 초인종을 눌렀다. 그제야 천천히 문이 열린다.

"도대체 어떻게 된 거야?"

그는 이렇게 내뱉으며 마르크를 지나쳐 안으로 들어갔다. 집 안의 어둠에 눈이 익숙해지기까지는 시간이 좀 걸렸다. 복도는 찢어진 쓰레기봉투와 옷가지, 산산조각 난 종이들로 엉망진창이다. 그는 어안이 벙벙해서 마르크를 쳐다보았다.

"리키는 어디 있니? 그리고 넌 여기서 뭐하는 거야?"

마르크는 아무 대답이 없다. 그저 팔짱을 낀 채 공허한 눈빛으로 정면을 응시할 뿐이다. 재니스는 정신이 온통 서재에 가 있어 마르크의 상태에는 관심이 없다. 다락으로 올라가는 나선형 계단은 재니스에게 거의 초인적인 힘을 요구했지만 그는 계단을 하나씩 짚으며 꾸역꾸역 위로 올라갔다. 복도처럼 난장판이 돼 있을 거라는 상상은 보기 좋게 빗나갔다. 재니스는 눈앞에 펼쳐진 황량한 살풍경에 순간적으로 충격을 받았다. 어떤 악몽이 이렇게 끔찍할까! 눈으로 보면서도 도저히 믿기지가 않았다. 그는 그 꼴을 보고 있을 수가 없어 바로 발길을 돌렸다. 밑으로 내려오는 길은 올라갈 때보다 배는 힘들었다. 결국 계단을 다 내려온 그는 계단에 걸터앉아 숨을 고르며 비 오듯 흐르는 땀을 닦았다. 마르크는 아까 그 자리에 미동도 없이 서 있었다.

"언제 이런 거니?"

"토요일요. 리키가 말하지 말아야 한다고 했어요. 나랑 같이 잔 것도 말하면 안 돼요."

재니스가 고개를 움찔한다.

"뭐?"

"오늘 미국 간다는 것도, 집이랑 가게 내놓은 것도 말하면 안 되는 거겠죠."

재니스는 그를 빤히 쳐다보았다. 이 아이가 정말 정신이 어떻게 됐나? 마르크는 바닥에 나뒹구는 파란 쓰레기봉투를 발끝으로 툭툭 찼다.

"저도 우연히 알게 된 사실이에요. 여기 이것도 마찬가지로 우연히 발견했고요."

마르크는 바지 주머니에 손을 집어넣었고, 다음 순간 재니스는 자신을 향해 겨누어진 권총 총구를 마주했다. 장난감 같지는 않았다.

"너 미쳤어? 그거 치우지 못해!"

재니스가 일어나려고 하자 마르크가 나지막한 소리로 경고했다.

"거기 그대로 앉아 있어요. 안 그러면 다리를 쏠 거예요."

소름이 끼칠 정도로 위협적이고 낮은 목소리다. 재니스는 아무런 감정도 드러나지 않는 마르크의 눈을 보고 더럭 겁이 났다.

"워…… 원하는 게 뭐야?" 재니스가 떨리는 목소리로 중얼거렸다.

"여기서 함께 리키를 기다려요. 그리고 리키가 오면 왜 그동안 날 그렇게 속였는지 얘기를 들어봐야겠어요."

＊

랄프 글뢰크너는 자신이 수배 중이라는 사실을 몰랐는지 다른 곳에서 주말을 보내고 아무 의심 없이 다시 '황금사자'로 돌아왔다.

"여관 주인이 켈크하임 경찰서에 신고했대요. 지금 제1조사실에 데려다 놨습니다." 셈이 피아를 따라 계단을 내려가며 말했다.

"오늘은 그래도 하나 건지는군."

피아가 건조하게 대꾸했다. 다른 용의자들의 혐의가 풀려버린 현재 상황에서 글뢰크너는 수사팀의 마지막 희망이다. 요즘에는 자면서도 사건 꿈을 꾼다. 어제만 해도 보덴슈타인의 아버지가 꿈에 나와 히르트라이터를 총으로 쏘고 이어서 아니카 좀머펠트를 쏘아 쓰러뜨렸다.

조사실로 들어서는 피아와 셈을 본 글뢰크너는 자리에서 일어섰다. 2미터에 육박하는 거구인데도 단점을 가감 없이 드러내는 형광등 불빛 아래서 봐도 몸놀림이 민첩해 보인다. 나무 한 그루가 떡 버티고 서 있는 듯한 느낌인데, 이렇게 눈에 띄는 사람을 윈드프로 주차장에서는 왜 못 봤을까? 피아는 의아하기만 했다.

"지난 주 화요일에 대해 묻겠습니다." 피아가 녹음기를 켜고 신원조사를 끝낸 후 말했다. "그날 저녁 루드비히 히르트라이터를 만났다고 하던데 사실인가요?"

"네, 사실입니다."

글뢰크너는 팔뚝을 탁자에 올리고 햇볕에 그을린 커다란 손으로 깍지를 꼈다. 그리고 그날 있었던 일을 담담하게 이야기하기 시작했다.

라데마허와 함께 저녁을 먹은 그는 히르트라이터를 다시 한 번 설득해볼 생각으로 계획에는 없었지만 바로 엘할텐으로 갔다. 히르트라이터는 라데마허와는 말을 섞지 않겠다고 했지만 글뢰크너와는 얘기할 의향이 있다고 했다. 그래서 기분이 상한 라데마허를 크로네 주차장에 혼자 남겨두고 그가 목장까지 히르트라이터를 태워다 주기로 했다. 목장까지 가는 동안 히르트라이터는 무척 피곤한 기색이었고 시민단체 회원들, 자녀들과의 불화 때문에 힘들다, 돈에는 관심이 없다, 사람들 앞에서 망신을 당할까 봐 두렵다는 말을 했다고 한다.

"한 30분 정도 얘기했을 겁니다. 저는 모두에게 좋은 방향으로 다시 한 번 조용히 생각해보겠다는 말을 듣고 집에 갔습니다."

글뢰크너의 진술을 의심할 이유는 없어 보였다.

"라벤호프에서 뭔가 눈에 띈 건 없었나요? 자동차나 스쿠터 이런 거 못 봤어요? 아니면 히르트라이터에게 전화가 오지는 않았나요?"

피아는 지푸라기라도 잡는 심정으로 질문을 던졌다. 글뢰크너는 이마에 주름을 잡으며 잠시 생각하더니 천천히 고개를 저었다. 미치고 펄쩍 뛸 노릇이다.

"어쨌든 감사합니다. 조서에 서명하고 집에 가셔도 됩니다."

피아는 억지로 미소를 지어 보인 후 의자에서 일어나 휴대전화를 확인했다. 보덴슈타인은 여전히 연락이 없다. 안 그래도 일이 안 풀리는데 보덴슈타인 일까지 신경 써야 하다니! 그녀가 막 조사실을 나가려 할 때 글뢰크너가 그녀를 불러 세웠다.

"아, 형사님. 그러고 보니 눈에 띈 게 있었습니다."

"그래요? 뭔데요?"

그는 피아를 찬찬히 뜯어보다가 미소를 지으며 의자 등받이에 등을 기댔다.

"형사님 헤어스타일을 보니까 생각이 나네요."

피아는 다시 탁자 앞으로 다가섰다. 그녀는 오늘 아침 머리 감을 시간이 없어서 양 갈래로 머리를 땋고 왔다.

"다시 마을로 돌아가는데 맞은편에서 차 한 대가 급히 달려오고 있었어요. 엄청 급한 모양이라고 생각했죠. 그 차를 피하느라 급정거했는데 하마터면 도랑에 빠질 뻔했거든요."

피아는 어떤 예감에 사로잡히며 숨을 멈추었다. 심장이 쿵쿵 뛰기 시작했다.

"아, 뜸 그만 들이고 어서 말해요. 도대체 뭘 봤는데요?" 셈이 옆에서 답답하다는 듯 타박을 주지만 그는 들은 척도 하지 않는다.

"운전자가 여자였어요. 형사님처럼 금발인데 머리를 꼭 그런 모양으로 하고 있더라고요. 지금 막 생각이 났는데 사건 해결에 도움이 될지 모르겠네요."

기다리던 그 순간이 왔다! 모든 사건에는 이런 순간이 있다. 사건이 해결을 향해 치닫기 시작하는 순간.

"네, 아주 큰 도움이 됐어요."

✳

자물쇠 속에서 열쇠 돌아가는 소리가 나더니 곧이어 문이 활짝 열린다. 밖에서 들어오는 환한 빛 속에 그녀는 잠시 검은 실루엣으로 서 있었다. 그는 마음을 굳게 먹었다. 그러나 그녀의 향수 냄새를 맡자 아련한 슬픔과 함께 눈물이 솟구치려 했다. 재니스는 혼자 떠들다 지쳐 이제 간간이 신음 소리만 낼 뿐이다.

"안녕, 리키."

소스라치게 놀란 리키는 짧은 비명을 내지르며 뒤를 돌아보았다. 총은 두 시간 동안 그의 손 안에서 익숙한 느낌으로 자리 잡았지만 리키에게 들이대려니 총부리가 가늘게 떨린다.

"어머, 마르크! 깜짝 놀랐……." 그녀는 그의 손에 들린 총을 발견하고 얼굴을 찌푸렸다. "너 여기서 뭐하는 거니? 그 총은 대체 어디서 났어?"

그는 그녀의 질문을 못 들은 척했다.

"전화 기다렸어요." 그는 자신의 목소리가 가늘게 나오는 것이 마음에 안 들었다. "연락이 없어서 집에 한번 와봤어요."

리키는 어두운 부엌에 앉아 있는 재니스를 발견하고 눈을 둥그렇게 떴다.

"자기야! 왜 병원에 안 있고 여기 있어?"

"로스앤젤레스로 떠나기 전에 작별 인사 하러 왔지. 인사도 없이 갈 생각이었잖아." 재니스가 비꼬았다.

"그게 무슨 소리야? 내가 로스앤젤레스에 간다고 누가 그래? 함부르크 부모님한테 갈 거야." 리키는 말도 안 된다는 듯 웃으며 반박한다.

"아, 그래? 언제부터 부모님이 함부르크에 사셨어? 아, 참! 아버지가 회사 팔고 전원주택을 지어서 호화로운 노년을 보내고 계신다고 했던가?"

"지금 뭐 하자는 거야?"

리키는 재니스가 갑자기 적나라하게 까발리자 변명거리가 생각나지 않는지 잠시 그를 쳐다보기만 했다. 얼굴에 불안한 표정이 스쳤다. 그러나 그것도 잠시일 뿐 그녀는 곧 표정을 가다듬었다.

"이제 거짓말 좀 그만해. 마르크가 네 노트북에서 항공권 예약 확인 메일을 발견했어. 동물들도 이미 딴 데로 보냈잖아. 도둑이 들어서 내 서재를 싹쓸이한 것도 숨겼더군. 조용히 떠나는 데 방해될까 봐 그런 거 아냐?"

"너 정말! 네가 뭔데 남의 노트북을 뒤져?" 리키는 마르크를 매섭게 노려보았다.

"그건…… 그건……." 마르크는 말을 더듬었다.

"말해!" 재니스가 소리쳤다. "프라우케가 뭐라고 했는지 어서 말해! 뭐, 미국에서 대학을 졸업하고 아버지가 대기업 회장이야? 흥! 애견 트레이너 자격증이랑 상장도 다 가짜잖아. 달랑 몸뚱이 하나만 가지고 여기저기 사기 치고 다니는 주제에!"

리키는 눈을 가늘게 뜨고 재니스를 노려보았다.

"그런 너는? 생태 환경이 뭐 어쩌고 어째? 풍력발전 단지 같은 건 처음부터 관심도 없었잖아. 그저 복수에 눈이 멀어서 똥오줌도 못 가리는 주제에!"

"네가 지어낸 허황된 자서전에 비하면 그건 양호한 거지! 네가 가진 게 뭐야? 넌 그냥 속이 빈 거품 덩어리야!"

"그런 넌 뭐 얼마나 잘난 줄 아니? 저밖에 모르는 이기주의자에 큰소리나 뺑뺑 칠 줄 알았지 능력이라고는 눈곱만큼도 없으면서! 네가 말 말고 한 게 뭐가 있어? 넌 그냥 영원한 패배자야!"

두 사람은 점점 과격해져가는 독설로 서로를 짓밟고 할퀴며 깊은 상처를 입혔다. 마르크는 놀란 가슴으로 욕설과 비방의 공방전을 지켜보았다. 그들의 입에서 쏟아지는 말들은 마르크가 두 사람에게서 찾고자 했던 사랑과 존중에 대한 환상을 무참히 깨뜨렸다. 싸우는 모습을 보니 그의 부모나 전혀 다를 바 없다. 아니, 더 심하다. 더 잔인하고 더 파괴적이다.

"그만! 조용히 해!"

마르크가 참지 못하고 소리쳤다. 세상에서 가장 사랑하고 존경했던 두 사람이 그의 눈앞에서 서로를 헐뜯고 물어뜯는 것을 더 이상 지켜볼 수 없었다. 실망과 환멸이 가져온 고통은 미하엘이 그를 두고 떠났을 때보다 더 크고 더 견디기 힘들었다. 그는 어쩌다 두 사람을 대면시켜 거짓말을 시인하게 한다는 생각을 했을까? 그가 상상한 것은 이런 것이 아니었다.

"그리고 너! 이 쥐새끼 같은 게 어디서 함부로 남의 물건을 뒤지고 염탐을 해? 너 도대체 뭐야?"

그녀는 경멸과 분노의 감정을 노골적으로 드러냈다.

그런 그녀의 모습에 마르크는 숨이 막혔다. 그녀는 더 이상 아름답지 않았다. 가면 뒤에 숨겨진 얼굴은 파렴치하고 냉정한 이기주의자의 추한 면상이었다.

"나…… 난 왜 그동안 날 속여왔는지 이유를 알고 싶어요. 진실을 말해요."

마르크는 솟구치는 눈물을 참느라 이를 악물었다. 리키는 그런 그를 보고 한심하다는 듯 머리를 내둘렀다.

"나, 참, 기가 막혀서! 너 머리가 어떻게 된 거 아니니? 내가 왜 너 같은 어린애한테 그런 추궁을 받아야 해? 어디서 정신 빠진 소리를 하고 있어!"

리키는 가소롭다는 듯 손사래를 치며 소리 내 웃었다. 그 순간 마르크의 내면에서 어떤 변화가 일어났다. 마치 스위치 하나가 눌린 것 같았다. 그가 마음속 깊이 두려워하던 일이 사실로 드러나자 그토록 마음을 짓누르던 두려움이 연기처럼 날아가고 차가운 증오의 불꽃이 활활 타올랐다. 그의 짧은 인생은 두려움으로 점철되었다.

사랑하는 사람을 잃을까 봐 끊임없이 두려워했다. 처음에는 부모님, 그다음엔 미하엘, 그리고 이제 리키와 재니스를 잃었다. 그들은 그를 속이고 실망시키고 혼자 버려둔 채 떠나버렸다. 지키고 싶던 모든 것을 잃었는데 무슨 두려움이 필요하단 말인가! 이제 아무래도 상관없다.

"난 갈 테니까 떠들고 싶으면 둘이 열심히 떠들어봐."

리키가 돌아서려 하자 마르크가 낮은 소리로 경고했다.

"거기 서요."

"너 정말 계속 짜증나게 할래?"

리키는 그 말과 함께 겁도 없이 총신으로 손을 뻗었다. 그 순간 총알이 날아갔다. 총알은 몇 밀리미터 차이로 리키의 팔을 비껴 현관문 옆 벽에 가서 박혔다.

"미쳤어!" 리키는 비틀거리며 뒷걸음질 쳤다. "너 정말 돌았구나! 하마터면 내가 맞을 뻔했잖아!"

"다음번엔 진짜 맞힐 거예요."

공포에 질린 그녀의 눈을 보니 짜릿한 쾌감이 느껴졌다. 컴퓨터 게임을 할 때와 똑같다. 손안에 든 총이 진짜 총이라는 것이 다를 뿐이다.

＊

"현장에서 철수했다니 그게 무슨 소리예요?"

"교대 시간이었습니다. 그리고 가는 도중에 근처 학교에서 싸움이 났다고 해서 거기도 들러야 했고요."

피아는 빽 소리를 지르고 싶은 것을 겨우 참았다. 무려 세 시간째 리키 프란첸의 집이 감시 없이 방치돼 있었다는 뜻이다.

"지금 당장 그 집으로 순찰차 두 대 보내세요. 한 대는 바로 대문 앞에, 다른 한 대는 집 뒤 들길에 대기시키세요. 그리고 조금이라도 수상한 게 있으면 바로 연락하고요."

쾨니히슈타인 경찰서의 동료가 뭐라고 반박하려 했지만 피아는 수화기를 탁 소리 나게 내려놓았다.

"멍청이들!"

그녀는 혼잣말로 중얼거리며 흥분을 가라앉혔다.

"피아 선배!"

카트린이 사무실 문가에 나타났다. 피아는 보덴슈타인의 방이 불편해서 다시 자기 자리로 옮겨온 참이다. "프라우케한테 받은 리키 프란첸의 전화번호로 이동통신사에 통화 내역 요청했고요, 마르크 휴대전화의 이동 프로필 신청서도 제출했어요."

"잘했어. 그 두 사람 사이에 오간 상세 통화 내역도 필요해."

"오케이, 30분이면 돼요."

"그리고 크뢰거 반장님 좀 이리 오시라고 해."

"네, 알았어요."

"리키 프란첸을 수배자 명단에 올렸고 차 번호도 알아냈습니다."

옆자리의 셈이 보고한 후 다시 어딘가에 전화를 걸었다. 맞은편 책상에서는 오스터만이 구속영장 문제로 검사실과 통화중이다. 셈은 수화기에 대고 마르크가 학교에 나왔는지 물었다. 발코니를 통해 도망친 후 마르크는 아직 집에 돌아오지 않았다. 빨간색 스쿠터를 타고 돌아다니지도 않을 것이다. 그건 토요일에 쾨니히슈타인 경찰서에서 압류했다.

피아는 히르트라이터 사건 서류를 넘기며 토요일에 일어난 일을 머릿속에 죽 그려보았다. 왜 진즉 리키 프란첸을 의심하지 않았을까? 행동에도 수상한 점이 보였고, 부엌에 두고 왔다는 가방도 버젓이 차에 있었는데. 거짓말도 거짓말이지만 죽을 뻔한 사람이 충격에서 그렇게 빨리 회복한 것도 이상했다. 목초지 앞에서 그녀와 통화한 사람은 누구였을까? 마르크와 그녀는 어떤 관계일까?

"나 불렀어?" 크뢰거가 사무실로 들어왔다.

"네, 금방 오셨네요. 프라우케 집에서 발견한 총 있죠? 그 보고서가 서류철에 없어서요."

"아직 내 책상 위에 있는데. 알고 싶은 게 뭔데?"

"그 총에서 지문 발견됐나요?"

"지문이야 엄청 많이 발견됐지. 그건 왜?"

"리키 프란첸이 그 총으로 히르트라이터를 쏴 죽이고 프라우케한테 뒤집어씌우려고 거기 갖다 놓은 게 아닌가 하는 방향으로 추리를 하고 있거든요. 그 총에서 리키 프란첸의 지문이 나온다면 큰 도움이 되잖아요."

"대조할 지문은 있어?"

"아니요, 지금 당장은 없어요."

"마르크는 학교에 안 왔답니다. 학교에 갔을 리가 없죠. 이제 어떡하죠?" 셈이 물었다.

그때 피아의 책상 위에 놓인 전화와 휴대전화가 동시에 울리기 시작했다. 헤닝이다! 나흘간 감감무소식이더니 하필이면 이럴 때 전화를 할 게 뭐람! 그녀는 휴대전화를 크뢰거에게 불쑥 내밀었다.

"반장님 친구예요. 용건이 뭔지 좀 물어보세요."

피아는 책상 위의 전화를 받았다. 수화기를 들자마자 누군가 흥분한 소리로 고래고래 고함을 지른다. 잠시 귀에서 떼고 들어보니 쾨니히슈타인 경찰서 지구대장의 목소리다. 전화를 받는 그녀의 얼굴이 점점 어두워졌다.

"지금 장난하는 거예요? 내가 분명히 집 앞에서 대기하고 있으라고 했는데! 네…… 아니요……. 그건 우리가 알아서 할 테니까 그쪽에선 집 앞 도로하고 뒤의 들길 주변 차단하세요. 통제선 넓게 치세요! 여기도 바로 출동합니다."

그녀는 수화기를 내려놓고 다른 사람들을 둘러보았다.

"무슨 일이야?" 오스터만이 경각심 깃든 얼굴로 물었다.

"마르크 타이센이 집에서 리키 프란첸을 인질로 잡고 있어. 그리고 방금 순경 하나가 그 집 초인종을 누르다가 총에 맞았대."

피아는 크게 심호흡을 했다. 그리고 속으로 그 거짓말쟁이 여자와 함께 바닷가로 놀러 간 보덴슈타인을 저주하고 자기들 마음대로 근무지를 이탈한 개념 없는 순경들을 소리 내 욕했다.

"오스터만! 특수기동대, 구급차, 범죄심리학자 다 알아서 좀 불러줘. 셈하고 카트린은 나랑 같이 바로 출발하고." 피아가 벌떡 일어나며 외쳤다.

"나도 필요해?"

"그럼요, 반장님이 빠지면 안 되죠. 다들 방탄조끼 입는 거 잊지 말고 3분 뒤에 주차장에서 봅시다."

피아는 배낭을 들쳐 메고 막 나가려다가 문득 헤닝을 깜빡했다는 것을 깨달았다.

"뭐라고 해요?" 피아는 크뢰거에게 손을 내밀어 휴대전화를 건네받았다.

"아, 뭐 나중에 직접 들어." 크뢰거가 대답을 피한다.

"뭔데요? 그냥 말해요."

"내가 제대로 들은 건지 모르겠는데 영국에서 결혼을 했다는 거 같아."

*

일은 예정대로 진행되었다. 취리히 금융가에 있는 작은 은행에 들어가 '기후게이트'라는 암호를 댈 때는 마치 첩보영화의 주인공이 된 듯한 기분마저 들었다. 담당자는 아무 의심 없이 보덴슈타인을 건물 지하에 있는 금고실로 안내했다. 그는 금고를 열고 검정색 공공칠가방을 꺼냈다. 그리고 10분 뒤에는 다시 은행 앞 길거리에 서 있었다. 무릎이 후들거리고 심장이 튀어나올 것만 같았다. 눈에 띄지 않게 주위를 둘러보지만 수상하게 쳐다보는 사람은 없다. 그래도 다시 빈터투어 방향 고속도로에 진입하고 나서야 안심이 됐다.

그는 한 시간 정도 차로 달려 콘스탄츠에 도착했다. 국경을 지키는 스위스 경찰과 독일 경찰이 지나가라는 손짓을 하며 그를 통과시켰다. 그가 배 선착장 바로 앞에 있는 호텔 주차장에 들어섰을 때 시계는 정확히 1시를 가리키고 있었다. 그가 오는 것을 본 아니카는 미리 나와 있다가 그의 품에 달려들었다. 그녀의 웃는 얼굴을 보니 보덴슈타인은 말할 수 없이 흐뭇했다.

"스릴 만점이던데!" 그가 싱긋 웃으며 말했다.

"오, 올리버! 정말 이 은혜를 어떻게 갚아야 할지 모르겠어요."

"이건 시작일 뿐이야. 슈퇴르히랑 협상하는 일은 이것보다 훨씬 어려울 거야."

아니카는 그에게서 떨어지며 다시 수심 가득한 표정을 지었다. 그녀는 바닷바람에 휘날리는 머리칼 한 줌을 귀 뒤로 넘겼다.

"만약 그들이 가진 증거를 뒤집지 못하면 어떡하죠? 아이젠후트의 권력은 막강해요. 날 제거하기 위해서라면 무슨 짓이든 할 거예요." 그녀가 겁먹은 커다란 눈으로 그를 올려다보았다.

"우린 아직 법이 통하는 사회에 살고 있어. 무작정 사람을 감옥에 처넣을 순 없어."

보덴슈타인은 트렁크를 활짝 열었다.

"그런 믿음이 나쁜 건 아니지만 내가 경험한 건 아주 달랐어요."

그녀의 눈빛이 너무 슬퍼 보여서 보덴슈타인은 마음이 아팠다. 그는 손을 들어 그녀의 얼굴을 만졌다. 이렇게 쾌청한 날씨와 아름다운 경치 속에서 그런 어두운 생각을 해서는 안 된다. 아니카의 악몽은 곧 끝날 것이다. 그러면 즐겁게 웃으며 놀러 다닐 날이 올 것이다.

"차 타고 오면서 생각해봤는데 정말 괜찮은 변호사가 필요해. 클래징이라고 내가 아는 변호사가 하나 있는데 형사 사건 전문이고 그 분야에선 최고야. 몇 년 전에 사건 수사하다 만났는데 나한테 빚진 게 있어서 아마 잘해줄 거야. 아니카만 괜찮으면 내가 바로 전화해볼게."

"그럼요. 괜찮고말고요."

그녀는 손끝으로 공공칠가방을 건드리는가 싶더니 못 만질 걸 만졌다는 듯 얼른 손을 뗐다.

"이 가방에 들어 있는 것 때문에 내가 알던 사람들이 죽임을 당했어요. 끔찍해요."

"자, 자!" 그가 그녀의 어깨를 감싸며 힘 있게 트렁크를 닫았다. "다음 배 언제 있나 보고 점심 먹으러 가자고. 난 소 한 마리라도 먹을 수 있을 것 같아."

＊

　리키네 집 앞에 처진 경찰 통제선 주위에는 이미 구경꾼이 엄청나게 모여들어 있었다. 피아는 사람들을 헤치고 들어가 경찰 책임자를 찾았다.

　"문을 열더니 바로 발사했어요. 잔인한 놈!"

　쾨니히슈타인 경찰서 소속 형사 베르너 자틀러는 아직도 흥분이 가시지 않은 듯하다.

　"상태는 어때요?"

　"구급차에 실려 갈 때는 대화가 가능했어요. 다행히 방탄조끼를 입었기에 망정이지 아니었으면 지금쯤 죽었을 겁니다."

　피아는 집 쪽을 건너다보았다. 모든 창문에 덧문이 내려져 있고 간이 차고 지붕 밑에는 재니스의 검정색 BMW와 리키의 아우디가 서 있다. 크뢰거는 현지 형사들과 의논해서 집을 중심으로 직경 50미터 지점에 통제선을 더 치기로 했다. 특수기동대가 도착하고 구급차와 소방차가 들어왔다. 사람들은 반사 유리가 부착된 검정색 버스를 통제선 바로 앞에 대고 그 안에 이동 수사 본부를 차렸다. 셈이 전화기를 귀에 댄 채 다가왔다.

　"두 사람이 언제부터 집 안에 있었던 겁니까?"

　"정확히는 모르죠."

　셈의 질문에 자틀러는 어깨를 으쓱하며 손수건으로 이마에 난 땀을 닦았다. 평생 교통 신호 위반이나 잡다가 인질극이 벌어졌으니 당황할 수밖에 없다.

　"감시하던 순경들이 철수한 게 몇 시였습니까?"

　"이거 정말 너무하는 거 아닙니까? 그게 잘못이었다는 건 나도 잘 알아요! 꼭 지금 잘잘못을 따져야겠습니까?"

피아는 뭐라고 호되게 한마디 해주려고 했지만 셈이 한 박자 빨랐다.

"잘잘못을 따지려는 게 아닙니다. 그걸 알면 시간 범위를 좁힐 수 있어요."

셈이 차분하게 설명하자 자틀러가 잠시 생각한 후 대답했다.

"7시쯤인 것 같네요."

지금이 1시 반이니까 다섯 시간 반 동안 감시가 없었다는 뜻이다. 자틀러는 엄청난 사고를 친 거다.

"이웃사람들한테 물어보죠. 뭔가 본 사람이 있을 겁니다." 셈이 제안했다.

"좋은 생각이야. 저 앞집 보이지? 이 동네 공인 테러리스트 전문가가 사는 집이야. 그 집 할머니 할아버지가 하루 종일 창문에 붙어 있었다는 데 50유로 건다."

"아, 그래요? 그럼 한번 가봐야겠네요." 셈이 웃으며 말했다.

"크뢰거 반장님, 프라우케 데려오라고 전화 좀 해주세요. 그리고 병원에 있는 테오도라키스한테도 사람 하나 보내야 해요. 이 집의 정확한 도면이 필요해요."

크뢰거는 고개를 끄덕인 후 휴대전화를 꺼냈다. 저만치 기동대장 요아힘 셰퍼가 걸어오는 것이 보인다. 피아는 출동 나갔을 때도 그를 여러 번 봤고 경찰학교에서도 그의 강의를 두 개 정도 들었다. 거만 떠는 마초지만 일 하나는 끝내주게 한다.

"이번엔 무슨 사건이지?" 셰퍼가 반짝이는 선글라스를 벗으며 물었다.

눈만 보이는 검정 마스크와 무사를 연상시키는 검정 헬멧에 청색이 섞인 검정 유니폼을 입은 기동대원들이 본부 차량 주변으로 몰려들었다.

"저희도 아직 정보가 많지 않아요."

피아와 크뢰거는 셰퍼를 따라 지붕 아래까지 현대적 장비로 무장된 버스로 들어갔다. 그리고 기동대원들에게 추측 가능한 집 안 내부 상황과 주변 위치 정보를 짤막하게 전달했다.

"인질범은 권총을 가지고 있고 이미 동료 한 명을 쐈습니다. 나이는 17세, 가벼운 정신불안 증세가 있고 앞으로도 무기를 사용할 가능성이 있습니다."

셰퍼는 인상을 구긴 채 듣고 있다가 피아의 말이 끝나자 대원들에게 지시를 내렸다. 저격수 두 명은 앞집과 옆집 지붕으로 올라가고, 다른 대원들은 집 앞과 뒤에 배치됐다. 피아는 그늘에서도 기온이 26도인 날씨에 완전무장한 채 뜨거운 햇볕 아래 꼼짝도 않고 엎드려 있어야 할 그들이 부럽지 않았다. 거기다 한시도 집중력을 잃지 않아야 한다.

"요구 조건이 뭐야?" 셰퍼가 물었다.

"없어요."

셈이 버스로 기어 올라왔다. 크뢰거의 말대로 이웃집 노부부는 오전에 앞집에서 무슨 일이 일어났는지 관찰해서 모두 알고 있었다. 경찰의 예상과 달리 인질은 두 명으로 밝혀졌다. 두 시간 전 목욕 가운에 슬리퍼 차림의 재니스가 목발을 짚고 택시에서 내려 집으로 들어갔고 얼마 뒤에 리키가 도착했다. 리키는 이른 아침 말 두 마리를 차에 싣고 어디론가 사라졌고 정원에서 기르던 동물들도 밖으로 실어 날랐다.

"방금 마르크의 부모님이 도착했습니다. 범죄심리학자도 왔고요."

셈이 보고를 마치며 덧붙였다.

"좋아요. 내가 타이센 부부하고 얘기할게요. 전화번호가 있을 테니까 일단 전화를 해보죠."

"좋아." 셰퍼가 고개를 끄덕였다.

그때 오스터만에게 전화가 왔다. 이동통신사에 따르면 리키 프란첸이 토요일에 전화를 건 상대는 슈테판 타이센이라는 소식이다. 셰퍼와 크뢰거가 옆에서 전화를 하고 있어서 피아는 한쪽 귀를 막아야 했다.

"그날뿐이 아니야. 프란첸과 타이센은 그전에도 자주 전화 통화를 했어. 토요일만 해도 7시 12분, 8시 15분, 9시 45분, 14시 32분 이렇게 네 번이나 통화를 했고 오늘 아침에도 둘이 통화했어. 이상하지 않아?"

그렇게 이상할 것도 없다. 피아는 이미 그러리라는 의심을 품고 있었다. 토요일에 습격당했다는 것도 다 연극임에 틀림없다.

벌써 어스름이 깔리기 시작했다. 간혹 가다 딱딱 소리를 내며 싸구려 폭죽이 터진다. 그녀는 추위에 떨며 옷깃을 여몄다. 발밑에서 뽀드득뽀드득 눈 밟는 소리가 난다. 요트 선착장 주차장에 차를 두고 온 것은 실수였다. 거리를 너무 얕잡아봤다. 이윽고 환하게 불 켜진 빌라가 눈에 들어온다. 그녀는 땀에 젖은 채 대문 앞에 서서 눈 덮인 잔디밭 너머로 보이는 집을 노려보았다. 불이 켜진 창문은 더없이 따뜻하고 아늑해 보인다. 그녀는 손으로 철제 장식을 부여잡고 눈물이 솟구치는 것을 참았다. 심장이 오그라드는 것처럼 아팠다. 그 집은 그녀 차지가 되어야 했다. 베티나만 아니었다면 디르크와 함께 그 집에서 행복하게 살았을 것이다! 울타리가 아직 완성되지 않은 것을 아는 그녀는 추위에 말라버린 생나무 울타리를 따라가며 그녀의 몸이 빠져나갈 만한 구멍을 찾았다. 호수가 고즈넉한 풍경 속에 펼쳐져 있고 나무들은 땡땡 얼어붙은 하늘 아래 가지를 벌리고

534

서 있다. 숨을 쉴 때마다 작은 구름 같은 입김이 그녀의 입에 매달린다. 그녀는 불현듯 뜨거운 증오가 치솟는 것을 느꼈다. 용암처럼 흘러내린 증오에 발밑의 눈이 녹아버릴 것 같고, 심장이 복수를 외치는 소리가 들리는 듯하다. 그는 그녀를 가지고 놀았다. 거짓말로 속이고 이용해먹었다. 그리고 오설리번까지 베를린으로 유인해 죽이고 그녀에게 살인죄를 뒤집어씌우려 했다! 그녀는 현관으로 가 초인종을 눌렀다.

"어머나, 어쩐 일이에요?"

베티나가 놀란 얼굴로 문을 열었다. 베티나는 그녀가 기억하는 것보다 예뻤다. 윤이 나는 머리칼, 균형 잡힌 몸매, 부드러워 보이는 살결.

"교수님, 집에 계세요?"

"아니요."

의심의 눈초리. 하지만 두려움도 깃들어 있다.

"안에서 기다려도 될까요?"

"안 돼요. 가세요."

그가 무슨 거짓말을 했기에? 그녀는 베티나를 거칠게 밀치고 안으로 들어갔다. 그리고 널찍한 홀에 서서 금방이라도 폭발할 것 같은 증오심과 싸웠다. 붉은색과 금색으로 아름답게 장식된 커다란 크리스마스트리가 서 있고 살롱에는 긴 테이블에 화려한 만찬이 준비돼 있다. 송년 파티를 하기 위해 손님을 초대한 모양이다. 그녀는 그들이 이 집에서, 그녀가 수개월간 공들여 수리한 이 집에서 웃고 떠들 것을 생각하니 질투심과 모멸감에 견딜 수 없었다. 그녀는 이 집에서 살다시피 하며 다 쓰러져가는 폐가를 멋진 빌라로 탈바꿈시켰다. 건축가와 작업자 들을 만나 상의하고 공사를 감독하고, 매일 저녁 아이젠후트와 함께 집 안을 돌아다니며 공사 진척 상황에 대해 이야기한 사람은 바로 그녀였다. 그런 집이 그녀와 살 집이 아니라 다른 여자와 살 집이라고 누가 생각이나 했겠는가? 증오는 걷잡을 수 없이 커졌고, 그 무엇으로도 누를 수 없는 강한 힘으로 자라나 제어할 수 없는 지경에 이르렀다. 베티나, 그녀가 그를 훔쳤다!

"당장 나가지 않으면 경찰을 부르겠어요."

뒤에서 베티나의 겁에 질린 목소리가 들렸다. 그녀는 뒤를 돌아보았다. 베티나는 위아래로 흰색 옷을 입고 있다. 흰색과 검정색의 바둑판무늬 바닥에 서 있는 모습이 체스판 위에 서 있는 여왕 같다. 그러면 그녀 자신은 뭐지? 희생당해야 할 병사?

나중에 생각해보니 어쩌다 그렇게 됐는지 기억이 나지 않았다. 갑자기 그녀의 손에 부지깽이가 들려 있고 베티나의 조각 같은 얼굴에서 피가 흘러내렸다. 인형 같은 그녀의 연푸른색 눈동자는 놀라움으로 굳어져 있고, 값진 도자기와 유리 깨지는 소리가 들리는 듯했다. 흔들리는 촛불이 어렴풋이 기억난다. 그녀의 차가운 손가락에 뜨거운 촛농이 떨어졌다. 그리고 크리스마스트리가 장작불처럼 활활 타올랐다. 불길은 굶주린 짐승처럼 혀를 날름거리며 바닥까지 닿는 긴 커튼을 먹어치우고 벽지와 천장과 카펫을 집어삼켰다. 그녀는 그 광경에 압도당한 채 꼼짝도 않고 서 있었다.

이 집은 그녀 차지가 될 수 없다. 그렇다면 그와 그녀 사이의 행복을 앗아간 베티나의 차지도 되어선 안 된다. 그녀는 쓰러진 베티나를 넘어 출구를 향해 걸었다. 등 뒤에서 쨍그랑 하고 창문 깨지는 소리가 났다. 또 쨍그랑! 산소에 접촉한 불길은 화르르 타오르며 거대한 지옥불로 변했다.

"해피 뉴 이어."

그녀는 베티나에게 말하고 밖으로 나갔다. 2008년 12월 31일은 아이젠후트에게 잊을 수 없는 날이 될 것이다. 그것이 그녀의 뜻이었다.

*

마르크, 리키, 재니스의 휴대전화는 모두 꺼져 있다. 현장에 불려온 프라우케는 그림을 그려 집 안 구조를 설명했다. 서둘러 쫓아온 엥겔 과장은 바로 지휘권을 뺏었고, 다른 사람들과 함께 프라우케의 그림을 토대로 작전을 짰다. 그들은 집 안으로 들어가는 방법을 의논하고 최루탄을 사용해 인질범을 잡으려는 계획을 세웠다.

"마르크가 집 안 어디에 있는지 모르잖아요." 피아가 이의를 제기했다.

"상관없어." 셰퍼가 거만하게 대꾸했다. "집이 크지도 않고 이런 일 한두 번 하는 것도 아니고."

"그래도 전 반대예요. 먼저 마르크와 대화해야 한다고 생각해요."

마르크는 마음에 깊은 상처를 받은 아이다. 방금 그의 부모와 프라우케가 말한 것을 종합해보면 그가 감정적으로 얼마나 심각한 비상사태에 처해 있는지 알 수 있다. 그가 그토록 좋아하고 따르던 두 사람을 인질로 잡게 된 동기가 무엇인지는 아무도 모른다.

"집 전화로 한번 해보죠."

피아의 말에 셰퍼는 못마땅한 표정으로 옆 사람과 공모의 눈빛을 주고받았다. 그들은 쉽고 빠른 길을 택하고 싶어 하지만 피아가 보기에는 두 인질에게 너무 위험한 방법이다.

범죄심리학자는 프라우케가 불러준 번호를 눌렀다. 자동응답기가 돌아가는 도중에 누군가 전화를 받았다.

"여보세요?"

"마르크, 내 이름은 귀터 로일이야. 심리학자란다. 너랑 얘기하고 싶어."

"난 아저씨랑 얘기하기 싫어요."

"우리 모두 걱정하고 있단다, 마르크. 부모님도 여기 와 계셔. 부모님이랑 얘기할래?"

피아의 시선이 버스 뒤편에 앉아 있는 타이센 부부의 절망적인 눈빛과 마주쳤다.

"당장 가라고 해요." 마르크가 거칠게 내뱉었다. "토요일에 나랑 얘기한 아줌마 거기 있어요?"

"누구 말하는 거니?"

"금발 여자 형사 말이에요. 그 아줌마 이리 오라고 해요."

피아는 스피커에서 흘러나오는 소리를 듣고 심장이 덜컥 내려앉는 것 같았다. 전혀 예상치 못한 일이다.

"마르크, 하지만 그 형사는……."

"그 아줌마 오라고 해요. 딴 사람하곤 말 안 해요." 마르크가 그의 말을 끊고 단정적으로 말했다. "10분 후에 현관문 앞으로 오고, 올 때 레드불(오스트리아산 자양강장 음료_역주) 몇 개 사 오라고 해요."

그 말과 함께 전화가 끊겼다. 범죄심리학자는 좌절한 듯 얼굴을 찡그렸다.

"절대 안 돼. 키르히호프 형사, 저 집에 들어갈 생각도 하지 마." 엥겔 과장이 딱 잘라 말했다.

"그럼 어떡하실 건데요? 그리고 제 생각엔 마르크가 저를 해치진 않을 것 같아요."

"관련 교육을 받은 적도 없잖아요."

범죄심리학자가 자존심이 상한 표정으로 거들었고, 특수기동대 사람들은 범인이 얼마나 위험한지를 가지고 왈가왈부했다. 피아도 영웅 놀이를 할 생각은 추호도 없었다. 머리가 돌아버린 십 대가 총을 들고 설치는데 자진해서 그 소굴로 들어가고 싶은 사람이 누가 있겠는가! 하지만 다른 대안이 보이지 않는다. 그가 피바다를 만들고 평생을 불행하게 살지 않도록 어떻게든 그를 설득해 총을 빼앗아야 한다.

＊

뷔르츠부르크까지는 수월하게 잘 왔다. 그런데 그다음부터는 몇 킬로미터 안 가서 길이 막히곤 하다가 마르크트하이덴펠트에서는 아예 거북이걸음이다. 보덴슈타인은 아니카를 흘깃 쳐다보았다. 라돌프첼에서 점심을 먹을 때만 해도 쾌활하게 재잘거리더니 몇 시간째 말 한마디 없이 심각한 표정이다. 그는 바로 프랑크푸르트로 가지 말고 어디서 하룻밤 더 자고 가자는 말이 목구멍까지 치밀어 올랐지만 곧 생각을 고쳐먹었다. 그녀는 새아버지가 분명히 아이젠후트에게 연락을 했을 거라며 경계를 늦추지 않았다. 아이젠후트가 그녀를 찾아낼 위험이 시시각각 커지고 있다는 것이 그녀의 주장이다.

"오늘 저녁에 바로 클래징한테 가서 가방을 맡기자고. 그 사람이라면 안전하게 보관해줄 거야." 보덴슈타인이 그녀의 손을 잡으며 말했다.

플로리안 클래징은 흔쾌히 승낙했다. 프랑크푸르트에서 가장 잘 나가는 변호사 중 한 사람인 클래징이 아니카의 변호를 맡아주겠다고 하자 보덴슈타인은 천군만마를 얻은 듯 마음이 든든했다. 클래징은 무죄가 밝혀질 때까지는 아니카가 안전한 곳에 숨어 지내야 한다며 자기한테 좋은 생각이 있다고 했지만 전화로 말하지는 않았다. 보덴슈타인은 한두 달 정도야 금방 지나갈 거라는 생각에 스스로를 위로했다. 그는 교통 정보를 들으려고 라디오를 켰다. 아직 뉴스를 하고 있었다.

"……경찰관 한 명이 총에 맞아 중상을 입었습니다." 기자의 보도에 보덴슈타인은 귀를 쫑긋 세웠다. "경찰에서는 인질범인 17세 소년이 몇 명의 인질을 잡고 있는지에 대해서는 정확히 밝히지 않았습니다. 부상당한 경찰관은 병원으로 옮겨졌으며 상태가 어떤지는 아직 밝혀지지 않았습니다. 쾨니히슈타인에서 헤센라디오 다니엘 케플러 기자였습니다."

쾨니히슈타인에서 17세 소년이 인질극을 벌인다고? 보덴슈타인은 이상한 기분이 들었다.

"맙소사." 그는 짧게 비명을 내지르며 혹시 위치 추적을 당할까 봐 끈 채로 두었던 휴대전화를 켰다.

"왜 그래요?"

아니카가 걱정스러운 눈길로 그를 쳐다보았다.

"피아한테 전화 좀 해봐야겠어."

음성 메시지 7통, 부재중 전화 25통, 문자 3통이 들어와 있다. 이건 나중에 천천히 보면 된다.

∗

특수기동대는 집 주변과 이웃집 지붕 위에 분산 배치됐고, 일단

540

피아가 가죽 손목시계 밑에 마이크를 장착하고 들어가 인질범의 요구에 따르는 척하며 상황을 파악하는 것으로 작전 방향이 정해졌다. 만약 피아가 사태를 통제하지 못하면 늦어도 30분 후에는 기동대가 치고 들어가기로 했다. 타이센은 작은 소리로 흐느껴 우는 아내 옆에 앉아 고개를 푹 숙이고 손에 얼굴을 묻었다. 부모로서 큰 잘못을 저지른 것은 사실이지만 여의치 않을 경우 아들을 쏴 죽이기로 합의하는 경찰들의 사무적인 말투를 듣고 앉아 있어야 하는 부모의 심정이 오죽할 것인가!

피아가 버스에서 내린 순간 휴대전화가 진동했다. 크리스토프다! 잠시 받지 말까 하는 생각이 들었지만 그녀는 전화를 받았다.

"지금 일하는 중이라 좀 바빠요. 어디예요?"

"집에 가는 중이야. 라디오에서 들었는데 슈나이트하인에서 인질극이 벌어지고 있다고 하던데, 지금 거기 있는 거 아니지?"

"네, 맞아요."

아무 대답이 없다.

"위험한 일이야?"

단단히 각오한 듯한 목소리다.

"난 안 위험해요."

차마 사실을 말할 수 없어 피아는 거짓말을 했다.

"그래? 그럼, 수고해."

그가 전화를 끊자마자 다시 진동음이 난다. 보덴슈타인이다. 길게 이야기할 시간은 없다. 피아는 옆에 있던 크뢰거에게 전화기를 주며 현재 상황을 설명해주라고 부탁했다. 이 얘기를 들으면 아니카의 치마폭에서 잠깐이라도 벗어나 보겠지.

그녀는 순경 한 명이 근처 편의점에서 사온 6개짜리 레드불 팩을 옆구리에 끼고 심호흡을 한 번 한 다음 결연한 표정으로 길을 건넜다. 그리고 오후의 뜨거운 태양 아래 죽은 듯 서 있는 인질극의 무대로 걸어 들어갔다. 작은 앞마당을 지나고 낮은 계단을 올라가 초인종을 누르는데 손이 떨렸다. 저격수들이 망원렌즈로 그녀의 얼굴에 맺힌 땀방울 하나하나를 보고 있을 거라고 생각하니 과히 기분이 좋지 않았다.

*

그는 문 바로 뒤에서 기다리고 있다가 그녀가 들어오자 한 손에 권총을 들고 건성으로 신체 수색을 했다. 피아는 긴장감에 숨도 제대로 쉬지 못했다. 다행히 그는 손목시계에 달린 마이크는 발견하지 못했다. 도청할 거라는 생각을 못 한 것 같기도 하고 엿듣든 말든 상관없는 것 같기도 하다. 그에게서 오래된 땀 냄새가 났다. 그러고 보니 토요일에 발코니에서 뛰어내려 도망칠 때 입고 있던 티셔츠를 그대로 입고 있다. 그는 레드불 하나를 꺼내 단숨에 마셨다.

"리키와 재니스는 어디 있니?"

그녀가 어두컴컴한 속에서 물었다. 현관문 옆 유리창으로 약간의 햇빛이 들어올 뿐이어서 집 안은 굴속처럼 어둡다. 거기다 창문을 전부 처닫아 놔서 공기가 후텁지근하다.

"부엌에요." 그는 다 마신 캔을 바닥에 아무렇게나 던졌다. "참, 심리상담 그딴 거 할 생각은 마요. 내가 계획한 대로만 하면 아무도 다치지 않을 거예요. 하지만 무장 경찰 들어오면 나도 책임 못 져요. 알았어요?"

"그래, 알았어."

마르크는 엊그제 봤을 때와 많이 달라진 모습이다. 아이처럼 순해 보이던 얼굴이 날카로워진 것이 하룻밤 사이에 훌쩍 커버린 것 같다. 무엇보다 눈빛이 무섭다. 피아는 여기 들어올 때까지만 해도 말로 그를 설득해볼 생각이었으나 그의 무섭도록 퀭한 눈을 보니 아무 소용없으리라는 생각이 들었다. 더 이상 잃을 것이 없는 사람의 무심한 듯 퀭한 눈, 경찰 생활을 하면서 숱하게 보아오지 않았던가! 잃을 것이 없으면 무서울 것도 없다.

인질들도 그 사실을 아는 듯하다. 재니스는 손만 의자 뒤로 묶인 채다. 석고붕대를 한 다리로 누구를 공격할 수도 없을 것이다. 그러나 잔인하게 묶여 있는 리키의 모습에서는 마르크의 증오와 복수에 대한 열망이 얼마나 큰지 적나라하게 드러났다.

무거운 식탁을 모로 세워놓고 양팔을 벌리게 해서 식탁과 함께 꽁꽁 묶은 것이 마치 십자가에 매달린 것 같다. 눈은 가려져 있고 목에는 빨랫줄을 걸어 줄을 뒤로 팽팽하게 고정시켰다. 그리고 목에는 작은 상자 같은 것이 달린 개목걸이를 채웠다.

"꼭 저렇게까지 해야 되니?"

"아주 힘이 세요. 때려눕힌 다음에야 겨우 묶었어요."

그는 줄곧 의식적으로 피아의 시선을 피했다.

"거기 보면 비디오카메라 있어요. 찍어요."

"뭘 찍어야 하는데?"

"보면 알아요." 그는 의자에 앉아 레드불 하나를 빠르게 비운 다음 아까처럼 휙 던졌다. "준비됐어요?"

말을 시켜, 피아! 어떻게든 그가 마음을 열게 해야 해.

"왜 이런 짓을 하는 거지? 원하는 게 뭐니?"

"심리상담 짓거리 하지 말라고 했죠!"

그의 격한 반응에 피아는 순순히 카메라를 들었다. 속수무책으로 마르크의 말에 따라야 하는 것이 무척 거슬리지만 인질들의 목숨을 구하기 위해서는 우선 시키는 대로 하는 수밖에 없다. 빨간 불이 깜박인다. 피아는 액정을 열어 프레임 안에 리키의 얼굴을 잡았다.

"녹화 시작했어."

그 말에 마르크는 아무 말 없이 리모컨을 눌렀다. 피아는 그제야 리키의 목에 걸린 목걸이의 정체를 알았다. 갑자기 목에 전기 충격을 받은 리키는 경련을 일으키며 캑캑거리듯 끔찍한 비명 소리를 냈다. 그녀는 눈물을 줄줄 흘렸지만 빨랫줄에 목이 졸릴까 봐 고개를 돌리지도 못했다.

"전기 충격 목걸이예요. 리키가 개 훈련시킬 때 쓰던 거죠. 난 항상 잔인하니까 사용하지 말라고 했지만 리키는 하나도 안 아프다고, 괜찮다고 했어요."

"그만둬." 피아가 단호하게 말했다.

마르크는 그제야 눈을 들어 그녀를 쳐다보았다.

"아니요." 그의 아랫입술이 파르르 떨린다. "난 그냥 진실이 알고 싶은 것뿐이에요. 이렇게 하면 더 이상 거짓말은 못하겠죠."

＊

마르크가 인질극을 벌이는 집 주변은 500미터 밖까지 통제선이 쳐졌다. 구경꾼들, 주민들, 방송사와 신문사 기자들이 통제선 주변에 개미 떼처럼 몰려들었고 그 뒤로는 구급차, 소방차, 특수기동대 버스, 순찰차들이 늘어서 있다. 보덴슈타인은 아니카를 클래징에게 데려다 주고 올 시간이 없었다. 혼자 차 안에 두고 오는 것이 내키지 않았지만 사람 많은 데 나왔다가 눈에 띄면 위험하기 때문에 차 안에서 기다리는 쪽을 택했다.

그가 통제선을 지키는 순경에게 막 신분증을 보여주고 있는데, 누군가 뒤에서 그의 이름을 불렀다. 뒤를 돌아보니 크리스토프가 근심 가득한 얼굴로 서 있다.

"어떻게 된 겁니까? 왜 이렇게 오래 걸리는 거죠? 피아는 어디 있어요?" 그는 흥분해서 마구 질문을 쏟아냈다.

"나도 금방 와서 잘 모르겠어요. 범인이 인질을 잡고 있다는 말만 들었습니다."

"누가 그걸 몰라요?" 크리스토프가 거칠게 대꾸했다. "아까 전화로 위험한 일 안 한다고 했는데 왜 아무 데도 안 보이느냐 이겁니다."

그제야 보덴슈타인은 감이 왔다. 크리스토프는 피아가 위험한 일을 하는 데 매우 민감하게 반응한다. 그것을 아는 피아가 일부러 말을 안 한 것이다. 무장한 인질범의 손아귀에 들어가는 것만큼 위험한 일이 또 있겠는가?

"내가 알아볼게요. 여기서 기다려요." 보덴슈타인이 착잡한 얼굴로 말했다.

"기다리라고요? 내 말뜻 못 알아들었어요? 난 피아에게 무슨 일이 생겼는지 알아야겠단 말입니다."

"하지만 내겐 그럴 권한이……."

"그럴 권한 있는 거 다 알아요. 어서요!"

크리스토프는 그가 변명하게 놔두지 않았다. 그는 어쩔 수 없다는 듯 순경에게 눈짓을 해 크리스토프를 들여보내 주었다. 그의 충동적인 성격을 알지만 안 된다고 하면 소동이라도 피울 태세다. 보덴슈타인은 주변을 둘러보았다. 이웃집 지붕에는 저격수들이 납작 엎드려 있고, 다른 대원들은 나무 울타리와 자동차 뒤에 몸을 숨기고 대기 중이다.

"반장님!" 카트린이 버스 옆에 모여선 사람들의 무리에서 빠져나와 뛰어왔다. "잘 오셨어요!"

"어떻게 된 거야?"

"마르크 타이센이 리키 프란첸과 재니스 테오도라키스를 인질로 잡고 집 안에서 인질극을 벌이고 있어요. 무장한 상태예요. 아까 순경 한 명이 총에 맞았어요."

"요구 사항은?"

"없어요."

"요구 사항이 없다니 그게 무슨 말이야?"

"요구 같은 걸 안 해요. 아까 피아 선배만 들어오라고 해서……."

보덴슈타인은 등 뒤에서 크리스토프가 숨을 헉 들이마시는 소리를 들었다.

"피아가 저 안에 있다고요?"

크리스토프는 방금 들었으면서도 믿기지 않는 듯 물었다.

"네, 무사해요. 도청 장치를 달고 들어가서 안에서 하는 말 한마디 한마디 다 들을 수 있어요."

"내가 피아랑 얘기하겠어요." 그가 단호하게 말했다.

"안 됩니다. 주의가 흐트러지면 위험합니다."

"그럼 총 들고 설치는 미친놈이랑 집 안에 같이 있는 건 안 위험하고요?"

그가 눈을 부라리며 반박했다. 그리고 빈주먹을 쥐며 초조함을 감추지 못했다.

"피아가 잘 알아서 할 겁니다."

"그런 무책임한 말이 어디 있어요!" 크리스토프가 버럭 소리를 질렀다.

"진정해요. 여기서 화낸다고 해서 도움되는 거 하나 없어요." 보덴슈타인이 그의 어깨에 손을 얹으며 말했다.

"화를 내는 게 아닙니다." 그는 보덴슈타인의 손을 거칠게 밀어냈다. "걱정이 되는 겁니다. 걱정이! 지금 걱정 안 하게 생겼어요?"

＊

보덴슈타인은 버스 안으로 들어갔다. 엥겔 과장, 셈, 크뢰거, 오스터만과 눈인사를 하고 뒤를 보니 타이센 부부가 처참한 모습으로 구겨져 있다. 범죄심리학자는 그들 옆에 앉아 숨죽여 우는 마르크의 어머니를 위로하는 중이다.

"어서 와요, 보덴슈타인 반장. 이리 와서 이것 좀 들어봐요." 과장이 말했다.

그는 과장과 기술 담당 사이에 앉았다.

"그래, 미국에서 우주 비행 테크닉 공부한 적 없어." 리키 프란첸의 울음 섞인 목소리가 흐릿하게 전화기에서 흘러나왔다. "부자 아버지도 없고 상속받을 재산도 없어. 그냥…… 재니스한테 잘 보이려고…… 그렇게 말한 거야."

"이게 뭐야?" 보덴슈타인이 남들이 듣지 못하게 작은 소리로 물었다.

"두 인질한테 강제로 자백을 받고 있어." 엥겔 과장 역시 작은 소리로 대답했다. "키르히호프 형사는 그걸 비디오카메라로 찍고 있고. 벌써 두 시간째 이러고 있는데 다 시시콜콜한 내용이야. 누가 누구를 속였네, 뭐 그런 거."

갑자기 피아의 목소리가 흘러나왔다.

"프란첸 씨, 토요일 집에 강도가 들었다고 한 거 거짓말이죠? 사실을 말해봐요."

순간 버스 안의 사람들은 일제히 자세를 고쳐 앉으며 귀를 기울였다. 전화기 스피커에서는 울먹이는 소리만 들린다.

"그건…… 그냥 그런 척한 거예요. 마르크 아버지가 재니스의 서류와 평가서가 필요하다고 해서……."

"그건 알고 싶지 않아요." 마르크가 리키의 말을 끊었다.

"어디 갔었어?" 엥겔 과장이 보덴슈타인에게 작은 소리로 물었다.

"나중에 얘기할게."

"슈퇴르히가 자꾸 압력을 넣어. 그쪽에선 아니카 좀머펠트가 어디 숨었는지 보덴슈타인 반장이 다 알고 있다고 주장하는데……. 사실이야?"

과장이 그를 빤히 쳐다보며 묻자 보덴슈타인은 잠시 망설였다.

"응, 사실이야. 어디 있는지 알지만 슈퇴르히한테 알리지는 않을 거야."

"올리버! 미쳤어? 그 여자는 살인죄로 쫓기고 있어! 만약 그게 사실로 밝혀지면……."

"아니카는 살인자가 아니야. 두 살인 사건에 국한된 문제도 아니고. 다 이유가 있어. 이따가 차근차근 다 얘기할게."

그녀는 한참이나 그를 쳐다보더니 어깨를 으쓱했다.

"그 이유가 타당하지 않으면 이번엔 나도 막기 힘드니까 그런 줄 알아."

"알았어."

시간은 점점 흐르고 집 안에서는 다시 사소한 내용의 질문과 답이 이어졌다. 어두컴컴한 버스 안은 숨이 막힐 정도로 덥다.

"언제까지 이러고 있을 겁니까?" 기동대장 셰퍼가 다가와 물었다.

"계속 지켜봐요. 피 흘리지 않고 끝나기만 한다면 열 시간이라도 기다려야죠."

"니카랑 잤어요?"

그 순간 스피커에서 마르크의 목소리가 들렸다. 차츰 집중력이 떨어지던 보덴슈타인은 귀가 번쩍 틔었다.

"그래." 재니스가 대답했다. "니카가 꼬드겼어. 리키가 없을 때는 알몸으로 돌아다니면서 날 자극했어. 그래서 결국 넘어갔어."

보덴슈타인은 순간 눈앞이 캄캄해지고 목이 메었다. 그럴 리가! 아니카가 그 남자랑 잤다고? 그 남자 정말 역겹다고 몇 번이나 말하지 않았던가? 그는 갑자기 강한 질투를 느꼈다. 하지만 재니스의 말을 의심하지는 않았다. 그에게는 총부리가 겨눠져 있지 않은가! 그렇다면 아니카가 거짓말을 했다는 건데……. 하지만 왜?

✳

도대체 지난 24시간 동안 무슨 일이 일어났기에 마르크가 저렇게 정신 줄을 놓은 걸까? 피아는 그의 명령에 따라 이쪽저쪽 카메라를 들이대며 곁눈질로 마르크를 살폈다. 겉으로는 아무렇지도 않은 척하지만 그의 내면에서는 이미 균열이 일어나기 시작했다. 리키와 재니스가 한마디 한마디 할 때마다 그 균열은 점점 커졌다. 마르크는 어느 순간 리키의 눈가리개를 풀어주었다. 그녀와 재니스는 총부리를 향한 채 마음속 이야기를 남김없이 토해냈다. 어떤 배려도 모르는 자기중심주의, 서로에 대한 경멸, 인간에 대한 불신에 대해 듣는 것은 역겹기 그지없었다.

재니스는 마르크의 아버지가 누군지 알고 나서 그를 자신의 목적을 위해 이용했다는 것을 시인했고, 자신이 얼마나 이기적이고 파렴치한 거짓말쟁이인지, 얼마나 나쁜 놈인지 인정했다. 리키는 마르크 아버지의 첩자 노릇을 했고, 서명 리스트를 없앴으며, 돈을 받고 시민단체의 일을 방해한 사실을 자백했다.

마르크는 무표정한 얼굴로 그들의 이야기를 들었다. 퀭하던 눈에 점점 생기가 돌았다. 피아는 그것을 좋은 징조로 받아들여야 할지 판단이 서지 않았다. 분명한 사실은 그의 손에 안전핀이 풀린 권총이 쥐어져 있고, 각성제 성분이 든 음료수를 5개나 마셨다는 것이다. 언제 감정이 폭발할지 모르는 일이다. 게다가 피아는 그가 '심판'이라고 표현하는 이 청문회가 무엇을 위한 것인지 여전히 감이 잡히지 않았다.

"니카랑 잤어요?" 마르크가 물었다.

"그래." 재니스가 순순히 자백했다. 그는 심하게 땀을 흘렸고 붓지 않은 멀쩡한 눈은 열기로 번들거렸다.

"왜요?" 마르크가 물었다.

"니카가 꼬드겼어. 리키가 없을 때는 알몸으로 돌아다니면서 날자극했어. 그래서 결국 넘어갔어. 그리고 평가서니 뭐 그런 걸 잘 알기 때문에 쓸모가 있을 거라고 생각했어."

"하지만 리키를 사랑한다고 했잖아요. 그럼, 그건 거짓말이었네요. 그런가요?"

"처음에는 사랑했지만 점점 사랑하는 마음이 줄어들었어. 최근에는 귀찮다는 생각뿐이었어." 그는 불편한 의자 위에서 몸을 뒤척이며 신음 소리를 냈다. "목이 너무 말라. 제발 물을 마시게 해줘."

마르크는 들은 척도 하지 않고 리키를 향했다.

"재니스를 사랑했나요?"

오랜 시간 불편한 자세로 서서 모멸감에 시달리고 죽음의 공포에 내맡겨진 리키는 거의 실신 상태였다. 피아는 그녀가 한 짓을 떠나서 동정심이 이는 것을 어쩔 수 없었다.

"처…… 처음엔 그랬지만…… 나…… 나중엔 아…… 아니었어." 리키가 떠듬떠듬 대답했다. 마르크는 전기 충격 장치를 다시 사용하지 않았지만 리모컨은 여전히 손에 든 채다.

"그럼 왜 재니스한테 사랑한다고 말했어요?"

"그…… 그건 그냥…… 하는 말이잖아."

의자에 앉아 있던 마르크는 벌떡 일어나 그녀의 가슴에 총을 들이댔다.

"아니요! 그건 그냥 하는 말이 아니에요." 그는 머리를 세차게 흔들었다. 이윽고 그의 내면에 쌓인 분노가 폭발했다. "사랑한다고 했잖아요! 난 그 말을 믿었어요, 무슨 말이든 다 믿었어요! 그런데 이게 뭐예요? 거짓말, 거짓말, 다 거짓말이야! 왜 그랬어요, 왜? 왜 나한테 그렇게 큰 상처를 줬어요? 왜?"

그의 두 눈에서 눈물이 펑펑 쏟아졌다.

"왜 나한테 말도 안 하고 가버리려고 했어요? 왜 우리 아버지 돈을 받았어요? 왜 좋은 기억을 다 망쳤느냐고요?"

피아는 그제야 마르크의 행동을 이해했다. 그들이 그를 속이고 이용해먹은 것을 깨닫자 사랑하는 마음이 증오로 탈바꿈한 것이다.

재니스는 나지막한 신음 소리를 냈고, 리키는 두려움에 질려 숨도 제대로 쉬지 못했다.

"마르크…… 마르크 제발……." 리키는 눈이 커다랗게 벌어진 채 쉰 목소리로 애원했다. "제발 날 해치지 말아줘! 나도 알아. 내가…… 내가 다 잘못했어……. 정말 미안해! 난…… 정말 내 생각밖에 안 했어. 하지만 나랑 즐거운 시간을 많이 보냈잖아!"

"입 닥쳐요! 그만, 그만해! 더 이상 듣기 싫어!" 마르크의 목소리가 뒤집혔다.

그는 그녀 앞에 주저앉아 울음을 터뜨렸다.

"롤프 삼촌 죽었잖아요! 그리고 나 혼자 놔두고 그냥 가버렸잖아요, 날 도와주지도 않았잖아요! 왜 날 버렸어요?"

이젠 정말 위험한데! 피아는 속으로 생각했다. 마르크는 폭발 직전이다. 여기서 조금만 삐끗하면 사상자가 생길 수 있다. 지금 총을 뺏으려고 했다가 실패하면 사태는 정말 걷잡을 수 없어진다. 카메라로 내려칠 생각도 해보지만 그러기엔 카메라가 너무 가볍다. 피아는 어떻게 하면 마르크를 진정시킬 수 있을지 생각하고 또 생각했다.

"롤프 그로스만을 죽였다고요? 어떻게요?" 그녀가 리키에게 물었다.

그 말에 마르크는 피아의 존재를 잊고 있었다는 듯 뒤돌아보더니 무미건조하게 내뱉었다.

"전기 충격기로요. 내가 먼저 지하 주차장으로 들어가서 비상계단으로 올라가는 문을 열어줬어요. 계단을 올라가는데…… 갑자기…… 갑자기 롤프 삼촌이 내려왔어요. 그런데…… 리키가 아무렇지도 않게…… 전기 충격기를 롤프 삼촌 가슴에 댔어요. 난…… 어떻게든 살려보려고 했는데…… 그냥 갑자기…… 그냥 그렇게 죽어버렸어요."

"마르크, 우린 네가 최선을 다했다는 걸 알아. 넌 아무 잘못 없어."

"하지만…… 토요일에는 나 때문에 롤프 삼촌이 심장마비를 일으켰다고 했잖아요…….."

마르크는 바닥에 웅크리고 앉았다. 그의 초점 없는 시선이 부엌 바닥을 배회했다.

"그땐 나도 리키가 한 짓을 몰랐으니까 그렇게 말한 거야." 피아가 얼른 말했다. "누군가 롤프 삼촌에게 심장 마사지를 했다는 사실은 부검 결과를 통해서 이미 알고 있었어."

피아는 슬쩍 손목시계에 시선을 주었다. 벌써 6시 45분이다. 여기 들어온 지 세 시간이 넘었다. 마르크와 인질들은 더 오래전부터 여기 있었다. 1분 1초가 지날 때마다 위험은 점점 커진다. 아주 작은 움직임 하나만으로도 총성이 울릴 수 있다. 그것만은 피해야 한다. 사실 마르크는 가해자가 아니라 피해자다. 그러나 오늘 여기서 무슨 일이 벌어지든 여생을 반성하며 보내야 한다.

2008년 12월 31일, 독일기후연구소

매운 연기 냄새가 머리와 옷에 배었지만 그녀는 상관하지 않았다. 아니, 오히려 그 냄새를 맡으며 흡족한 기분을 만끽했다. 파렴치한 여자 같으니라고! 감히 그 집을 차지하려 하다니 꿈도 크지! 그건 아이젠후트도 마찬가지다. 그는 돈을 댔을 뿐 그 집을 발견해서 지금의 모습으로, 아니 이제는 더 이상 존재하지 않는 그 모습으로 만들어낸 사람은 그녀다.

그녀는 베티나에 대한 생각을 떨쳐버리고 일을 서둘렀다. 12월 31일 밤에 연구소에 나타나는 사람은 없을 테지만 최대한 위험 요소를 줄여야 한다. 아이젠후트는 그녀의 통장 사용 권한도 없애지 않았고, 비밀번호도 바꾸지 않았다. 금고에서 꺼내 온 서류철 속에는 인터넷뱅킹을 위한 보안 카드도 그대로 들어 있다. 원래 아이젠후트는 비밀 통장에 관해서는 그녀에게 모든 것을 맡기고 상관하지 않았다. 만약의 경우 비리가 밝혀지면 그녀에게 모든 책임을 떠넘기

554

려는 심산이었을 것이다. 흥, 이제까지는 잔액 확인만 했겠지만 앞으로는 할 일이 많아질 거다! 그녀는 심술궂은 미소를 지었다. 자, 이제 됐다. 그녀는 컴퓨터를 끄고 서류철을 도로 금고에 가져다 놓았다. 그리고 500유로짜리 돈다발을 꺼내 조심스레 자기 가방에 집어넣었다. 다음번에 또 뇌물이 필요한 일이 생기면 어느 정치가나 경쟁자의 주머니로 흘러들었을 25만 유로의 뭉칫돈이다. 일을 마친 그녀는 디르크 아이젠후트 교수의 방을 나와 유유히 사라졌다.

*

"언제까지 이런 걸 듣고 앉아 있을 겁니까? 언제 꼭지가 돌아서 총을 갈겨댈지 몰라요. 그땐 너무 늦습니다!"

"지금 이 시점에서 공격 명령을 내리고 나더러 책임지라고요? 안 돼요."

초조해진 셰퍼가 불평하자 엥겔 과장도 똑같은 톤으로 받아쳤다. 프로들도 신경전을 벌일 정도로 사태가 지연되고 있다.

"그럼 언제 치자는 거예요? 총을 쏜 다음에요?"

"키르히호프 형사가 약속한 신호를 보낼 때까지 기다리세요."

두 사람은 서로를 노려보며 으르렁거렸다. 그러나 보덴슈타인은 다른 생각에 빠져 있느라 두 사람의 싸움을 말릴 생각을 하지 못했다. 인질극의 상황은 살얼음판을 딛는 듯한데, 그는 어서 차로 돌아가 아니카에게 어떻게 된 거냐고 따지고 싶은 생각뿐이다. 그제는 피아의 의심을 완벽하게 물리칠 수 있었지만 오늘은 자꾸만 그 말이 생각난다. 아니카는 거짓말을 했다. 이 문제에 있어서만 그런 걸까? 아니면 오설리번의 죽음에 관해서도? 보덴슈타인은 후텁지근한 버스 안에 앉아 등골이 서늘해지는 것을 느꼈다.

"조용히 좀 하세요. 말소리가 안 들리잖아요." 기술 담당이 볼륨 다이얼을 돌리며 말했다. 과장과 기동대장은 바로 입을 다물었다. 보덴슈타인도 당분간 개인적 감정을 뒤로 밀어놓기로 했다. 피아가 위험에 처해 있다. 지금은 이것이 우선이다.

"리키는 항상 거짓말을 했어요……." 마르크의 울먹이는 소리가 들렸다. "가게에서는 손님들을 속이고 동물 보호소에서는 동물 보러 온 사람들을 속이고…… 그러다 나도 언제부턴가 거짓말을 하기 시작했어요. 그건 전염병처럼 다른 사람에게도 옮아요……."

"배터리가 거의 다 됐어." 피아가 침묵을 깨고 말했다.

"그럼 이제 끝내야죠." 마르크가 대꾸했다.

"어떻게 저런 멍청한 말을! 인질범이 압력을 느끼잖아!" 셰퍼가 흥분해서 외쳤다.

버스 안의 사람들은 모두 긴장한 채 침묵을 지켰다. 이제는 치고 들어가기에 너무 늦었다.

"마르크, 제발 섣불리 행동하지 마. 리키는 그럴 만한 가치가 없어. 어차피 오랜 세월을 감옥에서 보내게 될 거야. 네가 지금 쏴 죽이는 것보다 감옥에 들어가는 게 리키에겐 더 힘들어." 피아의 목소리는 놀랄 정도로 차분하다.

침묵. 금방이라도 비명 소리와 총성이 들릴 것 같지만 아무 소리도 나지 않는다. 피아가 상황을 통제한 걸까?

"왜요? 왜…… 리키가 감옥에 가죠?" 마르크가 이상하다는 듯 물었다. 그는 여전히 생각을 한다. 완전히 돌아버린 게 아니다. 그렇다면 아직 희망이 있다.

"총을 나한테 줘. 그럼 말해줄게."

*

　마르크는 말없이 피아를 응시했다. 그의 마음속에서는 그녀를 믿고 싶은 마음과 또 속을까 봐 두려워하는 마음이 싸움을 벌인다. 그의 윗입술에 땀방울이 맺혔다. 피아도 온몸이 땀으로 흥건히 젖었다. 목이 탄다. 신선한 공기와 얼음물 생각이 간절하다. 왼팔이 아프고 카메라를 움켜쥐고 있던 손에는 땀이 배어 미끄럽다. 마르크는 여전히 망설인다.

　"내가 여기서 나가면 어떻게 되죠? 밖에 있는 사람들이 날 쏘나요?" 그가 갑자기 불안한 목소리로 물었다.

　"아니, 절대 그런 일은 없을 거야. 하지만 너한테 거칠게 대할 거야. 질문도 많이 할 거고. 그리고 경찰관을 쏘았기 때문에 벌을 받을 거야. 하지만 지금 나한테 그 총을 주면 정상참작이 돼서 벌이 줄어들어. 그건 내가 약속할 수 있어."

　그는 입술을 깨물며 잠시 생각하더니 총을 든 손을 떨어뜨렸다. 피아는 초긴장 상태로 그를 지켜보았다. 결정적인 순간이 왔다.

　"마르크, 제발 날 믿어. 지금 이 순간 넌 가장 현명한 판단을 할 수도 있지만 한순간에 모든 걸 망칠 수도 있어."

　피아가 그에게 손을 내밀었다.

　"누굴 해칠 생각은 없었어요. 정말이에요." 마르크가 피곤한 목소리로 말했다.

　"그래. 네 말 믿어."

　피아는 차분함을 유지하고 마르크를 재촉하지 않으려고 무던히 애를 썼다. 등줄기에 땀이 흘러내렸다. 침묵 속에 냉장고 돌아가는 소리만 들리는 가운데 재니스가 앓는 소리를 냈다. 그는 눈을 감은

557

채 사시나무 떨 듯 온몸을 떤다. 리키는 마치 최면에 걸린 사람처럼 마르크의 총만 뚫어지게 쳐다본다. 이윽고 마르크가 피아에게 총을 내밀었다. 피아는 안도감에 다리가 휘청거렸다.

"특수기동대나 그런 사람 말고 아줌마가 들어와 줘서 정말 다행이에요." 마르크가 얼굴에 희미한 미소를 지으며 나지막하게 말했다. "사람들은 항상 날 속였어요. 내가 속여먹기 좋은가 봐요. 내가 멍청해서 그렇겠죠?"

"아니, 그건 멍청한 게 아니야. 사람을 잘 믿는 거지."

"다시는 사람을 못 믿을 것 같아요."

피아는 그의 어깨에 살며시 손을 얹었다.

"안타까운 일이지만 대부분의 사람이 거짓말을 하면서 살아. 거짓말이었다는 걸 알게 되면 크게 실망을 하지. 하지만 그러다 보면 언젠가는 거짓말쟁이들을 가려낼 수 있게 돼."

마르크는 깊은 한숨을 내쉬었다.

"부모님이 날 가만히 안 둘 거예요. 항상 실망만 시켜드렸어요."

"아니, 화 안 내실 거야. 오히려 네가 무사해서 기뻐하실 거야."

피아는 갑자기 걱정스러운 얼굴이 되어 불안해하는 마르크의 어깨를 다독거려주었다.

"정말요?"

"그럼."

그는 잠시 못 믿겠다는 듯 그녀를 쳐다보았다.

"그런데 권총은 어디서 난 거니?"

"리키의 옷장 속에 있었어요. 마구간에 있던 총이랑 같아요."

이로써 피아는 필요로 하던 마지막 증거를 확보했다. 이 총은 히르트라이터의 무기 진열장에서 사라진 그 총임이 분명하다. 그녀는 리키를 향했다. 가까스로 위급한 상황을 넘긴 그녀의 얼굴에는 두려움이 비끼고 이미 분노가 자리를 잡았다.

"이것 좀 풀어줘요."

"좀 기다려요. 참, 루드비히 히르트라이터를 살해한 혐의로 체포하겠어요."

그 말을 들은 마르크는 놀라서 눈을 둥그렇게 떴다.

"네? 그럴 리가…… 그럴 리 없어요."

"맞아. 리키가 그랬어."

"하지만…… 그때 그렇게 상심한 건…… 그렇게 울고불고 했는데……." 곧 그는 경멸이 담긴 눈빛으로 그녀를 쏘아보며 말했다. "부끄러운 줄 알아요."

리키는 말없이 그의 시선을 외면했다. 피아는 그에게 카메라를 돌려주고 탄창을 꺼냈다. 순간 그녀는 아찔함을 느꼈다. 탄창이 비어 있었다.

2008년 12월 31일

그녀는 카드를 그은 후 차단기가 올라가기를 기다렸다. 그때 위 아래로 검은 옷을 입은 사람이 땅에서 솟기라도 한 듯 불쑥 나타났다. 그는 열린 창문으로 손을 뻗어 그녀의 손목을 꽉 움켜쥐었다. 아이젠후트의 보안팀 사람이다. 하필이면 이럴 때 나타나다니! 그녀는 소스라치게 놀라며 반사적으로 액셀을 밟았다. 차가 빠른 속도로 앞으로 나가는 바람에 노란색 차단기가 산산조각 났다.

"젠장!"

그녀는 균형을 잃지 않기 위해 급히 운전대를 돌렸다. 룸미러를 보니 뒤에서 전조등 한 쌍이 켜진다. 추격전에서라면 그녀의 BMW가 이길 확률이 높다. 그녀는 속력을 내 달리기 시작했다. 아이젠후트의 고릴라들이 우연히 연구소에 들렀을 리 없다. 그녀가 모르는 비밀 경보 장치가 있었던 걸까? 아니면 어제 호텔에서 사라졌기 때문에 혹시나 하고 연구소에 들러본 것일까? 어쨌든 이 모든 일의 배

후에는 아이젠후트가 있다. 그건 그가 도래한 위험을 감지했다는 뜻이다. 그는 무슨 수를 써서든 오설리번의 서류가 세상에 나오는 것을 막을 것이다.

그녀는 교통신호를 깡그리 무시하고 연신 룸미러로 뒤쪽 상황을 살피며 첼렌도르프 방향 B1연방도로를 질주했다. 자정까지 두 시간밖에 남지 않았지만 거리는 차와 사람으로 넘쳐난다. 뒤에 보이는 수많은 전조등 불빛 중 어느 것이 검정색 폭스바겐 버스의 불빛일까? 너무 빨리 달리던 그녀는 첼렌도르프 사거리에서 AVUS(베를린 남서부에 위치한 유서 깊은 자동차 전용도로_역주)로 빠지지 못하고 그냥 지나쳤다. 젠장, 이제 포츠담 가를 따라갈 수밖에 없다. 슈테글리츠와 프리데나우를 거쳐 가야 하는데 거긴 전혀 모르는 동네다! 엎친 데 덮친 격으로 기름도 떨어져서 간당간당한다. 이래서야 멀리는 못 갈 것이다.

"제발 날 배신하지 말아줘."

그녀는 자동차에게 속삭이듯 혼잣말로 중얼거렸다. 6월 17일 거리(베를린 시내를 관통하는 대로_역주)까지만 갈 수 있다면 브란덴부르크 문 앞으로 송년의 밤을 축하하러 나온 인파 사이에 숨을 수 있다. 바로 앞에서 녹색 불이 막 노란색 불로 바뀌었다. 그녀가 속력을 내자 뒤차도 똑같이 따라했다. 가로등 불빛으로 보니 그 검정색 버스다. 추격자들을 따돌리지 못한 것이다. 다음 교차로에서 그녀는 방향등을 넣지 않은 채 급하게 좌회전을 한 후 반대편 차로를 가로질러 모르는 동네로 깊숙이 들어갔다. 차는 힘이 달리는지 덜커덩거린다. 그녀는 마지막 남은 기름으로 골목길로 들어갔다.

주차를 한 그녀는 한 치의 망설임도 없이 가방을 챙겨 차에서 내렸다. 그리고 시선을 땅에 꽂은 채 빠르게 걷기 시작했다. 큰길로 나가 택시를 타거나 사람들 사이에 섞여 들어가면 될 것이다. 교차로에 와서야 고개를 들어보니 눈앞에는 슈프레 강이 흐르고 빌딩 너머로는 텔레비전 탑이 보인다. 조금만 더 가면 된다! 그때 차 한 대가 그녀 앞에 와서 속도를 줄였다. 심장이 터질 듯 거칠게 뛰기 시작했다. 그들이 그녀를 발견한 것이다. 순간 흰색으로 'U'라고 씌어진 파란색 표지판이 눈에 들어왔다. 지하철이다!

"거기 서!" 누군가 뒤에서 외치는 소리가 났다. "넌 어차피 잡힐 거야!"

흥, 잡고 싶으면 잡아보라지! 그녀는 속으로 콧방귀를 뀌며 빠르게 내달렸다.

*

"지금 나갑니다. 총은 제가 가졌어요."

스피커에서 피아의 목소리가 흘러나왔다. 팽팽하던 긴장이 풀리며 모두 안도의 한숨을 쉬었다. 심지어 셰퍼의 얼굴에도 미소가 번졌다. 그는 기동대원들에게 연락을 취해 인질범이 생포됐으니 발포하지 말라고 지시했다.

버스 안에 있던 사람들이 모두 자리에서 일어나 밖으로 나갔다. 이미 해가 기울었지만 집 앞과 집 앞 도로는 스포트라이트로 대낮같이 환하다.

보덴슈타인은 엥겔 과장과 함께 버스 옆에 서서 피아가 마르크를 데리고 나오는 모습을 지켜보았다. 마르크는 손을 들고 나와 두 명의 순경에게 순순히 체포됐다. 마르크의 부모는 경찰들을 헤치고 아들에게 달려갔고, 피아는 집 앞 계단에 서서 특수기동대 사람들과 짤막하게 대화를 나누었다. 곧 구급의가 불려왔고, 그녀는 셰퍼와 함께 다시 집 안으로 사라졌다. 집 주변은 순식간에 사람으로 넘치고 경광등이 번쩍번쩍 푸른빛을 내뿜었다. 보덴슈타인은 곧 리키 프란첸을 심문하게 될 피아 옆에 있고 싶기도 하고 아니카에게 돌아가고 싶기도 해서 갈팡질팡하다가 결국 피아 옆에 남기로 했다. 집 안으로 들어가니 찜통 속에 들어온 듯 숨이 막힌다. 여자 순경이 덧문과 창문을 모조리 열고 다닌다. 부엌에 사람들이 모여 있는데 검정색 옷을 입은 특수기동대 사람들 사이로 피아의 모습이 보인다. 그녀는 전화 통화를 하며 리키 프란첸이 풀려나는 모습을 지켜보았다. 문득 그는 그녀에게 다가갈 엄두가 나지 않아 그냥 복도에 서 있었다. 살인 사건 두 건이 모두 풀렸다. 그러나 그는 아무 도움도 되지 못했다. 수사가 가장 힘들 때 팀을 떠났다. 이 일은 과연 그의 미래에 어떤 영향을 끼칠까? 피아는 그가 없는 동안 강력반을 잘 이끌었고 리더로서의 자질을 충분히 보여주었다. 어쩌면 그는 더 이상 이 직업에 맞지 않는지도 모른다.

"환자는 어디 있습니까?" 갑자기 등 뒤에서 의사와 구급요원 둘이 물었다.

"이쪽으로 죽 가세요."

그들이 복도에 들어서자 피아가 고개를 돌렸다. 그를 발견한 그녀가 지친 얼굴로 활짝 웃었다.

"반장님!" 그녀가 휴대전화를 주머니에 넣으며 다가왔다. "축하해! 정말 잘했어!"

그는 잠시 그녀의 얼굴을 바라보다가 양팔을 활짝 벌렸다.

"조심하세요. 완전히 땀으로 목욕했어요."

"괜찮아. 나도 그래." 그는 빙긋 웃으며 짧지만 힘 있게 그녀를 안

아주었다. 그리고 그녀의 얼굴을 찬찬히 살폈다. "괜찮은 거야?"

"이제 괜찮아요. 하지만 심문은 내일로 미뤄야겠어요. 크리스토프가 노심초사하고 있을 거예요."

"응, 밖에서 기다리고 있어."

그들은 리키에게 수갑을 채워 데리고 나가는 기동대원들에게 길을 비켜주느라 한 발짝 옆으로 물러섰다.

"반장님, 그거 알아요? 아까 마르크한테 총을 받아서 탄창을 꺼냈는데, 세상에 탄창이 텅 비어 있더라고요. 총알이 딱 두 개만 들어 있었던 거예요."

"뭐요?" 리키가 멈춰 섰다. "총알도 없으면서 그랬단 말이에요?"

"네. 세상일은 정말 모르는 거예요."

리키는 실눈을 뜨며 이를 바득바득 갈았다.

"나한테 잡히기만 해봐라. 가만 안 둘 테니까."

"아마 그러려면 시간이 좀 걸릴 거예요." 피아가 건조하게 대꾸했다. "한 15년 정도?"

*

경찰 통제선이 걷히고 특수기동대는 철수하기 위해 한데 모였다. 다시 밖으로 나온 이웃 사람들은 삼삼오오 짝을 이루고 서서 방금 있었던 사건에 대해 이야기꽃을 피웠다. 아마 앞으로 몇 달간 이 동네 사람들에게 좋은 얘깃거리가 될 것이다. 보덴슈타인은 피아를 크리스토프에게 넘겨주고 잠시 셰퍼와 이야기를 나누었다. 스포트라이트가 꺼지고 어둑해진 가운데 특수기동대는 출발 준비를 마쳤다. 특수경찰들은 근무 차량인 검정색 SUV 차량과 리무진에 나눠 탔다.

이제 아니카를 프랑크푸르트에 데려다 주어야 한다. 저만치에 셈, 카트린, 크뢰거가 피아와 크리스토프를 둘러싸고 서 있다.

"반장님, 회식하기로 했는데 함께 가실래요?"

그가 다가오는 것을 보고 카트린이 활짝 웃으며 물었다. 다른 사람들도 들뜨고 즐거운 표정이다. 사건이 해결되고 인질극도 아슬아슬한 성공을 거두었으니 축하 분위기인 것은 당연하다. 하지만 그는 그럴 기분이 아니다. 그리고 클래징에게 전화도 해야 했다.

"나중에 들를 수 있으면 들를게. 회식 잘해."

그는 서둘러 발걸음을 옮겼다. 재니스를 태운 구급차가 경광등을 끈 순찰차를 거느린 채 그 옆으로 빠르게 지나갔다. 차가 한 대 다가와 그 옆에 서더니 운전석 창문이 내려갔다.

"올리버, 좀머펠트랑 같이 얘기하기로 한 거 기억하고 있어?" 엥겔 과장이다.

"그럼, 기억하지……." 그는 그렇게 말하며 길 건너편을 바라다보았다. 분명히 빈병 수거함 옆에 쿠엔틴의 자동차를 세워놓았는데! 그가 착각한 걸까? 그는 의아한 표정으로 주변을 둘러보았다.

"올리버! 어디 가?"

그는 과장이 부르는 소리에도 아랑곳없이 길을 건너가 뭔가에 홀린 사람처럼 주위를 두리번거렸다. 눈으로는 뻔히 보이는데 머리는 진실을 받아들이지 못했다. 차가 없다. 아니카가 떠났다. 어떻게 이런 일이! 어떻게 그녀가 그에게 이런 짓을 할 수 있단 말인가?

보덴슈타인은 망연자실한 채 보도블록에 앉아 정신을 가다듬으려 애썼다. 진실을 마주하는 일이 너무 힘들지만 피아가 옳았다는 것을 인정하지 않을 수 없었다. 그는 얼마나 바보였던가! 그렇게 맹목적으로 아니카를 믿다니! 그는 그녀를 위해 물불 안 가리고 위험을 무릅썼는데 그녀는 이때다 하고 사라져버린 것이다. 처음부터 그렇게 계획했던 걸까?

어디선가 왁자지껄한 웃음소리가 들려온다. 차 문 닫히는 소리에 이어 또각또각 아스팔트를 걸어오는 하이힐 소리가 난다.

"올리버, 왜 그래?"

엥겔 과장이 옆에 와 쭈그리고 앉는다. 그는 천근만근 무거운 머리를 들어 그녀를 올려다보았다. 이제까지 살면서 이 단순한 세 글자를 말하는 것이 그렇게 힘들었던 적이 없었다.

"떠났어."

피아는 방향등을 넣고 숲 사이로 난 도로로 들어서었다. 이 길을 죽 따라가면 보덴슈타인 농장이 나온다. 그로스만과 히르트라이터 사건 파일을 검사실에 넘기기 위해서 보덴슈타인의 서명이 몇 개 더 필요하다. 그러면 강력반에서 이 사건은 완전히 종결된다. 리키 프란첸은 며칠간 묵비권을 행사하다가 고살(모살에 비해 계획적이지 않은 우발적 살인_역주)을 주장하기 위해 자백을 권고하는 변호사의 말에 따라 입을 열었다. 타이센과 라데마허는 사기죄와 협박죄로 다른 부서의 수사를 받고 있고, 며칠 전에는 마르크에게서 고맙다는 전화가 왔다. 그는 중증 상해와 인질 강요죄로 고소당해서 정신과 치료를 받고 있지만 상태는 좋은 편이다. 단지 그로스만 재판에 증인으로 출석해야 하는 일 때문에 압박감을 느끼는 것 같았다. 보덴슈타인 농장 주차장에 막 들어서는데 전화가 왔다. 프라우케인데 기분이 좋아 보인다. 그녀는 아버지에게 물려받은 유산으로 동물천국을 인수했고 그럼으로써 인생의 작은 꿈을 이루었다.

"라벤호프에 관심 있다고 말한 적 있었죠? 그거 진심이에요?"

"그럼요. 그런데 정말 목장을 팔 생각이에요?"

"내가 그렇게 큰 목장에서 뭘 하겠어요? 그리고 나한테는 그다지 좋은 기억도 아니고요."

"우린 계속 이 근처에서 적당한 목장을 찾고 있었거든요. 100만 유로를 원하는 게 아니라면……."

"에이, 실없는 소리! 그만큼의 가치가 있는 목장은 아니에요. 그 옆에 있는 들판도 마찬가지고요. 그리고 이제 풍력발전 단지도 안 짓잖아요. 안 그래요?" 그녀가 소탈하게 웃었다. "하여튼 생각 있으면 오늘 저녁에 들러요. 난 7시부터 거기 있을 거예요."

피아는 프라우케와 조금 더 수다를 떤 후 바로 크리스토프에게 전화를 걸었다. 요 며칠 끊임없이 라벤호프 이야기를 했기 때문에 크리스토프를 설득하는 일이 그렇게 어렵지는 않을 것이다.

피아는 요즘 하루하루가 즐겁다. 지난 주말에는 헤닝과 미리엄의 집에 초대받아 갔었다. 실제로 영국에서 결혼하고 돌아온 그들이 축하 파티를 연 것이다.

피아는 아직 마음 한구석에 전남편에 대한 감정이 남아 있어 조금은 질투가 나기도 했지만, 크리스토프와 그녀도 친구들에게 전할 새 소식이 있었다. 그녀는 밝은 표정으로 반지 낀 손가락을 내려다보았다. 차에서 내리는데 짐칸에 둥근 건초 더미를 실은 트랙터가 막 커브를 돌아 나온다. 피아가 보덴슈타인 백작을 보고 손을 흔들자 그가 시동을 끄고 운전석에서 내려왔다.

"어서 와요, 피아. 우리 농장에 반가운 손님이 왔군." 그가 웃으며 악수를 청했다.

"사실은 반장님한테 볼일이 있어서 왔어요. 집에 있나요?"

"소피아 데리고 성에 올라간 것 같은데, 괜찮다면 내가 안내하지."

"네, 고맙습니다."

그는 피아가 차에서 서류를 가져오기를 기다렸다가 함께 고성 레스토랑으로 올라가는 아스팔트 길을 걸었다.

"리키가 루드비히한테 그런 짓을 하다니 난 아직도 믿기지 않아. 리키가 그런 잔인한 짓을 할 수 있을 거라고는 생각하지 못했거든. 그리고 리키가 텔을 죽인 것도 이해가 안 돼. 그렇게 동물을 사랑하는 사람이 어떻게 그럴 수 있었을까?"

"제 생각엔 처음부터 죽일 생각은 아니었던 거 같아요. 그날 저녁 모임에서 모욕당한 것 때문에 화가 나서 사과를 받으려고 찾아갔겠죠."

"그날 루드비히가 심하게 행동하긴 했지. 거의 자제력을 잃었으니까." 그는 고개를 끄덕끄덕하며 동의를 표했다.

"그런데 말이 말을 만든다고 히르트라이터가 계속 욕을 해대고 모욕을 주니까 이성을 잃은 거예요. 게다가 방금 글뢰크너에게 들었다면서 리키가 돈을 받고 타이센의 첩자 노릇을 한 이야기까지 했대요."

보덴슈타인 백작은 갑자기 걸음을 멈추며 뭔가 생각났다는 듯한 표정을 지었다.

"리키…… 그래, 맞아. 케르스틴이 뭔가를 본 거야."

"누가 뭘 봐요?"

"공청회 날 저녁에 말이야. 케르스틴이 들것에 실려 나가면서 리키에 대해 뭔가 말하려고 했는데 구급요원이 옆에서 말려서 못했거든."

"리키는 소란을 틈타서 서명 리스트를 빼돌렸다고 자백했어요."

"하지만 왜 그런 짓을 했을까? 시민단체를 위해서 얼마나 일을 많이 했는데!"

"타이센이 시민단체를 와해시키는 데 성공하면 50만 유로를 주겠다고 했대요. 리키는 미국으로 이민 갈 생각이었기 때문에 돈이 필요했어요."

피아가 어깨를 으쓱했다.

"돈. 결국 또 돈 때문이로군."

피아는 길을 걸으며 그에게 나머지 이야기를 들려주었다.

리키는 히르트라이터가 그녀의 약점을 쥐고 있다는 것을 알고 마음이 다급해졌다. 술기운에 비틀거리던 히르트라이터는 그녀의 주먹에 맞고 나가떨어졌고 쓰러지면서 어깨에 메고 있던 사냥총이 떨어졌다. 리키는 총을 주워 그에게 들이대고는 아무에게도 말하지 말라고 윽박질렀다. 하지만 그는 그녀를 비웃으며 조롱했다. 이에 리키는 먼저 그의 아랫도리를, 그다음에는 얼굴을 쏘았다. 그리고 히르트라이터에 대한 분노, 자신에 대한 분노, 상황이 그렇게 돼버린 것에 대한 분노를 이기지 못해 정신이 들 때까지 개머리판으로 히르트라이터를 치고 발로 짓밟았다.

피아와 백작은 말없이 나란히 걸었다. 피아의 발밑에서 자갈 밟히는 소리가 났다.

"그럼 텔은 왜 죽인 거지?"

"리키를 공격했대요. 주인을 보호하려고 달려든 거죠."

"다 무의미한 짓이지." 그가 씁쓸하게 중얼거렸다.

"할아버지!" 갑자기 아이의 목소리가 났다. "할아버지! 트랙터 어디 있어?"

아이를 본 보덴슈타인 백작의 얼굴이 밝아졌다. 통통거리며 계단을 밟고 내려온 여자아이가 눈을 반짝이며 그에게 달려왔다.

"나랑 놀더니 이제는 트랙터 아니면 말만 타려고 해."

그는 팔을 벌려 소피아를 안았다.

"할아버지랑 트랙터 또 타러 갈까? 네 엄마도 곧 오겠구나."

피아는 미소 띤 얼굴로 그들의 뒷모습을 바라보았다.

보덴슈타인은 여전히 계단 위에 서 있다. 잿빛 머리칼 사이로 전에 보이지 않던 흰머리가 부쩍 눈에 띄고 면도 안 한 얼굴, 넥타이를 안 한 모습이 꺼칠해 보인다. 아니카 좀머펠트의 일은 그에게 큰 충격을 주었다. 민감한 주제라 아직 말을 꺼내지는 못했지만 쿠엔틴의 자동차가 뮌헨 공항 주차장에서 발견됐다는 말은 들었다. 하지만 아니카 좀머펠트의 행방은 묘연하다.

"반장님! 서명 몇 개 필요해서 왔는데 시간 있어요?"

"그럼 테라스로 가지."

피아는 그를 따라 레스토랑을 가로질러 테라스로 나갔다. 손님이 없는 시간이라 레스토랑은 한가했다. 그녀는 탁자 위에 서류를 놓고 앉았다. 그러나 보덴슈타인은 앉을 생각이 없는지 난간 앞으로 가 팔짱을 끼고 섰다. 피아는 그런 그를 찬찬히 살피며 그가 입을 열기를 기다렸다.

"피아 말을 들었어야 했는데. 직감이 틀린 적이 없잖아."

피아는 뭐라고 대꾸할 말이 없었다. 직감이 맞았다고 해도 기쁘지 않았다. 아니카가 마음에 안 들긴 했지만 보덴슈타인이 행복해지기를 바랐기 때문이다.

"차라리 제 직감이 틀렸다면 좋았겠죠."

"뭐, 이제 다 끝난 일이야. 어쨌든 징계 없이 지나간 건 다 과장님

571

덕분이야."

그는 잔디밭을 내려다보았다.

"재니스랑 얘기를 해봤어. 아니카에 대해 알아낸 게 좀 있더군. 가방을 뒤졌다는데 현금이 10만 유로도 넘게 들어 있었대. 어디서 그 많은 돈이 났을까?"

"연구소에 있는 아이젠후트의 금고에서요. 그리고 재단 소유의 돈도 착복했어요."

피아의 말에 보덴슈타인은 한숨을 푹 내쉬었다.

"그 가방 안에 노트북, 아이폰, 신분증이 다 들어 있었다고 하더라고. 나한테는 베를린 집에서 급히 나오느라 아무것도 못 가져왔다고 했거든. 난 아니카가 한 말을 전부 믿었어. 어떻게 그렇게 멍청할 수 있었을까?"

"그건 멍청한 게 아니에요. 사랑에 빠졌던 거예요. 다텐바흐 강당에서 겪은 일로 많이 놀란 상태였고요. 그런 상황에서 누가 이성적으로 생각을 하겠어요."

"또 뭘 속였을까? 두 건의 살인?"

갑자기 그가 고개를 돌려 피아를 쳐다보았다. 피아는 고통에 일그러진 그의 얼굴을 보고 깜짝 놀랐다.

"밤이고 낮이고 그 생각이 머릿속에서 떠나질 않아. 아니카는 아이젠후트 집에 불을 질렀어. 그의 부인은 아니카 때문에 식물인간이 됐고. 아니카는 부당함을 밝히려고 한 게 아니야. 오직 복수, 다른 여자와 결혼한 아이젠후트에게 복수할 생각뿐이었어."

보덴슈타인은 고개를 푹 숙인 채 아무 말이 없다. 피아는 그의 그런 모습에 가슴이 아팠다. 하지만 그에게 무슨 말을 할 수 있단 말인가.

"피아." 그는 고개를 들고 길게 한숨을 쉬었다. "이건 아직 아무한 테도 말하지 않은 건데 나 베를린으로 옮겨달라고 할 생각이야."

"뭐라고요? 지금 농담하는 거예요?"

피아는 말도 안 된다는 표정으로 그를 빤히 쳐다보았다.

"농담 아니야. 미안해."

피아는 작정한 듯 자리에서 일어나 그에게 다가갔다.

"왜 하필 베를린으로 가려는지 알겠어요. 거기 가서 아니카에 대해 알아보려는 거죠? 그건 잘못된 생각이에요. 낯선 곳에 가서 적응하기도 힘들 거고 거기 가서 새로 시작하겠다는 생각도 좋은 생각이 아니에요."

"시도는 해봐야지. 결혼에 실패했지, 부모님 집에 얹혀살지, 애 보는 것 말고는 쓸모가 없어. 거기다 직장 일도 제대로 못하고 헤매잖아. 꼭 여기 있어야 할 이유가 없어."

피아는 허리춤에 손을 올린 채 그에게 눈을 흘겼다.

"반장님은 지금 정신 차릴 생각은 안 하고 자기 연민에 빠져 있어요. 식상하게 들릴지 모르지만 비 온 뒤에 해가 나는 법이에요. 이혼하고 새 삶을 시작한 사람은 많아요. 그 본보기가 바로 여기 서 있잖아요. 안 그래요?"

보덴슈타인의 주머니에서 휴대전화가 울렸다. 그는 피아에게서 시선을 떼지 않은 채 전화를 받았다. 그는 잠시 귀를 기울이더니 말했다.

"응, 지금 출발할게."

"무슨 일이에요?"

"시체가 발견됐어. 리더바흐와 호프하임 사이의 야산이야."

순간 구름이 걷히며 해가 나왔다. 피아는 햇살에 눈이 부셔 눈을 껌벅거렸다.

"피아 말이 또 옳았어."

"네?"

"비 온 뒤에 해가 난다고 했잖아. 베를린에 가면 피아가 보고 싶을 것 같아서 안 되겠어."

그가 싱긋 웃으며 말했다. 피아는 그녀가 기억하고 있는 그의 옛날 모습이 조금은 돌아온 것 같아 반갑기만 하다.

"나한테 관심받고 싶어서 괜히 한번 그래본 거죠?"

"커피 드실래요?"

보덴슈타인이 아버지에게 물었다. 아버지가 고개를 끄덕인다. 그는 아버지에게 커피를 따라준 다음 신문을 펼쳤다. 1면 기사의 제목이 눈에 확 들어온다.

〈지구온난화를 둘러싼 국제적 음모〉. 신문을 든 그의 손이 가늘게 떨렸다.

코펜하겐에서 치러질 국제연합 기후변화 회의를 앞두고 전 세계 기후 연구계가 정보 조작 및 해킹 스캔들에 휩싸였다. 누군가 영국 웨일즈대학 기후연구소의 컴퓨터 서버를 해킹해 내부 인사들 사이에 오간 메일과 민감한 내용의 비밀 정보를 인터넷에 유포한 것이다. 이 스캔들은 불법 정보 유출 때문이 아니라 유출된 메일의 내용 때문에 엄청난 논란이 됐다. 인간이 기후 온난화의 주범이라는 연구소 측의 기존 주장을 뒷받침하기 위해 기후 자료를 조작하고 비판적 연구자들의 연구 발표를 방해하는 식의 공모가 있었다는 사실이 드러났기 때문이다. 이 내용은 이번 스캔들로 인해 이미 연구소장 자리에서 물러난 한 기상학자에 의해 사실로 확인됐다. 이로써 세계적으로 이름난 학자들이 정치적 목적을 위해 연구 결과를 은폐 및 조작하고 있다는 기후변화 회의론자들의 주장은 힘을 얻게 됐다. 특히 사건에 연루된 영국 웨일즈대학 기후연구소는 제네바 세계기후위원회에 '공식적인' 기온 데이터를 제공하는 유일한 기관이기 때문에 더욱 문제가 되고 있다. 한편 정부 자문 기관인 독일기후연구소 소장 디르크 아이젠후트 교수의 이름도 문제의 메일에 여러 번 언급된 것으로 알려졌다. 세계기후위원회에서 영향력을 행사하며 독일 기후학계의 대부로 불리던 아이젠후트 교수는 아직 공식적 입장을 밝히지는 않았다. 그러나 이번 일로 크게 그의 입지가 흔들린 것이 사실이며, 연구소에 끼칠 부정적 영향을 생각해 곧 사임할 것으로 관계자들은 내다보고 있다. 영미 언론이 워터게이트 사건에 빗대어 '기후게이트'로 명명한 이 사건으로 인해 전 세계의 지구 온난화 옹호자들은 변명이 궁색해질 것으로 보인다.

보덴슈타인은 신문을 접고 식어버린 커피를 마시며 생각했다. 아니카가 결국 해냈군.

감사의 말

책을 쓰는 일은 수개월에 걸친 외로운 작업이다 보니 수차례 감정의 굴곡을 겪게 된다. 이 과정에서 나를 지켜봐 준 사람들이 있다. 내게 영감과 용기를 주고 이해와 격려로 힘든 시기를 견디게 해준 이들에게 깊은 감사의 마음을 전하고 싶다.

편집을 맡은 마리온 바스케스는 시종일관 열정과 성의를 가지고 작업에 임했다. 함께 일하면서 우리는 좋은 친구가 됐다.

그다음으로는 바네사 뮐러라이트, 클라우디아 코헨, 카밀리아 알트파터, 세상에서 가장 멋진 부모님 베른바르트와 카롤라 뢰벤베르크의 지지와 조언에 감사드린다.

남편 하랄트에게 고맙고, 매니저 안드레아 빌트그루버, 조카들 카롤리네 코헨, 수잔네 헤커, 시모네 슈라이버, 카트린 룽에, 안네 페닝어에게 고마움을 전한다. 물론 이번에도 큰 도움을 주신 안드레아 슐체 형사와 호프하임 강력반 팀에게도 감사의 마음을 전한다.

언제나 믿어주고 밀어주시는 울슈타인 출판사 분들에게도 고맙다. 대표로 이스카 펠러, 크리스티네 크레세, 크리스타 타보르의 이름만 언급하겠다.

(마지막 감사가 되지는 않겠지만) 마지막으로 내 책을 사랑해주시는 독자 여러분과 서점 관계자 분들에게 고개 숙여 감사드린다. 내가 쓴 책을 그들이 재미있게 읽는다는 것을 생각하면 매번 아찔하게 기분이 좋아진다.

2011년 3월 넬레 노이하우스.

말해두기

이 책은 소설이다. 즉, 실존 인물이나 실제 상황과의 유사성은 모두 우연에 의한 것이며, 저자의 의도와 무관하다. 유일하게 실제 상황에 부합하는 소설 속 사건은 2009년 11월 코펜하겐 기후변화회의 직전에 일어나 이슈가 됐던 이스트앵글리아대학 기후연구소 메일 해킹 사건이다. 그러나 이 사건은 저자가 소설을 위해 나름대로 재구성한 것으로 등장하는 인물, 정황, 연구소는 모두 저자가 만들어낸 것이다. 실존하는 인물이나 기관의 명예를 훼손하거나 비방할 의도는 전혀 없음을 밝혀둔다.

키드록의 〈올 서머 롱〉 가사의 출처는 2007년 출간된 앨범 〈로큰롤 지저스〉(아틀란틱/워너)임을 밝힌다.

넬레 노이하우스의 인물들은 쉽게 상처받는다. 그런 면에서 매우 인간적이다. 거기다 이번 작품에 나오는 인물들은 유아적이기까지 하다. 어른스러운 데라곤 눈을 씻고 봐도 없다. 상대가 자신의 존재를 충분히 인정해주지 않으면 금방 자존심에 상처를 입고 미워할 대상을 찾는다. 문턱에 걸려 넘어진 아이가 문턱을 '때찌'하는 것처럼 불행의 원인이라고 생각되는 것에 복수를 가한다. 제 손이 아픈 줄도 모르고 문턱을 때린다. 하지만 아픈 건 그 자신이다. 아무리 집착하고 미워해도 한번 불행해진 나는 다시 행복해지지 않는다. 아무리 물을 대도 쩍쩍 갈라지는 논바닥처럼 존재에 균열이 일어날 뿐이다. 집착을 위한 증오, 증오를 위한 집착이 꼬리에 꼬리를 물고 이어진다. 복수의 대상에게 충격을 가할 때마다 내가 덜컹거리고 내가 흩어진다.

그렇게 어리석은 인물들이 이 책에는 많이도 나온다. 누가 착하고 누가 악한가보다는 누가 얼마나 어리석은가를 겨루는 어리석음의 잔치 같다. 그런데도 그들을 미워할 수가 없다. 오히려 그들이 가진 한계 때문에 더욱 친밀하게 느껴진다.

노이하우스는 타우누스 시리즈의 다섯 번째 작품인 이 이야기에서 그간의 작업을 집대성한 듯하다. (분량을 비롯해) 모든 면에서 더 풍부해지고 더 자신 있어졌다. 특히 캐릭터가 전에 없이 입체적이고 다채롭다. 모순으로 가득한 인물군상을 밉지 않게 그렸다. 투덜이, 허영이, 욕심이, 똘똘이, 덩치, 편리 등 귀여운 타우누스 스머프들을 만나보자, 그리고 결말에 숨겨진 막강한 반전을 기대해보자.

김진아

바람을 뿌리는 자

초판 1쇄 발행 2012년 12월 6일
초판 16쇄 발행 2024년 3월 6일

지은이 넬레 노이하우스
옮긴이 김진아
펴낸이 신경렬

상무 강용구
기획편집부 최장욱 송규인
마케팅 박진경
디자인 박현경
경영지원 김정숙 김윤하

펴낸곳 (주)더난콘텐츠그룹
출판등록 2011년 6월 2일 제2011-000158호
주소 04043 서울시 마포구 양화로12길 16, 7층(서교동, 더난빌딩)
전화 (02)325-2525 | **팩스** (02)325-9007
이메일 longest@thenanbiz.com | **홈페이지** www.thenanbiz.com

ISBN 978-89-91239-83-8 03850